河南省高等学校哲学社会科学创新团队支持计划项目

（二〇一三–CXTD–〇二）阶段成果

传统与现代之间：

中国现当代诗歌论稿

———————— 杨景龙　著 ————————

中国社会科学出版社

图书在版编目（CIP）数据

传统与现代之间：中国现当代诗歌论稿/杨景龙著.—北京：中国社会
科学出版社，2017.10
ISBN 978 - 7 - 5203 - 1251 - 6

Ⅰ.①传…　Ⅱ.①杨…　Ⅲ.①诗歌研究—中国—现代②诗歌研究—
中国—当代　Ⅳ.①I207.22

中国版本图书馆 CIP 数据核字（2017）第 261072 号

出 版 人　赵剑英
责任编辑　慈明亮
责任校对　冯英爽
责任印制　戴　宽

出　　　版　中国社会科学出版社
社　　　址　北京鼓楼西大街甲 158 号
邮　　　编　100720
网　　　址　http://www.csspw.cn
发 行 部　010 - 84083685
门 市 部　010 - 84029450
经　　　销　新华书店及其他书店

印刷装订　北京君升印刷有限公司
版　　　次　2017 年 10 月第 1 版
印　　　次　2017 年 10 月第 1 次印刷

开　　　本　710×1000　1/16
印　　　张　25.75
插　　　页　2
字　　　数　375 千字
定　　　价　119.00 元

目　　录

代前言　加强古今演变研究，拓展新的学科空间 ……………………（1）

上编　古今诗歌传承论

第一章　中国乡愁诗歌的传统主题与现代写作 ………………………（3）

第二章　时间生命主题的古今抒情内涵 ………………………………（40）

第三章　意象化：中国诗歌的基本表现手法 …………………………（61）

第四章　意境：中国诗歌美学的核心命题 ……………………………（79）

第五章　古典诗学与新诗名家传承关系的三种样态 …………………（95）

第六章　用典、拟作与互文性：在古今东西之间 ……………………（113）

中编　现当代新诗论

第七章　20世纪新诗中的自然主题 …………………………………（137）

第八章　20世纪新诗的爱情主题 ……………………………………（153）

第九章　20世纪白话小诗初论
　　　　——兼与古典绝句、小令比较 ………………………………（192）

第十章　中国现代新诗的诗体建设问题 ……………………………（213）

第十一章　入世精神，象征手法：徐玉诺诗片论 …………………（224）

第十二章 幽云怪雨,凄艳冷涩:李金发象征诗举隅 ……………(238)

第十三章 口语中的庸常生存:于坚新生代诗例释 …………(251)

第十四章 未完成的奇迹:范源《神农》撷谈 ………………(265)

下编 现当代旧体诗论

第十五章 当代旧体诗词创作现状的几点思考 ……………(277)

第十六章 现当代旧体诗词进入文学史的几个问题 ………(290)

第十七章 《南园词》对传统词学的承传与超越 ………(302)

第十八章 曲学精神对当代旧体诗词创作的影响 …………(321)

第十九章 《天山韵语》:潜在视角凸显的西域景观风貌 ……(339)

第二十章 当代中州旧体诗词四家叙论 ………………(349)

附 录

诗歌与读者之间的桥
　　——序杨景龙主编《20 世纪中国诗歌精品分类导读》 ……(369)

诗意感悟之中的理论启迪
　　——杨景龙著《古典诗词曲与现当代新诗》序 ……………(372)

旨显文茂论小诗
　　——杨景龙新著《短章小诗百首导读》简评 ……………(375)

重估新诗与传统诗歌的关系
　　——简评杨景龙先生《古典诗词曲与现当代新诗》 ………(378)

通古今之变
　　——简评杨景龙教授新著《中国古典诗学与新诗
　　名家》…………………………………………………(383)

代后记 当代旧体诗词应该向新诗学习什么 ……………(390)

加强古今演变研究，
拓展新的学科空间

文学研究领域学科时段的机械划分，限制了研究者贯通古今的学术视野，导致了大量重复研究现象的产生，使人误以为不同时段研究之间的隔膜乃是正常现象，终置文学史发展演变的整体性、连贯性于不顾。上述问题在古代文学研究界表现得较为突出。不少研究者到1840年或1917年为止，便不向现当代延伸自己的学术触角，自行放弃了一大片生机蓬勃、足堪用武的崭新学科空间。他们对现当代文学现象很少关心，对古代文学影响现当代文学的状况缺乏了解，古代文学在现当代文学创作、批评上所显示出的巨大价值就此被忽略，致使古代文学研究无法介入当前文学建设中去，沦为"夕阳"专业，文学史发展的一脉血缘遂被人为的时段划分所切断。

笔者近年一直从事古今诗歌比较研究工作，在此不揣浅陋，拟对中国古代诗歌全方位影响渗透现当代新诗的事实加以举证，以期引起古代诗歌研究者对古今诗歌传承问题的普遍关注，来共同革除学科机械划分产生的弊端，为古代诗歌研究拓展出新的学科生存空间。借此机会把自己不成熟的看法贡献出来，向方家同好请教。

一

文学史是一条流不断的大河，上游之水总要往下游流淌。居于大河上游的那些蕴含积淀着深厚的民族文化心理—情感内涵的"母题"和"原型"，作为"背景或大的观念"① 总要对后世文学进行笼罩性的渗透，致使一些题材、手法形成"一个特殊形式或模型，这个形式或模型在一个时代又一个时代的变化中一直保存下来"。② 或显性或隐性地呈现"每一篇文本都是在重新组织或引用已有的言辞"的结果。③ 因此，后来的诗歌接受前代的影响是必然的。

　　古典诗歌的遗传基因在白话新诗的发轫之作《尝试集》里，即显示得至为明显，收入集子中的《生查子》、《如梦令》、《沁园春》、《百字令》等都是白话词，《赠朱经农》、《中秋》、《江上》、《景不徙篇》等都是五、七言诗，作为附录的《去国集》全是旧体诗词。胡适先生自己就承认，他的《尝试集》第一编里的诗"实在不过是一些刷洗过的旧诗"，④ 第二编里的诗也"还脱不了词曲的气味与声调"。⑤《尝试集》作品的说理言志性质和伦理品格，也留有古典诗歌的烙印。胡适之后，白话诗人的创作，或强或弱、或显或隐、或多或少受其影响，都无法完全逃离古典诗歌传统的一脉血缘之外。小到一个意象，一句诗，一篇作品，大到一个诗人，一个流派，一种诗体，一种诗学主题，一种表现手法，古今之间均有着千丝万缕的内在联系，皆可寻绎出彼此施受传承的脉络和痕迹。

　　古今诗歌意象、诗句之间，存在着直用、活用、化用几种关系。从李璟《摊破浣溪沙》词句"丁香空结雨中愁"里，衍生出戴望舒《雨巷》的中心意象"雨"和"丁香"，卞之琳就说《雨巷》"读起来好象

---

① ［美］乌尔利希·韦斯坦因：《比较文学与文学理论》，刘象愚译，辽宁人民出版社1987年版，第136页。
② ［英］莫德·鲍特金：《悲剧诗歌中的原始模型》，杨匡汉、刘福春编《西方现代诗论》，花城出版社1988年版，第333页。
③ ［法］罗兰·巴特：《文本理论》，转引自［法］蒂费纳·萨莫瓦约《互文性研究》，邵炜译，天津人民出版社2003年版，第12页。
④ 胡适：《尝试集·初版自序》，陈绍伟编《中国新诗集序跋选》，湖南文艺出版社1986年版，第30页。
⑤ 胡适：《尝试集·再版自序》，陈绍伟编《中国新诗集序跋选》，湖南文艺出版社1986年版，第35页。

旧诗名句'丁香空结雨中愁'的现代白话版"。① 谢朓《晚登三山还望京邑》诗句"余霞散成绮"，被戴望舒活用为《夕阳下》首句："晚云在暮天上散锦。"姜夔《鹧鸪天》词句"少年情事老来悲"的意思，活用为他的《可知》头两句："可知怎的旧时的欢乐/到回忆都变作悲哀。"温庭筠《春日野行》诗句"鸦背夕阳多"和周邦彦《玉楼春》词句"雁背夕阳红欲暮"，闻一多活用为《口供》中的诗句："鸦背驮着夕阳/黄昏里织满了蝙蝠的翅膀。"南宋杨万里《苦热登多稼亭》诗句"偶见行人回头望，亦看老子立亭间"，清代厉鹗《归舟江行望燕子矶》诗句"俯江亭上何人坐，看我扁舟望翠微"，意象之间的主客关联转换手法，与卞之琳那首由长诗删改后留下的断句性质的《断章》相同："你站在桥上看风景/看风景的人在楼上看你//明月装饰了你的窗子/你装饰了别人的梦。"杜甫《船下夔州郭》诗句"晨钟云外湿"，也演绎成了李瑛的《谒托马斯·曼墓》："细雨刚停，细雨刚停/雨水打湿了墓地的钟声。"张先《江南柳》词句"愿身能似月亭亭，千里伴君行"，与舒婷《春夜》中的名句"我愿是那顺帆的风/伴你浪迹四方"，可说是活脱相似。这几例都属化用。范仲淹《苏幕遮》结句"酒入愁肠，化作相思泪"，直用为王牌《乡愁》诗句："我将乡愁/斟入酒中/酒入愁肠/化作泪。"王维《汉江临眺》颔联下句"山色有无中"，直用为罗门《时空奏鸣曲》诗句："打开唐诗宋词/没有枪声来吵/世界便远到/山色有无中。"北朝乐府《敕勒歌》开头成句，直用为席慕蓉《长城谣》诗句："敕勒川，阴山下/今宵月色应如水。"李商隐《无题》诗句"断无消息石榴红"，被余光中略加改动，变成《劫》中诗句："断无消息/石榴红得要死"；李清照《武陵春》词句"只恐双溪舴艋舟，载不动，许多愁"，又被他活用为《碧潭》中的名句："如果舴艋舟再舴艋些/我的忧伤就灭顶"；杜甫《江南逢李龟年》诗句"正是江南好风景，落花时节又逢君"，也被他的《赠斯义桂》改写为："偏是落花的季节又逢君/海景纵好非江南的风景。"洛夫说："我曾写过这样的句子：'清晨，

---

① 卞之琳：《人与诗：忆旧说新》，安徽教育出版社2007年版，第193页。

我在森林中/听到树中年轮旋转的声音——'，这与杜甫'七星在北户，河汉声西流'的诗句，具有同样的超现实艺术效果"，属于化用；洛夫还"做过一些将杜甫、李白、王维、李贺、李商隐等诗句加工改造，旧诗新铸的实验"，例如他曾"把李贺的'石破天惊逗秋雨'一句改写为：'石破/天惊/秋雨吓得骤然凝在半空'"，则是活用。① 古典诗歌的意象、诗句被新诗直用、活用、化用的例子，还有许多，一些颇负盛名的新诗佳句，实际上是从古典诗词名句中蜕变而来的。

二

古今诗歌作品之间的传承，类似于古代诗歌史上的"拟作"或"效体"现象，西方文论术语把这种现象称为"互文性"写作。试看汉代班婕妤咏纨扇的《怨歌行》：

> 新裂齐纨素，皎洁如霜雪。裁成合欢扇，团团似明月。出入君怀袖，动摇微风发。常恐秋节至，凉飚夺炎热。弃捐箧笥中，恩情中道绝。

它的整体构思和比兴手法，被何其芳的名篇《罗衫》所模仿：

> 我是，曾装饰过你一夏季的罗衫，/如今柔柔地折叠着，和着幽怨。/襟上留着你嬉游时双桨打起的荷香，/袖间是你欢乐时的眼泪，慵困时的口脂，/还有一枝月下锦葵花的影子/是在你合眼时偷偷映到胸前的。/眉眉，当秋天暖暖的阳光照进你房里，/你不打开衣箱，检点你昔日的衣裳吗？/我想再听你的声音。再向我说/"日子又快要渐渐地暖和。"/我将忘记快来的是冰与雪的冬天，/永远不信你甜蜜的声音是欺骗。

---

① 洛夫：《诗的传承与创新》，《洛夫精品》，人民文学出版社1999年版，第5页。

《怨歌行》与《罗衫》所使用的手法均是咏物拟人，比兴寄托；"纨扇"和"罗衫"，均是女性的服用之物；其所比拟的抒情主人公，在爱情关系中均处于被弃者的弱势位置；诗的抒情基调，均是被弃者的幽怨情怀。班婕妤的诗是宫怨体，中心意象"纨扇"用作女性的自喻，是宫中失宠者的化身，她之被遗弃的不幸遭遇，是封建制度造成的命运悲剧；在表现上班诗是顺叙，身在夏天，心忧秋天。何其芳则以中心意象"罗衫"做男性的自喻，寄托一个年轻人对现实中不美满的爱情的怨艾，"罗衫"是现代社会里的失爱者的化身，他之被弃置不顾的不幸遭遇，是对方的个人感情迁移所导致的结果；在表现上何诗是倒叙，身在秋天，回忆夏天，并且憧憬着挽回旧情，心理层次显得更为复杂繁缛。将二诗加以对比解读，可以清楚地看到，何其芳的《罗衫》是对班婕妤《怨歌行》的现代改写重组。再看苏轼的《蝶恋花》下片：

> 墙里秋千墙外道，墙外行人，墙里佳人笑。笑渐不闻声渐悄，多情却被无情恼。

其误会与巧合的艺术构思，被郑愁予表现游子思妇闺怨情感的名篇《错误》所借鉴：

> 我打江南走过/那等在季节里的容颜如莲花的开落//东风不来，三月的柳絮不飞/你底心如小小的寂寞的城/恰若青石的街道向晚/跫音不响，三月的春帷不揭/你的心是小小的窗扉紧掩//那达达的马蹄是美丽的错误/我不是归人，是个过客……

苏词里笑声无意，行人有情；郑诗里马蹄无意，思妇有情。苏词里的墙外行人错解墙内佳人的笑声，郑诗里的江南小城思妇错把过客当作归人。从情节因素来看，二者均构置了带有无焦点冲突性质的戏剧化情境。郑诗对苏词的借鉴不仅止于此，还有更深的比兴象征层面。在苏词中，"多情"的行人是苏轼的自比，"无情"的佳人喻指最高统治者。积极用世的作者对"佳人"一往情深，忠贞不贰，而最终却被冷落在封建统治圈子象征的一堵高墙之外，四顾茫然，无所归宿。在郑诗中，犯下"美丽错误"的当不仅是思妇，游子恐怕也有"犯错误"的负疚感：为什么"我"只是"过客"而不是"归人"？为什么"我"让"季节里的容颜"等待落空？为什么"我"只能"打江南走过"而不能停留？诗中那古典的游子思妇的浓重怨情里，掺入的是现代社会迫于政治原因而去国怀乡者的浓重乡愁。可见郑诗不仅借鉴了苏词单相思的生活喜剧情节，郑诗更像苏词那样，寄托了社会政治意义和身世悲凉之感。

此外，像温庭筠《梦江南》"梳洗罢"的词意，被席慕蓉的名篇《悲喜剧》加以翻新与掘进，写"白苹洲"上痛苦的等待与虚拟的相逢。《古诗十九首》中的《迢迢牵牛星》所表现的咫尺天涯的永恒阻隔，与舒婷的名篇《船》同一机杼。还有《诗经·关雎》与高准的《香槟季》、王维的《渭川田家》与陈江帆的《穷巷》、张继的《枫桥夜泊》与任洪渊的《那几声钟，那一夜渔火》、白居易的《长恨歌》与洛夫的《长恨歌》、周邦彦的《少年游》与冯青的《最好回苏州去》等，措辞、构句、立意皆有直接的传承关系。甚至在冯至的名篇《桥》和金克木的名篇《邻女》里，我们仍然不难发现隐含着的来自《诗经·蒹葭》和《汉广》的"间阻—思慕"的"原型"模式，聪明的冯、金不过对古老的"原型"模式加以反向的使用而已。把这些相关的作品放在一起对读，在古今比较的"溯本求源里"，读者就会看到"前人的文本从后人的文本里从容地走出来"的有趣现象，① 从而面带会心的微笑，对这些古今作品的艺术价值作出恰如其分的准确评价。

---

① ［法］罗兰·巴特：《文本意趣》，转引自［法］蒂费纳·萨莫瓦约《互文性研究》，邵炜译，天津人民出版社 2003 年版，第 12 页。

三

　　古今诗人之间，像李白诗歌的大气包举、豪放飘逸与郭沫若、贺敬之诗歌的豪情气势，杜甫诗歌的关心民瘼、沉郁顿挫与臧克家诗歌的乡土写实、艾青诗歌的深沉悲郁，李贺、卢仝诗歌的冷艳险怪与李金发象征诗的凄美生涩，李商隐、温庭筠诗词的艳情绮思与戴望舒、何其芳诗歌的辞色情调，屈赋、李诗、姜词与余光中诗歌的骚雅、才气、琢炼，温庭筠、柳永、秦观等为代表的唐宋婉约词的浪漫感伤气息与席慕蓉、舒婷诗歌的浪漫忧伤气质等，均存在深刻的对应师承关系。"诗虽新，似旧才佳"，[①] 古代诗人诗歌作为新诗的诗学背景和诗艺渊源，赋予上举新诗人的创作以丰厚的底蕴，使他们的"新诗"作品散发出诱人的古典美的芬芳，满足了熟悉、热爱古典诗词的广大读者的审美心理期待，因而广受欢迎。正是在创造性转化古典诗学传统的过程中，新诗作品的诗质诗美达成了"新"与"旧"的动态平衡，这是上举新诗人的创作大获成功的深层原因。

　　古今诗体之间，像古代词曲与"胡适之体"诗歌和俞平伯、严阵、流沙河诗歌的体制、句式、节奏，古典格律诗与闻一多等人倡导的新格律诗，古代辞赋歌行与郭小川铺排铺饰的"新辞赋体"诗歌，古代绝句小令与白话小诗的形式、内容异同等，也存在着直接、间接的影响和借鉴关系。新诗普遍采用的偶句用韵和四行建节的诗形，均具有形式上的"原型"性质。古代绝句的"原型"形式痕迹，又显现为新诗中的小诗一体，小诗有很多四句一首，更像是古代绝句的现代嫡裔。而那些两节一首、句子参差的新诗，总让人感觉出双调词的形式遗留。古典诗词曲赋的句式节奏被新诗借取得更多，胡适、刘大白、刘半农、俞平伯、闻一多、郭小川、严阵、流沙河等诗人的作品，语言句式节奏甚至意境韵味都逼肖古典诗词曲赋，与来源于国外的自由体新诗舒

---

① （清）袁枚：《随园诗话》卷八，人民文学出版社1960年版，第256页。

展散缓随意的句子节奏完全不同，是古典诗词曲赋体式在新诗领域里变通演化的结果。

古今诗歌流派之间，像盛唐边塞诗的激情悲壮、异域风光与新边塞诗的激昂豪迈、地域特色，元散曲本色派浅俗的"蛤蜊风味"与新生代诗的口语谐趣，也是一线传承，脉息相通。"新边塞诗派"的流派命名，即显示其与古代边塞诗之间的渊源有自。无论是从时代、地域的角度，还是从诗人、诗风的角度，抑或从传承与超越的角度来看，二者均存在极大的可比性。元散曲与新生代诗之间，尤其是新生代诗中的"他们诗派"、"莽汉诗派"、"大学生诗派"、"撒娇派"等流派的作品，与元散曲中的"本色派"作品简直形神逼肖。在社会地位与文学观念上，在题材内容与语言运用上，在艺术理想与审美追求上，元代散曲家和新生代诗人存在着惊人的相似之处。

古今诗歌主题之间，像社会政治主题，爱国主题，爱情主题，时间生命主题，历史主题，自然主题，乡愁主题等，从每一主题之中，均可梳理出一条贯通古今的粗重线索。比如乡愁主题，在乡情与亲情、乡情与爱情、故乡情与祖国情、地域乡愁与文化乡愁、情感寄托与灵魂归依等"母题"内涵上，在登高思乡、望月思乡、佳节思乡、闻声思乡、梦忆还乡、远望当归、秋风日暮起乡愁等"原型"模式上，古代乡愁诗对现当代乡愁诗尤其是台湾和海外华人的乡愁诗创作，起着"远程调控"性质的制约、规定作用。

古今诗歌形式手法之间，像意象化，比兴象征，构思立意的借鉴，意境营造与氛围渲染，叙事性与戏剧化，用典、拟作与互文性，主情、主智与主趣等，更是一种全面的影响和具体的接受关系。仅以意象化和比兴象征为例。古代诗歌的意象化手法，被现当代新诗人较为自觉地加以继承，一些古代诗人诗歌经常写到的通用意象，在现当代新诗中仍被继续反复抒写。意象与象征一体两面，不可分割，所以古代诗歌中的比兴象征作品极为常见。新诗在语言变异后，总体上仍走古典诗歌意象化的路子，多有比兴象征之作就是必然现象。早期新诗人的象征，偏重启蒙说理；象征、现代、九叶诸流派诗人的象征，渐趋冷静内敛，耽于哲思，有主知倾向；都与宋诗为近。创造社、新月派诗人的象征，多指向时代政治和社会理想，属于激情象征，近于主情的唐诗。七月派诗人和朦胧诗派的象征，介乎激情象征和知性象征二者之间，或近唐或近宋。新生代诗人师法元散曲，但也有绝佳的象征诗。古代象征诗题咏、爱情、政治互相交叉指涉的传统，也明显影响了现当代新诗作品。

上述几个方面，笔者在《古典诗词曲与现当代新诗》一书中均进行了较为详细的讨论，① 此处不再赘述。

四

上文的全面举证，并非站在偏执的古典立场，一厢情愿地攀亲或捕风捉影地穿凿；亦非欲在久已相安无事的学科边界上蓄意制造事端，图谋扩张古代诗歌研究的领地；而是中国诗歌古今发展演变的客观事实。除了少数诗人如纪弦认为"新诗乃横的移植，而非纵的继承"②，20 世纪具备文学史意识的大多数诗人，都不讳言新诗所承接的来自古典诗歌传统的影响，"在白话新诗获得了一个巩固的立足点以后，它是无所顾虑地有意接通我国诗的长期传统，来利用年深月久、经过不断体裁变化而传下来的遗产"③。他们明确地意识到，要想提高新诗艺术，必须向辉煌灿烂的古典诗歌艺术学习，在继承借鉴中创新发展，实现古典诗歌艺术在现当代新诗创作中的创造性转化。"新诗的老祖宗"胡适先生坦言，他的口语化、散文化的白话诗主张，"颇受了读宋诗的影响"④ 何其芳自谓童年时就喜欢古典诗词"那种锤炼，那种色彩的配合，那种镜花水月"，他"读着晚唐五代

---

① 杨景龙：《古典诗词曲与现当代新诗》，河南文艺出版社 2004 年版。
② 纪弦：《现代派六大信条》，《现代诗》第 13 期，1956 年 2 月 1 日。
③ 卞之琳：《人与诗：忆旧说新》，安徽教育出版社 2007 年版，第 192 页。
④ 胡适：《中国新文学大系·建设理论集》，良友图书印刷公司 1935 年版，第 8 页。

时期的精致的冶艳的诗词，蛊惑于那种憔悴的红颜上的妩媚"。① 卞之琳总结自己的创作特点时说："我写抒情诗，像我国多数旧诗一样，着重'意境'"，"我也常吸取文言词汇，文言句法"，他自评前期诗作"冒出过李商隐、姜白石以至《花间》词风味的形迹"。② 余光中追求受过现代意识洗礼的"古典"，和有着深厚古典背景的"现代"，他说"汨罗江在蓝墨水的上游"，指出了新诗与以屈原为代表的古代诗歌传统一脉相承的联系；他不仅写了《漂给屈原》、《寻李白》、《湘逝》、《夜读东坡》等诗，而且"自信半个姜白石还做得成"。③洛夫认为："人与自然的和谐关系"、"诗的意象化"、"诗的超现实性"三点，是现代诗人向古典诗歌学习的主要内容。他还结合创作实践，说明自己的现代诗创作从古典诗歌中获益良多。④ 这些新诗人的夫子自道，现身说法，最有说服力，值得古代诗歌研究者高度重视。把关注的目光相应地投射到这些现当代新诗人身上，正是古代诗歌影响史和接受史研究的题中应有之义。

与许多新诗人自述承传古典诗学相呼应，新文学理论批评界也相当注重向古典探源，为新文学和新诗获得深厚悠久的背景支持搭桥牵线，引导新文学作家和新诗人自觉地从传统文化和传统文学中汲取丰富的营养。周作人《中国新文学的源流》，就把五四新文学的源头上溯到晚明。新诗理论批评家也多主张借鉴古典诗艺，朱自清说："我们现在要建设新诗的音律，固然应该参考外国诗歌，却更不能丢了旧诗词曲"，因为"旧诗词曲的音律的美妙处，易为我们领解、采用"。⑤ 在评价具体诗人、诗作时，朱自清也注意拈出其与古典诗歌的联系，他说"俞平伯氏能融旧诗的音节入白话，如《凄然》；又能

① 何其芳：《梦中道路》，《何其芳文集》二，人民文学出版社1982年版，第65页。
② 卞之琳：《雕虫纪历·自序》，人民文学出版社1979年版，第15页。
③ 余光中：《莲的联想》序，《余光中诗歌选集》一，时代文艺出版社1997年版，第285页。
④ 洛夫：《诗的传承与创新》，《洛夫精品》，人民文学出版社1999年版，第1—6页。
⑤ 朱自清：《〈冬夜〉序》，陈绍伟编《中国新诗集序跋选》，湖南文艺出版社1986年版，第76页。

利用旧诗里的情景表现新意，如《小劫》；他又说闻一多"作诗有点像李贺的雕镂而出"。① 梁实秋在《新诗与传统》一文中反思新诗得失之后表示："新诗之大患在于和传统脱节"，"新诗应该是就原有的传统而探询新的表现方法与形式"。20 世纪 30 年代，叶公超撰文主张新诗人应多读文言诗文，他强调"以往的伟大的作家的心灵都应当在新诗人的心灵中存留着。旧诗的情境，咏物寄托，甚至于唱和赠答，都可以变态的重现于新诗里"，新诗"要在以往整个中国诗之外加上一点我们这个时代的声音，使以往的一切又重新配合"。② 叶氏的观点与艾略特强调诗人与历史传统的联系的看法大致相近，艾略特认为：诗人不仅要具有当代意识，"而且还要感到从荷马以来欧洲整个的文学及其本国整个的文学有一个同时的存在"。③ 可见传统诗歌与现代诗歌之间的关系，是东西方诗人、诗论家所共同关注思考的一个问题。闻一多 20 年代建设新格律诗理论时，就借鉴参照了古典格律诗；在西南联大中文系讲授唐诗时，他"于初唐诗和在唐诗发展过程中开辟出新路的诗人，论述得特别有力"，这样做的目的是为"处于拓荒创业阶段"的新诗的"破旧"和"创新"，提供"营养"和"借鉴"。④ 冯文炳认为温庭筠、李商隐一派诗表现出的"感觉的联串"、"自由的想象"和"视觉的盛宴"，"倒似乎有我们今日新诗的趋势"，他预言"新诗将是温李一派的发展"。⑤ 郑敏指出新诗现代派和西方现代派的"源头实则是中国古典诗词"，"古典与现代接轨"可以使新诗"跳出困境"，并"获得关于明天中国新诗发展的指南"。⑥ 这就从中国诗歌史整体发展的高度，指明了沟通古今诗歌的

---

① 朱自清：《中国新文学大系·诗集导言》，《中国新文学大系·诗集》，上海良友图书印刷公司 1935 年版，第 7 页。
② 叶公超：《论新诗》，《叶公超批评文集》，珠海出版社 1998 年版，第 62 页。
③ ［英］艾略特：《传统与个人才能》，卞之琳译，《20 世纪文学评论》上册，上海译文出版社 1987 年版，第 130 页。
④ 郑临川：《闻一多论古典文学》，重庆出版社 1984 年版，第 32 页。
⑤ 冯文炳：《谈新诗》，人民文学出版社 1984 年版，第 39 页。
⑥ 郑敏：《中国诗歌的古典与现代》，《诗与哲学是近邻》，北京大学出版社 1999 年版，第 311—331 页。

现实和未来意义。90年代以来，章培恒、董乃斌、陶文鹏、胡明、赵山林、蓝棣之、李怡等学者，也都呼吁或撰文，宏观思考或微观探讨了中国文学古今演变和中国诗歌古今传承的相关问题。

古代诗歌研究的当代性，不仅要求研究者以当代的眼光看待传统，而且要求研究者把研究成果最后落实到指导当代诗歌创作、批评的健康发展上来。历史上的诗学理论、批评家莫不如此：刘勰的《文心雕龙》、钟嵘的《诗品》、严羽的《沧浪诗话》以及明清大量的诗词选本和诗话、词话著作，都是通过对文学史、诗歌史或词学史的研究，通过对前代作家作品的评鉴，来力图改变当前文坛的流行风习，为当代的创作标正鹄的，树立典范。这是古典诗学一以贯之的优良传统。惜乎这一传统已被文学研究领域机械的学科划分所切断。因此，积极开展扎实有效的古今诗歌传承研究工作，在当前的古代诗歌研究领域具有突出的现实针对性和重大的理论实践意义。它不但有利于古代诗歌研究者扩大视野，重建完善的知识结构，以使自己有能力透视古典诗歌传统对现当代新诗所施予的影响，理出现当代新诗的诗学背景和诗艺渊源，从而对古典诗歌的现代价值和现当代新诗的艺术成就，作出较为准确公正的评估，并以辉煌灿烂的古代诗歌艺术为参照，剖析现当代新诗艺术的利弊得失，肩负起诗歌史家指导当代诗歌创作的义不容辞的责任；它还有望打破古代诗歌研究领域的僵化保守局面，避免大量的重复无效研究，在中国诗学领域拓展出一片边缘交叉的新垦地，培育出一个新的学科生长点，构建起一个新的分支学科；而在广泛的意义上，它更有益于培养古代诗歌研究者和现代学人丰富的审美趣味、弘通的历史视野和对优秀的民族文化传统进行创造性转化的能力。

上　编
古今诗歌传承论

第一章

中国乡愁诗歌的传统主题与
现代写作

　　中国古代早熟的农业文明形态，决定了上古先民们定居田土的农耕牛活方式，培育了他们对家园的热爱之情，滋育了他们的氏族、宗族和家族血缘伦理观念。这是传统社会里离乡背井的游子乡愁得以滋生的深层原因。古典诗歌对乡愁情感的反复抒写，形成了诗歌史上一个带有母题性质的诗学主题，以及几种普遍采用的表现乡愁情感的原型模式。20 世纪新诗人的乡愁诗创作，就是在新的时代背景之下，对古老的诗学主题的母题内涵和原型模式的赓续。

一　乡愁的实质与家园的意义

　　乡愁的实质是对家园和乡土的怀念眷恋。家园和乡土在人类生活史和人类心灵史上，均有着非凡的意义。从人类生存的角度说，家园的建立和乡土的垦辟，是人类走出巢居、穴居的原始状态的标志，家园和乡土，是人类躲避风雨霜雪、酷暑严寒等自然力量侵袭的地方，是人类劳作耕植、繁衍生息的场所。对于农业文明早熟的中国上古先民来说，定居于家园田土尤为重要。沈德潜编辑的《古诗源》中，有一首传为帝尧时代的《击壤歌》唱道："日出而作，日入而息。凿井而饮，耕田而食"，就是远古先民建立家园、垦辟田土、定居繁息的生存方式的写照。所以在我国第一部诗歌总集《诗经》的"雅、颂"部分里，伴随着氏族迁徙发展壮大的历程，总有修筑居室、建立家园的描写，如《大雅·绵》以热情洋溢的诗句，追述周民族十三世祖古公亶父率领部族自豳迁岐，告别穴居野处，在渭河平原安家定宅、封疆划界、开渠垦荒、修屋筑室的情形：

> 古公亶父，来朝走马。率西水浒，至于岐下。爰及姜女，聿来胥宇。//周原膴膴，堇荼如饴。爰始爰谋，爰契我龟。曰止曰时，筑室于兹。//迺慰迺止，迺左迺右，迺疆迺理，迺宣迺亩。自西徂东，周爰执事。//迺召司空，迺召司徒，俾立室家。其绳则直，缩版以载，作庙翼翼。//捄之陾陾，度之薨薨。筑之登登，削屡冯冯。百堵皆兴，鼛鼓弗胜。//迺立皋门，皋门有伉。迺立应门，应门将将。迺立冢土，戎丑攸行。

在《大雅·公刘》篇中也有类似的描写。《小雅》的《斯干》篇，不仅有对居室的生动形容："如跂斯翼，如矢斯棘。如鸟斯革，如翚斯飞"，而且明确说出了居室的功用："风雨攸除，鸟鼠攸去"，并进一步预祝入住这好居所后将会寝安梦美，喜降贵男贤女。这些诗里的如下诗句："爰居爰处，爰笑爰语"，"于时言言，于时语语"，无不流露出上古先民建立家园、安居乐业的由衷喜悦之情。

家园在物质生活、生存层面的巨大功用，滋生了人们对它的热爱之情。中国古代血缘宗法社会的性质，又对人们的热爱家园之情起到了一种强化作用。中国社会经历了氏族、宗族、家族、家庭的漫长演变过程，"贯穿这一演变的主线是血缘的脉络"①。中国人十分重视血缘的追溯，为氏族、家族、家庭和自己寻找生命的源头，《诗经》的《大雅·生民》、《商颂·玄鸟》和屈原《离骚》的开篇，就是这种观念在文学中的表现。血统的清理，可以加强血族的向心力和凝聚力，

---

① 苏桂宁：《宗法伦理精神与中国诗学》，上海三联书店2002年版，第40页。

有利于家族的生存稳定，发展壮大；血缘族群的辉煌兴旺，可以鼓舞家族成员的生存信心；祖先崇拜、宗庙祭祀使血缘认同上升为宗教性质的神圣感情，家族成员感受着祖先的神秘力量在冥冥之中的佑护，进而加强了个体对家族的依赖感；家谱编续、祠堂修建更把个体成员纳入家族血缘的网络系统之中，增强他们对家族兴衰的责任感和使命感；对宗法血缘的重视，孕育出了"孝悌"的伦理道德观念，这在儒家典籍《尚书》、《论语》、《孝经》中均有充分的表述和强调。在《诗经》中亦有大量表现"孝悌"情感的诗篇、诗句。如《周颂·邕》、《大雅·下武》、《大雅·既醉》等篇的追孝活动描述，《小雅·楚茨》描绘了孝敬的欢乐场面，《唐风·鸨羽》有为"王事"太忙无法奉养父母而哀叹，《小雅·蓼莪》抒发不能终养父母的痛极之情，《小雅·常棣》颂美兄弟的亲情友爱，《小雅·斯干》中"兄及弟矣，式相好矣，无相犹矣"的诗句，也表现了兄弟之间的亲爱和睦。上述的血缘联系和伦理情感，无不培养、强化着人们的乡情、亲情和根意识，成为滋生乡愁的适宜的温床。

还有社树桑林祭祀活动，也是人们家族观念和乡土情感的强有力的维系。中国古代普遍流行社稷祭木的习俗，《论语·八佾》曾记"哀公问社于宰我。宰我对曰：'夏后氏以松，殷人以柏，周人以栗，曰使民战栗'"。可见夏商周三代的社制都是祭木的。《墨子·明鬼》说："虞夏商周三代之圣王，其建国营都日，必择国之正坛置以为宗庙，必择木之修茂者立以为丛社。"《汉书·郊祀志》记："高祖祷丰枌榆社"，颜师古注曰："以树为社神，因立名也。"从虞夏到汉代，可见祭木习俗历时久远。而祭木亦形形色色，《白虎通·社稷》引《尚书》佚文云："太社唯松，东社唯柏，南社唯梓，北社唯槐"。《周礼·地官·大司徒》云："设其社稷之遗，各以其野之所宜木，遂以名其社与其野。"虽然因地而宜，祭木各异，但是人们在神树面前表现出来的敬畏与神圣感情是相同的，高大修茂的树木成为乡土、宗族、家邦的标志。从文字学的角度看，远古先民确是把生命、种族、邦国都同树木联系起来的，"生"字的甲骨文写法，即是一棵树从地上长出之象形，而标志着血缘关系的"姓"字，也作人向树木跪拜之象形，《说文》中的"邦"字，则像邑中立木。《诗经·小雅·小弁》第三章云："维桑与梓，必恭敬止。靡瞻匪父，靡依匪母。"朱熹《诗集传》注曰："桑梓，父母所植。"作这样的解释，则把祭木的宗教感情与孝敬父母的血缘亲情统一起来。家宅多植桑梓，桑梓又为父母所种，所以"桑梓"就成为乡土、家园、亲情的象征，时时处处唤起天涯游子的思乡思亲之情。

流行于殷代的桑林祭祀，反映了殷人的桑木崇拜。《淮南子·修务训》记商汤因天旱而"祷于桑山之林"。《吕氏春秋·慎大》云："武王胜殷，立成汤后于宋以奉桑林。"殷周之际，桑林中不仅弥漫着宗教巫术气氛，也回荡着自由快乐的爱情歌唱，在原始宗教活动中往往伴随着男欢女爱的原始习俗。《诗经·鄘风·桑中》云："爰采唐矣，沬之乡矣。云谁之思，美孟姜矣。期我乎桑中，邀我乎上宫，送我乎淇之上矣。"这首被经生们斥为"桑间濮上"的"淫奔"之诗，实际上是桑林祭祀宗教活动中男女自由恋爱风俗的写实。《诗经》中有许多爱情诗篇来自桑园，如《魏风·汾沮洳》："彼汾一方，言采其桑。彼美之子，美如英。美如英，殊异乎公行。"《孟子》云："五亩之宅，树之以桑"，可知桑园就是家园所在，而在桑园之中又有着美丽动人的女性和爱情。家园的一方桑梓热土，不仅承载着父母养育的深恩，更演绎过热烈缠绵的情爱，所以就更让离乡背井的游子朝思暮想、梦绕魂牵了。

在更深的精神层面，作为家园象征的桑园，又等同于对抗污浊、异化的尘世的淳朴洁净的田园，因而成为厌倦世路坎坷、宦海风波的游子，寻求心之所依、灵之所栖的归隐之处。《诗经·魏风·十亩之间》云："十亩之间兮，桑者闲闲兮，行与子还兮。十亩之外兮，桑者泄泄兮，行与子逝兮。"朱熹说此诗题旨是"政乱国危，贤者不乐仕于其朝，而思与其友归于农圃"。① 按朱熹的意思，《十亩之间》就

---

① （南宋）朱熹：《诗集传》，上海古籍出版社1980年版，第65页。

是我国最古老的田园隐逸诗，其间的田园之乐是通过十亩桑园里"桑者闲闲"、"桑者泄泄"的情态表现出来的，桑园之乐就是田园之乐，就是隐逸之乐，桑园就是田园就是家园。这里远离尘俗，人情淳朴，无利禄之争，无功名之念，"相见无杂言，但道桑麻长"（陶潜《归园田居》之二）。这令人心旷神怡的田园乡土，就更值得市朝奔竞的游子系念牵挂，因为这里不仅是他们生命的根本所在，也是他们精神和灵魂的最终归宿。

二　思乡与思亲

在乡愁主题诗歌中，思乡与思亲，乡情与亲情，往往是牵连一处，密不可分的。思乡的实质是思亲，乡情的实质是亲情。已如上节所论，这是由中国古代社会的宗法血缘性质决定的。上古中国人强烈的宗族血缘意识，孕育出了"父慈子孝，兄友弟恭"的伦理道德观念，它有力地制约着思乡者的情感指向。《诗经·魏风·陟岵》是诗歌史上最早表现思乡实乃思亲、乡情实乃亲情的作品："陟彼岵兮，瞻望父兮。父曰：'嗟！予子行役，夙夜无已。上慎旃哉，犹来无止。'//陟彼屺兮，瞻望母兮。母曰：'嗟！予季行役，夙夜无寐。上慎旃哉，犹来无弃。'//陟彼冈兮，瞻望兄兮。兄曰：'嗟！予弟行役，夙夜必偕。上慎旃哉，犹来无死。'"全诗三章，重章叠句，每章开头两句直接抒发思亲之情："陟彼岵兮，瞻望父兮"、"陟彼屺兮，瞻望母兮"、"陟彼冈兮，瞻望兄兮"。《毛诗序》曰："《陟岵》，孝子行役，思念父母也。"从作品实际看，远离家乡在外勤苦行役的征人思念的对象除父母外，还有兄长。思念父母是"孝"，思念兄长是"悌"，这正符合儒家伦理观念中对人的"孝悌"要求。征人登高远望之际，恍惚听到了家乡亲人们那一声声体贴艰辛、提醒保重、祝愿平安的嘱咐叮咛。这种手法更见出了征人与父母兄弟之间心心相印、息息相通的骨肉手足的浓挚亲情。还有《唐风·鸨羽》，此诗的题旨，《毛诗序》和朱熹《诗集传》都认为是"民从征役而不得养其父母"而作。外出的征人对因"王事靡盬"而"不能艺粟稷"、"不能艺稻粱"所导致的"父母何怙"、"父母何食"的严重后果，发出了"悠悠苍天，何其有所"、"悠悠苍天，何其有极"的呼喊，在急切的思乡之情中表达了无法赡养父母的强烈忧虑和怨愤。陈继揆《读诗臆评》称赞曰："一呼父母，再呼苍天，愈质愈悲，读之令人酸痛摧肝。"此诗感人的艺术效果，即来源于征人忧念亲养的血缘伦理感情。

古代诗歌史上游子他乡思念父母兄弟的作品很多，这里不再举例。这种乡情中包含的浓郁伦理亲情，对20世纪新诗人的影响是明显的。湖畔诗人潘漠华的《呵》，直抒游子思念父母的血缘伦理亲情："我想念我底死父，/他呀，卧在一堆黄土中——青草长着的下底；/我底母亲，扼心愁苦在房里罢？/一回想念已故人，一回想念远游的儿子！//呵！匆匆过来已近一年了！/我父亲底灵魂呀，/莫不是已升上天么？/你知不知母亲底辛酸？/想念否我们失父底悲哀？/呵！你应当归来呀！//我泪眼望青天，/青天游着白云罢。/父亲你莫掩去你底面！/我正用眼追寻你呢，/呵，你应当归来罢！"诗中对亡父的深情怀念，对丧夫别子的母亲心境的体贴，显示了少年诗人对父母的无限热爱。吴天籁的《白云深处》抒发对白云深处的家乡的思念，"母亲"是他思乡时回忆和牵挂的焦点："慈祥的母亲的怀里，/我的啼笑是有寄托的"，是永难忘怀的儿时记忆；"如今，憔悴了，/银鬓的母亲"，是想象中母亲今日的模样，包含着诗人体恤母亲的操劳衰老的一片孝心。台湾诗人邱振瑞的《思乡雨》，写自己在异乡的雨中，对家乡的思念："想家乡的甘蔗正伸根吐芽"、"想家乡的小溪正活泼歌唱"、"想老家的桑树正高出屋檐"，但思念的中心是"母亲"，他想象着雨中"气喘的母亲正慌着吆呼鸡鸭"、"虚胖的母亲正映在薄薄的睡帐"、"忧愁的母亲正探望村外的站牌"，母亲也许正操劳着家务，母亲也许已经累倒，母亲也许正牵挂着自己，所以雨中思乡的他感到"母子的血脉汇流着如此接近"，使他"回乡的心潮变得如此澎湃"。台湾诗人张默的《饮那绺苍发》，是在听不见母亲"遥远的叮嘱"已经"三十个寒暑"、"一万多天"以后，诗人对着母亲的照片，寄托心声：

> 读着，读着，深深地读着/您的七十六岁的肖像/那眼角两侧长而细的鱼尾纹/那满头的白雪/流溢着几多的思念和沧桑

任凭时间过往，不论生前死后，母子亲情永不变质："哦！母亲/不管岁月如何无情流逝/不管现在我们怎样的苍老/也许我们能活过一百岁/也许五十年后/我们的尸首比严冬的霜雪更冷澈/然而，母亲，您永远，永远是/轻拂我们坟前的萧萧的白杨。"母爱永恒，生死不渝，暮年游子面对母亲照片的声声倾诉，异常感人。

古典诗歌中还有不少身在异乡思念妻子儿女的作品，也印证着乡情的实质乃是亲情。《诗经·豳风·东山》中东征三年、急于西归的征人，难捺飞向西方家乡的归心，想象着妻子在家中准备迎接自己归来，回忆着当年新婚的热闹和新娘的漂亮，可知牵系着征人的，正是荒芜家园中的美丽妻子。杜甫的《月夜》思念妻子为主，兼及儿女。李商隐的《夜雨寄北》，《万首唐人绝句》作《夜雨寄内》，"内"即"内人"，也就是妻子，可知此诗乃是诗人在遥远的巴山雨夜里寄赠长安家中妻子的。古代诗歌中有着相当数量的"寄内"、"赠内"之作，均属此种性质。

故乡情恋之所以如此牵动游子的心，除了血缘亲情之外，还有爱情。《古诗十九首》中的《涉江采芙蓉》即是游子思念故乡"同心"之作："涉江采芙蓉，兰泽多芳草。采之欲遗谁？所思在远道。还顾望旧乡，长路漫浩浩。同心而离居，忧伤以终老。"还有《客从远方来》："客从远方来，遗我一端绮。相去万余里，故人心尚尔。文采双鸳鸯，裁为合欢被。著以长相思，缘以结不解。以胶投漆中，谁能别离此。"遥远的空间距离也难以阻断彼此的思念依恋，诗中的意象如"鸳鸯、合欢、长相思、结不解、胶漆"等，都带有"原型"性质，成为后世表达爱情的习用语汇。

现代新诗人笔下的乡愁主题中，多有将血缘亲情与爱情合并一处加以表现的，如冯雪峰湖畔时期的《落花》：

> 片片的落花，尽随着流水流去。//流水呀！/你好好地流罢。/你流到我家底门前时，/请给几片我底妈；——戴在伊底头上，/于是伊底白发可以遮了一些了。/请给几片我底姊；——贴在伊底两耳旁，/也许伊照镜时可以开个青春的笑呵。/还请给几片那人儿，——那人儿你认识么？/伊底脸上是时常有泪的。

诗中与"我底妈"、"我底姊"并置的"那人儿"，就是故乡的恋人。潘漠华写于同期的《游子》，与《落花》相似，留在游子"迷漠的记忆里"的，不仅有"父亲干枯的眼睛，/母亲没奈何的空安慰，/兄弟姊妹底对哭"，还有"那人儿底湿遍泪的青衫袖"。余光中的名诗《乡愁》的前三节，亦是血缘亲情和爱情合写。厂民 20 世纪 30 年代的《采桑女》值得特别关注：

> 一阵潇瑟的春雨卷过，/故园的陌上已挂满绿的桑枝了吧？//故园陌上的绿桑枝，我是怀念的；/绿桑枝下的采桑女/更是我惓惓不忘的呵！//把嫩嫩的桑芽，/当作爱情的食粮吃下吧！/我喜欢那蚁蚕样乌黑的头发，/透明的软腰，和吃叶时的，/像黄梅雨般明快的歌。//吐不尽的长丝/结成的纯洁坚固的果，/正是我们爱情的象征哪！

也许诗人在无意之中，重复了上古诗歌里"桑与爱情"的原型意象。"故园"的标志就是"绿桑"，对"故园"的怀念，就是对"绿桑"的怀念；对"绿桑"的怀念，实质上是对"绿桑枝下的采桑女"的怀念。在游子的记忆里，故乡、桑树、爱人就是这样密合无间地联系在一起的。而叶舟的《故乡，我的恋人》，则直接将"故乡"等同"恋人"，在"客地的细雨寒风"中，诗人的思乡之情，实际上是对"八年"之前那一段青梅竹马、两小无猜的纯真恋情的再一次回忆。

三　故乡情与祖国情

在中国古代血缘宗法社会的关系秩序链条上，家是国的雏形，国是家的扩大。先秦儒家典籍的思路总是以家为基础和起点，推而广之，及于邦国天下。《周易·家人》云："家人，女正位乎内，男正位乎外；男女正，天地之大义也。家人有严君焉，父母之谓也。父父，子子，兄兄，弟弟，夫夫，妇妇，而家道正；正家而天下定矣。"《诗经》云："刑于寡妻，至于兄弟，以御于家邦。"《孝经》云："君子之事亲孝，故忠可移于君。"孔子把"事父"与"事君"、"父父子子"与"君君臣臣"等同看待（《论语》）；孟子强调"正心诚意修身齐家"的目的，是"治国平天下"（《孟子》）。由家族的血缘伦理关系，衍生出国家的政治伦理关系，中国古代社会就此达成了家与国的统一。

这种家国不分的观念体现在乡愁主题诗歌中，便是故乡情与祖国情的合二为一。屈原的《离骚》首开先例，作为与楚王同姓的"宗臣"，国与家在屈原那里是一个概念。屈原的爱国感情，是和宗族感情相联系的，《离骚》开篇对祖先的深情追认，就是他的宗族感情的自然流露。《离骚》后半部分展开诗人内心的去留矛盾冲突，在听从"何所独无芳草兮，又何怀乎故宇"、"两美其必合兮，孰求美而释汝"的"灵氛吉占"后，屈原决心"远逝以自疏"，开始幻境中的远游，"路不周以左转兮，指西海以为期"，到最有可能实现自己的美政理想的国家去寻求出路。但在离去的最后时刻，他"忽临睨夫旧乡"，只是在云端投向故乡一瞥，就把他"周流上下"的心灵翅膀收了回来，遂抱定"从彭咸之所居"的决心，以死来殉自己的故乡与祖国。他的《哀郢》，记述流放江南的路线，亦情亦景，忧思绵绵，在身世之感中尽情倾诉了不忘故乡和祖国的深沉悲郁之情："羌灵魂之欲归兮，何须臾而忘反。背夏浦而西思兮，哀故都之日远。登大坟以远望兮，聊以舒吾忧心。……曼余目以流观兮，冀壹反之何时！鸟飞反故乡兮，狐死必首丘。"故乡情与祖国爱，已成为诗人须臾不忘、生死以之的终极关怀。

南北朝诗人庾信的后期诗歌，也是把故乡情与祖国情合并抒写的。庾信原是南朝梁代的宫廷诗人，出使北朝被留，不得南归，历仕西魏、北周，官至骠骑大将军、开府仪同三司。但他"虽位望通显，常有乡关之思"①。久居北方的庾信渴望南归，魂牵梦绕于故国山河。看到渭水，眼前便幻化出江南风景："树似新亭岸，沙如龙尾湾。犹言吟溟浦，应有落帆还。"（《望渭水》）忽见槟榔，也会勾起思乡的惆怅："绿房千子熟，紫穗百花开。莫言行万里，曾经相识来。"（《忽见槟榔》）接到南方故人来信，更是悲从中来："玉关道路远，金陵信使疏。独下千行泪，开君万里书。"（《寄王琳》）尽管庾信北迁以后颇受礼遇，宇文逌《庾子山集序》说其"高官美宦，有逾旧国"，但他内心深处感到自己与"倡家遭强聘，质子值仍留"一般无二（《拟咏怀》之三）。他的《拟咏怀》二十七首，以五言组诗的体制，多角度抒发凄怨沉哀的乡关、故国之思，其七云："榆关音信断，汉使绝经过。胡笳落泪曲，羌笛断肠歌。纤腰减束素，别泪损横波。恨心终不歇，红颜无复多。枯木期填海，青山望断河。"借流落胡地、心念汉朝的女子，比喻自己身仕北朝的隐恨和虽然绝望仍不放弃的南归渴念，诗中的乡关之情与故国之思，抒写得极为感人。此后，像南北宋之交、宋末元初、明末清初的爱国作家的诗词创作，多有将故乡情与爱国情"一笔双写"的情况。

20 世纪新诗中，较早将乡愁与爱国"打并一处"的文本，多出自世纪初的留学生诗人之手，空间距离的阻隔和民族歧视的刺激，使他们对故乡祖国梦绕魂牵，思恋不已。如穆木天的诗集《旅心》，溢满赤子故国之情，《心响》写道："几时能看见九曲黄河/盘旋无际滚

---

① 《周书·庾信传》，《二十五史》第 3 卷，上海古籍出版社 1986 年版，第 69 页。

滚白浪"、"几时能含住你的乳房/几时我能捆在你的怀中/啊！禹城，我的母亲/啊！神州，我的故乡"。而将二者加以集中表现的是台湾诗人和海外华裔诗人的乡愁诗歌创作。政治原因导致的两岸隔海相望，是滋生乡愁的时空背景，所以，台湾与海外华人诗歌的乡愁主题中，浸透了渴望民族统一的爱国意识。这些乡愁诗的抒情主体，既是在思念亲人和家乡，又是在思念大陆和祖国。余光中的名篇《乡愁》，便是把亲情、爱情、乡情和祖国情融合为一，读来似乎没有任何理解障碍，但其情感又深不可测。这是真正具有传世价值的好诗。高准《念故乡》的第一节："是永恒的情人在梦里飘渺，/是生我的母亲却任我漂泊，/故乡啊，/我的故乡是中国。"也是将亲情、爱情、乡情和祖国情四者合写。文晓村的《想的，不愿想》，诗人因看到鞋子而勾起游子思乡的内心波动："儿时濯玩伊水的那裸足/还是一对白白嫩嫩的小莲藕/没想到一穿上鞋子/就会去荡汀湖的浪头。"诗人进而想起："是母亲亲手做的啊/那黑色的布鞋，那载着你/载着浪花，也载着海鸥的小舟。"自从穿着它离开家乡，在人生的浪潮中颠簸，便失去了母亲的呵护。诗中的家乡、母亲既是实指，也喻指母亲一样的民族和祖国。出自擅长言情的席慕蓉之手的《长城谣》、《隐痛》、《出塞曲》、《狂风沙》等诗，把个人的离愁别绪与家国的历史命运结合起来，在一个比爱情更为深沉的层面上，寄托了诗人东方式的悲郁的乡土幽思和故国情怀。欧周的《再生我一次》末段这样写："再生我一次/若真能再生我一次/妈妈/务必请您失误/在户籍栏上/仅填二字/中国。"在诗人的心目中，故乡已然完全等同于祖国。这样去理解故乡与祖国的关系，在由大陆迁台的诗人和海外华裔诗人中具有普遍性。

四　从地域到文化

从某种意义上说，文化不仅是地域的表征，而且规定着地域的质性，对家乡的思念在更深的层次上就是对文化的孺慕。"文化制约着人类"，家乡的一方水土上，有着独特的自然风景、民情风俗、历史传说、文学艺术，构成自成体系的文化传统，使生长于斯的人从小置身其中，浸润濡染，渐成习惯。一旦离开自己的家乡客居异地，人地生疏，满目异俗，多有不适，游子便会从地域乡愁中滋生出更深刻的文化乡愁。余光中回顾数度旅居美国的经历时曾说："远适异国，就算是待遇不薄，生活无忧，但在本质上始终却是一种'文化充军'。"① 所以，异乡即使安乐丰饶，游子也会感到"虽信美而非吾土兮，曾何足以少留！"②

在古典诗歌中，蔡琰的《悲愤诗》叙写自己被掳往南匈奴的边地思亲痛苦，较早流露了文化乡愁意味："边荒与华异，人俗少义理。处所多霜雪，胡风春夏起。翩翩吹我衣，肃肃入我耳。感时思父母，忧念无穷已"，既有气候不适的地域因素，也有民风习俗不适的文化因素；传为蔡琰所作的《胡笳十八拍》，咏叹被掳后的乡思，也是由地域和文化双重不适刺激引发的："云山万重兮归路遐，疾风千里兮扬尘沙。人多暴猛兮如虺蛇，控弦披甲兮为骄奢"、"殊俗心异兮身难处，嗜欲不同兮谁可与语"、"原野萧条兮烽戍万里，俗贱老弱兮少壮为美。逐有水草兮安家葺垒，牛羊满野兮聚如蜂蚁"，正是地域和文化的双重不适，使得女诗人"凄楚流恨"，"恶居于此"。此后的古代乡愁诗中往往含有文化乡愁的因素。

20世纪新诗对乡愁的表现，很早就显示出文化乡愁的倾向。闻一多20年代留学美国时的《忆菊》，把"四千年的华胄名花"菊花等同于祖国，作为中心意象的"菊花"，积淀着深厚的历史文化内涵。冯乃超20年代写于日本的《乡愁》，思念故乡如画的风景："我爱石砌的环拱的桥头/与桥底缓慢的浊流/橙黄的月亮照着黄色的小船/我念木版画里的苏州。"另一首《南海去》中，他借送弟弟们回国，表达了对物产丰饶的南海家乡的眷念赞美之情："南海去/我的故

---

① 余光中：《敲打乐·新版自序》，《余光中诗歌选集》二，时代文艺出版社1997年版，第69页。
② （东汉）王粲：《登楼赋》，张永鑫编《汉魏六朝小赋选》，江苏教育出版社1986年版，第103页。

乡在南海里/农园四季有花开/茉莉的幽香/烘我初恋的心爱/鸡冠的鲜红/焚着情热的花蕾//南海去/灰蓝的屋宇/花岗岩的石柱/龙眼的果树结圆珠/荔枝的老红胜胭脂/七月的阳光池水里/七月的鲜红南海里。"这两首诗中都含有地域文化成分。

　　而把文化乡愁作大量集中表现的，是一批亲身经历了40年代中国大陆的战乱，后来迁往台湾的诗人和一些较年轻的台湾和海外华裔诗人。他们置身于充分西化（现代化）的社会环境，在物质生活乃至诗歌艺术上都已现代化和现代主义了，但在他们的心中，却无法忘怀家国民族的记忆，怀有强烈的"中国情结"。在受到西方异质文化和台湾地区台独势力的刺激时，他们愈加不忘自己是个"中国人"，他们的诗作更是常常把有关家乡的记忆、祖国的历史、民族的文化作为重要的表现对象，以突出、强调自己的文化身份的"新古典主义"的方式，在诗艺上告别"横的移植"，归宗于五千年的华夏文明和灿烂悠久的古典诗歌传统，以此来缓解内心深处"刀搅"般的文化焦虑。

　　20世纪台湾和海外诗人乡愁主题诗歌的文化内涵，往往和家乡特定地域的自然、风景、物产、习俗联系在一起，并扩大为中华民族的风俗文化、历史文化、诗词文化、艺术文化等方面。黄雍廉的《唐人街》，思念"扬州的驿马/长安的宫阙/殷墟仰韶的玄黄釉彩/玉门关外的信使"，回响着"历史的箫声"；蓝俊的《父亲的呢喃》写解甲的父亲，时常在谈话中神往地说起北方的故乡，语气里满溢背井离乡的感伤："茫茫的白雪融了/一大片一大片高粱的穗浪凋了/满池的荷花枯了/大理石的城墙塌了/放粮的谷仓和地窖空了//正月失去踩芝麻秸的响声/元宵不见扎灯结彩的烛火/端午没有雄黄和蒲艾/中秋情怀无处寄/重九不再登高望远/腊月更少了过冬的皮袄袄"，内容上侧重对地域风俗文化的追怀；高准的《念故乡》，揣想故乡"春天窗外下着小雨，/那杨柳是否已青青？/那遍野的桃花杏花，/可耀亮着谁的眼睛？"并由故乡推延开来，牵挂着更广大的地域和更丰富的文化：

谁的眼睛可看到那江南草长？/谁可看到了清明时节的汴梁？/谁可又看到那长安的月亮？/谁的纤纤素手，能采桑于绿水之阳？//而梧桐在梦寐里枯落。/而凤凰在烈火里涅槃。/而金剑在秋水里沉埋。/而青鸟在寒风里冻残。

季节、风景和风俗中氤氲着丝丝缕缕文化的愁绪。林耀德的《穿着中国的服饰》，通过对早晨从"长堤走过"的一位少女穿着的"中国服饰"的细致入微的刻画，从服饰文化的角度，表现了海外游子的思乡情感和文化认同心理：

穿着中国的服饰/头上捆扎着青春浑圆的发髻/臂上圈绕着记忆滑腻的镯镯/衫上镶滚着少女琐碎的憧憬/襟上扣结着处子精致的愁怨/穿着中国的服饰/在适合穿着中国服饰的早晨/长堤走过/衣裙绣花

服饰不仅是一种性别、年龄符号，它更是一种种族、文化符号，中国服饰是中华民族文化的表征。对寄居海外、满目异俗的炎黄子孙来说，"穿着中国的服饰"，不正是他们思乡怀国、寻根溯源、认同本土文化的一种有效方式吗？

台港和海外诗人的文化乡愁中，诗词文化占据着很大的比重。他们在创作中大量题咏古代诗人词客，化用古典诗词的语言、意象、意境，这是由他们的诗人身份决定的，更与精美、博大的古典诗词传统的巨大魅力和深远影响有关。余光中题咏古代诗人的名篇就有《漂给屈原》、《淡水河边吊屈原》、《寻李白》、《戏李白》、《湘逝》、《夜读东坡》等多首，洛夫的《与李贺共饮》、《车中读杜甫》、《长恨歌》、《李白传奇》、《走向王维》也是题咏古代诗人或戏仿、改写古代诗作的名诗，这些作品已为广大新诗爱好者所熟悉，此处不再引述。吴望尧的《立秋赋》："看金粉在六朝/流水在长安　总是旧相识/若我再来　且问你/你的珠帘卷不卷/你的西风瘦不瘦"、"亦曾一觉　醒来而不是扬州/醒来　星垂平野　摘不完/归心千朵　且问你/谁还有小楼的春雨　深巷的杏花/只存下我的唐山不老/我的唐诗不灭"。诗中化用了杜甫"星垂平野阔"、杜牧"十年一觉扬州梦"、李清照"帘卷西风，人比黄花瘦"、陆游"小楼一夜听春雨，深巷明朝卖杏花"等诗词意象、句子和意境，诗人的"归心千朵"，绽开的是唐宋诗词的芬芳花蕾。他的《我来自东》，直用《诗经·豳风·东山》"我来自东/零雨其蒙"的原句，借三千年前《诗经》里下起的那场霏霏细雨，来淋洒"自那年的遥遥起始，且到如今"的"长长的湿濡"的乡愁。冯青的《最好回苏州去》，化用周邦彦《少年行》"并刀如水"的辞句、意象、意境，以悬想之中独自骑一匹小毛驴，走进苏州青石弄堂，寻找宋词里的爱情遇合的方式，来为自己的文化乡愁"解渴"。杨泽的诗注重对"源头"的追寻，爱是源头，诗也是源头。在抒情主人公四处飘荡的"感伤的旅游"过程中，向往着屈原含英咀华的高洁："月与列星为证，请让我们佩玉带兰/诗人啊，溯你而上，/让我们回到信美的故土，永恒的家乡"；也向慕着杜甫忧国忧民的沉郁："天地如寄，谁是/你的志业的承袭？……我独自/浪迹在此；/站在永恒的对面，像群山一样/沉吟你的名字/月涌江流，我愿是——/你高古文体的继起。"在屈原、杜甫那里，他找到了慰藉自己文化乡愁的"永恒的家乡"，也找到了自己的诗学承传对象和创作发展方向。

对故乡、祖国的"文化孺慕"强烈持久的余光中，在其诗作中神游于故乡、祖国的历史文化长河流连忘返。台港和海外诗人里，余光中抒发文化乡愁的作品最多，成就也最突出。他的《五陵少年》把文化乡愁抒写得血脉贲张：

　　　　台风季，巴士峡的水族很拥挤/我的血系中有一条黄河的支流/黄河太冷，需要掺大量的酒精/浮动在杯底的是我的家谱/喂！再来杯高粱//我的怒中有燧人氏，泪中有大禹/我的耳中有涿鹿的鼓声/传说祖父射落了九只太阳/有一位叔叔的名字能吓退单于/听见没有？来一瓶高粱//千金裘在拍卖行的橱窗里挂着/当掉五花马只剩下关节炎/再没有周末在西门町等我/于是枕头下孵一窝武侠小说/来一瓶高粱哪，店小二！

给现代的"五陵少年"造成"英雄的幻觉"的，是光荣的祖先们的天纵豪情。这首诗侧重于历史传说和侠文化。《白玉苦瓜》更侧重于艺术文化："一只瓜从从容容在成熟/一只苦瓜，不再是涩苦/日磨月磋琢出深孕的清莹/看茎须缭绕，叶掌抚抱/哪一年的丰收像一口要吸尽/古中国喂了又喂的乳浆"、"你便向那片肥沃匍匐/用蒂用根索她的恩液/苦心的悲慈苦苦哺出/不幸呢还是大幸这婴孩/钟整个大陆的爱在一只苦瓜"，诗人借对台北故宫博物院所藏的一只"白玉苦瓜"的咏叹，寄托自己感激祖国母亲养育深恩、热爱祖国传统艺术文化的赤子孺慕情怀。诗集《莲的联想》，在现代人的审美感知中，复活、重塑了"物、人、神"三栖的，浸透了中国文化精神的"莲"意象。《春天，遂想起》"想起"的是"唐诗里的江南/小杜的江南/苏小小的江南/吴王越王、西施范蠡的江南/乾隆皇帝的江南"和"多莲、多菱、多螃蟹、多湖的江南/遍地垂柳的江南/杏花春雨的江南/多寺、多亭、多钟声的江南/多风筝、多燕子的江南"，整首诗可说是风景、物产、建筑、习俗和历史、传说、诗词、人物等地域的和文化的丰富内容的有机整合。

原籍湖北黄陂的彭邦桢，1975年和美国诗人梅因·戴若结婚，离开台湾移居纽约，使得本就怀有的乡愁中又多了一种"被放逐"的感觉，在异国文化氛围中，唤起了他强烈的故国情思和文化乡愁，他的《巴黎意象之书》、《清商三辑》两部诗集的内容，几乎都是对故国人生的回味。《十二个月象征》依时序写每一个月的农事、习俗和人情，与蓉子的《欢乐年年》托十二月令图表现华夏民俗风情，张错的《季节的故事》、《季节哲学》在描写季节变化时引入中国特有的"节气"概念一样，属于风俗文化的性质；《清商之恋》十首和《清商之风》十首，都是对台湾和大陆的怀念，"清商"是汉魏六朝诗乐名，以之作为标题，本身就显示了历史文化和艺术文化的双重意味。《清商之兴》包括《春兴》四首和《冬兴》四首，中心意象是浸透传统文化风韵的松、竹、梅、莺、燕、杜鹃、鹧鸪等，以之寄托诗人殷切的文化孺慕心情。还有闵垠的《采南之歌》，出现了"黄花竹林、故国祭月、萧史秦娥、伯夷叔齐、易水荆卿、黄河山岳、周南召南"等意象，集历史、地域、诗词于一体，文化内涵相当繁复厚重。

五　情感寄托与灵魂皈依

对家乡的思念，既是情感层面上的寄托，又是灵魂层面上的需求；既是在寻找肉体情感的慰藉，又是在寻找生命灵魂的归宿。古代抒写乡愁主题的诗词作品，大多属于肉体情感层面，偶有涉及精神心灵层面的，如李白的《客中作》"兰陵美酒郁金香，玉碗盛来琥珀光。但使主人能醉客，不知何处是他乡"，诗人对故乡和他乡的理解，已不限于地域。不过在终生漂泊客居的李白，这样写也许仅仅是因为他的生性嗜酒而且旷达。还有苏轼《定风波》词句"此心安处是吾乡"，则俨然把家乡定位到"心安处"，已是把家乡视为心灵的家园。像苏轼这样去理解故乡的，在古代诗歌中虽不多见，但毕竟标出了古代诗人对家乡的理解所达到的精神深度。

游子的漂泊历程是痛苦艰辛的，所谓"在家千般好，出门一时难"。在异乡人的眼中，游子是"另类"的存在，难以被接纳认同。曹丕《杂诗》的"客子常畏人"，精确地道出了游子不被接纳认同，"安全需要"得不到满足情况下的心理体验。有时一个小小的误会，也会给游子造成不轻的伤害，汉乐府《艳歌行》"翩翩堂前燕"，写一位流浪者衣衫破了，富有同情心的女主人为他缝补，却遭到了女主人丈夫的怀疑。流浪者虽然心里坦然磊落，但还是感到自己人格被猜疑的委屈，而发出了"远行不如归"的感慨。

这只是问题的一方面，另一方面，游子对异乡的一切也怀有本能的排拒心理。余光中留学美国时写的《我之固体化》很能说明问题：

在此地，在国际的鸡尾酒里，/我仍是一块拒绝融化的冰——/当保持零下的冷/和固体的坚度。//我本来也是很液体的，/也很爱流动，很容易沸腾，/很爱玩虹的滑梯//但中国的太阳距我太远，/我结晶了，透明且硬，/且无法自动还原。

　　在这种心理支配下，便很容易体验到异乡感。如余光中的《新大陆之晨》所写，这种以种族和文化龃龉为底蕴的尖锐刺人的异乡感，几乎无处不在，从卧具到早餐到语言到长相到环境，都能引起游子条件反射般的身在异乡的感觉，唤醒并强化游子的种族、文化归属意识。游子们深知"异国无根的一代，/永远没有下一代"，他们甚至从"西瓜"的甜美悟出了"根"的重要："一个个沉默挺腹的西瓜，/隐藏在丰颐甜美的背后，/竟是那唯一贴向泥土的根蒂；/所以家国的贴切，/实在是甜美的根源"（张错《火传》）。因此他们要求结束这种无根的异乡漂泊，明确表达了企慕完美的家国的回归意识："我们需要更完整一点的国，/和更美满安定的家"（张错《沧桑》）。

　　于是，家成为游子永恒的依托，最后的归宿。家是一切人生追求过程的终点，当游子"从梦中出发"的"追寻"，经历"挫败和恐怖"，陷入"狂暴的沙漠"和"燃烧的森林"这"无处可逃"的绝境时，"所有的希望/会化做一只不死的鸟/冲出/飞向故乡的天空/不再回来"（郑炯明《旅程》）。家不仅是"一个很美的名字"，更是一个值得游子"过分依恋的地方"，因为"当灯火盏盏灭尽/只有一盏灯/当门扉扇扇紧闭/只有一扇门/只有一盏发黄的灯/只有一扇虚掩的门/不论飞越了天涯或走过了海角/只要轻轻回头"，就"永远有一盏灯，在一扇门后"，等待着游子归来（万志为《家》）。只有家才能使游子结束漂泊，告别异乡，了却乡愁，安顿生命，尤其是当游子想到暮年和死亡的时候，回归故乡求得最后托庇的愿望就会更加强烈。古代诗人是这样，如《古诗十九首》："去者日益疏，来者日益亲。出郭门直视，但见丘与坟。古墓犁为田，松柏摧为薪。白杨多悲风，萧萧愁杀人。思还故里闾，欲归道无因。"现代诗人也是这样，钟鼎文晚年的"留言"是："让我将不朽的爱，/留给世界，/将难忘的恨，带进坟茔，/……亲爱的母亲，亲爱的故乡，我太困倦了，/让我回到你们的怀抱里久久地安息吧"（《留言》）。留学新大陆的台湾诗人陈嘉农表示："纵然仅剩下一把骨灰/请你勿忘为我携归/这颗不碎的心也愿同你回航/回到梦寐依稀的土壤"，诗人祈求着："不要留我在寒冷的异乡/为我寻回一块土地可以依偎/也可以歌，可以泣，可以埋葬"（《携我还乡》），读之令人悚然动容。

　　这样，让游子梦绕魂牵、始终不渝、生死以之的家乡，必然走向形而上，并由此获得更宽泛也更深邃的象征意义。许茂昌的《家》以爱为家："雨，不再淋熄我们的时候/炊烟，自平原升起的时候/在星光中，你的脸/向我仰起的时候//停下来吧，这里便是家/在雾里/让我把你的发解开成一条黑色的瀑布/让我把你，解开成/一部雪白的小说//穿过雾与荆棘/我们紧紧爱恋的手将一起伸出去/直到世界的尽头。"在哪里找到了爱，便在哪里找到了家，找到了永恒的归宿。辛郁的《石头人语》把博物馆当作家："人去室空/好一片寂静之美/我坐在博物馆的一隅/轻轻地　舒一口气/心想：回家多好//常年做客异域/谁知我常自暗泣/念天地悠悠　千载岁月/闭目而过　烟漫中的云冈/不知怎般光景//久违了　我黄肤的亲人/今夜我将不梦/我醒在　你们全神的凝注中/耳际回绕　熟悉的话语/我说：回家真好。"这是因为博物馆里珍藏的文物，是故乡和祖国文化的象征，置身于自己孺慕的文化环境，就如同回到了自己家乡的怀抱，亲切舒坦，从容安详。上引两诗里的"家"，显然已非实指，而是象征意义上的。戴望舒的《对于天的怀乡病》，则是把代表大自然的"天"，当作自己的家乡怀念不已："怀乡病，哦，我呵，/我也是这类人之一，/我呢，我渴望着回返/到那个天，那个如此青的天/在那里我可以生活又死灭，/像在母亲的怀里，/一个孩子笑着和哭着一样。"戴诗中的"天"，是大自然的象征，自然是人类的永恒故

乡，所以让生活在现代都市里心烦意乱的诗人悠然神往。一信的
《我欲归去》：

> 快步越过／岁月的泥沼／像一首轻快的曲子／来自寂静／归自寂
> 静／／不沉思于哲／不冥悟于禅／逸出风月／逸出历史／遁进蓝天的蓝
> 黑夜的黑　天空的空／遁进非台的明镜中

对生命最初产生和最终归宿的体悟，已近禅道空无的澄明境界。

六　几种表现模式

　　古今乡愁主题诗歌在持久、大量的写作过程中，形成了几种历时性的延续使用的艺术表现模式，如登高思亲，望月思亲，佳节思亲，远望当归，秋风日暮起乡愁等。每一种表现模式的形成，都由我国古代诗论所说的"诗胎"、"诗祖"奠基，作为初始创作的"诗胎"、"诗祖"性质的作品，均能恰切地表现相似情境中的人们共有的行为、心理，所以为后世处于相似境况中的诗人每每加以模仿，在后世诗人持续不断的一次次仿写过程中，一种表现模式渐次凝定。我国古代诗论所说的"诗胎"、"诗祖"，近似于西方文论中的"原型"、"母题"，同一诗胎、诗祖即原型母题所挛蘖衍生出的作品，具有基本相同的主题和手法。所谓表现模式，即包括主题和手法两个方面。

（一）登高思乡思亲

　　肇始于《诗经·魏风·陟岵》，此诗前已征引，兹不复录。这首诗在两个向度上，为以后的乡愁主题诗歌设定了行为和表现方式。首先是每章的首句："陟彼岵兮，瞻望父兮"、"陟彼屺兮，瞻望母兮"、"陟彼冈兮，瞻望兄兮"，诗中的抒情主人公即行役的征人，登上山冈的高处，遥望故乡亲人抒发情思的行为方式，被后世处于相似情境中的诗人所袭取。屈原《九章·涉江》："乘鄂渚而反顾兮，哀秋冬

之绪风"，洪兴祖注曰："言己登鄂渚高岸，还望楚国，向秋冬之风，愁而长叹，心中忧思也。"①《哀郢》："登大坟以远望兮，聊以抒吾忧心"，洪兴祖注曰："水中高者为坟。且展我情，泄忧思也。"② 可知屈原于流放途中，屡屡以登高回望郢都的行为方式，抒泄眷顾家国的沉重忧思。南朝谢朓《晚登三山还望京邑》，写赴任途中登山回望京城的恋国思亲之情。唐宋之问的《度大庾岭》写于贬官岭南翻越大庾岭之时，由首联"度岭方辞国，停轺一望家"可知，诗人也是在登上大庾岭的高处时，停下车驾北望中原故乡的。北宋柳永的《八声甘州》："不忍登高临远，望故乡渺渺，归思难收"，南宋辛弃疾的《水龙吟·登建康赏心亭》："落日楼头，断鸿声里，江南游子。把吴钩看了，栏杆拍遍，无人会，登临意"，均属同一行为方式。现当代新诗中，台湾白灵的《西望》，写诗人"居此千山之上"的高处，向西眺望故乡的锦绣河山，追怀五千年的历史文化，仿佛看到了"祖先们的血泪"，听到了他们的"期语"，诗人思乡思亲的感情也是借助"登高"的方式加以抒发的。

《陟岵》对后世乡愁诗歌更大的影响是"对面着笔，并时互想"的表现方式。元代刘瑾对《陟岵》的这一抒情特色有所解会，其《诗传通释》曰："诗人以己之思亲，而知亲之念己，虽曰设为亲念己之言，实以深寓己念亲之心也。"清代方玉润的分析更为深入："人子行役，登高念亲，人之常情。若从正面直写己之所以念亲，纵千言万语，岂能道得意尽？诗妙从对面设想，思亲所以念己之心，与临行勖己之言，则笔以曲而愈达，情以婉而愈深。千载之下读之，犹足令羁旅人望白云而起思亲之念，况当日远离父母者乎？"③ 许印芳《律髓辑要》认为杜甫《月夜》等诗即是"从《陟岵》篇化出。对面着笔，不言我思家人，却言家人思我"。已涉及《陟岵》独特的抒情模式对后世乡愁诗的影响。钱锺书则对《陟岵》的表现方式及其深远影响作了系统

---

① （宋）洪兴祖：《楚辞补注》，中华书局1983年版，第129页。
② 同上书，第134页。
③ （清）方玉润：《诗经原始》，中华书局1979年版，第246页。

的梳理："谓是征人望乡而追忆临别时亲戚之叮咛，说自可通。然窃意面语当曰：'嗟汝行役'；今乃曰：'嗟予子（季、弟）行役'，词气不类临歧分手之嘱，而似远役者思亲，因想亲亦方思己之口吻尔。徐干《室思》：'想君时见思'；高适《除夕》：'故乡今夜思千里，霜鬓明朝又一年'；刘得仁《月夜寄同志》：'支颐不语相思坐，料得君心似我心'；王建《行见月》：'家人见月望我归，正是道上思家时'；白居易《初与元九别，后忽梦见之，及寤而书忽至》：'以我今朝意，想君此夜心'，又《江楼月》：'谁料江边怀我夜，正当池畔思君时'，又《望驿台》：'两处春光同日尽，居人思客客思家'，又《至夜思亲》：'想得家中夜深坐，还应说着远游人'，又《客上守岁在柳家庄》：'故园今夜里，应念未归人'；孙光宪《生查子》：'想到玉人情，也合思量我'；韦庄《浣溪沙》：'夜夜相思更漏残，伤心明月凭栏干，想君思我锦衾寒'；欧阳修《春日西湖寄谢法曹歌》：'遥知湖上一樽酒，能忆天涯万里人'；张炎《水龙吟·寄袁竹初》：'待相逢说与相思，想亦在相思里'；龚自珍《己亥杂诗》：'一灯古店斋心坐，不是云屏梦里人'；机杼相同，波澜莫二。"[1] 钱锺书的排比罗列，不啻是一部从汉魏到近代微型的《陟岵》表现模式影响史。在此补上两个同属这一模式的现当代新诗的例子，湖畔诗人潘漠华的《呵》第二节："我底母亲，扼心愁苦在房里罢？/一回想念已故人，一回想念远游的儿子！"写离家一年的游子，对丧夫别子的母亲的愁苦心境的体贴；台湾诗人邱振瑞的《思乡雨》，写异乡雨中对家乡的思念，他想象着此刻"忧愁的母亲正探望村外的站牌"，牵挂着出门在外的儿子是否平安归来。这两个例子均属"并时互想"性质。这样，《陟岵》表现模式的影响史就得以贯通古今，更为完整。

（二）望月思乡思亲

肇始于《诗经·陈风·月出》的望月怀思，《月出》虽非望月思

---

[1]　钱锺书：《管锥编》一，中华书局1979年版，第113页。

亲，但月夜的清幽意境，抒情主人公惆怅不甘、骚动不宁的向慕思恋情怀，实开启了后世诗人月夜抒怀之先河。从这个意义上说，望月思亲可视为《月出》"望月怀思"原型模式的一个分支。最早抒发望月思亲情怀的是东汉末年无名氏的《古诗十九首·明月何皎皎》："明月何皎皎，照我罗床帏。忧愁不能寐，揽衣起徘徊。客行虽云乐，不如早旋归。出户独彷徨，愁思当告谁。引领还入房，泪下沾裳衣。"这首诗写一个久客思家不能成寐的游子，对着照射罗帏的皎皎月光，愈加触动了乡愁。李白的《静夜思》，应是望月思乡诗中最脍炙人口的一首，这首五绝的语言虽然明白如话，其潜隐的深层意蕴结构却对应了望月思亲的民族心理范型，与由《月出》奠定的月夜怀思的抒情模式自然契合，所以，尽管少不更事的孩子读来不觉其深，但是饱经沧桑的老人读来也绝不觉其浅。小而能大，浅而能深，像《静夜思》这样真正的好诗就是如此，它既不让人感到费解，又让读者撩动心绪，吟味无穷。杜甫的《月夜》："今夜鄜州月，闺中只独看。遥怜小儿女，未解忆长安"，《月夜忆舍弟》："露从今夜白，月是故乡明。有弟皆分散，无家问死生"；白居易的《自河南经乱，关内阻饥，兄弟离散，各在一处，因望月有感》："共看明月应垂泪，一夜乡心五处同"；范仲淹的《御街行》："年年今夜，月华如练，长是人千里"；苏轼的《水调歌头》："转朱阁，低绮户，照无眠。不应有恨，何事长向别时圆？人有悲欢离合，月有阴晴圆缺，此事古难全。但愿人长久，千里共婵娟"等，都是因望月而引起无限思乡、思亲之情的名篇佳句。

望月思乡思亲的抒情模式，在当代台湾诗人和海外华裔诗人的乡愁诗中得到了承续。彭邦桢的《月之故乡》最典型："天上一个月亮／水里一个月亮／天上的月亮在水里／水里的月亮在天上／／望月亮／思故乡／一个在水里／一个在天上。"上下空明的一片水月，撩起了游子浓重的乡愁，但故乡遥不可及一如"水里"和"天上"的月亮遥不可及，游子望月思乡的惆怅无法消解。舒兰的《乡色酒》如一首温婉的双调词："三十年前／你从柳树梢头望我／我正年少／乡色正好／你圆/人也圆//三十年后/我从椰树梢头望你/你是一杯/乡色酒/你满/乡愁也满。"三十年前"月上柳梢头，人约黄昏后"的温馨美满，越发衬出三十年后椰树梢头望月思乡、忆昔怀旧的诗人的孤独孑零，今昔对比手法强化了诗的抒情效果。辛郁的《母亲，母亲》："一个水晶质的月亮上升了/……/于此时刻我愿我是朵紫色小花/我愿我是纯粹的品质等待鉴赏/仰首时低低呼叫 母亲啊 母亲"；席慕蓉的《乡愁》："故乡的歌是一支清远的笛/总在有月亮的晚上升起"；德亮的《月亮节》："我们分隔的婵娟/在异乡的即景里/被窗外刺入的月光击伤/飞跃着未完成的血"等，均是望月思乡、思亲的触景生情式的创作心理发生机制。

（三）节日思乡思亲

薛道衡的《人日思归》："入春才七日，离家已二年。人归落雁后，思发在花前"，是这一模式的奠基之作。王维的《九月九日忆山东兄弟》则从字面上点醒题旨："独在异乡为异客，每逢佳节倍思亲。遥知兄弟登高处，遍插茱萸少一人。"此诗是王维 17 岁的"少作"，独处异乡的少年诗人，平日里渐次蓄积的思乡思亲之情，遇到"佳节"的触动，便强烈地爆发出来，这就是所谓"每逢佳节倍思亲"。因为佳节，往往是家人团聚的日子，又常常和对家乡节日风俗的许多美好回忆相联系，如诗中所写重阳节兄弟一起登高、佩戴茱萸的家乡习俗，另外，节日又提示着时光的无情流逝，别离岁月的匆促，所以，"每逢佳节倍思亲"就是十分自然的了。这种体验可以说人人皆有，但在王维之前，没有人对此作过高度概括的成功表现。而一经王维道出，它就成了抒发游子节日乡情这种特定类型感情的格言式的名句。白居易的《邯郸冬至夜思家》："邯郸驿里逢冬至，抱膝灯前影伴身。想得家中夜深坐，还应说着远行人。"这首诗除与王维《九月九日忆山东兄弟》同为佳节思亲之作外，后两句在手法上也和王诗一样，都属于《陟岵》"并时互想"、对面着笔的模式。苏轼《寒食雨》二首之二："君门深九重，坟墓在万里"；高启的《清明》：

"白下有山皆绕郭，清明无客不思家"；抒发寒食、清明特殊节日的乡思，追怀、祭祀先人的血缘宗族情感是其心理指向。

当代诗人冉仲景的《除夕夜，大雪降落高原》是一首节日思亲之作，"雪片满天满地盛开"的除夕夜，为乡情所困的诗人"坐在酒瓶前/脑袋的海拔低于酒瓶/对父亲的思念也低于酒瓶"。西鲁的《迟到的孝心》，写一场罕见的大雪"从龙年的岁末/一口气下到蛇年新春"，公路封闭，航班停飞，只剩超载的火车营运。担心儿子旅途安全的父亲，在长途电话里嘱咐客居异乡的儿子，不必冒雪挤车回家过年。但到大年初一的午夜，体悟到"父亲和年都已苍老/儿子回家才能变新"，佳节倍思亲的儿子最终还是"怀揣迟到的孝心挤上火车"。其时，"大半个中国都在下雪"，儿子不顾一切地赶回老家探望父亲，以弥补除夕未能回到父亲身边守岁团聚的深深愧疚。诗写得内在深沉，质朴感人。潘洗尘的《饮九月初九的酒》写重阳节对父母的思念："千里之外　九月初九的炊烟/是一缕绵绵的乡愁/挥也挥不去载也载不动/我看见儿时的土炕　和半个世纪的谣曲/还挂在母亲干瘪的嘴角/……/我看见遍野的金黄　和半个世纪的老茧/都凝在父亲的手上/……"，这首诗入选人民教育出版社2001年5月版高中语文教材第一册，诗的前两节感念父母养育自己的艰辛，乡愁浓挚；后两节有两处败笔，一是第三节"饮一轮明明灭灭的新月"，既是"新月"，当是"一弯"而非"一轮"；二是第四节"圆也中秋/缺也中秋"两句收束全诗，咏重阳而结以中秋，有跑题之嫌；再者，农历九月初九已是"深秋"而非"中秋"，这显然是一个不伦不类的结尾，破坏了全诗浑然一体的美感效果。这类问题在现当代新诗中经常出现，说明一些新诗人的知识素养、文体意识和形式感较弱，批评界对此习焉不察，则暴露了鉴赏力方面存在的问题。杨然的《中秋月》，把佳节思亲和望月思亲、佳节望月思亲和海峡两岸统一缩合一处："今夜只有中国才有月亮"，"只有中国人在望月"，"这边岸上的，那边岸上的/集中人类五分之一的目光一齐望月"，被海峡隔离的两岸亲人，因不能团聚而"怨这祖先遗传的佳节/怨这使人频添白发的怀想/怨这太多太缠绵的乡恋、乡愁、乡情/怨这龙的、凤的、长城的、黄河的相思/怨这父子母女、夫妻兄妹割不断的恩爱"，这中秋夜的"明月不再叫做明月"，而应"被中国叫做团圆，叫做统一"。这首诗拓宽并深化了传统主题的思想意义。

（四）远望当归

汉乐府里有一首《悲歌》："悲歌可以当泣，远望可以当归。思念故乡，郁郁累累。欲归家无人，欲渡河无船。心思不能言，肠中车轮转。"沈德潜评此诗"起最矫健"①，这首乐府诗的开头两句警策有力，概括出了两种具有普遍性的情感心理和行为方式，游子的"悲歌"、"远望"，已从个人的"一时之性情"，上升为融合"众情"的"万古之性情"。② 因此形成了后世诗人抒发悲抑、寄托乡情的表现模式。出自这首汉代乐府诗的"悲歌当泣"演变为更普遍的"长歌当哭"，"远望当归"化约为更简明的"望乡"。所谓"有情知望乡"（谢朓《晚登三山还望京邑》），后世的游子诗人总是在欲归不得的情况下，用"望乡"的方式，聊慰思念故乡亲人的愁苦心情。

当代的台港诗人和海外华裔诗人也不例外。洛夫20世纪70年代的《边界望乡》，写雾中于香港落马洲眺望祖国大陆，尽管"福田村再过去就是水围/故国的泥土，伸手可及"，尽管"这时，鹧鸪以火发音/那冒烟的啼声/一句句/穿透异地三月的春寒/我被烧得双目尽赤，血脉贲张"，但是"那块'禁止越界'的告示牌"，还是无情地隔断了游子和故乡的最后联系。诗人感到："望远镜中扩大数十倍的乡愁/乱如风中的散发/当距离调整到令人心跳的程度/一座远山迎面飞来/把我撞成了/严重的内伤"，"受伤"的诗人觉得自己"病了病了/病得像山坡上那丛凋残的杜鹃/只剩下唯一的一朵/蹲在那块'禁止越界'的告示牌后面/咯血"。余光中的《当我死时》写于1967

---

① （清）沈德潜：《古诗源》，上海古籍出版社1963年版，第80页。
② （清）黄宗羲：《马雪航诗序》，郭绍虞编《中国历代文论选》第3册，上海古籍出版社2001年版，第267页。

年，诗人参加"亚洲教授计划"在美国讲学，诗的后半这样写："从前，一个中国青年曾经/在冰冻的密西根向西瞭望/想望透黑夜看中国的黎明/用十七年未餍中国的眼睛/饕餮地图，从西湖到太湖/到多鹧鸪的重庆，代替回乡。"以"瞭望"来"代替回乡"，正是典型的"远望当归"的寄情和表现方式。

罗门的《遥指大陆》写一位饱经战乱被迫流浪迁徙台岛的"祖父"，隔海"遥望"千里外的故乡，指给"孙子看不懂的乡愁"。祖父因"家远出望外"而"泪满了双目"，可是孙子却说："那地方好近/把岸拉过来/一脚踩上去/不就是老家吗?"祖孙两代人对故乡远近的感觉是如此不同，这愈益衬出了祖父忧患余生、思乡情切的悲哀；而孙子幼稚的奇想，也未尝不是欲归无计的祖父，无可奈何之余曾经萌生的深层潜意识心理。他的《时空奏鸣曲——遥望广九铁路》，以沟通大陆和香港的广九铁路为对象，寄托自己"望了三十多年"的乡愁，时空交错，回忆对比，由现在回到过去，由暮年回到童年，由都市回到乡村，回到故乡，回到母亲的怀抱，回到唐诗宋词代表的民族文化，并进行了战争与和平、分裂与统一的深层思考。在"远望当归"的表现框架内，容纳了相当广阔深厚的思想情感内涵。李春生的《凝目的顷刻》与洛夫的《边界望乡》相似，都是在香港新界勒马洲眺望祖国故乡后所作，"勒马洲"勒住的不是马，而是诗人，是诗人"凝目/向北　向/阔别四十年/无限娇美的江山"的"眺望"，是诗人的"归乡之梦"。由特殊地名、特定情境生发出的诗思妥帖而感人。《春望》写"谷雨之后"，诗人眺望故乡，蓦然感到"整个北方"都在诗人的"眼中苏醒"，故乡的"麦浪"竟然"一波波/翻腾于南台湾/满是稻禾的平原"。而"故国的江南何处?"，诗人也"在妻的吴侬软语/在妻充满水声的双瞳"里得以听到、看到。诗人"四十年"漫长的乡愁，由于"春望"而有所缓解。这两首诗都在"远望当归"的传统模式里翻出了新意。

（五）秋风日暮起乡愁

汉乐府《古歌》是"秋风起乡愁"模式的"诗祖"："秋风秋雨

愁杀人！出亦愁，入亦愁。座中何人，谁不怀忧，令我白头。胡地多飚风，树木何修修。离家日趋远，衣带日趋缓。心思不能言，肠中车轮转。"滞留胡地的游子那强烈的思乡之情"苍茫而来"，势如"飘风急雨，不可遏抑"①。这首诗不仅开创了"秋风起乡愁"的原型模式，"离家日趋远，衣带日趋缓"两句，又用朴素的语言抓住"衣带宽松"这一富有表现力的细节，表现出在无法排遣的乡愁日渐折磨下，游子日益消瘦憔悴。这一经典性的细节，在东汉末年无名氏《古诗十九首》中得到了一次重复和强化："行行重行行，与君生别离。相去万余里，各在天一涯。道路阻且长，会面安可知？胡马依北风，越鸟朝南枝。相去日以远，衣带日以缓"，无名诗人只将《古歌》里的两个"趋"字，改为两个"以"字。此后，"衣带宽松"的细节，在表现离别相思之苦的诗词作品中被反复使用。《西厢记》第四本第三折"长亭送别"里的"昨宵今日，清减了小腰围"、"听得道一声去也松了金钏，遥望见十里长亭减了玉肌"，虽是不无夸张谐趣的元曲风调，但仍可以从中看出曲家对来自汉乐府《古歌》里的"衣带宽松"这一经典细节的化用、创变痕迹。

谈论"秋风起乡愁"模式，不能不说及西晋的张翰。《世说新语·识鉴》记载：张翰，字季鹰，吴地人，在洛阳做官，"见秋风起，因思吴中莼菜羹、鲈鱼脍，曰：'人生贵得适意尔，何能羁宦数千里以要名爵？'遂命驾便归"。张翰的"莼鲈之思"成为思乡和归隐的代名词，他的行为方式为后世士大夫文人所效法，见秋风起莼鲈之思也成为历代诗词中习见的典故。张翰的"莼鲈之思"与汉乐府《古歌》的"秋风秋雨愁杀人"一起，规定并强化着后代诗人"秋风起乡愁"的条件反射心理。

现当代新诗中，闻一多留美时的名诗《忆菊》，以秋天的菊花作为祖国和故乡的代指，诗中有句："习习的秋风啊！吹着，吹着！/我要赞美我祖国底花！/我要赞美我如花底祖国！"是秋风唤醒了诗人的

① （清）沈德潜：《古诗源》，上海古籍出版社1963年版，第81页。

祖国爱和故乡情。他的《秋深了》写道："秋深了，人病了。/人敌不住秋了；/镇日拥着件大氅/……/想着祖国，/想着家庭，/想着母校，/想着故人"，季节和特定季节里的特定情感更是完全明确的对应。陈江帆的《公寓》："我流居在小小的公寓中，/在它上面是没有秋天，/没有我家的秋天。//七月使鼹鼠营巢了，/八月使螽斯振羽了，/九月使蟋蟀入我床下，我家的秋天也有古典的秩序。"借用《诗经》中的诗句、意象，使这份秋日的思家情感含有了文化乡愁的意味。台湾诗人李春生《无月的望》："秋风里　想起/在你的额上/奔成无尽沧桑的黄河/想起　你深蹙的双眉/左是中条/右是太行"，也明白地告诉读者"秋风"乃是乡思的触媒。

"日暮起乡愁"模式的"诗祖"，应是《诗经·邶风·式微》："式微式微，胡不归？微君之故，胡为乎中露？//式微式微，胡不归？微君之躬，胡为乎泥中？"这是一首服役者思归的怨诗，"式微"是天色将暮的意思，外出服役者在日暮时分生出强烈的归家之意。后世诗歌日暮乡愁模式即祖祧此诗。孟浩然《宿建德江》："移舟泊烟渚，日暮客愁新"，崔颢《黄鹤楼》："日暮乡关何处是，烟波江上使人愁"，刘长卿《负谪后登干越亭作》："落日独归鸟，孤舟何处人"，李觏《乡思》"人言落日是天涯，望极天涯不见家"，辛弃疾《水龙吟·登建康赏心亭》："落日楼头，断鸿声里，江南游子"，马致远《天净沙》："夕阳西下，断肠人在天涯"，都是日暮起乡愁的典型例子。

现当代台湾乡愁诗中，郑愁予的《边界酒店》："秋天的疆土，分界在同一个夕阳下/接壤处，默立些黄菊花/而他打远道来，清醒着喝酒/窗外是异国//多想跨出去，一步即成乡愁/那美丽的乡愁，伸手可触及"；谢辉煌的《黄昏》："时之鸟/啄落了七千多个闪亮的日子/昔日的黄昏/不再在草原的尽头闪耀"、"被遗忘的羊肠小道伸向芳草萋萋的空庭/依稀做着往日寻欢追笑的旧梦/醉人的长发迎着晚风飘起/月色漫过轻纱笼罩的树林"、"我犹记得那山坡上的黄昏/古老的山歌里飘扬着少女的心旗"；陈敏华的《归》："暮霭——/是思归的颜色//我的思绪很长/系在遥远的故土/那夏日的蝉声/躲在凉荫树

下 奏着热门音乐/那爱游泳的小河/流动着童年的欢乐"；德亮的《月亮节》："成为日暮之后，溅起的/乡愁片片"等，都是传统诗词"日暮起乡愁"模式的嗣续。

值得注意的是，古今诗人纷纷选取秋风日暮的时空背景抒发乡愁，这是和秋天的季节特点、黄昏的时段特点分不开的。秋天是一个易感的季节，草木摇落，一岁将尽，风寒露冷，滞留异乡的游子此时的归意，会比其他季节更为强烈。宋玉《九辩》就已确立了的"悲秋"传统，也在很大程度上影响着游子诗人的情绪和心态，"秋风起乡愁"乃是古典诗词"悲秋"传统的一个组成部分。日暮黄昏则是昼夜的分界，是时间的临界点，随着太阳的坠落，禽兽的回巢，牲畜的回圈，游子也会比一天的任何时候都格外渴盼着回家。所谓"最难消遣是昏黄"（许瑶光《再读〈诗经〉》），"断送一生憔悴，只消几个黄昏"（赵令畤《清平乐》），都是写离别中人对黄昏时段的心理体验，日暮黄昏对离别中人的感情折磨之剧烈，于此可见一斑。这就是古今诗人选取秋风日暮的时空背景抒发乡愁的深层原因。

（六）梦忆还乡及其他

古今乡愁主题诗歌除了上述几种常见的表现模式外，还有梦忆还乡、闻声思乡、以题咏抒乡情等手法，也多为诗人所采用，下面略作介绍。

先看梦忆还乡。梦是现实缺憾的补偿，现实中无法回到故乡亲人的怀抱，游子便托之以梦。戎昱《桂州腊夜》："雪声偏傍竹，寒梦不离家。"许浑《南海府罢》："离歌不断如留客，归梦初惊似到家。"梅尧臣《社前》："那能常作客，夜夜梦还家。"戴复古《都中书怀》："日与愁为地，时凭梦到家。"林景熙《道中》："乱山愁外笛，孤驿梦中家。"郭登《保定途中偶成》："寒窗儿女灯前泪，客路风霜梦里家。"于谦《春日大风感怀》："易醉愁边酒，频归梦里家。"施润章《怀侯振韩蓝山》："有官真似水，无梦不还家。"都是梦中还家的例子。苏轼的《江城子·乙卯正月二十日夜记梦》，写梦中回到家乡四川岷山，与亡妻相见的情形："夜来幽梦忽还乡。小轩窗，正梳妆。相顾无言，惟有泪千行。料得年年肠断处，明月夜，短松冈。"梦境描写凄凉忧伤。周邦彦的《苏幕遮》，上片描写雨后初晴的仲夏景色，下片抒发久客京城的思乡情绪："故乡遥，何日去？家住吴门，久作长安旅。五月渔郎相忆否？小楫轻舟，梦入芙蓉浦。"结尾三句写他梦中回到故乡，用轻灵的笔触写出思忆中的江南风光。龚自珍的《乙酉除夕，梦返故庐，见先母及潘氏姑母》及《驿鼓三首》其一，写梦中回到故乡亲人身边，梦境迷离，梦语亲切，恻恻动人。

现当代新诗中，纪弦的《梦终南山》，写梦中回到故乡，坐在终南山的岩石上"哼了几句秦腔/喝了点故乡的酒"，恋恋不舍地"以手抚之良久"，并且认出了"山下那冒着袅袅炊烟的小小村落/不就是我渴念着的故乡终南镇么？"诗人感到自己的故乡是"最美的所在/最令人流泪的"，所以当鸡叫声把他的回乡梦惊醒，这个以孤傲著称的诗人，竟哀哀地请求梦婆婆："让我留在这梦中不要哭醒才好……"回到故乡母亲身旁，再坚强的硬汉也会变得孩子般脆弱。这首诗虽仍留有纪弦式的冷意和深度，但给人的主要感觉是乡情绵绵。彭邦桢的《故乡样子》表现上很有特色："故乡大彭家湾，故乡淳朴自然。故乡依山/傍水，故乡积翠盈妍。而它就是这样人家/常与烟波云岫毗连。最是虬松拔地，劲柏/参天，要是冰封雪掩气象更鲜"，这首诗一共四节，把故乡写得山美水美景美俗美人美，简直美不可言，历历在目。读罢最后一行："现已不知它是什么样子"，方知诗中所写故乡种种，原是诗人关于故乡的美好记忆。诗人用重温记忆的方式权做一次回乡之游，以慰乡愁。这首诗以尾行掉转全篇的奇特的"倒金字塔"结构，与唐卢照临的《长安古意》、宋辛弃疾的《破阵子·为陈同甫赋壮词以寄》的"篇法"安排相同，能制造一种出人意表的艺术效果。此外，丁平的《我已回来》、席慕蓉的《异域》、李男的《梦》、傅天琳的《在梦里与母亲重逢》，都是新诗中梦忆还乡的佳制。

再看闻声思乡，李白的《春夜洛城闻笛》："谁家玉笛暗飞声，散入春风满洛城。此夜曲中闻折柳，何人不起故园情。"王昌龄的

《从军行》："琵琶起舞换新声，总是关山旧别情。撩乱边愁听不尽，高高秋月照长城。"李益的《夜上受降城闻笛》："回乐烽前沙似雪，受降城外月如霜。不知何人吹芦管，一夜征人尽望乡。"还有前已引录过的李益的《从军北征》，都是采用闻乐声起乡情的心理和表现模式，其中王昌龄诗和李益诗，闻声思乡与望月思乡合写。

现当代新诗中，曦晨（李广田）写于20世纪30年代初的《乡愁》，是较早采用闻声思乡模式的作品："在这座古城的静夜里，/听到了，在故乡曾经听过的那明笛，/虽说是千山万水地相隔罢，/却也有这同样使人忧愁的歌吹。"力匡的《黄昏》，写游子在寂寞的黄昏漫步时听到的琴声："别停止啊你黄昏的琴手/也知道窗外有我在伫立聆听？//就为我弹一首肖邦的波兰舞曲吧/再一次唤醒我对祖国乡土的爱情。"将日暮思乡和闻声思乡合写。余光中多次细腻传神地描写过蟋蟀细吟的乡愁，《沙田之秋》有这样的句段："天地之大为何只剩下/伶仃一只蟋蟀，轻，轻轻/那样纤瘦的思念牵引/似继似绝，抽丝又抽纱/无边的旷寂你小小的旁白/幽幽不似向人的耳际"，"听一切歌谣一切的草里/蟋蟀也总是那一只在吟唱/触须细细挑起了童年/挑童年的星斗斜斜稀稀/隔海向大陆的空阔低垂"，读之恍惚间如闻蟋蟀轻吟，让人屏心静听，又听得止不住怦然心动。汪启疆《唐人街》组诗之二《老店东》："二胡/轻微的呼吸，有/一波一波的海，搁浅了/死在广东的沙滩"，由乐声唤起的关于故乡海滩的记忆，成为一个永远解不开的死结。谢辉煌的《卖豆浆的老乡》、莫渝的《乡愁的声音》，也是这一模式中较好的作品。

其实，有些作品可以纳入比较单一的模式，而另一些作品则是多种模式的交叉和融合。比如李益的《从军北征》："天山雪后海风寒，横笛遍吹行路难。碛里征人三十万，一时回首月中看。"这首七绝就包含了见月思乡、远望当归和闻笛思乡几种模式。范仲淹的《苏幕遮》："碧云天，黄叶地。秋色连波，波上寒烟翠。山映斜阳天接水，芳草无情，更在斜阳外。　黯乡魂，追旅思。夜夜除非，好梦留人睡。明月楼高休独倚，酒入愁肠，化作相思泪。"词中明写或暗含了秋风日暮起乡愁、梦忆还乡、望月思乡、远望当归等几种模式。柳永的《八声甘州》："对潇潇暮雨洒江天，一番洗清秋。渐霜风凄紧，关河冷落，残照当楼。是处红衰翠减，冉冉物华休。惟有长江水，无语东流。　　不忍登高临远，望故乡渺渺，归思难收。叹年来踪迹，何事苦淹留。想佳人妆楼颙望，误几回天际识归舟。争知我，倚栏杆处，正恁凝愁。"这首慢词也包含了秋风日暮起乡愁、登高思乡、远望当归、并时互想等几种模式，情感内涵和艺术技巧相当繁复和讲究。现当代新诗对模式的运用也是如此，如纪弦的《云和月》，包含了望月思乡、远望当归两个模式；余光中的《中秋夜》，乃是佳节思乡、望月思乡模式的综合。

还有以题咏抒乡情，是 20 世纪新诗较多采用的一种表现方法。这类诗以咏物的方式，发掘题咏对象的象征含义，比附拟人，托寓乡愁。闻一多写于 20 年代初的《忆菊》，是这一类诗中较早的作品。此后，这类诗佳作不断，像沈祖牟的《瓶花》、纪弦的《一片槐树叶》、余光中的《蟋蟀吟》及《腊梅》、流沙河的《那一只蟋蟀》、陈浩泉的《老榕树》、傅天虹的《荠菜花》、蓝海文的《三个月亮》、李佩徵的《井水》、舒兰的《瓶竹》、商禽的《五官素描·眼》、大荒的《回雁峰》、路卫的《新蒜》、向明的《吊篮植物》等皆是。其中纪弦的《一片槐树叶》、余光中的《蟋蟀吟》、流沙河的《那一只蟋蟀》都是广为传诵的名作。从题咏对象来看，"瓶花"、"蟋蟀"、"腊梅"、"月亮"、"竹子"、"回雁峰"等均属于传统意象，在古典诗词中经常出现，积淀着深厚的历史文化和乡土情感内涵。"榕树"、"荠菜花"、"井水"、"眼"、"新蒜"、"吊篮植物"等则是新的意象，是诗人即目所见取为题咏素材的。商禽的《五官素描·眼》颇堪一读：

　　一对相恋的鱼/尾巴要在四十岁以后才出现/中间隔着一道鼻梁/犹如我和我的家人/中间隔着一道海峡/这一辈子怕是无法相见/偶尔/也会混在一起/只是在梦中他们的泪

　　题咏对象很一般，语言也很朴实，但能用常得奇，由"中间隔着一道鼻梁"到"中间隔着一道海峡"，大幅度跨越式的比拟联想转出"乡愁"的主题，是全诗结构上的得力处。"尾巴要在四十岁以后才出现"承接第一句拟眼为鱼的比喻，既切合人到中年眼角生出的"鱼尾纹"，又写出了几十年亲人离散无法团聚的世事沧桑感。人人的鼻梁两边都长着两只眼睛，但也许只有台湾诗人才会产生这样的比拟联想，这是"以我观物，故物皆着我之色彩"的结果。事实上，胸中溢满乡愁的台湾诗人，几乎在任何素材上都能转出乡愁的题旨。比如向明的《吊篮植物》，也写出了寄居台岛的游子，那种欲居不适欲去不能的尴尬处境，和那份难以言说的苦涩心境：

　　　　从前他们说／你是一株不用着地的／移植的蘽草／不再思念故土／贪恋现成的营养和食料／／现在他们却说／你是一株不愿着地的／寄居的蘽草／只会缅怀昔日的家园／难于认同眼前的窝巢／／你的枯槁能为你说什么呢／你委实不想说什么了吧／在这样的气温下／反正离乡背井的这么久／说什么也不好

　　无根的生存就是这般难堪，这么无奈，简直左右不是东西，横竖说不明白。这首诗的标题与意蕴都和云鹤的《野生植物》相似：

　　　　有叶／却没有茎／有茎／却没有根／有根／却没有泥土／／那是一种野生植物／名字叫／华侨

　　《野生植物》巧于比拟，由"叶"到"茎"，由"茎"到"根"，由"根"到"泥土"，最后以暗喻点出"华侨"，完成主题的表达，诗意单纯而集中；《吊篮植物》的意蕴则要复杂得多，所以思路和表现均不像《野生植物》那样单向和单一，而是多向度展开，今昔对比，人我对比：从前他们那样说，现在他们又这样说，自己则什么也不想说，什么也不好说。于此足见游子生存的病态和心灵的病苦。以上下皆无着、生命被悬置的"吊篮植物"自喻的游子诗人，已是身心俱病，最终只能"枯槁"，这让我们想起一首汉乐府诗："高田种小麦，终久不成穗。男儿在他乡，焉得不憔悴！"（《古歌》）隔着两千年的悠悠时光，游子他乡的命运没有改变，古今同一"憔悴"、"枯槁"。因此说，在终极的意义上，异乡，永远无法妥帖安顿游子的身心，也永远不可能适宜游子生存。

（七）一个反题：客舍似家家似寄

南宋词人刘克庄的《玉楼春》起句写道："年年跃马长安市，客舍似家家似寄。"这两句词形象而又颇富象征意味地表现了人生在世身不由己地不停出走与奔波，被巨大的异己力量所支配、无法主宰自我命运的人，与家园疏离，反而与异乡亲近。乡愁主题的情感指向是回归家园，这两句词正可视为乡愁主题的一个反题。

还有面对家园这一永恒归宿的终极迷惘，也具有反题的性质。李白《菩萨蛮》结句："何处是归程，长亭更短亭"，苏轼《临江仙·送王缄》结句："此身如传舍，何处是吾乡"，均包含着深沉而又复杂的人生体验，传达出人在旅途、茫无归宿之感，象征着人生就是一个不停奔波的过程。被动生存的人，总是被社会的巨大异己力量驱使着，被生活的滚滚浊流裹挟着，身不由己地在漫长坎坷的茫茫世路上奔波不停，不知道何日是了时，更不知道何处是归宿。即如李白词中的旅人，于漠漠暮霭中瞻望"归程"，所见不外是山野林薮边的悠悠古道，是古道上五里十里、一个连一个的长短驿亭，"归程"在何处呢？旅人在长期的奔波之后，久久地伫立之余，情不自禁地要生出茫无归宿的无穷空落惆怅来。从更宽泛的意义上读解上引词句，确实能够感悟到其中包蕴深厚的形而上意味：在人生道路上，谁人不是"身如传舍"的匆匆过客呢？又有谁人不在苦苦寻求着生之所依与灵之所栖？但归程何在，家园何处，了时何日？恐怕永远也不会求得明确的答案。读着这样的词句，似乎能够听到那旅人发出的一声疲惫不堪的灵魂叹息，这时，便会有一种仿佛注定了的命运感氤氲飘起，驱之不散，久久地萦绕在你的心头。

有家难归或无家可归，向前再进一步，就是反认他乡作故乡。贾岛《渡桑干》："客舍并州已十霜，归心日夜忆咸阳。无端更渡桑干水，却望并州是故乡。"据李嘉言考证，此诗是中唐诗人刘皂的作品，题作《旅次朔方》。但多数人习惯把它归到贾岛名下，这里从众。诗人十年客居并州（太原），权作栖身之所，身在并州，心飞咸阳。咸阳指长安，贾岛久居长安，视同故乡。十年盼归的结果，"今非不能归，反北渡桑干，还望并州又是故乡矣"①。可见命运的全部残酷性，就在于它总是逼使人向着与主观愿望相反的方向走去。真正的故乡回不去，而今，连"旅居十年，交游欢爱与故乡无异"的第二故乡并州也住不下去了，又要北渡桑干河向更远处浪迹。正因为有家难归，才产生久客之地如同故乡的错觉，这种"误会"的深处，是对回归真正故乡的彻底绝望。韦庄的那首《菩萨蛮》则直是"此间乐，不思蜀"了："人人尽说江南好，游人只合江南老。春水碧于天，画船听雨眠。   垆边人似月，皓腕凝双雪。未老莫还乡，还乡须断肠。"南国的风景、人物之美，让"游人"产生终老于斯的强烈愿望。在乡愁主题作品里，身处异乡的游子总是因为思念故乡而断肠；这首词中的游子则完全相反，他担心回到故乡，会因思念江南而断肠。作为乡愁主题的反题，这首词颠覆了乡愁主题的情感定势和抒情模式。

现当代新诗中也有反题性质的作品。戴望舒的《游子谣》中，那位漂泊于大海上、失去家园的游子，"却连乡愁也没有"。因为他感到爱情比故乡更有魅力："清丽的小旅伴是更甜蜜的家园"，所以，找到新的家园、没有乡愁的游子，表示要"永远沉浮在鲸鱼海蟒间"。戴诗中"清丽的小旅伴"，略似于韦庄词中"如月"的南国佳人，对游子而言，她们的魅力都超过了故乡。香港诗人力匡的《怀乡》更复杂些："昨日有一个少女问我为什么要离开乡土？／如果我

---

① （明）王世懋：《艺圃撷余》，何文焕辑《历代诗话》下，中华书局1981年版，第781页。

此刻仍如此炽烈地怀想。/为什么又在这岛上留下如此长久？/既然我已一再说过并不喜欢这奇怪的地方。//我说了我虽然热爱我的乡土与游侣，/但我更珍惜一份自由开花的理想。/我告诉她虽然屈原始终怀念郢都，/却宁愿忍受陵阳九年的流放。"诗人爱故乡，但更爱自由的理想；所以他既想归又不能归，既不想留又不能不留；在两难境况中，诗人坚持了背对故乡的生存姿势。

第二章

时间生命主题的古今抒情内涵

　　有没有时间意识，标志着人的生命是否走出蒙昧状态；时间意识的强弱，标志着人的生命意识的觉醒程度。时间是伟大的造物，多情而冷酷，它能成全一切，也能毁灭一切。世间万类，无不在时间过程中产生成长，也无不在时间过程中归于寂灭。在某一时刻诞生的生命，同时就遭受着时间的无情戕害；在时间过程中成熟的青春，同时就被时间残忍地废弃。生命正是在时间不易觉察的渐变中，一步步趋向消逝的。中国人很早对时间就有敏锐感受，文学史上第一部诗歌集《诗经》，其中的《蟋蟀》、《蜉蝣》等诗，就是最早表现时间意识的文学作品。降及屈原的《离骚》，宋玉的《九辨》，汉乐府《长歌行》，无名氏《古诗十九首》，曹操《短歌行》，刘琨《重赠卢谌》，陶潜《杂诗》、《形影神》，刘希夷《代悲白头翁》，张若虚《春江花月夜》，陈子昂《登幽州台歌》，李白《将进酒》、《日出入行》，杜甫《登高》，李贺《梦天》、《浩歌》、《将进酒》，杜秋娘《金缕曲》，欧阳修《浪淘沙》，苏轼《念奴娇·赤壁怀古》，马致远《双调·夜行船·秋思》，文嘉《今日诗》、《明日歌》等，都是表现或包含时间意识的名篇。生命是一个时间过程，认识到时间的一维流逝性和不可逆性，才能真正懂得生命的短暂性和一次性。有了时间意识，才会有生命意识，才会认识到人生的有限，从而爱惜时间，珍惜生命，抓紧有限的人生及时有为，建功立业，并充分地享受人生的快乐。时间生命意识的价值和意义就在于此。对时间生命意识的表现，构成了中国古典诗歌的基本主题之一，赋予了中国古典诗歌最为感人的生命情调。时间生命意识在传统诗歌中，展开为及时有为、及时行乐、惜春悲秋、同情悲悯、生存状态等几个方面，并在这几个方面，对 20 世纪新诗施以深刻的影响。

一　及时有为与及时行乐

先看及时有为。这是时间生命意识和传统哲学思想融合的产物，《周易》曰："天行健，君子以自强不息；地法坤，君子以厚德载物。"孔子曰："君子疾没世而名不称焉。"孟子曰："正心诚意修身齐家治国平天下"，"如欲平治天下，当今之世，舍我其谁也"。《左传》揭櫫"立德、立功、立言"的人生"三不朽"。这些思想资料，构成了中国古代诗人的基本人生价值取向：奋发有为，积极入世，建功立业，名垂青史。屈原《离骚》："汩余若将不及兮，恐年岁之不吾与。朝搴陂之木兰兮，夕揽洲之宿莽。日月忽其不掩兮，春与秋其代序，惟草木之零落兮，恐美人之迟暮。不抚壮而弃秽兮，何不改乎此度？乘骐骥以驰骋兮，来吾导夫先路"，"老冉冉其将至兮，恐修名之不立"，"吾令羲和弭节兮，望崦嵫而勿迫，路漫漫其修远兮，吾将上下而求索"。诗人汲汲惶惶如恐不及，培养品德，锻炼才能，殷勤挽留时间，是为了辅佐楚王振兴祖国，树立美名，多方追求美政和人格理想。汉乐府《长歌行》从园中葵菜的春荣秋枯，百川入海的一去不返，强调人生的短暂，为免遗"老大徒伤悲"之戚，应该在少壮时奋发努力。曹操《短歌行》因痛感于时光易逝："譬如朝露，去日苦多"，所以对尚未实现"周公吐哺，天下归心"的统一大业，格外忧思深切。刘琨《重赠卢谌》："功业未及建，夕阳忽西流。时哉不我与，去矣若云浮"，抒发了末路英雄因意识到"时不我与"，而生出的强烈的功业要求。陶渊明《杂诗》："日月掷人去，有志不获骋"，无情的时间弃人而去，空留下壮志难酬的憾恨。陈子昂的

《登幽州台歌》，面对无限时空所衬托出的人生短促渺小，涕泪纵横，无非是有感于生不逢时，长才难展。李白的《将进酒》，欲以高度自信和痛饮狂歌去消除的"万古愁"，亦是时间滔滔流逝而人生功业无着之愁。而苏轼的《念奴娇·赤壁怀古》，虽济以道家之旷达和佛家之空幻，但对"浪淘尽千古风流人物"的感慨，对"一时豪杰"的缅怀，对"公瑾当年"的遥想，对"多情神游"的自笑，在在显现出词人对功业的不能忘情。

　　古代诗人的功业意识主要指向社会政治方面，现当代新诗人由于角色身份的转换，功业意识也从社会政治转向了文学诗歌自身。开创新文化传统的胡适先生，在留美时期的 1916 年 4 月 12 日，填词言志："再不伤春，更不悲秋，以此誓诗。任花开也好，花飞也好，月圆固好，日落何悲？我闻之曰，'从天而颂，孰与制天而用之？'更安用为苍天歌哭，作彼奴为！　　文章革命何疑！且准备搴旗作健儿。要空前千古，下开百世，收他臭腐，还我神奇。为大中华，造新文学，此业吾曹欲让谁？诗材料，有簇新世界，供我驱驰。"① 这首词有两点值得注意，一是青年胡适"为大中华，造新文学"的使命和雄心，激励他顺乎潮流，发起新文学运动，创建了"空前千古，下开百世"的白话诗文业绩；二是切断传统、开创新诗的誓言，却用词的旧形式来表达，这本身就成了新诗和旧体诗词的联系无法彻底割断的象征。历尽磨难的昌耀，在 22 年的炼狱生涯结束之后的新时期之初，写出了激情澎湃的《划呀，划呀，父亲们》，自信而清醒地审视现在，瞻望未来："时光还不见老，正当中年。/我们会有自己的里程碑/我们应有自己的里程碑。"昌耀以其青藏高原般沉雄悲壮苍茫的新边塞诗，赢得了"诗人中的诗人"的称誉②。婉约温和的舒婷，在《会唱歌的鸢尾花》中挣出爱情浪潮和记忆的旋涡，豪迈地宣告："我的名字和我的信念/已同时进入跑道/代表民族的某个单项

---

① 胡适：《沁园春·誓诗》，《胡适诗存》，人民文学出版社 1993 年版，第 110 页。
② 韩作荣：《昌耀的诗·序》，人民文学出版社 1998 年版，第 3 页。

记录/我没有权利休息/生命的冲刺/没有终点，只有速度。"二十年后的今天回看舒婷，作为朦胧诗派与北岛齐名的代表诗人之一，她的酷肖唐宋婉约词的诗作，已然为她在当代诗歌史上定位，她所取得的成就标出了中国 20 世纪七八十年代之交的朦胧诗和女性诗歌的艺术高度。

食指的功业意识从前期到后期的演变具有某种代表性，前期作于 1970 年 3 月的《我们这一代》中写道："啊，肩负沉重——/我们都还年青/因此我们这一代/必将骄傲地看到——//毛泽东的旗帜/高高飘扬在/共产主义大厦/更高的一层//我们将用鲜血和生命/永葆这旗帜青春的火红/我们将给后来人留下/无愧于伟大时代的歌声。"抒发的是一个非理性时代共同的虚幻激情，其中的"歌声"也不是指的诗歌创作，而是"解放全人类"的"伟大事业"。后期的《归宿》（1991 年），前两节写道："由于创作生涯的短促/诗人的命运吉凶难卜/为迎接灵感危机的挑战/我不怕有更高的代价付出//优雅的举止和贫寒的窘迫/曾给了我不少难言的痛楚/但终于我诗行方阵的大军/跨越了精神死亡的峡谷。" 1994 年的《答友人之一》写道："历史的无情如大浪淘沙/一生的诗作能幸存几首/筛去的泥沙成岁月虚度/留下的精品像一坛好酒/搁置的年代越久/才越是芬芳醇厚//惋惜一生中已逝去的年华/留恋过去的老师和亲友/过去的就让他成为过去/理当再向前开拓、奔走/脚印紧跟在身后/辉煌在人生尽头。" 1995 年的《诗人命苦》写道：

> 孤独地跋涉人生旅途/看透红尘才略有所悟/诗人命苦，当夜深人静/地下天上才辟条大路//一阵恍惚如青云平步/有流星划过似走笔不俗/不虚度此生，有白纸黑字——/惊人之作，我一笔呼出！

这些诗虽然写于北京第三社会福利院，但它们都是理性清醒的生命意识的流露，与前期的不无虚妄的"理想"有了本质的不同，诗人明白了此生的角色担当，甘愿忍受物质和精神的痛苦折磨，追求着自己诗歌艺术生命的辉煌和不朽。

非崇高、非价值的新生代诗人的时间生命意识，似乎只是当下即时的官能享乐，或是对时间生命的无奈麻木的无价值无意义的体认，如丁当的《时间》所写。其实他们也在以另外一种方式，追求着人生的意义和价值。于坚的《尚义街六号》是一首典型的新生代诗，诗中的一切都世俗化、市民化了，不论是行为方式还是情感状态。但是，我们又必须看到，聚集在"尚义街六号"的于坚们毕竟不是一群小市民，我们不要忘了于坚那句名言："像上帝一样思考/像市民一样生活。"行为方式和情感状态尽管平民化了，但在他们的心目中毕竟还有一个至高无上的"上帝"，这个"上帝"就是诗歌和艺术——尽管已不是英雄主义理想主义的崇高优美的诗歌和艺术，而是平民式世俗化的写日常生活情感的反崇高反优美的诗歌和艺术。他们的随意性中保有对艺术的独立见解，自恋自渎中有对艺术追求的不懈执着，嘲人自嘲不过是调整心理平衡的方式和手段，以坚持自己的艺术个性和继续自己的艺术创造。那双过分计较、在乎他人评价的"警察样盯牢"的"红丝丝的眼睛"，那许多"意味深长的笔名"，还有那份"许多谈话如果录音，/可以出一本名著"的对自己一群的"智慧"的高度自信，在在暗示出他们并非处于小市民浑浑噩噩迷失自我的自在生存状态，而是相当执着、自信地追求着自己的人生目的，选择着自己的生活和艺术道路，这是个体生命意识高度清醒状态下的自为的存在。尤其值得注意的是，这首诗的结尾："在别的地方/我们经常提到尚义街六号/说是很多年后的一天/孩子们要来参观。"这不是一个话中有话、很有寄托、耐人寻味的结尾吗？他们对自己的期待值不是很高吗？值得孩子们许多年后参观的地方，绝不会是平淡无奇的地方；能给后人留下记忆和怀念的人，也肯定不是平庸之辈。说穿了，于坚们实际上仍是在追求一种不朽的价值，不过是以属于80年代大学生和新生代诗人的具有鲜明个性特点的另一种方式。从这个意义上说，这首反崇高的诗，只不过是在卑俗无聊中体认崇高；这种庸常的生存，只不过是在无价值的人生中追求人生价值的实现。忽视了这一层内涵，不能算是真正读懂了这首诗。

这里需要说明一点，那种受政治观念支配的动辄高叫解放全人类、埋葬帝修反，轻浮地宣布重新开天辟地、时间重新开始、建成人间天堂之类的疯癫呓语性的"诗歌"文本，我们在此不纳入"功业意识"的范围加以论列。因为写作这些"诗歌"的诗人，很多都是政治权威的迷信膜拜者，根本不具备人的主体意识和理性意识，仍处于蒙昧和半蒙昧状态。而我们在此讨论功业意识的前提，是时间生命意识的获得，亦即人的主体意识和理性意识的获得。只有已经走出蒙昧状态的心智健全情感成熟的诗人，才能创作出表现正常的功业意识的诗歌。

及时行乐的思想源于人在时间和生命意识觉醒后，对人生的短暂、虚无一面的痛切感受及自救的努力，在最深的层次上，它是人类热爱生命、厌弃死亡的情感态度和价值观念的反映，是渺小的人类抗衡时间和自然规律的一种可悯的努力。并非完全出于人的欲望本能。全面辩证地看问题，人在时间生命意识觉醒之后，一方面践履、担当社会存在物的责任义务使命，及时有为，建功立业；另一方面，人在创造生活的同时，也应该在个人感性的层面上，珍惜青春生命，所谓"有花堪折直须折，莫待无花空折枝"（杜秋娘《金缕曲》），充分地享受青春生命的感性欢乐，这是人的不容漠视不容剥夺的基本权利，也是人生的价值和意义的重要组成部分。及时有为和及时行乐结合起来，才是时间生命意识觉醒之后的人类，最正常最完美的行为方式和价值选择，才是个体生命的完满实现。当然，这是一种理想状态，在人的现实生命过程中，二者不无矛盾，很难统一，常常处于对立分裂状态。李白名篇《将进酒》的震撼人心的巨大感情波澜，就是由及时有为与及时行乐的激烈撞击轰然卷起的。曹操的《短歌行》"对酒当歌，人生几何"的及时行乐，与"周公吐哺，天下归心"的建功立业，也不无矛盾。

从文学史上看，及时行乐比及时有为在诗歌中的表现还要早些，

《诗经》中的《唐风·山有枢》："子有酒食，何不日鼓瑟，且以喜乐，且以永日。宛其死矣，他人入室。"其间的享乐心态缘于生命的无常感。《诗经·唐风·蟋蟀》："蟋蟀在堂，岁聿其莫。今我不乐，日月其除。无已大康，职思其居。好乐无荒，良士瞿瞿。"一方面是痛感岁月流逝，应该及时行乐；另一方面又提醒自己，不要享乐太过；展示一种矛盾心态，感性和理性在矛盾中实现了情理中和。古典诗歌对及时行乐主题的表现，在东汉末年无名氏的《古诗十九首》中最为集中，时间生命意识的觉醒，在组诗中是个人本体意义上的觉醒，并不掺杂社会政治、道德责任因素。抒情主人公清醒地否定了虚幻的神仙世界："服食求神仙，多为药所误。仙人王子乔，难可与等期。"他们深感连圣贤都难逃一死："万岁更相叠，圣贤莫能度"，那么凡人能够把握的感性生命也就只有"不满百"的有限"生年"，而又"长怀"忧患。因此，他们绝不把人生之乐托付给靠不住的将来："为乐当及时，何能待来兹？"他们更为珍惜现在，并准备充分享有："昼短夜苦长，何不秉烛游。"他们嘲笑那些爱惜钱财的"愚者"，要求解脱身心的羁绊，"荡涤放情志"，痛饮美酒，被服纨素，驱车策马，游戏娱乐，占据要津，追求荣名，为乐及时，空床难守，去恣情恣意地享受人生欢乐。王国维说"写情如此，方为不隔"[1]。意指欲望不加掩饰，和盘托出，情感与语言，能指与所指，在诗中取得了高度的一致。此后，在六朝宫体诗和唐宋婉约词、元散曲中，及时行乐的意旨有了进一步的发展。元散曲对这一题旨的表现，与元明清戏剧、小说如《西厢记》、《牡丹亭》、《三言》、《二拍》中全方位展示人性对名利、情欲、享乐的丰富驳杂的强烈欲求，已很接近。

新诗虽说是个性解放的产物，但 20 世纪又是一个政治的世纪，伦理群体以革命需要的名义，对个人欲望构成了压顶的态势。所以

---

① 王国维：《人间词话》，《蕙风词话·人间词话》，人民文学出版社 1960 年版，第212 页。

在新诗中，对生命空幻感滋生的享乐本能要求，没有太多的涉笔。二三十年代邵洵美、于庚虞、汪铭竹抒写欲望享乐的情诗，受到了严厉的批评。此后，社会给个人留下的周旋空间越来越小，阶级和集体彻底压倒了个人，到六七十年代，极"左"色彩的道德伦理禁欲主义完全控制了社会生活和意识形态，人性爱情欲望享乐成了罪恶的标志，成了禁忌。一直到80年代中期，才出现了为欲望享乐正名的《欲望号街车》，受重新开放的时代鼓舞，诗人傅亮唱出了大胆追求幸福的人生欲望的坦诚歌声。伊蕾的《独身女人的卧室》、《情舞》、《叛逆的手》、《野餐》，唐亚平的《黑色沙漠》，以及90年代末扶桑的《酒的故事》、《夜歌》、《垂死》、《今夜星光灿烂》，在爱情的领域内，大胆抒写青春生命的及时享乐欲望。但上面提到的伊蕾、唐亚平等人80年代中期的诗作，曾经受到激烈的指责。在上举这些抒写及时行乐主题的古今作品中，人的时间生命意识觉醒之后，并不去为社稷苍生干些什么，而是追求个体生命欲望的真实满足，传统观念和传统诗教笼罩不了它。在社会政治层面，它肯定不如及时有为主题意义重大。但是，若将传统价值标准中的群体本位转换为个体本位，就不难发现这类表现个体生命欲望的作品的重大价值。在封建宗法社会和极"左"思潮压抑个体、泯灭个性、窒息人性的群体本位文化传统中，有这样较为纯粹的个体本位表现，我们没有任何理由去贬斥它、忽略它。关键是用健康健全的理论批评，去正面引导，让及时行乐与及时有为统一起来，而不致流于色情和颓废的病态表现。

二　惜春悲秋与同情悲悯

惜春悲秋和伤离恨别，也是人的时间生命意识觉醒的表现。表现这两类情感的作品经常互相联系在一起，它们在古典诗词中都是大宗。时间生命意识觉醒后的诗人，心灵是极为敏感的。一朵花的开落，一片叶的青黄，一茎草的荣枯，都会触发他们生命的悲情。日月的升沉，潮汐的起落，朝暮的更迭，季节的轮替，都会牵引他们生命的悸动。试看刘希夷《代悲白头翁》，诗的前半从花与人的关联展开诗情："洛阳城东桃李花，飞来飞去落谁家。洛阳女儿好颜色，坐见落花长叹息。"至"年年岁岁花相似，岁岁年年人不同"，人与花对比的结果，是人不如花，花落了明年还开，人老了永远不会再度年轻；回环复沓的诗句，包含着感伤缠绵的诗意。这是典型的惜春，但惜的主要是人的美好青春，所谓"惜春只惜年华晚"，这是无数惜春类作品的情感实质。李商隐《花下醉》"客散酒醒深夜后，更持红烛赏残花"，被评为"爱花极至"（姚培谦《李义山诗笺注》）。苏轼《海棠》："只恐夜深花睡去，故烧高烛照红装"，辛弃疾《摸鱼儿》"更能消几番风雨，匆匆春又归去。惜春长怕花开早，何况落红无数"，亦莫不是"爱花极至"的表现，也就是人对时间生命的极度珍惜之情。终至有《红楼梦》的"黛玉葬花"之举，虽是小说人物的行为，反映的却是一种民族共同心理。

宋玉的《九辨》，首开悲秋的先河，"悲哉秋之为气也，萧瑟兮草木摇落而变衰，寥栗兮若在远行，登山临水兮送将归"。把悲秋与离别、漂泊合于一处写，再加上"贫士失职"的生存艰辛，人生的悲凉感和着萧瑟的秋风寒气拂面而来，让人怆然心惊。其实不待宋玉，屈原《离骚》的"惟草木之零落兮，恐美人之迟暮"、《湘夫人》的"袅袅兮秋风，洞庭波兮木叶下"，诗句中已然包含"悲秋"之意，只是没有直接说出。陈子昂的"迟迟白日晚，袅袅秋风生。岁华尽摇落，芳意竟何成"（《感遇》），杜甫的"无边落木萧萧下，不尽长江滚滚来。万里悲秋长做客，百年多病独登台"（《登高》），辛弃疾的"可惜流年，忧愁风雨，树犹如此"（《水龙吟》），皆借秋之摇落，抒生命空耗虚度之深悲！他们从季节岁月的不停流逝中，看到了自我生命的消耗；从草木的繁茂凋谢中，看到了自我生命的盛衰变化。惜春与悲秋，惜的和悲的实际是人的自身生命。大量脍炙人口的伤离恨别诗词，其感情实质都是对美好青春生命不能共享共度的"伤"和"恨"，《春江花月夜》后半的"此时相望不相闻，愿逐月华流照君"、"昨夜闲潭梦落花，可怜春半不还家"，就从思妇、游子双方写出了离别相思感情的实质。白居易《长相思》："思悠悠，恨悠悠，恨到归时始方休"，则把问题的实质点明了，这是一个思妇的心理，也是天下所有思妇的共同心理。

　　20世纪新诗对惜春悲秋和伤离恨别的表现比较薄弱，原因主要是生活节奏的加快，使人的情感心灵粗糙沙化，生存的压力把人变得麻木冷漠，已无暇顾及也无力领略生命的美丽悲情；同时也与人的理性意识加强、与交通通信的发达有关。不过，此类作品亦未绝迹，传统文化底蕴较为深厚的二三十年代诗人和台湾诗人，时有这类写作，如王渝的《一次分手》，竟写出了"一次分手／一次小小的死亡"这样的惊心动魄之句，其对别离的看重，高于唐诗"人世死前惟有别"。可见进入现代社会，交通通信的便利，也不见得就一定让人不再看重"离别"这种事情。王渝的诗，把现代人对于别离的体验，推向了丝毫不亚于古人，甚至超过古人的程度。别离对现代人的刺激有多强烈，对现代人的伤害有多深刻，给现代人的情感造成的痛苦有多么巨大，王渝这两句诗可以作为最好的回答。可见，快节奏多变化的现代生活，也并未能把所有人的感情心灵全都异化为粗糙麻木的沙漠，人心对情感生命的体验，有时仍保持着原初的新鲜敏锐。

　　如果说惜春悲秋是人的时间生命意识觉醒后，观生察物、触类兴感的爱物自爱，那么，时间生命意识觉醒后的诗人和诗歌，在关心自身生命生存的同时，也在关注着自身以外的人，如《代悲白头翁》后半对"半死白头翁"的怜惜、悲悯。特别是对数量最广大的底层社会人群的生命存在状态的关注，这是一种怜人自怜、人我一体的关爱同情、体恤悲悯的人道情怀，是人性中最为美好的部分。深受儒家仁学思想影响的古代诗人，总是用悲天悯人的眼光，关注着人间的痛苦、不幸，体贴着他人的生存境遇、遭际。他们认为，人与人既然都在同一时空中生存，生活和命运就是密不可分的，哲人表述过的"四海之内皆兄弟也"（《论语》），诗人重新表述为"落地为兄弟，何必骨肉亲"①。所以，他们在诗词创作中表现出了深切的人际关爱同情和体恤悲悯。曹操的《蒿里行》，王粲的《七哀诗》，陈琳的《饮长城窟行》，陶潜的《归田园居》其四，鲍照的《拟古》之六，李白的《丁都护歌》，杜甫的《兵车行》、"三吏"、"三别"、《又呈吴郎》、《茅屋为秋风所破歌》，顾况的《囝》，孟郊的《寒地百姓吟》，李绅的《悯农》，张籍的《野老歌》，元稹的《田家词》，白居易的《秦中吟》、《新乐府》、《采地黄者》、《新制布裘》，皮日休的《橡媪叹》，聂夷中的《咏田家》，杜荀鹤的《山中寡妇》，罗隐的《雪》，梅尧臣的《汝坟贫女》，王安石的《河北民》，苏轼的《吴中田妇叹》，杨万里的《农家叹》，范成大的《四时田园杂兴》，陆游的《太息》等，都是关心民生疾苦、同情底层人民不幸遭遇命运的名篇。还有无数离别相思之作，饯行送别、间阻思念之际，无不溢满着对对方的关心、安慰、牵挂、担忧之情。那些出自男性作家的代言体闺怨、宫怨类作品，哀婉凄恻，如王昌龄的《闺怨》、元稹的《行宫》、白居易的《上阳白发人》，表现出对妇女遭受孤独寂寞、冷落遗弃、青春虚度、年华空耗、生命闲掷的不幸痛苦的真挚同情和细致体贴。而最令人感动的，是那些写于诗人患难之中的作品所流露出来的对他人对大众的生存境况的同情悲悯。遭谗被毁、贬谪流放中的屈原，"长太息以掩涕兮，哀民生之多艰"；屋破漏雨、长夜难眠的杜甫，衷心祈愿的是"安得广厦千万间，大庇天下寒士俱欢颜，风雨不动安如山。呜呼！何时眼前突兀见此屋，吾庐独破受冻死亦足"；远宰江州的白居易，引琵琶女为同调知己，唱出了"同是天涯沦落人，相逢何必曾相识"的感人歌声。

五四时期的早期新诗人服膺人道主义，用明白的口语写底层的生活，如胡适与沈尹默同题的《人力车夫》，刘半农的《相隔一层纸》、《学徒苦》、《面包与盐》，刘大白的《卖布谣》、《田主来》、《布谷》

---

① （东晋）陶渊明：《杂诗》，逯钦立辑《先秦汉魏晋南北朝诗》中，中华书局1983年版，第1005页。

等，对底层人民的不幸生活，寄予了朴实的人道同情，二刘因此被李旦初称为"新元白诗派"①。二三十年代的新诗人站在人道立场，关注同情底层生命生存现状的诗作还有很多。出身河南农村的文学研究会诗人徐玉诺，在诗中逼真地描写了兵匪横行的故乡人民所遭受的贫穷、苦难，他的《火灾》写土匪的烧杀淫掠，《杂诗》写除夕之夜大街上的乞丐，《小诗》写兵匪勾结残害百姓，是新诗中少见的对挣扎在贫穷、灾难之中的底层社会的生存生命状况的真实写照，饱含着诗人强烈的悲愤和同情。他的《夜声》一诗："在黑暗而且寂寞的夜间，／什么也不能看见；／只听得……杀杀杀……／时代吃着生命的声响。"虽然超越具体背景，对此诗也可作行而上的生命哲学解读；但诗人的本意，恐怕主要是对兵匪横行的时代里，无数生命被虐杀的现实，进行揭露控诉，而诗人的悲悯之意就在这直抵本质的揭露控诉之中。臧克家1933年出版的诗集《烙印》里，收有他的名作《老马》、《难民》、《老哥哥》、《炭鬼》、《神女》、《贩鱼郎》、《当垆女》、《洋车夫》、《歇午工》等诗，"唱着生命的不幸"（《烙印》）。这些作品大多"是他比较熟悉的农民生活题材，他运用了谨严到显得拘束的字句，比喻的手法，反映出了那个时代农村破产的一个侧影。在他的笔下，出现了许多在黑暗角落里过着非人生活的形象，对于他们，他给予了真挚深厚的关切和同情"②。普罗诗歌和40年代后期的政治讽刺诗，也多写底层苦难，但目的不在同情怜悯，而在鼓动阶级的仇恨和斗争，属于社会政治层面，在此不宜置论。

50年代以后，这类诗歌从诗坛消失，五六十年代之交人祸天灾至为惨重，但在诗歌中没有留下痕迹，忙于高唱战歌和颂歌的诗人们的同情悲悯的人道情怀整体缺席。"文化大革命"后期的地下诗歌，对底层百姓的真实生活处境开始重新正视，诗人恢复了对他人生命生存的道义和良知。在《结局与开始》里，北岛写道：

---

① 陈远征：《现代中国的诗人与诗派》，湖南师范大学出版社1994年版，第32页。
② 臧克家：《"五四"以来新诗发展的一个轮廓》，《文艺学习》1955年第2期。

　　悲哀的雾/覆盖着补丁般错落的屋顶/在房子与房子之间/烟囱喷吐着灰烬般的人群/温暖从明亮的树梢吹散/逗留在贫困的烟头上/一只只疲倦的手中/升起低沉的乌云//以太阳的名义/黑暗在公开地掠夺/沉默依然是东方的故事/人民在古老的壁画上/默默地永生/默默地死去

　　直面现实的诗人，情怀沉重而悲凉。80年代对底层百姓的生命生存现状表达同情悲悯的名诗是公刘的《读罗中立的油画〈父亲〉》，扔掉"廉价的装饰品"后，诗中还原了一直被宣传为生活得最幸福的"父亲"们的生存真相："有谁能数得清你死过多少次！/那年你倚着土墙打盹/在太阳的爱抚下再也不醒，/嘴角淌着黄绿色的汁液/浮肿的手还将一把草籽攥得紧紧……/那年你耷拉着脑袋，硬把慢坡地撕成大寨田，/然后拉着犁，缰绳扣进肉里勒出血印，/吸完你最后一撮干桃叶烟末，/你倒下去，天上照旧活着哑了亿万年的星星。"但这类诗较难看到。不知为什么，世纪末的诗人们对他人对底层的现实痛苦，缺乏应有的同情和体贴，沉沦于名利和欲望中的诗人和诗歌，良知道义又一次缺席。比较而言，50年代迄今的台湾诗歌，此类作品较常见，像痖弦关注小人物的诗作，吴晟的农村题材的诗作，都有一定的代表性。

三　超越有限走向无限的努力

　　古代诗人在时间生命意识觉醒以后，有感于个人生命的短暂和渺小，在超越短暂渺小走向无限永恒的努力上，采用了四种方式。一是将个人融入人类整体，用人类的整体生命长度来抗衡永恒的自然，从而使人在永恒的存在面前保持心理上的某种镇静、平衡和安慰，能够以不无感伤而又甜美的心境，去感受、领略有限人生在无限江山风月中沉浸陶醉的诗意美好。张若虚《春江花月夜》的"江天一色无纤尘，皎皎空中孤月轮。江畔何人初见月，江月何年初照人？人生代代无穷已，江月年年只相似"，即属此种思路，被闻一多推许为"复绝的宇宙意识"①。新诗中郭小川的《望星空》思路与此相似，先是感叹"呵，星空，/只有你，/称得起万寿无疆/……你观尽人间美景，/饱看世界沧桑。/时间对于你，/跟空间一样——/无穷无尽，浩浩荡荡"。与星空这"伟大的宇宙空间"的寿命相比，"人生不过是流星般的闪光。/在无限的时间的河流里，/人生仅仅是微小又微小的波浪"，所以诗人仰望星空，"不免感到惆怅"。他带着这种心情来到"天安门广场"，放眼人民大会堂里盛大的宴会，长安街上银河般辉煌的灯光，畅想着"我和我的同志们"已组成浩荡的队伍，要创造"在地球与星空之间，/修建一条走廊，/把大地上的楼台殿阁，/移往辽阔的天堂"的宏大业绩，于是身上"充溢着非凡的力量"，一扫前面在永恒压迫下个人的惆怅沮丧，自豪地宣告："星空约，/面对着你，/我有资格挺起胸膛。"从阶级、同志的群体力量中，诗人找到了超越个人生命渺小短暂的庄严、自信。在将个人融入群体上，郭小川与张若虚相同；不同的是张若虚是把个人生命融入人类代代相续的生命链条，是纵向的；郭小川是把个人生命融入同时空的阶级同志的群体生命，是横向的；而郭小川的思路，正是革命诗人的一贯思路，将个人融入集体、阶级、革命事业，实现个人生命的不朽价值。这种思路其实也未尝没有拿群体来为个体生命壮胆提神的因素，在最深的层次上，恐怕仍是时空恐惧的潜意识心理在起作用。

　　二是将时间融入空间，用扩大空间的方式来延长时间。李白的《日出入行》："吾将囊括大块，浩然与溟涬同科"，表现诗人以盛唐时代的宏大气魄，把个人生命扩大到天地无边的空间，然后实现与漫长无尽的时间"同科"的目的。罗念生的《时间》，在列举了关于时间的几种诗性观念后，表达自己的感悟："我忽然望见了时间，那不是一条线，/也不是一道圈；那是一个浑圆的/整体，密密地充塞着天宇"，时间变成了空间，与空间融为一体，随空间无限扩大，个体生

---

① 闻一多：《宫体诗的自赎》，《唐诗杂论》，生活·读书·新知三联书店 1999 年版，第 22 页。

命"短促"的"一点"，就此化为"永恒"："这一点/是太初也是末日，更无从分辨/过去现在与未来，我们别怨/生命的短促，这短促是永恒的一片。"在诗歌里，将时间融入空间的往往是纪游诗，人们总是想多走一些地方，多看一些风景，多经历一些事情，多体验一些感受。一个足历四海、周游万国的人的一生，比之足不出户、视野狭窄者，真不知要丰富几千万倍。问题在于并非每个人都有远游天下的机遇和条件，更多的时候，人们只能去做心灵的远游。当代青年诗人安桉的《第二手观察》，就是通过在墙上挂一幅巴伐利亚多瑙河谷风景画来观赏，以之"装饰所有的梦境"，做心灵的远游，从而间接扩大空间，再转换为时间的延长。

三是回忆过去和憧憬未来。在一般的意义上，诗人都不是现实的动物，他们是一些靠幻想滋养的特殊动物，主要生活在对过去的回忆和对未来的憧憬里。这样就朝着过去和将来两个方向，把人只能占有的有限现在，无限地拉长，于是个人的短暂生命在回忆和展望性质的诗歌文本里，可以延展得很长。这实质上是一种诗歌里的心理时间，承载心理时间的是心理空间。这种性质的作品很多。杜甫写于安史之乱爆发后的《忆昔》，就是一首回忆性的名作："忆昔开元全盛日，小邑犹藏万家室。稻米流脂粟米白，公私仓廪俱丰实。九州道路无豺虎，远行不劳吉日出。齐纨鲁缟车班班，男耕女桑不相失。……"诗人有感于安史之乱给社会造成的极大破坏，格外缅怀那已逝去的太平盛世景象，随着时间的倒流，诗人在诗中重温了铭心难忘的开元盛世的辉煌梦境。彭邦桢的《故乡样子》，展开对故乡大彭家湾风物、时序和孩童生活的回忆："故乡依山傍水/故乡积翠盈妍"，当春来时，"没有一户莳花，到处自闹花喧；/没有一户饲鸟，到处自传鸟言/种豆蜂黄豆圃，种瓜蝶粉瓜园"、"垂绿千条柳叶，飞红万朵桃枝"。在这淳朴美丽的自然环境中，诗人的童年生活也富有诗意："种田放牛，读书学诗，而且寻芳爱美。"诗人凭借回忆性质的诗歌文本，仿佛回到了故乡和童年时代。其实，回忆性的诗歌文本，绝不仅限于个人的经历，大量咏史怀古之作，皆是"思接千载"、"观古今于须臾"，诗人心理所容纳的过去时间，可以贯通上古，远接洪荒。憧憬未来的作品，是时间的超前，出现这种情况往往是诗人的愿望受遏于现实，因而寄希望于未来。李商隐滞留巴山秋夜苦雨，怀念北方家中的妻子，思绪跳向未来的团聚："何当共剪西窗烛，却话巴山夜雨时。"钱锺书称这种创作心理为"在今日想他日之忆今日"①。新诗中宇彬的《千年之后》，设想千年之后的自己"是无物"、"是梦醒的幻"、"是神"、"是超时间的存在"，自己必将回归故乡"古老的城堞"和"雪花覆盖的泥土"。包含着对时间和生命的透彻感悟。沙穗同题的《千年之后》，则是对爱情的展望："千年之后/我们的名字刻在大理石上/虽然冰冷/但是光洁//也许有几只蝴蝶会翩翩飞来/那是因为你生前常常别着胸花/几只流萤飞来/是因为我需火点烟/含羞草低着头/如你新婚的样子"，你仍然那样美丽，我也还是老样子，而"来此凭吊的人，可以不懂诗/必须懂得爱情/否则就不认识/大理石上的名字"。这是对生死不渝、超越时空的永恒爱情的另一种写法，有"死亡"在场作为背景，愈益衬出爱情的旖旎动人。还有一些作品，是立足现在，回忆过去，展望未来，作品中存在三重时空，如欧阳修的《浪淘沙》："今年花胜去年红。可惜明年花更好，知与谁同？"吕本中的《减字木兰花》："去年今夜，同醉月明花树下。此夜江边，月暗长堤柳暗船。　　故人何处，带我离愁江外去。来岁花前，又是今年忆去年。"时间的维度更为复杂多变，向过去和未来两端延展，使抒情主人公拥有的时间变得更多更长。

　　四是用精神创造的永恒来抗争物质时间的速朽。曹丕说："文章者，经国之大业，不朽之盛事。年命有时而尽，荣乐止乎其身，二者必至之常期，未若文章之无穷。"（《典论·论文》）沈从文说："自然既极博大，也极残忍，战胜一切，孕育众生。蝼蚁蚍蜉，伟人巨匠，一样在它怀抱中，和光同尘。因新陈代谢，有华屋山丘。智者明白'现象'，不为困缚，所以能用文字，在一切有生陆续失去意义，本

---

① 钱锺书：《管锥编》一，中华书局 1979 年版，第 113 页。

身亦因死亡毫无意义时，使生命之火，煜煜照人，如烛如金。"（《烛虚》）对这种艺文比事功更长久、精神比物质更不朽的价值判断，古今诗歌一致认同。李白说："屈平辞赋悬日月，楚王台榭空山丘。"（《江上吟》）杜甫说："尔曹身与名俱灭，不废江河万古流。"（《戏为六绝句》）韩愈说："李杜文章在，光焰万丈长。"（《调张籍》）余光中《白玉苦瓜》写物质的"苦瓜"久朽了，雕琢"白玉苦瓜"的那"巧手"也久朽了，但作为艺术品的"白玉苦瓜"却"被永恒引渡"，穿过千年岁月，而新鲜如初："完美的圆腻啊酣然而饱/那触觉，不断向外膨胀/充实每一粒酪白的葡萄/直到瓜尖，仍翘着当日的新鲜。"他的《狗尾草》对同样的意思作了不无谐谑的表达："总之最后谁也辩不过坟墓/死亡，是唯一的永久地址……最后呢谁也不比狗尾草更高/除非名字上升，向星象去看齐/去参加里尔克或者李白/此外/一切都留在草下。"严辰的《口占》："雄心和霸业如尘灰飞扬，/煊赫的名字被历史遗忘。//而那些凝重清丽的诗篇，/却一代一代不绝地传唱。"再一次通过对比，明白无误地确认了人类超越有限的物质时间、生命的"薪尽火传"方式。

四　新诗对主题的拓展

20 世纪新诗在时间生命意识的表现上，有以警醒为主的，如汪静之的《时间是一把剪刀》："时间是一把剪刀，/生命是一匹锦绮"、"时间是一根铁鞭，/生命是一树繁花"，古人喻时间为东去逝水，为过隙白驹，这里把对时间的比喻翻新为"剪刀"、"铁鞭"，已然显示了时间的全部残酷性。生命的美丽"锦绮"、"繁花"，被时间的"剪刀"剪碎，"铁鞭"击落，生命是多么美好，时间又何其无情！诗人对时间与生命的关系不作辩证相对的看待，只凸显时间无情毁灭生命的一面，目的是要制造恐怖效果，对那等缺乏时间生命意识的人击以猛掌，警其痴顽，催其醒悟。汪诗多自由无韵，此诗形式严整；多天真稚气孩子口吻，此诗理性老到刚健警拔；时间意识成熟了诗人的生命，也成熟了诗歌的艺术。李金发的《有感》："如残叶溅/血在我们/脚上，//生命便是/死神唇边/的笑"，凄艳的衰败恐怖死亡，显示生命的美好而短暂。芒克的《晚年》写一位老人在"墙壁爬满皱纹"的静悄悄的屋子里，听到"时间/——它就像是个屠夫/在暗地里不停地磨刀子的声音"，提醒人们提防时间在不知不觉中对生命实施的"暗杀"。曲有源的《挑灯细看》："昨日在路边拣来一句诗/莫等闲/白了少年头/归来挑灯细看/原来是四十五年前/我在上小学的路上/随意丢的//空悲切三个字/因为当时还不明白/便留在口袋里/今日翻出来/本想合在一起重新品味/不料那悲切二字/在情急时已经用了/只剩一个空字。"虽出以 90 年代的平易、自嘲，但有些戏剧化地叙说自己小时候不知珍惜时间，等闲白了少年头，而今"悲切"也无，只剩一个"空"字，其警醒效果还是相当强烈的。

有揭示时间意识遮蔽的，如徐玉诺的《夜声》：

在黑暗而且寂寞的夜间，/什么也不能看见；/只听得……杀杀杀……/时代吃着生命的声响。

时间一分一秒地不停流逝，正是在一口一口不停啮食着个体生命，每个个体生命都是在时间的不停流逝中消耗殆尽的。寂寥的黑夜里，人类生命并没有停止被啮食，仍在时间的流逝中无形地损消着，尽管看不见，但敏感的诗人竖起灵耳，却听得了盈耳的"时代吃着生命"的"杀杀杀"的"声响"。从"杀杀杀"的"夜声"里，诗人瞬刻直觉到黑夜同人类生命消亡的联系，并把这种颇富深邃生命哲学意味的憬悟，通过诗歌文本，传达给读者，揭去时间意识的遮蔽，理解时间的本质，思考被时间不停消磨的短暂人生，应该何以自为，何以自处。邓万鹏的大型组诗《生命河》，标志着当代诗歌对时间生命主题的体验深度和表现高度，它为欲海自溺、利薮自蔽的众生，冷冽地揭开了时间生命意识遮蔽着的另一面：

　　少女的长发优雅地飘展/在耳后打出一个又一个漩涡/世界上最美的漩涡/是那些转瞬即逝的漩涡/孩子们正在草地上奔跑/香草般鲜绿的笑啊/泄露了心的单纯稚嫩/看不见的浪迎面打来/像虚无的石头透明又洁白/那些与生命为敌的石头/是多么柔软而残忍啊/而上涨与沦陷从未停止/最凶猛的冲刷是无形的冲刷/最痛苦的感觉是没有感觉

　　这些警醒之句是对众生的理性提示：不要只看到孩子一天天成长，少女一天天成熟，而忽略了成长与成熟的同时，也是在一天天接近消亡的事实，个体生命都是在不易觉察的渐变中一步步地趋向终结的。这种揭示，对物欲本能支配下盲目自在地生存的人们获得时间意识，认清生命本身的一次性与短暂性，大有裨益。

　　有表现对永恒时间抗争的，如余光中的《与永恒拔河》：

　　输是最后总归要输的/连人带绳都跌过界去/于是游戏终止——又一场不公平的竞争/但对岸的力量一分神/也会失手，会踏过界来/一只半只留下/脚印的奇迹，愕然天机/唯暗里，绳索的另一头/紧而不断，久而愈强/究竟，是怎样一个对手/跟跄过界之前/谁也未见过/只风吹星光颤/不休，剩我/与永恒拔河

　　人与时间的抗衡，是一场"不公平的竞争"，结局是清楚的，但诗人并不因为最终结局是输而放弃这场"拔河"比赛，他不惮于挑战有限，挑战死亡，他甚至想在"跟跄过界之前"，使出生命的全部力量，拽得永恒"踏过界来"，一窥那"脚印的奇迹"。表现出积极奋斗的人生态度。还有邓万鹏组诗《生命河》中的《逆水而立》，写浩浩涌流的"生命河"无始无终："从哪里流来向哪里流去"；无边无际："空蒙浩荡席卷天空和土地"；在它"滚滚而来又滚滚而去"的洪流里，"太阳月亮"这巨大的天体都被打磨成"圆硕的流沙"，渺小的人类又何足道哉！在这条生命河里，人类注定的姿势是"逆水

而立"，承受河水无休止的冲刷淘洗。对生命在时光之水中不堪一击的惨状，诗人作了极为深细的刻画："多少美丽的脸丑陋的脸/都随水而逝随水而逝/那些眼睛那些望穿秋水的眼睛/最终被秋水一一啄空"，读之真是触目惊心，悚然战栗。青春与生命是多么美好，但这美好的一切，终挡不住时光之水的无情荡涤。尽管如此，人类还是知其不可为而为之地选择了"逆水而立"的姿势，与流逝做最后的悲壮抗争。虽然结局难以改变，但"逆水而立"的姿势，已然显现了人性的坚挺与桀骜，生命的风采已在此姿势中，得到了大气磅礴的展示。

有化瞬间为永恒的，多是在爱情的心境下对时间生命的体验。刘梦苇的《吻之三部曲》之一，写自己"几年来对于人生哲学的探讨，/意义与价值终没有结论可寻"，只见"一刹那一刹那"的时间逃跑得无影无踪，使诗人痛感"时间是如此如此地难留，/生命是如此如此地不久"，于是他请问爱人："我们要怎样才不算虚度？"于是他认识到："人生既是一刹那一刹那地过去，/在个中你我可不要随意地辜负；/但只要一刹那中有一个亲吻，/生之意义与价值呀——已经寻出！"所以要珍惜现在："休追念过去的不幸，/休远虑将来的前程；/得遇一刹那且过一刹那，/得接吻时且赶快地接吻！"只要抓住了刹那间生命美好真实的享受，刹那就变成了永恒："如果这刹那全消费在接吻之中，/虽是一刹那呀——胜似万年！""生到死的距离之中我们底接吻未停，/只有一刹那的寿命呀——也是永生！"类似的体验还有席慕蓉，她在《抉择》里写道："假如我来世上一遭/只为与你相聚一次/只为亿万光年里的一刹那/一刹那里所有的甜蜜和悲凄。"她的《盼望》："其实　我盼望的/也不过就只是那一瞬/我从没要求过　你给我/你的一生//如果能在开满了栀子花的山坡上/与你相遇　如果能/深深地爱过一次再别离//那么　再长久的一生/不也就只是/就只是/回首时/那短短的一瞬。"巴尔扎克说："生命的最高目的，男人为名，女人为爱情"，席慕蓉的《盼望》可作印证。一次刻骨铭心、美好难忘的爱，可以使平淡短暂的一生变得美丽和永恒。诗里对生命久暂的感受，是带上了强烈主观愿望的心理时间。

　　还有悟透时间生命顺其自然的，如余光中的《呼唤》，就把晚年时间对生命结束的催促，比做小时候玩到天黑母亲喊自己回家吃晚饭，死亡的呼声，甚至比小时候母亲的声音"更安慰，动人"。这里有心理学上所谓"死本能"的流露，但主要的思想资源还是道家安时处顺、委运任化的观念："大块载我以形，劳我以生，佚我以老，息我以死。故善吾生者，乃所以善吾死也。"① 死是天地对生命归宿的妥善安置，是生命劳碌的休息，所以温暖恬适。一般人乐生恶死，不愿坦然面对死亡，但了然于生死的智者，却能够平静甚至快慰地去接受。达观地看，消逝本是人之宿命，是生之定数，九九归一，万生同赴。与其感伤无奈地侧目，何如平静坦荡地直面？陶渊明《形影神》诗"纵浪大化中，不喜亦不惧。应尽便须尽，无复独多虑"，才是人类应取的态度。余光中的《呼唤》在生命境界上已达到陶诗水准。

　　但面对生死，难破的执着，是主体意识确立后人的入世情结，功业欲求。虽然看到"大江东去，浪淘尽千古风流人物"的事实，但还是情不自禁地怀想着往昔风流人物的显赫勋业，努力追步前贤，建功立业，使自己也侧身风流人物之数。于是有非马的《脚与沙》：

　　　　知道脚/历史感沉重/想留下痕迹//沙/在茫茫大漠上/等它

　　以脚与沙的关系为喻，拆穿人类与时间的悲剧性联系的真相。冷冽的小诗反讽人类愚迂的一面，可以让那些过分斤斤于功名、不朽欲过强的人，看清一切努力追求的"脚印"，最终将被时间之沙遮蔽、掩埋、抹平的结局，从而获得真正清醒透彻的时间生命意识，摆去一切拘束，让生命更为潇洒、舒展、自由。

---

　　① （战国）庄周：《庄子·大宗师》，陈鼓应《庄子今注今译》，中华书局 1983 年版，第 189 页。

第三章

意象化：中国诗歌的基本表现手法

　　中国诗歌文本的基本构成单位是"意象"，中国诗歌是典型的意象诗，诗人表情达意时，一般不采取直抒的方式，而是借助意象来间接传示。这与中国诗人的生存环境有关，又与诗人接受《易经》"圣人立象以尽意"的哲学思维方式有关。传统中国社会是早熟的农业社会，人与大自然关系密切，对自然物象了解、熟稔、亲和，即目兴感、见景生情就成为一种普遍的创作心理发生机制，借景抒情、托物寓情也就成为一种普遍采用的表现方法。

一　意象与意象组合

　　意象的语源和本意有二，一是以具体名物为主体构成的象征符号系统的总体，源于《周易·系辞》的"圣人立象以尽意"。二是指构思阶段的想象经验，源于《文心雕龙·神思》的"独照之匠，窥意象而运斤"。但在漫长的诗歌史和文论批评史上，从古到今，诗人和理论家对"意象"的理解和使用情况十分复杂纷纭。古人暂且不论，今人有代表性的理解就有袁行霈说："意象是融入了主观情意的客观物象，或者是借助客观物象表现出来的主观情意。"① 陈植锷《诗歌

---

　　① 袁行霈：《中国古典诗歌的意象》，《中国诗歌艺术研究》，北京大学出版社1987年版，第63页。

意象论》①、赵山林《古典诗歌的意象结构》②、王友胜《中国古代诗歌意象论》③ 等论著，所持观点与袁说相同。不同的观点则有叶朗《说意境》④、蒋寅《语象·物象·意象·意境》⑤ 等文章的看法，也很有说服力和代表性。

　　关于意象在诗歌文本中的组织、建构方式与功能，可参看赵山林《诗词曲艺术论》⑥，蒋寅《大历诗风》"意象与结构"章⑦，曹莘舫、吴晓《诗歌意象功能论》⑧ 等论著的相关论述。赵山林《诗词曲艺术论》第四章"诗词曲的意象结构"，把古典诗歌意象结构的组合方式分为十种：一、承续式意象组合，叙述时间上先后承续的动作，如杜甫《闻官军收河南河北》；二、层递式意象组合，也是承续式，但表现出明显的层次递进性，如贾岛的《渡桑乾》；三、逆推式意象组合，与承续式均为直线型，不同在于一为顺行，一为逆行，如金昌绪《春怨》；四、并置式意象组合，意象之间表现为平行的并置关系，如马致远《天净沙·秋思》；五、对比式意象组合，在并置中对比揭示意象之间的矛盾对立、相反相成，如王籍《入若耶溪》；六、反讽式意象组合，对比式中对比双方存在明显势力悬殊，通过打破均衡获得特殊效果，如李白的《越中览古》；七、交错式意象组合，两组意象交错言之，扭结成型，如王维的《送梓州李使君》的前四句；八、辐辏式意象组合，承续、层递、逆推式是直线型，并置、对比、反讽式是平行型，辐辏式是围绕中心点的环形，由外向内集中，如《蒹葭》；九、辐射式意象组合，亦是环形，由中心意象向外辐射发散，如李商隐的《无题四首》其二；十、叠映式意象组合，不同时空、

---

① 陈植锷：《诗歌意象论》，中国社会科学出版社 1990 年版。
② 赵山林：《古典诗歌的意象结构》，《古籍研究》1998 年第 1 期。
③ 王友胜：《中国古代诗歌意象论》，《咸宁师专学报》1998 年第 4 期。
④ 叶朗：《说意境》，《文艺研究》1998 年第 1 期。
⑤ 蒋寅：《语象·物象·意象·意境》，《文学评论》2002 年第 3 期。
⑥ 赵山林：《诗词曲艺术论》，浙江教育出版社 1998 年版。
⑦ 蒋寅：《大历诗风》，上海古籍出版社 1992 年版。
⑧ 曹莘舫、吴晓：《诗歌意象功能论》，《文学评论》2002 年第 6 期。

表面互不相干的几个（组）意象叠映一处，引起读者丰富联想，如司空曙的《喜外弟卢纶见宿》"雨中黄叶树，灯下白头人"。此文论列详尽、全面，新诗的意象组合方式基本上不出这个范围。

二 意象化的意义

抒情诗中运用意象化手法的最大意义在于，它为无形的主观情感找到契合的客观对应物，把不可捉摸的情感，转化为可以感受体验、理解观照的形象化的意蕴。因为诗歌中的意象是主客契合的，所以意象既具客观的形象性，又涵容了诗人主观的情感状态、思想意识和审美趣味，因此，意象在很大程度上可以呈示一首诗或一个诗人的风格特色。一首内涵丰富的诗或一个风格鲜明的诗人，都有自己的意象群落和中心意象。意象往往成为一首诗或一个诗人的标志性的代码。比如《诗经·蒹葭》这首"最得风人深致"的诗，中心意象是"伊人"，围绕中心意象的意象群则有蒹葭、白露、秋水、彼岸、洄游、道阻等，而那种虽可望而不可即但又不停追求的执着与迷惘情态，则在中心意象与意象群的关系展开之中宛然可见。屈原的《离骚》，中心意象无疑是抒情主人公自己，意象群落则分三大类别，即主要集中在诗篇前半部分的有关诗人现实经历的人世意象群、以众多香草为标志的自然意象群，和主要出现在诗篇后半部分的传说神话意象群，诗篇词采绚烂、缤纷陆离、深邃悠远、博大崇高的艺术风格亦借助三大意象群落形成。离开了"秋水伊人"将无法谈论《蒹葭》，舍弃了"灵修美人、善鸟香草"，《离骚》亦将面目全非。

古代诗歌史上那些最有个性风格的诗人，都找到了自己的中心意象，建立起属于自己的意象群落。如曹植的"高台悲风、惊风白日、黄雀网罗、白马游侠、盛年美女"，陶潜的"园田、松菊、南山、桃源、归鸟、孤云"，王维的"空山、清泉、白石、红萼、幽篁、深林、青苔"，李白的"月亮、大鹏、黄河、大江、庐山、蜀道、剑侠、酒仙"，杜甫的"瘦马、病橘、伤兵、难民、高江、急峡、落木、霜鬓"，岑参的"胡天雪景、茫茫沙碛、热海、火山、夜风、冻旗"，李贺的"酸风、铅泪、黑云、燕脂、冷雨、香魂、老鱼、瘦蛟"，李商隐的"锦瑟、珠泪、玉烟、梦雨、灵风、蓬山、青鸟、金烬、红楼"，温庭筠的"鬓云、香腮、黛眉、金缕、水晶帘、鸳鸯锦"等。形成个人风格的现当代新诗人亦是如此，如郭沫若的"凤凰、天狗"，闻一多的"死水、红烛"，李金发的"弃妇、死神的笑、淡死的灰"，戴望舒的"雨巷、断指、暗水、残阳、秋蝇、乐园鸟"，臧克家的"老马"，艾青的"大堰河、火把、太阳、土地、北方"，卞之琳的"圆宝盒、鱼化石"，纪弦的"狼、铜像、6 与 7"，洛夫的"石室、金龙禅寺、漂木"，余光中的"莲、白玉苦瓜、五陵少年、屈原、李白、姜白石"，席慕蓉的"开花的树、白鸟"，昌耀的"高车、高原、古堡、牦牛、土伯特女人"，北岛的"海、红帆船、船票、星星、天空、乌鸦、栅栏"，顾城的"黑眼睛、孩子"，杨炼的"大雁塔、敦煌、半坡、诺日朗"，舒婷的"橡树、双桅船、神女峰、鸢尾花"，翟永明的"女人、黑夜"，唐亚平的"黑色沙漠、黑色沼泽、黑色睡裙"，海子的"麦地、亚洲铜"等。

个人化的意象对诗人来说是至关重要的，它决定了诗歌文本的传世和诗人名声的不朽。所以，意象派大师艾兹拉·庞德才会赌气似的说："与其写万卷书，还不如在一生中呈现一个好的意象。"20 世纪初以庞德为代表的美国意象派诗人，普遍接受中国诗的影响，意象派诗人蒙罗认为：意象主义只是中国风的另一种称呼而已；弗莱契承认："正是因为中国的影响，我才成为一个意象派，并且接受了这个名称的一切含义"；庞德称中国诗"是一个宝库，今后一个世纪将从中寻找推动力，正如文艺复兴从希腊人那里找推动力"，"很可能在本世纪会在中国找到新的希腊，目前我们已找到一整套新的价值"。他告诉别人，只要读读他译的中国诗，"就可以明白什么是意象主义"①。的确，庞德是中国诗歌意象艺术的受惠者，尽管写有《诗章》

———————————

① 赵毅衡：《远游的诗神》，四川人民出版社 1985 年版，第 11 页。

这样的巨制，但他被普通读者记住的，大概就是短小的意象诗《在一个地铁车站》："人群中这些面孔幽灵一般显现；/湿漉漉的黑色枝条上的许多花瓣"，诗里那个"湿黑枝条上的花瓣"意象使庞德声名远播。这首诗原来写了30行，半年后改为15行，一年后改定为这2行"日本和歌式的诗句"①。

意象的意义是如此巨大，所以自称"在古典的悠悠清芬里，我是一只低回的蜻蜓"的余光中，陶醉过"一整个出神的夏天"，经历了"被一朵清艳的莲影所祟，欲挣无力"的"迷失"，发现集"美、爱、神"于一体的"莲"意象之后，才会有如下的现身说法："对于一位诗人，发现一个新意象，等于伽利略的天文望远镜中，泛起一闪尚待命名的光辉。一位诗人，一生也只追求几个中心意象而已。塞尚的苹果是冷的，梵高的向日葵是热的。我的莲既冷且热。宛在水中央，莲在清凉的琉璃中擎一枝炽烈的红焰，不远不近，若即若离，宛在梦中央。莲有许多小名，许多美得凄楚的联想。对我而言，莲的小名应为水仙，水生的花没有比它更为飘逸，更富灵气的了。一花一世界，没有什么花比莲更自成世界的了。对我而言，莲是美、爱和神的综合象征。"② 正是"莲"意象的发现，使余光中的诗歌开始呈现自家面目，在一片无边的诗歌水域上，擎起了属于个人的田田莲叶和亭亭莲花。

三　几个古今通用意象梳理

对几个古今诗人经常写到的原型意象，下面加以历时性的简要梳理分析。通过抽样分析，一方面证明意象化是古今诗人普遍采用的表现方法，同时也可以看清原型意象在古今诗人反复书写过程中的遗传

---

① ［美］庞德：《高狄埃—布热泽斯卡：回忆录》（1916 年），《外国现代派文学作品选》一，上海文艺出版社 1980 年版，第 130 页。
② 余光中：《莲的联想》代序《莲恋莲》，《余光中诗歌选集》一，时代文艺出版社 1997 年版，第 285 页。

变异情况。

（一）莲（荷、菡萏、芙蓉）

先看"莲"（荷、菡萏、芙蓉）意象。它在古典诗歌中既是骚情雅意的寄托，又是爱情的花朵。诗歌里的"莲"意象，最早出现在屈原《离骚》"制芰荷以为衣兮，集芙蓉以为裳"这两句诗中，作为美人香草意象群之一种，是屈原高洁美好人格的象征。"莲"意象的骚情雅意，肇端于此。宋代贺铸的《踏莎行》："杨柳回塘，鸳鸯别浦。绿萍涨断莲舟路。断无蜂蝶慕幽香，红衣脱尽芳心苦。　反棹迎潮，行云带雨。依依似与骚人语：当年不肯嫁春风，无端却被秋风误。"词中"莲"的悲剧命运，既是客观环境使然，又与自身性格的高洁脱俗、自持自许有关。其间寓托的美人迟暮的身世感慨，直承屈原骚意。南宋姜夔的《念奴娇》在对荷花的盛衰描写中，亦寄寓着词人怀才不遇、盛往衰来的身世之感和迟暮之叹。"翠叶吹凉，玉容消酒，更洒菰蒲雨。嫣然摇动，冷香飞上诗句"，咏荷最为出色，词人对出淤泥而不染的荷花情有独钟，荷花对品格高洁的词人同样意有所属。在这互为主客的审美交感中，词人竟觉得不是他吟出了荷花之美，而是荷花飞来化为芬芳的诗句。"嫣然摇动"二句，极见琢炼之工，又极有韵味，"幽韵冷香，挹之无尽"，"藐姑冰雪，盖为近之"。[①]白石对荷花的出色表现，影响下及于现代新诗人，余光中《等你，在雨中》一诗有如下句段："你来不来都一样，竟感觉/每一朵莲都象你/尤其隔着黄昏，隔着这样的细雨"，"步雨后的红莲，翩翩，你走来/像一首小令/从一则爱情的典故里你走来/从姜白石的词里，有韵地，你走来"。诗句中透出的艺术趣味的确很像白石，但余诗更多爱情的成分。

"莲"与爱情的联系，最早见诸诗歌是汉乐府的《江南》，采莲集劳动、游戏、爱情于一体，"莲"与"怜"谐音双关，形成一个模

---

① （清）刘熙载：《艺概·词曲概》，上海古籍出版社1978年版，第111页。

式，被南朝乐府和文人诗歌广泛接受，代表是《西洲曲》。唐王昌龄《采莲曲》一类作品是这一模式的承续。现代诗人朱湘的《采莲曲》则把《江南》模式的内容、情调、藻采，用现代白话诗的形式加以完全的复活。古代咏莲诗词还有一些与骚雅和艳情没有明显关系者，如周邦彦的《苏幕遮》："叶上初阳干宿雨。水面清圆，一一风荷举。"杨万里的《晓出净慈寺送林子方》："接天莲叶无穷碧，映日荷花别样红。"

现代诗人咏"莲"的诗作仍然很多，梁实秋 20 年代初曾编好一本新诗集《荷花池畔》，原打算与闻一多的《红烛》一起出版，闻一多从美国寄回了他为《荷花池畔》设计的封面和写的序言，但不知为什么梁实秋最后取消了出版计划。新诗对"莲"的表现，以余光中的诗集《莲的联想》为最，集中收入创作于 1961 年 8 月至 1963 年 3 月的 30 首诗，对"莲"意象作了多层次多维度的透视，诗人认为"《莲的联想》在本质上不是一卷诗集，而是一首诗，一首诗的面面观"，是"有深厚'古典'背景的'现代'和受过'现代'洗礼的'古典'"，内涵"加倍地繁复而且具有弹性"（《莲的联想·后记》）。余光中的"莲"是"神人物的三位一体"，"美、爱情、宗教"备于一身，综合了骚雅和爱情的传统，又增加了神性佛性的感悟。它贯通古今，指向未来："情人死了，爱情常在。庙宇倾颓，神明长在。芬芳谢了，窈窕萎了，而美不朽"，是"美之至，情之至，悟之至"的超时空的存在。现代咏荷诗如周梦蝶的《风荷》、桓夫的《莲花》、王幻的《莲曲》、蓉子的《一朵青莲》、蓝菱的《荷塘》、莫渝的《月下读荷》等，多是美、爱与人生感悟的复调。

（二）黄昏（日暮、夕阳）

再看"黄昏"（日暮、夕阳）意象。"中国诗歌并不着力表现日出的恢弘境界，而是刻意渲染黄昏的落寞意趣。"[1] 黄昏落日景色，

---

[1] 傅道彬：《晚唐钟声》，东方出版社 1996 年版，第 68 页。

积淀着原始先民对日出日落的强烈心理震荡和神秘生命体验，融会着我们民族复杂矛盾的性格，表现出不同的时间和空间意义。一方面是空间上的"夕阳无限好"的温馨愉悦，另一方面是时间上的"只是近黄昏"的悲凉感伤。时间意义的悲凉和空间意义的温馨，构成了中国诗歌"黄昏"意象的象征意蕴。

　　加拿大学者弗莱在《文学的若干原型》中，把文学的主题划分为四个基本模式："黎明——春天——诞生；日午——夏天——胜利；日落——秋天——死亡；黑暗——冬天——毁灭"①，时间季节和生命状态一一对应，其中"落日"原型的情感内涵颇具东方化色彩。黄永武《中国诗学——思想篇》中说："日暮天晚，象征着岁月时日的匆迫。"清人许瑶光《再读诗经》四十二首之十四："鸡栖于桀下牛羊，饥渴萦怀对夕阳。已启唐人闺怨句，最难消遣是昏黄。"钱锺书解释黄昏难耐的原因说："盖死离生别，伤逝怀远，皆于黄昏时分，触绪纷来，所谓最难消遣。"②凡此皆证明黄昏是一个时间临界点，是一个触媒，它引发人关于生命消逝的忧思："朝阳不再盛，白日忽西幽。……人生若尘露，天道邈悠悠"（阮籍《咏怀诗》三十二）；触动岁月蹉跎事业无成的感慨："老冉冉其将至兮，恐修名之不立"（《离骚》）；触发苍茫的历史意绪："坐觉苍茫万古意，远自荒烟落日之中来"（高启《登金陵雨花台望大江》）；触发生命的虚无、无常感："歌声送落日，舞影回清池。今夕不尽杯，留欢更邀谁"（李白《宴郑参卿山池》）。

　　在空间意义上，夕阳黄昏的艳丽迷蒙光色，引发人们温馨愉悦的审美感受，"山气日夕佳，飞鸟相与还。此中有真意，欲辩已忘言"（陶潜《饮酒》）；"绿林野屋，落日气清。脱巾独步，时闻鸟声"（司空图《二十四诗品·沉著》）；"一帘晚日看收尽，杨柳微风百媚生"（陈与义《清明》）；"好山万般无人看，都被夕阳拈出来"（杨

---

① 《现代西方文论选》，上海译文出版社1983年版，第231页。
② 钱锺书：《管锥编》一，中华书局1979年版，第101页。

万里《舟过谢潭口》）；"春水渡旁渡，夕阳山外山"（戴复古《世事》），充满静谧温馨的生命体验。

在时空交叉的意义上，黄昏意象包含着日暮人归的主题模式，太阳家园与人的生活家园和精神家园的对应，使太阳回归虞渊、崦嵫引发了人与万物对家园归宿的寻找，从"日之夕矣，羊牛下来"到"山气日夕佳，飞鸟相与还"再到"牧童驱犊还，猎马带禽归"，皆是暮归。暮归主题在田园诗人笔下表现最多，陶诗有 35 首写及黄昏，孟浩然有 101 首之多①，这类诗的情调大多自适快慰；斜阳羁旅、黄昏闺怨、日暮送别则是暮归的反题，"一般离思两消魂。楼上黄昏，马上黄昏"（刘伯伦《一剪梅》），情调哀愁悲伤。

在现代新诗里，也有不少黄昏日暮思乡怀归之作，已在本书第一章里加以论述，此处不赘。戴望舒的名诗《印象》写落日残阳："林梢闪着颓唐的残阳，/它轻轻地敛去了/跟着脸上浅浅的微笑。"渲染一种黄昏里莫名的失落迷茫、寂寞感伤情绪。他的《夕阳下》："晚云在暮天上散锦，/溪水在残日里流金；/我瘦长的影子飘在地上，/像山间古树低寂寞的幽灵。//远山啼哭得紫了，/哀悼着白日底长终"，则把黄昏的空间之美和时间之悲合写，流露出生命消逝的浓重哀伤。余光中的《呼唤》：

> 就像小的时候/在屋后那一片菜花田里/一直玩到天黑/太阳下山，汗已吹冷/总似乎听见，远远/母亲喊我/吃晚饭的声音//可以想见晚年/太阳下山，汗已吹冷/五千年深的古屋里/就亮起一盏灯/就传来一声呼叫/比小时更安慰，动人/远远，喊我回家去

将黄昏与死亡对应，但透破生死使得诗人没有恐惧哀伤，而是获得生命终极归宿的快慰踏实，尤其把这归宿与五千年故国的历史文化联系

---

① 傅道彬：《晚唐钟声》，东方出版社 1996 年版，第 92 页。

在一起，真正彻底了却游子终生的回归渴盼。舒婷的《四月的黄昏》：

> 四月的黄昏里／流曳着一组组绿色的旋律／在峡谷低回／在天空游移／若是灵魂里溢满了回响／又何必苦苦寻觅／要歌唱你就歌唱吧／但请轻轻　轻轻　温柔的／／四月的黄昏／好象一段失而复得的记忆／也许有一个约会／至今尚未如期／也许有一次热恋／永不能相许／要哭泣你就哭泣吧／让眼泪流呵　流呵　默默的

第一节写黄昏的脉脉温情，第二节转写黄昏对景难排的忧伤，正是传统诗歌黄昏意象的时空意蕴的综合表现。西川的《广场上的落日》：

> 青春焕发的彼得，我要请你：／看看这广场上的落日／我要请你做一回中国人／看看落日，看看落日下的山河／／山崖和流水上空的落日／已经很大，已经很红，已经很圆／巨大的夜已经凝聚到／灰色水泥地的方形广场上／／这广场是我祖国的心脏／那些广场上自由走动的人／像失明的蝙蝠／感知到夜色的临降／／热爱生活的彼得，你走遍了世界／你可知夜色是一首哀伤的诗／能看懂落日的人／已将它无数次书写在方形广场／／而那广场西边的落日／正照着深红色的古代宫墙／忧郁的琴声刮过墙去／广场上走失了喝啤酒的歌王／／我要给落日谱一首新歌／让那些被记忆打晕的姐妹们恰似／向日葵般转动她们金黄的面孔／我的谣曲就从她们的面孔上掠过／／啊，年轻的彼得，我要请你／看看广场上的落日／喝一杯啤酒，我要请你／看看落日，看看落日下的山河。

以向异邦友人倾吐心曲的方式来表现广场上的落日，展示一种东方式的沉静、庄重、成熟而又疲乏苍凉的气质，诗情自豪而忧郁，广场上的落日意象，象征着中国才有的美和中国人才有的忧伤，东方的辉煌和东方的忧郁。"落日正照着深红色的古代宫墙"，壮美华丽中糅合着历史的滞重压抑，深深的忧患和深深的温情和谐交织，给人以复杂的感受思考。

陈敬容的《黄昏，我在你的边上》值得关注，诗人一方面感到自己紧握住黄昏像老朋友一样"温柔的手"，另一方面黄昏又使诗人沉默，感到"无端的凄伤和恐惧"。于是，诗人从黄昏的边上攀上黑夜拍动的翅膀，飞落到黑夜的边上："那儿就有黎明/有红艳艳的太阳。"从黄昏落日到黎明旭日，簇新的诗意实现了对黄昏意象模式的突破。

（三）月亮

再看"月亮"意象。月亮在中国文化里是象征女性和母亲的原型意象，《礼记·祭器》谓："大明生于东，月生于西，此阴阳之分，夫妇之位也。"《说文》释月："阙也，太阴之精。"汉画像砖上女娲人首蛇身，手捧月亮，月亮神话中的蟾蜍、玉兔也是女性生殖崇拜的象征物。先民长期认为繁殖是女性单方面的行为，这是母系氏族社会长期维系的心理基础，神话里"处女母亲"和"圣人皆无父"就是当时认识的反映。当男人一旦明白自己在生殖中的意义，女性便面临恩格斯所谓的具有世界意义的失败，母系氏族社会宣告陷落，处女母亲在传说里纷纷出嫁，女娲成为伏羲的妻子，姜嫄、简狄也成了帝喾的妻子。嫦娥奔月的神话集中反映了被父权威严驱赶的女性们的伤心怅惘、寂寞凄苦的情怀。

男权社会的冲突和暴力，使人类本能地留恋母系社会的宁静和谐，道家对"民知其母，不知其父"的原始社会的向往，即是这种潜意识心理的反映。一方面是政治上父权的强化，突出父权象征的日神地位；另一方面在精神上反顾旧乡，追求宁静和谐的月神文化精神。这在中国文化里表现得尤为突出，使得中国文化心理中有一个"女性情结"，展示"一种充满女性魅力的'永恒的微笑'"[①]。女性

---

① 潘知常：《众妙之门》，黄河文艺出版社1986年版，第162页。

是月亮的灵魂，月亮是女性美的诗化象征，它的晦明圆缺周而复始，给诗人以永恒的联想和触发，导致了月夜抒情的普遍性。月亮的运行引起江海的潮汐，也引起人体的生物潮波动，使得诗人们在月夜里情绪格外起伏不定，这是导致月夜抒情的普遍性的又一个原因。"无限新诗月下吟"（刘禹锡《酬淮南廖参谋秋夕见遇》），月亮因此成为中国诗人非常喜欢吟咏的诗歌意象。从《诗经·陈风·月出》开始，望月怀思就成为我国诗歌的一个抒情模式，那如水如银、如烟如梦的月光，皎洁而又朦胧，温柔而又凄清，引发了历代诗人浓郁的诗兴，《古诗十九首》"明月何皎皎"，谢庄《月赋》，张若虚《春江花月夜》，张九龄《望月怀远》，杜甫《月夜》、《月夜忆舍弟》，白居易《中秋月》，苏轼《水调歌头》"中秋"，张孝祥《念奴娇》"过洞庭"，辛弃疾《木兰花慢》"可怜今夕月"等，都是咏月抒情的名篇。李白的咏月诗最多，也最有名，《静夜思》、《峨眉山月歌》、《把酒问月》、《月下独酌》、《关山月》、《古朗月行》等，无不脍炙人口，月亮是李白诗歌的中心意象之一。

月亮意象是女性柔美和家园安谧的象征，蕴含着思念故乡、思念亲人、思念远方的感情，寄托着高洁美好的人生理想，喻示着清高脱俗的人格心理，渲染着清幽孤寂的环境氛围，烘托着朦胧缥缈的审美意境，映现着澄澈空明的物境心境，代指着自然、宇宙和永恒的存在，启示着人生意趣的活参顿悟，触动着寥廓的宇宙意识、苍茫的历史意识和深邃的生命意识，它的圆缺，又成为人间聚散离合的象征。在科学的领域，美国宇航员 1969 年 7 月率先登上了月球；但在审美领域，三千年前的中国诗人就开始了对月亮的动情吟唱，月亮的光影自古至今洒落在中国人广阔而又敏感细腻的心灵空间，它凝聚着我们古老民族的生命感情和审美感情，成为高悬中国诗歌天空的文化原型。月亮和月光，无疑是属于中国诗人和中国诗歌的："只能说月亮为东方而存在／为东方在云层中沐浴／月亮黄色的面孔／竟这样接近我们东方人的肤色／东方人因此也为月亮而存在／……／东方原本是月亮的国度／读东方诗就象步入月色中／没有月亮的晚上／东方诗人从不吟诗"（阿吾《元宵夜随想》）。尽管 20 世纪的霓虹灯和摩天楼遮住了月亮的清辉，但新诗中的咏月之作仍极多，立意构思和意境韵味多数未逾古代咏月诗词的藩篱，显示了植根于中国诗人文化审美心理中的原型意象的强大生命力。

初期的白话诗人刘大白写有一组十首的《看月之群》，其中第三首对"今夜明月"、"旧时明月"、"明年明月"的关系展开思辨，启示人们不要一味耽溺于往事的回忆，重要的是向前看，展望未来才是出路所在。小诗走的虽仍是古代诗人"禅月参悟"的路子，但悟得的思想是向前进取的人生态度，具有崭新的时代性。张同吾的《中秋月》较有心理深度："中秋月是用彩笔画圆的/中秋月是用梦幻编成的/挂在天上挂在心上/用永不消失的诱惑/把期盼照圆/把泪珠照圆"，"人生的期盼从没有圆过/生命的中秋从没有圆过/只有梦中月是圆的/只有相思果是圆的"，月圆人未圆的对比，仍是古典咏月诗的思路。余光中的《满月下》：

> 在没有雀斑的满月下/一池的莲花睡着/蛙声嚷得暑意更浓/这是最悦耳的聒噪//坐池边的石凳，想起/这时你也该睡了/想起你的长睫该正缝起/缝起一串梦寐——//梦见你来赴我的约会/来分这白石的沁凉/或者化为一只蜻蜓/憩在一角荷叶上//啜一口露水，掬一捧月光/或者让我揽你的腰/揽你古典的窈窕/恰使楚王嫉妒的那样//楚王？楚王？巡夜的萤/说夜深了，说雾/自池面升起空濛/多纤维的月色有点蓬松//那就折一张阔些的荷叶/包一片月光回去/回去夹在唐诗里/扁扁地，像压过的相思。

意境韵味几乎是古典咏月诗词的复活，只是月下荷池边想你在梦中来赴约会的意思，比古诗词更曲折。末段是神来之笔，相思梦幻化为荷池月光，月光竟能用荷叶来包，能往唐诗里夹，有扁扁的形状，像压过的相思，真是匪夷所思，古来从没有这样写月光的，绮思艳想又如此清幽芬芳，雅致而富于书卷气，这几句诗无疑是传世佳句。任洪渊的《她，永远十八岁》，辟古今咏月诗未写之境：

> 十八年的周期/最美丽的圆/太阳下太阳外的轨迹都黯淡/如果这个圆再大一点　爱情都老了/再小　男子汉又还没有长大/准备为她打一场古典战争的/男子汉　还没有长大//长大/力　血性和诗/当这个圆满了的时候/二百一十六轮　满月/同时升起/地平线弯曲　火山　海的潮汐/神秘的引力场　十八年/历史都会有一次青春的冲动/红楼梦里的梦/还要迷乱一次/桃花扇上的桃花/还要缤纷一次//圆的十八年　旋转/老去的时间　面容　记忆/纷纷飘落/陈旧的天空/在渐渐塌陷的眼窝　塌陷/十八岁的世界/第一次开始//年岁上升到雪线上的　智慧/因太高太冷　而冻结/因不能融化为河流的热情　而痛苦/等着雪崩/美丽的圆又满了/二百一十六轮满月/同时升起

"她"指诗人的"F·F"。这是一首典型的文人爱情诗，浪漫热烈浓艳，而又不失典丽文雅深沉。既泛溢着浪漫的绮思，热烈的情绪，浓妍的色彩，又富含典雅的格调。对荷马史诗、《桃花扇》、《红楼梦》的典故意象的现代性的运用，使得西方的海伦、东方的钗黛香君，这些不朽的爱情故事中臻于极致的女性之美，今皆集于"F·F"一身，用典赋予诗中的爱情以纯美深厚的文化内涵。而那"十八年"的"二百一十六轮满月/同时升起"的亘古罕见的"天象奇观"，也只有在现代爱情诗的无比绮丽的幻境中才会出现。在这里，青春的圆，生命的圆，爱情的圆，遇合的圆，月亮的圆，叠印于一，一又幻化为"十八年"的"二百一十六轮"，这是古今咏月诗未写之境。既合于月亮原型的象征意蕴，又散发着热烈的现代气息。相比之下，张若虚的月亮，李太白的月亮，苏东坡的月亮，似也难及任洪渊的月亮光华灿烂。

徐迟的《都会的满月》，出现了被现代都市文明异化了的"月亮"意象：

写着罗马字的/ⅠⅡⅢⅣⅤⅥⅦⅧⅨⅩⅪⅫ/代表的十二个星；/绕着一圈齿轮。//夜夜的满月，立体的平面的机件。/贴在摩天楼的塔上的满月。/另一座摩天楼低俯下的都会的满月。//短针一样的人，/长针一样的影子，/偶或望一望都会的满月的表面。//知道了都会的满月的浮载的哲理，/知道了时刻之分，/明月与灯与钟的兼有了。

星星是绕着月亮的十二个罗马字，月亮是"一圈齿轮"，它们共同组成一个"钟表"图案，生活节奏紧张的都市人即使在满月之夜，仍像钟表上的长针和短针，不遑稍息，人和月亮都被异化，充满着现代城市的机械气息。月亮到纪弦诗中发生质变，50年代倡导现代诗的他，意欲摆脱传统诗歌的田园牧歌模式，表现工业社会的现实和城市精神。他以"那边"与"这边"的对立，来区分"传统"和"现代"：认为"那边很宁静、很闲、很可以抒情的"，是个浪漫的世纪；而"这边却是效率、工业化、摇滚乐和咖啡威士忌"。这个自称"来自那边"的诗人感受到"被工厂以及火车、轮船的煤烟熏黑了的月亮不是属于李白的"，于是，他同西方20世纪的现代诗人那样，在《诗的复活》中宣告："李白死了，月亮也死了，所以我们来了。"观念、态度和主题、表现方式的转变，使纪弦写出了这样的诗句："要是李白生在今日，/他也一定很同意于我所主张的/'让煤烟把月亮熏黑/这才是美'的美学"（《我来自那边》）。纪弦的看法未免过于极端和一厢情愿，事实上，不论是现代的人们或是古代的李白，都不会去吟咏和喜欢煤烟熏黑的月亮的。

四 意象的消解

"意象化"在20世纪末也遇到了前所未有的挑战，80年代中期，新生代诗人公开宣称："对语言的再处理——消灭意象！直通通地说出它想说的。"① 他们在创作中不再青睐意象，借重意象，而是使用不加提纯的口语化的比讲究节制的散文语言还要散漫的日常语言，来如实地记录他们琐碎卑微、本我真实的日常生存状态。尚仲敏的《关于大学生诗报的出版及其他》、《自写历史自画像》，李亚伟的《我和你》、《中文系》，胡冬的《我想乘上一艘慢船到巴黎去》，于坚的《作品 67 号》、《二十岁》、《尚义街六号》，周伦佑的《自由方块》，丁当的《房子》等均为此类性质的作品。如"莽汉主义诗人"李亚伟的《我和你》：

> 　　我的脑袋在诗句中晃过我的身体在一片金秋天下朝你出发/好季节啊这地球长满酒店老板肥而又壮/来一场大丰收我真想/迅速遛遍中国/把日子混个透//李亚伟我们走吧/太阳刚刚升起大地上酒杯林立/阳光射来一片女人的尖叫！/睁开眼我的梦已经到站我的鼻子稳稳停靠在/脸上/真是和你不期而遇啊！//一旦醒来我便成了李亚伟真让人觉得这事儿严肃/拐过早晨房屋朝右边让开我想开头最好是去一个/随便什么地方做一个随便怎样的朋友这念头显然正经/一个女孩被活蹦蹦套在订婚戒指里在我面前挣扎了/两下然后继续用早餐/在中国每天五千多女孩结婚真是够惨的诗人再多也没什么/大不了互相抄袭诗句铺天盖地互相/混乱今早起床我和你便混成一个人啦！//出门时我把你穿在身上外面情况紧急/男人抄袭男人女人剽劫女人我挺喜欢呢这热闹凑定了/在中国大家都把用坏了的名字改一下把用好了的东西/也改一下/我把一贫如洗的酒杯朝下泼了整整八次只不过一贫/如洗喂老板不管什么酒先给斟满趁热闹/我在句号后面找了不少酒钱一个小子/在我面前学女人下巴光光活像脚后跟对着我/……

---

① 　尚仲敏：《大学生诗派宣言》，《中国现代主义诗群大观》，同济大学出版社 1988 年版，第 185 页。

　　这首诗很长，一共十四节，这里抄录的是前四节。全诗带有某种"恶作剧"味道，宣泄过剩的青春精力，倾诉对生活的直接情怀，调侃自嘲、滑稽乖张中也含有一定的严肃成分。但诗句太长太啰唆太随意，读起来叫人目不暇接，头昏脑胀。这种"消灭意象"的诗歌语言，按于坚的说法叫"拒绝隐喻"[①]，新生代诗人们想创造一种"拒绝隐喻"或"回到隐喻之前"的、具有"流动的语感"的新语言。于坚认为应当"使诗再回到语言本身，它不是某种意义的载体。它是一种流动的语感。使读者可以像体验生命一样体验它的存在。这些诗歌是整体的，组合的，生命式的统一成流动的语感。它不可分割，也无法破译，如果你除了它本身，仍然感受不到什么的话"[②]。

　　"回到隐喻之前"，必须在"消灭意象之后"，就是让诗歌回到世俗生活、日常生命的本真状态，选择一种对日常生活进行复制、摹写的艺术立场。他们放逐意象之后的诗歌文本，既从形式上使新诗语言打破了凝练、整齐、节奏，同时也在意蕴上丧失了优雅、含蓄、深度，出自他们之手的非意象化作品，已几无传统意义上的美感可言，甚至可以说已经不再是诗。如于坚的《二十岁》：

　　　　二十岁是一只脏足球从玻璃窗飞进来又跳到床上弹起来落下去/在臭袜子黑枕头通洞的内裤和几本黄色的杂志里滚几下就不动了/呼噜呼噜大睡挨着枕头就死掉了没有梦醒过来已是下午三点半/二十岁是一棵非常年轻的树在阳光中勃起向天空喷射着绿叶/是隔着牛仔裤的千千万万次冲动是灵魂出窍的爱和狼嚎/……

　　20 世纪初以来新文学中关于青年是希望是未来纯洁高尚好学上进富有理想抱负远大的"神话"，被于坚这首诗中的"都市世俗青

---

　　① 于坚：《拒绝隐喻》，《磁场与魔方——新潮诗论卷》，北京师范大学出版社 1993 年版，第 310 页。

　　② 于坚：《诗歌精神的重建——一份提纲》，《快餐馆里的冷风景——诗歌诗论卷》，北京大学出版社 1994 年版，第 157 页。

年"形象消解掉了。全诗舍弃意象，使用大量的口语俗词、粗话脏话，诗行全部采用20字以上的比日常说话的语句还要长的长句子，使诗的语言彻底散文化。新生代诗人这种在"消灭意象"的前提下上演的一场群魔乱舞般的语言狂欢，显示出了语言和诗歌的一种新的可能，但总体上看，它对诗歌语言和诗艺诗美的破坏意义远远大于建设意义。作为一种诗歌写作新向度的探索，或引起关注的策略，是可以允许的；但作为一个时期的大面积诗歌时尚现象，其负面作用不容小觑。诗歌理论批评应对此保持足够的理性和清醒。

第四章

意境：中国诗歌美学的核心命题

　　意境是中国诗歌艺术理论的核心命题，是中国诗歌艺术的最高层级。早期的诗论尚未关注创作中的主客关系，"诗言志"的说法，仅把诗看作主观意志的表现。直到陆机的《文赋》，才从情思与物境互相感发的关系谈论艺术构思的过程："遵四时以叹逝，瞻万物而思纷。悲落叶于劲秋，喜柔条于芳春。心懔懔以怀霜，志眇眇而临云。"刘勰《文心雕龙·神思篇》说："故思理为妙，神与物游。神居胸臆，而志气统其关键。物沿耳目，而辞令管其枢机。"指出构思规律的奥妙在"神与物游"，即作家的主体精神与客观物境的契合交融。唐王昌龄说：作诗要"处心于境，视境于心"，心与物相"感会"，景与意"相兼"、"相惬"，进一步强调了主客交融的关系。他又说："诗思有三：搜求于象，心入于境，神会于物，因心而得，曰取思。久用精思，未契意象，力疲智竭，放安神思，心偶照境，率然而生，曰生思。寻味前言，吟讽古制，感而生思，曰感思。"这里分别列举了诗思产生的三种情形，其中取思与生思，都是心与境的融合。传为王昌龄的《诗格》，也多次讲到思与境的关系，如"夫置意作诗，即须凝心；目击其物，便以心击之，深穿其境。"唐司空图《与王驾评诗书》讲"思与境偕"，宋苏轼《东坡题跋》卷二评陶诗说"境与意会"，明何景明《与李空同论诗书》讲"意象应"，王世贞《艺苑卮言》讲"神与境合"，清王夫之《姜斋诗话》讲"心中目中"相洽，情景"妙合无垠"，诸家虽未用意境概念，但所论都已触及意境的实质。

一 意境理论的提出与深化

意境一词最早出现在王昌龄《诗格》中："诗有三境：一曰物境。欲为山水诗，则张泉石云峰之境极丽艳秀者，神之于心，处身于境，视境于心，莹然掌中，然后用思，了然境象，故得形似。二曰情境。娱乐愁怨，皆张于意而处于身，然后驰思，深得其情。三曰意境。亦张之于意而思之于心，则得其真矣。"明朱承爵《存余堂诗话》说："作诗之妙，全在意境融彻，出音声之外，乃得真味。"清潘德舆《养一斋诗话》说："《三百篇》之体制音节，不必学，不能学。《三百篇》之神理意境，不可不学也。"况周颐《蕙风词话》说："《云庄词·酹江月》云：'一年好处，是霜轻尘敛，山川如洗。'较'橙黄橘绿'句有意境。"上引诸家都使用了"意境"这一概念，但其内涵不尽相同。

清末民初的王国维，在《人间词话》、《宋元戏曲史》等著作中，大力标举意境，区分意境的类别，深入探讨意境的含义，意境一词开始流行。在王国维的概念系统里，意境与境界同义。《人间词话》开篇就说："词以境界为最上。有境界则自成高格，自有名句。五代北宋之词所以独绝者在此。"他把"境界"与"兴趣"、"神韵"、"气质"作了比较："沧浪所谓兴趣，阮亭所谓神韵，犹不过道其面目，不若鄙人拈出境界二字为探其本也。""言气质，言神韵，不如言境界。有境界，本也；气质神韵，末也。有境界而二者随之矣。"兴趣、神韵都属于诗人主观方面，意境则兼顾主客，融合情景。他在《人间词乙稿序》中说："文学之事，其内足以摅己而外足以感人者，意与境二者而已。上焉者，意与境浑。其次或以意胜，或以境胜。苟缺其一，不足以言文学。"在《宋元戏曲史》里，他对意境作出定义："何以谓之有意境？曰：写景则在人耳目，写情则沁人心脾，述事如其口出也。"在《人间词话》里又说："境非独谓景物也，喜怒哀乐，亦人心中之一境界。能写真景物真感情者，谓之有境界，否则谓之无境界。"他还对意境进行区分，指出："有造境，有写境，此理想与写实二派之所由分。然二者颇难分别。因大诗人所造之境，必合乎自然；所写之境，亦必邻于理想故也。""有有我之境，有无我之境。……有我之境，以我观物，故物皆著我之色彩。无我之境，以物观物，故不知何者为我，何者为物。""无我之境，人唯于静中得之。有我之境，于由动之静时得之。故一优美，一宏壮也。""境界有大小，不以是而分优劣。"此外，他还谈到了人生"三境界"。在悠久深厚的诗歌创作和理论批评积累的基础上，王国维借鉴取舍，吸收西方美学思想，多角度探讨意境的内涵，揭示诗歌创作的奥秘，指引提高诗歌艺术水准的门径，确定新的评鉴标准。从此，意境成为谈诗者绕不过的话题，成为20世纪中国诗歌理论研究的热点之一，在评鉴具体作品时，人们往往以有无意境定夺高下。

有诗人之意境，即创作主体大脑心灵中浮现的意境，大约相当于陆机《文赋》说的"观古今于须臾，抚四海于一瞬"，刘勰《文心雕龙·神思》篇说的"登山则情满于山，观海则意溢于海"。况周颐《蕙风词话》卷一有两段话，讲得十分亲切："人静帘垂，灯昏香直。窗外芙蓉残叶飒飒作秋声，与砌虫相和答。据梧冥坐，湛怀息机。每一念起，辄设理想排遣之。乃至万缘俱寂，吾心忽莹然开朗如满月，肌骨清凉，不知斯世何世也。斯时若有无端哀怨怅触于万不得已；即而察之，一切境象全失，惟有小窗虚幌，笔床砚匣，一一在吾目前。此词境也。""吾听风雨，吾览江山，常觉风雨江山外，有万不得已者在。此万不得已者，即词心也。"况氏所云"词境"、"词心"，实乃词人心中所感，在尚未写入作品之前，属于词人之意境。

有诗歌之意境，即写定的诗歌文本所蕴含的意境，与诗人之意境不一定完全密合，或者干脆说往往有一定的距离，"暨乎篇成，半折心始"①，"能感"与"能写"难以达成统一，写出来的和感受到的不完全一样，就是刘禹锡感叹的"长恨言语浅，不如人意深"，这是作家皆有的语言痛苦。对于存在于感受和表达之间的距离，况周颐氏体会亦甚深细："吾苍茫独立于寂寞无人之区，忽有匪夷所思之一念，自沉冥杳霭中来。洎吾词成，则于顷者之一念，若相属若不相属也。而此一念，方绵邈引演于吾词之外，而吾词不能殚陈。"② 实为创作者的甘苦之言，经验之谈。

有读者之意境，即读者通过自己的联想想象，把作品凝固的语言符号还原为鲜活的画面，其间虽受文本的制约，但也加上读者自己能动的审美再创造，所以，读者之意境也不一定与诗人、诗歌之意境完全吻合。"作者之用心未必然，而读者之用心何必不然"③，"每一个读者就是另一首诗"④，说的即是这种情况。方玉润和闻一多对《诗经·芣苢》意境的体验描述，可以说是读者之意境的经典例证。方玉润说："读者试平心静气，涵泳此诗，恍听田家妇女，三三五五，于平原绣野，风和日丽中群歌互答，余音袅袅，若远若近，忽断忽续，不知情之何以移而神之何以旷。"⑤ 闻一多说："揣摩那是一个夏天，芣苢都结籽了，满山谷都是采芣苢的妇女，满山谷响着歌声。"⑥ 他们立足于本文所提供的材料，展开阅读过程中能动的审美再创造的想象，复活了原诗的优美境界，可谓浸润濡染、深造有得之论。但作为读者之意境，两家一说春天、平原，一说夏天、山谷，境界不全相同。

意境问题较为复杂，人们在理解时，一般是把它看成一个浑融完

---

① （南朝）刘勰：《文心雕龙·神思》，王利器《文心雕龙疏证》，上海古籍出版社1980年版，第187页。

② 《蕙风词话》卷一，人民文学出版社1960年版，第10页。

③ （清）谭献：《复堂词话》，人民文学出版社1959年版，第19页。

④ ［墨西哥］帕斯语，转引自陈超《中国探索诗鉴赏辞典》，河北人民出版社1989年版，第3页。

⑤ 《诗经原始》，中华书局1987年版，第85页。

⑥ 闻一多：《匡斋尺牍》，《闻一多全集》第3卷，湖北人民出版社1993年版，第208页。

整、笼罩全篇的氛围境界。但王国维在《人间词话》中谈论"有我之境"、"无我之境"、"境界大小"、"人生三境界"等命题时，都是用句摘的方式，引录诗词作品中的某一、二句作为例证。在此仅举大家熟悉的一则："'红杏枝头春意闹'，著一'闹'字，而境界全出。'云破月来花弄影'，著一'弄'字，而境界全出矣。"王氏所谓"境界全出"，显然是指章句之境而非篇境。按之作品实际，有一些诗总体上形不成意境，但其中一二句或一二联，写得很精彩，也能构成形象生动、可见可感的意境，成为千古名句。古典诗歌的境界原有整体与局部、全篇与章句种种不同，不可一概而论。至于认定意境必须涵盖全篇，否则即无意境，这种看法既不符合王氏意境说的原意，也不符合古典诗歌无数例证的实际，当属偏执狭隘之见。然而学术界谈论意境时，忽略了这个基本的事实。

二　流行的解释与新诗意境理论

目前学术界对意境的理解，袁行霈的定义较有代表性："意境是指作者的主观情意与客观物境互相交融而形成的艺术境界。"① 袁说可化约为"情景交融的艺术境界"，简明扼要，通俗易懂，普遍为人接受。叶朗对意境的定义则有大而化之的蹈虚倾向："超越具体的有限的物象、事象、场景，进入无限的时间和空间，即所谓'胸罗宇宙，思接千古'，从而对整个人生、历史、宇宙获得一种哲理性的感受和领悟"，"这种带有哲理性的人生感、历史感、宇宙感，就是'意境'的意蕴"。② 还有学者借鉴西方现代文论，先后对意境下过不同的定义，在《说意境的本质及存在方式》里，他称意境是"作者在作品中创造的表现抒情主体的情感、以情景交融的意象结构方式构成的符号系统"③。在《语象·物象·意象·意境》里，他又说"意

---

① 袁行霈：《中国诗歌艺术研究》，北京大学出版社1987年版，第26页。
② 叶朗：《说意境》，《文艺研究》1998年第1期。
③ 《古代文艺理论研究》第十六辑，上海古籍出版社1992年版。

境是一个完整自足的呼唤性的本文"①。则直将"意境"等于"本文",行文之间甚是自得,但西方文论的植入未免略觉生硬。

关于新诗意境与古代诗歌意境的关系,可从理论和创作两个方面来看。在理论上,对意境的热情探讨基本局限于古典诗歌研究领域,新诗理论较少谈到这个问题,这大概与新诗初创后一直忙于语言形式和思想内容建设有关,还顾不上意境这个更高妙复杂的艺术问题。但新诗界对"意境"的关注很早,胡适在1919年的《谈新诗》里,就赞叹温庭筠、姜白石等人的诗词意境;后来他在《胡思永遗诗》的序里强调"注重意境";在《谈谈"胡适之体"的诗》里说:"意境要平实。……《尝试集》里的诗,我自己最喜欢的一首是许多选新诗的人不肯选的。那一首的题目是"十一月二十四夜",这诗的意境颇近于我自己欣羡的平实淡远的意境。15年来这种境界似乎还不曾得着一般文艺批评家的赏识,但我自己并不因此放弃我在这一个方向的尝试。"1920年,宗白华给诗下定义说:"用一种美的文字——音律的绘画的文字——表写人底情绪中的意境。"并进一步阐述"诗的意境"就是"诗人的心灵,与自然的神秘互相接触影射时造成的直觉灵感"②。此后,朱湘曾谈到过意境问题。20世纪40年代,朱光潜在《诗论》中对王国维的境界理论进行了辨析,强调"诗的境界是情趣和意象的融合",二者要融化得恰到好处。朱光潜指出,新诗要学习旧诗语言的精练,意境的隽永,这是他考察了新诗的现状,针对相当多的新诗语言芜杂、枝蔓、缺乏诗意的弊端提出来的。唐湜受《文心雕龙》"神与物游",《诗格》"三境说",《人间词话》"有我之境"、"无我之境"等古代诗论的影响,在论述风格发展三阶段时,提出了"我境"、"化境"、"神境"的概念。"我境"是诗人融情入景,"化境"是诗人的精神与物象融会贯通而形成的艺术上很高的境界,"神境"是"人我交铸的精神风格体现了宇宙意志与诗人情思的

---

① 《文学评论》2002年第3期。
② 宗白华:《新诗略谈》,《少年中国》第1卷第9期,1920年3月。

大交融"①。20世纪70年代末，卞之琳谈到早期创作时，也曾说自己"总喜欢表达我国旧说的意境"②。

三　新诗对古典意境的借鉴

当然，理论上的不够重视不等于创作上的不去追求。新诗运动初期和二三十年代的新诗人，旧学根基深厚，稔熟古典诗词，在新诗创作实践中，有意无意地化入了古典诗词的意境氛围，就是顺理成章的事。胡适的《尝试集》、俞平伯的《冬夜》、郭沫若的《瓶》、何其芳的《预言》，以及《望舒草》、《志摩的诗》等新诗集中，相当大一部分的作品，古典诗词的神韵依稀可辨。这一时期的名篇，如刘半农的《教我如何不想她》：

> 天上飘着些微云，/地上吹着些微风。/啊！/微风吹动了我的头发，/教我如何不想她？//月光恋爱着海洋，海洋恋爱着月光。/啊！/这般蜜也似的银夜，/教我如何不想她？//水面落花慢慢流，/水底鱼儿慢慢游，啊！/燕子你说些什么话，/教我如何不想她？//枯树在冷风里摇，/野火在暮色中烧。/啊！/西天还有些儿残霞，/教我如何不想她？

诗中的意象如"微云、微风、月光、银夜、落花、游鱼、燕子、枯树、冷风、野火、暮色、残霞"，在古典诗词中经常出现，积淀了浓郁的情韵义。"月光、银夜、落花、暮色、残霞"作为古典诗词的通用意象，总是和游子他乡的离别相思之情联系在一起，再加上复沓章法的回环咏叹，缠绵悱恻，韵味悠长，有一种撩人情怀的意境。朱湘的《采莲曲》：

---

① 唐湜：《论风格》，《中国新诗》第1集，1948年6月
② 卞之琳：《雕虫纪历·自序》，人民文学出版社1979年版，第15页。

小船呀轻飘/杨柳呀风里颠摇；/荷叶呀翠盖，/荷花呀人样娇娆。/日落，/微波，/金丝闪动过小河。/左行，/右撑，/莲舟上扬起歌声。/菡萏呀半开/蜂蝶呀不许轻来，/绿水呀相伴，/清净呀不染尘埃。/溪间，/采莲，/水珠滑走过荷钱。/拍紧，/拍轻，/桨声应答着歌声。//藕心呀丝长，/羞涩呀水底深藏；/不见呀蚕茧/丝多呀蛹裹中央？/溪头/采藕，/女郎要采又夷犹。/波沉，/波升，/波上抑扬着歌声。//莲蓬呀子多，/两岸呀榴树婆娑，/喜鹊呀喧噪，/榴花呀落上新罗。/溪中，/采莲，/耳鬓边晕着微红。/风定，/风生，/风飔荡漾着歌声。//升了呀月钩，/明了呀织女牵牛；/薄雾呀拂水，/凉风呀飘去莲舟。/花芳/衣香/消溶入一片苍茫；/时静，/时闻，/虚空里袅着歌音。

更是把汉乐府《江南》、六朝乐府辞赋、唐诗宋词和民歌中采莲题材作品的辞藻、意象、情境，与采莲的劳动、游戏、爱情性质的生活场景，加以有机的融合，形成清新、欢快、美艳的情调意境。苏雪林说："诵之恍如置身莲渚之间：菡萏似火，绿波荡漾，无数妙龄女郎，划小艇于花间，白衣与翠盖红裳相映，袅娜之歌声与伊鸦之画桨相间而为节奏。这种幽闲优美的古代东方式生活与情调，真使现代的我们神往啊！"[1] 苏雪林这段赞叹性的描述，可以说是朱湘《采莲曲》动人意境的诗意盎然的再现。

徐志摩的《再别康桥》，语汇意象如"招手、作别、西天、云彩、金柳、波光、青荇、榆荫、浮藻、彩虹、寻梦、长篙、漫溯、星辉、别离、笙箫"，常读旧诗的人也会有似曾相识之感。首尾的复沓呼应，进一步渲染了全诗轻悄、静谧的气氛。诗的辞藻、意象、形式、情调非常一致，彼此适应，几乎达到了古典诗词的精致、圆熟、完满，没有任何多余的不协调的成分，意境浑化统一。戴望舒《雨巷》的中心意象和调性氛围，均来自古典诗词，李商隐"芭蕉不展

---

① 苏雪林：《论朱湘的诗》，《青年界》第 5 卷第 2 号，1934 年 2 月。

丁香结，同向春风各自愁"（《代赠》），陆龟蒙"殷勤解却丁香结，纵放繁枝散诞香"（《丁香》），李珣"愁肠岂异丁香结，因离别"（《河传》），李璟"青鸟不传云外信，丁香空结雨中愁"（《摊破浣溪沙》）是其所本。"彷徨、寂寥、愁怨、芬芳、凄清、惆怅、太息、迷茫、颓圮、篱墙、哀曲"等意象和辞藻，散发着感伤迷惘的晚唐五代诗词的情韵。戴望舒把单纯愁心借喻的丁香，想象、创造为一个美丽而又愁怨的姑娘形象，反复渲染朦胧凄迷恍惚的意境，象征一代青年彷徨惆怅的苦闷心态。"丁香一样的姑娘"作为诗人"希望逢着"的目标，又具含了《蒹葭》"求伊人"、《离骚》"三求女"的意味，"丁香"与"姑娘"一体不分，仍是"美人香草"的传统。当然，也有人对《雨巷》酷肖相关古典诗词意象意境不以为然，批评《雨巷》"读起来好象旧诗名句'丁香空结雨中愁'的现代白话版的扩充或者'稀释'……用惯了的意象和用滥了的词藻，却更使这首诗的成功显得浅易、肤泛"①。从创作追求新变来说，卞之琳的批评是有道理的；但从接受的角度考虑，美艳凄迷的古典诗词情调正好符合读者的审美心理期待，批评者却忽略了这一点。

这几首诗脍炙人口，广为流传，像这样受到普遍欢迎的作品，在一般认为疏离传统的"白话加欧化"的新诗中，较为少见。它们均是新诗史上最美的作品，其艺术魅力主要来自对古典诗词语言、意象、节奏、情调、意境、氛围的逼肖传神的借鉴。它们的出现，一定程度吻合了读者在对古典诗词的长期阅读过程中培养起来的审美趣味，满足了读者对古典诗词精致、华美、和谐、感伤的美感调性的期待视野，唤起了读者对以往审美经验的温情回忆，抚慰了读者对新诗浅白、芜杂、粗糙、缺乏诗意美感的不满情绪，因而受到读者广泛持久的欢迎。袁枚《随园诗话》卷八曰："诗虽新，似旧才佳。尹似村云：'看花好似寻良友，得句浑疑是旧诗'。陈古渔云：'得句浑疑先辈语'。"钱锺书指出：袁枚的论断及所拈尹似村、陈古渔诗句，"实

---

① 卞之琳：《戴望舒诗集·序》，《地图在动》，珠海出版社1997年版，第303页。

能妙契文心，而向来无留意者"，因而在《谈艺录》八二及补订中，引证大量精辟论述，充分说明"诗虽新，似旧才佳"是一条古今中外皆同的审美通则。英国诗人济慈称此为"诗的第一信条"，并说"我认为诗之能动人在于美好充实而不在出奇立异。要使读者觉得是说出了他自己的最崇高的理想，有一种似曾相识的感觉"(《论诗书信选》，见《十九世纪英国诗人论诗》)。这种"虽新却旧"、"似曾相识"的感觉，深合惯读美轮美奂的古典诗词的读者的审美心理。这种现象给新诗创作和鉴赏批评提供的启示是意味深长的，可惜诗人和评论家对此没有引起足够的重视，进而去思考新诗如何走出一条继承传统的"通变"的发展道路，以适应我们民族在漫长而又灿烂的诗歌传统中，形成的异常深厚的文化心理积淀，让新诗赢得更广泛的读者。

此后的一些新诗人，向古典诗词的美妙意境学习，写出了不少佳作，像严阵的《江南曲》，沙白的《水乡行》，纪弦的《你的名字》，郑愁予的《错误》，余光中的《碧潭》、《满月下》，林泠的《阡陌》，席慕蓉的《乡愁》、《如雾起时》，昌耀的《风景：涉水者》，舒婷的《思念》、《四月的黄昏》，西川的《广场上的落日》等诗，都营造出了笼罩全篇的意境氛围。

20世纪50年代末60年代初，在颂歌的主题限制中又想走近诗歌艺术的一些诗人，如严阵、沙白、张志民、李瑛、梁上泉等，落实"中国诗的出路，第一条是民歌，第二条是古典"的规定，纷纷创作带有浓郁的民歌和古典诗词韵味的写景抒情诗，极表生活和大自然的美好，最后点题完成对社会主义新时代的歌唱。这些诗单纯明快，朗朗上口，古典诗词曲的特点随处可见。如严阵的"江东，一轮红日，/江南，杨柳依依"、"十里桃花，/十里杨柳，/十里红旗迎风抖。/江南春，浓似酒"、"南方的夜，/像蔚蓝色的纱绸，/木莲花的清香，/醉了杭州"、"花的墙，花的院，/花的小径。/整个山坞都睡了，/月色，梨花，是它的梦"、"月三竿，江水似流烟，/杨柳渡头杨柳暗"、"五月江南碧苍苍，/蚕老枇杷黄"；沙白的"水乡的路，/

水云铺。/进庄出庄/一把橹。//鱼网作门帘，/挂满树；/走近才见/人家住"；梁上泉的"子规鸟啼，杜鹃花开"、"拉萨城头大昭寺，/寺前唐柳依依，/文成公主栽的树，/已历尽千年风雨"；张志民的"十里蛙鸣唱流水，/一曲莺声入枣林。/迎风听琴鼓，/举首望新村"、"天连着草，/草连着天，/天多宽呵，草多宽！/牧马姑娘草原飞，/天头地尾一鞭赶"等。这些作品化用古典诗词曲的语言节奏、辞藻意象，轻盈秀丽，意境优美，迎合了人们熟悉喜爱古典诗词的美感趣味。当然，这些意境明丽、和谐优美的作品的生活真实和情感态度真实问题，另当别论。

　　这里顺便谈谈海子。从意境类别的角度看海子的诗，局部感觉生动鲜活，时有奇想，甚至神来之句，像"家乡的风/家乡的云/收聚翅膀/睡在我的双肩"，"明月如镜　高悬草原　映照千年岁月"，"夜里我头枕卷册和神州/想起蓝色远方的四姐妹"，但都是句境。从整体上看，海子几乎很少写出一首意蕴完整统一的诗。他的作品中，总是要出现一处或多处不知所云的行句，把作品的题旨弄得不着边际。随意性太大，连他自己恐怕都不知道他究竟想说些什么，在说些什么。像他诗中经常出现的数字，像他经常使用的动词"坐"（坐在酒杯中/坐在火把上/坐在灯台上），他经常写到的麦子、粮食、村庄、羊、马、草原、少女、上帝、太阳，概念化的大而无当的事物，都是很随意很空泛的。他的诗太蹈虚，太肤泛，缺乏对生活、情感、景物的真实细致的具体描写。他写农业，写麦地，大概是受叶赛宁的启发，但无叶赛宁的诚挚单纯、优美伤感，叶赛宁的感伤痛苦和赞美是本质的，而海子是做出来的（从表现效果看），包括他写给叶赛宁的诗。他很受欢迎的《面朝大海，春暖花开》，感情肤泛，意思甜俗，毫无新意；他的《亚洲铜》、《抱着白虎走过海洋》等诗，莫名其妙，破碎随意，几无理路可言。"无理而妙"尚可，关键是"无理不妙"，让评论家们去猜谜，可惜又没有谜底。海子和他这一路诗人，没有创造出完整浑成的作品，是评论家替他们重新整合，然后给出意思，那意思也主要是评论家的，而不是诗人和诗歌本身具有的。如果说海子是一个天才诗人的话，也肯定是一个远未完成的天才。

四 新诗营构的全新意境

除了借鉴古典诗词的意境，新诗人也注意用新材料、新情感、新理思来营构新境界。胡适带了一个很好的头，他的《蝴蝶》，是文学革命后发表的第一首白话新诗，一时景观，一缕情思，如实写下，便有一种为末路的旧诗所不及的人性的情致，让人感受到亲切新鲜的意境。郭沫若《立在地球边上放号》，表现出强烈的五四时代精神，诗人认为，整个宇宙自然、历史社会就是一个"不断的毁坏"、"不断的创造"的过程，这种"动的精神"和"力"，才能把人类社会和古老中国推向前进。这种新理思的载体，就是白云怒涌的北冰洋和洪涛滚滚的太平洋，诗中展现一个情景意象饱满交融、富于联想和幻觉的象征境界，雄伟壮丽，气象万千。

郑敏的《金黄的稻束》，依传统的思路看这个题目，应作出一首田园诗。诗人不蹈旧辙，以新的思想意识，表现对劳动和母亲的赞美：

> 金黄的稻束站在/割过的秋天的田里，/我想起无数个疲倦的母亲，/黄昏路上我看见那皱了的美丽的脸，/收获日的满月在/高耸的树巅上，/暮色里，远山/围着我们的心边，/没有一个雕像能比这更静默。/肩荷着那伟大的疲倦，你们/在这伸向远远的一片/秋天的田里低首沉思，/静默。静默。历史也不过是/脚下一条流去的小河，/而你们，站在那儿/将成为人类的一个思想。

诗通过描写和反复完成的情景氛围渲染，十分出色：满月悬在树上，远山围在心边，辛勤劳作后的秋日黄昏，一切都那么静默。只有稻束，只有肩荷着伟大疲倦的金黄稻束，在无边的静默中低首沉思。和这凝重难言的静默相比，"历史也不过是/脚下流去的小河"。诗人对情景氛围的出色渲染，使诗意变得神秘起来，一种类似宗教感的东西正冉冉升起，烘托出勤劳隐忍、默默奉献的母亲品格的崇高神圣。天地有大美而不言，神圣的从来是安宁的。赏读此诗，使人具体领受了这种恒久庄重、逾越时空的无上境界。

芒克的《阳光中的向日葵》，写一棵反叛太阳的向日葵："你看到了吗/你看到阳光中的那棵向日葵了吗/你看它，它没有低下头/而是在把头转向身后/它把头转了过去/就好象是为了一口咬断/那套在它脖子上的/那牵在太阳手中的绳索//你看到它了吗/你看到那棵昂着头/怒视着太阳的向日葵了吗/它的头几乎已把太阳遮住/它的头即使是在太阳被遮住的时候/也依然在闪耀着光芒//你看到那棵向日葵了吗/你应该走近它去看看/你走近它你便会发现/它的生命是和土地连在一起的/你走近它你顿时就会觉得/它脚下的那片泥土/你每抓起一把/都一定会攥出血来。"这首诗在谈论复沓、象征、构思技巧时，都可以用作典型例子使用，这里只谈它的意境氛围。这棵背对太阳、咬断太阳绳索、昂头遮住太阳、取代太阳照亮自己的向日葵，是追求平等、自由、独立意志、独立人格的觉醒者的象征。诗人引领读者一步步走近这棵反叛的向日葵，看清它抗争命运的凛然风采，为摆脱奴役所付出的惨重代价，反复呼告和复沓，渲染出浓重的悲怆而又雄烈的境界氛围，烘托出这棵中国人心中从来没有想见、中国诗人笔下从来没有表现过的反叛的向日葵的象征形象。它仿佛一面屹立天地之间、高扬主体精神的旗帜，它的勇敢，它的悲壮，它的辉煌，对于众生，是力量的震撼，更是嘹亮的召唤。

周涛的《野马群》篇幅较长，下面摘引的是第一节和第五节："兀立荒原/任漠风吹散长鬃/引颈怅望远方天地之间/那遥不可及的地平线/三五成群/以空旷天地间的鼎足之势/组成一幅相依为命的画面//……也有过/于暮色降临之时/悄悄地/接近牧人的帐篷/呼吸着人类温暖的气息/垂首静听那神秘的语言和笑声/隐藏于血液的深情/在野性的灵魂中被唤醒/一种浪子对乡土的怀恋/使它们久久地/默然凝神/可是只须一声犬吠/又会使它们消失得无影无踪/牧人循声而出/遥望那群疾不可追的/隐匿于夜色之中的黑影/会轻轻地说："呵，野马群……"第一节勾勒生活在大漠之中的野马群的画面，有雕塑般的立体感，又有水墨淋漓的大写意中国画的神韵，自然的严酷，塑造出生命的强悍和生存的伟力。第五节写野马群在暮色中悄悄接近牧人的帐篷，静听人类神秘的语言笑声，揭示犷悍的一群对人类那深藏不露的温情和神往；末节写牧人遥望疾速消失在夜色中的野马群的影子，发出对这群野性而又通人性的生灵的神往而怜惜的轻轻感叹；由于受渗入血液和骨髓的孤独与寂寥的本能的驱使，出于对渗入血液和骨髓的自由与无羁的天性的捍卫，野马群与牧人之间构成一种亲和而又疏离的关系，彼此互相对应，野马群的性格，何尝不是西部牧人的性格。此诗出色的写景和更为出色的性格心理描写，交融成旷远荒蛮而又亲切温情的意境。

《风景：涉水者》一诗，笔触优美细腻，为时常夹杂文言词汇、奇崛繁复的昌耀诗中所少见：

> 雨后的风景线/有多少淋漓的风景。//可也无人察觉那个涉水的/男子，探手于河心的湍流，/忽有了一闪念的动摇。//听不到内心的这一声长叹。/人们只看到那个涉水男子/静静地涉过溪川/向着远方静静地走去，/在雨后的风景线消失。/静静的。//只觉得夕阳下的溪川/因这男子的涉足而陡增几分/妩媚。

此诗揭示强大者的一丝软弱，勇敢者的一丝怯懦，坚定者的一丝动摇。涉水男人的微妙心灵颤动，在雨后河川一片淋漓的风景画面里，无人能够觉察。人们只看到他静静地涉过河川，静静地走向远处，静静地在雨后的风景线消失。诗人敏锐地发现并表现了人物刹那间的深层心理波动，或者诗中写的涉水者就是诗人自己。诗的意境优美而幽邃，刚健含婀娜，端庄杂流丽，隐隐然含有某种象征意味。

这类佳作还有食指的《最后的北京》，北岛的《走向冬天》、《黄昏，丁家滩》，昌耀的《一百头雄牛》，马丽华的《我的太阳》等。

　　台湾诗人余光中注重用现代意识浇铸诗境。《西螺大桥》写于1958年3月13日，题咏一座现代钢铁桥梁，用传统的眼光看这是毫无诗意的东西，但余光中把它消化了，可见余光中诗的肠胃功能异常健旺。诗写大桥蓦然醒着的"钢的灵魂"，铿锵着的"严肃的静"，对诗人心灵的震撼和感召，表现诗人面临人生转折时刻不平静的心境，渡向彼岸的钢铁般缄默的决心与意志，迎击命运的历史主动性。钢铁的严肃清醒和彼岸的未知神秘相交错，使得诗境雄烈鸷悍，荡人心魄。《呼唤》极具象征意味，前段写一日之晚，母亲呼儿夜归；后段写一生之晚，古屋灯亮，呼唤疲倦的旅人安息。一日与一生相似，黄昏与暮年相似。诗语亲切自然，境界神秘深远，蕴含着现代人面对生命的大智慧大从容。《等你，在雨中》将古典与现代、爱情与艺术、人性与神性一笔写出，建构了现代诗美的极境。此诗列《莲的联想》第四首，以余氏"三句体"的形式，写雨中的等待。莲池边，黄昏细雨，蝉唱蛙鼓，虹影飘悬，红莲似火。在诗人的感知中，红莲与情人，已合二为一，化为超时空的存在，既在时间之内，又在时间之外；既是刹那，又是永恒。在诗人超时空的联想中，既有古典的吴宫采莲，兰舟桂桨，白石小令，又有现代的科学馆，瑞士表；既有物，红莲，是"美之至"，又有人，你，是"情之至"；更有诗人从对"美之至"和"情之至"的体认中，感知到的"莲即怜即佛"的宗教神性，从而升华为"悟之至"的极境。古典与现代，红莲与情人，物与人与神，在诗中融泄一体，氤氲一片，浑化无痕，意境幻美超诣。

　　总的来看，20世纪新诗的意境艺术较为贫弱，原因大概有几个方面。一是新诗乃横移催生，西方诗歌大多直接抒情、热烈明快，无助于新诗的意境形成。二是诗人的生存环境严酷艰窘，20世纪前半叶战争不断，后半叶政治运动不断，诗人失去了从容涵泳的环境和心境。三是功利浮躁，20世纪50—70年代主要追求政治功利，虽然大多数诗人不仅没有追求到什么功利，反而被政治暴力牵了牛鼻，伤筋动骨，触及灵魂，甚至搭上身家性命。80年代以后，尤其进入90年代，则是追求物质利益，出名捞钱，一切不顾，心猿意马，浮躁不定。"静故了群动，空故纳万境"，惜乎一些诗人于此毫无解会，他们的"诗心"既不静又不空。四是底蕴欠缺，20世纪50年代以来，很多诗人的文化根基浅薄，甚至无根可言。这就导致一些诗人的人生境界偏狭低下，那种蔑视权贵，浮云名利，超越世俗，透破人生，俯仰宇宙的大潇洒、大境界，难以梦见，诗歌时或成为他们媚权势、媚庸众、媚金钱的工具。所以极易感染变质的后现代文化（港澳文化）和本土的痞子文化，坏了心境，低了品格，俗了趣味，已经不能用超越的审美眼光来观生察物，自然难以感受到神圣高雅、纯美和谐。反文化、反价值、反崇高、反优美、反抒情的结果，只能产生《梅花，一首失败的抒情诗》、《车过黄河》、《我用口红想你》一类低俗文本，至于意境，只有付诸阙如。

第五章

古典诗学与新诗名家传承
关系的三种样态

　　中国古典诗学与 20 世纪新诗名家之间，存在着一脉不断的血缘传承关系。20 世纪取得可观创作成就的新诗名家，大都有着深厚的古典诗学背景和诗艺渊源。除少数人如纪弦外，具备文学史意识的大多数新诗名家都明确地意识到，要想提高新诗艺术，必须向辉煌灿烂的古典诗歌学习，在继承借鉴中创新发展，实现古典诗学在新诗创作中的现代创造性转化。古典诗学与新诗名家之间的传承关系，呈现三种样态：第一种是新诗名家夫子自道，现身说法，坦承自己的新诗创作与古典诗学的密切联系，如胡适、何其芳、余光中等；第二种是虽没有明确表述过自己对古典诗学的纵向师承，但其新诗创作得力于古典诗学之处仍斑斑可见，如李金发、戴望舒、舒婷等；第三种是少数新诗人如纪弦，强调"新诗乃横的移植，而非纵的继承"①，然究其创作实际，亦和古典诗学有着牵扯不断的瓜葛。把关注的目光投射到中国古典诗学与新诗名家的传承关系之上，对古今传承关系的三种样态加以剖析，是中国诗歌影响史和接受史研究的题中应有之义，也为打通中国古代与现当代诗歌史，提升古典诗学研究与新诗创作批评的水准，构建具有民族特色的现代诗学理论体系所亟须。本文即以上述

---

　　① 纪弦：《现代化六大信条》，《现代诗》第 13 期，1956 年 2 月 1 日。

三类新诗人所呈现的三种样态为例，具体而微地展示中国古典诗学对
20世纪新诗名家所施加的深刻影响情形，为贯通中国古今诗歌史、
建立中国诗歌史发展演变的整体观，提供一些坚实的证据。

一

　　先看坦承自己的新诗创作与古典诗学密切联系的新诗名家的情
况。"新诗的老祖宗"胡适自小好诗，与传统诗学关系甚深。在文学
精神和表现手法方面，胡适推崇杜甫、白居易关心底层民众疾苦的写
实之作，他视杜甫为"唐朝的第一个大诗人"，视白居易为中唐时期
"代表时代精神的诗人"①。他把杜甫、白居易等人活动的"八世纪下
半与九世纪上半（755—850）的文学"，评定为"中国文学史上一个
最光华灿烂的时期"②。胡适《尝试集》作品表现出的强烈社会政治
性质，和杜甫、白居易诗歌的泛社会政治化倾向是一致的。尽管胡适
表现的民主、科学和自由、平等的现代社会政治思想，不同于传统士
大夫文人诗歌的思想内涵，但其突出的社会政治关怀，与传统诗歌并
无不同。《尝试集》（第四版）第一、二、三编中属于或指涉社会政
治的诗有《黄克强先生哀辞》等18篇，《去国集》里有《沁园春·
誓诗》等8篇，初版《尝试集》中有《人力车夫》等4篇，再版
《尝试集》中有《示威》等2篇，总计有32篇之多。《尝试集》中大
量的社会政治性质的诗作，关注现实问题，表现底层人生的痛苦，手
法上具体、详尽、写实，凡此，均可见出与《诗经》、乐府、杜甫、
白居易的诗学精神与创作手法之间的渊源关系。他的《人力车夫》
一诗，从语气到句式到对话手法，都是对汉乐府《妇病行》、《孤儿
行》一类作品的仿效。写实之外，采用比兴象征手法的社会政治诗，

---

　　① 胡适：《国语文学史》，姜义华编《胡适学术文集·中国文学史》上，中华书局
1998年版，第308页。
　　② 胡适：《白话文学史》，姜义华编《胡适学术文集·中国文学史》上，中华书局
1998年版，第40—43页。

在《尝试集》中有《老鸦》等十余篇。比兴象征是中国古典诗歌的传统手法，屈原的《离骚》、阮籍的《咏怀》、庾信的《拟咏怀》、陈子昂的《感遇》、李白的《古风》等政治抒情诗，都是用比兴象征手法写成的。胡适喜欢用象征手法处理社会政治题材，说明他对这一传统诗学手法的稔熟，故而操持起来得心应手。胡适与传统诗学的关系，还体现在他对传统白话诗文的推崇上。他曾坦言自己的口语化、散文化的白话诗主张，"颇受了读宋诗的影响"。他认为宋诗的好处"全在它的白话化。换句话说，宋人的诗的好处是用说话的口气来做诗，全在做诗如说话"①。宋诗给了尝试白话新诗创作的胡适莫大的启示。他指认中国韵文史上发生过"六大革命"，依次为"三百篇变为骚"、"变为五言、七言、古诗"、"赋变为骈文"、"古诗变为律诗"、"诗变为词"、"词变为曲、剧本"。② 词曲、剧本都是通俗语言写成的"活文学"，这些原来不登大雅之堂的浅白通俗文体，受到了胡适的特别重视，他在1915年的日记中列举的活文学样本，一是词，二是曲。他强调指出："文学革命至元代而登峰造极。其时，词也，曲也，小说也，剧本也，皆第一流之文学，而皆以俚语为之。其时吾国真有一种'活文学'出世。"③ 他的《国语文学史》和《白话文学史》，皆以是否运用白话俗语作为作家作品取舍、评判的标准。在《白话文学史》中，他有意识地把自己提倡的白话文学，同中国文学史连接贯通，指出是"一千多年的白话文学种下了近年文学革命的种子"，而"近年的文学革命不过是给一段长历史作一个小结束"。他在创作中总是有意无意地带出词曲的痕迹，这使得他的《尝试集》第一编里的诗类似"刷洗过的旧诗"，第二编里1917年秋天到1918年年底的诗也是"变相词曲"。胡适对传统诗学的意境也颇留意，他

① 胡适：《逼上梁山》，《中国新文学大系·建设理论集》，上海良友图书印刷公司1935年版，第8页。
② 胡适：《吾国历史上的文学革命》，《胡适全集》第28卷，安徽教育出版社2003年版，第334页。
③ 同上书，第337页。

在《谈谈"胡适之体"的诗》一文中，表示"最喜欢"自己的《十一月二十四夜》，原因是"这诗的意境颇近于我自己欣羡的平实淡远的意境"。

何其芳自谓童年时就喜欢古典诗词"那种锤炼，那种色彩的配合，那种镜花水月"，他"读着晚唐五代时期的精致的冶艳的诗词，蛊惑于那种憔悴的红颜上的妩媚，又在几位班那斯派以后的法兰西诗人的篇什里找到了一种同样的迷醉"。他说："我喜欢读一些唐人的绝句，那譬如一微笑，一挥手，纵然表达着意思但我欣赏的却是姿态。"① 在《写诗的经过》一文中，何其芳又说："我记得我有一个时候特别醉心的是一些富于情调的唐人的绝句，是李商隐的《无题》，冯延巳的《蝶恋花》那样一类诗词。"方敬、何频伽在《何其芳散记》中也指出：何其芳的个性与气质都让他认同温、李那份"晚唐的美丽"，他在念私塾时就已读完"大型六家选本《唐宋诗醇》。他能熟背许多古诗词，多半是唐诗，尤其是温、李为代表的晚唐五代诗词"，"受过晚唐五代冶艳精致的诗词的熏染"，并由此形成了他前期诗歌媚艳浓郁、镂金错彩的语言风格，他的《预言》、《季候病》、《爱情》、《罗衫》、《花环》等诗秾丽香艳，"美丽的夭亡"、"甜蜜的凄恻"、"透明的忧愁"、"郁热的香气"一类句子屡见不鲜。这里的每一行，"仿佛前清朝帽上亮晶晶的一颗大红宝石"②，而这正是诗人追求的自己喜欢的"那种锤炼，那种色彩的配合"③。他从古典诗文里选择一些可以重新燃烧的字，使用一些可以引起新的联想的典故，倾听那些飘忽的心灵语言，捕捉那些在刹那间闪出金光的意象，写成了他的妩媚斑斓的《夜歌》。在他笔下，"欢乐"有颜色，如"白鸽的羽翅"、"燕子的红嘴"；"欢乐"有声音，像"一声芦笛"、"簌簌

---

① 何其芳：《梦中道路》，《何其芳文集》第 2 册，人民文学出版社 1982 年版，第 62—67 页。

② 刘西渭：《画梦录——何其芳先生作》，《咀华集·咀华二集》，复旦大学出版社 2005 年版，第 89 页。

③ 何其芳：《写诗的经过》，《何其芳文集》第 5 册，人民文学出版社 1983 年版，第 130 页。

的松声"、"潺潺的流水";"欢乐"可以握住,如"温情的手",可以看见,如"爱怜的眼光";"欢乐"像"萤火虫一样飞在朦胧的树阴/香气一样散在蔷薇的花瓣上",它来时,脚上甚至还"响着铃声"(《欢乐》)。这一连串可视、可听、可嗅、可感的绚丽意象,把难以捉摸的微妙情绪烘托得多姿多彩,神秘诱人。他的《夏夜》意象更为绮艳,槐花沐浴微风,鬓发流滴幽芬,绿荫如圆空,美目如明星微笑,悄睡的藕花,梦寐的翠叶,淡香的呼吸,流萤的金翅,裙衣轻覆的膝头,柔柔的手臂,繁实的葡萄藤,红熟的甜的私语,胸间的颤跳,唇上开出的红花,但见一派瑰丽的藻采,映衬着妖媚艳冶的情致,确如诗人所说:"我不是从一个概念的闪动去寻找它的形体,浮现在我心灵的原来就是一些颜色,一些图案。"[1] 这种纷繁缛丽的色彩图案效果,十分接近晚唐香奁诗和五代花间词。再如他的名篇《罗衫》,语言、意象、情思有着浓重的唯美色彩,含蕴着晚唐五代温李爱情诗词的遗韵。它的整体构思和比兴手法,则模仿了汉代班婕妤咏纨扇的《怨歌行》:"常恐秋节至,凉飙夺炎热。弃捐箧笥中,恩情中道绝。"班婕妤的诗是宫怨体,以纨扇作女性的自喻,表现上是顺叙,身在夏天,心忧秋天;何其芳则以罗衫作男性的自喻,寄托一个年轻人对现实中不美满的爱情的怨艾,表现上是倒叙,身在秋天,回忆夏天,并且憧憬着挽回旧情,心理层次显得更加繁缛复杂。将二诗对比,可以清楚地看到,何其芳的《罗衫》是对班婕妤《怨歌行》的改造重组。

西语系出身、终生讲授西方诗歌的蓝星诗人余光中,与中国古典诗歌的关系最深,他追求受过现代意识洗礼的"古典",和有着深厚古典背景的"现代"。他说"汨罗江在蓝墨水的上游",指出了新诗与以屈原为代表的古代诗歌传统一脉相承的联系;陶醉于传统诗词意象之美的他,曾忘情地说:"在古典悠悠的清芬里,我是一只低回的

---

[1]　何其芳:《梦中道路》,《何其芳文集》第 2 册,人民文学出版社 1982 年版,第62—67 页。

蜻蜓"①；他对屈原、李白、杜甫、苏轼念念不忘，写了《漂给屈原》、《寻李白》、《湘逝》、《夜读东坡》等许多题咏诗；他"自信半个姜白石还做得成"②。从古典诗学与余光中的传承关系角度，可以清楚地看到，他那永不释然的祖国情结主要来自屈原赋，他那天马行空般的纵逸才气主要来自李白诗，而他的雅致琢炼的语言风格则主要来自姜夔词。对待传统，余光中的认识清醒，态度明确："反叛传统不如利用传统。"他看清了"狭窄的现代诗人但见传统与现代之异，不见两者之同，但见两者之分，不见两者之合"的弊端。在传统面前，他是一位"知道如何入而复出，出而复入，以至自由出入"的"真正的现代诗人"③。余光中指出："对于当代的中国作家，所谓传统应有两个层次：长而大的一个是从《诗经》、《楚辞》起源，短而小的一个则始于五四……一位当代诗人如能继承古典的大传统与五四的新传统，同时又能旁采域外的诗艺诗观，他的自我诗教当较完整。"④ 余光中自谓"艺术的多妻主义者"，"多妻"者，"转益多师"、全面借鉴之意也⑤。他说："'转益多师是汝师'，善师者当如是。许多人自以为反尽了传统，前无古人后无来者，事实上他正在做着的恐怕在传统中早已有过了。"⑥ 余光中就是一个免除了盲目自大的"善师者"。屈原、李白、姜夔之外，余光中博采众长，对中国古典诗歌的丰富营养加以充分吸收，他的《月光光》、《摇摇民谣》、《乡愁四韵》、《民歌》、《乡愁》、《民歌手》、《踢踢踏》、《公无渡

---

① 余光中：《夏是永恒》，《余光中诗歌选集》第1册，时代文艺出版社1997年版，第281页。
② 余光中：《莲恋莲》，《余光中诗歌选集》第1册，时代文艺出版社1997年版，第285页。
③ 余光中：《从古典诗到现代诗》，《余光中散文选集》第1册，时代文艺出版社1997年版，第281页。
④ 余光中：《余光中诗歌选集·自序》，时代文艺出版社1997年版，第3—5页。
⑤ 余光中：《五陵少年·自序》，《余光中诗歌选集》第2册，时代文艺出版社1997年版，第8页。
⑥ 余光中：《古董店与委托行之间》，《余光中散文选集》第1册，时代文艺出版社1997年版，第292页。

河》等诗，采用的是《诗经》、乐府、民歌的语言形式，复沓回环，重章叠句，反复咏唱。他的《招魂的短笛》，用的是楚辞体。他中年时期的大量忧国伤时之作，表现出忧患黎元的入世精神和强烈的国家、民族意识，分明有"少陵遗意"流露，儒家关怀现实、忧国忧民的思想，正是通过屈赋、杜诗延及余光中的。李贺诗歌浓郁而阴冷的时间、死亡意识，奇兀的感觉印象，对余光中《夜的标本》、《我总是无聊的》、《万圣节》、《四谷怪谈》等诗影响明显。苏轼调和儒释道三家的圆融、豁达，和他豪放、清旷而又冲淡、谐趣的诗艺词风，也让余光中神往，"一卷东坡集"得他时时挑灯"细味"，感悟良多（《夜读东坡》）。余光中有"情诗圣手"之誉，他写有情诗集《莲的联想》，还有《吐鲁番》、《双人床》、《雪崩》、《小褐斑》、《大度山》等大量言情并时涉性事的作品，缠绵、香艳、佻达乃至色欲，与杜牧、李商隐、温庭筠、柳永言情诗词大有干系，甚至散发出六朝宫体的气息。他的《孤独国》、《圆通寺》、《蠋梦蝶》、《听瓶记》、《漂水花》、《松下有人》、《松下无人》等诗中还恍惚可见玄言、禅诗的影子。乡愁、咏史、怀古，是他常常处理的题材，他认为"用现代手法处理传统题材的作品也是现代诗，且更广阔而有前途"①；题咏、赠答、记游、写景，也是他喜欢的诗歌品类。广泛地吸纳熔铸、冶多元传统于一炉，使余光中成为20世纪中国诗歌史上一位标志性的诗人。

二

再看那些未曾明确表述过师承古典诗学的新诗名家的情况。象征派诗人李金发，往往在诗中嵌入李贺式的冷艳幽怪的意象，而缺乏串联首尾的抒情线索。对李金发的诗，朱自清作过如下评介："留法的

---

① 余光中：《从古典诗到现代诗》，《余光中散文选集》第1册，时代文艺出版社1997年版，第280页。

李金发氏又是一支异军；他民九作诗，但《微雨》的出版已经是十四年十一月。《导言》里说不顾全诗的体裁，'苟能表现一切'；他要表现的是'对于生命欲揶揄的神秘及悲哀的美丽'。讲究用比喻，有'诗怪'之称；但不将那些比喻放在明白的间架里。他的诗没有寻常的章法，一部分一部分可以懂，合起来却没有意思。他要表现的不是意思而是感觉或情感；仿佛大大小小红红绿绿一串珠子，他却藏起那串儿，你得自己穿着瞧。这就是法国象征诗人的手法；李氏是第一个介绍它到中国诗里。许多人抱怨看不懂，许多人却在模仿着。他的诗不缺乏想象力，但不知是创造新语言的心太切，还是母舌太生疏，句法过分欧化，教人像读着翻译；又夹杂着些文言里的叹词语助词，更加不象——虽然也可以说是自由体诗。"①朱自清指出李金发的诗不用常规比喻和寻常章法，局部可懂整体无解，如散落的明珠，朦胧恍惚，富于幻觉。这让我们想起张炎评吴文英词"如七宝楼台，眩人眼目，碎拆下来，不成片段"的比喻②，与朱自清说的李金发诗如散珠，何其相似。朱说大约就是借自古人对梦窗词的评语，这也正好说明李金发象征诗既取薪火于法国象征派，又来自本土传统的艺术渊源。他的《弃妇》、《有感》等诗，局部意象如"长发披遍我两眼之前"、"荒野狂风怒号"、"山泉长泻在悬崖"、"徜徉在丘墓之侧"、"残叶溅血在脚上"、"唇边的笑"等，具体可感；但整篇题旨却又多解朦胧，恍惚不定；这情形很像梦窗词。他的诗对生命、痛苦、丑恶、死亡的关注、体验，意象的冷艳、幽怪、生涩、奇僻，如"鲜血之急流"、"枯骨之沉睡"、"烦忧堆积在动作上"、"衰老的裙裾"、"残叶溅血"、"死神唇边的笑"、"半死的月"等，又大似李贺。面对生命的沉哀、悲慨、烦闷，在酒色放纵中作颓废的消解，也让我们隐约看出李贺《将进酒》中"吹龙笛，击鼍鼓；皓齿歌，细腰舞。况是青春日将暮，桃花乱落如红雨。劝君终日酩酊醉，酒不到刘伶坟上

---

① 朱自清：《中国新文学大系·诗集导言》，上海良友图书印刷公司1935年版，第7—8页。
② （南宋）张炎：《词源》，《词话丛编》一，中华书局1986年版，第259页。

土"一类诗句、意象和意境的影子。李金发的象征诗语言夹生，已是普遍的看法。他喜在诗中嵌入外文词和古汉语词汇，尤其好用"之"字，凡是该用现代汉语助词"的"字处，几乎全用文言词"之"字。《弃妇》头三行："长发披遍我两眼之前，/遂隔断了一切羞恶之疾视/与鲜血之急流，枯骨之沉睡。"用了四个"之"字。《故乡》："增长我青春之沉湎之梦"、"莓苔之绿色与落叶之声息"，《青春没有欺骗过我们》："我饱吸之如蜂儿之没首花心"、"我们比之为命运之迷宫"，一句中竟出现两个"之"字。生涩的古汉语词汇再加上意象的色彩、气氛刺激，给读厌了浅白通顺平庸啰唆的早期新诗的读者，带来如周作人所说的"别开生面"的感觉。打个不一定恰当的比方，就像《诗经》读久的人，乍读《楚辞》，但见香草美人，色彩缤纷，神出鬼没，气氛幽秘，自然会被吸引。仿佛《楚辞》的语言标志是方言词"兮"字，李金发诗的语言标志就是那个在白话诗文中已很少用到的文言词"之"字。只要我们看到几乎句句有"之"的诗，我们就能差不多断定是李金发氏的作品。

现代派诗人戴望舒的诗多用象征手法，却避免了西方象征诗的枯燥、破碎，主要就是得力于其诗酷似晚唐诗词的朦胧而凄美的情韵意境的整体晕染。他的名篇《雨巷》的中心意象和调性氛围，均来自古典诗词，李商隐"芭蕉不展丁香结，同向春风各自愁"（《代赠》），陆龟蒙"殷勤解却丁香结，纵放繁枝散诞香"（《丁香》），李珣"愁肠岂异丁香结，因离别"（《河传》），李璟"青鸟不传云外信，丁香空结雨中愁"（《摊破浣溪沙》）是其所本。"彷徨、寂寥、愁怨、芬芳、凄清、惆怅、太息、迷茫、颓圮、篱墙、哀曲"等意象和辞藻，散发着感伤迷惘的晚唐五代诗词的韵致气息。戴望舒把单纯愁心借喻的丁香，想象、创造为一个美丽而又愁怨的姑娘形象，反复渲染朦胧凄迷恍惚的意境，象征一代青年彷徨惆怅的苦闷心态。"丁香一样的姑娘"作为诗人"希望逢着"的目标，又具含了《蒹葭》"求伊人"、《汉广》"求游女"、《离骚》"三求女"的意味，"丁香"与"姑娘"一体不分，仍是"美人香草"的传统。当然，也有人对《雨巷》酷肖相关古典诗词意象意境不以为然，批评《雨巷》"读起来好象旧诗名句'丁香空结雨中愁'的现代白话版的扩充或者'稀释'……用惯了的意象和用滥了的词藻，却更使这首诗的成功显得浅易、肤泛"①。从创作追求新变来说，上引批评是有道理的；但从接受的角度考虑，美艳凄迷的古典诗词情调正好符合读者的审美心理期待，批评者却忽略了这一点。再看他的《印象》："是飘落深谷去的/幽微的铃声吧，/是航到烟水去的/小小的渔船吧，/如果是青色的真珠/它已坠到古井的暗水里。//林梢闪着颓唐的残阳，/它轻轻地敛去了/跟着脸上浅浅的微笑。//从一个寂寞的地方起来的，/迢遥的，寂寞的呜咽，/又徐徐回到寂寞的地方，寂寞地。"这是运用意象组合和象征手法的典型作品，构成全诗的是几组并置的意象，有飘落深谷的幽微的铃声，有航到烟水的小小的渔船，有坠入古井暗水里的青色珍珠，有轻轻敛去的颓唐的林梢残阳和脸上微笑，有起自迢遥寂寞又归于迢遥寂寞的呜咽，这些并置的意象古意浓郁，经常出现在古典诗词的意象系列里，积淀了深厚的情韵义。它们虽不统一于一个明确的题旨，却共同显示出一种迷茫、幽眇、凄冷、哀怨的情调，与诗人的主体心灵的疲惫、痛苦、感伤融合为一，黯然悼惜着一种如烟如梦、如泣如咽的无力挽回的消逝——是失落了的爱情？是过往了的旧事？是远去了的人物？是幻化了的记忆？几组情调相似的意象实乃诗人主观心象的象征，仿佛李商隐《锦瑟》般迷离难解而又亲切可感，"在表现自己和隐藏自己之间"，《印象》的诗境氤氲着迷茫凄伤的朦胧氛围。戴望舒诗歌浓重的感伤情调和脂粉气息，也来自古典诗歌感伤香艳风习的熏染。他的《自家伤感》："怀着热望来相见，/冀希从头细说，/偏你冷冷无言；/我只合踏着残叶/远去了，自家伤感"；《凝泪出门》："昏昏的灯，/冥冥的雨，/沉沉的未晓天；/凄凉的情绪；/将我底愁怀占住。//凄绝的寂静中，/你还酣睡未醒；/我无奈踯躅徘

---

① 卞之琳：《戴望舒诗集序》，《人与诗：忆旧说新》，安徽教育出版社2007年版，第193页。

徊，/独自凝泪出门：/啊，我已够伤心。"《林下小语》："不要微笑，亲爱的，/啼泣一些是温柔的，/啼泣吧，亲爱的，/啼泣在我底膝上。"《夜是》："我的头是靠在你裸着的膝上，/你想笑，而我却哭了。"以及《残花的泪》、《秋蝇》等诗，莫不泪雨愁云，哀感顽艳，《我的素描》中的诗句："我是青春和衰老的集合体，/我有健康的身体和病的心"，已从苦闷感伤进至晚唐式的颓废。

　　舒婷诗歌的美感风格，酷肖以浪漫感伤为抒情基调的唐宋婉约词。20 世纪七八十年代之交崛起于中国诗坛的朦胧诗，曾因所谓"难懂"等原因引发争论，招致诘难。作为朦胧诗派代表人物之一的舒婷也曾一度受到攻讦，但其作品很快又被持有不同诗观的人们广泛接受认可。这和迄今仍在评价上存在较大分歧的北岛等人的遭遇大为不同。其重要原因之一，就是舒婷诗作的美感风格酷肖唐宋婉约词以浓重的感伤为抒情基调的浪漫主义气质风韵，与闪射着冷峻阴郁的现代晦涩色彩的北岛诗作大相径庭。与北岛等同派诗人相比，舒婷诗歌的观念和手法都是相当传统的，她的诗作选取的爱情离别题材的人性内涵，流露的忧伤执着的悲美情调，语言的柔婉清新，结构的曲折层递，意境的隐约朦胧，均深得唐宋婉约词之神髓。唐宋婉约词是古代文学优美风格的代表，其感人之切，入人之深，古代文学诸文体无出其右，至今仍拥有广大读者。寻绎舒婷诗的艺术魅力，离不开对其与唐宋婉约词之间承传关系的探讨。尽管舒婷不像新诗史上一些前辈诗人如何其芳、卞之琳、洛夫、余光中等那样，明确表述过自己的新诗创作与古典诗词之间的渊源关系，但这并不妨碍唐宋婉约词人对她的创作实践的深层渗透。袁枚云："诗虽新，似旧才佳"[1]，酷肖唐宋婉约词的舒婷诗歌，出现在 20 世纪七八十年代之交的诗坛上，可谓适逢其时，它唤起了热爱古典诗词的广大读者那久违的似曾相识的熟悉感觉，满足了对几十年来"颂歌"、"战歌"和"大批判诗歌"充斥诗坛深感厌倦的广大读者普遍的审美心理期待，这是舒婷诗歌广受

---

① （清）袁枚：《随园诗话》，人民文学出版社 1982 年版，第 256 页。

欢迎的深层原因。舒婷诗歌的成功，再次显示了古典诗学的现代魅力。不过，我们在看到舒婷诗歌大获成功的时候，也应该进一步指出，舒婷诗与唐宋婉约词一样，并非一种"大气"的创作。论者从文学的地域性角度评唐宋婉约词有"江南小气"的说法，这种说法对舒婷而言也是适用的。当然，这里说的"大气"与"小气"，没有严格的褒贬意义。以伤离恨别、惜春悲秋等个人心理意绪为主要内容的唐宋婉约词，与苏辛豪放词派"以诗为词"、"以文为词"相比，取材路径是相当狭窄的。婉约词的"小气"，就是由其题材内容派生出的柔媚美感风格所决定的。若拿舒婷诗的题材内容和美感风格与同派诗人相比，北岛诗的强烈政治历史意识和冷峻批判色彩，江河、杨炼诗对民族历史文化的宏大把握，这一切在舒婷诗中是根本无法看到的。相形之下，北方男儿的"大气"和南国女子的"小气"，是一目了然的。但也正如唐宋婉约词并不因豪放词的存在而失色一样，"小气"的舒婷诗也不比一些当代诗人的"大气"之作逊色，甚或更具动人的魅力。她的诗，小得真诚，小得纯粹，小得深婉蕴藉，小得韵致楚楚。不过我们也要看到，这诸多优长之处也正是其局限所在。或许，拿前人评唐宋婉约词的两句充满辩证性的话来评价舒婷诗，亦是十分恰当的，这两句话是："虽小却好，虽好却小。"①

三

即使是强调横向移植否认纵向继承的纪弦的诗歌，也很容易让人看出其横移中的纵承因素，他的新诗创作在在打上了中国古典诗学的鲜明印记。如他的名篇《黄金的四行诗》，有着中国古典爱情诗般的浓重伦理精神，这种爱情诗的伦理精神，是中国传统血缘宗法、礼制教化社会的产物，在西方重视个人欲望宣泄满足的情诗中很难看到。"做了一辈子穷教员"的诗人纪弦，同时又是"从三十年代到七十年

① 刘熙载：《艺概·词曲概》，上海古籍出版社1982年版，第123页。

代"始终立于中国现代诗"发光的顶点"的人物，他"睥睨一切，不可一世，历半个世纪之久"①，写诗爱走极端，出语惊人，意象奇僻，但这组给夫人六十寿辰祝寿的"半打黄金的四行诗"，和平淡泊而又醇厚浓酽，散文化的行句记录了从恋爱到婚后几十年的共同生活，琐细写实，不像作诗，纯是心愫的自然流露，真所谓"贫贱夫妻百事哀"，读来极为感人。《如果你问我》则有类中国古典情诗突出的重情倾向，纪弦尝以独步天地之间、无视一切存在的"狼"自喻，世间好像没有什么能教他驯服。唯在爱情面前，他变得俯首帖耳，温柔顺从，他的《如果你问我》一诗三问三答，第一问涉及价值标准和价值判断，第二问涉及人的需要满足，第三问涉及人的情感态度，均极言爱情对自己的重要性，一个自负、孤傲的天才，原来竟是一个爱情至上主义者。读这首诗，总让我们想起"信知尤物必牵情，一顾难酬觉命轻"、"世间无物比多情，江水不深山不重"、"问世间情是何物，直叫生死相许"一类古典爱情诗词名句。他的《一片槐树叶》则以题咏的方式，抒写乡愁与国爱，与古代的乡愁主题诗歌相通，那片"如蝉翼般轻轻滑落的"槐树叶，捡自江南或者江北的某个城市的某个园子，"被夹在一册古老诗集里"，多年后竟是完好如初。他感觉这片"浅灰黄色的槐树叶"，是全世界最美、最珍奇也最使人伤心流泪的一片，因为它来自故国，"还沾着些故国的泥土"，诗人渴望有一天能够回到故国的怀抱，"去享受一个世界上最愉快的/飘着淡淡的槐花香的季节……"他的《梦终南山》，写梦中回到故乡，坐在终南山的岩石上"哼了几句秦腔/喝了点故乡的酒"，恋恋不舍地"以手抚之良久"，并且认出了"山下那冒着袅袅炊烟的小小村落/不就是我渴念着的故乡终南镇么？"诗人感到自己的故乡是"最美的所在/最令人流泪的"，所以当鸡叫声把他的乡梦惊醒，这个以孤傲著称的诗人，竟哀哀地请求梦婆婆："让我留在这梦中不要哭醒才好"回到故乡母亲身旁，再坚强的硬汉也会变得孩子般脆弱。这首诗虽仍留

---

① 纪弦：《铜像篇》，《台湾三家诗精品》，安徽文艺出版社1995年版，第74页。

有纪弦式的冷意和深度，但给人的主要感觉是乡情绵绵，诗中的故乡情思承接历代乡愁主题诗歌的内容，其借助梦境抒写乡情的手法，也与古代乡愁主题诗歌的"梦忆还乡"模式吻合。他的《零件》、《7与6》、《脱袜吟》等作曲趣浓郁，可纳入20世纪新诗史上"主趣"的"元曲路径"加以考察①。且看他的《零件》："月亮是李白的勋章/玫瑰是Rilke的勋章/我的同时代人/有挂着女人三角裤或乳罩的/也有挂着虚无主义之类的//而我，没得什么可挂的了//我就挂它一枚/并不漂亮/并不美丽/而且一点也不香艳/一点也不皇皇的/小小螺丝钉吧。"这首诗自嘲兼嘲人，"螺丝钉"之于"月亮"、"玫瑰"，自是粗俗寒伧，自己当然比不了李白或里尔克，这是自嘲；然比之于"三角裤"、"乳罩"，则说明自己还没有像"同代人"那样沉溺于声色虚无，这里又有了肯定和自许，嘲弄的矛头转向了"同代人"。这和元代散曲家自嘲、嘲人的滑稽幽默之作同一手眼。还有《你的名字》对《诗经》复沓章法这一"原型"形式的运用。复沓章法由《诗经》"国风"中的民歌大量使用，各章节诗句大致相同，只在相应的位置变换少量字词，便于记忆传唱，利于充分抒情。这种手法对新诗的影响很大，不少名篇都是采用这类章法，结构全诗，纪弦《你的名字》也是借鉴这一"原型"形式，十八行诗中，一气不绝入迷痴狂地十五次复沓"你的名字"，再加上十一个"轻"字，仅末句就连用七个"轻"字相迭，抒写爱情的铭心刻骨，令人叹为观止。存在于诗人潜意识中的语言的原始符咒作用，借助《诗经》复沓章法这一"原型"形式，可谓发挥得淋漓尽致。

　　类似纪弦强调新诗创作与西方的横移关系、否认纵承古典诗学的，还有20世纪80年代以后的一些诗人。先是新生代诗人在攀洋亲光荣的时尚中声言：整代诗人几乎是在读外国诗中成长的。且不管这一说法是否蔽于自见和有意掩遮，但这至少不是事情的全部。实际情

---

　　① 杨景龙：《主情、主知与主趣——论新诗发展史上的唐诗、宋诗和元曲路径》，《文学评论》2004年第6期。

况是，新生代诗与元散曲之间存在着极大的可比性，尤其是新生代诗中的"他们诗派"、"莽汉诗派"、"大学生诗派"、"撒娇派"等流派的作品，与元散曲中的"本色派"作品简直形神毕肖，元散曲给予新生代诗的影响是不容回避的。元代散曲家与前代诗文作家相比，新生代诗人与此前的现当代诗人相比，社会地位都呈现出共同的下降趋势。与之相联系，元代散曲家和新生代诗人的文学观念，也都从言志载道转换为戏玩遣兴。题材选取的广泛性驳杂性和语言形式的口语化散文化，是元散曲和新生代诗在题材内容和语言运用方面的共同特征。元代散曲家和新生代诗人的生存境遇作用于他们的审美心理，濡染着他们的艺术趣味，以俗为雅和以丑为美成为他们共同的艺术手段和美学追求。20世纪80年代中期以后的新生代诗人，行为方式和艺术理想的确深受西方后现代主义的浸染，后现代的平面浅俗、荒诞游戏特征，恰与本色派散曲有其相通之处。新生代诗人的艺术趣味大面积地向俗趣倾斜，表现出有类元曲本色派的风格特点。韩东的《有关大雁塔》，既嘲弄自己，也嘲弄那些远道而来、爬上爬下的游人；尚仲敏的《自写历史自画像》，展览脸上的伤疤，自揭身上的短处；《卡尔·马克思》题咏一个常人化、世俗化的马克思，此前的新诗史上少有这样表现的作品；于坚的《尚义街六号》，写包括自己在内的一群文学青年，琐碎卑俗，理想色彩和雅士风度已荡然无存；这和元散曲如关汉卿《南吕·一枝花·不服老》、钟嗣成《南吕·一枝花·自序丑斋》的自嘲，杜仁杰《般涉调·耍孩儿·庄家不识勾栏》、睢景臣《般涉调·哨遍·高祖还乡》的嘲人是一样的路数。四川"莽汉主义诗派"代表诗人李亚伟宣称：莽汉诗将以"极其坦然的目光对现实生活进行大大咧咧的最为直接的楔入"，"以前所未有的亲切感、平常感以及大范围锁链似的幽默，来体现当代人对人类自身生存状态的极度敏感"①，他的《中文系》、《生活》以及《苏东坡和他的朋友们》，就是体现"莽汉理论"的典型作品，有着突出的非崇高、

---

① 徐敬亚：《中国现代主义诗群大观》，同济大学出版社1988年版，第95页。

非优美、非文化倾向，诗中"大范围的幽默感"，例之古代诗歌史，只有在本色派散曲中可以看到。90年代以后，伊沙、杨克等人更把滑稽幽默推向丑陋，像杨克的《1999年12月31日23点59分59秒》，伊沙的《病历》、《楼下窃听者》、《我和我的导师》等诗，比之于元散曲中的咏秃指甲、咏妓、咏憋尿和性事的文本，在内容和趣味上已无二致。

还有90年代标榜"中年写作"、"知识分子写作"的诗人，认为新诗"并没有一个可以直接师承的传统——古典诗歌由于语言的大断裂，成为一个束之高阁的东西"①，这种说法实质上否定了新诗创作与古典诗学之间的传承关系。但事实并非如此。八九十年代之间，诗歌界提出的"知识分子写作"和"中年写作"命题，是度过生命和诗歌的双重"青春期"的诗人们，淡退激情之后专注于写作，更加讲求表现技巧的产物，这和青春、抒情的唐诗之后，渐入老境、运思主知的宋诗的情形相似。西川在《答鲍夏兰·鲁索四问》中认为，知识分子写作要求诗歌"多层次展出，在感情表达方面有所节制"。欧阳江河在《89后国内诗歌写作》中认为，知识分子写作的提法，反映了诗人对自身写作的一种清醒认知，说明诗人的写作已带有工作的和专业的性质。关于中年写作，"它是伴随着80年代一批诗人渐次进入中年、并敏感地意识到自身的'生存处境和写作处境'和对诗歌本体认识的加深而出现的"，"它相对于'青春写作'或'青春崇拜'，意指一种成熟、开阔的写作境界、严格的写作要求和复杂、深入的诗歌建构手段"②。欧阳江河在《89后国内诗歌写作》中说："中年写作与罗兰·巴尔特所说的写作的秋天状态极其相似"，孙文波在《我理解的九十年代》中认为中年写作的核心是"将写作看作一个长期的过程，进而要求对之采取一种更为专注、具有设计意识的

---

① 王家新：《回答四十个问题》，《游动的悬崖》，湖南文艺出版社1997年版，第211页。

② 陈均：《九十年代部分诗歌词语梳理》，《中国诗歌九十年代备忘录》，人民文学出版社2000年版，第398页。

工作态度"，"它要求我们不仅仅是靠激情、才华，而是靠对激情的正确控制、靠综合的有效才能、靠理性所包含的知识、靠写作积累的经验写作"。上引诸家表述的旨趣，与宋诗人"语思其工，意思其深"，注重句法、用韵、声调、对偶、用事等手法技巧的创作态度相一致。这确如钱锺书所云：诗人"一生之中，少年才气发扬，遂为唐体，晚节思虑深沉，乃染宋调"①。宋人的诗是成年人的诗，"纯出于有意，欲以人巧夺天工"②，是学识渊博、经验丰富、技巧纯熟、臻于老境的诗人，苦心运思、着意安排的产物，与从青春生命的激情、才气中自然流泻的唐诗判然有别。90 年代已是人到中年的王家新、西川、欧阳江河、孙文波们，要想继续坚持诗歌创作，必然会走上依靠心智运思的"宋诗路径"上去。文学史是一条流不断的大河，上游之水总要往下游流淌，古典诗歌"作为背景和大的观念"，总要对后世诗歌产生笼罩性的渗透，晚生的诗人无法自外于古典传统，甚至"做迥然相反的事情也是一种形式的模仿"③，所以，"知识分子写作"和"中年写作"诗人们"与古典诗歌并无师承"的声言，无法保证他们在创作实践上不接受来自古典诗歌的影响，比如主知的宋诗对他们的影响，或曰他们与宋诗人的近似，这或许是晚生者的宿命。王若虚《滹南诗话》指出的宋诗"有奇而无妙"，即有新意而乏情韵的问题，在标榜"知识分子写作"、"中年写作"的诗人的代表作如《玻璃工厂》、《汉英之间》、《语词》等诗中，也已不同程度地表现出来。

上文对中国古典诗学与 20 世纪新诗名家之间传承关系的三种样态，做了初步的梳理分析。对前一种，注意引证新诗名家关于如何传承古典诗学的自述，并结合他们的新诗文本进行讨论；对后两种，则着重从新诗名家的创作实践和文本样态切入，亦兼及他们的相关言

---

① 钱锺书：《谈艺录》，中华书局 1984 年版，第 4 页。
② 缪钺：《论宋诗》，《诗词散论》，陕西师范大学出版社 2008 年版，第 32 页。
③ ［美］哈罗德·布鲁姆：《影响的焦虑》，徐文博译，江苏教育出版社 2006 年版，第 31—32 页。

说，寻绎其与古典诗学之间的密切联系。上文所论之外，像大气包举、豪放飘逸的李白诗歌与郭沫若诗歌，雄奇悲壮的高、岑边塞诗与昌耀、杨牧等的新边塞诗，初盛唐诗歌的青春少年气息与汪静之等湖畔诗人诗歌，沉郁顿挫的杜甫诗歌与艾青诗歌，幽微玄深的禅道诗歌与废名诗歌，白石风味形迹与琢炼清雅的卞之琳诗歌，苦吟悲情的孟郊、贾岛诗歌与臧克家诗歌，通俗写实的元白诗歌与刘大白、刘半农的"新元白派"诗歌，官能颓废的宫体艳情诗词与邵洵美诗歌，王维的禅意、李贺的怪奇与洛夫诗歌，辞赋的铺排、词曲的节奏与郭小川诗歌，中晚唐诗歌、唐宋婉约词的感伤情调与席慕蓉诗歌，"厥旨渊放"的阮籍《咏怀诗》与北岛诗歌等，其间均存在着深刻的对应师承关系。对自己的创作与古典诗学之间的传承关系问题，这些新诗名家或有自述，或不曾言及，甚或否认，亦不出本文讨论的三种样态之外，篇幅所限，不再一一论列了。

第六章

用典、拟作与互文性：
在古今东西之间

　　中国诗歌发展史上，从魏晋时代开始，在丰厚的诗歌创作积累基础上，逐渐兴起了使事用典、拟作效休、櫽栝集句等风习，成为此后历代诗人普遍加以运用的诗歌创作手法。这些手法在 20 世纪新诗创作领域，得到了较为全面的承传。对应西方文论术语，上述手法略等于法国著名符号学家朱莉娅·克里斯特娃在 20 世纪 60 年代提出的"互文性"写作概念。西方的"互文性"理论，虽是建立在对西方文学艺术世代承传、裂变派生、交叉指涉、彼此兼容现象的分析、总结的基础之上，但互文性理论的若干术语概念，和它们所指陈的创作现象，均可在不同程度上对应中国古典诗学理论批评术语和诗人的创作实际。西方理论家 20 世纪中叶发明的理论和理论所揭示的创作现象，中国诗人千余年前就在做，诗论家千余年来也一直在谈论。"互文性"理论的"引用"略同于"直接使事用典"，"仿作"略同于"拟作"或"效体"、"櫽栝"，"戏拟"略同于"反用"，"隐文"略同于"暗用"、"化用"，"合并粘贴"和"引言"、"百言诗"略同于"集句"、"集名"。至于 20 世纪 90 年代国内诗坛把"互文性"理论与相关写作视为新创，则是忽略了东西方诗学对相同现象的不同概念表达所导致的误解。厘清相关问题，对现代诗学建设有其不容忽视的现实意义。

一　使事用典

（一）古典诗歌中的使事用典

使事用典是具有中国民族特色的诗歌创作手法，这种手法在西方诗人如庞德的《诗章》，艾略特的《荒原》、《四个四重奏》中也被使用，西方文论称这种手法为"互文"或"互文性"。魏晋以来的中国诗人诗歌，把使事用典作为创作时的常备手法加以普遍地运用。一方面是诗人的学者化，遍读典籍，学问淹博，创作中信手拈来，为我所用，无不妥帖。另一方面，古典诗歌尤其是近体诗词形式精短，字数有限，要达到以有限传示无限的创作目的，嵌入典故不失为一种有效的做法。还有就是诗人不便、不愿直说时，可以用典故来代指、暗示。使事用典在南朝诗歌中就相当突出，钟嵘曾经批评当时的诗歌创作"殆同书抄"①，"元嘉三大家"之一的颜延之是这方面的代表。唐诗人中，杜甫诗被认为"无一字无来处"②。宋人"以文字为诗，以才学为诗"③，使事用典更为普及。曾季貍《艇斋诗话》评王安石诗"经对经，史对史，释氏事对释氏事，道家事对道家事"。赵翼《瓯北诗话》评苏轼诗"胸中书卷繁富，又足以供其左抽右旋，无不如意"。魏泰《临汉隐居诗话》评黄庭坚诗"好用南朝人语，专求古人未使之事，又一二奇字，缀葺而成诗"。在词学领域，周邦彦词"往往自唐宋诸贤诗句中来"④；驱遣经史、熔铸百家的辛弃疾词，更有"掉书袋"之评⑤。区区一个典故，几个字，往往包含了复杂漫长的

---

① （南朝）钟嵘：《诗品序》，《中国历代文论选》一，上海古籍出版社2001年版，第310页。

② （宋）黄庭坚《答洪驹父书》，《豫章黄先生集》卷一九，四部丛刊本。

③ （南宋）严羽：《沧浪诗话》，郭绍虞编《沧浪诗话校释》，人民文学出版社1961年版，第26页。

④ （南宋）沈义父：《乐府指迷》，《词话丛编》一，中华书局1986年版，第277页。

⑤ （南宋）刘克庄：《跋刘叔安感秋八词》，《丛书集成初编》一五六九《后村题跋》卷二。

历史人物故事，或是融化了前人作品的语言意境，接通并激活民族成员共同的历史文化和文学记忆，一以当十，以少总多，既能使诗歌文本显得典雅博奥，意蕴深厚，表情含蓄，又极大地增加了作品的知识容量和信息密度，提高了文本的解读研究价值。当然，卖弄学问，堆砌典故，也会造成写景抒情的"隔"，伤其真美，晦涩难懂，影响作品的表现效果。

使事用典的方式很多，有直用明用，有暗用化用，有正用反用，有用诗词，有用经史，有用佛典道箓，有用稗官野谈。明用直用容易识别，如晏几道《临江仙》前结："落花人独立，微雨燕双飞"，直用五代翁宏五律《春残》的颔联；他的《鹧鸪天》结句："今宵剩把银釭照，犹恐相逢是梦中"，合用了杜甫《羌村》"夜阑更秉烛，相对如梦寐"，戴叔伦《江乡故人偶积客舍》"还作江南会，翻疑梦里逢"，司空曙《云阳馆与韩绅留别》"乍见翻疑梦，相悲各问年"；秦观的《满庭芳》前结："斜阳外，寒鸦万点，流水绕孤村"，用隋炀帝诗句"寒鸦飞数点，流水绕孤村"。后两例虽对原作稍加变化，但还是不难被人看出。暗用化用识别起来要相对困难些，如苏轼《雪后书北台壁二首》其二，形容雪后之景："城头初日始翻鸦，陌上晴泥已没车。冻合玉楼寒起栗，光摇银海眩生花。"王十朋注苏诗引赵彦才曰："世传王荆公常诵先生此诗，叹曰：'苏子瞻乃能使事至此！'时其婿蔡卞曰：'此句不过咏雪之状，妆楼台如玉楼，弥漫万象若银海耳。'荆公哂焉，谓曰：'此出道书也。'"道家以"两肩"为玉楼，以目为"银海"。所以"冻合玉楼"下接"寒起栗"，"光摇银海"下接"眩生花"。看不出其中暗含的典故，将其理解为白描，也不失为写景佳句。而一旦明白其中的典故含义，就能获致更丰富的知识信息和审美趣味。正用、反用的例子也很多，如杜甫《羌村》："夜阑更秉烛，相对如梦寐"，就被以后的诗人反复借鉴，有正用的，也有反用的，仇兆鳌《杜诗详注》指出："司空曙诗：'乍见翻疑梦，相悲各问年'，是用杜句。陈后山诗：'了知不是梦，忽忽心未稳'，是翻杜语。""用杜句"即正用，"翻杜语"即反其意而用之。严有翼在

《艺苑雌黄》里举例分析了诗中反用典故的情况："文人用故事，有直用其事者，有反其意而用之者。李义山诗：'可怜夜半虚前席，不问苍生问鬼神。'虽说贾谊，然反其意而用之矣。林和靖诗：'茂陵它日求遗稿，犹喜曾无封禅书。'虽说相如，亦反其意而用之矣。直用其事，人皆能之；反其意而用之者，非学业高人，超越寻常拘挛之见，不规规然蹈袭前人陈迹者，何以臻此。"比起正用，反用是一种难度更高的使事用典技巧。

古代大量的论诗绝句、论词绝句、咏剧绝句，也具有使事用典的性质，在短小的七言绝句篇幅中，包含着题咏对象的许多相关信息，可视为一种特殊的使事用典形式。以清人许瑶光的《再读诗经》四十二首之十四为例："鸡栖于桀下牛羊，饥渴萦怀对夕阳。已启唐人闺怨句，最难消遣是昏黄。"① 从使事用典的角度看，这首绝句前两句，缩写了《诗经·王风·君子于役》的内容。第三句不但指出了唐人闺怨诗与《君子于役》的承传关系，而且在指出现象的同时，也关涉了唐代诗人大量的闺怨诗作，对于熟读唐诗的人来说，只需轻轻一点，就能够唤起关于唐代闺怨诗的相关记忆，所以这第三句虽然没有落实到具体某篇作品，但实际上具有使事用典的功能，而且是对闺怨类唐诗的大面积指涉。

（二）新诗中的使事用典

古代诗歌的使事用典手法，在现当代新诗中得到了传承，尤其是在 20 世纪二三十年代诗歌和台湾诗歌中，使事用典的例子极多。二三十年代新诗人和台湾新诗人，都有较好的旧诗旧学根底。试看徐志摩《留别日本》第二节："古唐时的壮健常萦我的梦想：/那时洛邑的月色，那时长安的阳光；/那时蜀道的猿啼，那时巫峡的涛响；/更有那哀怨的琵琶，在深夜的浔阳！"第一句暗含着唐朝是历史上最强盛的时代和唐人以丰腴为美这两层意思；第二行的"洛邑"、"长安"

---

① （清）许瑶光：《雪门诗抄》卷一，同治三年家刻本。

是唐朝的东都和都城，用为唐朝的代指，这一行里已融入了唐诗的意韵；第三行用《荆州记》、《水经注》有关蜀道、三峡的描写和李白《早发白帝城》诗意；第四行用白居易《琵琶行》典故。洛夫的《与李贺共饮》：

> 石破/天惊/秋雨吓得骤然凝在半空/这时，我乍见窗外/有客骑驴自长安来/背了一布袋的/骇人的意象/人未至，冰雹般的诗句/已挟冷雨而降/我隔着玻璃再一次听到/羲和敲日的叮当声/哦！好瘦好瘦的一位书生/瘦得/犹如一支精致的狼毫/你那宽大的蓝布衫，随风/涌起千顷波涛//……

这是诗的第一节，前三行用李贺《李凭箜篌引》诗句："石破天惊逗秋雨"；"有客骑驴"两行，用李商隐《李长吉小传》、《新唐书》本传对李贺"骑驴"、"背古锦囊"觅诗的描写、记载；"骇人"句，是李贺诗歌意象险怪幽冷的特点，并用杜牧《李长吉歌诗序》中关于李贺诗歌意象风格如"风樯阵马"、"瓦棺篆鼎"、"荒国陊殿，梗莽丘垄"、"鲸吸鳌掷，牛鬼蛇神"的形容；"羲和"句用李贺《秦王饮酒》："羲和敲日玻璃声"；"好瘦"句用李商隐《李长吉小传》、《新唐书》本传关于李贺为人"细瘦"、"纤瘦"的说法。这首诗的第二、三节，还用了李贺"秋坟鬼唱"、"鬼母啾啾"的句意，和《唐诗三百首》不收李贺诗，以及李贺曾任从九品奉礼郎官职等故实。洛夫通过使事用典，为李贺和他的诗歌传神写意，也表达了自己对李贺的理解和异代诗心的相通，不仅精彩而且感人。洛夫做过不少将古典作品"加工改造，旧诗新铸"的实验①，他的《走向王维》、《李白传奇》、《车上读杜甫》等诗，都是新诗中使事用典的典型作品，明用、暗用王维、李白、杜甫等诗人的相关诗句和典事构建文本。他的诗句"清晨，我在森林中/听到树木年轮旋转的声音"，则是化用杜甫诗句"七星在

---

① 洛夫：《洛夫精品序》，《洛夫精品》，人民文学出版社1999年版，第5页。

北户，河汉声西流"，与之"具有同样的超现实的艺术效果"①。

20 世纪 50 年代以后的大陆诗歌，受政治形势、文化环境以及诗人自身知识结构的限制，使事用典不多。80 年代以后，大陆的政治文化环境和诗人的知识结构大为改观，传统文化热持续升温，加之受台湾新古典主义诗歌的影响，诗人们纷纷向历史传统和古典文学汲取写作的素材，产生了不少咏史怀古诗和题咏古代贤哲、文人的诗作。有"文化诗人"之称的杨炼具有某种代表性，他写作了一批用现代意识观照传统的咏史怀古性质的文化诗，如《敦煌》、《半坡》、《大雁塔》等大型组诗。《大雁塔》第二首的开头写道：

> 我该怎样为无数明媚的记忆欢笑/金子的光辉、玉石的光辉、丝绸一样柔软的光辉/照耀我的诞生/勤劳的手、华贵的牡丹和窈窕的飞檐环绕着我/仪仗、匾额、荣华者的名字环绕着我/许许多多庙堂、辉煌的钟声在我耳畔长鸣/我的身影拂过原野和山峦、河流和春天/在祖先居住的穹庐旁，撒下/星星点点翡翠似的城市和村庄/火光一闪一闪抹红了我的脸，铁犁和瓷器/发出清脆的响声，音乐、诗/在节日，织满天空

大雁塔坐落在太子李治（后为唐高宗）为纪念长孙皇后的"慈母之恩"而兴建的慈恩寺内，由玄奘亲自参加设计建造。慈恩寺和大雁塔是唐代重要的宗教和游览活动场所，寺内备有"诗版"，供游寺和登塔眺望的人题诗之用，许多唐代诗人在这里留下了诗篇。唐代进士录取名额很少，考中进士非常不易，因而也特别荣耀。录取之后，皇帝要在曲江赐宴，然后全体新进士登大雁塔，在塔内题名留念。唐代的长安是世界上最繁华的都市，遍植牡丹，广建寺庙，诗歌、音乐特别发达，铁器、瓷器和丝绸制作精美，远销异域。在这一节诗中，诗人用拟人手法，让大雁塔以第一人称回忆大唐盛世

---

① 《洛夫访谈录》，《诗探索》2002 年第 2 辑，第 237 页。

"无数明媚的记忆"，不仅化用了皇家建寺赐额、雁塔题名等典故，而且复活了大唐太平盛世充满诗意的时代氛围，字里行间洋溢着激动人心的民族自豪感。

上举都是正用典故的例子，余光中《布谷》一诗有如下片段："扫墓的路上不见牧童/杏花村的小店改卖了啤酒/你是水墨画也画不出来的/细雨背后的那种乡愁。"这几句诗用杜牧《清明》的意象点化而成，但路上不见牧童，小店改卖啤酒，已将时空切换入现代社会。杜牧诗中，那位雨中断魂的路上行人，还有牧童可以打探，还有酒家可以消愁；余诗中，不仅找不到牧童的踪影，而且酒家也改销行时的啤酒，那份古老的乡愁，在现代社会里已是无处消解，无法慰藉。余光中的这几行诗，是对杜牧《清明》诗意的反用，是白话新诗反用典故的一个较为典型的例证。大陆新生代诗人柯平的《登建康赏心亭吊辛弃疾》、李亚伟的《苏东坡和他的朋友们》等诗作，也有反用典故的性质。

二　拟作与效体

（一）古典诗歌中的拟作与效体

创造从模仿开始。从魏晋时代起，因为有了丰厚的古代诗歌传统积累可资效法借鉴，诗人中开始兴起拟作的风气。西晋诗人喜欢模拟《诗经》、汉乐府和《古诗》。陆机的《赠冯文罴迁斥丘令诗》八章、《与弟清河云诗》十章、潘岳的《关中诗》十六章、《北邙送别王世胄诗》五章等，均为学习《诗经》的四言体名篇，但文辞趋向华美。在《乐府诗集》的《相和歌辞》中，大多数曲调都有陆机的拟作。其中陆机的其他乐府诗也多成为后来拟作同题乐府诗的样本。陆机的《拟古诗》十二首，基本上都是拟《古诗十九首》的，在内容上皆沿袭原题，描写由简单趋向繁复，格调由朴素趋向华丽，显示出诗歌的文人化倾向。此后，拟作成为历代诗人的一项基本功训练，或抒情达志的一种方式。连文学史上最天才的李白，也曾经前后三拟《文选》，皆不满意，辄焚之，今唯存《拟恨赋》一篇①。李白今存的乐府体诗，大量地沿用乐府古题，或用其本意，或翻案另出新意，皆能曲尽拟古之妙。

效体也是拟作的一种方式。古代诗歌体式繁多，如《诗经》体，《楚辞》体，乐府体，歌行体，永明体，初唐体，元和体，晚唐体，花间体，西昆体，陶体，康乐体，太白体，少陵体，香山体，半山体，易安体，诚斋体，铁崖体，拗体，回文体等等，均具有某种典范意义，引起后来诗人模拟的兴趣。仅以对陶渊明诗的模拟为例，自从鲍照写出《奉和王义兴学陶彭泽体》后，历代效陶体仿作不断，而以白居易和苏轼为最。白居易有《效陶彭泽体》16 首，苏轼遍和陶潜存诗 100 多首，作品中与陶潜有关者多达 300 余篇②。这些效体拟作表达陶潜式的归隐田园的人生理想，诗风大多平淡自然而富理趣，深得陶诗真味。陶渊明作品中的酒、琴、归鸟、南山、东篱菊、五柳树、桃花源等典故意象，也反复出现在历代诗人的无数作品中，成为隐逸放达、高雅脱俗的文化人格的象征。

对陶渊明作品的仿作、改写不限于诗歌一体。初唐王绩的《醉乡记》是对《桃花源记》的一次成功仿写，"醉乡"乃是王绩笔下的又一"桃花源"。白居易在开成三年（838）67 岁时，也曾"效陶潜《五柳先生传》，作《醉吟先生传》以自况"③，这篇作品虽是仿作，但已有改写性质，如果说陶渊明《五柳先生传》等诗文中所描写的适意人生，是物质极端贫困、精神极为丰富的安贫乐道者的审美人生，那么白居易《醉吟先生传》等和仿陶诗文表现的适意人生，则是富贵闲人、入世为官者将现实物质享受与自然山水、诗酒琴书消遣相交融的审美人生，他把陶渊明的高雅脱俗转化为"中隐"式的世

---

① （唐）段成式：《西阳杂俎》前集卷十二，转引自《李白集校注》一，上海古籍出版社 1980 年版，第 19 页。

② 李剑锋：《元前陶渊明接受史》，东方出版社 2002 年版，第 272 页。

③ （五代）刘昫：《旧唐书·白居易传》，《二十五史》第 5 卷，上海古籍出版社 1996 年版，第 524 页。

俗。苏轼写有《和桃花源记并引》，以不同于《桃花源记》正面描写的议论笔法，将传说、历史、梦幻、现实熔为一炉，抒写他心灵的桃花源——仇池，他认为桃源乃人间实有而且"甚众"，比如"仇池"即为其一；他用议论赋予仇池、桃花源以精神家园的含义。这也是对《桃花源记》的某种程度的改写。

（二）新诗中的拟作与效体

新诗文本之间的拟作和仿写，这里暂不讨论，仅只关注新诗文本对古典诗歌文本的模拟和仿写。何其芳的《罗衫》与班婕好的《怨歌行》，郑愁予的《错误》与苏轼的《蝶恋花》，席慕蓉的《悲喜剧》与温庭筠的《梦江南》，高准的《香槟季》与《诗经·关雎》，舒婷的《船》与《古诗十九首·迢迢牵牛星》，任洪渊的《那几声钟，那几点渔火》与张继的《枫桥夜泊》，陈江帆的《穷巷》与王维的《渭川田家》，冯青的《最好回苏州去》与周邦彦的《少年游》之间，都存在着前者模拟改写后者的关系。如陈江帆的《穷巷》与王维的《渭川田家》：

穷　巷

日暮的斜坡，/牛羊肃穆地下来了。/穷巷的老人是多思绪的，/当他为牧群的下宿捧出了干刍//是因为他怕日暮吗？/阳光放出最后的弧线，/爬向斜坡的高树了。//而他在深深的巷子。/一个没有白昼和黄昏的实感的，/忧郁着日暮是无谓哪！//从肃穆的牛羊之群，/他记起了一些生之诱吧。/但是，永远在深深的巷子呢！//我们将见群动息了，/待牛羊已经鼾睡，/穷巷中无有式微的呻吟。

渭川田家

斜光照墟落，穷巷牛羊归。野老念牧童，倚杖候荆扉。雉雊麦苗秀，蚕眠桑叶稀。田夫荷锄立，相见语依依。即此羡闲逸，怅然歌式微。

无疑，陈江帆写于 20 世纪 30 年代的《穷巷》，是对唐代王维田园诗名篇《渭川田家》的模拟和改写。陈诗的标题"穷巷"，出自王诗的第二句，并以之作为全诗的空间框架；陈诗的时间词"日暮"，就是王诗里的"斜光"；陈诗里的"牛羊下来"，就是王诗里的"牛羊归"；陈诗和王诗的"日夕牛羊下来"意象，又皆源自《诗经·王风·君子于役》。陈诗里的"穷巷的老人"，就是王诗里的"野老"；陈诗里的"多思绪"，就是王诗里的"念"；这是陈诗对王诗的模拟。但陈诗在模拟中也有变化，主要表现在三个方面：一是加强了对"穷巷的老人"的心理刻画，集中笔墨揣测"老人"在穷巷黄昏里的"思绪"。二是省去了对田园优美的自然风光和亲密的人际关系的描写，腾出篇幅来反复强调"日暮黄昏"的时间和"深深的巷子"的空间，以时间的迟暮和空间的破败、封闭，对应"老人"生命状态的疲乏衰败。三是对作品主题的改变。王诗以黄昏田园人、物皆有所归的及时自在、安闲惬意，反衬自己混迹官场、归隐太迟的怅惘苦闷，面对恬然自乐的田家晚归情景，诗人由衷羡慕，油然而生归隐之意。陈诗反复突出时间的迟暮、空间的破落和时空中的人物晚景的黯淡、孤绝、衰败，意在暗示现代的田园黄昏已无任何动人之处，它已失去了大唐盛世田园黄昏的那份诱人魅力。所以，当"群动息了"、"牛羊鼾睡"之后，穷巷里一片死寂，现代的"我们"再也没有兴趣对它怅吟"式微"了。陈江帆借助对王维文本的改写，使特定年代农村的凋敝景况和现代知识分子的心态，得到了成功的显现和揭示，这比直接描写、议论表态要艺术得多。

再如台湾诗人冯青的《最好回苏州去》与周邦彦的《少年游》：

最好回苏州去

午夜/什么才能解渴呢？/最好回苏州去/骑匹小毛驴/不要带书僮/七拐八拐的走进/青石弄堂//纸窗里/一把明晃晃的火/新橙如刚开脸的新妇/甜净的笑/在白脂玉盘里脆响/而切橙的小刀/确曾在黄河的冰上/磨过//想那时/爱情总在霜与马蹄间踌躇/把你

的墨香留在屏风上的/应是那/持杯的手吧！

少年游

　　并刀如水，吴盐胜雪，纤手破新橙。锦幄初温，兽香不断，相对坐调笙。　　低声问：向谁行宿？城上已三更。马滑霜浓，不如休去，直是少人行。

　　周邦彦的《少年游》中所描绘的场景，被张端义《贵耳集》、周密《浩然斋雅谈》说成是描写宋徽宗幸李师师的情事，近于"小说家言"，不足为信。这首词大约是写词人的冶游生活，但表现上分寸得体，"至此便足"①。词中的爱情，雅洁而不失于生疏冷淡，亲密而不流于甜腻热昏，"艳而不俗"，让人悠然神往。难怪引得千年后的冯青在"午夜"时分想入非非，打算"骑匹小毛驴"回到这场宋词中的爱情里去，以解感情之干渴。冯青诗中的"午夜"来自周词的"三更"；"新橙"、"刀"系直接使用周词意象；"爱情总在霜与马蹄间踟蹰"，则把周词下片的六句浓缩为一句；"纸窗里/一把明晃晃的火"置换了周词"锦幄初温，兽香不断"的居室环境描写；"小刀在黄河的冰上磨过"，也由周词"并刀"生发出来，因为以产剪刀著称的"并州"靠近黄河；恍惚间，周词里的宾语"新橙"变成了冯诗里的主语，鲜果变成了刚开脸的"新妇"，人与物已是浑然不分，本是剖开的甜橙盛在白脂玉盘里，却又像是新妇"甜净的笑/在白脂玉盘里脆响"；地点也换了，周词写的是汴京里巷故事，冯青是江南人，所以感觉"最好回苏州去"；骑匹毛驴，不带书童，独自拐进幽折的青石弄堂，则是冯青想象中的古代书生行状和苏州街巷居舍的样子，为周词所无；持杯的手留墨香于屏风，也是冯青的顺势发挥。理解冯青这首仿作的关键，在诗的前三句，尤其是午夜的渴意，最值得解读时加以关注。这渴意起自诗人生命的最深处，是对宋词里的美妙爱情的向往，更是对故乡、祖国的历史文化的渴慕；古色古香的苏州，则

---

① （清）周济：《宋四家词选》，古典文学出版社1958年版，第10页。

是诗人的爱情向往和文化渴慕的最合适的载体。冯青借助对周邦彦《少年游》的模拟、改写，达到了归宗传统、慰藉乡愁的创作目的。

新诗文本中，有一些对古代诗歌文本的仿写带有明显的戏仿性质。如洛夫的名诗《长恨歌》，是一首和唐代诗人白居易的《长恨歌》同题的叙事长诗。从表现手法上看，白诗基本上是古典的写实，再辅以浪漫的想象，采用情景相生、相衬、相融的手法，文采斐然，调性缠绵。洛诗更多运用声音与色彩的交感、矛盾情景的酿造、远取譬、象征与暗示、极度变形、荒诞情境的设置、具象与抽象的嵌合等手法，不再对故事、人物进行描述和直陈，而以一系列具有暗示和象征功能的意象加以呈示，全诗调性阴冷怪诞，显现出一种区别于古典美的鲜明现代美感。洛诗在改写白居易《长恨歌》的时候，多处带有戏仿的性质，如诗的第三、四两节：

> 他高举着那只烧焦了的手/大声叫喊：/我做爱/因为/我要做爱/因为/我是皇帝/因为/我们惯于血肉相见
>
> 他开始在床上读报，吃早点，看梳头，批阅奏摺/盖章/盖章/盖章/盖章/从此/君王不早朝

第三节里，唐玄宗高举着那只已被自身的欲火和安史之乱的战火"烧焦了的手"，仍在歇斯底里地叫喊"做爱"，显得自以为是而可憎，足见其惑于色相，耽溺之深，执迷不悟。这一节极度夸张与变形的描写，实际上是对白居易《长恨歌》第一部分"承欢侍宴无闲暇，春从春游夜专夜。后宫佳丽三千人，三千宠爱在一身"等诗句的戏仿性质的改写，入骨三分地写出了那份不可救药的由皇权滋生出的骨子里的荒淫。第四节则是对白诗"从此君王不早朝"一句的具体演绎，现代性的语言，尤其是那一连串的"盖章"，见出玄宗贪恋床笫之欢，对军国大事的敷衍潦草，昏庸皇帝玩忽天下的可笑行径跃然纸上。这首诗中还有一些片段，如第六节、第七节、第八节，或是本之于原作的发挥，或是想象虚拟的添加成分，均在改写之中含有戏仿

性质。

戏仿被台湾诗歌理论界称为"谐拟"，意指在对原作品的仿效中进行嘲讽式操作。因为戏仿的对象均为经典名作，正面超越已不可能，于是才有了剑走偏锋的解构性戏仿。这类作品对熟悉经典的读者往往会造成强烈的心理刺激，产生出人意表、耳目一新之感，但除了逆向思维的新奇效应，在诗质上戏仿和经典原作恐怕还是无法抗衡。戏仿在台湾新诗界已很普遍，戏仿的对象包括古代、现当代和外国名篇，如罗青的《观沧海之后再观沧海》，戏仿曹操的《观沧海》；对汉乐府《上邪》的戏仿，就有林耀德、夏宇等 5 人；苦苓的《错误》，戏仿郑愁予的名诗《错误》；夏宇的《也是情妇》，戏仿郑愁予的《情妇》；欧团圆《我是忙碌的》，戏仿杨唤那首进入多种选本的同题之作。大陆诗人受其影响，近年也有戏仿之作出现，如曲有源的《雨巷》，戏仿对象即为戴望舒脍炙人口的现代诗名篇《雨巷》。对于戏仿之作日趋普遍的现象，陈仲义指出："屹立于眼前的毕竟是一座连一座古典的浪漫的现代的艺术群峰，原创性写作模式已非昔日那样容易建立，纵然再大的天才，往往也难逃大师们的掌心。在日渐'枯竭'的山穷水尽处，'愤'而以经典大师为'开刀'目标，不管是否达到预期成效，仍不失为一条生路，于是就有了谐拟之举"①，对戏仿（谐拟）之作产生原因的分析，是深刻准确的。

三 跨文体改写与集句

（一）古典诗歌中的跨文体改写与集句

还有一种跨文体改写，比如唐朝元稹的传奇小说《莺莺传》，被宋人赵令畤改写为组词《商调·蝶恋花》鼓子词，金人董解元又将赵令畤的鼓子词改写为长达数万字的诸宫调《西厢记》，元代大戏剧

---

① 陈仲义：《从投射到拼贴：台湾诗歌艺术六十种》，漓江出版社 1997 年版，第 419 页。

家王实甫在董《西厢记》的基础上，"刮垢磨光"，写出了五本二十一折、规模宏大的杂剧杰作《西厢记》。况周颐指出："两宋人填词，往往用唐人诗句。金元人制曲，往往用宋人词句。尤多排演词事为曲。关汉卿王实甫《西厢记》出于赵德邻《商调·蝶恋花》，其尤著者。检《曲录》杂剧部，有《陶秀实醉写风光好》、《晏叔原风月鹧鸪天》、《张于湖误宿女贞观》、《蔡萧闲醉写石州慢》、《萧淑兰情寄菩萨蛮》，皆词事也。"① 况氏所指出的都是诗词曲嬗递演变过程中的跨文体改写现象。还有檃栝一体，亦多为跨文体改写。语本刘勰《文心雕龙·镕裁》："蹊要所司，职在镕裁。檃栝情理，矫揉文采也。"所谓檃栝，即依原有文本的内容、语句，加以剪裁、改写，而往往变换文体。苏轼曾以《哨遍》檃栝陶潜的《归去来兮辞》，以《水调歌头》檃栝韩愈诗《听颖师弹琴》，蒋捷曾以《贺新郎》檃栝杜甫诗《佳人》。脍炙人口的李白绝句《早发白帝城》，本于盛弘之《荆州记》中的如下一段文字："至于夏水襄陵，沿溯阻绝。或王命急宣，有时朝发白帝，暮至江陵。其间千二百里，虽乘奔御风，不以疾也。每至晴初霜旦，林寒涧肃，常有高猿长啸，属引凄异，空谷传响，哀转久绝。故渔者歌曰：'巴东三峡巫峡长，猿鸣三声啼沾裳。'"郦道元的《水经注·江水》节录了《荆州记》中这段描写三峡的文字。"朝发白帝，暮至江陵"就是李白诗的前两句所本，"高猿长啸"几句就是李诗第三句所本，"其间千二百里，虽乘奔御风，不以疾也"就是李诗第四句所本。当然，李白在改写时，除了用七绝诗体改变了盛弘之的山水散文文体，也改变了原文的情绪和风格。

　　集句也是古代诗人词客使用的一种创作方法，即截取前人一家或数家的诗词成句，拼集而成一首新作。晋傅咸《毛诗》一首为集句之始，后来文人又从经史成语摘为对句者，成为创作方法之一种。王安石晚年喜为集句，有多至百韵者。文天祥集杜诗，多至二百首。清黄之隽有《香屑集》，皆集唐人诗句为香奁诗，凡古今体九百三十余

---

① 《蕙风词话》卷一，人民文学出版社 1960 年版，第 18 页。

首。宋沈括《梦溪笔谈》十四《艺文》一，清凌扬藻《蠡酌编》二四《集句》，专记此种创作现象。用一家诗句集句成诗的如文天祥，他在大都狱中曾集杜甫诗句为绝句二百首，又集杜诗为胡笳十八拍。用数家诗句集成的作品，如王安石的《赠张轩民赞善》："潮打空城寂寞回，百年多病独登台。谁人得似张公子，有底忙时不肯来。"四句诗依次为刘禹锡《石头城》、杜甫《登高》、杜牧《登九峰楼寄张祜》、韩愈《同水部张员外籍曲江春游寄白二十二舍人》中的成句。集成的新作，有的不改变原句的意思，如文天祥集杜，他在《集杜诗自序》里说："凡吾意所欲言者，子美先为我言之。……乃知子美非能自为诗，诗句自是人性情中语，烦子美道耳。子美于吾隔数百年，而其言语为吾用，非性情同哉！"他与杜甫异代同心，用杜句表己意而不改变杜句原意。有的是在新的语境里对原句意思的引申发挥。但无论属于哪一种情况，集句诗词都不是对前人成句的简单照抄，而是经过集句者的重新拼贴、组合，使之成为既借重原意又具含新意的作品。

（二）新诗中的跨文体改写与集句

新诗中跨文体改写的文本也很多，这类名作如任洪渊的组诗《司马迁的第二个创世纪》、《女娲11象》，前者改写了《史记》多篇传记中的人物故事，后者改写了女娲、嫦娥、后羿、刑天等神话传说，改写成的新诗文本灌注饱满的现代意识，对古老的神话传说和历史人物作出了新的诠释。洛夫的《爱的辩证》，改写《庄子》中的一个故事："尾生与女子期于梁下，女子不来，水至不去，抱梁柱而死。"[1]洛夫不仅把散文体的寓言改写为自由体新诗，而且"一题两式"，对素材进行了辩证处理：《式一：我在水中等你》，忠实于寓言原作，写尾生的忠贞信义："紧抱桥墩/我在千寻之下等你/水来我在水中等你/火来/我在灰烬中等你。"《式二：我在桥下等你》，则作逆向的大

---

[1] 《庄子·盗跖》，《庄子今注今译》，中华书局1983年版，第779页。

胆假设，带有明显的"戏仿"性质："河水暴涨/汹涌至脚，及腰，而将浸入惊呼的嘴/我开始有了临流的怯意/笃定你是不会来了/我然后登岸而去/非我无情/只怪水来得比你更快"，揭示了尾生的另一种深度心理和行为选择，人物的命运和故事的结局完全改观，在此，寓言原作实际上已被颠覆、解构。相比《式一》的让人感动，《式二》更能给人以另一向度上的启迪。

还有江河的组诗《太阳和它的反光》共十二首，均取材于中国上古神话传说，这组发表于 1985 年的诗作，标志着江河创作从近距离观照现实，到远距离观照民族历史文化的转折。江河曾说过："我要写这个古老大陆的神话，写中国的史诗。"这组诗就是江河以上古神话传说为题材而创作出的史诗性的"文化诗"代表作，改写、置换了有关女娲、夸父、吴刚、愚公等十余则古代神话传说文本。《追日》一首由《山海经》中悲剧英雄神话《夸父逐日》改写而来。关于夸父追日的原因，后世的诗人们作过种种不同的揣测，江河是把追日看作追赶青春："上路的那天，他已经老了/否则他不去追太阳/青春本身就是太阳。"太阳是生命之源，是青春的象征。江河本是一个主观意识和忧患意识极强的诗人，客体的主观化，情绪的心灵化，使他前此的诗作显得忧郁、悲愤、雄烈。但在他发誓要写这个民族的神话和史诗以后，在他反复阅读中国历史、神话、诗歌的过程中，深深的沉潜使他对主客亲和、天人合一的东方传统文化精神憬然感悟。他觉得夸父追日不一定是对太阳的竞争和超轶，太阳和夸父的关系是融洽无间的："其实他把自己斟满了递给太阳/其实他和太阳彼此早有醉意"，"太阳安顿在他心里的时候/他发觉太阳很软，软得发疼"。这实在是一种不知庄周之为蝴蝶、蝴蝶之为庄周的悠然浑然境界。人与自然既已融为一体，不分彼此，个体生命的律动便成为大自然天籁的一个声符，短暂的生存便融入宇宙的整体和谐之中。于是，当太阳安顿在夸父心里的时候，追日英雄的悲剧性结局，就被顺理成章地改写为以死亡获取了青春的胜利："可以离开了，随意把手杖扔向天边/有人在春天的草上拾到一根柴禾/抬起头来，漫山遍野滚动着桃子。"桃子是青春胜利的象征。在江河笔下，悲剧化为喜剧，奋争和死亡的悲感，被一派生生不息、祥和安乐之气所笼罩，天人合一的精神充盈诗中，显示出鲜明的民族化和东方化色彩。

集句在新诗中虽不如用典、改写常见，但也出现了比较典型的作品，台湾诗人孟樊的《后现代的抒情》，就是一首集句诗：

> 点燃/喂，楼上的，能不能/扶着我的影子走下来？/让我们一齐/凝视自己拥有的一朵昙花/用堆满了这星球的诗/重新改写为关于/我们一切的典故/非假寐不可/以消除梦的沉疴/随着降落西山的夕照/一池灿烂的睡莲/以一种清冷的敲打音乐呼吸/雨，落在高雄的港上/而谁来释放那禁锢在我们体内的火焰呢？//用手一推/窗关上/撞落风景一块/荒原似乎远在地球的另一端/除了下一场印度雨外/关紧窗、噤声，也能察觉/忧郁，是/与悲壮等值之前/最偏远而寂寞的谎言/我们呆坐屋内/瞪着自己的身影在如洗的白壁上/随着一寸寸隐灭/不言不语/使这一个晚上变得重要//在夜里，火光使皱纹更深了/现在，你却/坚持的在椅子上/和一杯冰咖啡/坐着/任泪一颗颗掉落/我跪着，偷觑/眼泪从鼻缘扑簌滑落/流自/我积雪初融的眼睛//到底是光，还是那影子/我于是决心点燃起自己来寻找你/请你爱我请你狠狠狠狠狠狠狠爱我//黑暗仍然归还/黑暗

该诗是从张默编选的《七十七年诗选》中抽取若干诗作，从中选择若干诗句，重新镶嵌粘贴，组合而成。第一行出自罗英的《异质街景》，第二行、第三行出自林彧的《穗惠街·木楼梯》，第四行、第五行出自林耀德的《昙花学说》，第六行、第七行、第八行出自林群盛的《让我把银河折成一张结婚证书》，第九行、第十行出自颜爱琳的《史前记忆》，第十一行出自李敬德的《五月组诗·天问》，第十二行、第十四行出自余光中的《雨落在高雄港上》，第十三行、第十五行、第四十二行出自陈克华的《冰》，第十六行、第十七行、第十

八行出自陈雯雯的《旅·窗》，第十九行、第二十行出自陈瑞山的《春之占领》，第二十一行出自黄靖雅的《大风起兮》，第二十二行、第二十三行、第二十四行出自李愁渡的《致后现代》，第二十五行、第二十六行、第二十七行出自尹玲的《讲古》，第二十八行、第二十九行出自老木的《暗夜飞来的鸽子》，第三十行、第三十七行出自刘克襄的《小熊皮诺查的中央山脉》，第三十一行至第三十五行出自聃生的《冰冻的热泪》，第三十六行、第三十八行、第三十九行出自洛夫的《河畔墓园》，第四十行出自席慕蓉的《实验》，第四十一行出自席慕蓉的《假说》，第四十三行、第四十四行出自舒畅的《灰烬之后》。孟樊的这首《后现代的抒情》五节四十四行，来自十九位诗人的二十三首诗。除了余光中、李愁渡、舒畅等人的诗句尚保留原来的意味，其余的诗句基本上都脱离了原作的语境，在新的组合拼接关系中被赋予爱情纠葛的旨趣。诗评家陈仲义曾援引德里达《文字语言学》中的"替补"理论，对孟樊这首诗进行了深入的阐释，并对此诗的性质多方追问："这是一种什么诗的合成物呢？'大拼盘'？'大杂烩'？局部的'复制翻模'？零碎而合法的'盗版'？一种精心预谋的'坐享其成'？抑或是某种新型的'众声喧哗'、相当出色的'二度创造'？"而且提醒读者"结论不宜下得太早"[1]。陈仲义的多方追问，提示了从不同角度解读这首诗的多种可能，不过不管怎样解读，都不影响对此诗的性质下结论，早下或迟下都一样：这是一首"集句诗"。

四　域外、当代与本土、传统

如前所说，中国古典诗歌和20世纪新诗中普遍使用的用典、拟作等手法，略同于西方文论的"互文性"概念。互文性，是西方20

---

① 陈仲义：《从投射到拼贴：台湾诗歌艺术六十种》，漓江出版社1997年版，第431页。

世纪 60 年代产生的一个以文学为主，旁及绘画、音乐等艺术领域的理论批评术语。1966 年，法国符号学家朱莉娅·克里斯特娃在刊登于《如是》杂志上的《词、对话、小说》一文中，第一次提出这个术语；1967 年，她在《如是》杂志上发表《封闭的文本》，进一步把"互文性"明确定义为："一篇文本中交叉出现的其他文本的表述"，是"已有和现有表述的易位……"克里斯特娃的理论发明受到巴赫金著作的启发，她说："横向轴（作者—读者）和纵向轴（文本—背景）重合后揭示这样一个事实：一个词（或一篇文本）是另一些词（或文本）的再现，我们从中至少可以读到另一个词（或一篇文本）。在巴赫金看来，这两支轴代表对话和语义双关，它们之间并无明显分别。是巴赫金发现了两者间的区分并不严格，他第一个在文学理论中提到：任何一篇文本的写成都如同一幅语录彩图的拼成，任何一篇文本都吸收和转换了别的文本。"①

此后，其他学者不断对"互文性"进行定义和进一步深入的研究。索莱尔斯在《理论全览》里对"互文性"作了重新定义："每一篇文本都联系着若干篇文本，并且对这些文本起着复读、强调、浓缩、转移和深化的作用。"② 罗兰·巴特和麦克·里法特尔则考虑了理论和文学批评两个方面，使互文性变成阅读文学作品的一个重要内容。在《大百科全书》中的"文本理论"词条里，巴特开篇便提到互文性："每一篇文本都是在重新组织和引用已有的言辞"，他说："我们当然不能把互文性仅仅归结为起源和影响的问题；互文是由这样一些内容构成的普遍范畴：已无从查考出自何人所言的套式，下意识的引用和未加标注的参考资料。"在同为 1973 年出版的《文本意趣》里，巴特把互文性和阅读法相联系："我体会着这些套式的无处

---

① ［法］朱莉娅·克里斯特娃：《符号学，语意分析研究》，Seuil 出版社 1969 年版，第 115、133、145 页。转引自［法］萨莫瓦约《互文性研究》，邵炜译，天津人民出版社 2003 年版，第 5 页。

② ［法］菲力普·索莱尔斯编：《理论全览》，Seuil 出版社 1971 年版，第 75 页。转引自［法］萨莫瓦约《互文性研究》，邵炜译，天津人民出版社 2003 年版，第 12 页。

不在，在溯本求源里，前人的文本从后人的文本里从容地走出来。我明白，至少于我而言，普鲁斯特的作品简直就是参考书，是全然的体系，是整个文学天地的曼陀罗。普鲁斯特的作品不是'权威'，它只是一段周而复始的记忆。互文正是如此：在绵延不绝的文本之外，并无生活可言。"①

里法特尔的《文本的创作》、《诗的符号学》，吉拉尔·热奈特的《隐迹稿本——二级文学》，安东尼·孔帕尼翁的《二手文本》，洛朗·坚尼的《形式的战略》，米歇尔·施奈德的《窃词者》等著作，都对"互文性"展开了各有侧重的研究。里法特尔把互文和互文性区别开来，提出了互文配意的概念；热奈特把互文性从一个语言学概念决定性地转变为一个文学创作的概念，他提出了区分五类文本的跨越关系，他给互文性定义为"一篇文本在另一篇文本中切实地出现"。在他看来，还有与之不同的另一种关系：一篇文本从另一篇已然存在的文本中被派生出来的关系，后一种关系更是一种模仿或戏拟，他把这种关系叫作"超文性"。孔帕尼翁则系统研究了最主要的互文手法"引用"；坚尼对互文性进行了限定，并提出根据修辞格和根据意识形态的互文性分类标准；施奈德用其他表达取代了互文性一词，如"文为他用"指抄袭，"文下之文"指隐文，"文如它文"指仿作，更明确了文学中产生的相对他人的对立、交流或吸收的关系。

西方的"互文性"理论，虽是建立在对西方文学、绘画、音乐世代承传、裂变派生、交叉指涉、彼此兼容现象的分析、总结的基础之上，但互文性理论的若干术语概念，和它们指陈的创作现象，均可在不同程度上对应中国古典诗学理论批评术语和诗人的创作实际。西方理论家20世纪中叶发明的理论和理论所揭示的创作现象，中国诗人千余年前就在做，诗论家千余年来也一直在谈论。"互文性"理论的"引用"略同于"直接使事用典"，"仿作"略同于"拟作"或"效

---

① ［法］罗兰·巴特：《文本意趣》，Seuil 出版社 1973 年版，第 59 页。转引自［法］萨莫瓦约《互文性研究》，邵炜译，天津人民出版社 2003 年版，第 12—13 页。

体"、"檃栝"，"戏拟"略同于"反用"，"隐文"略同于"暗用"、"化用"，"合并粘贴"和"引言"、"百言诗"略同于"集句"、"集名"。这种不同地域、不同种族、不同时代的文学艺术现象之间的相似性，用钱锺书的话说叫作"东海西海，人心攸同；南学北学，道术未裂"①。

互文性现象的普遍存在，互文性理论的普遍接受，说明了文学艺术传统的丰厚积累，可资借鉴的材料众多，人类基本的生活生存方式、心理模式、思维理路和情感态度的大致相同。但是，"在所有创造的基础里，艺术家所凭借的是前人的成就和往日的影响"的情况，也说明文学艺术在经历了几千年的发展之后，处女地的匮乏，作家、艺术家创造力的萎缩。阿拉贡《粘贴》指出："粘贴就是说画家承认了无法摹画，是他放弃摹画之后组织画面的出发点。"② 雷里斯在《删除线》里也坦言："当我感到自己无力写出值得留诸纸上的只言片语时，我宁肯抄书，把期刊上剪下的文本或插图粘贴在笔记本或活页的白纸上。"③ 这不能不说是伎俩有限的人类的一种深深的悲哀。

20 世纪 90 年代，当一部分中国诗人对从西方借来"互文性"一词，兴奋地谈论或匆忙付诸写作实践时，也有人从生命生存体验中，深深地感受到了晚生的悲哀，西鲁 1997 年的《晚生的悲哀》写道："长两只脚/走来走去/但能走几步/自己的路//伸两只手/不停忙碌/但能做几件/自己的事//张开嘴巴/喋喋不休/但能说几句/自己的话//睁开眼睛/东张西望/但能看几片/自己的风景//所有的道路/都被脚印占领/太阳底下/已没有新鲜事情//所有的话语/都被嘴巴说出/天地之间/风景已全被阅读//晚生的人因此/而瞠目结舌，手足无措/模仿已是宿命/一切都是重复。"西鲁的诗让我们想起拉布吕耶尔写于 1968

---

① 钱锺书：《序》，《谈艺录》（增订本），中华书局 1984 年版，第 1 页。

② ［法］阿拉贡：《粘贴》，Hermann 出版社 1965 年版，第 112 页。转引自［法］萨莫瓦约《互文性研究》，邵炜译，天津人民出版社 2003 年版，第 26 页。

③ ［法］雷里斯：《删除线》，Gallimard 出版社 1948 年版，第 275 页。转引自［法］萨莫瓦约《互文性研究》，邵炜译，天津人民出版社 2003 年版，第 37 页。

年的《字符》中的一段话："七千年来自从有了人，自从人思想，尽言矣，我们来人世太晚。"他们表达的是同样令人忧伤的"晚生者"的感受、体验。

正像 20 世纪 80 年代初诗坛对朦胧诗"意象化"手法来源的严重误解，80 年代中期诗坛对"口语调侃"的新生代诗的美学渊源的暗昧不明，90 年代诗坛对"叙事性"、"戏剧化"手法的片面认识一样，90 年代诗坛流行的"互文性"，也不是如一些诗人、诗论家所认为的那样，是一种纯然借自西方的全新手法。如上所论，这种手法在中国古典诗歌中早已普遍使用，20 世纪的现当代新诗，也对这些传统表现手法加以较好的承传。缘于中国传统诗学对这种手法的概念表述，不同于西方的"互文性"说法，所以没有引起对自己民族诗歌传统较为生疏的一些诗人、诗论家们的应有注意。他们把当代诗歌的互文性手法，看成是由他们一些诗人开始的破天荒的创举，这实在是对博大的传统诗学和现当代新诗缺乏全面了解所导致的误解。互文性写作，在古代诗歌和现当代新诗中可谓司空见惯。于此足见在西方诗歌、文化中讨生活的当代部分诗人，在民族诗歌基本修养方面的欠缺。因此，从某种意义上说，这些诗人也是一群较为盲目的写作者。因为他们安于自己的古典和新诗传统，并不真正了解古典诗人和现当代新诗人的写作究竟达到了一个怎样的水准，用过了哪些手法，取得了怎样的成就，所以他们也就无法正确看待中国诗歌传统（包括新诗），无法正确评价他们自己的创作与理论的实际水平。而"互文性"在他们那里，也主要是与"西方"互文，使自己的写作尽快实现和"国际接轨"，以在一个"西方"（是否真正？）无处不在的诗歌现实中，赢得更大的领地和份额。

中　编

现当代新诗论

第七章

20 世纪新诗中的自然主题

中国诗歌的自然主题，植根于"天人合一"的哲学思想。中华文明在类型上属于早熟的农业文明，定居田土、依岁时节令耕作获藏的生产、生存方式，使得上古的中国人即与大自然建立起一种密不可分的联系，对大自然产生一种天然的依赖与亲和感。正是早熟的农业文明，孕育了"天人合一"的哲学思想，从上古时代起，中国人就认为天与人、天性与人性、天道与人道在本质上是相类相通的，天人之间可以达成协调和统一。

"天人合一"是中国哲学的最高境界，也是中国诗学的最高境界。它不仅决定了中国诗歌的意象诗性质，而且决定了它的情感抒发方式，即感物而动，触目发兴，托主观情思于客观对应物，借景抒情，借景言理。这种意象化的表现手法所形成的最高诗美境界就是意境，意境乃是诗人之心与自然之物的天人合一。此种艺术境界是心与物的和谐，人与自然的和谐，在人情物理融汇一片的和谐之中，人体验着与道俱在、大化同流的恬适愉悦，身心和生命得到妥帖的安顿。汉魏六朝以降，一方面是诗学理论家对"天人合一"的哲学思想进行了诗学理论性质的转化；另一方面，以陶谢、王孟为代表的历代山水田园诗人，在人生和创作中，践履"天人合一"之妙境，对自然主题眷顾有加，挥写出难以数计的美妙篇章。

人类社会进入近现代，随着科学技术日新月异的发展，人对自然拥有了更大的主动性和支配权，人对自然的开采利用或曰掠夺破坏也日益加剧，直接导致了生态环境的不断恶化，人与自然的关系处于空前的对立、紧张状态。中国社会的近现代化进程也是如此，在资源开发和工业建设过程中，落伍者奋起追赶的心态，使人们不大可能顾及环境和自然问题。加之人口的失控膨胀和整体素质低下，为了生存往往对自然资源采取竭泽而渔的手段。城市化和快节奏的日常生活，也让人与自然的分离成为势所难免。传统的"天人合一"思想只在哲学史里偶一露面，至于广大的社会人群则将其彻底抛之脑后。20世纪的中国新诗，伴随着中国社会的近现代化进程产生发展，从总体上看，自然主题呈现弱化趋势就是必然的。

一　人与自然的和谐

虽说自然主题在新诗中呈现总体弱化的趋势，但也不能一概而论。具体而言，20世纪初的一些新诗人，如俞平伯、宗白华、郭沫若、徐志摩等，受传统人文思想和诗词文化熏染较深，又大多出身尚未工业化的乡村，他们与自然的关系较为密切。比如郭沫若，在哲学思想上既受中国老、庄和王阳明的影响，又接受西方的泛神论，老庄道的观念和泛神论的万物有灵，都有助于打通他的主体心灵与客观自然世界的关联。对于古典诗歌，他喜欢陶渊明、王维，在1936年关于《女神》的创作谈里，他说："至于旧诗，我喜欢陶渊明、王维，他俩的诗有深度的透明。"陶渊明是"古今隐逸诗人之宗"[①]，田园诗的开创者，他的诗将自我生命完全融入老庄玄学的自然天道之中，"纵浪大化中，不喜亦不惧"，实现了完满的天人合一。王维更在"道心"之中渗入了"禅意"，主体与客体、人与自然在他的山水田园诗中臻于澄澈空明之境界。郭沫若说陶、王的诗"有深度的透明"，即指此而言，说明他对陶、王诗的妙处确有解会。他不止一次

---

① （南朝）钟嵘：《诗品》，人民文学出版社1960年版，第41页。

表露过对陶、王诗的爱好，《题画记》里说："凡是对老庄思想多少受过些感染的人，我相信对陶渊明与其诗，都是会起爱好的念头的"，"那冲淡的诗，实在是诗的一种主要风格"。《我的作诗经过》里又说："我自己本来是喜欢冲淡的人，譬如陶诗颇合我的口味，而在唐诗中喜欢王维的绝句，这些都应该是属于冲淡的一类。"郭沫若除了《天狗》、《立在地球边上放号》一类粗豪之作，还有一些诗，如《夜步十里松原》、《沙上的脚印》、《晚步》、《霁月》、《晴朝》、《晨兴》、《雨后》等，体现出陶、王式融入自然的清新冲淡风格。甚至在郭沫若的第一代表作《凤凰涅槃》的结尾，自焚后更生的"凤凰和鸣"，唱出的是一曲天籁般的和声："一切的一，和谐。/一的一切，和谐。/和谐便是你，和谐便是我。/和谐便是他，和谐便是火。/火便是你。/火便是我。/火便是他。/火便是火。"不分主体与客体，不分自我与世界，不分你我他，所有的存在化合为一，宇宙呈现为整体的和谐。这正是中国传统哲学和诗学的天人合一境界。

　徐志摩的生命和诗歌与自然的融合更加完整。他从童年时代起，就"爱在天穹野地自由自在地玩耍，爱在灿烂的天光里望着云痴痴地生出一个又一个的幻想"。①"云游"，成了诗人一生的愿望。他一再呼请人们应"回到自然的单纯"、"回到自然的胎宫里去重新吸收一番营养"。他总是打开自我生命的全部感官，去体味大自然的和谐美妙："只有你单身奔赴大自然的怀抱时，像一个裸体的小孩扑入他母亲的怀抱时，你才知道灵魂的愉快是怎样的，单是活着的快乐是怎样的，单就呼吸单就走道单就张眼看耸耳听的幸福是怎样的"，人的"体魄与性灵，与自然同在一个脉搏里跳动，同在一个音波里起伏，同在一个神奇的宇宙里自得"②。他把生的烦恼，爱的痛苦，"希望"和"惆怅"，消融于大自然的明净和谐之中，只求"变一颗埃尘，一颗无形的埃尘，/追随着造化的车轮，进行，进行"（《多谢天，我的心又一度的

① 凡尼等：《徐志摩：人和诗》，漓江出版社1992年版，第54页。
② 徐志摩：《翡冷翠山居闲话》，《徐志摩选集》，人民文学出版社1983年版，第202页。

跳荡》）。可以说，在现当代嘈嚣紊乱的生活中，诗人偶尔从俗务中逃逸，暂时置身大自然，体验并吟咏一下天人合一，应该说还是不乏其人的，但像徐志摩这样完全浸泡在大自然意境中的纯粹诗人，确实罕见。在《徐志摩诗全编》中①，以自然为题材的作品接近半数。他的《雪花的快乐》、《山中》、《再别康桥》、《落叶小唱》、《无题》、《乡村的音籁》等诗，都是情景融合的名篇。大自然的单纯、和谐，内化为诗人生命和诗歌的单纯、和谐，自然与人，生命与诗，在徐志摩那里，一派浑然天成，完满地沟通了古典诗歌天人合一的文化精神。

早期白话诗人中，俞平伯的《冬夜》颇多写景之作，但最擅长写景的是康白情，朱自清说："这时期康白情氏以写景胜，梁实秋氏称为'设色的高手'"（《中国新文学大系·诗集导言》）。《暮登泰山西望》、《车行道中》、《桑园道中》、《江南》、《朝气》等，是康白情写景代表作，鲜活浑融，很有意境。深契中国山水神韵、诗画精髓的宗白华，在《流云》小诗中，表现了浓厚的泛神论色彩，抒写仰望星空美妙感觉的《夜》：

　　一时间/觉得我的微躯/是一颗小星/莹然万星里/随着星流//一会儿/又觉着我的心/是一张明镜/宇宙的万星/在里面灿着

我身融入星流，我心涵纳星空，正是这种人与自然、主体与客体的浑然不分，使得宗白华面对浩瀚的星空，无垠的宇宙，只有物我为一的审美陶醉，而没有物我分离的时空恐惧。象征派诗人李金发的《园子》、穆木天的《落花》、胡也频的《洞庭湖上》，也表现出与自然亲和契合的意思。现代派诗人具有整体上隐遁山林的倾向，玲君、史卫斯等人咏唱《山居》，用自然慰藉心灵，在物我一体的和谐中忘却尘世的烦恼："门外无叩门的啄木鸟，/山径未逢缘客扫，/我的思念高卧得这样舒适，/看阳光摇老日月。//一灯，一影，一囊，一

---

① 顾永棣编：《徐志摩诗全编》，浙江文艺出版社1987年版。

壶，/萧萧之声，只是我灵魂的足步，/你听我：醉时高唱一章诗，/山雨欲来又止。"（史卫斯《山居》）虽只是内在灵魂的"山居"，并非在实际意义上的，但诗人遂了本心，旷达闲逸，淡泊高远，诗境一派虚空清气，与宇宙万象化而为一。李白凤的《小楼》：

> 山寺的长檐有好的磬声/江南的小楼多是临水的/水面的浮萍被晚风拂去/蓝天从水底跃出/小笛如一阵轻风/家家临水的楼窗开了/妻在点染着晚妆/眉间尽是春色

淳朴、疏淡而又生动、美丽，生命与自然化一，洋溢着幸福、和美的情调。后来的一些诗人，如孔孚、周梦蝶、余光中、蓉子、林泠、林莽、马丽华等，接受传统哲学和古典诗歌天人合一观念、境界的影响，加上生活环境、心理体验和题材因素的作用，也表现出与自然程度不同的亲和认同。孔孚的《山水灵音》，周梦蝶的《逍遥游》、《行到水穷处》、《燃灯人》、《孤峰顶上》、《风荷》，余光中的《磨镜》、《听瓶记》、《松下有人》、《松下无人》，蓉子的《那些山水云树》、《一朵清莲》、《霜降》，林泠的《不系之舟》，林莽的《感知成熟》，马丽华的《我的太阳》等诗中，人与自然的关系，均呈现出类似于古典诗歌的和谐状态。

二　人与自然的分裂

从中国诗歌史整体着眼，人与自然的分裂态势，从中晚唐田家诗的出现已然开始。20世纪前半叶，外患内乱不断，社会持续动荡，民族和阶级集团之间你死我活的斗争，导致经济破坏，生灵涂炭，使得国家无法集中力量从事建设，人的生存环境在总体上失去了稳定和安宁的基础。这个动荡不安的时代，又是一个文明转型、体制转轨、充分开放的时代，知识分子游学欧美，放眼世界，西方的富足、文明，更加深了他们对乡土中国动乱、贫穷、愚昧、落后现状的心理焦虑程度。大多数诗人们已经很难在乡野自然、山水田园之中流连赏玩，悠然陶然，尤其是那些社会意识和现实关怀强烈的诗人，环境和心境都已不允许他们这样做。早期白话诗人中，以描写大自然见长的康白情有一首《和平的春里》：

> 遍江北底野色都绿了。/柳也绿了。/麦子也绿了。/细草也绿了。/鸭尾巴也绿了。/茅屋盖上也绿了。/穷人底饿眼儿也绿了。/和平的春里远燃着几团野火。

这首写于 1920 年 4 月的诗，前七行展示的的确是"和平的春里"的景色，春天像一支绿色的巨笔，把遍江北的柳树、麦苗、细草、河水、鸭尾巴、茅屋盖，涂抹成一片绿色。连"鸭尾巴"和"茅屋盖"都绿了，让人感受到春天充满天地万物的蓬勃生机与活力。当你就要在这绿色交响曲的美妙旋律中沉醉的时候，一个不和谐声音响起了："穷人底饿眼儿也绿了"，它一下子就毁坏了全诗的调性，让你憬然意识到"和平的春里"并不那么和平，穷人泛绿的饿眼，远处燃烧的野火，绝非和平的征兆。天人合一的和谐境界，就此被现实人生问题所毁坏。类似的作品还有闻一多写于 1926 年 4 月的《春光》：

> 静得像入定了一般，那天竹，/那天竹上密叶遮不住的珊瑚；/那碧桃；在朝暾里运气的麻雀。/春光从一张张的绿叶上爬过。/蓦地一道阳光晃过我的眼前，/我眼睛里飞出了万只的金箭，/我耳边又谣传着翅膀的摩声，/仿佛有一群天使在空中逻巡……//忽地深巷里进出了一声清籁：/"可怜可怜我这瞎子，老爷太太！"

静悄悄的春晨，金灿灿的阳光，天竹叶密，碧桃花红，麻雀在朝暾里运气，春光从绿叶上爬过，天使在空中飞行。景色清新，气氛安谧，生意盎然，诗人甚至听到了成群的天使飞过时，翅膀发出的摩擦声，可见这个春晨是何等的美好祥和！然而，巷子里突然传来的乞丐叫声，轻易地就解构了这美好祥和的一切。闻诗在立意和结构上与康诗相同，都是以结尾的两句掉转全诗，瓦解绝大部分篇幅形成的和谐境界，以"倒金字塔"的形式制造出乎意表、触目惊心的颠覆效果，天与人、社会与自然呈现无法回避、难以弥合的矛盾分裂状态。

这种矛盾分裂状态，在乡土诗中更为普遍。20年代的徐玉诺、30年代的臧克家等优秀乡土诗人，在他们的诗中大面积地展示着田园的破败，乡村的灾难，农民的痛苦，不论是徐玉诺的《火灾》、《小诗》、《杂诗》，还是臧克家的《难民》、《炭鬼》、《贩鱼郎》、《老马》、《歇午工》，都是农村悲惨现实的写照。当"立在黑暗中的命运"，挥动"病的死的大斧，截断了一切人的生活和希望"之时（徐玉诺《命运》），人与自然的和谐已经失去了现实的依据，良知要求诗人必须清醒地直面惨淡的时代、人生："我们的时代是在暴风雨里，经济破产使得都市动摇，乡村崩溃，多少生命在惨痛地往死路上去，这些生命和我们连在一起，他们是我们的同胞。处在这样的环境里，只能写诗已经是可耻了，而再闭上眼睛，囿于自己眼前苟安的小范围，大言不惭地唱恋歌，歌颂自然，诗做得上了天，我也是反对，那简直是罪恶！你有闲情歌唱女人，而大多数的人在求死不得；你在歌咏自然，而自然在另一些饿花的眼睛里已有些变象了。"① 现实如此，心境如此，诗观如此，歌唱自然，天人合一，已经没有任何可能。试看辛笛的《风景》：

　　列车轧在中国的肋骨上／一节接着一节社会问题／比邻而居的是茅屋和田野间的坟／生活距离终点这样近／夏天的土地绿得丰饶自然／兵士的新装黄得旧褪凄惨／惯爱想一路来行过的地方／说不出生疏却是一般的黯淡／瘦的耕牛和更瘦的人／都是病，不是风景！

---

① 臧克家：《论新诗》，《文学》第3卷第1期，1934年7月。

在战乱不已、社会问题成堆、生与死"比邻而居"的黯淡现实中，任是"夏天的土地绿得丰饶自然"，土地上那"瘦的耕牛和更瘦的人"，也"都是病，不是风景"。不惟诗人没有闲暇的心境，世间也无可供赏玩的风景，人与自然和谐的主客观条件完全丧失了。所以，有些诗看起来好像是和谐合一，但实质上恰恰相反，如臧克家的小诗《三代》：

孩子/在土里洗澡；/爸爸/在土里流汗；/爷爷/在土里埋葬。

小诗简笔勾勒出农民一家三代的生存图画，背景是一片茫茫的黄土地，孩子在土地上玩耍，父亲在土地上流汗，祖父在土地里长眠。三代人，次第更迭，循环不断，从少到老，从生到死，生生死死，死死生生，都离不开这一片黄土地。土里洗澡沾一身泥土，土里流汗滋润着泥土，土里埋葬还原为泥土。农民的一生，从土里来，在土里长，回土里去，和泥土融合在一起。但这种情形的"天人合一"，很难说有什么和谐美妙，和自己的田园土地融为一体的农民的生命生存生活，一派艰辛忙碌，痴顽麻木，沉重苍凉。祖孙三代的相继浓缩了世世代代的相继，一家人的命运象征着无数农民的命运。小诗以合一、和谐的表象，揭示了更深层次更为本质的矛盾、分裂。

还有一个情感态度问题，也是导致自然主题诗歌中人与自然矛盾、分裂的原因。这主要指的是 20 世纪 50 年代末到 70 年代的山水田园诗歌。极"左"路线猖獗，政治运动不断，违背科学规律的冒进、蛮干，带来的是全国三年困难和农村长期贫困的灾难性后果。白洋淀诗群成员林莽写于 1973 年的组诗《列车纪行》之七，为中国 20 世纪 70 年代中叶的农村生产力状况立信存真："三十年前的地堡/堆在干涸的岸上/这就是生产力，四条驴腿/翻开的泥土上，踏过一双有力的赤脚。"小诗真实地记录了一个生产力停滞不前、民生凋敝的时代，农村贫穷落后的面貌，得到了触目惊心的展现。但这是地下诗歌，可以说真话。那时公开发表的诗歌，却把山水田园中的农村生活

妆饰得无比美好幸福。这也怨不得诗人，当时的极"左"政治要求
文艺必须绝对服从、服务，面对现实生活只能歌颂，诗人别无选择。
于是从50年代末期起，一批诗人为了使简单的说教宣传具有艺术魅
力，开始把艺术的视知觉对准大自然的山水田园风光，采用单纯、明
快的语言，轻松、欢乐的调性，营造充满诗情画意的和谐优美意境，
最后点题完成对时代政治和社会制度的赞美、歌颂。臧克家在为一部
名为《琴泉》的诗集所作的序言中，对这类诗歌的特点进行了热情
生动的评介："这些诗大半写得漂亮，精致，轻柔，美丽。《杨柳
岸》、《梅信》、《红雨》、《桃花汛》、《山坞》、《江南春歌》、《月下
的练江》、《采莲曲》、《采菱歌》……只从这些题目上看就令人感觉
到诗意的芬芳浓郁。这些诗，色彩、音响、情调都是惹人喜爱的。它
们像朝霞在天，它们像花苞初放，它们像泉水涓涓，它们像月笼平
沙。读着这些诗，像尝着葡萄美酒一般醉人，是呵，新的河山胜景，
新的幸福生活就是这么令人心旷神怡啊。"今天，回过头去再读这些
20世纪60年代初的诗歌，因为已经知道那时乡村田园大面积饥饿、
死亡的生存实况，所以，这些语言明丽、调性欢快、情景和谐、意境
优美的新山水田园诗，让我们感受到的恰恰是它那浓郁的诗情画意与
人的生活实际状况之间的极不协调，诗中的自然风光是作为布景和道
具存在的，它与人的真实生活、感情之间的关系，无疑是相互矛盾、
彼此分裂的。

三　城市反思与批判

20世纪新诗中的城市诗，从文明进程或意识形态的角度肯定城
市、肯定物质、肯定现代化的作品，不在少数。如郭沫若作于1920
年的《笔立山头展望》，讴歌大都会的生机，将"一枝枝的烟筒"里
喷出的黑烟，比作"黑色的牡丹"，并将这污染空气的"黑牡丹"，
誉为"二十世纪的名花！/近代文明的严母！"世纪末的诗人们出于
对改革开放政策的呼应，又创作了一批讴歌城市的诗，如于坚的《四

月之城》、宋琳的《中国门牌：1983》、叶延滨的《环城公路的圆和古城的直线》、孙晓刚《希望的街》等，都对城市文明和现代化进程持乐观积极的赞美态度。

但本论题关注的是对现代城市工业文明违背自然的反思与批判。在早期白话诗中，这种反思批判已露端倪。徐玉诺写于1921年的《杂诗》，最早对城市破坏自然的和谐进行质疑和抗议，这首诗首先描写了自然生存状态的美妙："飞在天空的小鸟，/把心灵伸入地心里，/直张着两翼，/不飞不动，/仿佛印在蓝布上的花纹似的；/他真自由了，/他得到真幸福了，/这是他和宇宙的协和。//一头小犊立在江岸上，/江水一刻不停的/向东流去，/他那两个耳朵立起/又躺下，/了解他的生命了；他却安眠在平安里。//疏疏密密一片杂树林，/黄叶落处，/一楹草舍，/两头耕牛/无声音乐的低微/表现出一大协和。"小鸟，天空，小犊，江岸，树林，草舍，耕牛，物物各得其宜，各适其性，自然的生存状态，表现出宇宙间的"一大协和"。但是，城市破坏了这种自然和谐："地早有宣言到造物那里，/为什么在我身上建筑了大城，/掘破了我的面部，/又在那里下坏药？"城市的扩张不仅让自然的"面部"蒙受创伤，而且在深层播下"坏种"，继续滋生蔓延罪恶。

的确如此。以高度物质文明为依托的现代都市的发展，是以人与自然的分裂、以人的精神失落为代价的。人在都市的生存全面异化，物欲横流，原欲膨胀，心理病态，精神沦丧，居处环境和生活方式无不违背自然："建筑物的层次，托住人们的仰视/食物店的陈列，纹刻人们的胃壁/橱窗闪着季节伶俐的眼色/人们用纸币选购岁月的容貌/在这里，脚步是不运载灵魂的/在这里，神父以圣经遮目睡去/凡是禁地都成为集市"；在这里："烟草撑住日子，酒液浮起岁月/伊甸园是从不设门的/在尼龙垫上，榻榻米上，文明是那条脱下的花腰带/美丽的兽，便野成裸开的荒原/到了明天，再回到衣服里去"；所以说，在本质上都市是"一只裸兽，在最空无的原始"，是"一扇屏风，遮住坟的阴影"，是"一具雕花的棺，装满走动的死亡"（罗门《都市之死》）。在罗门的眼中，"都市你一身都是病"：

　　刹车咬住轮轴/街道是急性肠炎/红灯是脑出血，胃出血/十字街口是割去一半的心脏/只有那盏绿灯，是插到呼吸里的/通气管

　　都市已经无可救药。不难看出，罗门的诗中有着强烈的波德莱尔《恶之花》式的审丑意识，和鲜明的艾略特《荒原》式的主题。痖弦的国际题材作品如《罗马》、《巴黎》、《芝加哥》等，也对现代城市工业文明倾注了强烈的反思批判意识。他在《芝加哥》的题下引用桑德堡的诗句："铁肩的都市/他们告诉我你是淫邪的"，为现代都市定性。他笔下的芝加哥生活已经完全物化：

　　在芝加哥我们将用按钮恋爱，乘机器马踏青/自广告牌上采雏菊，在铁路桥下/铺设凄凉的文化

　　现代城市工业文明，不仅吞噬了温暖的人性，而且破坏了人与自然的美好联系，人类文化在技术理性、工具理性的支配下，只能变得面目全非，荒谬绝伦。
　　而更多的现当代诗人，则是站在传统的天人合一立场上，对城市文明的负面进行思考、审视。城市破坏了自然的秩序："我流居在小小的公寓中，/在它上面是没有秋天的，/没有我家的秋天。"诗人格外怀念家乡秋天那古典的人与自然的和谐："七月使鼹鼠营巢了，/八月使螽斯振羽了，/九月使蟋蟀入我床下，/我家的秋天也有古典的秩序"（陈江帆《公寓》）。都市的"温度被人工调养着，/十二月的园里也见了朱砂菊"（陈江帆《麦酒》）。都市有一张"无表情的煤烟脸"，缺少新鲜生动性，显得虚假造作："果铺的呼唤已缺少媚惑性了，/纵然招牌上绘着新到的葡萄"（陈江帆《海关钟》）。都市的月亮，也"绕着一圈齿轮"，变成了"立体的平面的机件"（徐迟《都会的满月》）。现代的都市"不再飞花，在三月/到处蹲踞着那庞然建

筑物的兽——/沙漠中的司芬克斯，以嘲讽的眼神窥你/而市虎成群地
呼啸/自晨迄暮//自晨迄暮/煤烟的雨，市声的雷/齿轮与齿轮的龃龉/
机器与机器的倾轧/时间片片碎裂，生命刻刻消褪"，"在夜晚的荧光
灯的照明下/固有的美丽都残败：/绿色甜美的流水不再/澄洁的蓝色
变得稠秽/紫色的时刻是如此沉暗/消融了白色晴朗积雪的记忆"（蓉
子《我们的城不再飞花》）。与自然分裂的都市人已经麻木，已经失
去了感知大自然美好的能力："这个独一无二的早晨/谁都没有起床/
谁都没看见什么//一只麇鹿在远方吃草/松鼠从一个光斑跳到另一个
光斑/红狐狸/学着小老鼠的叫声　摇着尾巴/望着树上的路/一只小
鸟/在树的梢头/张开红嫩嫩的小嘴/它歌颂它本身//这些活泼的生命/
在人类的噩梦中/互相赠送着欢乐/这个独一无二的早晨/谁都没有起
床/谁都没有看见什么"（娜夜《独一无二的早晨》）。都市的生存已
经被完全扭曲：

> 都市的树　生长　在盆上/都市的鸟　飞翔　在笼里//加锁
> 加链　加铁门/我们把住所改装成监狱/自己做囚犯//都市的
> 鱼/安全在海鲜酒家的水族箱

这是韩牧的《住所》，批判的矛头直指背离自然、扭曲人性的现
代都市文明。诗的重心在第二节，展示现代人的生存困境，批判现代
都市文明对正常人性的戕害。第一、三两节是陪衬，目的在于突出加
强第二节诗；同时，第一、三两节也从自然物的生存方面，对人的生
存构成补充，完整地、全方位地展示了现代都市文明的病态。所以，
余光中要《控诉一只烟囱》：

> 用那样蛮不讲理的姿态/翘向南部明媚的青空/一口又一口，
> 肆无忌惮/对这原是纯洁的风景/像一个流氓对着女童/喷吐你满
> 肚子不堪的脏话/你破坏朝霞和晚云的名誉/把太阳挡在毛玻璃的
> 外边/有时，还装出戒烟的样子/却躲在，哼，夜色的暗处/向我

恶梦的窗口，偷偷地吞吐/你听吧，麻雀都被迫搬了家/风在哮喘，树在咳嗽/而你这毒瘾深重的大烟客啊/仍那样目中无人，不肯罢手/还随意弹着烟屑，把整个城市/当作你私有的一只烟灰碟/假装看不见一百三十万张/——不，二百六十万张肺叶，/被你熏成了黑恹恹的蝴蝶/在碟里蠕蠕地爬动，半开半闭/看不见，那许多朦朦的眼瞳/正绝望地仰向/连风筝都透不过气来的灰空

从 20 世纪初诗人抑制不住兴奋，赞美烟囱喷吐的黑烟为"二十世纪的名花"；到世纪末的诗人抑制不住愤怒，控诉把城市当作"烟灰碟"去肆意污染的烟囱；这标志着诗人和诗歌对城市文明、工业文明的态度和立场的转变，对物质文明、科技文明本质认识的加深。诗人以批判其违背自然的方式，表达了对自然和谐的生存状态的向往，对天人合一的哲学、诗学和生命境界的回归。

四　回归自然的诗意栖居

表达回归意愿的城市反思批判，是人类文明总体反思批判的一个组成部分。这种总体反思批判从先秦时代就开始了，道家学派的老庄对文明、文化和社会政治的否定，对"小国寡民"、"莫之为而常自然"的原始自在的前文明状态的怀念、向往，表达的就是人类回归自然母体的本能意识。闻一多在《庄子》一文中指出："庄子的著述，与其说是哲学，毋宁说是客中思家的哀呼；他运用思想，与其说是寻找真理，毋宁说是眺望故乡，咀嚼旧梦。""'万物生于有，有生于无'，庄子仿佛说：那'无'处便是我们真正的故乡。他苦的是不能忘情于他的故乡。纵使故乡是在时间以前，空间以外的一个缥缈极了的'无何有之乡'，谁能不追忆，不怅望？何况羁旅中的生活又是那般龌龊、偪仄、孤凄、烦闷？"[1] 庄子对道家哲学本体"无"的回归，

---

① 闻一多：《闻一多全集》第 9 卷，湖北人民出版社 1994 年版，第 9 页。

实际上就是对文明社会以前的"阴阳和静，鬼神不扰，四时得节，万物不伤"、"万物群生，连属其乡，禽兽成群，草木遂长"的人与自然和谐共处的生存状态的深切眷恋。这种眷恋，正表明对违背自然、违背人的天性的文明社会的失望和厌倦。

老庄的回归思想对中国文学影响至深。当人们饱受社会、官场、人际的龌龊、黑暗的压迫伤害，便会不约而同地向着大自然的山水田园回归，在单纯质朴、美丽和谐的自然怀抱中平复创伤，慰藉心灵，安身立命。东汉张衡的《归田赋》，憧憬与污浊的官场形成鲜明对比的田园，描写充满蓬勃生机和欢乐情趣的田园景色，用以排遣现实生存的精神苦闷。陶渊明的《归园田居》也是同类性质的作品，而更突出强调了世俗社会与自己天性的矛盾："少无适俗韵，性本爱丘山"，自己误入尘网、涉足官场，像"羁鸟"、"池鱼"思念怀恋"旧林"、"故渊"一样，思恋着田园的自由生活，所以回归是必然的。古代诗人对于自然风景的喜爱投入，已经到了"膏肓之疾"的程度，王维与苔色恍然化一："坐看苍苔色，欲上人衣来"（《书事》）；李白与山光相互爱怜："相看两不厌，只有敬亭山"（《独坐敬亭山》）；杜甫欣然感到："江山如有待，花柳自无私"（《后游》）；苏轼面对海棠，竟然"只恐夜深花睡去，故烧高烛照红妆"（《海棠》）；陆游面对梅花，痴想"何方可化身千亿，一树梅花一放翁"（《梅花绝句》）；辛弃疾与青山惺惺相惜："我见青山多妩媚，料青山见我应如是。情与貌，略相似"（《贺新郎》）；姜夔与荷花审美交感："嫣然摇动，冷香飞上诗句"（《念奴娇》）；人与自然，没有拒斥、分离，只有亲和、融洽，自然就是诗人自身。这些诗句展示的人与自然的原始亲和感，表现了人在受到社会的无情伤害、饱尝了人间的冷酷、饱看了俗世的阴暗之后，向着大自然的本能回归趋势。

新诗自然主题中表现回归意向的作品，如徐志摩《乡村里的音籁》，乡村的自然景色和朴素生活，使倦于都市现实的诗人益发生出"悲感与凄婉"，仰望蓝天上自由飞行的白云，诗人渴望解脱一切人

生的烦恼，要将"恼人的岁月，恼人的情爱"一并消泯在大自然的
"无涯的空灵"中。那时，回归自然的诗人的身心，就像白云悠然于
无边的蓝空，无拘无束，自由自在。戴望舒的《对于天的怀乡病》，
则直接把代表大自然的"天"，当作自己的家乡怀念不已：

> 　　怀乡病，哦，我呵，/我也是这类人之一，/我呢，我渴望着
> 回返/到那个天，那个如此青的天/在那里我可以生活又死灭，/
> 像在母亲的怀里，/一个孩子笑着和哭着一样。//我呵，我真是
> 一个怀乡病者，/是对于天的，对于那如此青的天的，/在那里我
> 可以安定地睡着，/没有半边头风，没有不眠之夜/没有心的一切
> 烦恼。

戴诗中"那个如此青的天"，是和污染、异化、病态的现代都市
相对立的，是更合乎人性、更适合人的正常生存的大自然的象征，自
然是人类的永恒故乡，所以让生活在现代都市里心烦意乱的诗人悠然
神往，归意浓挚。

其实，这种向着大自然回归的本能趋势，不独为东方哲人和诗人
所具有，西方哲人和诗人也做过类似的思考和表述。海德格尔指出：
人是人自身，人不是社会的工具，不是欲望的奴隶，不是将自我意志
强加于万物之上的奴役者，不是对大自然进行盘剥、掠夺的贪婪者，
而是不断成为其所是的，不断领悟着自身存在的人。现代人类要想摆
脱失去精神家园的痛苦、悲哀、焦灼，必须与万物同住同栖，与大自
然亲密相处，成为本真的人，生活于大地之上，苍穹之下，让自然万
物进入自身的存在之中，让大地成为大地，从而达到如荷尔德林所说
的"诗意地栖居"①。海德格尔一反西方文化中人与自然对立、人对
自然征服的姿态，而表现出有类于中国古代哲学与自然亲和合一的色
彩。西方诗人如英国华兹华斯的《咏水仙》、俄国叶赛宁的《海轻轻

---

① ［德］海德格尔：《诗·语言·思》，张月等译，黄河文艺出版社1989年版。

地荡着细浪》、德国赫尔曼·黑塞的《白云》等，抒写的皆是人与自然亲和回归的意旨。看来，人与自然的亲和，是走出愚妄自大状态的人类的共同选择；人向自然的回归，也是人类社会的整体发展趋势。而这，也理应成为 21 世纪自然主题诗歌的旨归。

第八章

20 世纪新诗的爱情主题

　　20 世纪中国爱情诗，伴随着一个世纪以来中国人个性解放、思想自由的现代化进程同步发展，从男女两性的角度，最真实生动也最深刻微妙地表现了 20 世纪中国人悲欢离合、酸甜苦辣的感情生活历程，并以崭新的现代意识，全面承传并更新了中国爱情诗的伦理观念、情感图式、审美原则和艺术手法，使之成为 20 世纪中国诗歌领域一道多姿多彩、引人注目的风景线。

五四前后：现代爱情诗的起步

　　五四新文化运动前后，随着现代启蒙思想的广泛传播，中国人终于睁开了昏昧已久的睡眼，开始了真正意义上的人性觉醒，发现人的价值，追求人的幸福。挣脱封建礼教的束缚，要求个性解放，爱情自由，婚姻自主，成为人的价值发现和人的幸福追求的重要内容。因此，爱情婚姻问题是新文学家所普遍关注的一个主题。现代爱情诗的创作，就是在这样的社会和思想背景下起步的。

　　正如我们谈论五四新文化运动的任一方面，都绕不过胡适和鲁迅一样，五四前后的现代爱情诗创作，也得从他们说起。1918 年 5 月，鲁迅在《新青年》上发表新文学史的第一篇现代白话小说《狂人日记》的同时，发表了三首白话诗，其中的《爱之神》一首，借对西方神话的中国式改写，触及了中国独特的国情和现实给爱情的觉醒者设置的难题：被爱神丘比特的神箭射中的"我"——"人之子醒了"，"知道了人间应该有爱情"，但在觉醒之后感受到的却是"无所可爱的悲哀"。①"我"向爱神请教，爱神没有正面回答"应该爱谁"的问题，而是启发"我"自己去思考、选择，教"我"要么没命地去爱，要么没命地去死。鲁迅在此实际上是提倡一种爱情态度和价值观：爱要全身心地投入，要有一种不要命的态度，即鲁迅说的"无论爱什么——饭，异性，国，民族，人类等等，只有纠缠如毒蛇，执着如怨鬼"②，这样才能把麻木已久的人生从无爱的生命状态解救出来；而生命的价值，在很大程度上就是爱的实现，如果不懂得爱，那就是不懂得自我的价值和自我对他人的价值。无爱的人生就是没有价值的人生。不必忍受无爱的生活，苦熬无爱的生命。鲁迅后来以大胆的行动实践了自己的这种主张。诗中反映了五四一代追求爱情自由、个性解放的狂飙突进的时代精神，闪现着鲁迅早年提倡的"摩罗诗力"的影子。

胡适在五四前后创作了较多的爱情诗，计有留美期间的《寄冬秀》、《水调歌头·今别离》、《临江仙》、《相思》、《虞美人·戏朱经农》、《病中得冬秀书》、《生查子》、《艳歌三章》以及回国后的《如梦令》、《生查子》、《爱情与痛苦》等白话诗词，白话新诗则有《新婚杂诗》、《应该》、《一笑》、《醉与爱》、《别赋》、《小诗》、《多谢》等。大多清浅生动，记录了他和江冬秀之间婚前婚后的感情生活经历，《如梦令》三首传诵颇广，但值得注意的还是体现"胡适之体"诗歌说理特点的《应该》。这是新诗中最早揭示爱情与婚姻冲突的作品，既有他人"本事"的依据，又有作者自己的体验。爱情与婚姻的分离，使得诗中的三个人都处在痛苦之中。"我"爱着恋人，却不

---

①　鲁迅：《热风·随感录四十》，《鲁迅杂文全集》，河南人民出版社 1994 年版，第 102 页。

②　鲁迅：《华盖集·杂感》，《鲁迅杂文全集》，河南人民出版社 1994 年版，第 147 页。

得不和妻子共同生活；恋人也爱着"我"，却不得不违心地劝我忘掉她，牺牲自己的感情去成全别人；妻子得到了婚姻的名分，却得不到爱情的实质。这是封建礼教制造的爱情婚姻悲剧，这种悲剧在五四时代普遍存在。五四一代觉醒的先驱者们，完全懂得情理冲突不可调和的道理，但现实又迫使他们不得不走一条妥协的道路。个性解放一旦遇到人道主义，就产生了新的矛盾和问题。于是，五四先驱者们有不少人只好牺牲自己的幸福，去承担起社会的义务，由爱情的个性主义者变成婚姻的人道主义者。此诗的作者也是这样处理自己的爱情婚姻问题的。他们不仅牺牲了爱情幸福，而且陷入了二重人格的尴尬境地。

《爱之神》、《应该》的手法和语言虽嫌稚拙，但涉及的都是带有时代普遍性的问题，且都触及了问题的实质，显示了思想家们视野的开阔、目光的深邃，以及进行人性和人道启蒙的创作意图。由于社会和人性的复杂，这些问题在今天以至未来，还会程度不同地存在。与这种思想家式的爱情诗相比，郭沫若五四前后的爱情诗作品，更袒露、感官、纯粹些，他写于1919年的《维纳斯》、《别离》、《新月与白云》、《死的诱惑》，都是为安娜而作，强烈的肉体欲望、爱的焦灼、烦恼欲死的情状，均毫不掩饰地直白陈说出来。朱自清曾指出："中国缺乏情诗，有的只是'忆内'、'寄内'或曲喻隐指之作，坦率地告白恋爱的绝少，为爱情而歌咏爱情的更没有。"（《中国新文学大系·诗集导言》）郭沫若的这几首诗，坦率"告白"恋爱，直接"歌咏"爱情，在现代爱情诗创作上具有开风气之先的意义。如果说胡适的《应该》、鲁迅的《爱之神》标志着现代爱情诗起步阶段的思想深刻程度，那么郭沫若的《维纳斯》等作品，则标志着现代爱情诗起步阶段的情感强烈程度，二者共同为以后的爱情诗创作奠定了基础。从古今诗歌传承的角度看，鲁、胡之作更多指涉古典爱情诗的社会政治现实的风骚传统和婚姻家庭为重的伦理精神，郭诗则更带有古典爱情诗的重情倾向和叛逆色彩。

20 年代：初步的收获、激烈的
争论与创作的热潮

20 年代初，乘着五四个性解放的东风，一些青年诗人开始冲破社会舆论压力和礼教观念束缚，从事爱情诗创作。"但真正专心致志做情诗的，是'湖畔'的四个年轻人。"① 汪静之、应修人、潘漠华、冯雪峰等年轻诗人，于 1922 年 3 月底在杭州成立了湖畔诗社，编印了新诗史上第一套诗歌丛书"湖畔诗集"，包括《湖畔》、《春的歌集》、《过客》、《苜蓿花》四种。还出版了诗与散文刊物《支那二月》和汪静之的个人诗集《蕙的风》。他们的诗集和刊物中都有不少爱情诗，《蕙的风》则是新诗坛上第一部以情诗为主的诗集。他们的情诗，如《或者》、《第一夜》、《妹妹你是水》、《山里的小诗》、《寻新生命去》、《过伊家门外》等，以公开坦白地反对旧礼教、旧道德而惊世骇俗。他们最重要的贡献，是恢复了爱情诗的本色，一改旧诗"赠内"、"艳情"的面目，堂堂正正地抒写"两性间的恋慕"，是"发乎情，止乎情"，"是以恋爱之自然的范围为范围"。② 湖畔诗人都是涉世未深的少年，世俗意识还没有在他们的爱情观念上投下阴影，他们为自己的爱情寻找的客观对应物，是山花、青草、红叶、禽鸟、流水、月光、云霞等一些自然、纯美的意象。不染世俗气味的湖畔爱情诗，具有孩子气的单纯、透明的品格。湖畔少年诗人们无所顾忌地袒露自己的性爱，抒发对女性的热烈思恋之情，挑战旧观念、旧习俗，受到封建保守势力的猛烈攻击，在社会上和诗坛引起了激烈的争论。通过争论，解决了爱情诗创作中的一系列重要问题，促成了 20 年代爱情诗创作热潮的出现。

湖畔诗人在已有成绩的基础上，继续爱情诗的写作，汪静之于

---

① 朱自清：《中国新文学大系·诗集导言》，《中国新文学大系·诗集》，上海良友图书印刷公司 1935 年版，第 4 页。

② 周作人：《情诗》，《周作人批评文集》，珠海出版社 1998 年版，第 94 页。

1927年9月出版第2本诗集《寂寞的国》，何植三于1929年11月出版《农家的草紫》，这些诗集中爱情诗都占了很大的比重。

继湖畔诗社之后，创造社是又一个热心提倡爱情诗的社团。《创造季刊》上曾推出冯至、刘梦苇等很引人注目的情诗能手。冯至的爱情诗构思巧妙，感觉细腻，如《我是一条小河》、《桥》、《问》、《残余的酒》。他还创作了一批爱情题材的叙事诗，如《吹箫人》、《蚕马》、《帷幔》、《寺门之前》等，也很有特色，朱自清说他的叙事诗"堪称独步"（《中国新文学大系·诗集导言》）。刘梦苇是在《创造季刊》第2卷第1期上发表情诗而成名的，《吻之三部曲》、《一夜》、《最后之梦》的大胆表白，痛快淋漓，与汪静之的羞涩、冯至的曲致，形成鲜明的对比，在中国旧诗中少见，在新诗中也不多，所以在当时追求个性解放的青年中产生了强烈的反响。刘梦苇后来成为新月中人，在《晨报·诗镌》上发表了《铁路行》、《最后的坚决》、《致某某》、《示娴》等情诗，写爱的无望和痛苦，构思、语言和抒情都较《创造季刊》时期讲究、节制些。在与日本少女安娜恋爱之时开始写诗的郭沫若，于1925年2、3月间，根据亲身经历体验，写成了包括献诗在内共由43首诗组成的大型爱情组诗《瓶》，1926年3月在《创造季刊》发表，1927年5月出版单行本。组诗写"我"收到一位姑娘的来信，约"我"见面，并于月圆时去西湖赏梅，"我"踌躇再三，回信赴约，结果扑了个空，怅然而返。诗中的"我"是一个步入中年、失落青春、心泉干涸的男人，少女的来信，重新唤起了对青春、爱情的生命渴望，但"我"还有爱的权利吗？有爱一位少女的权利吗？即便有，能够得到少女的爱吗？这种渴望与疑虑忧惧并存的心理，包含着情感与伦理道德的矛盾，具有较强的社会现实性和思想性，与当年写给安娜的情诗有了不小的差别。

新月社诸子在20年代创作的一大批爱情诗最为可观。闻一多的爱情诗，计有读书清华时的《睡者》、《幻中之邂逅》、《贡臣》、《国手》、《香篆》、《爱之神》、《忏悔》、《别后》，留美时的《红豆篇》，（以上见《红烛》），集外的《相遇已成过去》，还有《死水》集中的

《收回》、《你莫怨我》、《你指着太阳起誓》、《大鼓师》、《什么梦》、《狼狈》等。其中最值得注意的是《国手》和《红豆篇》。《国手》以下棋为喻，把爱人比作"国手"，把爱情比作"棋局"，诗人不求赢只求输，且要输个精光，显示了在现代文学史上被最后定格为"狮子吼式"的斗士诗人闻一多，其生命底色其实是个不折不扣的唯美的爱情至上主义者。诗作表现了五四一代新青年的男女平等观念和对女性的真诚尊重。在两性关系的对弈中，女人是男人的真正"对手"，甚至是比男人棋艺更卓异优秀的"国手"。这种爱情观，就不是持有男尊女卑的传统观念者所能想望、梦见的。这首诗不仅构思巧妙，而且包含着与传统情感价值观相悖的全新的情感价值观。写于 1922 年 12 月中下旬留美第一个寒假期间的《红豆篇》组诗 42 首，是寄赠给爱人高真的。闻一多与高真的婚姻，原是由包办而结合的，最初诗人对此深恶痛绝，但他并没有把憎恨转移到同是受害者的高真身上，同情与理解发展成深切的爱恋。远渡重洋后，离开了一个受封建礼教残余束缚的家庭、社会、文化环境，进入一个男女之间关系自由开放的新式社会里，以前被压抑的夫妻恋情得以释放，诗人"一字一颗明珠，/一字一颗热泪"，挥写出缠绵凄切而又热烈浓挚的组诗，"跪着捧献给你"。诗中抒发了诗人与爱人远隔重洋的诸般相思况味，控诉了吃人的封建礼教，表现了畸形婚姻的痛苦和意外爱情的甜蜜，以及被"鞭丝抽散"后别离思念的酸甜苦辣，最后发出了对人间情爱的美好祝愿。鲁迅的《狂人日记》、罗家伦的《是爱情还是痛苦》最早以小说的形式喊出"礼教吃人"，闻一多的《红豆篇》是新诗领域最早发出"礼教吃人"呼声的作品。组诗如火的热情在爱情诗中亦不多见。

与闻一多齐名的徐志摩，也是写作情诗的高手。据徐志摩《我所知道的康桥》、《猛虎集·序》等文可知，他的诗歌创作和爱情觉醒是同步的，1921 年留学英国时遇到了"中国第一才女"，于是"吹了一阵奇异的风，也许是照着了什么奇异的月色"，诗人的"自我意识"被触动，"发现"了康桥，找到了诗。此后，他的情感生活经历，成了滋生情诗的温床。在他的诗集《志摩的诗》、《翡冷翠的一夜》、《猛虎集》、《云游》和集外佚诗中，有大量的爱情诗，著名的如《笑解烦恼结》、《雪花的快乐》、《这是一个怯懦的世界》、《恋爱到底是什么一回事》、《翡冷翠的一夜》、《偶然》、《新催妆曲》、《我等候你》、《再别康桥》、《云游》等，写爱情的纯真美好和痛苦烦恼，也触及了爱情与婚姻分离的社会问题。徐志摩十分崇尚爱的哲学，他认为"凭着爱的无边的力量"，不仅能够"扫除种种障碍我们相爱的势力"，而且可以"医治种种激荡我们恶性的疯狂"，"消灭种种束缚我们的自由与尊严的主义与宣传"。①他在《爱眉小札》中曾经十分率真地说过："我没有别的办法，我就有爱；没有别的天才，就是爱；没有别的能耐，只是爱；没有别的动力，只是爱。"对于志摩来说，爱是他人生中占据支配地位的主题，是他"生命的中心和精华"，是他的个性的鲜明标志。与志摩相知最深的胡适，曾对志摩一生的追求作过一个概括，指出他的单纯的人生理想就是"爱、自由、美"的"三位一体"，"爱"在其中占据首位，"爱"是他生命的象征，是他的宗教，他的上帝。梁实秋则更具体直接地予以道破：诗人"三位一体"的单纯理想落到实处，就是"与他所爱的一个美貌女子的自由结合"，就是"浪漫的爱"。当然，志摩的爱情诗也有超越的一面，由于他的"爱"是与"自由"、"美"三位一体、密不可分的，而"爱"又被他奉为宗教与上帝，所以，志摩的爱情诗除了狭义的男女之爱的形而下追求，还包含着对个性解放、自由理想和美的人生信仰的形而上追求。恰如茅盾所说："志摩的许多披着恋爱外衣的诗，不能够把它当作单纯的情诗看的；透过那恋爱的外衣，有他的那个对人生的单纯信仰。"②闻一多反礼教的情诗、徐志摩非伦理的情诗与湖畔诗人的情诗一样，承传了古典爱情诗指涉社会政治、身世遭遇、理想追求的风骚传统。

① 徐志摩：《汤麦士·哈代》，《新月》第 1 卷第 1 期。
② 茅盾：《徐志摩论》，《现代》第 2 卷第 4 期。

　　闻、徐之外，新月社中写情诗最多的要数邵洵美，他留欧时深受王尔德等人唯美和肉感的影响。他的《五月》、《花一般的罪恶》、《洵美的梦》、《蛇》、《女人》、《季候》、《神光》，抒写爱情的复杂、烦恼、伤害、变故，有一定的认识意义。但更值得注意的，是他的情诗中露骨的色欲渲染和颓废享乐倾向。赤裸裸的肉体描写如"将颤抖的唇亲她的乳壕"、"她不穿衣衫也不穿裤裙"、"嫩白的酥香的一块胸膛"之类，甚至出现了"好像是女人半松的裤带/在等待着男性的颤抖的勇敢"这样煽动官能欲望的诗句，和"但是可怕那最嫩的两瓣，/尽叫我一世在里面荡漾"这样颓废放荡的诗句，当时就受到严厉的批评。爱情与色欲本是一体两面，颇不易划清界限。如果不是道德理想主义或存心说假话，就应该承认，在爱情生活中完全剔除色欲成分几乎是不可能的。诗人要做的事情就是在情诗创作中把握好尺度分寸，不要放纵手滑，要尽可能地用诗意荡涤欲望的浊秽，升华出爱情的纯洁和美丽。这也许是邵洵美情诗给予我们的启示。他的情诗写得单纯优美的要数《我是一只小羊》，虽然仍隐约散发着享乐的气息。小说家沈从文名列新月十八家之中，亦时有新诗发表，他的《颂》、《我喜欢你》、《悔》、《无题》等情诗，均收入陈梦家编选、上海新月书店 1931 年出版的《新月诗选》，颇有自然主义倾向，尤其是《颂》，一连串的比喻意象暗示女性的身体与性爱，笔法放恣而大胆，颇似邵洵美。区别在于，邵诗的自然主义散发着浓郁的颓废享乐气息，而沈诗则一如他的湘西小说，显得清新单纯，自然的美感淡化了官能的刺激。

　　崛起于 20 世纪 20 年代中后期，以李金发为代表的象征主义诗人，他们那充满痛苦、幻灭感的怪丽、神秘的诗篇，"压倒一切的主题"就是"歌唱女性与爱情"①。李金发认为："能够崇拜女性美的人，是有生命统一之快感的人。能够崇拜女性美的社会，就是较进化的社会。""欧洲文学几于女性美为中坚……没有女性美崇拜的人，

---

① 孙玉石：《中国象征派诗歌研究》，北京大学出版社 1983 年版，第 90 页。

其诗必做不好。""就诗道来说，我敢说，大概可分为哲理诗，爱情诗，与革命诗。但我结果还是愿永久做爱情诗，因为女性美，是可永久歌唱而不倦的。"① 他的第一部诗集《微雨》中，情诗占了一半；他的《为幸福而歌》的《弁言》里说："这集多半是情诗，及个人牢骚之言情诗的'卿卿我我'，或有许多阅者看得不耐烦，但这种公开的谈心，或能补救中国人两性间的冷淡。"这说明李金发的爱情诗是有为而作的。尽管他的爱情诗多是个人幸福欢乐和失意痛苦的吟诵，卿卿我我，情调未免庸俗无聊。但他也有不少佳作，如写对往昔爱情回忆的《温柔》、《在淡死的灰里……》、《春思》、《晨》，写与恋人幽会情景的《心愿》、《记取我们简单的故事》。李金发的诗多写于法国的第戎、布鲁耶尔、巴黎和德国的柏林，所以他的爱情诗带有新奇的异国情调。《钟情你了》写一个羞怯的异国女子爱上了远方来的少年，是异国女性恋爱情态的真实素描。《Erika》写异国少女天真无邪的热烈爱情，袒露异国少女的热恋心态。这些诗为爱情诗的题材领域增添了新的内容。他也有很民族化的情诗，像《少年的情爱》，写情侣送别的情景："预备从长亭远去，／奈柳条又牵住人裾"，意象和情调都是很古典很东方的。《记取我们简单的故事》是他最好的情诗，回忆秋郊草地和乡村月夜的幽会，展示幽会中小儿女的微妙情态心理，而均出之以李金发笔下少见的清新自然的白描手法，优美的画面洋溢着田园牧歌情调，两小无猜的少男少女的爱情心态，描摹得纯洁动人，微妙传神。但在这首对李金发来说也许是最简明的诗中，仍不乏神秘和阴影，暗示的幽深。蚂蚁被捻死，一个微小的生命顿时在茫茫的宇宙里消失，蕴含着人生无常的感喟。乡村月夜言笑晏晏之际，听到"汽车神秘的闹声"，看到"坟田的木架交叉，／如魔鬼张着手"。拥有的实在与不可知的身外，生命的欢乐与死亡的阴影，相互交错，则暗示一切美好的存在终归消逝。在诗篇清新自然的白描里，仍具备了象征诗的深度与质地。

---

① 李金发：《女性美》，《美育》创刊号。

　　以李金发为代表的象征派，没有共同的创作园地和一致的诗歌主张，创作风格上的接近更多于理论主张上的相同。一些诗人如属于后期创造社的王独清、穆木天、冯乃超，吸取法国象征派诗风而走上象征派诗歌的道路。蓬子、胡也频、石民则不同程度地接受李金发的影响，而写作象征诗。出身没落世家的王独清，"特别爱好香艳体的诗词"，留日时一天到晚哼着温庭筠的《疑云集》、《疑雨集》"自我陶醉"，留法时也常在"拉丁区"的咖啡馆与酒吧间"鬼混"。① 因此他的诗集里有不少情诗。像《失望的哀歌》、《威尼市》所收的十首短歌，《但丁墓旁》、《玫瑰花》，表现了"伤感的享乐主义者"的生活倾向，和魏尔伦、拉佛格、蓝波诗歌"音"、"色"的影响。留学东京大学法国文学科的穆木天，受法国象征派诗人拉佛格的影响，努力表现内心对外界声光运动所产生的交感和印象，他的《雨后》，意象新鲜，在优美的自然景物中抒发了爱情的欢乐幸福。对草叶、露珠、云纱、细雨的描绘，组成了如诗人所说的自然的声音颜色光度的波动与内心感受的"交响乐"。《落花》把爱情的温馨欢乐和落花一样的人生的孤寂漂泊感结合在一起，用细腻的象征性描写抒情形成了朦胧的情调，确如朱自清说的"穆木天氏托情于幽微远渺之中"②。冯乃超也曾留日，他1928年4月出版的诗集《红纱灯》，抒发爱情失意的痛楚和人生苦恼的哀怨："青春是瓶里的残花／爱情是黄昏的云霞"，悲情而唯美。《现在》、《好像》、《眼睛》等吟咏爱情的诗篇，从中已看不到对封建礼教的叛逆和青春生命的热情信心，更多的是个人痛苦绝望的哀叹。蓬子1929年3月出版诗集《银玲》，在思想情调上倾向于象征派，充满烦闷和忧郁的色彩。其中的情诗如《在你面上》、《苹果林下》、《我枯涩的眼光》，都是诗人"寂寞的灵魂"中美好而又痛苦的记忆。《在你面上》借鉴法国象征派诗人果尔蒙的《西蒙

----

　　① 郑伯奇：《创造社后期的革命文学活动》，转引自孙玉石《中国初期象征派诗歌研究》，北京大学出版社1983年版，第167页。

　　② 朱自清：《中国新文学大系·诗集导言》，《中国新文学大系·诗集》，上海良友图书印刷公司1935年版，第8页。

尼》一诗，但已无其活泼快乐的情调，而更多地显出波德莱尔《恶之花》的影响。在揭示爱情的短暂、空虚、丑恶方面，比陈梦家的《相信》更进一步，可算是20世纪20年代中国爱情诗的一个"异象"。胡也频创作的200多首诗中，爱情诗比例不小，如《别曼伽》、《寄曼伽》、《愿望》、《温柔》、《离情》、《自白》、《凝想》、《给爱》、《慰藉》等，多是同丁玲恋爱同居过程中所写，"完全是热情的流露"（胡也频语），这些作品被沈从文视为"最动人的新诗"（《记胡也频》）。石民1929年1月出版诗集《良夜与恶梦》，其中的情诗如《无题》、《湖畔》、《夜的深处》、《你照彻》、《等候》、《多谢你》，纯真大胆，热烈执着，注重字句凝练和韵脚和谐，在象征派诗人的爱情诗里显得健康清新。

三四十年代：开放的现代观念
指导下的全面发展

20世纪三四十年代，中国虽然经历了长期内外战争，烽火不熄，天地玄黄。思想文化领域里，也有着错综复杂的矛盾和激烈的论争。但主流社会和进步时代的总体观念意识，却是对"五四"和20年代的开放的现代性的全面接续。爱情诗创作在20年代广泛拓展的基础上，又有了进一步的发展。30年代初的爱情诗，主要是新月派诗人的创作，首先值得注意的是林徽因，她既是大家闺秀，又是梁启超儿媳，有"中国第一才女"之称，徐志摩对她一生钟情倾心。她的情诗有些创作时间较早，但发表较晚。名篇如《仍然》、《那一晚》、《情愿》、《深夜里听到乐声》、《你是人间四月天》、《别丢掉》、《红叶里的信念》、《笑》、《深笑》，清丽流动的意象，传统和现代结合的感受，灵光照人，魅力四射。难以忘怀的感情经历，无法释然的爱的记忆，出之以温婉含蓄、不失身份的抒情，使她的情诗淘尽欲望，富于超越升华感，具备较为纯粹的审美品格。陈梦家和方玮德是新月派的青年诗人，他们都是从写情诗登上文坛的。在《梦家诗集》、《铁马集》中有大量的爱情诗,如《有一天》、《迟疑》、《你尽管》、《为了你》、《那一晚》、《叛誓》、《给薇》、《夜》、《露之晨》、《红果》、《铁路上》、《沙漠的歌》、《初夏某夜》、《嘤嘤两节》、《告诉文黛》、《潘彼得的梦》、《雨》、《我望着你来》、《相信》、《燕子》、《海天小歌》等,其中《叛誓》写爱情的分裂,《红果》、《雨》、《燕子》以别致的构思表现爱情的期待和痛苦,《相信》写爱情的空虚和丑陋,较有新意和深度。新月派的后起之秀方玮德,是桐城派古文家方苞的后裔,父亲方孝岳是著名的诗人兼文学史家。他1929年就读于中央大学外文系,与同学陈梦家、表兄宗白华、九姑方令孺等人组成"小文会",写作新诗并在《新月》等刊物上发表,受到闻一多、徐志摩的赞赏。诗人正值青春年少,对爱情的渴望成了他诗作的主调。《丧裳》、《诉》、《十四行诗》、《海上的声音》、《秋夜荡歌》、《我有》、《一只野歌》、《微弱》、《我愿》等诗,是其牺牲奉献的纯粹爱情理想的写照。《丧裳》震撼人心,《海上的声音》思致新颖,堪称佳构。生活中的方玮德也是一位为爱而歌、为爱而死的诗人,1932年秋在北平与黎宪初一见钟情,为她写了一部《丁香花诗集》,在神魂颠倒的爱情折磨中,结束了他短暂的一生。

30年代前期逐步形成,30年代中期臻于鼎盛的现代派,其成员是一群苦闷、感伤的都市知识青年,他们为中国现代爱情诗贡献了一批高质量的作品。领袖人物戴望舒与施绛年经历了一场长达五年之久的苦恋,其结果正如杜衡在《望舒草·序》中说的:"五年的奔走挣扎,当然尽是些徒劳的奔走和挣扎,只替他换来了一颗空洞的心。此外,我们差不多可以说他是什么也没有得到的。再不然,那么这部《望舒草》便要算是最大的收获了吧。"《望舒草》中的情诗,散发着古典爱情诗浓郁的悲剧调性,一条贯穿始终的抒情线索就是诗人与施绛年的恋爱。《路上的小语》、《林下的小语》展示诗人因急切地想要摘取"青色的橄榄"和"未熟的苹果",所带来的疑惧和悲哀。《夜》、《独自的时候》、《到我这里来》写诗人在无望的爱火中的熬煎、等待、啜泣、遐想。《印象》是一种绝望的心境,不成熟的爱情如"青色的真珠"，已经"堕到古井的暗水里"。《百合子》、《八重子》、《梦都子》、《我的恋人》、《村姑》等诗描写女性形象，暗示自己炙热的情焰，表白自己对爱情的忠贞。《我的素描》、《秋天的梦》、《款步》、《过时》反复抒写爱情的矛盾烦恼，苦恼至极而又挣扎不出，终至堕入虚无，《秋蝇》中的"秋蝇"奄奄一息，《乐园鸟》中的"乐园鸟"疲于奔命，就是爱情绝望虚无的象征。曾经被闻一多当面表扬不写情诗的青年诗人卞之琳，1935年至1937年，为一段爱情波折先后写下了《旧元夜遐想》、《断章》、《鱼化石》、《无题》五首、《白螺壳》、《淘气》、《灯虫》等爱情诗，他的情诗中也有热烈绚烂的句子与意象，如"屋前屋后好一片春潮"、"南村外一夜里开齐了杏花"、"叫游鱼唼你的素足，／叫黄鹂啄你的指甲，／野蔷薇牵你的衣角"、"白蝴蝶最懂色香味／寻访你午睡的口脂"，但在总体上看他的情诗仍坚持一贯的"克制、淘洗与提炼"，把他生活经验中那些最深沉的感受，通过艺术过程，使之结晶与升华，成为艺术品。因此，这些情诗的能指都超过了所指，具有超越爱情本身的更加宽泛的文本解读意义。何其芳倾心于晚唐五代诗词和西方瓦雷里的象征主义诗歌，又接受了新月派徐志摩和现代派戴望舒的影响，他的情诗的语言、意象、情思都有着浓重的唯美色彩，与戴望舒的情诗一起被称为新诗坛的"尤物"。他的情诗名篇《预言》、《脚步》、《秋天》、《欢乐》、《雨天》、《爱情》、《夏夜》、《赠人》、《罗衫》、《再赠》、《圆月夜》等，均收在他的诗集《预言》的第一卷里，写作的时间在1931年至1933年，表现的是他北平求学遭遇挫折时期，与一位漂亮多情的远房表姐发生的"不幸的爱情"。但他对爱情的感受与戴望舒并不相同，戴的爱情是一颗青涩的苦果，情诗的色调是"绛色的沉哀"；何其芳虽然也有"刻骨的相思"，但他感受的爱情像"九月的晴空是多么高，多么圆"（《秋天》），因为毕竟"在被忘记里红色的花瓣开放"过，且"颤抖着成熟的气息"，"过分地缠绵，更加一点湿润"（《雨天》）。这是一场虽然失落但已经实现了的爱情，它像"一片凄清又艳丽的秋光"，诗人从中谛听"自己的心灵里自然流露的真纯的音籁"，对爱情作审美的观照，在"充满了热情与泪的梦"的凄美中迷醉，而后温柔平静下来。因此，他没有戴望舒那样多的期盼、失望与绝望，也没有戴望舒情诗中那么浓重的失落和痛苦的悲凄感伤。金克木的《邻女》、《肖像》，清纯唯美，很有特色。宋清如的《祭》，陈江帆的《恋女》、《夏天的园林》，林庚的《春天的心》，李白凤的《祝福》、《月幻想》，李广田的《窗》、《那座城》，李健吾的《暮春》，李心若的《有赠》，施蛰存的《银鱼》、《乌贼鱼的恋》、《雨》，史卫斯的《眼》，徐迟的《隧道隧道隧道》等，也都是值得品读的情诗。

　　活跃在整个40年代的"七月诗派"，有着共同的政治倾向，他们虽然分布在广阔的地域，包括重庆、上海、武汉、桂林、西安、成都等大都会，也包括陕甘宁、晋察冀等地，但他们都认同胡风的诗歌美学主张，凝聚在胡风主办的《七月》、《希望》杂志周围，写作战斗的诗歌。因此，这个阵容庞大、历时长久的诗派，产生的高质量情诗不多。50年代他们因胡风冤案全部罹劫，曾卓等人在冤狱劫难中写出了感人至深的情诗，我们将放在后面论述。这里只谈论他们40年代的情诗创作，其实也只有阿垅值得一提，他写于40年代的情诗现存三十余首，如同他的一生过得异常艰难一样，确如牛汉所说："他的爱情经历也同样是一个浸透了血和泪的悲剧。"他与张瑞1944年年初相识，不久结婚，次年生下儿子小沛，1946年3月张瑞在母家自杀。在此前后，阿垅写下不少爱情诗与悼亡诗。他的情诗代表作是《无题》，这是一首不同凡俗的诗，"露水、夜哭、烛光、雅歌、祷告、上帝、星光、白色花"等意象，超凡脱俗，散发着浓郁的宗教神圣气息。诗中的相爱者即是殉难者。此诗写出一年之后，张瑞由于蒙受误解，以自杀表白心迹。诗人也在蒙受冤狱12年之后，于"文化大革命"初期的1967年死去。"凋谢的白色花"，不幸成为妻子和诗人自己的"诗谶"。度尽劫波之后，1981年人民文学出版社出版的由绿原、牛汉编选的七月派20人合集，扉页上引此诗末节作为题辞，书名也取自此诗的意象，叫作《白色花》。由此足见这首情诗内涵的深沉与超越，堪称一首继承古典爱情诗比兴寄托传统的杰作。七月派成员中胡征的《白衣女》、芦甸的《沉默的竖琴》一类作品，性质接近情诗，写出了男女之间在特殊环境中的特殊体验，较为动人。产生于抗日根据地的爱情诗较少，有特色的作品当推陈辉的《姑娘》，诗笔细腻明朗，景美情美，委婉含蓄地展示了农村少女羞怯与牵挂的情怀，将爱情与战争结合得单纯而美丽。

围绕《诗创造》、《中国新诗》形成于40年代后期，在1949年后迅速消失，迟至1981年江苏人民出版社出版同人诗选《九叶集》而得名的"九叶派"，是中国现代诗歌史上最后一个现代主义诗歌流派。主知的诗观和对理性的崇尚，加上时世的过于严峻，使得此派诗人的情诗创作不多，他们的哲理象征诗已有不少沦入了政治攻击性质的简单对应。在《九叶集》里，杜运燮的《无题》算是一首纯粹的爱情诗，杭约赫的《最初的蜜》已是政治和爱情的联体，陈敬容的《珠和觅珠人》也可以当作情诗来读。最值得注意的当然是穆旦的情诗，《园》、《童年》、《玫瑰之歌》、《在旷野上》、《夜晚的告别》、《摇篮歌》写青春的忧郁和烦恼。诗人想摆脱烦恼，但"满园的欲望多么美丽"，"蓝天下，为永远的谜蛊惑着的／是我们二十岁的紧闭的肉体"（《春》）。为寻求灵肉冲突的平衡，诗人求助于理性，于是有《诗八首》，写爱情生活不可克服的深刻矛盾，把爱情作为一个短暂并且终归虚无的过程，以使觑破爱情本质的自己从中脱出。这种主知的写法与浪漫主义情诗很不一样，所以这组诗相当引人注目。还有《诗·Ⅰ·Ⅱ》，对爱情的怀疑、悲观和哲学玄思，与《诗八首》一脉相承。但这种对爱情的理性认知，很难拿来具体指导生命力旺盛的青年人的爱情实践。因此，看透爱情的虚幻、复杂的诗人，仍然渴望感性实在的爱情，在《一个战士需要温柔的时候》里，诗人写道："别让那么多残酷的哲理，姑娘，／也织上你的锦绣的天空，／你的眼泪和微笑里有更多的话，／更多的使我持枪的信仰"、"别让我们充满意义的糊涂，姑娘，／也把你的丰富变为荒原"。诗中所说的"残酷的哲理"和"充满意义的糊涂"，指的大约就是爱情的理性意识，它足以把青春的梦幻粉碎。这首诗从情感到表现，都是由现代派向浪漫派的回归。穆旦的这个转变是意味深长的。爱情之所以美好，就在于它的理想化的浪漫色彩，一味理性主知，在爱情和爱情诗的领域，并非完全适用，由此亦可见出现代派理性主知的局限性。

50至70年代：大陆的劳动加
爱情模式与地下写作

　　历史进入20世纪50年代，中国大陆的社会政治经济文化随着政权的更迭，发生了根本的变化，文艺创作从40年代延安《讲话》所倡导的为工农兵服务，变为全面的从属中心，配合形势，宣传政策，服务政治，文艺的个人性和独立性迅速失去。以一场接一场的主要把知识文化和知识分子作为教育改造、批判整肃对象的大规模政治运动为背景，在"战歌"高唱、"颂歌"盈耳的诗歌领域，战斗的、革命的、阶级的、集体的感情全面覆盖，表现个人隐秘深挚的感情世界的爱情诗创作，失去生存空间，被诗人有意无意地忽略、避开乃是正常的现象。诗人对爱情题材的态度，表现得"过分地胆怯和拘谨"，"就好象惧怕一块烧红了的烙铁会灼伤我们底手指头似的"①。1957年1月《星星》创刊号上刊登的《吻》，就被严厉地指责为"色情"作品。所以，50年代诗人在处理爱情题材时，普遍采用两种方式，一是把爱情作为政治的附属物，给爱情加上社会性的装饰，让爱情与劳动建设，与立功受奖联系起来。这可以闻捷1956年出版的《天山牧歌》中的情诗为代表。这些情诗，尽管有着浓郁的少数民族风情和异域色彩，但诗人是把它们当作新生活的赞歌来写的，目的在于通过男女感情生活这扇窗扉，展示新的生活观、爱情观、道德观的萌生。创造新生活的劳动，投身经济建设的热情，是超越爱情本身的崇高目标，也是诗中青年男女爱慕选择对象的主要标准。这些爱情诗所表现

---

① 　力扬：《谈闻捷的诗歌创作》，《人民文学》1956年第2期。

的往往不是爱情生活本身，而是爱情的时代政治性特征。从宽泛的意义上说，这些诗也可纳入古典爱情诗形成的比兴寄托社会政治内涵的风骚传统。在爱情与社会政治行为的关系之间，这些情诗常常画上简单的等号，把这种最个人化的感情，看作政治观点、阶级立场、劳动态度的一种体现，使爱情成为政治的附庸。在表现手法上，总是以卒章显志的方式，来点醒爱情的政治含义和选择标准。如《舞会结束以后》的末节："去年的今天我就作了比较，/我的幸福也在那天决定了。/阿西尔已把我的心带走，/带到乌鲁木齐发电厂去了。"《种瓜姑娘》的末节："枣尔汗愿意满足你的愿望，/感谢你火样激情的歌唱；/可是，要我嫁给你吗？/你的衣襟上少着一枚奖章。"《夜莺飞去了》、《婚期》、《苹果树下》、《信》、《爱情》等诗都是如此。这些诗形成一种"劳动加爱情"、"奖章加爱情"的写作模式，为偶或出现的爱情诗共同采用，公刘的《姑娘在沙滩上逗留》也是这种思路。这是忽视个人内心世界、把个人感情政治化的社会思潮在诗歌创作上的反映。

50 年代处理爱情题材的另一种方式，是以神话或民间传说的形式出现，淡化爱情的时代性，让爱情与现实拉开较大的时空距离。如阮章竞的《金色的海螺》，徐嘉瑞、公刘、徐迟、鲁凝的同名之作《望夫云》，公刘的《阿诗玛》，韦麒麟的《百鸟衣》，白桦的《孔雀》，艾青的《黑鳗》，高平的《大雪纷飞》等。在神话传说的领域里，虽然也必须突出爱情的社会政治道德理念，不过毕竟与现实拉开了距离，对个人的感情心灵的表现的束缚禁忌相对有所松动，所以，这些作品把个人的内心感情世界表现得较为充分。

1957 年的反右之后，诗歌的生存空间愈趋逼仄，进入 60 年代，强调阶级斗争、世界革命、反修防修，政治主题成了诗歌创作的唯一主题，政治学取代了诗学，政治判断代替了审美判断，大量流行的政治概念涌入诗中，诗演变为政治概念的传声筒。随着对所谓资产阶级人性论的猛烈批判，爱情成为禁忌、耻辱和罪恶，爱情诗的创作已经无法进行。1966 年春夏之交开始的"文化大革命"，文艺刊物停刊，出版中断，几乎所有的文学作品都被当作"毒草"横遭扫荡，绝大多数作家受到批判摧残。公开的诗坛一片荒芜。1972 年后，出现少量的文艺刊物，刊载一些诗歌作品，并陆续有少量诗集出版，但都是配合当时政治运动的大批判作品，被四人帮一伙插手利用。公开的诗坛全面沦落，表达个人真实的生命体验、思想感情的诗歌创作转入地下状态，爱情诗的创作自然更不例外。一些被迫害、被剥夺写作权利的诗人，在身心遭受重创的人间炼狱折磨中，写下了吟咏劫难中的爱情的感人诗篇。流沙河 50 年代因发表《草木篇》被打成右派分子，开除公职，劳动改造，在拉大锯、钉木箱、拉板车、扫厕所等侮辱惩罚性的简单劳动中，浪费着大好的生命才华。"不幸之中有大幸"，落难的诗人与川剧演员何洁相遇，并产生了奇迹般的爱情。何洁抛弃荣誉地位，甘当贱民，于 1967 年"七夕"和诗人结婚，陪伴落魄的诗人一同在"地狱"生活。从此，贫贱夫妻，相依为命，陪诗人挨批斗，给诗人送牢饭，接诗人出牢门，与诗人生儿育女，缝衣补鞋，种田种菜，苦度时光。对为自己"尝够了人世的辛酸"的妻子，诗人满怀着爱意和感激，写下了《情诗六首》、《七夕结婚》、《我家》、《梦西安》、《妻颂》等情真意切的爱情诗作为答谢，发出了"愿来世你做丈夫我做你的妻子"的誓愿。七月派诗人曾卓，50 年代因所谓"胡风反革命集团案"蒙受冤狱，在极"左"路线的统治下，长期遭受不公正待遇。在时代的暴力面前，诗人陷于生存的绝境，使诗人绝处逢生的，也是无私无畏的真挚爱情。曾卓为此写出了《有赠》等展现遭劫者苦难风流的非同寻常的情诗。

　　另一部分没有公开发表的爱情诗，出自 60 年代后期开始上山下乡插队落户的知识青年之手。他们在"文化大革命"风暴初起时，曾真诚、狂热地投身这场运动，在生活的真实面前他们终于发现自己被政治阴谋家利用、愚弄、欺骗，于是开始了痛苦的探索、思考。他们用诗歌记下自己思想觉醒的心路历程，也抒写了被剥夺爱的权利的一代人的青春爱情遭际。北岛的《黄昏，丁家滩》、《雨夜》、《习惯》，舒婷的《船》、《秋夜送友》、《赠》、《春夜》、《心愿》、

《致橡树》、《四月的黄昏》，江河的《风在吹》、《静静的椅子》，赵哲的《无题》，杨桦的《哦，眉眉》，方含的《足音》、《谣曲》，食指的《难道爱神是》、《你们相爱》、《敬酒》等，都是有代表性的作品。冷峻的北岛写下过《雨夜》这样与压抑恐怖的时代氛围一致的铁一般沉重、血一样悲壮的情诗，也写出过《黄昏，丁家滩》这样像一帧蓝色剪影般的浪漫温情、风韵撩人的情诗。温婉的舒婷，既写出了展示困顿时光中爱的难境的《船》、《四月的黄昏》，又有理想爱情与理想人格的"联合宣言"性质的《致橡树》，而更值得注意的是她的《秋夜送友》、《春夜》一类介乎友谊和爱情之间的作品，表达了善体人意的女诗人对"迫切需要尊重、信任和温暖"的人们的"一种关切"①。

值得特别提出的还有林子的大型组诗《给他》52首，写于1952—1959年，迟至1980年才在《诗刊》发表其中的数首，而后与写于1978—1984年的同题之作38首一起结集出版。这组诗用类似白朗宁夫人十四行诗那种语调和体式，来表现爱情的鲜明现代色彩。她的爱不乏细腻温润，但更热烈率真，大胆泼辣，已经挣脱了封建传统意识的羁绊。她在组诗里反复表白自己如火如荼的爱欲："在热恋的日子里，我醉了，/留下了无尽期的晕眩"，"宽恕我的热情吧，爱人！/如果它爆发了，像一座火山"，"爱情的园中开满了殷红的玫瑰，/弥漫着似火的热情和芬芳的沉醉"。具备现代观念的女诗人，喊出了了爱的最强音："只要你要，我爱，我就全给，/给你——我的灵魂，我的身体。/常春藤般柔软的手臂，/百合花般纯洁的嘴唇，/都在等待着你……"抒发了热恋中的女诗人火焰般的炽烈感情和海潮般的奉献渴望。由此可见，任何禁欲的宣传和禁锢的意识形态，对人性和爱情的不遗余力的丑化诋毁攻击，都无法在真正的意义上，阻挡青年一代心中对美好的爱情生活的渴望向往和赞美歌唱。

———————————

① 舒婷：《人啊，理解我吧》，老木编《青年诗人谈诗》，北京大学五四文学社1985年印行，第21页。

50年代以后：台湾爱情诗对古典和现代传统的全面继承

在大陆诗坛个人空间愈趋狭窄、爱情诗窘迫地转入地下的50年代以后，台湾诗人获得了相对宽松的生存环境，在开放的观念意识指导下，爱情诗创作较好地继承了中国古典诗歌精神和五四以来的现代传统，并在一些方面取得了重要的突破和创获。

台湾爱情诗的重要特色之一就是传统伦理精神的现代抒写。纪弦的《黄金的四行诗》、余光中的《珍珠项链》、天洛的《书法》、李勤岸的《夫妻》、桓夫的《风筝》、沙穗的《千年之后》、利玉芳的《古迹修护》等都是名篇。中国古典爱情诗充满伦理精神，这是由传统的血缘宗法的伦理社会性质所决定的，社会和礼教需要把男女两性间的爱情婚姻关系，纳入伦理教化的范畴，以此达到"经夫妇，成孝敬，厚人伦，美教化，移风俗"的目的。《诗经》中的爱情婚姻诗歌就表现出了明显的伦理意识，汉乐府诗和汉代文人诗对爱情婚姻的伦理精神更为强调。此后，大量的寄内寄外、怨别怀远、伤逝悼亡之作，其间无不灌注着夫妻之爱的浓烈伦理精神。开放现代的台湾社会，首先又是高度珍视中国传统礼仪文化的社会，所以，台湾爱情诗必然对传统爱情诗的伦理精神有所继承。纪弦本是一个极为自负、孤傲的反传统的现代派诗人，自诩"天才"并以独步天地之间、无视一切存在的"狼"自喻，写诗往往爱走极端，出语惊人，意象奇僻。但他的《黄金的四行诗》，完全皈依了爱情伦理传统，手法上朴素写实，先从夫人六十大寿自己献诗祝寿写起，点出一个穷教员的困窘与无奈，然后回忆"从十六岁到六十岁"，夫妻"从昔日的相恋到今日的相伴"这几十年间的爱情婚姻生活。诗人用朴实无华的语言，真实的细节，再现了初恋时节留下的永难磨灭的"第一印象"，和婚后共同生活中妻子的坚强忠贞、勤劳辛苦、淡泊荣利的高贵品质。和平温厚，洗尽铅华，是这首诗最大的风格特点。口语化的语言，散文化的行句，仿佛不是在作诗，而是心愫的自然流露。诗人的感情无疑仍是炽热的，但在表现上却是"绚烂至极，归于平淡"。《珍珠项链》、《书法》、《夫妻》等诗都有这种归依传统爱情婚姻伦理之后的温厚深挚的特点。

当然，仅仅归依传统也许不是上引诗作的全部内涵，事实上，这些作品都不同程度地打上了鲜明的现代烙印。而更能够在传统伦理框架内抒写现代情感观念的是沙穗的《千年之后》和桓夫的《风筝》。《千年之后》是对夫妻爱情婚姻前景的展望："千年之后/我们的名字刻在大理石上/虽然冰冷/但是光洁//也许有几只蝴蝶飞来/那是因为你生前常常别着胸花/几只流萤飞来/是因为我需火点烟/含羞草低着头/如你新婚的样子。"你仍然那样美丽，我也还是老样子，而"来此凭吊的人，可以不懂诗/必须懂得爱情/否则就不认识/大理石上的名字"。这是对夫妻之间生死不渝、超越时空的永恒爱情的另一种写法，有"死亡"在场作为背景，愈益衬出夫妻爱情的旖旎动人，诗中的大妻爱情伦理是古老的，时间生命观和表现手法则是现代的。《风筝》托物寄情，婉转比附，咏筝喻己，以之抒写夫妻之间的爱情婚姻关系，不仅突破了古今诗人题咏风筝托喻社会政治意义的程式，也在爱情婚姻伦理关系的真实方面达到空前高度。诗中的风筝和放筝人分别喻指丈夫（"我"）和妻子（"你"），正所谓"不是冤家不聚头"，就这么扯扯牵牵，厮厮缠缠，熬熬煎煎，恩恩怨怨，几十年的爱情婚姻生活便有滋有味了。这种世俗情调和烟火气息，失去了传统婚爱诗伦理精神的高尚纯洁美丽，却十分真实可信，觑破了现代社会夫妻伦理的真面。或许经得起这种幽默口吻调侃的爱情婚姻关系，才是一种稳定成熟的夫妻伦理关系。

古典意象的大量使用，古典意境的灵活化用，古典诗意的成功借鉴，使台湾爱情诗具有浓郁的古典美。郑愁予的《错误》、痖弦的《秋歌》、高准的《香槟季》、林泠的《阡陌》、冯青的《最好回苏州去》等，以及饮誉华人诗坛的席慕蓉情诗、余光中情诗，多是或使用古典意象，或化用古典意境，或借鉴古典诗意，结撰而成的古典而又现代的情诗名篇。痖弦的《秋歌》只有短短十余行，却出现了"落叶、荻花、砧声、雁字、落花、南国、山径、琴韵、寺院"等诸多古典诗歌意象。高准的《香槟季》，融化、改造了《诗经·关雎》以及《溱洧》、《蒹葭》等多篇作品的意蕴，使用了"雎鸠"、"对岸"等带有原型性质的诗歌意象，将古与今连成一片，将人与自然融为一体，热烈歌赞青春、爱情和生命的欢乐。冯青的《最好回苏州去》，借助对周邦彦《少年游》的模拟、改写，表达了自己对宋词里的美妙爱情的向往，和对故乡、祖国历史文化的渴慕。郑愁予的《错误》，是一首颇负盛名的现代爱情诗，内涵仍是传统游子思妇的闺怨情感。诗中误会与巧合的情节因素、无焦点冲突的戏剧化情境与比兴寄托的深层蕴含，显然借鉴了苏轼《蝶恋花》下片："墙里秋千墙外道。墙外行人，墙里佳人笑。笑渐不闻声渐悄，多情却被无情恼。"上引几个诗歌文本均带有古典诗学的"拟作"性质，西方文论术语谓之"互文性"，把这几个新诗文本与相关的古典文本放在一起对读，在古今比较的"溯本求源里"，就会看到"前人的文本从后人的文本里从容地走出来"的有趣现象。① 于此足见台湾爱情诗对古典诗词浸淫之深。

台湾爱情诗对古典诗歌意境的化用，可以林泠的《阡陌》为例。此诗咏物托喻，颇富道心禅意的空灵爱情境界，又可融通于人生世事的其他方面。"阡陌"以喻男女，偶然相遇，短暂相爱，长久相别，这人世情爱的聚散，一如在一点上相交后旋即分别的阡陌，一如长着翅膀来去无定的白鸟。诗中的意象如"阡陌"、"悄悄小立的鹭鸶"、"注满了水的田垄"、"轻轻落下的纯白羽毛"等的有机融合，形成一种镜花水月般空灵的意境，惜缘而不耽溺，洒脱而不空漠，了悟必然而又珍视偶然，透彻结果却仍存有希冀。这不仅是晕染着淡淡的眷恋感伤的超脱飘逸的诗歌境界，更是明心见性的悟道者方可抵达的高妙的生命境界。林泠把王孟山水田园诗的

① ［法］罗兰·巴特：《文本意趣》，转引自《互文性研究》，天津人民出版社2003年版，第12页。

禅道境界，移植嫁接于爱情诗领域，在《阡陌》中取得了极大的成功。

台湾诗人几乎都有情诗写作，在此无法一一列举，仅拈出余光中、席慕蓉二人略加剖析以见其概。余光中向有"情诗圣手"之称，他的情诗主要收入诗集《莲的联想》，这部由30首诗组成的诗集，标志着余光中找到了自己诗歌的中心意象，并初步形成了个人风格。余光中《莲的联想》中的情诗，不仅袭用了古典诗词特别是姜夔词中的"莲"意象，而且取法姜夔"健笔柔情"的写法，尽管余光中这一集诗总体上比姜夔情词要香艳热烈，但受高雅脱俗的中心意象"莲"的品格制约，所以也涤除了过于缠绵、过于感性的肉欲因素，以言情为比兴，由具体的爱人（莲）上升到超越的爱情，上升到普遍的美，上升到一种宗教的感悟："对我而言，莲是美、爱和神的综合象征……艺术、爱情、宗教，到了顶点，实在只是一种境界，今乃皆备于莲的一身。……莲是有人性和神灵的植物。"[1]《等你，在雨中》是余光中爱情诗代表作，诗人感知里的红莲与情人，在诗中已合二为一，化为超时空的存在。池边一夕的相约，莲花一季的开落，青春短暂的岁月，是一"刹那"；但"情人死了，爱情长在；庙宇倾颓，神明长在；芬芳谢了，窈窕萎了，而美不朽"，则是"永恒"。诗人等待的是情人，更是不朽的爱情理想和美的理想。在诗人超时空的联想中，既有物，红莲，是"美之至"；又有人，你，是"情之至"；更有诗人从对"美之至"和"情之至"的体认中，感知到的"莲即怜即佛"的宗教神性，从而升华为"悟之至"的极境[2]。面对"叶何田田，莲何翩翩"，诗人的联想是"美在其中，神在其上"（《莲的联想》）。所以，诗人的爱是超越的，他的爱在"莲花池畔"，也在"长生殿"；他爱在"今夕"，也在"唐朝"；他的爱"自今夏开始"，也"自天宝开始"；他爱的是"你"，又是"太真"（《啊，

---

① 余光中：《莲的联想·代序》，《余光中诗歌选集》第1卷，时代文艺出版社1997年版，第286页。
② 同上。

太真》）；"你"入水为莲，出水便是"宓宓、甄甄"（《两栖》）。他的爱"一端在此，另一端/在原始。上次的约会在蓝田/再上次，在洛水之滨/在洪荒，在沧海，在星云的煖煖"（《下次的约会》）。这种爱情是"多么东方，多么古老"，是"羞怯得非常古典的爱情"（《莲池边》）；又是非常现代、非常开放的爱情，"瑞士表"提示着约会的时间，"科学馆"的飞檐挑着"耳坠子"般的星星，"女孩子们很孔雀"。除了《莲的联想》，余光中还有《吐鲁番》、《双人床》、《雪崩》、《小褐斑》、《大度山》等大量言情并时涉性事的作品，缠绵、香艳、佻达乃至色欲，与杜牧、李商隐、温庭筠、柳永言情诗词大有干系，甚至散发出六朝宫体的气息；同时也不排除戴望舒、何其芳情诗和西方爱情诗的影响痕迹。与诗人其他题材的作品一样，余光中的情诗也是冶古今东西于一炉的。

　　和余光中相比，风靡台湾和大陆的席慕蓉情诗，更为温婉细腻、优美感伤，但不乏感悟命运的悲剧性深度。为"让我们结一段尘缘"，诗人在佛前"求了五百年"，竟还是在相逢中失之交臂，终于错过（《一棵开花的树》）。尽管"并不是立意要错过"，但不知为什么却"一直都在这样做"，已经"错过那花满枝桠的昨日"，又要"错过今朝"，错过看来是注定的（《送别》）。诗人渴望遇上这世间"唯一能伤我的射手"，好"让我死在你的手下"（《白鸟之死》），然而无缘的人"不是来得太早/就是　太迟"，遇合极为艰难。青春不仅"是一本太仓促的书"，而且"所有的结局都已写好/所有的泪水也都已启程"（《青春》之一）。走进爱情，才发现"这个世界　决不是/那当初曾经允诺给我的蓝图"，感到"迟疑惶惑"了，但所有的脚印却已"无法再更改"（《长路》）。到最后，黑暗总会吞噬尽"期待"和"梦想"，故事只要开始，"再怎样曲折/也只是在逐步走近结束的方向"（《沙堡》）。在爱的两难或多难中，"无论是哪一种选择"，最后都会"使我流泪"，使我"深深地后悔"，这都是那"不能接受　也/不能拒绝的命运"在作祟（《诱惑》）。面对命运这一巨大的异己力量，即若贵为帝王妃子，像《长恨歌》中的唐明皇和杨贵妃，也无力支配主宰，无法不上演悲剧，何况普通的人？所以，经历了爱的"沧桑之后"，诗人终于彻悟，不再追究"是谁先开始向命运屈服"，而"只求你在黑暗中把我重新想起"（《沧桑之后》），勿忘那曾经美好的生命过程的记忆，作为悲剧人生和悲剧爱情的唯一安慰。从席慕蓉情诗里，分明能够读出伤感悲凄的唐宋婉约词的韵味。

　　现代与后现代的爱情诗文本，是台湾爱情诗创作的重要突破和创获。余光中的《双人床》、洛夫的《爱的辩证》、夐虹的《诗末》及《死》、钟玲的《卓文君》、渡也的《顽癣》、夏宇的《疲于抒情后的抒情方式》、林耀德的《上邪曲》等是其代表。余光中的《双人床》，以咏物喻示女人和性爱，通过性爱的描写，表现了人与世界的对立。床里、床外的对比完成了诗人的创作意图：反对现代社会对人的异化，呼唤健全美好的人性复归。由于诗中出现了"靠在你弹性的斜坡上"、"跌入你低低的盆地"、"卷入你四肢美丽的旋涡"的动作描写，和"仍滑腻，仍柔软，仍可以烫热"的感觉描写，所以在台湾诗坛引起极大争议，毁之者斥为一首诲淫的色情诗，誉之者则赞为一首表现时代与人类悲剧的讽刺诗。诗作的复杂性和内涵深度正显示了它的现代品质。洛夫的《爱的辩证》，取材于《庄子》中的尾生故事，诗人作了一题两式处理：前一首《我在水中等你》极写尾生的忠诚信义，"水来我在水中等你/火来/我在灰烬中等你"，赋予古典爱情故事以浓烈的现代色彩；后一首《我在桥下等你》则完全是诗人的再演绎，再阐释，"河水暴涨/汹涌至脚，及腰，而将浸入惊呼的嘴/我开始有了临流的怯意/笃定你是不会来了/然后登岸而去/非我无情/只怪水来得比你更快"。揭示尾生的另一种深度心理和行为选择，人物的命运和故事的结局完全改观，寓言原作实际上已被颠覆、解构，而显出某种后现代色彩。"缪斯钟情的女儿"夐虹，有"现代李清照"之誉，但她的情诗很少有古典的缠绵柔婉，《诗末》情绪激烈，血泪淋漓，有一种震撼人心的苦难之美，这是一种具备现代质素的诗美；《死》是"愿生生世世为夫妻"的古老愿望的现代版，干净利索，高度浓缩，诗形简短，意蕴张力巨大。钟玲的《卓文君》，不仅在观念的层面突出这一男女私奔故事的反礼教意义，而且把相如抚琴在文君心中的感应作性爱化表述：

> 你不必琴挑我的心/锦城来的郎君/我就是横陈/你膝上的琴/向夜色/张开我的挺秀/等候你手指的温柔/你不必撩我拨我/锦城来的郎君/只须轻轻一拂/无论触及哪一根弦/我都忍不住吟哦/忍不住颤/颤成阵阵清香的花蕊

琴挑与性的挑逗合写，暗示温婉而大胆。渡也的《顽癣》，将爱情的缠绵与深挚喻为永难治愈的顽癣，将癣疾引起的种种无法忍受的生理病感，转换为一种无以言说的爱情审美的快感，这是现代主义以丑为美的写法。

而最值得注意的是夏宇的《疲于抒情后的抒情方式》，诗写被吻后的感觉，竟"比昙花短"，却"比爱情长"！看来，夏宇的确是"疲于抒情"了，她已然透破了现代人的爱情——快节奏的生活，快节奏的情感，在泡沫社会里，一切都泡沫化了，当下与即兴，倏生倏灭，倏真倏幻。那被历代诗人反复赞美的缠绵不已的古典式爱情，在夏宇这里全属虚妄。她用后现代诗人黑色幽默的"抒情方式"，对历来被视为美丽神圣的爱情，实施了令其难堪的反讽。林耀德的《上邪曲》，是对汉乐府《上邪》的逐句戏仿，对"山无陵，江水为竭"的戏仿为："在无数人类同时努力做爱的子夜/再度　悄悄降临/今年的第一枚核弹……"；对"天地合"一句的戏仿为："核爆同时/请容你我完成最后的交媾"；对末句"乃敢与君绝"的戏仿为："化为相混的灰烬/终会停息热度沾濡黑色的潮湿/我们的都市/我们的残稿/性器与体毛/爱和永恒/都共同灭绝。"诗人抛开原作相爱到世界末日的忠贞不渝，直写赤裸本能的性爱情欲，引入"核爆炸"，与做爱场面交错叠印，展示生活在核爆阴影里的现代人，在末日感支配下的偷欢纵欲。这一类后现代爱情诗文本，是西方后现代文化影响台湾社会的产物，也是对二三十年代诸如蓬子《在你面上》、陈梦家《相信》一类爱情诗的承续发展，它为20世纪中国爱情诗提供了新的异质，虽不美丽，但因其直逼存在的真实而有着特殊的意义。

八九十年代：世纪末诗坛的爱情盛宴

20世纪70年代末，一场真理标准大讨论结束了极"左"路线专制的灾难岁月，拉开了改革开放时代的序幕，中国人渐次步入了正常的生活轨道。随着思想解放运动的春风吹拂华夏冻土回黄转绿，久遭禁锢的人性得以复归文艺的苑囿，被迫转入地下的爱情诗也重新返回公开的诗坛。受到日益开放宽松的时代生活的鼓舞，人们被禁欲主义长期压抑的情感迅速复苏升温并要求全方位地发抒宣泄，诗歌无疑是一个重要载体，所以八九十年代的爱情诗创作获得全面丰收：或以善为美，或以真为美，或以丑为美，或含蓄优美纯情感伤，或热烈激情野性狂放，或表现正常的和谐美妙，或展示变态的矛盾分裂，或恪守传统伦理道德，或反传统反伦理反道德，或作形而下的写实描摹，或作形而上的哲理思考，或比拟象征，或解构反讽，或古典或现代或后现代，可谓林林总总，竞芳争艳，为世纪末诗坛排上了一席爱情盛宴。而风骚与伦理、重情与叛逆和女性写作，无疑是世纪末诗坛爱情盛宴上的几道大餐。

七八十年代之交重返公开诗坛的爱情诗创作，继承了古典爱情诗的风骚传统和伦理精神。所谓风骚传统，是指爱情诗的社会政治性质，男女两性的爱情关系抒写，常常比兴寄托着理想追求、身世遭际等更加宽泛的社会政治性内容。古典爱情诗的风骚传统，在新诗创作、批评中时有显露。创作方面，早期新诗比如大家熟知的刘半农的《教我如何不想他》、郭沫若的《炉中煤》，温婉缠绵或热情强烈的爱情形态上，寄托的是"思念祖国"的情绪。受到读者普遍喜爱的徐志摩情诗，一如胡适说的那样，是诗人爱、美、自由的理想的"三位一体"①。戴望舒的《雨巷》，则"美人香草"俱备，撑着油纸伞彷徨雨巷的"姑娘"，飘忽不定，仿佛《蒹葭》、《离骚》中的"伊人"、"美人"，"丁香"可视为"香草"意象，希望逢着一位"丁香一样的姑娘"，也就是《蒹葭》求伊人、《离骚》求女的现代版。《雨巷》爱情形态中包含的意蕴，一般认为是一代青年的苦闷象征，是社会时代所导致的，爱情指涉着特定的政治背景。80年代初公开发表、广受欢迎的舒婷爱情诗，也大多不是单纯的男女情爱的表现，《致橡树》中理想爱情的追求，与理想人格的追求是合二为一的；《船》中咫尺天涯的情感距离，也是理想和现实分裂的永恒憾恨。诗论家们对舒婷爱情诗的阐释，也大多联系这些诗产生的剿灭人性、爱情的极"左"路线专制的社会政治背景。

　　古典爱情诗的伦理精神，与中国社会血缘宗法的伦理社会性质密不可分，社会和礼教需要把男女两性间基于欲望产生的爱情婚姻关系，纳入伦理教化的范畴。20世纪新诗是反封建文化、反封建礼教的产物，产生了许多与婚姻夫妻关系无关的纯粹的爱情诗。但是，父权式家庭结构并未解体，一夫一妻的家庭生活仍然是男女之间最普遍的联系方式，所以充满伦理精神的婚爱也仍然是两性爱情的基本内容。个性解放的自由恋爱，使现代婚姻越来越多地建立在爱情的基础上，婚后的夫妻之爱是婚前的恋人之爱的继续。尽管不排除家庭生活的日常琐碎使爱情平淡褪色的情况，所谓"婚姻是爱情的坟墓"，但共同生活中彼此理解的加深，责任和义务的共同承担，困难和危机的共同面对，相濡以沫，携手扶将，也能够使婚前的爱情在婚后得到深化、升华，这甚至导致了现代爱情诗中伦理精神在某种程度上的强化。如前所述，胡适写给夫人江冬秀的爱情诗，闻一多写给夫人高真的《红豆篇》，其情感内涵均是夫妻伦理精神。但二三十年代的知识界，毕竟普遍服膺自由的个人主义，所以像胡适、闻一多这样有着特

①　胡适：《追悼志摩》，《新月诗魂——名人笔下的徐志摩》，东方出版中心1998年版，第14页。

殊背景的伦理精神浓重的婚爱诗，并不多见。

50年代以后，意识形态转型，男女两性关系纳入群体本位和革命事业的大框架，爱情婚姻成为附属物，需要组织审查，领导同意，最个人化的爱情成了最群体化的革命之爱，同志之爱，阶级之爱，事业之爱，爱的对象是立功的勋章，英模的红花，如闻捷的《种瓜姑娘》所写："要我嫁给你吗，/你的衣襟上少一枚奖章"，这不仅是一种择偶观，也是一种诗歌表现模式。在这不无异化的爱情形态上，附丽的是被新的政治需要所大大强化了的教化伦理意识。随着一连串的政治运动使知识分子陷入炼狱，人性成为艺术的禁区，爱情诗也不再有人公开写作。直到"文化大革命"结束，有幸熬过劫难的诗人，在改革开放后日见宽松的环境中，才重新开始了爱情的吟唱。历尽折磨的诗人们蓦然回首，发现自己大难不死的一个重要原因，就是来自"坚贞顽强"的妻子的支持。尽管历次运动的发动者们鼓励夫妻间的揭发和叛卖，制造了许多妻离子散、家破人亡的悲剧，但更多的妻子们忠贞不渝，与落难的丈夫生死相依，共同度过灾难岁月，用她们女性的也是母性的怀抱，为丈夫们提供着避难所和避风港。所以，七八十年代之交获得解放的诗人们，纷纷把对妻子的感激和着爱意，写入诗篇。一时间，诗坛上出现了一批赞颂妻子的作品，流沙河的《妻颂》、林希的《夫妻》、李加健的《给妻子》、黄永玉的《献给妻子们》、邵燕祥的《银婚》是其代表。这些诗超越了催生情诗的年龄、容貌因素，把爱情婚姻与一代知识分子的命运结合起来，对爱情进行了严峻而深刻的观照和表现。尤其是黄永玉的诗，用口语对话的幽默手法，开掘包含在爱情伦理中的深度哲理：

> 不是好女儿，/哪来的好情人？/不是好情人，/哪来的好妻子？/不是好妻子，/哪来的好母亲？

是朴素的诗句，更是雄辩的真理。诗的末段，诗人把自己对妻子的挚爱感激和赞美，上升为对祖国数不尽的"好妻子们"的挚爱、感激和赞美："我骄傲我的祖国/有数不尽坚贞顽强的妻子/年少的，/中年的，/白发的，跟丈夫共同战斗的妻子。"这是黄永玉代表"一代文人"，对祖国的优秀女性的衷心礼赞和歌颂，升华了爱情伦理蕴含的社会思想意义，赋予爱情伦理以崭新的时代品格，划出了与传统爱情诗歌伦理精神的重大差别。

崇尚个性解放的 20 世纪爱情诗，更加发展了古代爱情诗中违背伦理、放弃自尊、不计利害、不顾后果、不慕神仙、不惜生死的重情和叛逆传统。俞平伯的《假如你愿意》、汪静之的《过伊家门外》、闻一多的《国手》，以及郭沫若、徐志摩、林徽因、刘梦苇、方玮德、邵洵美、汪铭竹等的大量情诗，都有程度不同的非伦理理性的重情倾向和叛逆色彩。50 年代以后，不多的爱情诗归依于革命、阶级、集体的社会主义"新伦理"。八九十年代的爱情诗创作，在重新开放的时代背景之下，继承并弘扬了古典诗歌与现代新诗的重情叛逆传统。陶醉在爱情高峰体验中的舒婷喃喃地叮嘱恋人：此刻"就是有个帝王前来敲门/你也不必搭理"（《会唱歌的鸢尾花》），人间的最高权威也可以不管。舒婷的《神女峰》，在思考了几千年封建礼教伦理和几十年极"左"政治伦理对妇女的情感生活的长期沉重压抑后，接续五四个性解放、天赋人权的现代意识，再一次唱起叛逆的歌声：

> 沿着江岸，金光菊和女贞子的洪流，/正在煽动新的背叛：/与其在悬崖上展览千年，/不如在爱人肩头痛哭一晚。

至 80 年代中期，翟永明、伊蕾、唐亚平、林柯等女诗人，大写"黑色"诗歌，在对女性生理心理的全面开掘和对女性生活命运的深入体验思考中，肆无忌惮地张扬女性的原欲，大量地暗示或直写女性禁区或性事，声声呼唤"你不来与我同居"，公然宣布"让生命上天堂，/让灵魂下地狱"，坦率承认"一个女人同时爱着两个男人/无所谓两难处境/这是我个人的秘密，无须脸红"。传统的礼教意识与伦理精神已荡然无存。

80 年代中期以后，爱情诗领域再度出现了描写一见钟情故事的作品，但已突破古代一见钟情的故事模式：猝遇"目成"、吟诗传情之举，一概省略；直觉的好感本能的吸引与自由的渴望生命的激情，综合作用的结果，就出现了潞潞《两个画家》所写的情景。爱情的实现，就这么简简单单，素昧平生的两位年轻画家，萍水相逢，只需"男的伸出手/女的歪歪头"，一场爱情就轻松容易地迅速实现了。在边远蛮荒的大自然怀抱里，自自然然发生的一切，都邻于"天人合一"的大道，从而超越了世俗的礼教、伦理、文明的束缚羁绊、陈规陋习。人原来也可以这么潇洒地活，这么潇洒地爱，令诗人感到美好："在中国北边/这个蛮荒的小镇/我突然愉快起来。"诗人对此表示理解和肯定。我们同意诗人的态度，因为从这场违背伦理的爱情里，看不出轻浮成分，两颗自由心灵撞击融合的自然洒脱程度，在精神实质上接近于庄子所形容的"解衣盘礴"的生命境界。张小波的《这么多的雨披》，写一对旅途邂逅的年轻人发生在雨中的偶然又单纯的爱情故事，从一个地铁车站出来，又在另一个地铁车站鬼使神差般相遇，同处在青春期，同样渴望远方，同样喜欢旅游，同样憧憬超越常规模式的感情遇合的他们，"眼睛与眼睛之间""有意无意的"瞥视，看一眼，再看一眼，他们同时读懂了对方的"眼神"，灵犀相通，"雨披掩遮下"的那场"慌乱举动"便合乎必然地发生了。类似的作品还有李彬勇的《在泰山的一日一夜》。

一方面，这类作品不同于古代诗词中肤浅无聊的慕于色相的一见钟情式"艳遇"，因为这些诗中的相爱举动看似草率仓促，但却有着深刻的内在情感心理基础，是同样向往自由的心灵契合和精神上相互一致的需求，驱使他们行为上相互强烈地吸引靠近。另一方面，生活节奏的加快，相应地也加快了感情的节奏，上述作品中描写的爱情的确是快餐时代的快餐式爱情。在宽松的社会环境里，伦理已经被完全抛弃，情与欲的界限也已相去无几。如果没有了心灵和精神，这种两性的快速结合就会堕入欲望的泥沼，90 年代后期就出现了一首描写女书商在火车上与大款快速进入角色的叙事性作品，已是有欲无情，有肉无灵，几近于旧时的狭斜艳遇。不过时代毕竟不同了，倒是女性在过程中显得更为主动。可见如果没有思想、感情的心灵内涵，只剩下逾越伦理规范的行为，是根本谈不上什么重情和叛逆的。

世纪末爱情诗的女性写作特别引人注目。在伦理精神方面，世纪末女诗人有与古代女诗人一致的地方，扶桑把自己的爱情比作一杯酒："这一杯酒/不能轻易示人/饮下它的只能是我永世的情人"、"泪光里饮下它的人/永生永世不能反悔"（《酒的故事》）；伊蕾也向所爱表示："你的好女人/一百年不变模样"、"红盖头揭去又生长/我是你永远的新娘"（《三月的永生》）；与古代爱情诗歌中的女性爱情心理一样，都是要求男人的专一与长久，这是基于男女两性的爱情心理差异。性别角色的不同，使女子在爱情心理中更容易体验失落感，所以，女子与男子的爱情心理要求不同："侬作北辰星，千年无转移。欢行白日心，朝东暮还西"（《南朝乐府·子夜歌》），女子要求的是长久专一，男子则因满足而生厌："辛苦一朝欢，须臾情易厌"（《南朝乐府·读曲歌》）。当然，对伊蕾、扶桑们来说，要求男人的长久与专一，不一定非得是婚姻关系，主要是精神情感的依恋，而不是伦理形式的限制。她们在个性解放和男女平等的时代，已经随着经济地位的独立，摆脱了古代女诗人行为和情感上的被动依附状态，表现出爱情的主动性。伊蕾声声呼唤："你不来与我同居"（《独身女人的卧室》）；唐亚平写道："我披散长发飞扬黑夜的征服欲望"，"并且以旋涡的力量诱惑太阳和月亮"（《黑色沼泽》）；郑敏感到自己身体里，有"一只在吼叫的雄狮"应和着时代的吼叫，她和雄狮到"大江的桥头"，去赶赴"一个约会"（《渴望：一只雄狮》）；小君在与爱人分开后"不再难受"，"变成了一个真正的女人"，并信心十足地表示："我还想/干些不容易的事/我准是比你行/我挺能干"（《冬天》）。

因为不再被动依附，以经济、政治和人格独立为坚强后盾，新女性坦荡自信地走向情场。黄殿琴《说完了的故事》中的女主人公，面对爱情，不求舍施，爱与不爱，完全出自内心需要，完全由她自主自决，她追求的是爱情和生命的质量。如果爱已结束，"江河已经干涸",那就"让鱼儿游走吧/游向湖泊或者小溪",那里还有"鱼儿"生存的出路,那里水质也许更好。所以,当爱情只剩下"一缕不再燃烧的青烟"时,就不如果断些干脆"将它踩熄";当"一部书已翻完最后一页/目光何必紧盯着封底",不如趁早将它合上,找一本新书,翻开新的一页,让故事重新开头。快刀斩乱麻并非不痛苦,而是缩短痛苦,不必哀哀切切、气气恼恼地"挽留、抱怨、嫉恨",而是及时果断地主动了却。

因为不再被动依附,所以不再像古典女诗人那样羞涩压抑,她们大胆地在诗中描写爱情的过程、性爱的细节和生理心理体验。翟永明、唐亚平80年代的诗在性事描写上主要用诸如"黑色沼泽"、"黑色洞穴"的意象比喻和暗示,到90年代扶桑的《霜》、《垂死》、《今夜星光灿烂》等爱情诗中,这一切都用直接描写和细节呈示出来,而无丝毫的扭捏和难为情。女诗人爱情诗的纯情性还部分存在,但已经不再狭隘,而融入了更多的社会、历史、思想的成分,她们不再一味沉湎于爱情不能自拔,舒婷的《神女峰》、《致橡树》开始从社会历史的角度,甚至在命运感的高度反思女性和爱情,主动要求与男人的平等,在男人面前保持人格尊严;伊蕾情诗也流露出强烈的平等意识:"每时每刻/你以不息的狂涛冲击我,煽动我去创造奇迹;/每时每刻/我创造的形象照射你,启迪你,促引你新的爆发力。/——就这样,我们不停地从对方产生出来,/又不停地合二为一,/壮大着、丰富着我们自己"、"我本是你的另一半/你身上的任何元素/也同时属于我"(《浪花致大海》),伊蕾追求爱情中男女平等,爱的过程,是男女双方均等地赋予对方以生命和创造的过程。唐亚平、翟永明、伊蕾、林柯等人的爱情诗,颠覆和挑战男权社会的伦理秩序,她们的反叛在诗坛和社会上引起了强烈的反响。

古典女诗人爱情诗风格情调上的美丽感伤,还体现在席慕蓉、舒婷等女诗人的情诗中,但更多的是如唐亚平、翟永明、伊蕾爱情诗显示出的热烈、开放的现代色彩和驳杂灰暗、原始丑陋的后现代格调。还有一些女诗人的情诗,开掘女性的潜意识心理,特别值得注意。小君写道："我要养活七八个孩子/让他们排成一队"（《我要这样》），这在现实中已不可能实现，透漏了女性"螽斯羽诜诜兮"般本能的繁衍渴望；陶宁则期盼着遭遇"许久以前"部落的"虎背熊腰的首领"，"只有他抬起头能辨认我们部落唯一的星座/只有他低下头能征服部落唯一的女人"，她坚信"总会有一个如入梦又如苏醒的时刻/重复起那遥远的熟悉的陌生的颤栗/当我火一样喘息/水一样把长发披散到腰际/光一般扭动只给一人看过的舞蹈/那是他一定是他/正从什么地方一步步向我走近"（《酋长的女人》），这些诗句已经楔入女性原型心理中积淀的原始记忆。辛茹则为"你"养护着"古典的花坛"，"紧握含苞欲放的骨朵/只渴盼向你打开"，女性的守身如玉，原是为了向"一梦多年"的"你"献身，试看女性的心灵隐秘，在这些诗句中已是昭然若揭。"期待你像骑士那样穿戴整齐/而后打马而来/推倒我虚设的栅栏/期待你像强盗那样汹涌而至/然后横冲直撞/永远侵占我的花园。"（《有一朵玫瑰》）这几句诗包含的已不单是献身的欲望，而是被征服欲和受虐欲的本能流露，这是女性心理中积淀的亘古如斯的"原欲"，是女性潜意识层面的"原型心理"。传统礼教纲常的压迫，使女性的"原欲"处在遮蔽状态，进入个性解放时代，女性的"原欲"才有敞开表现的可能。辛茹已把它们写入文本，发表出来，并且获得了鲁迅文学奖，作为解读者，我们就不必讳言了。对这类诗，若是千人一腔地赞为"忠贞奉献"，或道貌岸然地斥为"淫鄙无耻"，实在是隔靴搔痒，言不及义。

20 世纪爱情诗的爱情反思

习惯上人们总是赞美爱情，几乎用尽了能够想得出的全部美妙言辞。但爱情源于欲望，欲望连着性，性是禁忌，对禁忌的触犯意味着死亡。所以，爱是难的，爱情的领域既鲜花盛开，又棘刺满地；既言笑晏晏，又血泪淋漓。爱情实在是一个并不一味轻松欢快的话题。爱情掺杂了太多的社会的自然的因素，爱情是一柄双刃剑，给人欢乐也给人痛苦，给人抚慰也给人伤害，给人激情也让人怠倦，让人充实也叫人空虚，让人升华也叫人沉沦，让人奋发也叫人颓唐，让人真诚也叫人欺骗，叫人完整也叫人分裂，它像春水滋润人，也像深渊淹没人，它像火焰温暖人，也像烈焰焚毁人，他有情的一面，也有欲的一面，它有心理的美感，也有生理的快感，它有灵的轻扬，也有肉的重浊，它有精神的形而上，也有物质的形而下，它有理思的愉悦，也有感官的满足，它有非功利的超脱，也有功利性的质实，它带来创造，也导致破坏，它滋生善良同情宽容，也诱发嫉妒怨诅仇恨，爱情是灵肉情欲心理生理精神物质的混合体，所以它的美丽和丑陋一体两面，同时并存。古代爱情诗已经开始对爱情的反思，如"春心莫共花争发，一寸相思一寸灰"、"此欢只许梦相亲，每向梦中还说梦"所体认的空幻寂灭，"相见争如不见，有情何似无情"所体认的变故困缚，"诈我不出门，冥就他侬宿"所体认的欺骗背叛，"皓齿蛾眉，乃伐性之斧"、"二八女儿体似酥，腰间仗剑斩凡夫"所体认的伤害恐惧等。

20 世纪诗人面对的生活和拥有的思想资源、情感体验，远比古代诗人复杂，他们对爱情的反思也比古代诗人更为深入，主要表现在以下五个方面。

一是它的悲剧性：20 世纪爱情诗中单纯明朗、欢快热烈之作，占有很大的比重。但是，20 世纪对中国人来说，绝不意味着轻松和快乐。社会生活方面，内战动乱、外敌入侵、政治运动、人祸天灾，使数以千万计的人付出了生命代价，苦难如影随形厮缠着中国人；在思想意识方面，辛亥革命结束了两千多年的专制帝制，西方进步的人权、民主、自由观念被大量引进，但封建思想意识、伦理道德观念根深蒂固，不仅没有从人们的头脑中彻底消除，而且在权力体制层面得到某种变相的强化保护，终至"文化大革命"期间"四人帮"一伙盗用"人民"和"革命"的名义，大搞封建法西斯专制，用愚弄和强迫手段剥夺人们的思想言论行动自由，将美好的人性和爱情剿杀殆尽。同时，由于一部分知识分子接受了西方进步的思想观念，他们在复杂、严峻的社会背景之下，对爱情就有了更深刻的省思，对爱情本身所包含的悲剧性因素就有了比古代诗人更深入更本质的发现。缘此，20世纪爱情诗具备了比古代爱情诗更为鲜明突出的悲剧精神品格，其中的一些作品甚至具有某种命运感悟性质。如刘梦苇的《铁路行》，把相爱双方比作两条平行的铁轨："许多的枕木将它们牵连，／却又好像在将它们离间"，向前看去，两条铁轨好像已经"交抱"，它使相爱双方感到融合为一"很有希望"，于是"努力向那儿奔跑"，结果看到的仍然是近分远合的景象，便继续"勇猛地向那儿前进"，"直达这平行的爱轨尽处"。爱情终于无法完成融合，"前方的交抱"是永恒的动力和持久的诱惑，更是太虚幻境，海市蜃楼。爱情的分裂不可避免，爱情的实质是虚幻感觉，而陷入爱情的人不过是盲目和徒劳的苦役，拼上一生的追求注定是没有结果的悲剧性结局。

二是它的短暂性：闻一多《你指着太阳起誓》，嘲笑了海枯石烂的永恒表白："只是你要说什么海枯，什么石烂……／那便笑得死我。这一口气的工夫／还不够我陶醉的？／还说什么'永久'？"并非不相信对方的"忠贞"，也不是因为对方"变卦"，而是"'永久'早许给了别人"，这"别人"就是与生命也与爱情为敌的"死神"："假如一天死神拿出你的花押，／你走不走？去去！去恋着他的怀抱，／跟他去讲那海枯石烂不变的贞操！"正是生命的短暂性决定了爱情的短暂性，海枯石烂的永久誓言，不过是恋爱中人的梦呓谵语。与闻一多不同，邵洵美的《季候》，则用一年四季写出了爱情从热烈的萌发到凄凉地结束的短暂过程。当代诗人对爱情短暂性的感受更趋强烈，大陆青年诗人洪烛认为："爱情仅仅能持续／做一次深呼吸的时间"（《玫瑰与字母》）。台湾女诗人夏宇更透破了那被历代诗人反复赞美的缠绵不已的爱情的虚妄，她的《疲于抒情后的抒情方式》用黑色幽默的"抒情方式"，调侃泡沫社会里的泡沫式爱情，对历来被视为美丽神圣的爱情，实施了令其难堪的反讽。文化痞子李敖的一首歌词唱得更是明白："不爱那么多，只爱一点点。别人的爱情天地长，我的爱情短。"

三是它的虚假性：唐亚平的《黑色睡裙》，"以学者的冷漠"，来冷眼把玩那雷同程式的男人把戏，无情地剥下了俗世的虚假爱情外衣。诗中的雨夜故事，按照传统的写法，调性应该是感伤缠绻浪漫优美的：窗外夜雨潇潇，紫色的窗帘已经放下，红的壁灯，黑的睡裙，一切都已准备就绪，只等男主人公如约前来，温馨甜蜜、柔情万种的雨夜爱情故事即可按规定的情节上演。然而唐亚平完全抛弃了规定情景中的思维惯性和抒情定势，她洞悉了柔情蜜意背后的虚情假意，戳穿了爱情的诗意包装里面的两性情欲，既调侃了逢场作戏的男人，也嘲弄了身不由己的女人，批判的锋芒十分犀利。此诗在思想上是女性意识和女权主义的。而爱情的优美诗意的缺失，人性中的丑陋的潜意识层面的凸显，在风格上已近于比新诗潮更超前的"后现代"。

四是它的丑陋性：在二三十年代邵洵美、汪铭竹的情诗和八九十年代后新潮诗人的情诗（包括女性诗歌）中，爱情的丑陋性得到大面积的呈示，从文本的典型性上看，还是蓬子20年代的《在你面上》更有读解价值。这首诗两节十行，前四句写嗅觉，在情人脸上闻到的不是爱情的芬芳气息，而是潮湿、霉变、腐败、酸臭的气味；后四句写味觉，倒也像常见情诗所写爱情滋味有香有甜，但甜味来自砒霜掺搅的糖，香味来自多刺的玫瑰，而首先尝到的是"威士忌酒的苦味"。爱情是"残缺"的，它不仅有苦涩虚假伤害，而且让人耽溺沉迷，心性惑乱丧失理智，忽略遗忘人生要义："在你面上的每一嗅和每个吻，/各消耗了我青春的一半。"此诗明显留下波德莱尔《恶之花》的影响，诗中的意象如"霉叶、死蛇、苦酒、玫刺、砒糖、倒塌的瓦棺、腐烂的池沼、雨天的黄昏、猩红的唇儿"，但见一派丑恶交织着几许媚惑。爱情并不美好，不招人喜爱，不值得肯定赞美；而是相当丑陋，令人厌恶，应当加以否定，受到诅咒。这是西方象征主义的以丑为美，给中国爱情诗带来的"异象"。诗以味觉和嗅觉来映现爱情心理，也显得别致不俗。类似的作品还有徐志摩的《运命的逻辑》、陈梦家的《相信》。

五是它的矛盾分裂性：首先是理想与现实的矛盾分裂，香港诗人古苍梧的《无题》，写恋爱时和结婚后对同一个人的不同感觉，理想和现实对比反差过大，让"我"产生深深的失望和失落。人类的爱情心理，就是处在这种矛盾分裂的轮回循环之中。理想是虚幻的，但它能够给人无限丰富的想象联想，让人陶醉于幻觉之中，享受一种诗意之美；现实是真实的，但也是有限的，贫乏单调的，它限制了人的想象力，缺乏迷人的诗意之美。从恋爱到婚姻，走出了理想的幻美之雾，走向了现实的清醒理智。但觑破真相的结果，难免是让人感到失望和失落。

其次是灵与肉的矛盾分裂，邵洵美的《女人》："我敬重你，女人，我敬重你正像/我敬重一首唐人的小诗——/你用温润的平声干脆的仄声/来捆缚住我的一句一字。//我疑心你，女人。我疑心你正像/我疑心一弯灿烂的天虹——/我不知道你的脸红是为了我，/还是为了另外一个热梦？"何首乌的《感觉》："我和你/在躺着的时候/默默对视/谁也不吱声/另一个影子掠过。"这两首小诗楔入现代人的潜意识心理，表现现代人爱情心理的复杂性，形体如此亲近，心却那么疏离，读之令人生叹。伊蕾《我的禁区荒芜一片》选自组诗《情舞》，其中女性的身体意象和性爱意象是此诗最离谱的地方，但不是最重要的地方。此诗要害之处有二：一是长期的压抑导致了这次"梦寐以求"的"放纵"；二是"放纵"背后的价值选择，使得"放纵"在本质上不同于"放荡"、"轻浮"，它超出了两性之间的世俗关系，成为摆脱礼教束缚、渴望生存自由的象征。但"让生命上天堂/让灵魂下地狱"的价值选择，仍是灵肉分离状态。虚伪的礼教文明无视肉体生命，推崇空洞的灵魂。冲破礼教束缚的女诗人，反拨传统，在追求肉体生命快乐时放逐灵魂。这也许还不是正常状态，正常状态应该是生命与灵魂同在。但这却是走向正常状态的必由之路。可以预期，由"无性"的爱情诗，到伊蕾等人攻陷"性禁区"的爱情诗，也还只是一个"正题"加上一个"反题"，在此之后，是该产生"合题"性质的爱情诗的时候了。

最后是感情与理智的矛盾分裂，这在女诗人爱情诗中多见，一代才女林徽因是现代率先进入爱情题材的女诗人，她一方面认识到爱情和美好事物都是短暂的，写下《谁爱这不息的变幻》、《深夜里听到乐声》等透破之作；但她对爱情既逃避又渴盼，理智并不总能战胜感情，所以她又写出了《那一夜》、《别丢掉》、《情愿》、《一串讥话》等热烈率真之作。伊蕾一方面要"做一回野人"（《野餐》），另一方面又想成为"一百年不变"的"好女人"（《三月的永生》）。唐亚平一方面张扬女性的"征服欲望"，另一方面又对被征服和占有"百依百顺"（《黑色沙漠》），自认"天生一张白纸/期待神来之笔/把我书写"（《自白》）。翟永明的《独白》，对"第二性——女人"在爱情世界的处境进行了探讨，深入触及了女性生理、心理、性别、角色的先天和后天诸多矛盾分裂。一方面诗人竭力张扬女性的主体意识：宣称"我是一个狂想"，"我是如此炫目"；另一方面又难以摆脱对男性的本能依附："偶然被你诞生"，"太阳为全世界升起。我只为了你"。一方面要和男性分庭抗礼："看穿一切却愿分担一切"，"以心为界，我想握住你的手"；另一方面，女性的本能渴求又陷自己于尴尬的境地："在你面前我的姿势就是一种失败。"可见爱情诗中的矛盾分裂，缘于生命本身的矛盾分裂，这种状态也许是无法彻底改变的，那么，诗歌和生命还得在矛盾分裂中继续痛苦下去。

第九章

20 世纪白话小诗初论
——兼与古典绝句、小令比较

优秀的抒情诗，应该是"烈性酒"或"浓缩铀"，而不是可以豪饮的加糖白水、可口可乐等一次性消费的软饮料。它以质而非以量取胜。就那么不起眼的短短几行，一旦和读者遭遇，当即释放出巨大的能量，给读者的阅读记忆和审美心理以"重创"，从而烙下久久难忘的印象。20 世纪的白话小诗，就是新诗中的"烈性酒"和"浓缩铀"。

所谓白话小诗，指的是 20 世纪中国现代新诗中的短小之作。每首的行数具体限制在一行至七行之间，简称小诗。20 世纪旧体诗词创作中的绝句、小令，不在本文讨论的"小诗"之列。在此需要说明的是，之所以把现代小诗作以上行数限制，正是以古典诗词作为形式参照系的产物。古诗中的五古、七古、排律，词中的慢词、长调，犹如白话新诗中的长诗，是鸿篇巨制，与现代白话小诗无关，可置不论。古诗中的五绝（4 句 20 字）、七绝（4 句 28 字），词中的小令（句数虽因词牌而异，字数大都在 50 字以内），均可划入古代"小诗"的范畴，成为现代白话小诗的艺术源头之一。下文还要就它们之间的关系展开详细的比较论述，此暂不论。古诗中的五律（8 句 40 字）、七律（8 句 56 字），词中的中调（在 100 字以内），介乎长篇大作和绝句小令之间，篇幅居中。我们划分现代白话小诗的时候，考虑到既曰"小诗"，就不能在行数、字数上过多，设定的最高行数限度是七行，目的即是不能让等同于古典诗词中绝句、小令的现代白话小诗，在行数上赶上或超过在古诗中属于"中篇"的五律、七律。至于字数，现代一行至七行的白话小诗，从一字到四五十字不等，一般不会突破百字大关，也在中调词的字数限制以内。

一　发展概况：潮头、间歇泉与涌浪

作为 20 世纪白话新诗重要组成部分的小诗，其艺术源头，可以追溯到遥远的上古时代。从中国文学史发展的纵向考察，小诗可谓源远流长。《古诗源》中所收的古逸歌谣，《周易》卦爻辞诗歌，《诗经》中的《十亩之间》、《采葛》等篇什，汉魏六朝乐府和文人诗中的古绝句，近体诗中的绝句，宋词、元曲中的小令，均可纳入古代诗歌史上"小诗"的范围，也都在不同程度上对 20 世纪新诗中的白话小诗创作产生了一定的影响。

20 世纪白话新诗中的小诗创作，酝酿于 1919 年前后。这年，康白情在与俞平伯谈诗时，就提出要"实验很短的诗"，俞表示赞成，但未实践。此后，热衷译介日本诗歌的周作人，从 1920 年起先后在《新青年》、《努力周报》、《文学旬刊》、《小说月报》、《诗》等报刊上译介日本的俳句、和歌、俗歌和短歌，并撰写发表了《日本的小诗》、《石川啄木的短歌》、《论小诗》等文章，对日本诗歌的源流、艺术特色作了详尽的论述。他指出："日本诗歌在普通的意义上统可以称作小诗"[1]，"小诗在中国文学里也是'古已有之'"的。[2] 周氏对日本和歌、俳句的译介，加上印度泰戈尔《飞鸟集》中的小诗，也都成了催生 20 世纪 20 年代初中国新诗坛上短章小诗的诱因。

---

[1]　周作人：《日本的小诗》，杨扬编《周作人批评文集》，珠海出版社 1998 年版，第282 页。

[2]　周作人：《论小诗》，杨匡汉、刘福春编《中国现代诗论》上，花城出版社 1985 年版，第 62 页。

　　1921 年秋，古典文学修养深湛的俞平伯，率先以白话小诗的形式作《忆游杂诗》两篇 14 首，寄给朱自清。朱响应俞，也用小诗体作了《杂诗三首》。受他们影响，汪静之、潘漠华也于 1921 年 11 月开始小诗创作，巧合的是，此时远在法国巴黎的刘半农，也在 1921 年 9 月以 "小诗" 为题作了一组四句的短诗寄到国内。1922 年 1 月 1 日，《诗》创刊号同时刊出俞平伯、朱自清、汪静之、潘漠华、刘半农等作者的首批小诗作品。更为巧合的是，同一天，北京《晨报副刊》开始连载冰心的《繁星》组诗。冰心称她的诗是 1919 年冬读泰戈尔《飞鸟集》后 "零碎的思想" 的记录①。来自河南农村的文学研究会诗人徐玉诺，也于 1921 年秋至 1922 年春创作发表了大量小诗。

　　这些小诗集中在同一时刻出现，立刻引起了诗坛的强烈反响，一时间仿效者众，蔚然成风。京沪各报副刊也都竞相连载这种小诗体裁的组诗，使 20 世纪中国新诗史上白话小诗创作的第一次浪潮倏然卷起。继《繁星》之后出现的系列小诗有：刘大白《旧梦》102 首，连载于 1922 年 2 月 6 日至 19 日上海《时事新报·学灯》；冰心《春水》182 首，连载于 3 月 26 日至 6 月 30 日北京《晨报副刊》；王统照《小诗》76 首，连载于 3 月 5 日至 18 日北京《晨报副刊》；刘大白《泪痕》141 首，连载于 5 月 21 日上海《民国日报·觉悟》；宗白华《流云》48 首，连载于 6 月 5 日至 1923 年《时事新报·学灯》；汪馥泉《嫁妹》独句小诗 29 首，载于《诗》1 卷 4 期等。仅刘大白一人，此期即作有小诗 14 组，共计 565 首，数量之巨，堪称第一。

　　由于各种报刊以刊载小诗为时髦，竞相大量发表，导致粗制滥造之风大盛，一些毫无诗意的东西也掺入其中。较早察觉小诗创作弊端的是叶圣陶，他指出："近来短诗流行，触目皆是，使我颇生疑念"，他认为：若先存体裁的观念而诗料却随后来到，则短诗也就是五律七绝了。②朱自清也著文批评小诗存在的两个问题：一是 "感伤的情

---

　　①　冰心：《〈繁星〉自序》，陈绍伟编《中国新诗集序跋选》，湖南文艺出版社 1986 年版，第 67 页。
　　②　叶圣陶：《小诗的流行》，《诗》第 1 卷第 3 期，1922 年 3 月。

调"与"柔靡的风格";二是"粗制滥造"。[①] 但他们的批评并未引起诗坛的重视。种种弊端未能及时得到正视并予克服,导致小诗创作每况愈下,20 世纪中国白话小诗的第一次浪潮,终于在两年之后落下了巨大的潮头。

20 年代中期至 60 年代末,白话小诗创作处于落潮后的"间歇泉"状态。第一次大潮虽然中落,但在二三十年代还是有不少诗人时或运用此种体裁写作。1926 年以后,北京海音文艺社发起出版"短歌丛书",刊印了谢采江的《荒山野唱》、《梦痕》、《不快意之歌》,张秀中的《清晨》、《晓风》、《动的宇宙》等一批小诗的集子。一些小说家如巴金、萧红等也都很爱用这种小诗抒发片段感兴。此后,仍有诗人继续写作小诗,间有精品产生。如卞之琳写于 30 年代中期的《断章》,田间写于抗战初期的著名街头诗《假如我们不去打仗》,鲁藜写于 40 年代的《泥土》,流沙河写于 50 年代后期的《宝鸡旅次题壁》等。五六十年代,台港诗人也有为数不少的小诗作品问世。

如果说 20 世纪白话小诗在 20 年代初卷起了一个倏起倏落的巨大潮头,此后从 20 年代中期至 60 年代末则处于漫长的时有喷发的间歇泉状态的话,那么,70 年代中期迄今,小诗创作潮头再起,就呈现为持久不落的涌浪。

20 世纪小诗创作的再度复苏,是和"文化大革命"中一代人的觉醒历程同步发生的。白洋淀诗群的主要成员芒克写于 1973 年的《天空》、《秋天》、《路上的月亮》、《太阳落了》、《十月的献诗》,林莽写于 1973 年的《列车纪行》、写于 1974 年的《二十六个音节的回想》,均为小诗组群,记录了一代人从迷信狂热到幻灭清醒的内心生活真实经历。这些作品标志着人们长期失去的自由思想能力正在恢复,也预示着自由记录思想、情感的小诗创作将再度复兴。

70 年代后期以来,打破封闭状态的中国社会正处于持续变革的过程之中。受到日益宽松开放的时代的鼓舞,诗人可以而且敢于较为

---

① 朱自清:《短诗与长诗》,《诗》第 1 卷第 4 期,1922 年 4 月。

自由地表达自己的感兴。一方面，诗人们对中国传统小诗的认识日渐深入，较为明确地意识到绝句、小令的艺术优势，从而对新诗创作中日见突出的篇幅冗长的形式问题有所反思，乐于采用小诗的形式以提高作品的凝练度，增加作品记忆、传诵的可能性。另一方面，外来的影响也随着国门的打开更为强劲有力。西方现代派诗歌，尤其是以精短为特色的尼采、狄金森、纪伯伦等人的诗歌，都引起了中国诗人程度不同的关注。所以，短章小诗创作又呈复兴的趋势，甚至可以说涌现出 20 世纪白话小诗创作的第二次浪潮。虽说潮头不如第一次的高而迅猛，但波澜迭起，层浪翻涌，持续的时间却更长久。70 年代末，老诗人艾青在复出后的诗集《归来的歌》中，以《无题》为目写了一组 41 首二行至四行小诗，平易机智，哲理深湛；流沙河的《草木新篇》组诗亦是小诗性质；青年诗人北岛的组诗《太阳城札记》每首一行至二行，其中包括那首有名的"一字诗"《生活》："网"。七八十年代之交，青年诗人顾城的《一代人》、《远和近》、《弧线》、《小巷》等小诗也都脍炙人口，广为传诵。80 年代中期，青年女诗人唐亚平写作了《铜镜与拉锁》小诗群组 100 首；以写大诗著称的新边塞诗人杨牧也有小诗《路的印象》等组诗发表。进入 90 年代，小诗创作的形式更为可观，王家新写出了《持续的到达》、《词语》、《另一种风景》等小诗组诗，严力在海内外多种报刊上发表他自称为"诗句系列"的小诗作品，并出版了小诗专集《多面镜旋转体》。在诗观上认定长篇史诗时代已经结束的青年诗人，则更热衷于使用小诗记录"碎片时代"的零碎而锐利的感受。① 伊沙的《点射》、《史诗 2000 年》"诗句系列"小诗，是对严力小诗的呼应；洪烛的《玫瑰与字母》、石城的《乡村诗页》、易清滑的《含黛小村纪实》等小诗组诗均有一定的艺术质量。70 年代末迄今，新时期的所有诗人几乎都写有短章小诗。一些小说家如王蒙、贾平凹等亦不时染指小诗创作，且出手不俗，如王蒙的小诗组诗《西藏的遐想》机智过人，贾平凹

---

① 伊沙：《史诗 2000》，《野种之歌》，青海人民出版社 1999 年版，第 211—212 页。

的《题三中全会以前》堪称奇作。小诗创作的"第二次浪潮"虽非"极盛"，但亦未"渐衰"，层层叠叠的涌浪仍在良性的持续涌动之中，次第涌现出如昌耀的《斯人》、林希的《土》、阿红的《人生相》、岩鹰的《同一块石头》、李辉的《周末》等一批小诗精品。此期港台及海外的华裔诗人亦时有小诗佳构问世，如非马的《脚与沙》、韩牧的《住所》、夏宇的《甜蜜的复仇》等。

在此值得一提的是，80年代以来大陆的重要诗歌刊物都为小诗开设了专栏，如《诗刊》的"短诗集锦"、"短诗辑"，《星星》的"短诗集萃"、"小诗精品屋"，《诗神》的"短诗精华"，《诗歌报》的"OK短诗窗"等，甚至推出"短诗专号"，一些报纸也乐于发些小诗以为版面缀饰。这些报刊的专栏、版面，为诗人们的小诗创作发表提供了有力的支持和保证。

二　艺术优势：短小与集中

从形式的角度来看20世纪白话小诗，其艺术优势便在于——行少字少，篇幅短小。

诗歌是最精练的语言艺术。把诗写得尽量短些，符合诗艺的质性。白话新诗是用现代语言来写，表现的是现代人的生活与情绪。由于现代汉语不如古汉语简约省净，而现代人的生活、情绪比古人又更为繁富复杂，新诗在表现上便往往出现诗句与篇章冗长芜杂的毛病。如何把诗写得短些、精粹些，有效地克服新诗外部形式上的毛病，便成为提高新诗艺术品位、增强新诗的可传诵性、为新诗争得更广大读者的关键所在。其实不只是新诗，古典诗歌中真正脍炙人口的作品，也不是那些长篇的古风或歌行，而是五、七言绝句和词、曲中的小令。即使同为名篇，但能被一代又一代读者记忆与传诵的，也是短小之作而非鸿篇巨制。唐代边塞诗人高适的七言古体《燕歌行》，与同派诗人王昌龄的七言绝句《出塞》其一，"思名将，安边关"的题旨完全相同；初唐诗人王绩的五言古诗《在京思故园逢乡人问》与盛唐诗人王维的五言绝句《杂诗》其二，均写客居思乡、见乡人询问家乡人事；但让人过目成诵的显然是短小的绝句而非长篇的古体。类似的例子还有中唐诗人元稹的五绝《行宫》，洪迈《容斋随笔》卷三评曰："语少意足，有无穷之味。"元稹只用四句二十个字，就完成了白居易《上阳白发人》四十多句数百字篇幅所表达的情感内涵。

　　上举例证给我们提供的启示是深刻的：新诗欲与古典诗词争读者，希望在于精短的小诗。与古典诗词中的绝句、小令这些古代的"小诗"相比，新诗中的小诗尽管是白话的、口语的，没有固定的字句和韵脚，不讲平仄格律，自由而无严格的规范，背诵起来困难多一些；但它的字少句短无疑给读者提供了记忆的方便。统观20世纪中国白话小诗，以一二行或三四行者居多，字数则从十几字到二三十字不等；最长的六七行，也至多不过四五十字。像潘漠华的《小诗》之二："七叶树呵，/你穿了红的衣裳嫁与谁呢？"两行十五字；冰心的《春水》三三："墙角的花/你孤芳自赏时/天地便小了。"三行十五字；朱自清的《细雨》："东风里/掠过我脸边，/星呀星的细雨，/是春天的绒毛呢。"四行二十一字；鲁藜的《泥土》："老是把自己当珍珠/就时时有怕被埋没的痛苦//把自己当做泥土吧/让众人把你踩成一条道路。"四行三十九字；流沙河的《宝鸡旅次题壁》："被一个人误解了/这是烦恼/被很多人误解了/这是悲剧。"四行二十二字；昌耀的《斯人》："静极——谁在叹嘘？/密西西比河此刻风雨，在那边攀缘而走。/地球这壁，一人无语独坐。"三行三十二字；顾城的《一代人》："黑夜给了我黑色的眼睛/我却用它寻找光明。"二行十八字；王安逸的《观念》："昨日的牧羊人/今天与狼共舞。"二行十二字。小诗中的短者如20年代汪馥泉的《嫁妹》，80年代陈知柏的《给步鑫生的谶言》，皆为独句小诗，像《给步鑫生的谶言》第七首："名声如同寡妇。"全诗仅一行六字，类同格言。小诗中的尤短者当推北岛的《生活》，全诗仅一"网"字。20世纪新诗作品之中，真正能够让读者背诵下来、流播人口者，多是这些一二行十数字或三五行数十字的短章小诗。

　　20 世纪短章小诗吸引读者的艺术优势，不全在它精短的形式，更在它内涵意蕴的"集中"。早在 20 世纪 20 年代初，俞平伯在致朱自清的信中就曾指出：短诗篇幅虽小并不容易做，它"所表现的，只有中心的一点。但这一点从千头万绪中间挑选出来"，它的艺术特点在于"集中"。对此，朱自清深表赞同：所谓短诗的短，和短篇小说的短一样，行数的少固然是一个不可缺的元素，而主要的元素即在俞平伯所谓"集中"，不能集中的虽短，还不成诗。对表现"集中"的短诗，朱自清在《杂诗三首·序》中明确地表示："我喜欢这种短诗，因为它能将题材表现得更精彩些，更经济些。""精彩"和"经济"，也就是"集中"的意思。陈良运认为："现代短诗的艺术魅力，主要是蕴含在它的意蕴之中。因其短，字句少，其意蕴就要求浓缩得更紧一些，分量就显得更重一些。"[1] 小诗因为篇章短，字句少，都是将丰厚的意蕴高度浓缩于有限的字句之内。故其表现上多为"瞬间切入"中心，使小诗成为典型的瞬间艺术。周作人在 20 年代初就说过：小诗"不适于叙事，若要描写一地的景色，一时的情调，却很擅长"[2]。吕进在 70 年后也说："小诗的最大特征是它的瞬时性。"[3] 小诗表现片刻的体验，刹那的顿悟，一时的景观，让读者从有限中领受无限，从刹那中体悟永恒。俞平伯先生所强调的"集中"，具体落实到 20 世纪短章小诗的创作实践上，便是"瞬间切入"和"高度浓缩"的表现手法。

　　"瞬间切入"又分为三种情况。一是片刻的体验，侧重于心理和情感。宗白华《系住》："那含羞伏案时回眸的一瞬，/永远地系住了我横流四海的放心。"少女含羞伏案回眸的一瞥，竟能将"我"那"横流四海的放心"永远地"系住"，仅只两行的小诗中饱含着何等巨大的情感力量！徐志摩《沙扬娜拉》一首，是广为传诵的名诗，

---

① 陈良运：《现代短诗的艺术魅力》，《诗刊》1990 年第 2 期。
② 周作人：《日本的诗歌》，杨扬编《周作人批评文集》，珠海出版社 1998 年版，第 272 页。
③ 吕进：《关于小诗的小札》，《小诗百首评点》，重庆出版社 1991 年版，第 2 页。

此诗捕捉日本少女"一低头的温柔"情态，片刻体验感受，妙不可言。二是刹那的顿悟，侧重于智性的悟得。徐玉诺的《夜声》："在黑暗而且寂寞的夜间/什么也不能看见/只听得……杀杀杀……/时代吃着生命的声响。"诗写于 20 世纪初兵匪横行的河南农村，不仅以瞬间即逝的听觉印象，刹那彻悟了那个时代吃人的本质真实，而且在时间与生命之间关系的向度上，瞬刻直觉到黑夜同人类生命消亡的联系，寂寥的黑夜里，人类生命并没有停止被啮食，仍在时间的无形流逝中不停地损消着。诗人刹那的直觉顿悟，颇富深邃的生命哲学意味。王蒙的《西藏的遐想》之五："人/追求/生活//生活/追求/什么？"人生本无意义，人们通过对生活的追求赋予人生以意义，至此，人也就因生命的充实而不再追思了。其后果是造成了人类智性的重大遮蔽，人们总是在需要进一步追问的情况下而欣欣然心满意足，到此为止。智者王蒙在天高地迥、宗教氛围浓郁的西藏，在生活因过度荒凉而近乎止步的地方，刹那顿悟，直逼终极地冷然一问："生活/追求/什么？"已是勘破三昧之言。三是一时的景观，侧重于意象和画面；又可分为自然景观和人世图相两类。舒婷的《黄昏剪辑》（四）摄取自然景观，将马尾松在风中不由自主地不停摇摆，作拟人化的处理，喻指异己力量对主体的支配与捉弄，被动存在的无奈与悲哀。柯原的《街头》摄取的是人间世相："这是什么书？/——《丑陋的中国人》。/真他妈的！/尽给中国人抹黑！/呸！"那口吐脏话者貌似有强烈的民族自尊心，自命为爱国者，其言其行，实则印证了自己正是不折不扣的"丑陋的中国人"。柯原这首小诗抓拍街头一景，颇传患某类痼疾的中国人之神，客观描写中的讽刺与针砭，见出作者"揭出病苦，引起疗救"之良苦用心。

　　再看"高度浓缩"，又分为四种情况。一曰时空浓缩，即在极有限的字句内容含极广大的时空幅度。刘大白《旧梦之群》三六："少年是艺术的，/一件一件地创作；/壮年是工程的，/一座一座地建筑；/老年是历史的，/一叶一叶地翻阅。"小诗由三个比喻构成整齐匀称的排比，分写人生三个不同年龄阶段的特征，可称为"诗的人生三段论"。在古今中外文学作品对人生不同阶段所进行的无数描述说明中，这首六行小诗堪称精要确切之最。臧克家的《三代》："孩子/在土里洗澡；/爸爸/在土里流汗；/爷爷/在土里埋葬。"仅用六行二十一个字，就凸显了农民一家三代、其实也是世世代代、生生死死离不开土地的沉重命运。这两首小诗中均凝缩了巨大的时空内涵。

二曰重大题材浓缩，即用极有限的字句，表现那些在常规情况下只有鸿篇巨制才能完成表现的重大题材。田间的《假如我们不去打仗》，选取的是抗日民族解放战争的重大题材，鼓舞"不愿做奴隶的人们"奋起抗战这一关乎民族生死存亡的重大题旨，诗人仅用五行三十五个字就完成了表现。用今天的眼光看，这首短小的"街头诗"的艺术容量和艺术生命力，甚或超过了他那首长达数百行的相同题材之作《给战斗者》。韩瀚的《重量》，讴歌张志新烈士献身真理的壮烈崇高，鞭挞芸芸无数的苟活者的卑琐可悯，谴责"四人帮"一伙法西斯专制的血腥残暴。如此重大的主题也只用了五行二十八个字的经济笔墨，字字都有"浓缩铀"般的千钧之力！王在军的《椅子》，六行五十四字，浓缩了一部几千年人类社会号称英雄豪杰的野心家者流的相斫史。贾平凹的《题三中全会以前》尤为奇作："在中国/每一个人遇着/都在问：/'吃了'？"区区四行十四个字，触及了中国从古以来都没有解决好的"吃饭问题"，揭示了在饥饿感笼罩下的中国人，由恐惧心理积淀而成的集体无意识。结合题目，还可读出中共十一届三中全会决定在中国农村实行家庭联产承包责任制，对解决中国人吃饭问题所具有的划时代意义。

三曰理思浓缩，即对某种思想或哲理的高度集中的表现。小诗因形式精短，有时类同格言警句，所以这类浓缩理思的作品在小诗中也格外多。冰心的《繁星》三四、五五，《春水》三三，朱湘的《当铺》，鲁藜的《泥土》，卞之琳的《断章》，流沙河的《虞美人》，林希的《土》，周梦蝶的《角度》，顾城的《一代人》等，都是这类作品中的翘楚。试看朱湘的《当铺》："美开了一家当铺/专收人的心。/到期拿票去赎，/它已经关门。"咀嚼此诗，对"美是难的"当别有会心：追求美，是要付出代价的，并且一旦付出即无法挽回。卞之琳的《断章》则以相关的两组美丽意象，喻指矛盾普遍存在的客观规律，揭示了大千世界万事万物互相联系的永恒哲理。林希的《土》："附着在大地上/你是土壤//沉浮在空间里/你是尘埃。"一样的"土"，自甘下位，成为万物赖以生存的"土壤"；高自位置的结果，则变成有害的"尘埃"，走向自己的反面。由此可见，位置的高下绝不等同于价值的高下。甚或，高位没有任何价值，下位则具有最大的价值。这首四行二十字的小诗，从中心意象"土"派生出两个对比性的意象"土壤"、"尘埃"，提醒人们对价值观要进行严肃的审视和选择，其讽喻世人之意至深。周梦蝶的《角度》："战士说，为防卫和攻击/诗人说，为了美/你看，那水牛头上的双角/便这般庄严而娉婷地诞生了。"立场不同，角度便有差异，所见自是各别，尽管面对的是同一对象。所幸"存在"总是循其规律，充满自信，全不睬各执一端的"拘墟之士"的片面说辞。譬如那"水牛的角"，在"战士"与"诗人"各取所需的分歧见解中，便将"庄严"与"娉婷"有机地统一起来了。读之真可益人心智。

　　四曰情感浓缩，即把饱满到可以漫溢泛滥的强烈感情作凝聚收敛的处理，这类小诗多为言情之作。闻一多《国手》："爱人啊！你是个国手；/我们来下一盘棋；/我的目的不是要赢你，/但只求输给你——/将我的灵和肉/输得干干净净！"要和爱人这位"国手"下棋，不求赢只求输，且要输个精光。由比喻构成的这首小诗，是情到极处的祈愿。作为情诗，《国手》的浓郁热烈程度可与智利诗人聂鲁达的《女王》媲美，因其是小诗，表现上的简约则又过之。冯雪峰《山里的小诗》："鸟儿出山去的时候，/我以一片花瓣放在它嘴里。/告诉那住在谷口的女郎，/说山里的花已开了。"此诗是冯雪峰"湖畔"时代的作品，意象婉美，其情感浓缩得力于诗人极为含蓄蕴藉的信息传递方式。夏宇《甜蜜的复仇》："把你的影子加点盐/腌起来/风干//老的时候/下酒。"要把爱人青春的身影腌制风干，作保鲜处理，供老来下酒佐菜，以为暮年的慰藉。以极端的方式"复仇"，暗传爱到极时无以形容之甜蜜、爱惜。此诗格奇，匪夷所思。

三　形式比较：有法与无法

小诗在古典诗词中占有重要位置。以诗歌史上最为繁荣的唐代为例，《全唐诗》5 万首，绝句即占五分之一——这有宋人洪迈的《万首唐人绝句》一书为证。唐代以降，宋元明清各代，绝句一体始终为诗人所喜爱，被视为最能显示诗人才情的诗体。一些杰出的诗人专工此体，以之名家。不擅此体者即使是大诗人如杜甫，也不免被人诟病。这一诗体还渗透到文学批评领域，产生了数量可观的论诗绝句、论词绝句、咏剧绝句，成为中国古代文学批评史上的一种特有文体。古代流行的"竹枝词"一类民歌或文人仿作，也大都使用七绝体裁。至于小令，在词曲中的重要性甚至超过了绝句在诗中的重要性。众所周知，唐五代和北宋前期的词均为小令，柳永开创慢词长调以后，小令一体仍受历代词人青睐。散曲如不联套，只曲皆是小令，曲中大家如张可久等即以小令闻名。历代诗人词客运用绝句、小令体裁，创作出一大批至今仍然众口传诵的佳作。新诗中的短章小诗虽不及古代的绝句、小令成就之高，其在新诗中的位置也不如绝句、小令在古典诗词中的位置显要，但在"我们的日常生活中，随时随地都有感兴，自然便有适于写一地的景色、一时的情调的小诗的需要"①。小诗的阐释解读价值虽不及长诗高，但记诵流传的可能则又过之。小诗"足备新诗之一体"②，有了它，新诗的品类更见齐全。前已论及，小诗在新诗运动初起时即应运而生、勃然而兴，产生了一批小诗名家和小诗作品。其后虽然中落，但仍不绝如缕，且从 70 年代末期起，有呈复兴之趋势。将 20 世纪的白话小诗与古典小诗作一历史的比较，对我们从全新的角度认识古代绝句、小令的艺术特质，尤其是对提高当代

---

① 周作人：《论小诗》，《周作人批评文集》，珠海出版社 1998 年版，第 90 页。
② 周作人：《日本的小诗》，《周作人批评文集》，珠海出版社 1998 年版，第 289 页。

小诗创作的艺术水平，当有双重的裨益。

从古今小诗的外在语言形式因素来看，古代的绝句、小令在作法上是有程式可依、有章法可循的；而现当代白话小诗则无程式章法，几乎完全自由。古代绝句、小令的程式、章法表现在如下三个方面：

一是字句的固定。绝句和小令均受到严格的字数、句数限制，不能任意增减哪怕是一句一字。五绝每首四句，每句五个字，共二十个字；七绝每首四句，每句七个字，共二十八个字；令词依照词牌填写，每个词牌都有严格的字数、句数规定，所谓"篇有定句，句有定字"，填写者须严循绳墨，不能逾矩。

二是森严的格律。五言和七言绝句限押平声韵脚，并且讲究粘对、平仄，仅是平仄，五、七言绝句就各有四种格式。这种押平韵、讲粘对、求平仄的绝句称"律绝"，作者任选其中一式，都必须严守格律，不失粘对方可。此外还有所谓"古绝句"可押仄韵，可以不讲律句平仄，不粘不对，比之律绝，相对宽松一些，但在句数、字数上仍不可能有任何机动的余地。至于令词的格律，虽然有的词牌可押平韵，有的可押仄韵，有的可以平仄互韵，有的可以转韵，看似比绝句灵活，但具体到某一个词牌时，其平仄、韵脚等也是严格规定了的，并无丝毫通融。填词者必须遵守，依谱填写，绝不能越雷池一步。

三是章法上的讲求。五、七言绝句虽不像长篇古风那样波澜迭起，转折变化，结构复杂；也不比律诗八句四联，层次井然，法度有序；但短小的五、七绝，因字句固定，也就为诗人运用这一诗体创作时，在谋篇布局上提供了可能及方便。事实上，古代诗人在绝句创作的章法讲求方面，确是形成了一套"起承转合"的法式。元代诗论家杨载总结绝句的创作经验时说："绝句之法要婉曲回环，删芜就简，句绝而意不绝。多以第三句为主，而第四句发之……至如宛转变化，功夫全在第三句，若于此转变得好，则第四句如顺流之舟矣。"[1] 从

---

[1] （元）杨载：《诗法家数》，（清）何文焕辑《历代诗话》，中华书局1981年版，第732页。

古代绝句创作实际来看，成功的作品大都与杨载《诗法家数》中总结的经验吻合，大抵首句平常而起，次句从容承之，前两句多为简洁精练的写景或叙事，以为三、四句作铺垫。关键在第三句承上启下、衔接过渡、连贯前后的转折，从前两句的写景叙事转入后两句的抒情言理。第四句顺着第三句的转折，就势合拢收煞，完成全诗情感的抒发或哲理的表达。

　　词中小令的章法结构虽不像诗中绝句那样"起承转合"分明，但也有一些大致可循的规范。单调的小令在结构上无明显规律，双调的小令在起句、结句、过片、上下片分工等方面都有讲究。起句和结句的内容多为写景，结句常常"以景结情"，使得"情以景幽"①，以收含蓄不尽之言情效果。过片则受到词人和词评家的共同重视，张炎《词源》卷下"制曲"条说："过片不可断了曲意，须要承上接下。"沈义父《乐府指迷》也说："过片才高者方能发起别意，然不可太野，走了原意。"他们都强调："过片"在词的结构中既要收束上意，又要启开下意；既要转出下片新意，又要不失上片原意；填词者在处理"过片"时，要同时兼顾两个方面才好。至于双调令词的上下片分工，大致是上片叙事写景，下片抒情，填词者一般也都遵从这个分工原则行事。

　　在简要说明了古代诗词中绝句、小令的作法程式之后，我们再拿20 世纪的白话小诗与之相比，就会清楚地看到：白话小诗作为"自由诗"体之一种所显示出的充分的"自由性"。从字数、句数上说，一首白话小诗，既不必像绝句那样固定为五言四句，也不必像小令那样"篇有定句，句有定字"，而是可以多一句，也可以少一句，可以多用字，也可以少用字。从格律上说，白话小诗作为新诗，已完全不受平仄声韵的限制，全无粘对之规矩。从章法结构上说，白话小诗既不用像绝句那样搞起承转合，也不用像小令那样讲究起结、过片。总之，与古代诗词中的绝句小令相比，白话小诗在作法程式上完全自由

---

①　（清）沈雄：《古今词话·词品》，《词话丛编》，中华书局 1986 年版，第 849 页。

了。从积极的方面看，它为创作者带来了极大的解放和方便。但失去了规范程式，没有了法度约束，也容易导致率尔下笔，出现浅薄随意之作。朱自清在20年代初批评小诗创作中存在的两个弊端时，指出的第二个弊端即是"粗制滥造"①。梁实秋也认为白话小诗的"体裁"太简单，是一种"最易偷懒的诗体"，因而不能产生好的作品。② 尽管朱自清指出的现象只存在于一部分作品中，梁实秋的看法又未免绝对，但因白话小诗从根本上失去了规范程式的可能性，从古典小诗的有法彻底走向了无法，所以，朱自清、梁实秋批评的20年代初小诗运动高潮中的不良倾向，迄今仍未能完全克服。

四　内容比较：过与不及

从写景、抒情、言理等内容因素方面与古典小诗相比，20 世纪短章小诗在写景上不及前者纯粹，抒情亦不如前者深挚但比前者热烈复杂，言理则过之。

中国古代的农业社会里，人与大自然天然亲和。道家的自然观念的渗透，天人合一哲学的影响，使中国人的自然审美意识觉醒很早，魏晋南北朝时期成熟的山水画、山水小品文、山水田园诗即是明证。写景从此成为古典诗歌的一项重要内容，诗苑的风景线异彩纷呈，无数的写景佳作令读者目不暇接，产生了一大批写景的小诗名篇。

古典小诗写景有两大特点：一是写景的全方位性，从天上到人间，从山水到田园，从内地到边塞，从草木到鸟兽，从朝暮到四时，古典小诗几乎无景不写，古代诗人们的如画诗笔摹写了大千世界的物物事事、方方面面。二是写景的逼真纯粹性。受《易经》"立象以尽意"的哲学表达方式的影响，古代诗人和诗论家在创作与评论上，都特别注重"意象"的营构，使得中国传统诗歌成了典型的"意象

---

① 朱自清：《短诗与长诗》，《诗》第 1 卷第 4 期，1922 年 4 月。
② 梁实秋：《〈繁星〉与〈春水〉》，徐静波编《梁实秋批评文集》，珠海出版社 1998 年版，第 9 页。

诗"。诗人主观的情感意念，通过客观景物意象来传达，诗人用意象化手法为主观情感寻找契合的客观对应物，在作品中追求"状难写之景如在目前"的"逼真如画"之效果。出自古代诗人之手的写景诗往往臻于"写景入神"、"诗中有画"的境界，使写景诗成为中国画家取之不尽、用之不竭的取材源泉，产生了诸如《唐诗画谱》一类无数的"诗意画"。唐代以降，历宋元明清，诗人们似乎都特别喜欢用五、七言绝句这一小诗体裁写景状物，小诗领域里涌现出一大批精美逼真的纯粹写景之作。像李白的山水绝句，王维的辋川绝句，杜牧的山水绝句，王安石的"半山体"写景绝句，杨万里的"诚斋体"绝句，"四灵派"的景物绝句，下迄清代王士禛的《真州绝句》，袁枚的山水风景绝句，均为不让丹青甚至丹青难写的写景佳作。

与古典小诗写景的两大特点相比，显而易见的是，20 世纪短章小诗在写景的全方位性和逼真纯粹性上似乎均有不逮。尽管在新诗运动初期，小诗的热衷倡导者和参与者们如周作人认为：小诗体裁"若要表现一地的景色，却很擅长"，俞平伯认为"用以写景最为佳妙"。但新诗人们却没有创作出足够的无景不写的白话小诗来。也许是由于农业社会的解体，生活节奏的加快，知性因素的掺入，20 世纪的新诗人们已不可能像古典诗人那样，在山林田园的大自然美景中作"万物静观皆自得"的细致观察与赏玩沉潜，致使白话小诗的写景失去了古典风景诗中精细入微的色彩光影捕捉和趋于完美的画面构图配置。白话小诗写景上者如胡适的《蝴蝶》、朱自清的《细雨》、俞平伯的《小诗呈佩弦》、沈尹默的《月夜》、冰心的《繁星》一、徐玉诺的《小诗》等，虽有古诗所无的清新活泼的意思，但写景之确切佳妙并不见得比古代风景小诗出色。更多的白话写景小诗，习惯把景物作拟人化处理，而不耐对景物作精细的观察与准确的描绘，像潘漠华的《小诗》之二、余薇野的《浪》、李魁贤的《东浦短章》、痖弦的《流星》、孔孚的《扬州》等皆是。至于下者，或过实过泥，太拘于小节细部，无超越升华感；或太过机智，流于浮薄、浅滑；或为出新意，比拟意象不够妥帖，读之总有别扭之感。如一首题为《野草》的小诗这样写："掩了帝王坟/荒了古城堡//多少路做的面条/被野草吃掉。"把"路"比作"面条",不过是为野草的"吃"提供方便,新则新矣,只是不很对味。

20世纪短章小诗的抒情,在总体上似亦不如古典小诗深挚感人,但比古典小诗热烈、复杂。

古典小诗无论咏乡情、亲情、爱情、友情,还是抒身世之感、家国之思、兴亡之悲、沧桑之叹,都有许多佳作名篇。最为传诵者如李白的《静夜思》咏乡情,王维的《渭城曲》咏友情,孟郊的《游子吟》咏亲情,李商隐的《巴山夜雨》咏爱情;陈子昂的《登幽州台歌》抒沧桑之叹,杜甫的《江南逢李龟年》抒身世之感,元稹《行宫》抒兴亡之悲,陆游《秋夜将晓出篱门迎凉有感》抒家国之思等,均臻绝唱。王昌龄的绝句号称"言情造极",其实"言情造极"的作手何止王昌龄一人!"近乡情更怯,不敢问来人"的心理(宋之问《渡汉江》),"曾经沧海难为水,除却巫山不是云"的体验(元稹《离思》),"过尽千帆皆不是,斜晖脉脉水悠悠"的痴情(温庭筠《望江南》),"欲寄君衣君不还,不寄君衣君又寒"的两难(姚燧《凭栏人》),其情感抒发皆造极境。

古典小诗取得巨大的抒情成就的原因,除古代诗人感激恩义、耽于性情的性格心理因素之外,还得力于诗艺经营的匠心。绝句、小令由于篇幅短小,不便展开作正面直接的叙述、刻画,作者总是精心选取景物意象,出以简洁的叙描,侧面烘托渲染,突出情感这一中心。这种突出不是直陈坦言,而是运用意象化手法作间接的表现,"一切景语皆情语也",融情入景,寓情于景,寄情于事,寄情于物,所以,古典小诗的抒情就显得格外深沉含蓄,意味悠长,风韵撩人,挚情感人。李白五绝《玉阶怨》,通篇不言怨情,描写夜露打湿罗袜的细节,暗示其人阶前伫立到深宵的等待痴情;描写下帘望月的动作情态,暗示其人深夜难眠的相思怨情;皆是通过描写来间接抒情。玉阶、白露、罗袜、水晶帘、玲珑月等意象,也共同烘托出其人的清丽雅洁。此诗于人物之美和人情之怨"不着一字",读者只要会意便可"尽得风流",可谓含蓄之至。王维七绝《送元二使安西》,抒发朋友之间的离别之情，前人曾作过如下分析："首句藏行尘，次句藏折柳，两面皆画出，妙不露骨"①；"阳关在中国外，安西更在阳关外，言阳关已无故人矣，况安西乎？此意须微参"②。指出的都是此诗叙描点染、侧面抒写惜别之情的含蓄蕴藉风格。

将 20 世纪短章小诗与古典小诗进行抒情方面的比较，就会发现，在产生古典小诗抒情名篇的许多情感领域，白话小诗或未曾涉笔，或举不出名作，即有所作，似亦不如同类古典小诗抒情深挚。现代诗人汪静之的《足迹》写母子之情，若与唐诗人孟郊的《游子吟》相比，总觉汪诗在蕴含的深厚方面有所不及。导致白话小诗抒情性上不够深挚感人的原因，除时代生活节奏加快使人们无法沉醉情薮，感觉日益粗疏之外，在诗艺方面，白话小诗写景的退化，必然带来抒情的直露，放弃了古典诗人描写烘托、间接抒情的手法，采用直接抒情的结果，只能导致诗情诗味的浅白外现、不耐咀嚼。而喜欢说理更加重了白话小诗的抒情直露倾向，伊蕾的《爱》、关雎的《无题》写相爱相思、离愁别绪，本是抒情的好材料，作者却把它们都当成说理的题目去作了。化抒情为议论说理，使得白话小诗的抒情更加弱化。

当然，任何事情都有两面性，白话小诗不善于借助写景（广义）去间接抒情而直抒其情，大大增强了情感抒发的明朗、浓烈程度，这是一味曲折、吞吐含茹的古典小诗所不及的。白话小诗在抒写爱情和复杂的潜意识心理情绪方面，比之古典小诗有较大突破。闻一多的《红豆》之一、之六和《国手》等情诗，显示了这位在现代文学史上被最后定格为"狮子吼式"的斗士诗人，其生命底色其实是个不折不扣的唯美的爱情至上主义者。王在军的《喜讯》、非马的《伞》，言情大胆热烈，古典情诗无法望其项背，其抒情方式是 20 世纪现代人的方式。王统照的《小诗》之十二、何首乌的《感觉》，均传达现代人在爱情生活中的复杂心理情绪，古代情诗中找不到此类内容。

---

① （清）何焯：《三体唐诗》批语，陈伯海编《唐诗汇评》上，浙江教育出版社 1995 年版，第 351 页。

② （清）沈德潜：《唐诗别裁集》，上海古籍出版社 1979 年版，第 639 页。

　　如果说20世纪短章小诗在写景、抒情方面与古典小诗相比，总体成就皆有所不及的话，唯独在说理方面，则又超过了古代的绝句小令。20世纪的内忧外患，将许多在历史上不曾出现的问题摆到了现代中国人的面前。现代生活的复杂与紊乱，社会和文化的裂变与转轨，给现代中国人的心理带来空前的困惑与烦闷，诸端疑难迫使人们必须去面对并思索、求解。西方哲学和科学思想的大量输入，则从更深的层面引导中国人的感知思维方式，由传统的以感性为主的形象模糊思维向现代的以知性为主的逻辑分析思维的转化。这一切必然影响20世纪诗人的感知和表现，为新诗开山的"胡适之体"诗歌，最大的特色就是"说理"。形式简洁、语言凝练的小诗，遂成为理思的最佳载体。不少言简意赅、词约意丰、类似格言警句的哲理小诗，次第出现在诗人的笔下。20世纪初小诗运动第一次高潮中，冰心的《繁星》、《春水》，刘大白的《旧梦》、《看月》，宗白华的《流云》等系列群组小诗，以及徐玉诺、王统照的众多小诗，哲理成分即很重。至今仍被人们时时记起，被研究者选入各种诗选的上述诗人的小诗作品，也多是言理之作。冰心可作典型的例证，从她的《繁星》、《春水》中频繁选入各种诗选的几首代表作，像《繁星》一、十、三四、五五，《春水》三三，即全是哲理小诗。

　　70年代末期以来，西方现代哲学思潮随着国门的再度打开持续涌入，西方现代派诗歌被大量译介，西方诗人哲学家荷尔德林、尼采、里尔克、黑塞、海德格尔等人在中国知识界被广泛接受。与此同步，当代诗歌创作中的理思成分也呈现进一步加重的趋势，形式精短、思想深刻的哲理小诗在新时期诗坛涌浪般迭现，一片风景，一段历史，一则故事，一处遗址，一朵生活的浪花，一圈情感的涟漪，都能激发诗人充满哲理的诗兴，凝成沉甸甸的思想结晶。70年代末期以来的哲理小诗的突出特征，一是对民族几十年的坎坷磨难所作的深度反思，聂鑫森的《土高炉废墟》、韩瀚的《重量》、顾城的《一代人》可为代表；二是对传统文化的深度反思，萧开愚的《往昔》可为代表："父亲拉着儿子的手/走进故宫//黄昏，只剩下满脸皱纹的儿子/蹒跚地踱出宫门。"历史文化对鲜活生命的消磨，真是触目惊心！三是对复杂人性的深度反思，这一类作品最多，孔林的《山上山下》、碧川的《烛》、刁永泉的《断想》、安谧的《偶感》、阿红的《人生相》、杨光治的《影子》、孙武军的《箴言录》、邹静之的《人情》可为代表；四是对现代人的生存状态进行深度反思，韩牧的《住所》可为代表；五是题咏类小诗不再描写题咏对象以抒情，而是直接切入哲理的表达，王怀凌的《锦鸡》、流沙河的《虞美人》、黄淮的《镜子》、非马的《鼠》可为代表；六是一些十分感性、宜于抒情的题材，也被处理成议论性的哲理诗，伊蕾的《爱》、关雎的《无题》、弘征的《建筑》、黄士如的《无题》，都是爱情诗，但表现的重心已不在抒情，而在议理。

　　20世纪白话小诗的泛哲理化倾向，对写景、抒情等诗歌本质属性的冲淡是明显的，一些小诗作品常常板起一副冷面言理，缺乏精心选取的景物意象，不注意渲染烘托氛围，只剩下直通通、干巴巴的哲理说教，即使深刻，也不感人。好诗虽离哲学不远，但诗歌毕竟不能等同于哲学，理念哲思必须与景物情思盐溶于水般有机统一于作品之中。只有哲理，没有诗情，作品的艺术感染力也就必然要大打折扣了。梁实秋当年曾批评《繁星》、《春水》的作者是"冷若冰霜的教训者"、"冰冷到零度以下的女作家"，确属言重。但梁先生所指出的冷面训人的现象，在20世纪的短章小诗创作中也确实存在，且呈愈演愈烈之势，对传统的诗美造成了不轻的伤害。古典小诗言理就有效地避免了这种偏颇。不论是"重兴象"的唐诗还是"重议论"的宋诗，在言理时都注重形象思维的方式，一般不直接用理语入诗，也不去图解演绎概念。唐诗主情，化哲理为情思；宋诗主意，化哲理为意趣。在作品中，进行这种转化的中介即是具体的景物或事件，完成了对景物、事件的描写叙述，也就同时完成了对哲理的表达，因为哲理就自然渗透在景物事件之中，而不是游离于景物事件之外。唐代的哲理小诗如王之涣的《登鹳雀楼》、李商隐的《乐游原》，宋代的哲理小诗如王安石的《登飞来峰》、苏轼的《题西林壁》、杨万里的《过松源晨炊漆公店》、朱熹的《观书有感》，都是以诗人的亲身经历感受为题材，传达诗人切身的见闻感悟，从而收到"即景见理"、"即事见理"的表现效果。这样言理，可见可感，亲切易懂，"兴趣"深永，"理趣"盎然。读者在诗美的欣赏中悄然开启灵智之门，于不知不觉中领受着活泼的启迪而非僵硬的道理或冷漠的说教。

总之，古今小诗在形式和内容方面各有特色和优劣短长。古典小诗已经成为"过去时态"，成为完成了的文学历史；从 20 世纪进入 21 世纪，现代白话小诗的创作仍处在继续发展、正在进行的过程之中，其诗艺尚有进一步提高的机会和可能。上文的比较分析使我们清楚地看到：现代白话小诗在形式方面，应对古典小诗的格律、章法有所借取，但应避免固定统一的僵化程式；在内容方面，现代白话小诗在写景的全方位性和逼真纯粹性上，在抒情的深挚含蓄感人的程度上，都和古典小诗有着一段距离，主要任务是向古典小诗学习；但同时也要注意避免古典小诗写景的过分闲适情调和抒情的易于感伤倾向，肯定和发扬明朗、热烈的现代抒情方式的优势；继续在现代白话小诗中深入表现哲理，但应克服直接说理、冷面言理的弊端，取法古典小诗即景见理、即事见理、化哲理为情思意趣的成功经验；在纵向继承中国古典小诗优良艺术传统的同时，更为全面、本质地借鉴西方现代诗歌的艺术精神；以使白话小诗作品，既能为生活在日益紧张复杂的现代社会中倍感惶惑疲困的现代人提供释疑解惑的智性启示，又能为他们提供抚慰心灵的宁馨的诗意。

——而这，也许正是 21 世纪白话小诗的发展方向。

第十章

中国现代新诗的诗体建设问题

20 世纪初至今，新诗在取代旧体诗词主盟诗坛之后，走过了将近百年的发展历程，其间产生了一批优秀的甚至杰出的诗人和诗作，取得了不容小觑的突出成就。然而，新诗存在的问题似乎也同样突出。百年新诗最大的问题就是诗体建设的形式问题。本章试从古今诗歌传承的角度，就新诗的形式问题展开相关的探讨。

一　百年新诗最大的问题

虽然从 20 世纪初开始，一些新诗人就关注新诗的诗体建设，如刘半农、陆志韦等人。胡适先生在倡导诗体"大解放"的时候，也指出了"形式"的重要性："文学革命的运动，不论古今中外，大概都是从文的形式一方面下手。"① 嗣后，以闻一多、徐志摩为代表的新月诗人，冯至、何其芳、郭小川、吕进等现当代诗人和诗论家，都在理论和实践上为新诗的诗体建设进行了不懈的探索，并有了可观的收获。吕进近期说："感情的节奏并非诗的专利，外节奏才是诗的定位手段。对于诗歌而言，感情的内节奏必须化为语言的外节奏，诗才

---

① 胡适：《谈新诗——八年来一件大事》，《中国新文学大系·建设理论集》，上海良友图书印刷公司 1935 年版，第 295 页。

可能出现。"① 尤其值得注意。吕进的观点指明了这样一个事实：只有"语言形式"也就是"诗体"，才是诗歌的本质和标志。

但是，百年新诗发展史上占据主流地位的，似乎是忽视、无视诗体形式的"自由"派。自从胡适先生提出"文当废骈，诗当废律"、"作诗如作文"之后，所罗门封印的瓶盖已然揭开。先是自称"最厌恶形式"的郭沫若，提出"自然流露"说，认定"诗是情绪的直写"，"诗的本质，不在乎韵脚的有无"，因此主张形式方面绝对"自由"、"自主"，"打破一切诗的形式"。② 20 世纪二三十年代，主张新诗散文化的代表人物还有戴望舒和艾青。戴望舒针对闻一多的"三美说"，强调"诗不能借重音乐，它应该去了音乐的成分"，认为"韵和整齐的字句会妨碍诗情，或使诗情成为畸形的"。③ 艾青大力提倡自由诗的散文美，他说："散文的自由性，给文学的形象以表现的便利"，指斥诗的"韵脚与格律"是"封建羁绊"，而"目前中国诗的主流，是以自由的崇高的朴素的散文"来"作为形式"。④ 五六十年代以纪弦为代表的台湾现代派诗歌，以"反传统"和"求创新"为诗派的两大纲领，他们的"所谓'反传统'，不只是反旧诗，更是反新诗中在形式上的格律主义，在语言上的韵文主义"。⑤ 此外，三四十年代和 90 年代以来关于新诗"小说化"、"叙事性"与"戏剧化"的理论，也在新诗界造成了很大的影响。

自由诗的提倡确实有助于新诗的自由舒展的抒写，但是由理论的某种失误带来的创作弊端也极为突出。如果说郭沫若的《凤凰涅槃》、艾青的《大堰河，我的保姆》一类诗虽然稍乏节制，不过尚有

---

① 吕进：《二十世纪下半叶的中国新诗研究》，《文学评论》2002 年第 5 期。
② 郭沫若：《致宗白华函》，《三叶集》，安徽教育出版社 2000 年版，第 36—38 页；郭沫若：《序我的诗》，《郭沫若创作论》，上海文艺出版社 1983 年版，第 214 页。
③ 戴望舒：《论诗零札》，《戴望舒选集》，人民文学出版社 2002 年版，第 131—132 页。
④ 艾青：《诗论》，人民文学出版社 1983 年 9 月版，第 155 页。
⑤ 杜国清：《宋诗与台湾现代诗》，《中华文学百年评论精华》，人民文学出版社 2002 年版，第 522 页。

过人才气、充沛真情作为内在支撑的话，田间的《中国·农村底故事》已是太过琐碎，卞之琳的《春城》、《酸梅汤》已沦为对话小品，几无诗意可言。80 年代中期以后新生代口语化的"生活流"诗歌和 90 年代以来的所谓"叙事性"、"戏剧化"诗歌，如于坚的《尚义街六号》、李亚伟的《我和你》、丁当的《房子》、尚仲敏的《关于大学生诗报的出版及其他》、伊沙的《我和我的导师》、马永波的《电影院》等大量作品，大多复制生活，记流水账，或琐屑质木，或油滑科浑，叙事手法相当笨拙，甚至丝毫不见诗意的灵动虚活。这样的叙事就是在常规叙事文体中都非上乘，何况用来写诗？而就诗体建构来看，在"自由"的旗帜下，20 世纪多数新诗人缺乏诗体观念和形式感，复制生活的所谓"叙事"，更是啰唆累赘，夹杂道来，篇幅散漫冗长，过度膨胀，像患了"浮肿病"。这种对自由的误解和滥用，致使诗歌凝练含蓄、言近意远、以少总多，以有限传示无限的诗美特质几乎丧失殆尽，新诗诗体建设在总体上没有取得应有的成绩。

二 近体诗定型的历史启示

新诗诗体建设的当务之急，是对越来越散漫冗长、越来越像平庸散文（但却要分行！）的诗歌文本进行"消肿"。若不在篇幅上加以有效的控制，新诗的形式建设将无从谈起。我们所说的诗体形式，当然不是规定一个或几个让写诗的人都必须遵从的固定程式，不是"麻将牌式"或"豆腐干体"，而是以简约省净、凝练集中为目标的新诗文本形态。它既能够克服新诗浅白芜蔓之弊，又能避免新诗体段的僵化。它更能够进一步带动新诗对辞藻、行句、章节、意象、意境的讲求，使新诗更富诗意，更有韵味，更像是诗，而不是更乏诗意，更加直白，更不像诗，以致于堕入当年反对新诗者所揶揄的"仅为白话而非白话诗"的尴尬境地。①

---

① 胡先骕：《评尝试集》，《中国新文学大系·文学论争集》，上海良友图书印刷公司 1935 年版，第 282 页。

  在这方面有成功的历史经验值得借鉴。中国古代诗歌史上，近体诗的定型过程，应该引起今天致力新诗诗体建设的人们的高度关注。众所周知，南朝周颙首先发现汉字四声，"吴兴沈约、陈郡谢朓、琅琊王融"等人把四声运用到五言诗歌创作实践上，创造出了"五字之中，音韵悉异，两句之内，角徵不同，不可增减"的"永明体"诗歌。① 与对声律的研讨运用相关联，"永明体"诗歌要求篇幅的缩短和句数的固定。如果像此前的古体诗那样篇无定句，篇幅过长，声律的运用不便措置，而且句数不定，也不宜于诗体的确立。与对声律的探索纷纭状况一样，在压缩到多大篇幅为宜这一点上，诗人们也进行了多种尝试。当代学者曾以丁福保所辑《全汉三国晋南北朝诗》为依托，对齐、梁、陈三朝文人五言诗的几种句数形式进行统计，显示当时诗人摸索合适篇幅的尝试，逢双必有，四、六、八、十、十二句的诗，密度很高，但写作最多的依次是八句体、四句体和十句体。② 永明体诗人的尝试，大致解决了此前诗歌形式上蔓衍无度、诗质时有粗疏的问题，他们"通过缩小篇幅，使所写内容相对纯净化"，诗写的精致、新巧，不仅更具一种形式上的外观之美，而且有利于诗作"意与境的浑融"，形成含蕴着婉转情思和悠然远韵的"圆美流转"的诗歌意境。③

  永明体诗为唐代近体诗的最后完型准备了条件。其中的八句体、四句体诗歌，正是初盛唐之际臻于成熟的律诗、绝句的雏形。初唐诗人上官仪、四杰、四友，尤其是沈佺期、宋之问，总结永明体诗人对诗歌声律篇章的种种探索，"回忌声病，约句准篇"，实现了五七言格律诗形式的基本定型化，为盛唐和后世的诗人提供了可资遵循的规范。从此，中国古代诗歌的体制才更加完备和丰富多样。此"实词章

---

① （唐）李延寿：《南史·陆厥传》，《二十五史》，上海古籍出版社1986年版，第2799页。
② 吴小平：《论五言八句式诗的形成》，《文学遗产》1985年第2期。
③ 王钟陵：《中国中古诗歌史》，江苏教育出版社1988年版，第671页。

改变之大机，气运推迁之一会"，① 在中国诗歌史上意义巨大，"声律的讲求，带动了文辞、章句、意境的锻造，促使诗艺从汉魏古诗的直抒胸臆，转向了唐诗的深沉蕴藉和思致凝练"②。可以这样说，从讲求声律、缩短篇幅的探索中走向定型的近体格律诗，是唐代和以后诗人使用的最主要的艺术创作形式，无数诗歌名篇依托近体形式得以写出，它是唐诗高度繁荣和唐以后诗歌继续发展的有力保证，世所公认的居于中国诗歌美学核心地位的"意境"以及相关理论，亦借以产生。

近体诗定型给我们提供的启示是深刻的。百年新诗在诗体形式上的漫无节制，远远超出了永明体以前的古诗，尤其是作为诗坛主流的自由诗，已是差不多完全丧失了诗体形式特征。相当多的诗人缺乏文体意识，没有形式感，文学史知识和诗歌艺术修养严重不足，不解比兴，不重意象，不敷词采，不懂声律，不知熔裁，不讲究炼字、炼句、炼意，不明白以无传有、以少总多、以有限传示无限，往往是就那么一点儿诗意甚或毫无诗意，却动辄几十行上百行地大肆铺排，其散漫、芜杂、粗疏，连平庸的散文都不如。借鉴近体诗定型的历史经验，针对诗坛如此现状，可以说，若不首先从篇幅上下手痛加裁汰，要想凸显诗歌的文体特质，进而提高诗艺，几乎是不可能的。

三　来自古典诗词的几种新诗体式

指出百年新诗诗体形式上存在的严重问题，并不是说新诗的诗体形式建设没有较为成功的实践经验。从古今诗歌传承的角度来看，新诗从古典诗歌那里吸收了很多有益的养料，转化生成为自己的体式面目，使得百年新诗的诗体形式建设取得了一定的实绩。笔者在此不拟作全面的论列，只以几种明显接受古典诗歌影响的简约诗体为主稍作

---

① （明）胡应麟：《诗薮》，上海古籍出版社1981年版，第76页。
② 陈伯海：《唐诗学引论》，知识出版社1988年版，第35页。

申说。

先说逢双押韵与四行建节。中国新诗虽以彻底破坏旧诗的语言形式开始，但在自己的语言形式建设方面，还是与传统诗歌发生了千丝万缕的联系。首先在押韵上，有韵体新诗基本遵循逢双押韵的原则，格律诗和半格律诗都按照这个规则安排诗的韵脚。起句即押韵，然后逢偶句押韵的作品最多，也有句句押韵的，还有转韵的情况。大致还是古代诗歌几种押韵方式的借用或变通。作品例子极多，无须列举。其次是章节上，格律和半格律新诗的章节安排惯例，基本上是以四行为一节，这种章节安排方式为多数诗人所遵从。近体格律诗中的五绝和七绝，古体诗中的古绝，每首都是四行；律诗八行，从平仄格律看是两首绝句的合并，分开仍以四句为基本的格律单位。新诗以四行为一节，有律绝的形式痕迹。有的诗人一直坚持用四行一节的分段方式写诗，如有"新潮诗歌第一人"之称的食指，他从60年代末写于中学时代的《相信未来》（1968），到写于70年代的《疯狗》（1978），再到80年代的《诗人的桂冠》（1986），至90年代末写于精神病院的《生涯的午后》（1998），这些诗的写作时间前后相距整整30年，但均是四行一节、诗行和段落大致整齐的半格律体，由于体式的相对定型，凝练简净，所以这些诗很受读者的欢迎。

再说八行体和十行体。公刘50年代的"八行体"诗，生活现象的描述与思想哲理的阐发、升华，构成诗的两个部分，这种构思、表现的结构模式，一方面是在诗中最终达到对理性（政治）观念的直接揭示的创作目的的需要；另一方面，我们也必须看到，这种"八行诗"句数与律诗相等，结构方式又与双调词的上下片分工十分吻合。双调词的上片一般用以写景叙事，下片抒情言理，是作品的主旨所在。公刘的"八行体"四行一节，共两节，一般也是第一节叙述描写，第二节揭示意蕴，应是受双调词的结构和表现方法启发影响的产物。他的名诗《运杨柳的骆驼》、《五月一日的夜晚》都是典型的"八行体"作品，艺术效果甚佳。台湾诗人向阳的"十行体"，自称是感应于文化中国的产物，实际上道出了他所受的古典诗词格律形式的启发。十行体每首两节，每节五行，格式固定。如他的《种子十行》，这首诗每句字数相等，行句整齐，类似当年新月派的格律体诗。虽然向阳的十行体大多没有这样整饬，但这种诗型毕竟将诗情诗思自觉地约束在颇为短小的固定行数、节数的形式框架限制之内，使得诗意的表达更为集中、凝练，避免了枝蔓肤泛、芜杂累赘，成为既相对自由又有所规范的类格律诗体。

余光中的"三句体"，也有古典诗词的形式影响痕迹。《诗经》里就有像《魏风·十亩之间》这样三句一章的体式，这种体式流衍为后来古体诗中的一体，如岑参的《走马川行奉送封大夫出师西征》，即是三句一韵，构成一个意义单元。但这种形式在诗中应用得毕竟不算多。在词中就不同了，无论是令词还是慢词，都有不少三句一组的句组，元散曲中有大量的三句句组和鼎足对。词曲中的这种三句一组的体式，打破了诗中逢双偶对的板滞僵化程式，参差错落的句子，给人的感觉较为自由，较富变化。余光中"生过现代诗的麻疹"之后、转入新古典主义时期的标志性诗集《莲的联想》中，整首诗全为三句一节的有《那天下午》、《观音山》、《劫》、《幻》四首，《六角亭》、《莲的联想》、《等你，在雨中》、《啊太真》四首则基本上是三句一节。在余氏的其他诗集里，三句一节的分节情形亦所在多有。借鉴古典词曲句式的余氏"三句体"，在句子的长短错落、偶奇搭配上，在句意的转折对比、虚实结合、递进跳跃上，在句形的回环往复、牵挽连锁上，均有较强的艺术表现力。

词曲体式在胡适、俞平伯、严阵、流沙河诗歌的语言节奏、构句建节上的影响更为明显，他们的不少作品，仿佛词曲式的简短明快，凝练含蓄，与来源于外国的自由体新诗舒展散缓的句子节奏完全不同，自由诗是不会像他们这样讲究地推敲锤炼、约句准篇的。流沙河的组诗《故园九咏》较有代表性，用词曲的节奏，平缓低调，打诨调侃，短小的篇句掩抑不住时代和命运的悲郁，像《我家》："荒园有谁来？/点点斑斑，小路起青苔。/金风派遣落叶，/飘到窗前，纷纷如催债。/失学的娇女牧鹅归，/苦命的乖儿摘野菜。/檐下坐贤妻，/一针针为我补破鞋。/秋花红艳无心赏，/贫贱夫妻百事哀。"
《中秋》："纸窗亮，负儿去工场。/赤脚裸身锯大木，/音韵铿锵，节
奏悠扬。/爱他铁齿有情，/养我一家四口；/恨他铁齿无情，/啃我壮
年时光。//啃完春，啃完夏，/晚归忽闻桂花香。/屈指今夜中秋
节，/叫贤妻快来窗前看月亮。/妻说月色果然好，/明晨又该洗衣
裳，/不如早上床。"《哄小儿》："爸爸变了棚中牛，/今日又变家中
马。/笑跪床上四蹄爬，/乖乖儿，快来骑马马！//爸爸驮你打游
击，/你说好耍不好耍？/小小屋中有自由，/门一关，就是家天
下。//莫要跑到门外去，/去到门外有人骂。/只怪爸爸连累你，/乖
乖儿，快用鞭子打！"《焚书》："留你留不得，/藏你藏不住。/今宵
送你进火炉，/永别了，/契诃夫！//夹鼻眼镜山羊胡，/你在笑，我
在哭。/灰飞烟灭光明尽，/永别了，/契诃夫！"这些诗的主体是叙
事，但全无自由体叙事的漫无边际，借鉴词曲的句式和节奏，笔法简
洁，词约意丰，语短情长，控制了如果用长句大篇可能出现的情感泛
滥，平淡朴素，不动声色，却五味俱全，效果远远超过声泪俱下的倾
诉，一代知识分子不堪承受的人生遭际磨难尽在其中。篇幅章句上的
凝缩，有效地提高了组诗的艺术质量。

　　特别值得注意的是新诗中的小诗一体。小诗中那些四句一首的作
品，更像是古代绝句的现代白话版。30 年代中期，林庚发表了《小
春吟》、《落花》等许多四行诗，戴望舒就认为林庚是在用"旧瓶装
新酒"。① 冯至干脆把他的四行一首的白话小诗题为《绝句》，洛夫也
将自己的一组白话小诗题为《绝句十三帖》，余光中亦有一组小诗题
为《戏为六绝句》。20 世纪 20 年代初，受古代绝句小令和日本小诗、
泰戈尔小诗的影响，涌现出了刘大白、冰心、徐玉诺、宗白华、汪静
之等一批小诗作家和大量小诗作品，此后小诗一体时有诗人写作，至
20 世纪 80 年代以后再度升温。几十年间，产生了一些传诵人口的小

---

　　① 戴望舒：《谈林庚的诗见和"四行诗"》，《戴望舒选集》，人民文学出版社 2002 年
版，第 144 页。

诗佳作，如刘大白的《旧梦之群》三六、冰心的《春水》三三、朱自清的《细雨》、徐玉诺的《夜声》、宗白华的《系住》、徐志摩的《沙扬娜拉》一首、冯雪峰的《山里的小诗》、卞之琳的《断章》、臧克家的《三代》、田间的《假使我们不去打仗》、鲁黎的《泥土》、昌耀的《斯人》、余薇野的《爱情的公式》、非马的《脚与沙》、周梦蝶的《角度》、夏宇的《甜蜜的复仇》、顾城的《一代人》等，有些可以说是像古代绝句名篇一样脍炙人口。上举小诗与那些篇句冗长、可读性差、传播不便的白话自由诗遭受读者冷落的情况形成鲜明对比。笔者在《短章小诗百首》一书的前言中，从与古代绝句、小令比较的角度，对 20 世纪白话小诗进行了较为系统全面的讨论。小诗篇幅简短易记，内蕴高度集中，艺术表现上讲究"瞬间切入"和"高度浓缩"，小而能大，浅而能深，成为诗质普遍贫弱稀薄的新诗中的"烈性酒"和"浓缩铀"，给读者的阅读记忆和审美心理留下历久弥新的深刻印象。

四　突破制约新诗传播的"瓶颈"

如上所论，自由体的流行，导致了 20 世纪新诗篇幅的普遍冗长，它严重败坏了读者的胃口，成了制约新诗传播的"瓶颈"。我们从近体格律诗定型中得到的启示，就是要给过度膨胀的新诗"消肿"，把诗尽量写得短些，符合诗艺的质性，也是突破"瓶颈"制约的要着。上节列举的几种接受古代诗歌影响的较为短小的新诗体式，都产生了诗质较佳、易于流传的作品。在本质上，诗歌是一种宜短不宜长的文体，详尽的描写、叙事肯定不是诗歌的强项，从文体分工上讲，那有散文、小说、戏剧司其职。与其在诗中巨细无遗地蹩脚叙事，何如干脆去写散文、小说扬长避短。所以，写诗时能用一个字表达，绝不要用两个字，能用一行绝不要写成两行。篇幅扩展往往弱化诗质，有碍传播。何况白话新诗是用现代语言来写，表现的是现代人的生活与情绪。由于现代汉语不如古汉语简约省净，而现代人的生活、情绪比古人又更为繁富复杂，新诗在表现上便几乎是不可避免地出现了诗句与篇章冗长芜杂的毛病，自由体的提倡和流行又使得这种毛病愈演愈烈。如何把诗写得短小些、精粹些，有效地克服新诗外部形式上的"浮肿病"，便成为提高新诗艺术品位、增强新诗的可传诵性、突破新诗传播"瓶颈"、为新诗争得更广大读者的关键所在。我们今天从事新诗诗体建设，篇句精短应是首要目标。

其实不只是新诗，古典诗歌中真正流播人口的作品，也往往不是那些长篇的古风或歌行，而是五、七言绝句和词、曲中的小令。即使同为名篇，但能被一代又一代读者记忆与传诵的，也多是短小之作而非大篇。唐代边塞诗人高适的《燕歌行》，是唐代边塞诗的压卷之作，其"思名将，安边关"的题旨，与同派诗人王昌龄《出塞》的"秦时明月汉时关"完全相同。但高诗是七言歌行，篇幅长达28句，不要说一般的读者，即使是专业研究者也不一定能够完整记诵；王诗是七言绝句，篇幅短小，仅4句28个字，加之音律谐畅，情调悠然，普通的读者甚至孩童都能背诵。初唐诗人王绩的《在京思故园逢乡人问》和盛唐王维的《杂诗》其二，均写客居思乡、见乡人询问家乡人事，两诗虽题材全同但表现全异。王绩的诗是五言古体，长达24句，一口气问了14个问题；王维的诗是五言绝句，只在诗中含蓄地问了一个看似无关紧要的事："君自故乡来，应知故乡事。来日绮窗前，寒梅著花未?"浓郁的乡情尽在不言之中。王绩的诗基本不具备可记诵性，王维的诗则令人过目难忘。类似的例子还有中唐诗人元稹的五绝《行宫》，只用4句20个字，就完成了白居易《上阳白发人》40多句数百字篇幅所表达的情感内涵。

上举例证给我们提供的启示是深刻的：新诗欲突破传播"瓶颈"，与古典诗词争读者，希望在于精短的小诗。与古诗词中的绝句、小令这些古代的"小诗"相比，新诗中的小诗尽管是白话的、口语的，没有固定的字句和韵脚，不讲平仄格律，自由而无严格的规范，背诵起来麻烦多一些；但它的字少句短无疑给读者提供了记忆的方便。统观20世纪中国白话小诗，以一二行或三四行者居多，字数则从十几字到二三十字不等；最长的六七行，也至多不过四五十字，篇幅与古代绝句小令不相上下，要背诵下来也并不很困难。与自由体长诗相比，这些小诗的艺术优势是明显的，小诗的研究价值或有不及，但记诵传播价值则又过之。卞之琳的《断章》，从一首长诗中删除分离出来后，成为新诗中少有的广为传诵的名篇。余光中等台湾诗人写作了大量乡愁诗，但在海峡两岸和海外华人中几乎妇孺皆知的，还是他那首使用《诗经》"复沓"章法的原型形式、取象和熔裁均极出色的精短的《乡愁》。菲律宾华侨诗人云鹤的《野生植物》，酝酿写作了15年，删繁就简，精益求精，最后敲定为9行32字，字字珠玑，让人过目成诵。

这让我们记起深受中国古典诗歌影响的美国意象派大师庞德，他认为一个诗人"与其写万卷书，还不如在一生中呈现一个好的意象"，的确是甘苦寸心的经验之谈。庞德尽管写有《诗章》这样的鸿篇巨制，但他被广大读者记住的，大概还是那首小诗《在一个地铁车站》："人群中这些面孔幽灵一般显现；/湿漉漉的黑色枝条上的许多花瓣。"诗里那个"湿黑枝条上的花瓣"意象使庞德声名远播。这首诗原来写了30行，半年后改为15行，一年后改定为这2行"日本和歌式的诗句"。① "他山之石，可以攻玉"，庞德的话值得意欲突破新诗传播"瓶颈"、努力从事新诗诗体建设的诗人和诗论家们记取。

---

① ［美］庞德：《高狄埃－布热泽斯卡：回忆录》（1916年），《外国现代派文学作品选》第1卷，上海文艺出版社1980年版，第130页。

第十一章

入世精神，象征手法：
徐玉诺诗片论

徐玉诺（1893—1958），原名徐言信，笔名红蠖。河南鲁山人。出身贫苦农家，十二岁读完《四书》《诗经》，后靠官费在鲁山、开封读小学和初级师范，1919 年五四运动爆发后，被选为河南省学联理事，积极参加五四新文化运动。他主要从事诗歌创作，兼写小说，是文学研究会的重要作家。1922 年 6 月与文学研究会同人出版新诗合集《雪朝》，1922 年 8 月以"文学研究会丛书"名义，出版个人诗集《将来之花园》。朱自清把他的十题十三首诗选入《中国新文学大系·诗集》。他的小说创作颇受鲁迅重视，茅盾将他的两篇小说选入《中国新文学大系·小说一集》。玉诺的诗直面现实人生而又不乏比兴象征的超越，想象新奇，刚健清新的风格中伴有优美和哀怨，在初期新诗题材的拓展、诗艺的提高和小诗、散文诗的创作方面，成就较大，产生过广泛的影响，赢得了高度的评价。1958 年 4 月 9 日，徐玉诺因病逝世，留有故事诗《致王鸠城》、散文诗《蚕姑娘》等。今人编有《徐玉诺诗选》《徐玉诺诗文全编》。

一　与众不同的早期白话诗创作

早期白话诗多被人诟病，玉诺的诗却赢得了持为人生或为艺术等不同文艺观念的人们的一致好评，这是罕见难得的。论者认为，玉诺的想象力十分丰富，捕捉瞬刻直觉的能力格外出色，因此"常常有奇妙的句子花一般怒放在他的诗篇里"①。比如他的《夜声》中的名句"杀杀杀……时代吃着生命的声响"，《在黑影中》的名句"这一个树叶拍着那一个的声响"，就被新月派诗人闻一多推许为"两个声响的绝唱"②。可见人们多是从作诗技巧、佳句营构等形式因素方面着眼来肯定玉诺诗的。其实，玉诺的诗除了上述优长之处外，真正打动人的，还是他对自我生命、现实人生和大众命运的真诚强烈的关爱之情。体现在创作上，就是对社会现实广泛、真实的描写，对他生长的中原大地和这块土地上生活的人民的苦难的真切关注。可以这样说，在新诗领域直面乡土中国、农民阶层的真实生存状况，徐玉诺是第一人。徐玉诺的诗歌创作，集中在 1921 年至 1925 年，期间的新诗界，胡适为代表的"写实派"出于人道同情的诗作，缺乏本真的底层生活经验与体验，且多平浅说理；郭沫若为代表的"浪漫派"强调感情的直接流露，主观情绪的汹涌泛滥淹没了客观现实的细致观察描写；汪静之等湖畔诗人的诗作稚嫩单薄，徐志摩等新月派诗人的诗作唯美感伤，李金发等象征派诗人的诗纠结于爱与死的痛苦烦恼；唯有来自天灾人祸肆虐的中原农村的徐玉诺，用他的诗歌第一次在新诗领域展示了底层社会人生的本真状态。且看他的《火灾》：

　　没有恐惧——没有哭声——/因为处女们和母亲/早已被践踏得像乱稻草一般/死在火焰中了。/只有热血的喷发，/喝血者之狂叫，/建筑的毁灭，/岩石的崩坏，/枪声，马声……/轰轰烈烈的杂乱的声音碎裂着。//没有黑夜和白昼——/只有弥满天空的黑烟红火，/翻反的尘土焦灰流荡着。//我们昏醉东倒西歪的挣扎着……/我们的脚下是死的放着热烈蒸气的朋友，兄弟姊妹的身首……

---

①　叶圣陶：《玉诺的诗》，《文学旬刊》第 39 期，1922 年 6 月 1 日。

②　闻一多：《致梁实秋等人的信》，《闻一多全集》第 12 卷，湖北人民出版社 1993 年版，第 127 页。

兵匪横行、生灵炭涂的惨烈场面，中原农民的苦难和血泪，在标榜"写实"、"为人生"的新诗领域，可谓见所未见。这让我们想起安史之乱中杜甫的纪实之作。在徐玉诺的笔下，底层人民的生活除了死亡就是贫穷：

> 在除夕的大街上，冷风刺刺的刮着踏碎的冰，极冷清，一个上年纪的乞丐，只剩下一个空虚而且幻灭的破碗，什么东西都没有了。(《杂诗》)

《有仗恃的小孩子》切入贫富不均的社会矛盾，用对话描写祖孙俩在风雪中讨饭的悲惨遭遇，对弱者表达出杜甫式的深切悲悯同情，谴责了拒绝施舍者的为富不仁。在《能够到天堂的一件事情》里，诗人让穷苦善良的"小孩，老人，农夫，乞丐"一个一个"都跑上天堂"，只留暴虐的国王"一个人在地上"，且"笼罩在死的黑幕里"，用诗歌的方式达成了事实上不可能达成的扬善惩恶的目的。他的《假若我不是一个弱者》：

> 假若我不是一个弱者，/我要提只手枪走进故乡去；/在那血烟飞溅，尸身满地/丘八，/匪将，/或者村长手下持枪的人们中间不分彼此的战场上/我毁灭了他们；/或者/他们毁灭了我！——自己；/那也总是有意义的。

则是激于悲愤不惜献身的拯救，其为了大众牺牲小我的高尚品格，仿佛杜甫《茅屋为秋风所破歌》结尾的"吾庐独破受冻死亦足"。徐玉诺诗中大量的此类"为人生"的作品，流淌着《诗经》"饥者歌其食，劳者歌其事"，乐府"感于哀乐，缘事而发"，屈原"哀民生之多艰"，杜甫、白居易诗歌关心民瘼的诗学精神和血脉，在新诗发展史上，直接影响了后来艾青、臧克家等诗人的创作。

在表现这些内容时，徐玉诺又往往不采用早期白话诗人常用的肤泛直说、就事论事的赋体手法，而是继承古典诗歌意内言外、比兴象征艺术，这在新诗发展初期显得格外与众不同。玉诺的诗都是有感于个人际遇和现实状况而发的，情绪色彩和宣泄意味相当浓郁，但又往往能够超越于一己遭际和现实状况的表象之上，传达出深切的人生体验和命运感悟，从而使他的一些优秀诗篇上升为人类生存的本然和本质的象征。这才是作为早期白话诗人的徐玉诺的真正过人之处。

徐玉诺是一个极度热爱人生的诗人，唯其热爱，他才在诗中时时表现着对人生命运的深切关注和思考。这种关注思考，是诗人的主体意识觉醒后的产物，其间折射着五四时代精神的光芒。在探索人生命运这一主题的时候，徐玉诺的成功之作总是能够找到精当的比喻性意象，然后由此灌注饱满人生体验和命运感悟的中心意象，展衍出诗篇总体上的象征框架。如他的《徐玉诺先生之地板》，是与闻一多的《闻一多先生之书桌》齐名的早期白话诗名篇。闻作被朱自清指为"新诗里纯粹的幽默的例子"①，《徐玉诺先生之地板》则在幽默自嘲中包含刺世的寓意："徐玉诺先生之地板才算奇怪的……/没话说，/不知道是他的脚小呀；/也不知道是地板的木纤维空间；/他走动起来，总是跳黑井一般，/一下一下都埋在地板里。"自嘲的诗句是对险恶的生存处境的反弹。用"地板"这一意象，象征性地传达出世路坎坷、陷阱四伏的严峻题旨。《枯草》只有简短的三句："人生如同悬崖边上的一枝枯草/被风吹折/颠颠连连的坠落下来了。"这一枝被风吹折坠下悬崖的枯草，就成为人生险恶境遇之象征。《鬼》则以"人的鬼"来象征"活人"，并料定"他会演出人类的丑来。他能戴着礼帽……同人一样，/并且做着人类的事情"。精到地揭示了人性中丑陋、伪善的一面，对迄今远未健全的人性作诛心之论。因为是象征性的，所以如此深刻老辣、洞察人性的见地，并不需剑拔弩张地直陈，仅用淡笔勾勒出"鬼"如何戴着礼帽同人一样表演，就已然确

---

① 朱自清：《诗与幽默》，《朱自清选集》第 2 卷，河北教育出版社 1989 年版，第 277 页。

诊了人类自身难以克服的痼疾。说到底，可怕的不是"鬼"，而是"活人"自身，是人类自身与生俱来而又未与死俱去的世代承传的人性缺陷。在对人生命运、社会现实的象征性表现中，收入诗集《雪朝》里的《杂诗》之六、《跟随者》、《夜声》等作最具代表性。

二　表现人生命运的比兴象征之作

徐玉诺表现人生命运主题的比兴象征诗，最有代表性的是《杂诗》之六和《跟随者》。先看他的《杂诗》之六：

> 在这滔滔不息/向下流的波浪里，/我也是一个小浪；/并且还立在浪峰。/我的动静/我渐渐不能作主了。/大浪们啊！/我们要到什么地方去？/什么地方是我们要到的底？/大浪们一刻不停地流去了。/小浪们啊！/我们怎样保持我们一闪的生命，/作为彼此的相照？/小浪们一看也不看地翻下去了。

这首《杂诗》之六，写于五四新文化运动退潮之后，进步的知识分子普遍陷入困惑苦闷之际。"滔滔不息/向下流的波浪"，即是时代潮流的象征，它由流逝的时间和前行的生活两方面构成。每一个个体的人，不过是这浩浩洪流中的"一个小浪"，但是不一定都有机会"立在浪峰"。诗人自觉是一个"立在浪峰"的"小浪"，表明他对自己走在时代前列所具有的自信心与使命感。但不管是在"浪谷"也好，"浪峰"也罢，作为"一个小浪"，仍注定了无力引导洪水的流向，而必然受洪流的卷裹："我的动静/我渐渐不能作主了"，即是喻示"小浪"亦即个体人无法支配自我、主宰命运的被动生存状态。

对个体人这种被现实的强大异己力量所左右、所摆布的状况，诗人显然是不甘的，但又是无奈的，这似乎是宿命，然而总令人困惑。于是诗人禁不住叩问那决定洪水走向的"大浪们"："我们要到什么地方去？/什么地方是我们要到的底？"敢于叩问，也是一种探索出路、抗争命运的勇者之举，何况这叩问已逼近了人生的终极关怀，何况这叩问是代表"我们"——即包括诗人在内的所有"小浪们"发出的，而不仅仅是诗人这"一个小浪"；并且，正是无数"小浪"汇成了"大浪"，小浪们"要到的底"也正是"大浪们"的去处。对于"小浪"们关注的"目的性"和"目的地"问题，"大浪"们怎么能够不加关注呢？然而，"大浪一刻不停地流去了"，对于"小浪"的叩问竟然置若罔闻，不予理睬。这是因为"大浪"也身不由己，受着更大的异己力量的控制，只能"一刻不停地流去"，并不明白流向何处去呢？抑或是"大浪"根本无视"小浪"们的存在权利和存在价值呢？

——但结果都一样：自我无法自为，未来不可预知，异己对主体、时代对个人视为蔑如，不屑一顾。那么，处此境况之下，"小浪"们该怎么办呢？——"我们怎样保持我们一闪的生命，/作为彼此的相照"？从弥漫一片的无目的、无价值、被忽略、被蔑视的迷惘、失落、空幻之感中，诗人吁请"小浪"们彼此生出关爱之意，把渺小、短暂的被动生存的悲凉可怜，转化为惺惺相惜的瞬间而永恒的温情暖意。可是，"小浪"们对诗人的吁请，也和"大浪"们对诗人的叩问一样没有反应："小浪们一看也不看地翻下去了。"是缘于"小浪"们主体意识匮乏的蒙昧？还是缘于被大浪灭顶时自顾不暇的自私？总之，"小浪"们也是彼此互不援手、漠不关心的。

诗人的叩问和吁请、抗争和努力都落空了，但是，诗人对自我生命、现实人生和大众命运的真诚强烈的关注之情，却通过"大浪"、"小浪"这两个主体意象极具象征意味地表现出来，深深地感染着读者。彷徨歧路的苦闷和无以自为的忧伤加倍困扰着诗人，此境此情，诗人陷入悲观主义是必然的。悲观主义是一种深刻的思想，唯它能够透破人生和命运的底蕴，抵达存在的本然和本质。如果"小浪们"一派乐观，满足于追随"大浪"，没有疑惑，没有叩问，也没有吁请，尽管空幻感会因之而消失，但可怕的盲目、麻木、愚昧将会随之而生。清醒地走向幻灭尽管更痛苦，但毕竟还有一份"清醒"在，这份"清醒"，正是作为存在主体的人的理性成熟的标志。

这首诗所写的内容，坐实说来，无非是五四运动之后，进步的知识界普遍陷入的困惑之感，在困惑中的叩问，显示了诗人彷徨于歧路的苦闷。然而，诗人一旦摒弃了直说明言，运用比拟手法，把意思转化为意象，并上升到比兴象征的高度，就使得这首诗内蕴宽大、意味转深。因为毕竟，彷徨歧路的苦闷和无以自为的忧伤，是人类群体处于新旧交替的转折关头，所共同面临的难题，而不仅仅是处于五四落潮后的诗人的个人经验，它对于人类群体具有普遍的适用性。由此而生的烦恼，诗人在他的另一首名诗《跟随者》中，用象征性意象"蛇"来加以表现：

> 烦恼是一条长蛇。/我走路时看见了他的尾巴，/割草时看见了他/红色黑斑的腰部，/当我睡觉时看见他的头了。//烦恼又是红线一般无数小蛇，/麻一般的普遍在田野村庄间；/开眼是他，/闭眼也是他了。//啊！/他什么东西都不是！/他只是恩惠我的跟随者，/他很尽职，/一刻不离地跟着我。

早期新诗在奋力挣脱旧体诗词的束缚之后，为求表达明白，直接诉说、宣泄情绪的作品很多。这类早期白话诗因为舍弃意象寄托，直抒主观感情，往往显得直白浅露，缺乏诗味，不耐品读。玉诺的佳作与此不同，他总能择取恰切的比喻性意象，由比喻上升为象征，从而避免了直抒的空泛浅白，取得诗意浓郁、情味湛永之表现效果。这首《跟随者》，抒写烦恼情绪，也是容易流于直接宣泄的题材类型。诗人通过意象寄情，比拟象征，与早期大量的情绪宣泄类白话诗划开了界限。全诗共三节，从构思的角度看，诗人取象奇特，摒弃了"烦乱如麻"一类常见的习惯性比拟，替烦恼这一主观情绪，寻找到一个客观对应物——"蛇"。蛇的体形和习性，诸如在暗处潜藏爬动，不经意时突然出现，阴湿恐怖，纠结缠绕，令人无法摆脱等，确与烦恼情绪有某种相似之处。

诗的第一节写烦恼之长，无时不有。第一行乃是生新之喻构成的奇兀之句，横出全诗。既喻"烦恼"为"一条长蛇"，后三行就突出其"长"：蛇尾迤于路上，蛇腰隐在草丛，蛇头探出墙隙，任你是"走路时"、"割草时"或"睡觉时"，白天或黑夜，劳作或闲处，那条"长蛇"随时可见，让你心生不快或受到惊恐。这一节通过写蛇之长来表现诗人时刻被烦恼纠缠不休的痛苦。第二节写烦恼之多，无处不在。上节既喻烦恼为"一条长蛇"，这里再喻烦恼为"无数小蛇"，如线如麻乃喻中之喻。这"无数小蛇"遍布"田野村庄间"，任你"开眼闭眼"，总有红线乱麻般的无数小蛇蠕动于眼前，厌恶着你恐怖着你，让你无法摆脱，无处逃遁。这无处不在的"无数小蛇"，比那无时不有的"一条长蛇"，更让人不堪！在前两节诗以蛇为喻，写足了烦恼的无时不有、无处不在的强烈程度之后，第三节突然转折，把烦恼的喻体"蛇"转化为"跟随者"，好像舍弃了前两节的比拟，实际上是一个转喻，"跟随者"和"蛇"的匍匐爬行、潜伺窥人的特点相切合。那很"尽职"的"一刻不离"的"跟随者"，如影随形、如蛇缠身，让诗人难以解脱。诗人似乎有些愤怒，直斥"他什么东西都不是"！但"恩惠"和"尽职"，则显示出诗人面对烦恼，终归于无可奈何。

象征之作有时也会流于概念化，抽象浮泛，晦涩寡味。这首《跟随者》则写得具体、生动。"蛇"是乡野田间常见之物，为出生于豫西南农村的徐玉诺所熟悉。诗中所写"走路时"看见蛇尾，"割草时"看见蛇腰，"睡觉时"看见蛇头，"无数小蛇"遍布于"田野村庄间"，都是生长在乡野、劳作于田间的诗人早期的实际生活经验。诗人当前陷入的无法解脱的烦恼，触动了他早年的关于"蛇"的经历体验，诗人于是取象托喻，二者妙合于诗中，成就了这篇相当出色的比拟象征之作。

在解读这首发表于 1922 年的《跟随者》时，很自然会使我们想起冯至写于 1926 年的名作《蛇》："我的寂寞是一条长蛇，/静静地没有言语。/你万一梦到它时，/千万啊，不要悚惧！//它是我忠诚的伴侣,/心里害着热烈的乡思:/他想那茂密的草原——/你头上的、浓郁的乌丝。//它月影一般轻轻地/从你那儿轻轻走过;/它把你的梦境衔了来,/像一只绯红的花朵!"一以"蛇"比"烦恼",一以"蛇"比"寂寞",喻体相同,本体义近,而且两首诗都是三节,诗的第一句又是惊人地相似!冯诗中的"它是我忠诚的伴侣",也就是徐诗中"他很尽职/一刻不离地跟着我"的意思。这可能是两位诗人先后在表现上的某种巧合吧。当然,这两首现代新诗史上以"蛇"取象的名篇,一以蛇喻人生烦恼,一以蛇喻个人爱情,题旨并不重复。冯诗寓意较狭,不容歧解;徐诗则寓意较宽,以之象征时代的普遍心理感受,人们在解读时自然可以生发联想,空筐对位,上升为人类的普遍经验。大千世界,芸芸众生,"不如意事常八九",那"蛇"一般的烦恼,亦将无处不在、一刻不离地跟随着人类,与人类难分难解、无休无止地纠缠下去。

三 抒写社会现实的比兴象征之作

与表现人生命运这一具有相当程度的哲学抽象性的主题相比较,在抒写社会现实内容的时候,舍去直赋其事,采用比兴象征手法,就显得更为难能可贵。遍观诗史上那些反映现实的名篇,多是直赋其事的,这一类作品的认识教育价值往往大于审美鉴赏价值,其不足和局限即在于忽略了比兴象征的艺术功能。用象征手法表现现实内容,需要更高的概括力,更准的捕捉力和更强的表现力。徐玉诺庶几是一位具备这种能力的诗人。《永在的真实》中,那一只具有超现实意味的对准你的眼睛快要开火的"黑豆一般的小枪口",象征着世界上平安宁静的虚幻和恐怖的真实永在。《人生的现实》中,那一条用"一方一方的小孩子们的幻想造成的"大桥,象征着人类"未发现失望的希望"和"盲目者的自信"。《黑色的斑点》中的"黑色斑点",更是奇特魔幻,它能够渐渐占据光明洁白的心灵,使心灵永远不再光明;能够使一切主义、一切行为、一切志愿和兴趣都改变颜色;能够让人一直不停地寻求到死，永远也寻不到它的底蕴；能够随着时代长大，无止境地扩充，并将占据整个宇宙。——这法力无边、神秘无比的"黑色斑点"，就成为"生活的底色"和"现实的污染"的双重象征。

在玉诺现存的诗作中，用象征手法表现现实内容的最成功的作品，要数《路上》和《夜声》二诗。《路上》仿佛一幅"浮世绘"杰作，诗人注目社会最惨痛的景象，楔入社会最黑暗的底层，在早期白话诗题材开拓和以丑为美方面，都有开风气之先的意义。从局部看这首诗，一幅幅末世的人生画面，一串串逼真的生活细节，不消说是采用赋体的铺叙描写手法，但这一切都是统一于全诗喻示象征性的整体艺术构架的。此诗的中心意象"路上"——这条"地狱通往鬼门关"之路，即是现实社会、大千世界、人生舞台的象征。由中心意象"路上"派生出翻天的尘埃、黑色的太阳、各色各样的行人等一系列从属意象，真个是众生毕至，群魔乱舞，联袂上演一幕幕悲惨而丑恶的人生活剧。这一系列意象共同丰富了全诗的象征意蕴：世界是如此灰暗恐怖，现实是如此秽乱卑污，人们是如此苦难辛酸而又横暴恣睢。堕落的众生在"地狱通往鬼门关"的堕落之路上"镇日镇夜的往下走"，喻示着这病态的社会和病态的人群已是不可救药。这首诗可以说是写实和象征的有机结合、高度统一。再看那首被闻一多推许为"超等的作品"《夜声》①：

> 在黑暗而且寂寞的夜间，/什么也不能看见；/只听得……杀杀杀……/时代吃着生命的声响。

20 世纪 20 年代初，郑振铎先生在为诗集《将来之花园》所写的卷头语中，说他的作者徐玉诺是"中国新诗人里第一个高唱'他自

---

① 闻一多：《致梁实秋等人的信》，《闻一多全集》第 12 卷，湖北人民出版社 1993 年版，第 127 页。

己的挽歌'的人"①。徐玉诺的"挽歌",出于来自苦难农村、又热望于人生的青年之口,其所表现出的对人生的"憎恶",乃是他对人生热爱的一种曲折反映,美好的愿望无法实现,"热爱"才以"憎恶"的方式出之。正是基于这种个体人生的热爱,衍生出来他对大众命运的同情关切。所以他在"高唱自己的挽歌"的同时,也为20世纪20年代初多灾多难的中国高唱一曲"时代的挽歌"。《夜声》一诗就是诗人诅咒吃人的世界死灭的一曲"时代挽歌"。

《夜声》是由听觉切入表现的。抒情诗人摹写夜晚的声响,不外乎微风低语,虫鸣唧唧,蝉唱蛙鼓,夜莺啭啼之类,甚或能从一片清幽的月光中听见叩响银币的叮当声。无非一种良好心境与安谧环境的诗意契合。尽管据茅盾说,玉诺也"是个Diana(月亮女神)型的梦想者"②,但生活在20世纪初兵匪横行的河南农村的徐玉诺,环境和心境都不允许他有如此曼妙的兴致。所以,在"黑暗而且寂寞的夜间,/什么也不能看见"的时候,诗人盈耳"只听得……杀杀杀……/时代吃着生命的声响"。其时,长夜漫漫,四面如漆,看来诗人是极为清醒、极度警觉、极其敏锐的。"时代吃着生命"的"杀杀声响",虽不悦耳,不动听,但更真实,更本质。这里表现出来的已不单纯是诗人"象猎人搜寻野兽一样"的"特别灵警"的作诗"感觉"③,而是诗人对那个兵匪横行的黑暗残酷时代的典型感受。诗人从出身贫苦农家的切身体验和朴素直觉中,已经深刻认识到支配那一时代的军阀官僚、豪绅兵匪,是与大众特别是与农民群众根本对立的,他们已把社会现实搅得如同"黑暗的夜晚",正义、公理"什么也不能看见",他们是靠盘剥榨取、劫掠攫夺农民,靠吞食贫苦农民的血肉生命来维持其骄奢淫逸、横暴恣睢的统治的。他们操纵着时代的生杀予夺之

① 郑振铎:《将来之花园》卷头语,《中国新诗序跋选》(1918—1949),湖南文艺出版社1986年版,第101页。

② 茅盾:《中国新文学大系·小说一集导言》,上海良友图书印刷公司1935年版,第26页。

③ 叶圣陶:《玉诺的诗》,《文学旬刊》第39期,1922年6月1日。

权，成了"立在黑暗中的命运"，穷凶极恶地"挥动死的大斧"，"截断了一切人的生活和希望"（《命运》）。"杀杀杀……时代吃着生命的声响"，就是诗人通过瞬间即逝的听觉印象，对这个吃人时代的本质真实所作的深刻揭示和典型概括。"杀杀杀"地"吃着生命"的"时代"，是应该而且注定要被埋葬的"时代"。这首捕捉了瞬间即逝的直觉印象的《夜声》，正是诗人唱给这个以扼杀生命为能事、已经没有任何"希望"的罪恶时代的"挽歌"，诅咒这吃人的时代，毁灭这黑暗的世界，是这首《夜声》虽未宣却深含的题旨所在。玉诺笔下的这种"夜声"，也就成为彼一时代本质的象征。

　　象征性作品的意蕴具有不确定性，它的内涵一般都不是单层面的，而是双层或多层的，除了表层宣示的显在信息之外，其深层往往辐射出启示性的潜在信息。这类作品不仅具有较为明白显豁的浅层宣示意义，而且含溶着深湛隐微的深层启示意义，作品的题旨缘此获得了某种不确定性，多指向性，更大的理解弹性，从而为不同时代的不同读者提供更为宽广的阅读赏析的审美再创造余地，读者在把握其基本内容的前提下，自可根据个人的经验心理、审美趣味作见仁见智、乐山乐水的自圆其说的阐释发挥，作品的内涵意蕴在不同时代不同读者的各具新意的解读过程中不断增值，无法穷尽，作品因之魅力不减，长久引人。《夜声》堪称这样的作品。此诗除了从声响的角度对一时代的本质特征作出象征性的典型揭示之外，它在更深广、更宽泛、更超越的形而上的意义上，还能成为时间消损生命的象征。生命是一个时间过程，时间一分一秒地不停流逝，正是在一口一口地不停啮食着人类的个体生命。"一日复一夕，一夕复一朝。颜色改平常，精神自损消"①，每个个体生命都是在时间的不停流逝中消耗殆尽的。寂寥的黑夜里，人类的生命并没有停止被啮食，仍在时间的流逝中无形地损消着，尽管看不见，但敏感的诗人竖起灵耳，却谛听到盈耳的

①　（三国）阮籍：《咏怀》之三十三，《汉魏六朝诗六种·阮步兵咏怀诗注》，人民文学出版社 2008 年版，第 507 页。

"时代吃着生命"的"杀杀杀"的"声响"。能够听到这种声音的诗人，能不感到悚然股栗、惊心动魄吗？能不对时间、生命、存在的本质霍然憬悟吗？能不去思考处于被时间不停消磨的过程中的短暂人生，应该何以自为、何以自处吗？诗人从"杀杀杀"的"夜声"里，瞬刻直觉到黑夜同人类生命消亡的联系，这种象征性的直觉把握的确颇富深邃的生命哲学意味。宜乎闻一多把"杀杀杀……时代吃着生命的声响"推许为"声响的绝唱"，把《夜声》推许为"超等的作品"。

作为文学研究会成员的诗人徐玉诺，在其坚持的"为人生"的艺术观念指导下的创作，总体上是写实性的。但为他赢得不朽的艺术生命的作品，则都是由写实上升为比兴象征的。这在早期新诗创作中显得格外难能可贵。初创期的新诗，在"诗体大解放"的口号引领下，迅速演变为一场诗的异化运动，在"打破枷锁镣铐"的时候，连诗的"灵魂也一起打破了"①。只求清楚明白，无论远韵余味，一如梁实秋指出的那样："大家注重的是'白话'，不是'诗'，大家努力的是如何摆脱旧诗的藩篱，不是如何建设新诗的根基"②，致使新诗创作出现了严重的"非诗化"倾向。徐玉诺的这些作品，摒弃了早期新诗多采赋体的就事论事、直说明言，借鉴中国古典诗歌和西方波德莱尔的象征主义诗歌艺术，超以象外，比兴寓托，把意思变为意象，把说教变为启迪，把宣讲变为感悟，把再现变为表现，丰富了作品的内涵层次，增添了作品的意蕴维度，加大了作品的解读弹性，把诗人的个人体验升华为人类的普遍经验，使得这些作品既有贴紧现实的执着又有指向未来的超越，从而获得了长久的艺术魅力和永恒的艺术生命。八十多年之后，多少当时名作皆成明日黄花，而我们还在充满新鲜感因而兴味盎然、且惊且喜、若思若悟地解读玉诺的诗，原因即在于此。可以肯定地说，上文论及的玉诺的《杂诗》之六、《跟随者》、

---

① 闻一多：《〈冬夜〉评论》，《闻一多诗全编》，浙江文艺出版社1995年版，第376页。

② 梁实秋：《新诗的格调及其他》，《诗刊》创刊号，1931年1月20日。

《黑色的斑点》、《路上》、《夜声》等比兴象征之作，无疑都是新诗史上第一流的经典作品，是能够经受住时间之水冷酷无情的淘洗冲刷而传之久远的。作为一名诗人，一生能够写出几首这样的上乘之作来，也就足堪流芳，而无愧于"诗人"这一崇高称谓了。

第十二章

幽云怪雨，凄艳冷涩：
李金发象征诗举隅

　　李金发（1900—1976），原名李淑良，又名李遇安，广东梅县人。笔名华林、肩阔、蓝帝、弹丸等。早年毕业于梅县高小，后入梅州中学就读，一年后转学香港罗马书院。1919 年夏，到上海入"留法预备班"，秋与林风眠等赴法国勤工俭学。先在丹枫白露公学等处学习两年法文，1921 年夏入第戎美专，后转入巴黎国立艺术学院学习雕塑。1922 年夏天苦读致病，昏迷中持续梦见一白衣金发女神，引领其遨游空中，后遂病愈，于是取"金发"为笔名以作纪念。① 由此也可略窥李金发诗作的神秘因素。1924 年与法国女画家却旦女士结婚，1925 年春携眷回国，6 月抵上海。先后任教于上海美专、中山大学、杭州国立艺术院。1931 年，却旦回国省亲不归，李金发后与梁知因女士结婚。抗战军兴，李金发积极投身这场伟大的民族解放战争，先后在军事委员会、外交部、广东革命博物馆、第四战区司令部任职。1945 年任中国驻伊朗使馆一秘，并代理大使职务，1946 年转任驻伊拉克使馆一秘，代理馆务 4 年。1951 年辗转赴美，曾经营农场，后移居纽约从事雕塑工作。1976 年 12 月 25 日逝于长岛寓所。李金发的诗作是他 1921—1923 年诗兴爆发的产物，此后以雕塑为主，

---

① 李金发：《异国情调》，商务印书馆 1941 年版，第 37—38 页。

诗作渐少。诗集有 1925 年 11 月北新书局出版的《微雨》，1926 年 11 月商务印书馆出版的《为幸福而歌》，1927 年 5 月北新书局出版的《食客与凶年》。此外还有《意大利艺术概要》、《艺术论文集》、《异国情调》、《范仑纳诗选》等大量著译作品问世。

一 西方象征主义诗歌与中国象征派新诗

朱自清曾把新诗第一个十年的发展分为自由诗派、格律诗派、象征诗派三大派别①，李金发就是中国现代诗歌史上象征主义诗派的代表。他的象征诗，主要接受法国象征派诗人的影响。李金发承认，自己的诗"受波德莱尔和魏尔伦的影响"②。波德莱尔是法国象征派的先驱，他的诗集《恶之花》，散文诗集《巴黎的忧郁》、《人造的乐园》，在题材上把浪漫派末流的风花雪月，转换为城市的喧嚣丑恶、现代人的内心苦闷和精神颓废，表示要用诗歌"发掘恶中之美"。艺术上打破浪漫主义直抒胸臆和现实主义客观描写的手法，引入哲学上神秘的"对应论"，认为外在景物与内在心理之间存在着契合与感应的关系，主张用有声有色有香的具体物象，来暗示象征内心的微妙活动。他的《契合》一诗，"带来了近代美学的福音"③，引发了诗歌艺术方法的一场革命。19 世纪 80 年代，诗人让·莫雷阿斯执笔的《象征主义宣言》在巴黎的《费加罗报》上发表，正式提出了"象征主义"的理论观点。"他们反对自然主义文学着重描写外界事物的倾向，要求诗人表现内心微妙的真实和美；反对刻板描述的抽象观念，强调诗歌要有可感知的艺术形象；反对直抒感情和客观描写，强调暗示、幻觉和联想的表现方法。"④ 从此，这种具有浓重的颓废神秘色

---

① 朱自清：《中国新文学大系·诗集导言》，上海良友图书印刷公司 1935 年版，第 8 页。
② 李金发：《诗问答》，《文艺画报》第 1 卷第 3 号，1935 年 2 月。
③ 梁宗岱：《象征主义》，《诗与真》，中央编译出版社 2006 年版，第 80 页。
④ 孙玉石：《中国初期象征派诗歌研究》，北京大学出版社 1983 年版，第 47 页。

彩的象征主义诗歌，作为一种自觉的文学运动，风靡了法国诗坛，并影响到其他文艺领域，到 20 世纪 20 年代，更演进成世界性的现代派文学潮流。保尔·魏尔伦、阿瑟·兰波、斯特凡·马拉美，被公认为象征主义诗潮的代表诗人。

新诗运动初期，写实的白话诗主要接受现实主义和浪漫主义诗歌精神的影响。最早把象征主义介绍到中国的，是少年中国学会诗人群，时间在 20 世纪 20 年代初。此后，文学研究会的《小说月报》、《文学周报》，创造社的《创造季刊》以及《语丝》《沉钟》等杂志，都对象征派诗歌做过介绍，并引发了相关的探讨和争论。适逢其时，李金发 1925 年从遥远的欧洲，为国内诗坛送上了他的与写实派、浪漫派风格不同的诗集《微雨》，其怪异神秘的象征诗风，引起了人们广泛的好奇和议论。最早看到李金发的诗的李璜、周作人、宗白华等人，从中听出了魏尔伦的声调，称其为东方的波德莱尔①。《语丝》刊文评介《微雨》的"体裁，风格，情调，都与现实流行的诗不同，是诗界中别开生面之作"②。《微雨》最早的评论者钟敬文在读了《弃妇》《给蜂鸟》等诗后，感慨"像这样新奇怪丽的歌声，在冷漠到了零度的文艺界，怎不叫人顿起很深的注意呢？"③ 黄参岛指出："在白话流行了七八年的当儿，忽然有一个唯丑的少年李金发先生，做了一本《微雨》给我们，并在我们的心坎里，种下了一种对于生命欲揶揄的神秘，及悲哀的美丽。"④ 与此同时，批评的声音也随之而起，主要是指责《微雨》"太神秘，太欧化"，让人无法读懂。接着，李金发于 1926 年和 1927 年，又印行了诗集《为幸福而歌》和《食客与凶年》，与《微雨》一样，这两部诗集也是在欧洲写成的。三部诗集里的作品，主要内容是表现人生和命运的悲哀，表现死亡和梦幻，抒写爱情的欢乐和痛苦，描绘大自然景色。艺术上多用象征手法，借

---

① 黄参岛：《〈微雨〉及其作者》，《美育》第 2 期。
② 《语丝》第 45 期，1925 年 11 月 23 日。
③ 钟敬文：《李金发底诗》，《一般》12 月号，1926 年 12 月 5 日。
④ 黄参岛：《微雨及其作者》，《美育》第 2 期。

助新奇的想象和比喻意象，奇特的观念联络和艺术形象的暗示，来表现复杂微妙的内心情感，和对社会自然敏锐的印象感受。这种象征诗艺为诗坛吹来了一股新异之风，产生了广泛的影响，在20世纪20年代中后期诗坛上形成了一股象征派诗歌创作的潮流，涌现出了李金发、戴望舒、王独清、穆木天、冯乃超、胡也频、施蛰存、梁宗岱、蓬子、石民、冯至等一大批诗人和诗作。而李金发，无疑是这一诗派最有代表性的诗人。

二　《弃妇》解读

现当代诗歌选本选李金发的诗，《弃妇》的入选频率最高，因此可以说，此诗是李金发象征诗的第一代表作：

> 长发披遍我两眼之前，/遂隔断了一切羞恶之疾视，/与鲜血之急流，枯骨之沉睡。/黑夜与蚊虫联步徐来，/越此短墙之角，/狂呼在我清白之耳后，/如荒野狂风怒号：战栗了无数游牧。//靠一根草儿，与上帝之灵往返在空谷里。/我的哀戚唯游蜂之脑能深印着；/或与山泉长泻在悬崖，/然后随红叶而俱去。//弃妇之隐忧堆积在动作上，/夕阳之火不能把时间之烦闷/化成灰烬，从烟突里飞去，/长染在游鸦之羽，/将同栖止于海啸之石上，/静听舟子之歌。//衰老的裙裾发出哀吟，/徜徉在丘墓之侧，/永无热泪，/点滴在草地/为世界之装饰。

全诗四节，第一节写弃妇的心理痛苦。因无心妆梳，弃妇的长发披散在眼前，遂隔断了周围人们投来的一切羞辱与厌恶的目光，同时，也隔断了自己生的欢乐与死的痛苦。"鲜血之激流，枯骨之沉睡"，即是此意。由众人的羞辱的眼神，转向弃妇心理上的绝望。夜色降临了，成群的蚊虫从墙角阴暗处飞来，在弃妇耳后嗡嗡叫着，如荒野上的狂风怒号一般，使无数的放牧者为之战栗。蚊虫的叫声是可畏的"人言"的喻指。

第二节写弃妇不被理解的孤独感。她已经不堪忍受人们的"羞恶之疾视"和黑夜蚊虫的"狂呼怒号",而躲进了远离世人的"空谷"之中。弃妇的痛苦在现实的层面是无人理解的,只能靠"一根草儿",与上帝的灵魂在空谷中"往返",达成某种交流,得到些许安慰。弃妇的悲哀忧戚,只有飞过的蜜蜂留下印象,或被山泉泻下悬崖,随着水面漂浮的红叶流向远处。

诗的第三节转换了抒情主体,由弃妇独白变为诗人出场。这一节写弃妇的"隐忧与烦闷",是无法排遣的,它们层层叠叠堆积在弃妇的"动作上",压迫着她,使她的行动变得迟缓而艰难。"夕阳"暗示时间的流逝,不仅指一日之暮,也指弃妇生命的暮年。她的"隐忧"连"夕阳之火"都无法焚毁,可知她在被弃之后形同放逐的空谷中,仍然忍受着无休无止的心理情感的痛苦折磨。而且这种痛苦不仅不会随着时间的流逝而消失,还会转化附着于它物:"长染在游鸦之羽",哪怕是在"海滨礁石"上的"舟子"美妙的歌声里,也会有弃妇的"隐忧与烦闷"的隐隐回响。可知这世界上的痛苦是普遍的、无所不在的。

诗的第四节,再由诗人的出场转回弃妇本身。在空谷中的漫长岁月里,极度的孤独和哀戚已经快要耗尽弃妇的生命,连她的"裙裾"都在发出衰老的哀吟。她只身来到墓地,是想向那"垅中人"一倾心愫吗?抑或"徜徉在丘墓之侧",只是喻指她的不幸的生命已将走到尽头。但无论怎样,她都被漫长的痛苦折磨得麻木绝望了,然而也似乎决绝而坚强了:"永无热泪,/点滴在草地/为世界之装饰。"这诗的结尾三句,正是弃妇与痛苦地折磨了她一生的现实世界,最后诀别的心声。

这是一首相当欧化的象征诗。如"靠一根草儿,与上帝之灵往返在空谷里"两句,就有明显的基督教文化痕迹,"战栗了无数游牧",也是一个典型的欧化句式。诗中词语的搭配,如"隐忧堆积在动作上"、"裙裾"不仅"衰老"且能发出"哀吟"等,显得陌生、怪异,不合早期白话诗"明白、通顺"的语言习惯。诗中的痛苦、衰败、死亡气息,均为欧洲象征主义诗歌的常见内容。

　　然而，我们也不能就此忽略其中的古典传统因素。首先，吟咏弃妇本是中国传统诗歌中的常见题材。以"弃妇"名篇者如曹植《弃妇诗》、顾况《弃妇词》、刘驾《弃妇》、曹邺《弃妇》、沈周《弃妇吟》、赵执信《弃妇词》等；不以"弃妇"名篇而实质乃弃妇诗的作品亦不少见，如汉乐府《上山采蘼芜》、杜甫《佳人》等。这些弃妇诗往往以被遗弃的女子喻指被摒弃的士子，明写弃妇而实抒诗人的身世之感。李金发以"弃妇"为题，且以"弃妇"作为"自身命运感慨的象征"，① 其与传统诗歌的内在联系即此可见。李诗中的"空谷"、"山泉"意象，即出自杜甫表现弃妇的《佳人》一诗。"红叶"意象则出自唐代御沟流水、红叶题诗的典故。"狂呼"的"夜蚊"意象，也系由古典诗文中"聚蚊成雷"（《汉书·中山靖王传》）、"雷声吼夜蚊"（金刘著《渡辽诗》）等比拟性语句脱化而来。古典诗文中"蚊虫"声音喻指"谣诼"这一层意思，也保留在李诗中。弃妇的"披发"，则更让人联想起屈原的"披发行吟泽畔"，李金发把"弃妇写成披发者，也就显示了这也是一个超越庸众而被社会放逐的孤独者"。②

　　当然，李金发的《弃妇》也绝不仅是古典"弃妇诗"的改写，在接受西方象征主义诗风影响的过程中，《弃妇》打破古典的和谐，凸显尖锐的矛盾冲突。诗篇一开始就构建了弃妇与世界的紧张对立：一切生者和死者都投向弃妇"羞恶之疾视"，而弃妇则以"长发披遍两眼之前"相回应。迫害者发出"如荒野狂风怒号：/战栗了无数游牧"的"狂呼"，在弃妇的"清白之耳"听来，不过如黑夜之蚊虫嗡嘤。回看开头弃妇"长发"披散两眼之前的特写形象，则不单是防卫意义上的畏惧，更含有轻蔑和厌恶的意味。第二节的进入"空谷"，与上帝之灵往返，"唯游蜂之脑"感知自己的"哀戚"，皆是与社会的对立无法调和的结果。第三节的"隐忧"和"烦闷"，即第二节里的"哀戚"，更有强化之趋势，它不仅"堆积在动作上"，而且

　　① 孙玉石等：《新诗鉴赏辞典》，上海辞书出版社1991年版，第175页。
　　② 谈蓓芳：《由李金发的弃妇谈古今文学的关联》，《中国文学古今演变研究论集》，上海古籍出版社2002年版，第331页。

虽经夕阳之火的焚烧，也不曾消失，却借助游鸦之羽，进一步扩散开来。这就暗示了弃妇与迫害她的世界的矛盾扩大和升级，于是达于末节的巅峰状态。① 在末节里，弃妇与社会环境的冲突已达顶点，当憎恨一旦代替了"哀戚"，弃妇便显示出决绝的姿态："永无热泪"作为迫害她的"世界之装饰"。也就是说，弃妇已然透破这世界的本质：它总是以弱者的痛苦来粉饰其残酷，所以弃妇拭去泪水，拆穿了这迫害者的虚伪。当然，对于末节也可以做另一种意义上的解读：那就是漫长的岁月已消尽了弃妇的"哀戚、隐忧、烦闷"，当"衰老"的她"徜徉在丘墓之侧"，作为将死之人，她的生命感觉已经麻木。这样理解，也证明了象征诗的多义性。

三 《记取我们简单的故事》解读

朱自清曾指出："中国缺少情诗，有的只是'忆内''寄内'，或曲喻隐指之作。坦率的告白恋爱者绝少，为爱情而歌咏爱情的更是没有"，只有到了个性解放的五四时期，新诗才"做到了'告白'的一步"。② 与湖畔四诗人一样，李金发也是五四时期较早专心写作情诗的一位诗人，他的诗集里最多的题材类别就是爱情诗。这是由时代思潮、留欧的环境所形成的人生观、爱情观和艺术观所决定的。他认为："能够崇拜女性美的人，是有生命统一之快感的人。能够崇拜女性美的社会，就是较进化的社会。""欧洲文学几于女性美为中坚……没有女性崇拜的人，其诗必做不好。""就诗道来说，我敢说，大概可分为哲理诗，爱情诗，与革命诗。但我结果还是愿永久做爱情诗。因为女性美，是可永久歌咏而不倦的。"③ 他的第一部诗集《微

---

① 谈蓓芳：《由李金发的弃妇谈古今文学的关联》，《中国文学古今演变研究论集》，上海古籍出版社 2002 年版，第 331 页。

② 朱自清：《中国新文学大系·诗集导言》，上海良友图书印刷公司 1935 年版，第 4 页。

③ 李金发：《女性美》，《美育》创刊号。

雨》里，爱情诗占到一半多。《为幸福而歌》里的爱情诗就更多了。他在《为幸福而歌·弁言》里说："这集多半是情诗，及个人牢骚之言情诗的'卿卿我我'，或有许多阅者看得不耐烦"，但他又称自己的情诗是"公开的谈心"，并寄望这些作品"或能补救于中国人两性间的冷淡"。这说明他创作情诗的动机，是反对封建礼教对人性的压抑和传统诗教对爱情诗创作的束缚，具有时代的进步意义。

自五四以来，李金发一向被视为中国第一个象征派诗人，他既横向移植 19 世纪末欧洲象征派诗人诗作，又受我国中唐诗人李贺、卢全险怪诗风的影响，其诗常被人诟病为"晦涩、消沉、破碎"，有人甚至说"如果要从他的诗集里找出一首文情并茂或结构完整的诗，的确是比较困难的"①。"比较困难"是事实，但是并非找不到，像这首《记取我们简单的故事》，就是一首"结构完整，文情并茂"的好诗：

> 记取我们简单的故事：/秋水长天，人儿卧着，/草儿碍着簪儿，/蚂蚁缘到臂上，/张皇了，/听！指儿一弹，/顿消失此小生命，/在宇宙里。//记取我们简单的故事：/月亮照满村庄，/——星儿那敢出来望望，——/另一块更射上我们的面。/谈着笑着，/犬儿吠了，/汽车发出神秘的闹声，坟田的木架交叉/如魔鬼张着手。//记取我们简单的故事：/你臂儿偶露着，/我说这是雕塑的珍品，/你羞报着遮住了/给我一个斜视，/我答你一个抱歉的微笑，/空间寂静了好久。/若不是我们两个，/故事必不如此简单。

这首诗共三节，每节九句，都用"记取我们简单的故事"一句领起，然后展开对爱情故事的回忆，诗的最后用"若不是我们两个，/故事必不如此简单"与开头和段落首行相呼应，全诗脉络清晰，结构

---

① 孙琴安：《现代诗四十家风格论》，上海社会科学院出版社 1987 年版，第 169 页。

完整。第一节写秋郊草地上的幽会，第二节写乡村月夜的幽会，第三节写幽会中的微妙情态心理，而均出之以李金发笔下少见的清新自然的白描手法。第一节里"秋水长天，人儿卧着，/草儿硌着簪儿，/蚂蚁缘到臂上"几句，第二节里"月亮照满村庄，/——星儿那敢出来望望，——/另一块更射上我们的面。/谈着笑着，/犬儿吠了"几句，优美的画面洋溢着田园牧歌的情调。第三节里写"我"看到"你"露出的手臂，发出情不自禁的赞美，"你"羞赧的斜视，"我"抱歉的微笑，两小无猜的少男少女的爱情心态，描摹得纯洁动人，微妙传神。尤其是"空间静寂了好久"一句，简直妙不可言，活画出当时的情景气氛，使人仿佛听到了静寂中两颗心的跳动起伏。诗的末两句"若不是我们两个，/故事必不如此简单"，以他人的复杂来反衬我们的单纯，也是不可多得的神来之笔。

当然，在解读此诗时，我们也应该看到，如果一味地清新纯美，简单明朗，而没有神秘，没有阴影，也就不是象征派诗人李金发了。事实上，在这首对李金发来说也许是最简明的诗中，仍不乏哲理暗示的幽深。第一节里，弹指之间"缘到臂上"的"蚂蚁"被捻死，一个微小的生命顿时在茫茫的宇宙里消失，对比反差如此巨大，蕴含着人生与存在无常之感喟，这在作者虽是轻描淡写，在有心的读者那里，却有着震悚之心理效果。第二节里，乡村月夜言笑晏晏之际，却听到"汽车神秘的闹声"，且看到"坟田的木架交叉/如魔鬼张着手"，拥有的实在与不可知的身外，青春生命的欢乐与死亡笼罩的阴影，相互交错，则暗示一切美好的事物终归消逝。而有死亡的在场，更加反衬出青春生命和纯洁的爱情的无比美好与珍贵。这样，就使得这首诗在亲切自然的清新白描里，仍然具备了象征诗的深度与质地。

四　李金发的象征诗与传统

人们在谈论李金发的象征诗时，多瞩目其与西方象征主义诗歌的联系，从而有意无意间忽略了与中国传统诗歌的关系。事实上，以李金发、戴望舒为代表的 20 世纪二三十年代风靡诗坛的象征派、现代派诗人，最初是受西方象征主义、现代主义文学的触发，但包括李金发在内的这些象征派、现代派诗人，对中国古典诗歌尤其是对中晚唐诗词和宋代姜吴雅词情有独好，浸淫甚深，在他们的诗生命里埋下了酵母，一经外因作用，便发起酵来。他们在从事新诗创作和理论探讨方面，对古典诗歌传统多有借取，他们诗作的优长和不足，都与古典传统有关，这一点是我们今天讲述象征派、现代派新诗时，必须注意到的。早在 20 世纪 20 年代，读者批评李金发诗歌"难懂"时，就把他与卢仝、李贺、姜白石、吴文英相比并。① 李金发的诗，往往在诗中嵌入李贺式的冷艳幽怪的意象，而缺乏串联首尾的抒情线索。朱自清在《中国新文学大系·诗集导言》里，对李金发的诗作过如下评介：

> 留法的李金发氏又是一支异军；他民九作诗，但《微雨》的出版已经是十四年十一月。《导言》里说不顾全诗的体裁，"苟能表现一切"；他要表现的是"对于生命欲揶揄的神秘及悲哀的美丽"。讲究用比喻，有"诗怪"之称；但不将那些比喻放在明白的间架里。他的诗没有寻常的章法，一部分一部分可以懂，合起来却没有意思。他要表现的不是意思而是感觉或情感；仿佛大大小小红红绿绿一串珠子，他却藏起那串儿，你得自己穿着瞧。这就是法国象征诗人的手法；李氏是第一个人介绍它到中国诗里。许多人抱怨看不懂，许多人却在模仿着。他的诗不缺乏想象力，但不知是创造新语言的心太切，还是母舌太生疏，句法过分欧化，教人象读着翻译；又夹杂着些文言里的叹词语助词，更加不象——虽然也可以说是自由体诗。

---

① 博董：《李金发的〈微雨〉》，《北新周刊》第 22 期，1927 年 1 月。

朱自清指出李金发的诗不用常规比喻和寻常章法，局部可懂整体无解，如散落的明珠，朦胧恍惚，富于幻觉。这让我们想起南宋张炎评吴文英词"如七宝楼台，炫人眼目，碎拆下来，不成片段"的比喻①，与朱自清说的李金发诗如散珠，何其相似。朱说大约就是借自古人对梦窗词的评语，这也正好说明李金发象征诗既取薪火于法国象征派，又来自传统的艺术渊源。李金发在《食客与凶年》的《自跋》中，确曾表示他要沟通调和中国古诗和西方诗歌之间的"根本处"的愿望。他的《弃妇》、《有感》等诗，局部意象如"长发披遍我两眼之前"、"荒野狂风怒号"、"山泉长泻在悬崖"、"徜徉在丘墓之侧"、"残叶溅血在脚上"、"唇边的笑"等，具体可感；但整篇题旨却又多解朦胧，恍惚不定；这情形很像梦窗词。他的诗对生命、痛苦、丑恶、死亡的关注、体验，意象的冷艳、幽怪、生涩、奇僻，如"鲜血之急流"、"枯骨之沉睡"、"烦忧堆积在动作上"、"衰老的裙裾"、"残叶溅血"、"死神唇边的笑"、"半死的月"等，又大似李贺。面对生命的沉哀、悲慨、烦闷，在酒色放纵中作颓废的消解，也让我们隐约看出李贺《将进酒》中"吹龙笛，击鼍鼓；皓齿歌，细腰舞。况是青春日将暮，桃花乱落如红雨。劝君终日酩酊醉，酒不到刘伶坟上土"一类诗句、意象和意境的影子。

象征是新诗普遍采用的创作手法，不独李金发、戴望舒等人的象征派、现代派，整个中国新诗在语言变异后，总体上仍走意象化的路子，多有象征之作就是必然现象。意象与象征是一体两面，不可分割的。所以象征手法在新诗发展史上一以贯之。如胡适的《威权》、《一颗星儿》，沈尹默的《月夜》，周作人的《小河》，徐玉诺的《诗》、《杂诗》、《跟随者》、《路上》，闻一多的《死水》，徐志摩的《为寻找一颗明星》，刘梦苇的《铁路行》，郭沫若的《凤凰涅槃》、《天狗》，李金发的《弃妇》，戴望舒的《雨巷》，施蛰存的《桥洞》，卞之琳的《圆宝盒》、《白螺壳》，艾青的《树》、《礁石》，臧克家的

---

① 张炎：《词源》卷下，《词话丛编》一，中华书局1986年版，第259页。

《老马》，牛汉的《华南虎》，曾卓的《有一只鹰》、《悬崖边的树》，郑敏的《金黄的稻束》，陈敬容的《珠和觅珠人》，辛笛的《航》，穆旦的《旗》，北岛的《迷途》、《触电》、《履历》、《古寺》、《白日梦》、《关于传统》，食指的《鱼儿三部曲》、《疯狗》，芒克的《阳光中的向日葵》，舒婷的《船》，杨炼的《飞天》、《诺日朗》，梁小斌的《雪白的墙》、《中国，我的钥匙丢了》，韩东的《山民》，阿吾的《一只黑色陶罐容积无限》，都是象征诗名作。比较而言，早期新诗人的象征，偏重启蒙说理；创造社、新月派诗人的象征，多指向时代政治和社会理想，属于激情象征；象征、现代、九叶诸流派诗人的象征，渐趋冷静内敛，耽于哲思，有主知倾向；七月派诗人和朦胧诗派的象征，介乎激情象征和知性象征二者之间。新生代诗人虽大多摒弃意象，使用平浅的口语，但也偶有象征之作。

　　用象征手法写诗，除了对作品形象性和含义湛永的诗艺追求外，还有两个原因：一是客观环境的制约，不能直抒，往往是由于专制黑暗的社会压迫，政治忌讳不准触犯；二是主观意识的制约，不愿直抒，往往是个人的隐秘私情，不足为外人道也。所以，古今象征诗多为政治抒情诗和爱情诗。还有一类是题咏之作，托物寓意的写法，使这类诗亦多为象征诗。如李金发的代表作《弃妇》，按照中国诗歌习惯分类应是题咏诗，但论者多指出在"弃妇"身上，有诗人身世之感的喻托。这三类象征诗又常出现交叉的情况，题面是题咏诗，但实质是爱情，又不排除身世政治的寓托；这种题咏、爱情、政治互相指涉的象征传统，明显影响了现当代新诗的同类创作。新诗中不少作品都是咏物的题目，作出的却是爱情诗，而又不拘泥于爱情，有着更丰富的象征意蕴。

　　象征手法在延安诗歌、晋察冀诗歌和五六十年代新民歌里，多是作为简单的起兴被使用。在 20 世纪新诗发展史上，象征遇到的危机有两次：一次是"文化大革命"前和"文化大革命"中，诗歌里的具体物象总要走向抽象，并被赋予现行的政治思想内涵，直至变成简单僵化的比附对应，如"太阳"、"红旗"、"葵花"、"航船"、"青松"、"灯塔"等意象的固定不变的政治象征含义。一次是80年代中期以后的一批年轻诗人，他们放逐意象，拒绝深度，毫无节制地使用口语写作诗歌文本。随着口语诗的日趋平面化、口水化、泡沫化，象征手法已与蕴藉、隽永的诗美一起，离他们的诗歌越来越远。

第十三章

口语中的庸常生存：
于坚新生代诗例释

于坚（1954— ），四川资阳人，生于云南昆明。1970年代当过近十年工人，1980年考入大学，1984年毕业于云南大学中文系。1970年开始写作旧体诗词，著有《野草集》，未刊。1973年前后开始新诗创作，1979年开始发表诗歌作品。1984年与韩东、丁当等人在南京组成"他们"诗派，创办民间诗歌刊物《他们》，为大学生诗派和新生代诗歌的代表诗人之一①。著有诗集《诗60首》、《对一只乌鸦的命名》、《一枚穿过天空的钉子》、《诗歌·便条集》、《于坚的诗》等，诗作入选多种诗歌选本。另有散文随笔和诗论集《棕皮手记》、《棕皮手记·活页集》、《人间笔记》等。

一 于坚诗歌创作的三个阶段

于坚的诗歌写作，可以分为早期、1980年代与1990年代以后三个时期。早期包括整个1970年代和1980年代初期。作为诗艺之练习期，于坚的早期写作接受了来自古典诗词、西方诗歌和《今天》为

---

① 于坚：《于坚文学年表》，《于坚的诗》，人民文学出版社2000年版，第396页。

代表的朦胧诗的多重影响。① 这一时期值得注意的作品，是描写云南自然山川的"高原诗"《河流》、《高山》等，那些"青铜器般"的"雄伟的山峰"，使诗人"永远对高处怀着一种/初恋的激情"，使诗人"永远喜欢默默地攀登/喜欢大气磅礴的风景"，也使诗人形成了即使"在没有山岗的地方/我也俯视着世界"的视角（《作品57号》）。于坚早期的"高原诗"中，有着后来难得看到的浪漫气息和崇高美感。

　　20世纪80年代的口语化写作时期，是于坚在当代诗歌史上最具影响力的时期。在云南大学中文系就读期间，于坚诗歌美学趣味开始发生转变。他与同学组织文学社团，创办油印诗刊，与国内各大学的学生诗人联系，被在重庆大学出版的《大学生诗报》称为"大学生诗派旗手"②。他逐渐对19世纪文学的"浪漫气息"和"青春型"诗人"丧失兴趣"，"喜欢那些靠智慧与沉思写作，不为激情、直觉、灵气、潜意识左右的作家"，并进而对"诗言志"的传统、对从艾青到北岛到文化诗的写作产生怀疑，明确表示服膺韩东"诗到语言为止"的诗歌观念③。在理论上，于坚认为"诗是从既成的意义、隐喻系统的自觉后退"，"诗是对隐喻的拒绝"，"诗不言志，不抒情"，"诗是一种消灭隐喻的语言游戏。对隐喻破坏得越彻底，诗越显出自身"，"它同时也是取消语言的既成价值的游戏，从所指的深处出发，返回能指的表面的游戏"④。"诗并不是一把刀子，把世界的皮削开，以露出其内核。没有这种内核。"⑤ 于坚的"拒绝隐喻"，实质是在诗歌创作的语言和手法层面上"消灭意象"，于坚等新生代诗人想创造一种"拒绝隐喻"或"回到隐喻之前"的、具有"流动的语感"的新语言，让诗歌回到世俗生活、日常生命的本真状态，选择一种对日

---

①　于坚：《棕皮手记》，东方出版中心1997年版，第6—8页。
②　于坚：《于坚文学年表》，《于坚的诗》，人民文学出版社2000年版，第396页。
③　于坚：《棕皮手记》，东方出版中心1997年版，第8页。
④　于坚：《从隐喻后退》，《棕皮手记》，东方出版中心1997年版，第246—247页。
⑤　于坚：《拒绝隐喻》，《磁场与魔方——新潮诗论卷》，北京师范大学出版社1993年版，第310页。

常生活进行复制、摹写的艺术立场。他们放逐意象之后的诗歌文本，既从形式上使新诗语言打破了凝练、整齐、节奏，同时也在意蕴上丧失了优雅、含蓄、深度，出自他们之手的非意象化作品，已几无传统意义上的美感可言，甚至可以说已经不再是传统意义上的诗。于坚20世纪80年代的代表作《二十岁》、《尚义街六号》、"作品某某号"系列和"事件"系列等，就是上述诗歌理念的实践。这些作品采用通俗口语，题材上回归"日常生活"的琐碎、凡庸、世俗、本真，具有突出的非崇高、非优美风格和叙事性、平面化的特点。他的《二十岁》，全诗舍弃意象，使用大量的口语俗词、粗话脏话，诗行全部采用20字以上的比日常说话的语句还要长的长句子，使诗的语言彻底散文化。再如他的《作品51号》，与30年代现代派诗人金克木的《邻女》，同写"我"对"邻女"的爱慕。诗中"我紧挨着她在院子里看电视看一个男人吻另一个女人/我的手燃烧着去舔她的手但她一疼就缩开了"一类诗句，直写形而下的欲望本能，真实而原始。金克木则对"邻女"说："愿我永做你的邻人/愿意每天听着你格格的笑声/愿意每天数着你轻快的脚步/愿意每天得你代我念一章书。"形而上的精神之爱，优美而纯情。两相比较，差别极为明显。尤其是他的《尚义街六号》，在《诗刊》1986年11月号头条发表后，"产生了广泛的影响，展开了当代诗歌前此所未见，一时令人讶异的诗歌方式"①。

　　进入20世纪90年代，于坚还在持续的写作中，显示着未见少衰的旺盛创造力，这在纷纷放弃诗歌改行操练小说或其他行当的新生代诗人中，实属罕见。这与他对诗歌的当代价值的高度肯定、与他渴望"写出不朽的作品"的"梦想"有关②。在诗歌艺术上，"他的多种创新实验取得的进展令人瞩目"③，《对一只乌鸦的命名》、《0档案》等作品，在消灭意象与回归意象、拒绝隐喻与指向隐喻、表面摹写与深

---

① 洪子诚：《中国当代新诗史》，北京大学出版社2005年版，第219页。
② 于坚：《棕皮手记》，东方出版中心1997年版，第11页。
③ 洪子诚：《中国当代新诗史》，北京大学出版社2005年版，第220页。

度象征、排斥意义与寻求意义之间，显示出一种不无矛盾的意蕴张力。于坚虽然仍保持着20世纪80年代的一般特点，但他晚近已经充满皈依感地表达了对"唐诗宋词"所代表的中国诗歌传统的认同，强调"世界诗歌的标准"早已"被唐诗和宋词所确立"，诗歌应该"原天地之大美"，诗人应该"彰显大地那种一成不变的性质"①。据此，我们是否可以说，用口语还原存在，用平面表达深度，用表象显示本质，应该是于坚诗歌的文本特色，也是把握、评价于坚诗歌的根本所在。

二　《尚义街六号》解读

尚义街六号，是一群文学青年的聚合场所，说是"沙龙"也可以，但绝无文艺沙龙常常带有的不食人间烟火的贵族气息，而更接近于大学文科学生的集体宿舍气氛。一群做着年轻人常做的成名梦的80年代大学生，常常来这里聚会。这是一个能够最大限度容忍个性并显示个性的地方，于坚和他的朋友们在这里以随意自如的方式生存着，他们在这里议论作品，切磋诗艺，高谈阔论，让思想碰撞出智慧的火花；当然也谈情说爱，互相调侃，逗闹取乐。理想色彩，雅士风度在这里荡然无存；琐碎、卑俗、荒诞、滑稽的真实生活场景历历在目，从而使《尚义街六号》这首诗与生活本身保持了高度的统一：

> 尚义街六号/法国式的黄房子/老吴的裤子晾在二楼/喊一声　胯下就钻出戴眼镜的脑袋/隔壁的大厕所/天天清早排着长队/我们往往在黄昏光临/打开烟盒　打开嘴巴/打开灯/墙上钉着于坚的画/许多人不以为然/他们只认识梵高/老卡的衬衣　揉成一团抹布/我们用它拭手上的果汁/他在翻一本黄书/后来他恋爱了/常常双双来临/在这里吵架　在这里调情　有一天他们宣告分

① 于坚：《于坚的诗》，人民文学出版社2000年版，第402—404页。

手/朋友们一阵轻松　很高兴/次日他又送来结婚的请柬/大家也
衣冠楚楚　前去赴宴/桌上总是摊开朱小羊的手稿/那些字乱七八
糟/这个杂种警察样地盯牢我们/面对那双红丝丝的眼睛/我们只
好说得朦胧/像一首时髦的诗/李勃的拖鞋压着费嘉的皮鞋/他已
经成名了　有一本蓝皮会员证/他常常躺在上边/告诉我们应当怎
样穿鞋子/怎样小便　怎样洗短裤/怎样炒白菜　怎样睡觉——等
等/八二年他从北京回来/外衣比过去深沉/他讲文坛内幕/口气像
作协主席/茶水是老吴的　电表是老吴的/地板是老吴的　邻居是
老吴的/媳妇是老吴的——胃舒平是老吴的/口痰烟头空气朋友
是老吴的/老吴的笔躲在抽桌里/很少露面/没有妓女的城市/童男
子们老练地谈着女人/偶尔有裙子们进来/大家就扣好纽子/那年
纪我们都渴望钻进一条裙子/又不肯弯下腰去/于坚还没有成名/
每回都被教训/在一张旧报纸上/他写下许多意味深长的笔名/有
一人大家很怕他/分在某某处工作/"他来是有用心的，/我们什
么也不要讲!"/有些日子天气不好/生活中经常倒霉/我们就攻击
费嘉的近作/称朱小羊为大师/后来这只羊摸摸钱包/支支吾吾
闪烁其辞/八张嘴马上笑嘻嘻地站起/那是智慧的年代/许多谈话
如果录音/可以出一本名著/那是热闹的年代/许多脸都在这里出
现/今天你去城里问问/他们都大名鼎鼎/外面下着小雨/我们来到
街上/空荡荡的大厕所/他第一回独自使用/一些人结婚了/一些人
成名了/一些人要到西部/老吴也要去西部/大家骂他硬充汉子/心
中惶惶不安/吴文光　你走了/今晚我去哪里混饭/恩恩怨怨　吵
吵嚷嚷/大家终于走散/剩下一片空地板/像一张旧唱片　再也不
响/在别的地方/我们常常提到尚义街六号/说是很多年后的一天/
孩子们要来参观

在开放的 20 世纪 80 年代，大学生面对的是较为宽松的社会和艺
术环境。由于整个政治经济文化形式的改观，他们的心理随之从过去
的严肃紧张状态放松下来，不再像 20 世纪 80 年代以前几届刚刚从

"文化大革命"梦魇中走出的大学生，时时被社会责任感、使命感所催迫，反思历史，批判现实，呼唤人性复归，崇尚理想主义，英雄主义。于坚们的心态已和他们的"学兄"大不相同，他们更多地把关注投向自身的生命生存状态，以旁观者的满不在乎的眼光，来观照自身的生命生存的形形色色，一切都无可无不可，一切都带有随意性，没有绝对的是非、美丑、好恶标准，自恋、自渎、嘲人、自嘲。在宽容的时代背景下，他们以自己的价值观念选择着自己的生活方式，以自己的审美理想从事着自己的艺术实践。

　　崇高与优美的人生和艺术品格，在这首诗中被于坚放逐了。这首诗一开头，就如实写出城市居民生存空间的拥挤、窘迫、紊乱："老吴的裤子晾在二楼／喊一声，胯下就钻出戴眼镜的脑袋／隔壁的大厕所／天天清早排着长队。"文学青年聚会的"尚义街六号"就处在这样的环境中，很显然，在这里谈论纯诗、象牙塔之类是不协调、不相宜的。加上他们这一群本身又是那么落拓不羁、不拘小节："老卡的衬衣揉成一团抹布／我们用它拭手上的果汁"、"李勃的拖鞋压着费嘉的皮鞋"。这里的爱情失去了诗意的纯洁："后来他恋爱了／常常双双来临／在这里吵架，在这里调情／有一天他们宣告分手／朋友们一阵轻松　很高兴／次日他们又送来结婚的请柬／大家也衣冠楚楚前去赴宴。""童男子们老练地谈着女人／偶尔有裙子进来／大家就扣好纽子／那年纪我们都渴望钻进一条裙子。"很随便、很粗俗、很荒诞、很不在乎，甚至有些低级趣味；虽然不神圣但也很真实，绝无伪饰和矫情。这里的艺术追求也是呈现出闹剧和漫画色彩："桌上总是摊开朱小羊的手稿／那些字乱七八糟／这个杂种警察样地盯牢我们／面对那双红丝丝的眼睛／我们只好说得朦胧。"在乎别人的看法像在乎宣判。成名的李勃"有一本蓝皮的会员证／他常常躺在上面"，告诉大家应当"怎样穿鞋子"、"怎样洗短裤"，如此等等，自我感觉也真良好得可以。而"没有成名"的于坚则是"每回都被教训"，"在一张旧报纸上／他写下许多意味深长的笔名"，以这等方式来恢复受挫的元气，维系失衡的心理。在这群人身上，还时不时流露出些泊来的"嬉皮士"风度和本土的"痞子气"：他们"称朱小羊为大师／后来这只羊摸摸钱包／支支吾吾　闪烁其辞／八张嘴马上笑嘻嘻地站起"。这是集体耍花招敲同学竹杠；而当老吴"也要去西部"时，他们"心中惶惶不安"的却是"吴文光　你走了／今晚我去哪里混饭"，友情中居然掺杂着如此"实惠"的考虑！总之，在这首诗中，一切都世俗化、市民化了，不论是行为方式还是情感状态。

但我们又必须看到，聚集在"尚义街六号"的于坚们毕竟不是一群小市民，我们不要忘了于坚那句名言："像上帝一样思考／像市民一样生活。"行为方式和情感状态尽管平民化了，但在他们的心目中毕竟还有一个至高无上的"上帝"存在，这个"上帝"就是诗歌和艺术——尽管已不是英雄主义理想主义的崇高优美的诗歌和艺术，而是平民式世俗化的写日常生活情感的反崇高反优美的诗歌和艺术。他们的随意性中保有对艺术的独立见解，自恋自渎中有对艺术追求的不懈执着，嘲人自嘲不过是调整心理平衡的方式和手段，以坚持自己的艺术个性和继续自己的艺术创造。那双过分计较、在乎他人评价的"警察样盯牢"的"红丝丝的眼睛"，那许多"意味深长的笔名"，还有那份"许多谈话如果录音／可以出一本名著"的对自己一群的"智慧"的高度自信，在在暗示出他们并非处于小市民浑浑噩噩、迷失自我的自在生存状态，而是相当执着、自信地追求着自己的人生目的，选择着自己的生活和艺术道路，这是个体生命意识高度清醒状态下的自为的存在。尤其值得注意的是这首诗的结尾："在别的地方／我们经常提到尚义街六号／说是很多年后的一天／孩子们要来参观。"这不是一个话中有话、很有寄托、耐人寻味的结尾吗？他们对自己的期待值不是很高吗？值得孩子们在许多年后参观的地方，绝不会是平淡无奇的地方；能给后人留下记忆和怀念的人，也肯定不是平庸之辈。说穿了，于坚们实际上仍是在追求一种不朽的价值，不过是以属于 80 年代大学生的具有鲜明个性特点的另一种方式。从这个意义上说，这首反崇高的诗，只不过是在卑俗无聊中体认崇高；这种庸常的生存，只不过是在无价值的人生中追求人生价值的实现。忽视了这一深层内涵，不能算是真正读懂了这首诗。

三 《送朱小羊赴新疆》 解读

在轻松平易之中体认沉重，在诙谐幽默之后隐蔽悲凉，是这首《送朱小羊赴新疆》在艺术表现上的独到之处：

> 他从人群中挤出来/跳上那个开往大西北的火车/他父亲没有来送行/那个游击队员老了/躲在家里不出声地啜泣/灯也没有打开/我们站在水泥月台和他的独儿子握手/在一起好多年/从来没想起要握手/手和手紧紧地握/好像要握住将来所有的日子/手握过了 车还不开/最后几秒真是难耐/（如果你突然不走了/我们就是一群喜剧演员）/此后是天各一方了/傍晚你再也不会来敲门/叫我去逛八点钟的大街/听说新疆人烟稀少/冬天还要发烤火费/在那边倒可以干些破天荒的事情/好好干吧 朱小羊/"在那遥远的地方/有位好姑娘……"/列车载着你跑向天边外/我们这群有家的人/在人海中悄悄走散

送别诗是中国传统诗歌的大宗，历代诗人创作过无数脍炙人口的佳篇；后起的诗人在这一领地自辟新境，避开前人，原是很难的。好在于坚不是俗手，这首送别诗没有处心积虑地表现浓烈的别情，不论是"西出阳关无故人"式的惨别，还是"天下谁人不识君"式的壮别，于坚都没有去重复。他只是平淡质朴地再现日常生活中友人送别的场景、心态，而不去刻意渲染"黯然销魂者，唯别而已矣"的离别况味，只把送别的整个过程如实写来，呈现原生状态，没有加工、提纯、典型化的人为迹象，从而使这首送别诗和前此所有的送别之作区分开来，于坚式的平易随便为送别诗增添了新的美感质素。

赴新疆的朱小羊是于坚的同窗好友，他在于坚的另一首名作《尚义街六号》中曾经露过面。作为独生子，他决然撇下家中"无声啜泣"的老父，只身天涯，闯荡新疆，大概是听凭了心灵最深处那一声不可抗拒的召唤吧。这样做是很需要一点勇气的。孑然一身，征途万里，从大西南的春城昆明到大西北的天山戈壁，这行程很有些悲壮色彩。想那朱小羊也算一条好汉！但诗人没有让朱小羊出场时做英雄状，而是写他"从人群中挤出来／跳上开往大西北的火车"，平平常常的诗句透出当代青年一旦抉择之后，坚定明快的性格特点。"我们"在站台上为朋友送行："在一起好多年／从来没想起要握手／手和手紧紧地握／好像要握住将来所有的日子"，不拘形迹的好朋友，天天见面，不曾经历过分别，所以他们"从来没想起要握手"。然而此刻要分别了，"手和手紧紧地握"到了一起，"好像要握住将来所有的日子"是神来之句，简洁中蕴含丰富，平淡中溢满深情，十分耐人回味。"手握了车还不开／最后几秒真是难耐／（如果你突然不走了／我们就是一群喜剧演员）。"送别时每有这样的情形：握手道别之后，列车如果风驰电掣开走了，仿佛快刀斩乱麻，别离双方倒还好受些；怕只怕车子迟迟不开，该说的已说过了，无法说的话又终究不能出口，送者和行者四目相视，不知这最后的时刻该干点什么。在这别离的临界状态，几秒钟的时间也会长得让人难以忍受。精细体认并准确写出这种感觉，是于坚的独到之处。"如果"两句，写最后几秒诗人产生的一个奇怪念头，匪夷所思，为全诗不无悲凉的调子添加些许假定的幽默。但假定并不能改变现实，片刻工夫，诗人就要和朋友天各一方了："傍晚你再也不会来敲门／叫我去逛八点钟的大街。"这日常生活之中的琐碎交往长期积淀的友谊，最是深厚，失去了也最令人怅惜。"听说新疆人烟稀少／冬天还要发烤火费／在那边倒可以干些破天荒的事情／好好干吧，朱小羊／在那遥远的地方／有位好姑娘……"这是诗人的临别赠言，平淡随便之中有对友人远行的牵挂、体贴和关注，有对友人的鼓舞和期待，当然仍少不了于坚式的幽默，用"远方的好姑娘"这近乎扯淡的调侃来为朋友宽一宽心，给朋友那遥远的不可知的将来预支一份慰藉，添一抹亮色。诗的最后三句回应开头，全诗从朱小羊跳上火车开始，到火车载着朱小羊"跑向天边"，送行的人"悄悄走散"结束。

"悄悄是别离的笙箫"，无言的沉重通过这宁静寂然的情绪笼罩了全诗的随便平易。浪迹天涯的人看似无家，或许能在远方觅到一方精神的家园；而有家可归的人此刻却感悟到灵魂无家可归的煎熬。"悄悄走散"正说明了送别归来的人们心事的沉郁。

送别诗一般都喜欢淋漓尽致地抒发别情，于坚这首诗对感情的表现却相当节制。节制感情不是寡情，而是为了避免滥情。这并不意味着送别事件真能让人轻松起来，平易随便和幽默并不能改变送别本身沉重悲凉的性质。实实在在的诗句赋予诗情坚实诚挚的品格，诗与存在达到了同一，使得这首不去着力表现别情的送别诗情味无限，最终收到超越表现之上的艺术效果。

四 于坚为代表的新生代诗的特点与得失

新生代诗是 20 世纪 80 年代中后期中国诗坛继朦胧诗后的青年诗人的创作。新生代诗人最初接受朦胧诗的影响，但随着社会生活背景和文化环境的变化，这群更年轻的诗人在 80 年代初开始酝酿着对朦胧诗的突破和挑战，至 80 年代中期，"Pass 北岛""Pass 舒婷"的呼声四起，形成大规模"叛乱"的局面。安徽《诗歌报》和《深圳青年报》联手，于 1986 年 10 月推出了"中国诗坛 1986 现代群体大展"，集中展示了包括朦胧诗派在内的新传统主义、整体主义、非非主义、莽汉主义、日常主义、他们诗派、大学生诗派、撒娇派、超低空、三脚猫等数十个诗歌流派的作品，朦胧诗在大展中似乎只是一个象征性的陪衬，展示的主体是后来被笼统地称为"新生代"的五花八门的诗歌流派的作品。以这次大展为标志，揭竿而起、纷纭杂乱的诗派以团伙、山头的方式，几乎在一夜之间完成了对诗坛的占领，从地下刚刚浮出地表的朦胧诗被猝不及防地挤到诗坛一隅，新生代迅速汇聚为气势汹涌、泥沙俱下的诗坛主流。对于 80 年代中后期的这一令人眼花缭乱的诗歌现象，准确全面地归纳把握其特点，无疑是相当困难的。但仔细梳理仍能够发现，新生代诗歌可以概略划分为两大类型，这两大类型被陈超《中国先锋诗歌论》指认为"灵魂超越型想象方式"与"日常生命经验想象力模式"，或被论者定性为"带有新传统主义倾向的诗"与"带有后现代主义倾向的诗"①。韩东、于坚等的"他们诗派"、尚仲敏等的"大学生诗派"、李亚伟等的"莽汉主义"诗歌，以表现"日常生命经验"为主，带有明显的"后现代主义倾向"，更能展示新生代诗歌的新变性质和本质特征。

题材选取的广泛性驳杂性和语言形式的口语化散文化，是新生代诗在题材内容和语言运用方面的特征。新生代诗比之朦胧诗和此前的整个现当代新诗，在题材上呈现出空前的广泛驳杂的特征。除了表现此前新诗所表现过的题材，诸如观照现实、反思历史、剖析社会、抒情言志等之外，日常生活、凡人微物、俗世图相、情绪心态以及难以示人的私生活、潜意识、梦幻等，都进入了新生代诗歌题材摄取的镜头视角。随着社会生活的转型，文学和诗歌与社会政治日渐疏离，不再头戴"桂冠"或"荆冠"的新生代诗人，已然从社会中心地位被迫退向边缘，从高高在上而沉沦社会底层，不是下基层体验生活，他们本身已是社会底层满面风尘的芸芸众生中的一分子。他们的诗歌观念也随之变化，诗歌作品日益贴近世俗社会的日常生活庸人情绪，日益成为诗人个人化的自娱方式。于坚"主张一种具体的、局部的、片段的、细节的、稗史和档案式的描述"的诗歌，所以，他们的创作比以往任何时候的新诗都更注重写普通人的衣食住行、生老病死、七情六欲，试图让诗的内涵和外观更贴近生活本来的样子。

新生代诗在语言上非意象化，乐于采用口语化、散文化的宣叙调性的长句子。新生代诗人不再使用朦胧诗惯常运用的为隐喻、象征服务的意象化手法。于坚认为"诗是对隐喻的拒绝"，李亚伟宣称：莽汉们"老早就不喜欢那些吹牛诗、软绵绵的口红诗"，如今也不喜欢依托意象的"精密得使人头昏的内部结构或奥涩的象征体系"②；尚

---

① 李新宇：《中国当代诗歌艺术演变史》，浙江大学出版社2000年版，第283页。
② 李亚伟：《莽汉主义宣言》，《中国现代主义诗群大观》，同济大学出版社1988年版，第95页。

仲敏也说新生代诗是"对语言的再处理——消灭意象！直通通地说出它想说的"①；新生代诗口语化的语言只是对事物的散文化的叙描，而不是隐喻的意象所指向的抒情言志，诗的语言是平面化的，诗的内涵也是平面化的，绝无比兴寄托的微言大义。这种基本不加提炼的口语性质的散文化长句子，不仅难以从中看出任何传统意义上的"诗歌语言"的痕迹，甚至不像是文艺作品所使用的艺术语言。新生代诗人这种在"消灭意象"的前提下上演的一场群魔乱舞般的语言狂欢，显示出了语言和诗歌的一种新的可能，但总体上看，它对诗歌语言和诗艺诗美的破坏意义远远大于建设意义。作为一种诗歌写作新向度的探索，或引起关注的策略，是可以允许的；但作为一个时期的大面积诗歌时尚现象，其负面作用不容小觑。诗歌理论批评应对此保持足够的理性和清醒。

新生代诗人的生存境遇作用于他们的审美心理，濡染着他们的艺术趣味，以俗为雅和以丑为美成为他们的艺术手段和美学追求。社会生活、思想情感有美丽高雅的一面，但毋庸讳言，也大量存在着卑俗甚至丑陋的一面。诗可以高雅美丽，但高雅和美丽不是唯一和绝对的；既然卑俗和丑陋大范围地存在，不管是在现实世界或心灵世界，诗歌也就没有理由回避或将其放逐。更何况新生代诗人混迹的底层社会，本身就是世俗的，且不乏丑陋，题材无所不包并侧重写底层社会世相百态的新生代诗，必然要大量地容纳俗的和丑的东西。再从接受的角度看，今天的普通读者对阳春白雪的高雅艺术因无力欣赏而并不买账，他们更多追逐日常生活中的感性愉悦和官能满足。他们的社会地位、文化修养决定了他们的审美趣味，他们更喜欢那些世俗的粗鄙的东西，因为对他们来说这更真实，更让他们感到亲切。受众的审美好尚也促成了新生代诗的以俗为雅和以丑为美。整体上把握新生代诗，尤其是新生代诗中"他们诗派"、"大学生诗派"、"莽汉主义"、

---

① 尚仲敏：《大学生诗派宣言》，《中国现代主义诗群大观》，同济大学出版社 1988 年版，第 185 页。

"撒娇派"诗人的作品。其以俗为雅和以丑为美的特质可以归纳为如下三个方面：（一）原生化。在作品中直接展示生存的本然，不加提纯筛选，不加粉饰改造。具有突出的非优美倾向。如于坚的《作品51号》、李亚伟的《硬汉们》、宋琳的《站在窗前一分钟》等。（二）卑俗化。具有突出的非崇高、非文化倾向。首先是对主体。于坚的《尚义街六号》，勾勒包括本人在内的大学生群像，理想色彩和雅士风度荡然无存，琐碎、荒诞、卑俗、滑稽历历在目。李亚伟的《硬汉们》自认"是腰上挂着诗篇的豪猪"，其自我嘲弄、自甘卑俗已到了令人惊讶的地步。他的《中文系》，展示的是法相庄严的高等学府里滑稽可笑的另一面，是往庙堂神像鼻梁上抹灰的亵渎神圣。尚仲敏的《自写历史自画像》，自揭脸上伤疤，自揭身上短处，整个新诗史上从没有任何一个诗人这样写过自己。韩东的《有关大雁塔》，是一首被论者公认的具有非文化倾向的名诗，诗人自甘于文化失落者的角色，从文化崇拜、文化反思走向对文化的冷漠甚至亵渎。与这种文化心态相适应，这首诗用漠然冷淡的语言构成反讽，是新生代诗歌冷抒情的典范。朱晓东用他养过的一条狗的名字"宁可"作笔名，其他像孟浪、二毛、京不特、胖山等，看名字倒更像小痞子的诨号。其次是对客体。新生代诗人既然能够如此自嘲，也就能够去无所拘忌地嘲人——下至普通百姓，上至贤哲帝王。如李亚伟的《苏东坡和他的朋友们》、尚仲敏的《卡尔·马克思》、王寅的《华尔特·惠特曼》、柯平的《登赏心亭吊辛弃疾》等，这些作品中的人物不管是什么身份，不管有何等功业，都一律不再神圣无比，头放毫光，而表现出某种世俗性和可笑性，具有共同的非崇高倾向。（三）大面积的幽默感。生活中充斥着并不美好、事与愿违的一切，随处可见的是荒诞性和非理性，面对巨大的异己力量，个体的人又是那样的无力和无助。因此过分认真严肃不仅于事无补显得可笑，而且生气碰壁不利健康和生命。新生代诗人中有不少调笑的高手、死没正经的"侃爷"。其何以如此？《撒娇派宣言》如是说："活在这个世界上，就常常看不惯。看不惯就愤怒，愤怒得死去活来就碰壁。头破血流，得想想办法，光愤怒不行，我们就撒娇。与天斗，斗不过。与地斗，斗不过。与人斗，更斗不过。我们都是中国人，试试看，中国人死都不怕，还怕活吗？"① 与其说这是诗学宣言，不如说这是一种处世态度；与其说这是开玩笑，不如说这是在"玩哭"。也许新生代诗人正是借助于那种嘻嘻哈哈的戏谑氛围，去淡化现实中揪心的一切。这种情形表现在作品中，便是大面积幽默感的产生。新生代诗如李亚伟的《中文系》、《生活》，柏桦的《在清朝》，柯平的《深入秋天》，京不特的《瞄准》，张锋的《本草纲目》等都很典型。在上举作品中，不是一个意象或一个句子的细节局部的幽默，而是一串句子或整个作品的持续不断的大面积幽默。这种整体性的幽默在现当代新诗史上，除却新生代诗，是极少见到的。

有一利必有一弊，有所得必有所失。反之亦然。观察的角度与判断的尺度转换了，对象的优缺点也随之转化。以此来观照新生代诗，不难发现——创作主体社会地位的下降迫使新生代诗人与最广大的底层社会认同，这导致他们的创作从题材、语言到美感、风格发生了一系列深刻裂变；但责任感使命感的放弃，也使他们在人生理想和艺术追求上显得缺乏终极关怀。戏玩遣兴的文学观念有效地疏离了文学与政教伦理过分密切的关系，但玩世与玩文学的结合，又给新生代诗人的创作抹上了浓厚的盲目性、非理性色彩，滋长了其创作中的庸俗浅薄倾向。题材的广泛性使新生代诗的表现力几臻于诗歌的极限，但下者失之于滥，过于驳杂，缺乏选择。语言的解放性新生代诗更易于被大众接受，但下者失于平浅，过于松散，缺乏诗意。以俗为雅，上者从大俗走向大雅，中者化俗为雅，下者失于庸俗油滑。以丑为美，拓开了审美的新领域，提供了审美的新范型，为诗歌增添了新的美质；但失之在于过于原生化、自然主义。所以，我们在评介新生代诗歌时，应该注意采取辩证的态度，对其利弊得失加以实事求是的认知和区分。

---

① 徐敬亚：《中国现代主义诗群大观》，同济大学出版社 1988 年版，第 175 页。

第十四章

未完成的奇迹：范源《神农》摭谈

断崖尽善尽美
与乐章戛然而止的瞬间
一同处于荣誉的顶峰

——卢祖品《断章》

　　如逼近高潮的情节突然断线，如奏出华彩的乐曲突然断弦。正在进行时的范源，在一次意外事故中倏然定格，定格为一个未完成的诗人，一个未完成的诗歌奇迹。

　　范源原名范钦佩，他的人和诗也的确让人钦佩！一个出生在僻远的乡村、只念到初一就辍学从军的农家子弟，靠着顽强的毅力和天纵的才气，在短短的十年间，将他对农民和土地的挚爱情愫，酝酿成了一首首散发着浓郁的乡土气息的朴实感人的诗篇，把中原的乡土诗创作提升到一个新的海拔高度，并以自己的力作在全国诗坛引起震动，赢得广大读者的赞赏和诗歌界的好评，这肯定是一个毋庸置疑的奇迹。

　　然而，这又是一个没有来得及充分发育、充分展开的未完成的奇迹。就在范源基本摆脱了思维和表现的惯性定式，拓开了诗艺的新境，初步形成了个人风格的时候，一个没有任何异兆的傍晚，文友家门口的一棵核桃树，树上的一窝马蜂，一根折断的树枝，树下水泥地上一声沉闷的响声，猝然间合谋了一个意外的事故，就轻易地断送了健旺的诗人。生命脆弱，诗美易碎，天不假年，范源的早逝为诗坛留下永久的遗憾。

永久的遗憾也是永远的怀念。所以，多年后的今天，我们还在谈论着有关范源的往事，还在解读着范源的才华横溢的诗作，还在凭借对往事的回忆、对诗作的阐释，与诗人进行着对话和交流。诗人，只要留下了经得起时间检验的作品，也便走进了诗史，镌入了永恒。

一　《神农》中的爱情诗和题咏诗

评说一个诗人，离不开他创造的诗歌文本。此刻，我所依托的文本，就是由丁慨然、张爱民主编，中国国际广播出版社出版的范源诗选《神农》中的130多首诗。从内容的角度，按照通常的标准，可把这130多首诗分为爱情、乡土和题咏三大类，其中以乡土诗数量最多，分量最重，质量最好，爱情与题咏诗亦颇有可观。这里依照诗选的编排顺序先看范源的爱情诗。

人生进入青春期，挥手作别少年时代的单纯，双脚即刻踏进爱情季节的烂漫。尤其是一个诗人气质的人，对爱和美更有着超乎常人的敏感、体验和需求。试问哪个西方诗人不吟玫瑰、夜莺？试看哪个东方诗人不咏红豆、柳丝？而据范源的挚友颜石说，范源又是一个"浪漫才子"（《苦苦菜诗人范源》），于此当然也不例外。他自费出版的第一个诗集《神矢》就是一部爱情诗集，这本《神农》编排上开卷和压卷的也都是情诗，计有37首之多，占到收录作品总数的四分之一强。这些诗，写得清纯、美丽、诚挚、热烈，因是情人眼里，爱的对象以近乎完美的形态呈现于诗中，给人以审美的愉悦。这里有爱情得以实现的极大喜悦，如《吻》；也有爱情失落的极度痛苦，如《别了，姑娘》；但更多的是在别离相思等待中品尝到的种种不无甜蜜的烦恼和熬煎，像《窒》、《爱情的名字》等；这些情诗写出了其他诗人没有写过的情境，《远的近》就饶有新意和情趣："送你回去/路儿太短/你的家就在眼前//路儿太短/绕几个弯/我们在近里制造着远。"就是很个人化的经验因而也是很个性化的诗句。

范源的爱情诗有两点值得注意：一是他的爱情姿态和角色担当。对所爱，他常常是仰视的，甚至不无自卑和胆怯。他往往不会以一个强悍的男性征服者的姿态出现在诗中，他似乎总是在祈爱："爱从属于你"，"我愿意做你的奴隶"，"我愿世界上有一千个你/这样就不怕被你抛弃"。之所以如此，除了爱的纯情、对所爱的珍重和爱激发的奉献欲这些因素之外，还当与诗人孤苦贫寒的身世有关。二是对爱情和事业二者关系的态度。范源既不是爱情至上论者，也不是事业至上论者；既不让爱情压倒事业，也不让事业压倒爱情；既不想因爱情而放弃事业，也不想为事业而失去爱情。他的看法是："因为我爱你，我更应该爱/我的事业。我的事业和你/是我生命的两个轮子。""我要事业，也要你。"然而现实毕竟不是诗，现实是鱼与熊掌不可得兼，那么，诗人在生活中是如何解决这选择的两难的呢？据颜石说，一个与他相爱的姑娘曾抱怨他老是耽溺写诗而迟误约会。他当即告诉对方："我这一生爱诗永远是第一位的，爱情居第二。"二人因此分手。足见生活不能等同于诗。诗人却完全生活在诗中，诗成了他的终极关怀，成了他的宗教。连最怡悦人也最消磨人心志的爱情，都难与之匹敌，遑论余事？这正是范源在诗歌创作事业上取得突出成就的关键原因之一。

题咏诗在《神农》集里有 40 余首，占到三分之一稍强的比重。关合对象、摹形传神、不粘不脱、若即若离、似与不似等关于题咏诗的常规表现技巧，范源运用得很纯熟，就不用多说了。引起我们重视的是，若与他的乡土诗的热情铺排和爱情诗的单纯优美相比，这些题咏诗在谋篇结体和美感形态方面，均显出不同程度的异质性。这一类作品长不过十余行，短不过五七行，诗思更集中，诗情更冷凝，语言更节制。短小紧凑，没有虚浮肿胀的游词赘语，显得结实硬朗而富于张力，表明了诗人在创作中对形式的重视。在美感形态方面，题咏诗在总体上也溢出了朴实单纯的优美风格之外，或写狞厉，如《猫头鹰》、《狼眼》；或写丑陋，如《护城河》；或写邪恶，如《世界》、《藤蔓》；诗人已然开始走出长期形成的思维定式和艺术范式，正视了现实中缺乏优美诗意的丑恶残酷的另一种本真的存在。当然，我们还不能就此作出范源已经现代或后现代到"以丑为美"的判断。不过，这些诗至少证明一个真正的现实主义诗人，最终是会去全方位地观照现实，更本质地楔入现实的，而现实就是丑与美的杂陈；并且在诗艺上，也是动态开放、发展变化的。

范源的题咏诗中最有解读价值的当数《老虎头上的跳蚤》，这首短诗仅十行，理解弹性却很大。虎乃百兽之王，号称"大虫"，跳蚤乃微不足道的"小虫"，根本无法和老虎相提并论，构成类比。然而事实是跳蚤居然寄生在老虎头上，饥餐虎血，自由蹦跳，优哉游哉，神气活现，视老虎为蔑如，老虎却也奈何它不得。不知是出于对卑鄙的跳蚤的憎恶，还是出于对高贵的王者——老虎的尊严的维护，有人想拍死"跳蚤"，但"望见老虎如火的眼睛"，又"不敢伸手"了。老虎屁股尚且摸不得，况拍虎头乎？老虎若不领情，把衷心爱戴误解为大胆冒犯，那后果就不堪设想了。看来人也奈何跳蚤不得。于是就呈现一种颇为滑稽讽刺的局面：一方面，跳蚤实实在在地损害着老虎的利益；另一方面，老虎又不折不扣地保护着跳蚤的安全。这首小诗的滑稽讽刺效果还不止于此，想那嗜血成性的老虎的血盆大口，不知吞噬过多少生灵的血肉来充饥消渴，但没有谁能去报复老虎；今有跳蚤一只，居于虎头之上而吮其血，也算是为虎口丧命的众生出口恶气，岂不快哉！看来跳蚤也并不全是卑鄙可恶。那么，也就没有必要急于去"拍死它"了。然而细细一想，虎口丧命的众生，竟由一只跳蚤来替之复仇雪恨，真是幽默得令人悲哀！这样的诗，看似明白，但其内涵又非三言两语能够说清，具有多义性和不确定性，解读者可以从不同角度作出不同的阐释，启迪心智，意味无穷。诗的表现手法也从一般题咏诗惯用的比拟，变而为更加繁复更富张力的暗示和象征。

二 《神农》中的乡土诗

范源是中国改革开放事业的高音歌手。诚如丁慨然所说："他一心一意地热情讴歌中国的改革事业。从农村改革开始，就听到他高亢的歌声，直到讴歌城市的改革。"（《神农·跋》）打开范源诗选《神农》，最引人注目的就是占到诗集将近一半篇幅的60多首表现农村改革题材的乡土诗。因此，范源在当代诗歌史上的定位，应该是一名优秀的新乡土诗人。

七八十年代之交，家庭联产承包责任制的实行，给中国农村的面貌带来了巨大的变化。诗人是敏锐的，随着张庆明组诗《路，就该这样走》的发表，一时间写农村改革题材成为诗坛热点。创作上已经起步的范源，就是在此种诗坛大气候下加入农村改革题材诗歌大合唱的。一个在贫困的农村长大的从小忍饥挨饿的农家子弟，看到今日农村实行联产承包后的喜人景象，焉有不歌唱赞颂的道理？所以，范源的乡土诗一开始都是单向思维状态下的热情讴歌。这类诗有《采莲》、《苇笋儿破土了》等二十来首，皆是这最初的单纯喜悦情绪的记录。它说明范源的乡土诗创作尚处在第一阶段即初级起步阶段。这类诗的思路和手法大致相同，即先引一、二句民谣或谚语压题，开头、中间展开叙述描写，结尾卒章显志，点题升华，归结为对联产承包新政策的歌颂。诗人还常在诗中进行今昔对比，通过批判"大锅饭"、"割尾巴"来强化歌颂主题。诗人的诗情与"没有想到今天吃上了油饼、白馍"的农民的心情，完全兴奋地跳动在同一个节拍上。拉开时间距离后看这些诗，其价值似不全在"讴歌"。诗人对农村农民的劳动生活、喜怒哀乐、土地庄稼、一草一木的熟悉，使他的诗在展开叙描时，亲切生动，新鲜灵活，浓郁的乡村气息和泥土味儿，氤氲为一种土气的但真实清新的美感。这或许也是其价值所在。

伴着最初的喜悦兴奋，范源以饱满亢奋的心态挥写出了他礼赞农民、土地的扛鼎之作《神农》。诗笔濡染着深厚的感情，将历史与现实、人性与神性融合为一，刻画出中国农民勤劳贫苦、忠厚良善、忍辱负重、无怨奉献的品格。正是无数默默无声的中国农民，在战争年代养育了革命，在三年困难、十年动乱中支撑着国家，在改革开放的今天，生产出"群山一样的粮囤"，为现代化建设提供"原动力"。农民对革命和建设出力最大，离开农民谁也活不下去，但历次运动中整农民、割尾巴，使农民长期处于贫穷困苦的境地。诗人在诗中为农民争地位，摆功劳，把属于农民的光荣还给农民，客观上对革命胜利后忘记农民的失误提出批评，显示了诗人的识力和胆魄。《神农》激情喷涌，笔力如椽，铺陈排比，开合自如，诗人把握重大题材、驱遣语言词汇的过人才力于此可见。农家子弟范源，在《神农》一诗中为地位最低下的广大农民，塑造了一尊最崇高巍峨的"神像"。

长诗《神农》无疑是范源乡土诗创作中具有里程碑意义的作品，但诗人没有到此止步。在思想和艺术的探索道路上，诗人持续前行，初步走出了最初的喜悦兴奋，也初步摆脱了配合政策、单向思维的一味肯定歌颂。诗人开始思考中国农民的历史和未来的命运问题，审视他曾奉为神明的农民的性格心理缺陷，关注农村精神文明的进步，感应物质基本满足之后农民们的心灵追求。这使他的乡土诗创作进入第三阶段即中级发展阶段。

在范源的笔下，第一次出现了这样描写农民的诗句："村民们狭小而容易满足的心"（《田园交响曲》），"他们是最容易满足的/只要能吃饱肚子/就等于上了天堂"（《中国农民的形象》），他发现农民"荒芜呆滞的瞳仁里"有着"一丝朴质的狡黠"（《农民的眼睛》）。这种清醒的审视批判的眼光，对范源来说，是多么可贵难得！于是他开始瞩目新一代不愿"再重复祖辈命运"、绝不把"原始的劳动工具"再传给予孙的青年农民，发现他们已不再像祖辈和父辈那样沾沾于"雪白馒头"这最低限度的物质生活满足，他们教儿子背唐诗，唱流行歌曲，西装革履，骑雅马哈，开小手扶，用洗衣机，弹电子琴；他们向往农业机械化，学习文化知识，驾驶农用飞机，实行科学种田，享受文化娱乐，注意卫生健康，追求幸福爱情；他们追求平

等、民圭、自尊的现代理性意识初步觉醒；他们不满于封闭的生存
圈，热切向往着外部的世界，想走出包围他们的土地、山峦去看看大
海。如《我是青年农民》、《未来给中国农民的通知》、《写在醒来的
土地上》、《看海》等诗所写。改革的进程也是文明的进程，物质的
满足必然要求精神的丰富，吃饱喝足只是自然意义上的人的本能需
要，追求科学文化、要求平等尊严才使得新一代农民成为现代意义上
的社会的健全的人。范源的诗富于前瞻性地把捉了物质进步推动人格
完善的时代脉息。

三　《神农》中的乡土反思与批判

然而，人类文明的进程从来就不会一帆风顺，农村现代化的伟业
也不可能一蹴而就。现代化首先是人的现代化，畅想一番农村的现代
化未来是快意的，换上一副现代新潮的行头包装是容易的，但要换掉
几千年积淀的小农意识和遗传基因，又谈何容易！范源终于体察了他
热爱着、希望着的土地和农民，有着太沉重的传统因袭包袱、太顽固
的劣根性，它们共同合成了农村社会进步中的巨大阻力，导演了一幕
幕惊心动魄的现实生活和心灵的悲喜剧。范源终于操起了诗的解剖
刀，无情地剖开小农意识的丑陋内核，并把他的剖析诊断结果，曝光
为《古老的中原》诗小说系列，显影给读者。

范源在本质上是一个写作乡土诗的农民诗人，《古老的中原》诗
小说系列，是代表范源乡土诗创作最高水准的作品，是范源乡土诗创
作进入第三阶段亦即高级成熟阶段的标志。范源的创作从文体意识到
艺术观念，在这组诗中实现了全方位的整体转换。诗小说系列对小农
的主奴根性、怕官心理、夫权意识、贞操观念、愚昧迷信、自私狭
隘、缺乏自尊、暴富心态、无赖习气、坑蒙拐骗、僵化麻木以及农村
基层部分干部的腐败贪婪、无法无天进行了入木三分、洞幽烛微的描
写刻画。《太行山，一个男人和一个女人》中的"男人"，不去诉诸
法律惩治侮辱自己妻子的村支书，却在没完没了地折磨自己的妻子，

已是扭曲变态到歇斯底里。《归乡的团长和手扶拖拉机》描写的一幕，让读者又一次具体领受了鲁迅先生笔下的那个"无物之阵"。《村民和村长家的猫》对几个村民先英雄后狗熊的丑态百出的可悲可笑行径的细致模拟，让读者从中看到农民的怕官和奴性到了何等地步。《乞丐》和《"茅台"村》则形象地告诉人们：那等缺乏现代人格意识的农民，最初是果腹的满足，然后是发财的欲望，种田不能致富，就行乞致富，人格可以不要；务农不能致富，就造假致富，良心可以不管。人而无耻，百事可为，试问天底下究竟还有什么丑陋的事情他们干不出来呢？一言以蔽之，揭出病苦，引起疗救，当是诗人创作这组诗的目的。

"诗小说"的文体概念的提出，体现了范源在艺术上大胆的探索创新精神。他将诗和小说的艺术表现手法进行了较为成功的嫁接，吸收了小说叙事艺术诸如时间、地点、人物、事件、情节等要素，又保持了诗歌的跳跃、省略、抒情等特质，收到了加大诗的容量、增强诗的可读性的效果。《黄土坟》的传奇情节，《村妞·槐树·楝树》的魔幻意味，《活鬼》的荒诞色彩，则是在忠实于生活的前提下，对中国传统小说戏剧和西方现代主义文学诸如荒诞派、魔幻幻现实主义的表现艺术进行双重借鉴的结果，这种打通文体、打通古今、打通中西的卓有成效的融合尝试，显示了开始走向成熟的范源开放的观念视野和深厚的艺术功力。范源在《古老的中原》诗小说系列中所进行的文体试验，是对叙事诗艺术的创新和发展，值得充分肯定。

四 致敬范源

我对范源钦佩久矣！小城不大，但各自忙碌，所以在范源生前，只和他见过一面。记得是在 1989 年夏天的一个晚上，他与诗人地铁一块儿到我所在的学院。屋里闷热，我们坐在楼前的空地里。那晚未及深谈，甚至未看清楚他的容貌衣着，印象中是一个体魄壮硕洒脱蓬勃的人。后来，他让地铁转达了想让给他的诗写点评论文字的意思，但作品尚未送来，他就遭遇不测，此事也就未果。不过，因为有过这个话头，在我的心里，便总觉欠了范源一点什么。1989年冬天，我的一个亲戚去世。给他存放骨灰盒时，在市殡仪馆骨灰堂的骨灰安放架上，无意中竟看到了范源的骨灰盒，令我不禁驻足，默然有顷，仔细端详了照片上的范源，大约是黑白照的缘故，脸色似乎有些苍白，但仍那么年轻精神。在这特殊的地方，看着范源年轻的遗照，想着那位亲戚也是三十五岁年轻早逝，心中禁不住再一次生出生命其实脆弱得不堪一击、不知什么时候一不小心就会弄坏的伤感喟叹。

　　90年代中期，出版社约我参与主编一部《中外哲理诗鉴赏辞典》，我特意收入了范源《老虎头上的跳蚤》一诗，写了评鉴文字，作为小小的补偿。书出来后参加第八届中国书市书展并获好评，此时我才发现，范源的诗不知为什么与北岛、顾城和几位台港诗人的诗都被抽掉了，让我至今仍认为这是这部辞典的一大缺憾。之后，为范源写几句话的念头还在心里产生过。但由于手头没有范源的作品集，无法系统阅读，也只好作罢。一直到今年初，省内一家出版社约我主编一套《二十世纪中国诗歌精品分类导读丛书》，共12卷，我在《乡土诗》、《题咏诗》、《短章小诗》三卷中，分别选入了范源的《活鬼》、《老虎头上的跳蚤》、《杏》三首诗，算是对范源生前的愿望勉强有个回报。

　　前些天，诗人郁晴托地铁转送来一册范源诗选《神农》。我搁置了8月底要求交稿的省内和上海两家出版社的约稿的后期工作，开始第一次较为系统地阅读范源的主要作品，并记下了以上的阅读心得，借此表达对诗人的持久敬意，也算了却多年来的一桩心事。然"一花一世界，一沙一天国"，何况范源的诗世界不是一花，而是芳菲满眼的大花园；范源的诗天国不是一沙，而是海贝斑驳海星闪烁的宽阔海滩；准确的评说无疑是困难的。加之时间匆忙，看花了眼说不到位甚至说出昏话，都有可能。谨以此就正于更了解范源和他的诗作的方家。

　　如逼近高潮的情节突然断线，如奏出华彩的乐曲突然断弦。十年前那次该受到永远诅咒的意外事故，使本会有更大发展前景的范源，成为一个未完成的诗人，使他的诗歌成为一个未完成的奇迹。诗人未完成的诗歌事业，需要更多热爱诗歌的人去继续完成；并在完成的过程中，创造出更大的诗歌奇迹来。

在这人性泛出砭人肌骨的寒意、心灵空洞得只剩下官能享乐的千年黄昏，向前赶路的人们，让我们一起手握着温暖明亮的诗歌，穿过暮色苍茫的世纪末，走进新的一千年，诗神将和希望一块儿迎候我们……

下　编

现当代旧体诗论

第十五章

当代旧体诗词创作现状的
几点思考

新时期以来，随着社会生活的回归正常，传统文化热的不断升温，旧体诗词在经历了五四以降新体诗歌和社会思潮的巨大冲击之后，时光流转，沧海桑田，终于渡尽劫波，在轮回中再度迎来了自己的又一个春天。当代诗词创作的空前繁荣，体现在如下几个方面：一是各级诗词组织普遍建立，如全国性的中华诗词学会、中国韵文学会，各省、市、县级的诗词学会，学校、单位、行业的诗词学会和诗词社，以及民间的同人性质的诗词会社，林林总总，遍布华夏大地。二是创作队伍庞大，世纪之交，诗词创作即号称百万大军，至于一般的爱好者更是滔滔者天下皆是。三是诗词活动广泛开展，诸如各级诗词学会举办的年会、研讨会、采风笔会，中华诗词进校园活动，诗词朗诵吟唱会，各种征诗评奖赛事，诗词之乡的命名挂牌，等等。四是拥有众多发表诗词作品的园地：除著名的《中华诗词》、《中国韵文学刊》外，《诗刊》也开辟了专供发表诗词作品的栏目，各级诗词学会大都拥有自己的会刊，再加上各类报刊、网络刊物的版面，以及各种名目的诗词选本，可以说，当代诗词作品有着足够的发表空间。五是与此相联系，诗词作品量更是大到难以数计。近二三十年来，当代诗词作者们究竟创作发表了多少诗词作品，虽无法准确统计，但肯定是一个大得惊人的天文数字。仅以我生活的一座北方小城为例，自 1993 年成立诗词学会以来，迄今已拥有会员数百人，其中含中华诗词学会会员数十人，除学会编印会刊发表会员作品外，会员印行的诗词个集已有数十部之多。即此一斑，亦可窥知当代诗词创作繁荣到何种程度。六是当代诗词渐次受到学者们的关注，进入专业研究者的视野，成立了像中华诗词研究院这样高层次的研究机构，举办了许多像"当代诗词创作研究青年论坛"这样高质量的研讨会，以当代诗词为研究对象的学术论著不断发表，以当代诗词为选题的国家社科项目和各级各类项目不断得到立项资助。凡此皆足说明：诗词作为一种早已与民族文化、审美心理融为一体的文学样式，在新的时代条件下，仍然保有着旺盛的生命力。但是，在当代诗词姹紫嫣红开遍、一派繁荣兴旺的大好局面下，也还存在着一些深层次的问题，成为制约当代诗词创作艺术水平提高的瓶颈，值得我们认真加以思考，求得破解之道。本章就此提出三个方面的粗浅看法，向方家同好请教。

一　当代诗词的语言形式问题

制约当代诗词艺术水平提高的瓶颈之一，就是当代诗词的语言和体式问题。先谈语言。总体上看，当代诗词使用的语言，也就是当代诗词文本中的语词意象，仍属古代汉语系统，这是一种先在的限制，是当代诗词几乎无法摆脱的宿命。因为你只要选择了运用诗词体式创作，你就必须面对一系列的问题：诸如语词意象、平仄格律、粘对规则等，而这些前设的规矩都是不能总体上突破的，所谓不以规矩不能成方圆。当代诗词作者如果放弃古典语词意象，改用现代汉语词汇进行创作，那么写出来的作品就会类似顺口溜和打油诗，最高境界也就是接近大约一个世纪前胡适先生白话诗词的水准；或者部分嵌入新的语汇，恐怕仍然脱不出近代黄遵宪等人"新派诗"的路数，实践证明这条道路并不能根本改变传统诗词总体下行的发展演变趋势。

　　在这里有两位旧体诗人也许必须提起：一是启功先生，二是聂绀弩先生，他们往往会被视为运用浅近语言写作旧体诗词的成功范例。但究其实际，两位先生的作品仍然以浅近文言为主，间以现代口语。试举他们的名作以为印证，比如启先生的《鹧鸪天·乘公共交通车》八首之三："这次车来更可愁。窗中人比站前稠。阶梯一露刚伸脚，门扇双关已碰头。　　　长叹息，小勾留。他车未卜此车休。明朝誓练飞毛腿，纸马风轮任意游。"聂先生的《画报社鱼酒之会赠张作良》："口中淡出鸟来无？寒夜壶浆马哈鱼。旨酒能尝斯醉矣，佳鱼信美况馋乎！早知画报人慷慨，加以荒原境特殊。君但重于一杯酒。我将全扫此盘馀。"启作化用玉溪生诗句，使用道教神仙家语典；聂作首句活用古白话小说成句，颔联的"旨酒"出自《诗经》，"信美"见于王粲《登楼赋》；如不笺释，普通读者恐怕亦未必能够完全看得明白。至于二作的格调，如不为尊者、贤者讳，就应该承认，这种文白间杂的语言风格，诙谐调侃的风趣有余，高雅深远的意境不足。例以汉晋唐宋诗词，仿照钟嵘三品论诗的话，这样的当代诗词文本究竟如何品第，到底入于几等，应该也不会是太费踌躇的事情吧。上举例证启示我们：若要保留诗词的古雅之风韵，让诗词看上去还很美，起码像是诗词，那么显而易见，当代诗词写作是无法完全、充分地使用现代汉语的，而必须继续主要使用古汉语词汇意象。可是，古汉语已经是一种"过去时"的语言，它早已随着古近代历史的完结，整体退出现当代人的日常口语交流和书面写作实际。语言是社会现实和思想情感的载体，一种文体使用的语言已经与时代总体上脱节，那么这种文体就注定不大可能很好地表现这个时代复杂多端、纷纭多变的社会生活，不大可能深入、准确地捕捉传达生活在现当代社会的人们的思想情感的本质特征和微妙之处。这是当代诗词创作面临的几乎无法破解的难题和悖论。怎样看待和评价这种文体的现当代创作的价值和意义，也就顺理成章地成为凸显在每一个清醒的研究评价者面前的不容回避的问题。胡适先生关于"活文字"与"死文字"、"活文学"与"死文学"

的区别的看法①，林庚先生关于择取承载"新事物、新感情"的"新语言"，不断发现"诗的新原质"，以增强"诗的活力"的论述②，在今天仍具有现实针对性，应该真正引起当代诗词界的注意。

当代诗词创作的困境，除了语言使用上的悖论，还有体式这道关坎不易度越。一是过于整齐、固定的句式，难免某种程度上的僵化与拘谨，和现当代人的语言实际差距过大，一般读者难以从中获得阅读的亲切认同感。新诗人就此进行过讽喻，李亚伟在《苏东坡和他的朋友们》中写道："古人宽大的衣袖里/藏着纸、笔和他们的手/他们咳嗽/和七律一样整齐//他们鞠躬/有时著书立说，或者/在江上向后人推出排比句/他们随时都有打拱的可能//偶尔也把笔扛到皇帝面前去玩/提成千韵脚的意见/有时采纳了，天下太平/多数时候成了右派的光荣先驱。"生活中的语言，是参差错杂、流动变化的，绝不会和"七律一样整齐"，属于应用文体范围的提意见建议的"谏书"，也实无押"成千韵脚"的必要。内容和形式的分离，势必影响文本的艺术效果。二是诗体词调曲牌必须严格遵循的声韵格律，有些时候也真会成了束缚、桎梏"诗情"自由舒展地表现的"镣铐"，导致如戴望舒指出的"韵和整齐的字句会妨碍诗情，或使诗情成为畸形"的结果③。为突破诗词凝定的体式限制，使诗词这种古老的艺术形式与时代更为适应，当代诗词界进行了不少有益的探索创新，尝试加以变通，如对"中华新韵"的提倡，如"度词"的实验等，但前者等于用"新约"代替"旧约"，后者效果如何还有待时间的检验。三是诗词文体的生命力与生命质量。诗词在现当代仍然具有旺盛的生命力，这是不争的事实，但上追唐宋，则肯定是瞠乎其后、难以为继了。这就迫使我们不得不去思考诗词体式的当代生命质量问题。"一代有一代之文学"，在四言产生过《诗经》之后，骚体产生过屈宋之后，古

① 胡适：《逼上梁山——文学革命的开始》，《中国新文学大系·建设理论集》，上海良友图书印刷公司1935年版，第18页。
② 林庚：《唐诗综论》，清华大学出版社2006年版，第158页。
③ 戴望舒：《论诗零札》，《戴望舒选集》，人民文学出版社2002年版，第134页。

近体诗产生过陶谢王孟、李杜高岑、元白韩孟、欧苏王黄之后，词曲产生过温韦柳周、辛陆姜吴、关王白马之后，诗词曲体式的黄金时代已过，青春风采已失，生命质量下降，渐入式微晚景，这是不抱成见的明眼人一看便知的诗歌史发展演变的实际。王国维说过如下两段话："文体通行既久，染指遂多，自成习套。豪杰之士，亦难于其中自出新意。"① "社会上之习惯，杀许多之善人；文学上之习惯，杀许多之天才。"② 这是大家耳熟能详的名论，值得当代诗词创作家和研究家们深长思之。

二　当代诗词作者的文学史意识问题

生活在当代的诗词作者，一定要有明确的文学史意识，要清楚前人、他人都写过了什么，写到何种程度，这样才能既有效地学习、借鉴前人、他人，又自觉地避免在内容和表现上与前人、他人的雷同、重复，避免盲目的无意义写作。

在李白杜甫写过诗、柳永苏轼填过词之后，自己还怎样写诗填词，这是每一个"晚生"的诗人词家都必须认真面对的严峻问题。世代累积异常丰厚的诗歌史，早已名家辈出，名作如林，今天热爱写诗填词，注定比以往任何时候都要艰难。原创性的诗词文本和大诗人、大词人可能不会再出现了。"晚生"的当代诗词作者，在创作上和理论上不必存有开辟鸿蒙的奢望，否则就是无知和愚妄，可笑之至。今天的诗人，能够为诗歌史增添哪怕点滴新质，或者仅仅是把前人的诗意换一种有新意的表达，也就无愧于诗人的称谓了。只要看看今日文坛，虽然到处都充斥着颠覆与解构的喧嚣，可又到处都是"前人的文本从后人的文本中从容地走出来"的有趣现象③；看看今日艺

---

① 彭玉平：《人间词话疏证》，中华书局 2011 年版，第 403 页。
② 同上书，第 199 页。
③ ［法］罗兰·巴特：《文本意趣》，转引自蒂费纳·萨莫瓦约《互文性研究》，邵炜译，天津人民出版社 2003 年版，第 12 页。

坛，画不出花样的画家纷纷脱掉衣服，热衷于暴露生理器官的所谓"行为艺术"；就该明白今日文学艺术家想象力和创造力的衰竭溃败，已经达到无可救药的程度。

所以，用完全新创的标准来衡量，时至今日，包括诗词在内的文学艺术无疑已经黔驴技穷，陷入困境甚至绝境。不过好在每个人的一生都是一部缩微的人类进化史，每一个个体生命都是独一无二、不可再现的，人类的生活、情感在总体上是重复循环的，但对每个人来说则都是第一次，是新鲜的。每个人的阅历、感兴、情思、心境，都有诗意的成分，并在特定情境下产生诗意表达的冲动，这是由生命的质性所决定的人的内在需求。这种诗意是散文小说、视图影像都无法很好承载的，只适合入诗。而某些特定的阅历感兴、情怀心境，甚至不宜写入新诗，而更宜于借助有着现成的精美形式的旧体诗词才能便捷地加以表达。因此，把诗词落实到个体、个人化的诗意表现，即可视为新的表现。这就是今日写作诗词的价值所在，也是备受新诗冲击和物欲挤压的诗词不会消亡的真正原因。

与古典大师的诗词文本相比，今日诗词的新，基本是个人意义上的，已经不具备民族的、人类的整体意义和诗歌史意义。这是一种相对的、局部的、不完整的、不新的新。而古典大师的诗词文本，不仅对个人是全新的，对民族、人类整体和诗歌史也是全新的。古典大师的诗词文本，说出了自己没有说过的话，同时也说出了民族和人类没有说过的话，并且为诗歌史贡献出前人所无的新形式。当代作者的诗词文本，说出了自己没有说过的话，但这些话前人和他人或许早已说过了，甚至说得更好，在形式上也不大可能再有何全新的建树。这是"晚生"者的悲哀。处此"晚生"之困境，不管你有多少纠结和挣扎，但都必须尽量使自己平静下来，清醒地接受并且面对。

当代诗词作者的文学史意识，还体现在对诗词内容构成和表现方法的尽力加深拓宽上。当代诗词作者应该立足于现实的感受与体悟，上下贯通历史与未来，自然与人事，感性与知性，现实性与超现实性，"一时之性情"与"万古之性情"①，地域性、民族性与世界性，新与旧，创与因，个人与群体，国家与社会，民族与人类，应该在自己的诗词文本中整体呈现一种有机融合状态。要真正做到"内极才情，外周物理"②，能挥动"追光蹑景之笔"，去摹写"通天尽人之怀"③。具备文学史意识的当代诗词作者，应该摆正自己的位置，认清自己和传统之间的关系，虚怀若谷，全面借鉴，虹吸百川，海涵地负，最大限度地汲取文学史的丰富营养，以期壮大和提升自己。20世纪30年代，叶公超曾经撰文主张新诗人应多读文言诗文，从而扩大意识，包括对传统文化的认识和现阶段的知觉。他认为"旧诗文里有许多写诗的材料"，他强调"以往的伟大的作家的心灵都应当在新诗人的心灵中存留着。旧诗的情境，咏物寄托，甚至于唱和赠答，都可以变态的重现于新诗里"。他指出新诗"要在以往整个中国诗之外加上一点我们这个时代的声音，使以往的一切又重新配合"④。叶氏的话虽然是说给新诗人听的，但现当代旧体诗词作者也有必要认真听取。上引叶公超的观点，与艾略特的看法大致相近，艾略特强调诗人与历史传统的联系，他认为："历史的意识又含有一种领悟，不但要理解过去的过去性，而且还要理解过去的现在性。历史的意识不但使人写作时有他自己那一代的背景，而且还要感到从荷马以来欧洲整个的文学及其本国整个的文学有一个同时的存在，组成一个同时的局面。这个历史的意识是对于永久的意识，也是对于暂时的意识，也是对于永久和暂时的合起来的意识。就是这个意识使一个作家成为传统性的。同时也就是这个意识使一个作家最敏锐地意识到自己在时间中的地位，自己和当代的关系。"他强调一个诗人"必须明白了欧洲的心灵，本国的心灵，——他到时候自会知道这比他自己私人的心灵更

---

① （清）黄宗羲：《马雪航诗集序》，《中国历代文论选》三，上海古籍出版社2001年版，第267页。

② （清）王夫之：《夕堂永日绪论外编》，转引自崔海峰《王夫之诗学范畴论》，中国社会科学出版社2006年版，第31页。

③ （清）王夫之：《古诗评选》，上海古籍出版社2011年版，第161页。

④ 叶公超：《论新诗》，《叶公超批评文集》，珠海出版社1998年版，第62—63页。

重要几倍的"①。可见传统与现代之间的关系，是东西方诗人、诗论家所共同关注思考的一个问题，当代诗词作者当然不能无视或回避。

记取文学史上的经验教训，理性地自觉拒斥文学史的负面影响，也是当代诗词作者的文学史意识成熟的标志。当代诗词界和社会上有所谓"老干部体"一说，所指似是那种应景趋时、浮泛雷同、陈陈相因、无关疼痒之作。这类作品往往热衷写重大事件，又陷溺于身边琐事，喜欢过热闹节庆，忙碌着走马观花，满足于浮光掠影。还经常习惯性地进行古今对比，擅长于篇末拔高，贬低古人，任意升华，谀词阿世，旨归颂美，浮华虚饰，不见真情，严重损害、降低了诗人和诗作的价值与品位。这类写作几成当代诗词的通病，致令广大读者对之颇感厌倦，辄有微词。排除其他方面的原因，这种现象的产生，与文学史的负面影响显然有关。文学史上确实有不少平庸的作者，缺乏关注现实的眼光和体贴民生的情怀，酒足饭饱之后，志得意满之时，信口道来，附庸风雅，刺刺不休，言不及义，把诗词当作谀世颂圣、干人射利的工具，或者当作酬酢交际、点缀粉饰的雅玩，所以很难写出感人至深的作品。具备文学史意识的当代诗词作者，应该以史为鉴，知所戒止。进而取法乎上，追摹屈子，师法李杜，追求完美，酷爱自由，执着社会正义，捍卫人格尊严，深蕴悲悯情怀，关注底层社会、芸芸众生，万家忧乐，常挂心头，眼睛常向下看，发现存在的真实，写出生活的真相，揭出情感的真髓，如此方能成就当代一流的真诗。

三　当代诗词与新诗的关系问题

自从五四时期白话新诗取代旧体诗词承祧诗国大统之后，旧体诗词与新诗之间的关系一直处于持续紧张状态，双方的恩怨情仇，实非三言两语可以说清。新诗与旧体诗词在创作、欣赏和评价上，存在着

---

① ［英］艾略特：《传统与个人才能》，《二十世纪文学评论》上册，上海译文出版社1987年版，第130—132页。

一道互相对立的森严壁垒，热爱旧体诗词的人认为新诗语言芜杂、意味寡淡，是白话口水，萝卜青菜；而喜欢新诗的人又认为旧体诗词观念陈旧、形式过时，是长袍马褂，小脚辫子。这种互相对立的偏颇之见，严重地影响了白话新诗和旧体诗词之间的互相学习交流，优势互补，窒碍了现当代民族诗歌全面复兴和繁荣的进程。

　　新诗运动初期，新文学作家受制于极度的"影响焦虑心理"①，喊出了"文当废骈，诗当废律"的偏激口号，对传统文学和旧体诗词采取了激烈攻击的反叛行动。但从 20 世纪 20 年代起，新诗人和诗论家们就已经明确地意识到，要想提高新诗艺术，必须向辉煌灿烂的古典诗歌艺术学习，在继承借鉴中创新发展，实现古典诗歌艺术在新诗创作中的现代创造性转化。除了少数新诗人如纪弦极端地认为"新诗乃是横的移植，而非纵的继承"②，大多数新诗人和诗论家如胡适、闻一多、朱自清、梁实秋、朱湘、何其芳、卞之琳、臧克家、林庚、余光中、洛夫等，都自述过在创作实践上如何借鉴古典诗词艺术的情形，或者从理论上向古典探源，为新文学和新诗获得深厚悠久的背景支持搭桥牵线，引导新诗人自觉地从传统文化和传统文学中吸取有益的养分。持平而论，新诗人虽以反叛传统的"离家出走"开始，但不久之后即"浪子回头"，向悠久博大、辉煌灿烂的古典诗歌传统"归化"。倒是操持旧体诗词的人士，似乎一直对新诗最初的叛逆姿态耿耿于怀，无法释然，及至晚近，仍有业内人士在学术会议上慷慨宣示：要"推倒新诗，重执诗坛之牛耳"，或在文章中公开声言"彻底否定新诗"。这其实都是文学史意识欠缺、对文学语言体式的代谢变迁、对新诗创造性地转化古典诗歌传统所取得的成就不甚了然的表现。这不能不说是一种严重的"遮蔽"。

　　缘于"遮蔽"，在现当代诗词界，似乎一直存在一种由来已久的错觉和误会：那就是只有自己才是中国诗歌的正宗，是三千年诗国列

---

①　［美］哈罗德·布鲁姆：《影响的焦虑》，徐文博译，江苏教育出版社 2006 年版。
②　纪弦：《现代派六大信条》，《现代诗》第 13 期，1956 年 2 月 1 日。

祖列宗的嫡派子孙，有着代表中国诗歌的天然资格；而所谓的白话新诗，不过是西方诗歌的汉语翻译性质的写作，是"中国人写作的外国诗歌"，是"移植之花"，是对中国古典诗歌传统的背叛和毁坏，因而与古典诗词没有血缘上的天然联系。这实在是对新诗创作缺乏深入了解的过于自是之见，与事情的真相相去甚远。所以说，要想处理好与新诗的关系问题，首先需要"去蔽"，让真相"敞亮"起来，这就要求我们诗词界人士摘掉有色眼镜，不抱成见地去认真了解一番新诗与古典诗歌之间的真实关系。

事实上，新诗与古典诗词之间，存在着一脉不断的血缘传承关系：文学史是一条流不断的大河，上游之水总要往下游流淌，因此，后来的诗歌接受前代的影响就是必然的。胡适的《尝试集》作为白话新诗的发轫，其秉承古典诗歌的遗传基因即至为明显，收入集子中的《生查子》、《如梦令》、《沁园春》、《百字令》等都是白话词，《赠朱经农》、《中秋》、《江上》、《景不徙篇》等都是五、七言诗。胡适先生自己就承认，他的新诗"实在不过是一些刷洗过的旧诗"[1]。胡适之后，白话诗人的创作或强或弱、或显或隐、或多或少，都无法完全逃离古典诗歌传统的一脉血缘。小到一个意象，一句诗，一篇作品，大到一个诗人，一个流派，一种诗体、主题、手法，均可寻绎出古今之间施受传承的脉络和痕迹。

戴望舒《雨巷》的中心意象"丁香一样结着惆怅的姑娘"，即来自李璟《摊破浣溪沙》词句"丁香空结雨中愁"，卞之琳就说《雨巷》"读起来好象旧诗名句'丁香空结雨中愁'的现代白话版"[2]。舒婷《春夜》中的名句："我愿是那顺帆的风/伴你浪迹四方"，与宋代张先《江南柳》词句"愿身能似月亭亭，千里伴君行"，可说是活脱相似。卞之琳《断章》中意象之间的主客关联转换，一如南宋杨万里诗句"偶见行人回头望，亦看老子立亭间"和清代厉鹗诗句"俯

---

① 胡适：《尝试集·初版自序》，转引自陈绍伟编《中国新诗序跋选》，湖南文艺出版社1986年版，第30页。

② 卞之琳：《戴望舒诗集·序》，《地图在动》，珠海出版社1997年版，第303页。

江亭上何人坐，看我扁舟望翠微"。而李瑛的《谒托马斯·曼墓》中诗句"雨水打湿了墓地的钟声"，也很容易让人想起杜甫的诗句"晨钟云外湿"。古典诗歌意象、诗句被新诗直用、活用、化用的例子，还有许多，一些颇负盛名的新诗佳句，实际上是从古典诗词中蜕变而来的。

何其芳的名篇《罗衫》，语言、意象、情思有着浓重的唯美色彩，蕴含着晚唐五代温李爱情诗词的遗韵。这首诗的整体构思和比兴手法，则有意无意间模仿了传为汉代班婕妤咏纨扇的《怨歌行》。班婕妤的诗是宫怨体，以纨扇作女性的自喻，表现上是顺叙，身在夏天，心忧秋天；何其芳则以罗衫作男性的自喻，寄托一个年轻人对现实中不美满的爱情的怨艾，表现上是倒叙，身在秋天，回忆夏天，并且憧憬着挽回旧情，心理层次显得更加复杂。将二诗对比，可以清楚地看到，何其芳的《罗衫》是对班婕妤《怨歌行》的改造重组。郑愁予的名篇《错误》，进入了语文教材，这首新诗的主题，仍是传统游子思妇的闺怨情感，其误会与巧合的艺术构思，显然借鉴了苏轼《蝶恋花》下片："墙里秋千墙外道，墙外行人，墙里佳人笑。笑渐不闻声渐悄，多情却被无情恼。"笑声无意，行人有情；马蹄无意，思妇有情。苏词里的墙外行人错解墙内佳人的笑声，郑诗里的江南小城思妇错把过客当作归人，从情节因素来看，二者均构置了带有无焦点冲突性质的戏剧化情境。郑诗对苏词的借鉴还有更深的比兴象征层面，诗中那古典的游子思妇的浓重怨情里，掺入的是现代社会迫于政治境遇而去国怀乡者的浓重乡愁。可见郑诗不仅借鉴了苏词单相思的生活喜剧情节，郑诗更像苏词那样，寄托了社会政治意义和身世悲凉之感。席慕蓉的名篇《悲喜剧》，写"白苹洲"上的等待与相逢，是对温庭筠《望江南》词意的翻新与掘进。舒婷的名篇《船》，表现咫尺天涯的永恒阻隔，与《古诗十九首》中的《迢迢牵牛星》同一机杼。还有陈江帆的《穷巷》与王维的《渭川田家》，高准的《香槟季》与《诗经·关雎》，冯青的《最好回苏州去》与周邦彦的《少年游》，洛夫的《长恨歌》与白居易的《长恨歌》，任洪渊的《那几声钟，那一夜渔火》与张继的《枫桥夜泊》，都是古今互文性质的诗歌文本。

古今诗人之间，像郭沫若、贺敬之诗歌的豪情气势与李白诗歌的豪放飘逸，艾青诗歌的深沉悲郁、臧克家诗歌的乡土写实与杜甫诗歌的关心民瘼、沉郁顿挫，李金发象征诗的生涩凄美与李贺、卢仝诗歌的险怪冷艳，戴望舒、何其芳诗歌的辞色情调与晚唐李商隐、温庭筠诗词的艳情绮思，余光中诗歌的骚雅、才气、琢炼与屈赋李诗姜词，席慕蓉、舒婷诗歌的浪漫忧伤气质与唐宋婉约词的浪漫感伤气息等；诗体之间，像胡适之体的浅白与元白体的浅俗，俞平伯、严阵、流沙河诗歌的语言节奏与古代词曲句式，郭小川诗歌的铺排夸饰与古代辞赋歌行，白话小诗与古代绝句小令的形式、内容异同等；流派之间，像新生代诗的口语谐趣与元散曲本色派浅俗的"蛤蜊风味"，新边塞诗的激昂豪迈、地域特色与盛唐边塞诗的激情悲壮、异域风光等；诗学主题之间，像社会政治主题，爱国主题，爱情主题，时间生命主题，历史主题，自然主题，乡愁主题等；形式手法之间，像构句分节押韵，意象化，比兴象征，构思立意的借鉴，意境营造与氛围渲染，叙事性与戏剧化，互文与用典等；其间均有着千丝万缕的内在联系。自 20 世纪 90 年代以来，笔者发表的古今诗歌传承研究的系列论著，对此进行了比较集中的探讨，一得之愚，或可资同好参考。

经过这样一番"血亲鉴定"性质的梳理之后，我们对新诗的身份看得就会比较清楚了：和旧体诗词一样，新诗也是中国古典诗歌的亲子裔孙。可能与现当代旧体诗词"守成孝子"的体貌有所不同，新诗因为"离家出走"过，所以在发育成长的过程中，比现当代旧体诗词多吸收了些异域的营养，或者换穿一身洋装，但这并未改变新诗的血统，因而也没有改变新诗与现当代旧体诗词的嫡亲兄弟关系。而正是因为新诗有过"离家出走"的经历，栉沐欧风美雨，所以新诗虽在诗形上不似现当代旧体诗词与古典诗词那般逼肖，但在诗观、诗质、诗美上，新诗的确比现当代旧体诗词显得更为开放通脱，涵纳万汇，新异复杂，斑驳陆离，加之新诗体式自由，使用的是现代汉语，因而对现当代社会生活和现当代人的思想感情，更有一种特别的表现力。许多新诗文本所传达的楔入现代生活、现代生存内核的经验和体验，古典诗词和现当代诗词可能的确不曾、不便或者不能传达，像现代诗人闻一多的《死水》、卞之琳的《圆宝盒》，当代诗人北岛的《履历》、欧阳江河的《玻璃工厂》，台湾诗人纪弦的《火与婴孩》、洛夫的《石室之死亡》等文本所荷载的内容和呈现的美感，设若换成诗词体式，创作目的和意图可能确实是无法达成的。如果说现当代诗词更为古雅圆熟的话，新诗则显得更加鲜活生新。旧体诗词和新诗各有优长，各有特色，应该放下历史积怨，不做谁是正统谁该继位的无谓意气之争，在两者之间建立起一种良好的互动关系，切实加强当代诗词和白话新诗之间的互相学习交流，让旧体诗人和新诗人携起手来，优势互补，一同走进当代文学史，共同实现民族诗歌"再造盛唐"的梦想。

第十六章

现当代旧体诗词进入
文学史的几个问题

　　20 世纪 80 年代以来，随着旧体诗词创作的持续趋热，以及现当代旧体诗词选本和研究论著的次第问世，现当代旧体诗词的经典化问题，现当代旧体诗词应该进入现当代文学史和诗歌史的问题，引发了相关"业内人士"乃至一般"业余爱好者"的广泛议论和关注。这个现象至少说明，当代旧体诗词创作者已然获得了较为明确的文学史意识，旧体诗词研究者已然具备了较为明确的学科建设意识，而广大旧体诗词爱好者则在呼唤着现当代旧体诗词精品与经典的诞生。在这个时候，召开一次"现当代诗词的文学史地位"专题座谈会，可谓正当其时，十分必要。围绕"现当代诗词的文学史地位"这个中心议题，本章拟就以下四个方面的相关问题，谈几点粗浅的看法，就教于诸位学界前辈和方家同好。

一　文学史编写的双向欠缺

　　由现当代文学学科的学者编写的现当代文学史和现当代诗歌史，大多不为旧体诗词设立章节，偶尔有之，也是基于特殊的考虑安排。由于长期遭受"不公正待遇"，现当代旧体诗词界怀有较为普遍的被无视的委屈感。在现当代文学史和诗歌史的卷帙里，屡"被缺席"

的旧体诗词基本上失去了"存在感"。近年来持续响起的现当代旧体诗词进入文学史的呼声，就是现当代旧体诗词界为祛除委屈感、找回存在感、争取话语权所做出的努力的体现。无论从文学史、诗歌史应该完整客观地反映一个时代的文学和诗歌创作的真实样貌上说，还是从文学史、诗歌史学科建设上说，抑或是从新旧体诗歌的此消彼长中把诊诗歌体式演进的脉息、探寻诗歌史嬗递演变的规律上说，现当代旧体诗词都不应该被忽略，都不是一种可有可无的存在。现当代文学史、诗歌史无视旧体诗词创作，不为旧体诗词设立章节的现状，应该及早加以改变。

性质相似的问题，在古典文学研究界也同样存在。由古典文学学者编写的几乎所有版本的中国文学史，在梳理古代作家的文学史影响时，都不曾涉及新文学和新诗。比如讲李白的影响，也就是讲到近代，讲到龚自珍，之后的文学史和诗歌史，李白好像突然不存在了，人间蒸发了，至于李白对现当代新诗人郭沫若、闻一多、徐志摩、余光中乃至贺敬之、郭小川等的巨大深远影响，则好像从来就不曾发生过。同样，讲杜甫的影响也不谈及艾青、臧克家。作家如此，文学史群体和流派亦然，比如讲边塞诗的影响不谈及20世纪的"新边塞诗"，讲元白诗派的影响不谈及新诗运动初期的"新元白诗派"，讲韩孟诗派的影响不谈及现代主义新诗的"以丑为美"，讲本色派散曲的影响不谈及20世纪80年代新生代的"非文化"、"非崇高"的"生活流"、"口语化"诗歌，讲宫体艳情诗词的影响不谈及邵洵美，讲唐宋婉约词的影响不谈及戴望舒、席慕蓉、舒婷，不谈及现当代流行歌曲，讲晚明小品文的影响不谈及20世纪二三十年代的现代小品文，如此等等。

文学史编写上存在的这种双向欠缺，反映的是文学史学科建设上存在的双向欠缺。其何以如此，原因主要有以下两个：一是从积极的方面说，是对学科时段和学术规范的恪守，在"中国文学"这个一级学科之下，"古代文学"与"现当代文学"分属不同的二级学科，所以彼此严守分际，井水不犯河水，虽鸡犬之声相闻，然至老死亦不相往来了。二是从消极的角度看，这样的学科设置与时段划分，割裂了文学史发展演变的连续性与整体性，致使新文学学者不够熟悉古典文学、旧体诗词，古典文学学者也不够熟悉新文学作家创作、新文学作品研究的现状。这样的学科设置与时段划分，严重地影响、制约了学人的知识结构、学术视野、审美趣味，在这样的学科格局之下培养出的学人，产生知识结构相对封闭、学术视野相对狭窄、审美趣味相对单一等问题，也就不可避免。到此地步，即使彼此有心"往来"，实亦无力"往来"矣。正是上述两个原因，导致了新文学学者编写的现当代文学史、诗歌史，不设评介旧体诗词的章节，而古典文学学者编写的中国文学史，讲古代作家作品的影响则讲到近代为止的不正常情况的出现。

所以说，要想让现当代旧体诗词进入现当代文学史和诗歌史，我们就应该在学科建设上找到深层次的症结，并尽快加以破解。在课程设置、人才培养的方案制订上，打破学科格局狭小封闭的森严壁垒，打通古代文学史和现当代文学史，改善和重建古典诗歌研究者和现当代新诗研究者的知识结构。以使现当代诗歌研究者，真正有能力厘清新诗和新诗人的诗学背景与诗艺渊源，避免对新旧诗之间的复杂关系，作出简单的"断裂"判断，消除普遍持有的新诗乃是"横移"而非"纵承"的误解；同时也使古典诗歌研究者，真正有能力理清古典诗歌在现当代新诗史上的接受与影响状况，对古典诗歌的现代价值加以重估，把对古典诗歌文献的静态研究，改变、扩展为包括新诗在内的活体研究，肩负起诗歌史家介入和指导当代新诗写作的责任和使命。当学科建设逐步合理完善，新诗研究者具备了丰厚的古典诗歌知识积累，古典诗歌研究者也深谙新诗的创作成就和艺术特质，然后大家就可以联手编写贯通古今创作、兼容新旧各体的大文学史和大诗歌史，完整准确、客观公正地呈示出一个时代的文学和诗歌的真实样貌。

二　重建多元的大文学史观

现当代旧体诗词进入文学史，还需要解决研究者的文学史观问题。生物进化论和意识形态视角下的"新旧"对立，简单区分，导致了新旧文学之间的互相排斥甚至敌视，这在新文学运动和新诗运动初期表现得尤其激烈。新派在喊出"打倒孔家店"口号的同时，声言"文当废骈，诗当废律"①，誓要铲除"桐城谬种，选学妖孽"②。陈独秀在《文学革命论》中用排比句宣泄出的难以遏止的"推倒"激情③，实质上是一代新人面对古典文学几乎无法逾越的艺术高度时，产生出的强烈的影响焦虑心理的反映。对于新派泰山压顶的攻势，旧派如《甲寅》、《学衡》阵营的反弹也同样激烈。④ 这是大家熟知能详的，此处不赘。出现这种局面，牵涉到社会政治、文化观念转型时期，不同背景的人群之间的审美趣味、价值标准、伦理道德和政治立场的差异问题，兹事体大，繁复纷纭，值得我们继续覃思精研，以便真正理清头绪，这里暂不讨论。"文律运周，日新其业"⑤，五四之后，新文学取代旧文学、新诗取代旧诗，已是文学史发展的大势所趋，没有任何人、任何力量可以逆转。古文、骈文的写作在新文学运动之后，也确实是日渐式微、渐告消歇了。但旧体诗词的写作仍在持续，不仅旧学根基深厚的五四一代和20世纪二三十年代的新文学作家兼写旧体诗词，后来的几代人中也有许多迷恋并习作旧体诗词者。在大气候不宜的年月，旧体诗词写作是隐入地下的众多潜流，一旦大气候改变，无数潜流涌出地表，飞花溅沫，汇成汹涌澎湃之势，构成了现当代文学史和诗歌史上一道不能无视的特异景观。也就是说，旧体诗词在被五四新诗排斥之后，始终没有缴械投降，始终不曾放弃自己在诗国几千年岁月里的光荣与梦想。及至世纪之交的中华诗词学会

---

① 胡适编选：《中国新文学大系·建设理论集》，上海良友图书印刷公司1935年版，第42页。

② 钱玄同：《致陈独秀信》，《新青年》第2卷第6号，1917年。

③ 胡适编选：《中国新文学大系·建设理论集》，上海良友图书印刷公司1935年版，第44页。

④ 郑振铎编选：《中国新文学大系·文学论争集》，上海良友图书印刷公司1935年版。

⑤ 王利器：《文心雕龙校正》，上海古籍出版社1980年版，第199页。

年会上，笔者还亲聆了当代旧体诗人用高亢的声音，发出"推倒新诗，让旧体诗词重执诗坛之牛耳"的激情呼唤。但很显然，这只是一种不切实际的空喊和空想。

时至今日，我们必须清醒地意识到：新文学研究界、新诗界和古典文学研究界、旧体诗词界，需要的已不是你死我活的"正统"之争。目下最需要的，是彼此客观冷静、理性宽容的交流沟通，相互认同。意气之争互相伤害，对新旧双方均无补益。在新诗挟方生蛮霸之气、长期处于诗坛压倒性强势的情况下，我们更应该对弱势的旧体诗词的优长之处，有一个切合实际的认知和体察。虽然说旧体诗词的语汇意象和声韵格律系统，在整体上与现代汉语、日常口语脱节，言文的不一致，成为制约现当代旧体诗词艺术表现力的致命的瓶颈。但这也只是问题的一方面。另一方面，旧体诗词有着某种先在的巨大形式优势，它的既成形式在漫长的诗歌史上，经由无数诗人的惨淡经营、反复使用，早已臻于近乎完美的境地。一个具有一定文学素养和生存悟性的作者，只要熟练掌握了这种形式，就可以凭借这种既有的形式，便捷地表达自己的日常感兴，写出的作品起码在形式上，看上去会很美，很像是诗。一个文字功夫过硬、形式技巧娴熟的作者，甚至可以像批量制作工艺品一样，取来古典诗歌意象群落里无数现成的适应特定情境的、积淀着深厚的特定情韵义的通用意象，在声韵格律、平仄粘对的流水线上，把旧体诗词一首接一首地"组装"出来。这正是旧体诗词在经历五四新诗的巨大冲击之后，却能打而不倒、继续潜滋暗长、终至起衰复兴的一个最重要的原因。相比之下，新诗就不具备这种形式优势。新诗迄今没有形成大家约定俗成的共同遵守的形式律则，在没有任何既成形式可以凭借的前提下，新诗写作必须完全依靠新意取胜，而新意又不是随时可有、呼之即来的，所以，新诗写起来实际上要更困难些，这是操持过新诗和旧体的两栖诗人们共有的真切创作体验。而那些没有什么新意的白话句子连缀在一起，看上去就会很不美，就会很像是一摊口水和一堆废话了。近年新诗界出现的"口水诗"、"废话体"，从诗歌语言形式角度看，或许就是不可避免的。而为旧体诗词界所津津乐道的新诗人晚年回归旧体写作的话题，也是缘于没有冷静地深究其中的原委，而产生出的不无盲目的乐观情绪。新诗人晚年回归旧体诗词写作，一方面固然是被几千年古典诗歌散发出的几乎不可抗拒的巨大艺术魅力所吸摄，更重要的，恐怕还是人过中年，生命力、创造力无可挽回地呈现衰退之势，继续操持没有形式依凭、专靠新意取胜的新诗，感觉力不从心；而日常的感兴乃至交际酬酢，又时有表达的冲动与实际的需求，所以重新拾起旧体现成的精致完美的形式，几乎就是势所必然的。对于这一深层原因，我们必须保有一分清醒客观的体认。

在大致厘清了新诗和旧体诗词各自的优势和局限之后，今日的新诗创研者就不需要继续把旧体诗词视同过时的长袍马褂、小脚辫子了；当然，旧体诗词创研者也不能再把新诗看成是萝卜白菜、口水废话。新旧体诗的创研者们，都应该把自身的生命修为、学理修为和诗艺修为，提升到一个更高的层次和境界，敞开互相包容的胸怀，多看对方的长处，互不否定，互不取代，携手相将，优势互补，去短取长，以求共生双赢。一部历时性的、连绵三千年不断的、客观存在的真实的中国文学发展史，本来就是一部大文学史、杂文学史，兼容众体，涵纳万汇，不主一格，气度恢宏。在刘勰的《文心雕龙》、萧统的《昭明文选》、吴讷的《文章辨体》里，都有多达几十种的文体。至明代徐师曾的《文体明辨》，剖分胪列的文体更多到一百余种。近现代早期的文学史，也讲了不少后来不讲的应用文体和经学、史学、子学、小学范围的内容。中国人的文学观念，本来就不同于西方的纯文学观念，中国人的文学观是大文学观和杂文学观，具有足够宽宏的容纳量。所以，在撰写古代文学史时，一定要讲到古代作家作品对现当代文学的影响；在撰写现当代文学史时，不仅要讲清现当代作家、作品纵向的文学背景、艺术渊源，更要专门设立评介现当代旧体诗词创作的章节，在现当代文学史家族中，给现当代旧体诗词一个应得的恰当的名分，以使现当代文学史和诗歌史的内容更为客观公正，更加全面完整。

三　作品经典化的过程与进入
文学史的形态

作家作品进入文学史，大约有两种形态：一是自然状态，或曰水到渠成的状态；二是人为状态，或曰催生早熟的状态。自然的水到渠成状态，需要时间过程，甚至漫长的时间过程，大浪淘沙，吹尽狂沙始到金，经过时间之水的无情淘洗，真正有价值的作品渐次凸显出来，读者逐渐达成共识，作品获得一致公认，上升为经典，成为所有文学史编撰者都必须认真对待的、跳不过绕不开的话题。这样的经典化作品，也就自然而然地进入文学史的视域，在文学史上占有它应该占有的篇幅和席次。

这里不妨重温一下陶诗经典化的过程。在六朝那个"声色大开"的华丽时代，陶渊明仿佛一个土气的"乡巴佬"，平淡朴素的陶诗，因为不够时尚，并不被人看好，那个时代品诗最有眼光的钟嵘，也只把陶诗列入《诗品》的"中品"①。而后经过初唐三仕三隐的王绩、盛唐咏写山水田园的王孟、中唐尚平易闲适的白居易等人的慕陶效陶，再经过宋代苏轼和陶、朱熹评陶、汤汉注陶，陶渊明终于从东晋南朝的一个著名隐士，攀升到中国诗歌史的最高层级，厕身于中国诗歌史上屈指可数的三五个大诗人之列，他的作品成为大家公认的"平淡自然"的诗美范本，他成了中国诗歌史上隐于乡土田园的最伟大的"乡巴佬"。陶诗典范地位的最终确立，经历了前后六个世纪的漫长时间过程②。与之相似的还有杜甫。编成于天宝十二年的殷璠《河岳英灵集》，作为当代诗选未录杜诗，对此，后人找出了种种理由试图予以解释，可能都有道理，但有一点似乎是不能回避的——那就是杜甫在当时大约是一个于诗坛无足轻重、可以忽略不计的诗人。杜甫地

①　陈延杰：《诗品注》，人民文学出版社1961年版，第41页。
②　《古典文学研究资料汇编·陶渊明资料汇编》，中华书局1962年版。

位的上升，从元稹、白居易等人的大力拉抬开始，到宋代"千家注
杜"，终于被宋人"陶杜"并称，尊为"诗圣"，确立了不可撼动的
诗史地位①。诗人如此，作品亦然。一些后世公认的杰作，亦非出手
就被传诵，即得盛誉，比如初唐刘希夷的《代悲白头翁》、张若虚的
《春江花月夜》。刘作在其身后被孙季良编入《正声集》，以其"为集
中之最"，由是方"为时人所称"②。张作直到明人李攀龙选入《古今
诗删》，胡应麟《诗薮》又推崇它"流畅宛转，出刘希夷《白头翁》
上"③，并由近人闻一多《宫体诗的自赎》一文大加推赏，赞叹为
"诗中的诗，顶峰上的顶峰"④，才声名鹊起，张若虚因"孤篇横绝，
竟为大家"⑤，《春江花月夜》成为"孤篇盖全唐"的旷代之作。此后
几乎所有的文学史在讲初唐诗歌时，都会对之加以重点评介。从张若
虚写出《春江花月夜》，到闻一多推许此诗为唐诗中超一流的杰作，
中间是漫长的一千二百年的时间跨度。这情形确如刘勰所感叹的：
"知音其难哉！音实难知，知实难逢。逢其知音，千载其一乎！"⑥

　　所以说，杰作固然首先是由作家写出来的，但杰作的认识、发
现，则需要有眼光的读者，需要识珠的慧眼和巨眼。张岱《一卷冰雪
文序》云："诗文一道，作之者固难，识之者尤不易也。"⑦ 确为甘苦
寸心之论。惠特曼也说过："伟大的读者造就伟大的诗人"，可见读
者作用之巨大。的确如此，天才作者的天才作品，还需要天才的读者
去甄别、去评鉴、去阐释。从多到难以数计的现当代旧体诗词作品中
发现佳作、名作甚至杰作，通过选本选录、鉴赏评点、文学史讲述，
使之上升为经典，这是广大诗词爱好者的由衷期盼，更是诗歌史家和
现当代旧体诗词研究者的责任和使命所在。我们今天所处的时代，早

---

①　《古典文学研究资料汇编·杜甫卷》，中华书局1964年版。
②　陈伯海：《唐诗汇评》，浙江教育出版社1995年版，第172页。
③　（明）胡应麟：《诗薮》，上海古籍出版社1979年版，第51页。
④　闻一多：《唐诗杂论》，中华书局2009年版，第23页。
⑤　陈伯海：《唐诗汇评》，浙江教育出版社1995年版，第262页。
⑥　王利器：《文心雕龙校正》，上海古籍出版社1980年版，第288页。
⑦　（明）张岱：《琅嬛文集》，岳麓书社1985年版，第5页。

已不是古典的牛背短笛、安步当车、从容悠闲的牧歌时代，我们处在一个生活节奏空前快速、生命节奏空前紧张的快餐化时代。从近年不断传来的旧体诗词进入文学史的呼声，到我们现在围坐一起讨论旧体诗词进入文学史的话题，似乎都表明着大家好像是不愿意再等，也有些等不及了。不是说我们过于性急，但我们显然是在有意识、有目的地"人为"推进当代旧体诗词佳作的经典化过程，推进现当代旧体诗词进入文学史、诗歌史的速度。也就是说，我们选择了第二种状态，选择了"人为"推进、通过"催生"使之"早熟"的状态。那么，如何才能保证"揠苗"而不碍其长势，"催生"而不伤其元气，保证"催生"出的是发育健全的孩子、是骨相奇俊的麟儿，是真正有资格进入文学史的上佳之作呢？于是，问题的焦点就全部凝聚在读者的审美鉴赏力之上了。当代旧体诗词的经典化暨进入文学史，在我们有些迫不及待地选择了"人为"的"催生早熟"状态之后，尤其需要具备"真赏"眼光的读者，需要真正的"识器"者，需要千载一时的"知音"。这样，我们的话题就必然转移到评鉴的标准与尺度问题上来。

四　评鉴的标准与尺度

古典文学研究者与新文学研究者，由于知识结构的差别，长期浸淫的对象不同，可能带来的审美趣味、鉴赏力的差异，正是应该引起我们高度注意的问题。比如面对同一首古诗，以杜甫的绝句"两个黄鹂鸣翠柳，一行白鹭上青天。窗含西岭千秋雪，门泊东吴万里船"为例，如果是一个具有一定鉴赏力的古典诗歌研究者，起码读过杨载关于绝句作法的如下论述："绝句之法要婉曲回环，删芜就简，句绝而意不绝。多以第三句为主，而第四句发之。有实接，有虚接。承接之间，开与合相关，反与正相依，顺与逆相应。一呼一吸，宫商自谐。大抵起承二句固难，然不过平直叙起为佳，从容承之为是。至如宛转变化，工夫全在第三句，若于此转变得好，则第四句如顺流之舟矣。"① 那么他就很容易看出杜甫这首绝句两两对仗、并列板滞、缺乏七绝一体必不可少的"婉转变化"功夫，在艺术上未臻上乘的质量问题。但一般的读者和新诗研究者，恐怕就不太能够察觉这些问题，这也就是此诗往往入选当代唐诗选本和教材的原因所在。杜甫有好的七绝，如《赠花卿》、《江南逢李龟年》等，但肯定不是这一首。这里不妨再举一个例子，有位新诗研究者在谈论胡适先生《尝试集》所附《去国集》里的作品时，言及《久雪后大风寒甚作歌》、《老树行》等三句一韵的几首诗，竟说中国诗歌逢双押韵，没有这种三句押韵的方式，这种韵式是从西方诗歌学习借鉴来的。这就暴露出该论者对中国古典诗歌熟悉程度不够的问题。众所周知，《诗经·魏风》的《十亩之间》，就是三句为韵的，后世歌行体中三句押韵如岑参《走马川行》一类作品，亦非仅见。即此可知，如果对于中国古典诗歌的相关知识储备不够，仅靠对新诗与外国诗的了解去从事研究，恐怕也是要出问题，甚至是要出常识性问题的。

　　同样，如果换成面对方文山、周杰伦或黄霑的所谓"中国风"歌词，新诗研究者与古典诗词研究者的评价也有可能大相径庭。对这一路流行歌曲歌词，新诗学者一般不会提出质疑，他们往往不把"碎片化"看成是艺术问题，他们认为现代和后现代社会就是一个"碎片化"的时代，出现"碎片化"的作品，乃是顺理成章；他们甚至可能进而认为，这些"中国风"歌词写得古色古香，很有美感，并直觉地把这些歌词的"美感"当成是古典诗词的美感。但若换成一个趣味纯正的古典诗词学者，秉持美是整体和谐的标准，感觉就会大不一样，他很可能认为这一路歌词，不管是唱"青花瓷"还是唱"中国书法"，皆是在信手拼凑古典名作语词意象，随意组接古代历史文化典故，通首歌词没有整体感，没有贯穿的意脉，没有浑成的艺术境界，文白夹杂，破碎不堪，不知所云，不忍卒听，是对完美的古典名作的割裂和糟践。至于被一些"著名青年作家"或奖项评委力挺过

---

① （清）何文焕辑：《历代诗话》，中华书局 1981 年版，第 732 页。

的诸如"羊羔体"、"梨花体"、"乌青体"诗，不过就是一摊口水、一堆废话，没有任何诗形、诗质、诗美可言，那些连缀的句子根本就不是诗；而之所以有人力挺，则肯定是那些力挺者在最基本的审美感知能力和鉴赏能力上出现了致命的问题，或者干脆就是审美感知力、审美鉴赏力的根本欠缺。

我们知道，在面对当代旧体诗词作品时，多数古典诗词爱好者、旧体诗词创研者比较喜欢、认可的，也还是那些散发着浓郁的古典美感之作，因为这类作品本色当行，符合他们长期阅读古典诗词所养成的审美趣味，能够在某种程度上满足他们的审美期待心理。而对近年的新进作者像李子笔下那种颇显"另类"的作品，如：

> 让花欢笑，让石头衰老。让梦在年轮上跑，让路偶然丢了。让鞋幻想飞行，让灯假扮星星。让碗钟情粮食，让床抵达黎明。（《清平乐》）
>
> 群蛇站起，幻觉之城市。抹黑像框人便死，马路弯成日子。金钱和血纠缠，血和空气纠缠。阴影一声尖叫，高楼欲火阑珊。（《清平乐》）

则未免会觉得有些怪诞粗鄙，不合口味，缺失美感，乏善可陈。但若换成新诗爱好者、创研者阅读李子的这类作品，读后的感觉和给出的评价，大概就会有所不同。平心而论，这样的作品借鉴新诗的写法，确乎比那些美轮美奂、古色古香的"仿古之作"，更能传写出现代社会、现代人的生存感觉与生存真实，或许这些看上去不那么美的"另类"旧体诗词，才是当代旧体诗词创作领域真正"出新"的作品。但这样的作品能不能被文学史认可、被经典化？恐怕在旧体诗词创研者和新诗创研者这些"业内人士"之中，彼此的看法就有可能出现重大的分歧。

所以说，不同知识文化背景、不同审美趣味的人，使用着不尽相同的评鉴标准与尺度，他们心目中的"经典"往往是不太一样的。

如果再加上某些特殊因素，一些能够进选本、进教材、进文学史的所谓"经典"，也就更加难以言说了。某些特殊因素可以姑置不论，目下最重要的就是大家先得心平气和地坐下来，围拢圆桌，"软语商量"，平等地交换意见和看法，展开充分的讨论。如果"软语商量不定"，那也无妨，就再来一次或几次，让"温其如玉"的"有匪君子"们，一起反反复复地"切磋琢磨"，以期找到最大的公约数。对于哪些作家作品较为"经典"，可以进入文学史，达成或接近达成一些大致的共识，这样可能会较为稳妥和可靠些。古典诗学研究者、当代旧体诗词创研者和新诗创研者，都应避免师心自雄，避免过于自是自信，避免少数人包揽选政，抱团取暖，垄断文学史撰写的话语权，避免唯我独尊的局面出现。至于被我们"人为"地"推进"文学史的现当代旧体诗词"经典"作品，在几十年后，几百年后，几千年后，到底还是不是"经典"，还有没有资格继续占据越修越厚的文学史的宝贵篇幅——因为我们是"现当代"，而"现当代"在历史长河中只是一个转瞬即逝的"小微"时段，就如同我们正说着"现在"，漏壶的水滴或时钟的秒针一声"滴答"，这个"现在"就已经变成了"过去"，而刻刻不停、一维流逝的时间，是永远指向"未来"的——不妨把话说白了，在我们"执意"地选择人为助推现当代旧体诗词进入文学史的时候，我们同时就需要"破执"，我们必须明白，既然是"现当代"，我们也只能是且顾眼下，我们其实是管不了太久太多的。那么剩下的事情，我们恐怕还得一如既往地把它交给时间老人去耐心地存留删汰，交给"晚生"的后人们的阅读鉴赏实践去作进一步的检验。

第十七章

《南园词》对传统词学的承传与超越

  自五四新文学运动提出"文当废骈,诗当废律"以后①,百年之间,旧体诗词经受了白话新诗和社会思潮持续不断的巨大冲击。在兴废存续的生死考验面前,旧体诗词创作的一脉潜流,始终不绝如缕,这种早已与民族文化、审美心理融为一体的传统文学样式,在新的时代条件下,显示出极其坚忍顽强的生命力。20世纪80年代以来,随着社会生活渐趋正常,传统文化热持续升温,旧体诗词创作呈现出迅猛强劲的复苏之势,涌现出大量的作者和巨量的作品,构成了当代文学园地里让人无法忽略的体积庞大的客观存在。但是,受旧体诗词的语言体式、旧体诗词作者的文学史意识以及旧体诗词与新诗之间相互关系等问题的制约②,仿古式、自娱式和应景式的写作居多,真正能够使用新鲜的语词意象,提供新鲜的生活经验、情感经验和思想经验,避免与前人和他人的作品重复雷同,避免缺乏文学史意识的盲目的无意义写作,在继承传统的基础上超越传统、创生新美的旧体诗词作品,并不多见。缘此,蔡世平先生《南园词》的问世,在当代旧体诗词领域就具有特出的价值和意义。《南园词》选录作者2002年至2012年的

---

  ① 胡适:《文学改良刍议》,《中国新文学大系·建设理论集》,上海良友图书印刷公司1935年版,第42页。
  ② 参见杨景龙《中国现当代旧体诗词进入文学史的几个问题》,《河北学刊》2015年第5期。

词作100首，这是一部打破传统词学的种种先在限制，通过"破体"写作，尝试建设新体并创生新美的词集，受到当代旧体诗词界乃至当代文学界的普遍关注。本章拟从题材择取、语言运用与体式风格三个方面入手，遵循中国文学史古今发展演变的基本思路，以千年词学史作为纵向参照系，探析《南园词》对古典词学的摹习承传与突破超越，借以窥觑《南园词》在当代词坛大获成功的奥秘，并进而引发当代旧体诗词创研者和文学评论界对相关问题的深入思考。

一　题材择取

从题材择取的角度审视《南园词》，这百来首词作大致可以分为田园词、田家词、乡愁词、言情词、赠答词、题咏词、边塞词、时事词、哲理词等几个类别，而又互有交叉。其中一些作品处理的题材，为传统词学所惯见；另有不少作品的题材内容，则明显溢出了传统词学题材择取的范围。对于传统词学背景下的言情词、赠答词等，笔者不拟多谈；这里着重关注《南园词》中明显溢出传统词学取材范围的几类词作。

先看田园词和田家词。田园词是田园诗向词中的渗透，这种渗透从五代孙光宪的《风流子》"茅舍槿篱溪曲"就开始了，宋人苏轼、朱敦儒、向子諲、辛弃疾等都有农村田园词写作。田园词与田园诗一样，大多描写农村自然风景和乡村生活，抒发作者归隐避世、任情自适的情怀。蔡世平先生的田园词，摄取的是南国水乡洞庭汨罗潇湘的美好风景和人情，这与古代田园诗词的取材路径是一致的，但出自当代词人手笔的田园词，并无不合时宜的归隐避世之意，这是与同类古典诗词的相异处。不过，这并不说明作者深度心理中没有隐逸的意向，只是这种隐逸的意向，在直接描写田园的词作中没有流露，而是转移到田园词的特殊类别——描写"南园"的词作之中。因此，更值得我们关注的是作者的"南园"诸作。《汉宫春·南园》云：

搭个山棚，引顽藤束束，跃跃攀爬。移栽野果，而今又蹿新芽。锄他几遍，就知道，地结金瓜。乡里汉，城中久住，亲昵还是泥巴。　　难得南园泥土，静喧嚣日月，日月生花。花花草草，枝枝叶叶婀娜。还将好景，画图新，又饰窗纱。犹听得，风生水上，争春要数虫蛙。

此词列《南园词》第一首，开宗明义，有为词集"破题"之功能。南园应是词人在闹市一角垦辟构筑的一方庭园。词人对南园的打理，用西哲的话说，是"人在大地上诗意地筑居和栖居"[1]；用传统的眼光看，则带有明显的"中隐"性质[2]；质言之，南园其实就是作者"隐于市"的精神家园。《沁园春·南园晨话》起句"晓色才开，收拾月痕，整理南园"，约略等同于陶渊明的"晨兴理荒秽"[3]。作者的"心情"和"思绪"，全都倾注在南园的"黄泥绿草间"，这里不仅有作者手种的"青蔬"可以"疗饥"，更重要的是，作者可以在南园的花枝鸟语中滋润文心，汲取灵感，酝酿词篇。"再与词娘，十分交道，讨论民间百味篇"，说明作者虽"隐"而未遗落世务，未忘人间烟火，这也正是"中隐"的要义所在。"中隐"与传统隐逸的区别就是不弃官守，不入山林，不与社会决裂。作者担当的公共角色，使他在行为上只能偶尔逸出城市和官场，偷得浮生半日闲，如《浣溪沙·饕山餮水》所写："剥却层层时世装。围城今日放乡郎。饕山餮水喂饥肠。"《生查子·湖边》所写与之相近。但在精神心灵里，词人与浮世名利是疏离的，与现代城市生活是隔膜的，而与故乡泥土更为亲近，"乡里汉。城中久住，亲昵还是泥巴"（《汉宫春·南园》），"回到黄泥地里，扯把湿皮青草，软舌舔春涎。一亩三分地，种好四时鲜"（《水调歌头·春思》），上引词句表达的都是这层意思。由

---

① 参见［德］海德格尔《诗·语言·思》，张月等译，黄河文艺出版社1989年版。
② （唐）白居易：《白居易集》，岳麓书社1992年版，第799页。
③ （东晋）陶渊明：《归园田居》其三，袁行霈《陶渊明集笺注》，中华书局2011年版，第59页。

"饕山餮水喂饥肠"的措语，亦可读出拘禁于日常俗务中的词人，其情感和精神的饥渴程度。在此意义上，城里的"南园"就是家乡"南塘"的置换和替代。作者生命的"根须"，是扎在家乡南塘的泥土里的（《浪淘沙·熟土难离》）。一官在身，南塘不能常回，那就在城市里打理出一方庭园，朝夕相对，引藤栽果，锄菜种瓜，聊作慰藉。作者"南园"诸作咏写的内容，在某种程度上可视为古代士大夫文人"中隐"生存方式的"现代版"。

《南园词》中的部分作品，继承了古典诗歌中"田家诗"关心民间疾苦的传统，如《定风波·千载乡悲》、《临江仙·泪落黄昏》、《蝶恋花·路遇》、《鹧鸪天·荒村野屋》、《最高楼·悲嫁女》、《朝中措·地娘吐气》、《贺新郎·寻父辞》、《鹧鸪天·春种》、《蝶恋花·留守莲娘》等所写，这类取材也为传统词作不常有。看一首《定风波·千载乡悲》：

> 又听渔婆斗嘴声。村官催费到西邻。千载乡悲羞感慨。无奈。总随屈子作愁吟。　蓝亩碧田生白发。还怕。呼儿买药病娘亲。土屋柴炊锅煮泪。真味。民间烟火最伤心。

词前序云："汨罗江畔营田镇落卷坡，传说为屈原作《离骚》之地，因风吹竹简散落坡中而得名。1995年至1997年，我于湖南岳阳行政区挂职，居落卷坡。民间烟火，几多感慨。"词写国家免除农村各种税费前，困难农民家庭生计的窘迫艰难。作者凭良知创作，直切入现实，不回避矛盾，继承了屈原"哀民生之多艰"的忧民精神。《临江仙·泪落黄昏》触及了更为尖锐的矛盾："扯片村阳肩上搭，还抠热土温心。难收老泪子孙耕。春从何处绿？没了土心情。　嫩叶青枝都削去，偏偏又到黄昏。秧鸡毛兔可安身？月光如有意，莫冷故园松。"词序云："城市向周边扩展，有失地老农泪落黄昏。"词中触及的是现代化、城镇化建设过程中出现的新的矛盾，新的问题。农民世世代代赖以生存、生生死死不离不弃的土地，正被工业和城市鲸吞。无力改变生存方式的"老农"，内心充满焦虑和痛苦。"子孙"也许早已跑到城市里打工去了，但他还在黄昏暮色中，面对圈占废弃、没有草禾绿色的土地，忧心着"子孙"将来无田可耕，衣食无着。不仅于此，"老农"的忧虑更多，失去了土地家园，那些田野上与人共处的"秧鸡毛兔"们，怎样安身蓄息？词中上下片的两问，就是一个失地老农的"天问"。词作描写老农形象如"扯片村阳肩上搭"，揣摩老农忧虑子孙无地可耕、野物无处安身的心情，乡土本色，体贴悲悯。乡村田园的消失、生态平衡的破坏、土地的不可再生，的确是后发地区普遍的现代化之痛。这是一个关乎现在和未来的大问题。作者生长农村，又在基层工作多年，对此问题当有不少思虑，故而能够写出这首对弱势生存的失地老农充满深厚同情的词作。《鹧鸪天·荒村野屋》切入环境污染问题，垃圾填埋场破坏了自然环境与美丽家园，词中所写"黄泥十里会生疮"，乃触目惊心之句。《蝶恋花·路遇》不仅触及农民的生存困境，而且是对"人性的深度表达"[1]：

> 一地清霜连晓雾。村汉无言，木木寒风伫。曾是娇妻曾是母。而今去做他人妇。　　世道仍需心养护。岂料豺狼，叼向茅丛处。谁说病儿无一物。还留血泪和烟煮。

词写作者冬季下乡，路遇一村汉茫然呆立寒风中，其妻畏贫，抛下两个患白血病的儿子，弃家而去。"曾是娇妻曾是母。而今去做他人妇"，家庭现此巨大变故，缘于人性和亲情的霉变。当人面对最低的生存限度，人性和亲情有时也真难敌本能与诱惑，因而出现严重的变异，也就成为势所不免。词笔直揭的这种变异的人性，也是一种深度"人性"，乃词史所不曾有过的表现。结句"谁说病儿无一物。还留血泪和烟煮"，沉痛呜咽，不了了之，令人不忍卒读。这种笔法是从汉乐府《妇病行》、《孤儿行》学来，为历代词家所不能办。而

---

① 蔡世平：《南园词话》，《南园词》，中国青年出版社2012年版，第11页。

《蝶恋花·留守莲娘》则是一首现代"闺怨"词：

> 秋到荷塘秋色染。秋水微红，秋叶层层浅。人在天涯何处见？秋风暗送秋波转。 春种相思红片片。秋果盈盈，秋落家家院。独对秋荷眉不展。秋容淡淡秋娘面。

词句所写也是当代农村普遍存在的问题。诚如词序所言："有'留守儿童'，也有'留守女人'、'留守老人'。1980 年代以来，亿万农民进城务工。夫妻异地分居，乃今日乡村普遍现象。"此词前后两结切题，为留守莲娘"代言"，摹态传情，颇有韵致。题中的"莲娘"与词中的"秋娘"，唤起读者对古典诗词的相关联想，为当代农村妇女形象平添几分古典美，"莲娘"若转换为现代语"种莲藕的妇女"，则韵味全变，即此可悟古代汉语与现代汉语、旧体诗词与白话新诗的措语用词之分际。当代乡村留守妇女问题，驳杂夹缠，光景模糊，新诗和小说影视均有表现，与之相较，此词可能显得过于典雅和唯美些。《浣溪沙·空耕菰米》写一孕妇系绳悬空，为摩天高楼洗墙；《定风波·城市童谣》写儿子进城娶妻生子，乡下爷爷进城看护孙女；《秋波媚·小芳》写农村姑娘京城谋生，作者的善意叮嘱和隐忧；这几首词均写词史上不曾触及的当代底层生活经验，可视为"田家词"的当代"变体"。

《南园词》中的乡愁词、边塞词也值得我们注意。《庆清朝·又梦湘妃》、《卖花声·乡梦》、《桂殿秋·中原秋月》、《燕归梁·乡思》、《生查子·月满兵楼》、《卜算子·静夜思》、《临江仙·荷塘》等，皆是自《诗经·陈风·月出》肇基的"望月怀思"的原型心理模式的展开，而直承《古诗十九首·明月何皎皎》的望月思乡之意，其间又有闻声思乡、梦忆还乡、秋风起乡愁等模式的交互为用①。《贺新郎·从军别》有句："怕别柴门难回首。不忍看，揩泪娘亲袖。放慢了，男儿步。"《一

---

① 参见杨景龙《中国乡愁诗歌的传统主题与现代写作》，《文学评论》2012 年第 5 期。

剪梅·游子吟》有句："故园消息着秋霜。风也清凉。雨也清凉。此时最忆是爹娘。才说衣裳。又说衣裳。"《临江仙·牙痛》有句："咽雨餐风人五十，而今齿动须坚。如何好梦慰娘眠。霜天欺落叶，难嚼五更寒。"《摸鱼儿·飞燕山》写故乡南塘的后山，山里长眠着作者的祖父祖母和父亲母亲。词中有句："时艰苦。乐母嗔成笑父。依稀识得尊祖。村中故事年年老，续入半坡深腹。成厚土"，"新桑旧竹，总系我乡思，流光影里，挂在近阳树"。南塘是词人的生命源头，是爹娘生养处，少年嬉戏处，亲人埋骨处。那里有词人粘连骨肉、牵扯肝肠的记忆。从词史上看，词作处理的情感，多属非伦理性质，上引词句中的血缘亲情、伦理精神，为词史上罕见，是对中国古典诗学"乡愁主题"的赓续。在这些乡愁词中，最值得注意的是《庆清朝·又梦湘妃》和《踏莎行·春帖》二首，皆写于告别南园、北上京华之后。京华"补月楼"的夜梦不似"南园"清梦宁贴，南园之夜虽也有过"近来水面起风波"的些微骚动不安（《鹧鸪天·观荷》），但绝无"燕山狼影，身前身后流连"之惊悚恐怖，《庆清朝·又梦湘妃》所写，是"客居长安"的作者的"安全需要"得不到满足的反映①，是"客子常畏人"的潜意识心理投射②。《踏莎行·春帖》前有小序："这是一帧未曾寄出去的春帖，收帖者是我长眠于故乡飞燕山黄土地里的母亲。远游有泪，还向娘流。"词云：

　　　　游子有情，老天无血。娘亲莫待迎春帖。东风未肯嫁梅花，长安不落燕山雪。　　　　煮米浆星，栽棉纺月。征衣万里寒纱热。年年岁岁墓头青，男儿自是春颜色。

　　"长安"的生存感觉，真可谓"高处不胜寒"！游子难言的隐痛，最终只能向娘亲倾诉，正是"人穷则反本"，"疾痛惨怛，未尝不呼

---

① 〔美〕马斯洛：《人的动机理论》，《人的潜能和价值》，华夏出版社1987年版，第164—167页。

② （三国）曹丕：《杂诗》，逯钦立编《先秦汉魏晋南北朝诗》上，中华书局1983年版，第401页。

父母也"①。在浓挚的血缘亲情里，作者汲取了最深厚的情感和精神力量。可知"男儿"脸上恒在的一抹暖人春色，来自母爱的春晖恩光的温煦照耀。

二 语言运用

《南园词》在语言运用上，以传统婉约词本色语为主，但能打破语言畛域，将古语与今语、书面语与口头语、雅语与俗语融为一体，表现出一种现代人的开放的语言姿态。

关于词的语言，早期民间词本较通俗，文人染指后，"镂玉雕琼，裁花剪叶"②，语言趋于精美雅致。沈义父即指出填词"下字欲其雅，不雅则近乎缠令之体"③。《南园词》的语言，有偏雅之作，像《生查子·月满兵楼》、《蝶恋花·落花吟》、《桂殿秋·中原秋月》、《生查子·花月春江》、《临江仙·南塘梦影》、《浣溪沙·明月清泉》等，使用的基本上是书面雅言。《鹧鸪天·谁洗长河》前结"芭蕉叶老黄昏影，夜鸟毛轻太古风"，高古之气，不仅度越词体，而且上轶律诗，直追七言古体风味。但《南园词》中更多的作品，语言上采取开放态度。李渔《窥词管见》说："诗有诗之腔调，曲有曲之腔调；诗之腔调宜古雅，曲之腔调宜近俗，词之腔调则在雅俗相和之间。"④ 区分了诗词曲语言运用之不同，词的语言比诗要浅俗一些，比曲又要文雅一些，所谓"上不似诗，下不类曲"是也。《南园词》的语言，总体上即带有李渔所说的"雅俗相和"的特点。如《霜叶飞·剑断沙场》前结："便羽翼生身，九万里，扶摇直上，好个鹏鸟。"用《庄子·逍遥游》语典，前三句雅言，"好个鹏鸟"则是口语，雅言一般指说"鹏"、

---

① （西汉）司马迁：《屈原贾生列传》，《史记》，中华书局 1982 年版，第 2482 页。
② （五代）欧阳炯：《花间集序》，（五代）赵崇祚编《花间集》，文学古籍刊行社影崑本 1955 年版，第 1 页。
③ （南宋）沈义父：《乐府指迷》，唐圭璋编《词话丛编》一，中华书局 1986 年版，第 277 页。
④ 唐圭璋编：《词话丛编》一，中华书局 1986 年版，第 549 页。

"大鹏"、"鲲鹏"，自有一种宏大庄严的力量感与神秘感，但后缀一个"鸟"字，略露调侃，便将前文的语感解构了，先秦子书寓言，缘此变成只如"寻常说话，略带讪语"的浅近口语①。再如《蝶恋花·昆仑兵歌》上片：

> 铁色昆仑谁啸傲？血铸黄昏，石垒行军灶。煮个天狼餐饿饱。峰崖队伍鹰呼早。

前三句和末句是雅言，悲壮雄烈。"煮个天狼餐饿饱"一句浅近口语，不可多得，是惊人的神来之句，与《清平乐·月色堆沙》中的"抱个中秋乡里送"可有一比，而更富奇趣。天狼，指天狼星。语源为《楚辞·九歌·东君》："举长矢兮射天狼。"《晋书·天文志》云："狼一星在东井南，为野将，主侵掠。"古代诗词常把"天狼"作为侵略者之代指，如苏轼《江城子·密州出猎》："会挽雕弓如满月，西北望，射天狼。"即以之比喻屡犯北宋边境的西夏等国。但受语源制约，苏词的表述仍然是"射"落天狼星。这里则改射为"煮"，属有意误用，不仅显示出作者的语言机智，而且赋予词句一种特别的豪迈之气，当代军人蔑视强敌的英雄主义精神，于轻松随意的字面间拂拂而出。"餐饿饱"上承"煮天狼"，又化用了岳飞《满江红》词句"壮志饥餐胡虏肉"。这一高度口语化的词句，熔铸了屈原、苏轼、岳飞等人作品的句意，于此可见作者在语言层面继承传统而又超越传统的过人功力。类似的例子还有《生查子·江上耍云人》上片：

> 江上是谁人，捉着闲云耍。一会捏花猪，一会成白马。

面对江天变幻的云影，作者想象那是有人捉住云朵玩耍，他一会

①　（明）何良骏：《四友斋曲说》，《中国古典戏曲论著集成》四，中国戏剧出版社1982年版，第9页。

儿把云朵捏成花猪，一会儿又把它变成白马。想象展开之中，包含的是朴素鲜活的乡村生活经验。古代诗人词家如杜甫《可叹》有句："天上浮云似白衣，斯须改变如苍狗。"蒋捷《贺新郎》有句："叹浮云，本是无心，也成苍狗。"均以雅言摹写云朵变幻，喻指世事无常。作者在此则以俗语写闲趣，喻体的改变，突破了前人的思维习惯和语言使用之定势。

《南园词》多用巧字，语言刻炼尖新，但又能做到"极炼如不炼，出色而本色"①，看上去只如寻常口语，乡风土韵，拂面而来，给人以生动亲切之感。这一类例子极多：如"钓湾童趣喂乡思"中的"喂"字，"撕它风片殷勤扇，纺个雨丝润细微"中的"撕"字与"纺"字，"近来识得西窗月，也觉纤纤也觉肥"中的"肥"字，"月影枕花眠"中的"枕"字，"夜深常见西窗月，又碰蛙声又碰荷"中的"碰"字，"柳上黄昏小，莫怪雀声衔"中的"小"字与"衔"字，"墙角鸣虫声又起，声声咬破春消息"中的"咬"字，"风动早莺须"中的"须"字，"怕碰莲花，是怕莲花痛"中的"痛"字，"柳上黄昏莺啄去"中的"啄"字，"老村头，小河流"中的"老"字和"小"字，"草肥眠鸟梦"中的"眠"字，"闲撕湖上月"中的"撕"字，"卧痛杨阴浑不觉"中的"卧痛"二字，"是谁拔得山毛"中的"山毛"二字，"霜花开到，野兔唇须，山雀眉毛"中的"唇须"二字和"眉毛"二字，"一树清歌圆粒粒"中的"圆粒粒"三字，"无奈繁枝春压痛"中的"春压痛"三字等，都是非常典型的例子。再看《江城子·兰苑纪事》：

> 竹阴浓了竹枝蝉。犬声单。鸟声弯。笑说乡婆，山色拌湖鲜。先煮村烟三二缕，来宴我，客饥餐。 种红栽绿自悠然。也身蛮。也心顽。逮个童真，依样做姑仙。还与闲云嬉戏那，鱼背上，雀毛边。

① （清）刘熙载：《艺概》，上海古籍出版社1978年版，第121页。

词作的每一句乍看都是村言俚语，细察则会发现，几乎每一句里都有十分刻炼的字眼，如"浓"字，"单"字，"弯"字，"拌"字，"煮"字，"种"字，"栽"字，"蛮"字，"顽"字，"逮"字，"鱼背"二字，"雀毛"二字等。这些字看上去似乎都是最寻常的口语字面，但这里的每一个字，显然又都是经作者精心挑选、仔细推敲、反复锤炼过的，绝非率意走笔所能到。古代词人用尖新字面，一首词中偶见一二字，时或有之。但像这首词通篇口语又句句炼字，处处雕琢又不伤整体上的自然淳朴，不要说在词中，即使放在曲中，亦难觅得先例。《青玉案·桃桃曲》、《贺新郎·酒徒》等作亦用曲语，看一首《青玉案·桃桃曲》：

> 桃花谢却桃桃小。满眼是，晴风闹。两两桃林桃笑笑。"摘桃可好？""吃桃还早。"羡煞枝头鸟。　　桃庄去后桃心恼。做一枕，南窗觉。梦里桃林桃熟了。见桃不到，醉桃更杳。又瘦相思调。

由"两两"可知，词写男女偕游桃林，问答之间，借眼前"摘桃"、"吃桃"，试探对方情感态度，巧妙多趣，"羡煞枝头鸟"一句衬笔点染，更烘托出桃林偕游、彼此相得的欢快。词中措语如"桃林"、"桃笑笑"、"摘桃"、"吃桃"、"桃心恼"、"桃熟了"等，都是曲中俗语，上片里的人物对话，也为曲中惯见写法。

《南园词》还表现出作者高度的语言机智。如《朝中措·地娘吐气》："且将汗水湿泥巴。岁月便开花。"《水调歌头·土器》："钢锹短镐随我，剥石造兵窝。退役潇湘故里，犹喜田园风色，翻地种青萝。纵是男儿骨，常要铁来磨。"皆于虚实转接之间，翻出新的境界和意味。《贺新郎·读〈花间集〉》："花不语。花的消息。"泼俏而不失蕴蓄，加大了语言的弹性与张力。《临江仙·荷塘》："天上星高几个，水中几个星低。"下句几乎就是上句的重复，近于"饶舌"，但换"天"为"水"，换"高"为"低"，写天上的疏星与水中的星影，不仅写出了夜色的光影朦胧，恍惚不定，更平添了语言的诙谐情趣。《蝶恋花·画莲女》前结："这个夏天天不懂，人间几许莲丝症。"用顶真辞格句中转接，达成词意的跨越，上天都不懂得这个夏天的人间烦恼，足见"莲丝症"候的格外纠结与异常幽眇。《浣溪沙·长白山浪漫》更有代表性：

> 挽得云绸捆细腰。男儿也作美人娇。且随松鼠过溪桥。
> 须发渐成芝子绿，衫衣已化凤凰毛。山猴争说遇山妖。

前五句描写刻画，皆就人的视角来说，男儿作态，云绸捆腰，须发渐绿，衣衫生毛，已觉几分变形诡异。末句忽然跳开，转换视角，从山猴眼里看游山者的放浪形骸、狼狈落魄之情状，"争说"二字，写来煞有介事，令全篇文字皆活。作者屡屡显示出的这种语言机智，让人想起词史上宋末四大家之一的蒋捷，《竹山词》中往往有出人意表之笔，如《玉楼春·桃花湾马迹》结句："茫茫秦事是也非，万一问花花解语。"秦人避世入桃源，秦皇巡幸入桃林，桃花都是见证，倘若桃花万一真的解语，就能道出人世难详的真相来。面对无人能够回答的终极迷茫，一结假设，想入非非，显得机智而多趣。这种语言风调，实近于曲家谐趣的写作路数。

三　体式风格

《南园词》在体式风格方面更具开放性。有婉约香艳、当行本色、别是一家之作，如《蝶恋花·情赌》：

> 删去相思才一句。湘水东头，便觉呜咽语。又是冰霜又是雾。如何青草生南浦。　抛个闲情成赌注。岂料魂儿，迷失茫茫处。应有天心连地腑。河山隔断鱼莺哭。

透骨情语，缠绵悱恻。彼此假定相忘一日，顿觉风云突变，天地异色，真是"人生自是有情痴"啊！这类地道的婉约情词，还有《满庭芳·旧忆》、《行香子·春寒》、《小重山·春愁》、《贺新郎·梅魂兰魄》、《卜算子·静夜思》、《蝶恋花·落花吟》、《临江仙·咏月》、《生查子·鸟叫花枝》、《蝶恋花·说梦天涯》、《贺新郎·读花间集》等，均是以词为词，取法乎上，摹习唐五代《花间》词风和北宋词风。"唐五代北宋之词，可谓生香真色"①，《南园词》中的言情之作当得起"生香真色"之评，像"窗外一枝横，犹绿昨宵梦"，"情多愁易得，恼肝肠"，"无语立斜阳"等，用的都是《花间》体式句法。还有一些作品，整体不是言情，但情语点缀，略见艳色，如咏史之作《贺新郎·说剑》有句"细数铜斑斑几点，应是美人红泪"、《万年欢·踏月瑶娘》有句"风也多情，吐出一川香雾"、《贺新郎·题龙窖山古瑶胞家园》有句"尚依稀，门动瑶娘笑"等，这就如同词史上的豪放名篇中，也仍然蜕不掉婉约香艳的一痕胎记，时见佳人红袖的倩影飘忽其间。苏轼的《念奴娇·赤壁怀古》，在"遥想公瑾当年"时，不禁顺带想一下"小乔初嫁了"；贺铸的《小梅花》，挥动如椽大笔驱风走雷，张扬人物睥睨一世的傲岸气度，忽然插入"笑嫣然，舞翩然，当垆秦女十五语如弦"几句艳辞丽语；辛弃疾的《水龙吟·登建康赏心亭》，壮志难酬的英雄豪杰，却偏要"倩何人，唤取红巾翠袖"，来揩拭伤心泪水；凡此，都是受词体尚柔尚艳的本质规定性制约的表现。宋沈义父说："作词与作诗不同，纵是花卉之类，亦须略用情意，或要入闺房之意"②，强调的就是词体的这种特殊质性。《南园词》中写汶川大地震这等重大时事的《满庭芳·山娘遗梦》，亦从女性角度切入，用的仍是婉约词"别是一家"的笔法。

---

① 王国维：《人间词话·删稿》，《蕙风词话·人间词话》，人民文学出版社 1984 年版，第 231 页。

② （南宋）沈义父：《乐府指迷》，唐圭璋编《词话丛编》一，中华书局 1986 年版，第 281 页。

本色当行之外,《南园词》注重向诗歌学习,多有以诗为词、恣肆豪放、自是一家之作,如集中的几首咏史怀古词,两首题咏百虎图长卷的《贺新郎·虎影词心》,两首题咏谭嗣同故居莽苍苍斋的《夜飞鹊》等,写重大时事的《贺新郎·非典》、《水调歌头·冰雪江南》,还有表达深度生命哲学的写心之作,如《清平乐·烟波江上》、《临江仙·秋行》、《忆旧游·暗影横斜》等,也可归入此类。清沈祥龙说:"作词须择题,题有不宜于词者,如陈腐也,庄重也,事繁而词不能叙也,意奥而词不能达也。几见论学问,述功德,而可施之词乎?几见如少陵之赋《北征》,昌黎之咏《石鼓》,而可以词行之乎?"① 陈廷焯也认为:"有诗人所辟之境,词人尚未见者。一则如渊明之诗,求之于词,未见有造此境者。一则如杜陵之诗,求之于词,亦未见有造此境者。"② 指出的都是词在立意选材、题旨拓展、境界风格方面的独特性。由于文学传统继承、文体分工的不同,以及社会风尚、时代心理的变化等诸种因素综合作用的结果,形成了"词为艳科"的特点,词"能言诗之所不能言,而不能尽言诗之所能言"③,题材的广泛性上不及唐诗,下逊于元曲,题旨显得相对狭小④。《南园词》作者显然突破了传统词学观念在这方面的限制,上述作品处理的题材,传统词人较少涉笔,这是对词的题材领域的拓宽掘深;随之而来的就是美感风格的变化,这些词作或典雅厚重,或雄浑豪放,或悲慨淋漓,或高邈幽邃,垦辟出词中未写之境。在此需要强调的是,对雄浑壮阔的阳刚之美的追求,当是作者有意为之,《贺新郎·说剑》序云:"家悬青铜剑,乃春秋战国时代

---

① (清)沈祥龙:《论词随笔》,唐圭璋编《词话丛编》五、中华书局1986年版,第4050页。

② (清)陈廷焯:《白雨斋词话》,唐圭璋编《词话丛编》四、中华书局1986年版,第3977页。

③ 王国维:《人间词话·删稿》,《蕙风词话·人间词话》,人民文学出版社1984年版,第226页。

④ 参见杨景龙《诗词曲的艺术比较》,《中华诗词年鉴》首卷,中国民间文艺出版社1988年版,第216页。

兵器……历两千余年，仍完好如初，剑锋犹利，青光逼人。赋此，以壮词心。"词作后结云："不向愁肠吟病句，铸新篇，还得青铜味。拈剑影，词心里。"《贺新郎·虎影词心》序云："百虎图长卷宏篇巨构，满眼云烟，蔚为奇观；烂漫山光，红腾紫跃，夺人心魄。特题贺新郎二阕，以壮其声威，也补我词心。"词中有句云："纵是男儿筋骨好，才不负，河山心意。多谢范郎真肺腑，吐岩浆，磨老沧桑笔。舒一卷，风云气。"传统婉约词儿女情长，风云气短，柔媚有余，刚硬不足，作者正是意识到了"别是一家"的本色词之严重欠缺，才有意追求"自是一家"的豪放词之风云舒卷的磅礴大气，这说明作者审美趣味的宽泛性，不为传统词学以婉约为正体、以豪放为变体的"崇正抑变"观念所囿①；也说明作者词才的超卓，兼擅婉约豪放，有着多副填词的笔墨手腕。所以，《南园词》中不乏亦豪亦秀之作，如《贺新郎·从军别》、《贺新郎·说剑》、《蝶恋花·昆仑兵歌》等，均把婉约与豪放两种不同的美感风格，有机地融合到同一首词作之中。

《南园词》作者以曲为词的情形更为普遍，如前举《青玉案·桃桃曲》、《江城子·兰苑记事》以及《贺新郎·酒徒》等，都是曲趣洋溢之作。《南园词》类似散曲的谐趣、浅俗、尖新的语体风格，在上一部分已进行了较为充分的讨论，此处不赘。这里再看《南园词》中的志怪、传奇体，这类作品有《一剪梅·洞庭大水》、《浣溪沙·长白山浪漫》、《浣溪沙·题金狐图》、《一寸金·青山石斧》、《万年欢·踏月瑶娘》、《水调歌头·山鬼》、《临江仙·童猎》、《一剪梅·江南一叶》等。《万年欢·踏月瑶娘》写作者与友人夜游鄂南湘北之

---

①　以婉约为本色、以婉约为词体之正的理念，深植于历代词人、词论家的潜意识，使他们推尊本色、崇正抑变，几乎本能地排斥、贬低以诗为词、以文为词的豪放之作。陈师道《后山诗话》云："以诗为词，虽极天下之工，要非本色。"张綖《诗余图谱》云："大抵词体以婉约为正。"徐师曾《文体明辨序说》云："要当以婉约为正。"沈增植《菌阁琐谈》引王士禛语云："温飞卿词曰《金荃》，唐人词有集曰《兰畹》，盖取其香而弱也。然则雄壮者固次之矣。"这些说法，就是传统词人、词论家推尊本色、崇正抑变词学观的具体表述。

古瑶胞家园龙窖山遗址：

> 月下烟轻，是山魂水魄，翩然自舞？风也多情，吐出一川香
> 雾。隐约姑音小小，才听得，又成断句。当应是，三五瑶娘，踏
> 月旧家庭户。

词序云："是夜，月华如泼，清晖耀地，能看书识报，大奇！遂
即兴夜游。风送幽香，神清气爽，恍若飘仙。转过一道山弯，只见轻
烟袅娜，妖冶、凄艳。又有异响，其声细细，更觉凄迷。疑遇瑶娘。"
这是历史想象、现实奇遇与创作虚构三者交融的产物，词序叙事交代
与词作描写形容的，大似志怪、传奇故事之境界，甚至让人想起《聊
斋》里的花妖狐魅。《一寸金·青山石斧》序中记述作者游洞庭湖青
山岛新石器时代遗址，"得石斧一枚，锋刃犹存，尚能切瓜剁菜"，
作者于是"岛国神游，与先人一会"：

> 石斧寒芒，切断涛波万重雾。见洞庭岛国，参差猎影；青山
> 门洞，淡淡烟句。怯怯娘家路。芦花荡，搏鱼渔父；篱蓬里，樵
> 母炊瓜，紫叶青藤细腰束。　　黑背蛮哥，桠头捉果，枝下咿呀
> 女。听楚音犹熟。一时情起，喊声姐姐，亲亲先祖。泪眼莹莹
> 蓄。呼呼也，天风旧曲。悠悠也，水魄山魂，一梦成今古。

词作凭借想象，对新石器时代先民的形象和生活加以生动逼真的
还原，这也是一个敏感多思的当代词人，对古老的民族源头的追寻企
慕和深情眺望，词句透漏出作者潜意识中的原始记忆和原型心理。此
词处理的内容和形成的美感，词史应无先例。《临江仙·童猎》写山
村童年记忆："夜半童心眠老梦，野云几处稀疏。醒来又见影模糊。
对门山上月，月下绿毛猪。"《一剪梅·洞庭大水》写洞庭湖百年不
遇洪水："六月大湖起怒涛。淹了莺巢。没了芦梢。老鱼游上百年桥。
蛇影高高。鼠影毛毛。"上引作品展示的内容，展现的境界，皆开词

史所未有。这些志怪、传奇体词作，是《南园词》中，也是词史上最为陌生化的作品，间离效应强烈，无论是生活经验还是美感风格，都是全新的，皆足耸人视听。

楚文学、楚文化的影响，也给《南园词》烙下了明显的痕迹。在某种程度上，说《南园词》"书楚语，作楚声，纪楚地，名楚物"①，亦不为过。语言层面，如"些些"、"兮"、"娘"等古今楚人语词，屡屡出现，不再一一列举。体式层面，《水调歌头·山鬼》隐栝《楚辞·九歌·山鬼》，属于跨文体改写，把《九歌·山鬼》孤寂凄艳迷离的抒情调性，变为民间故事传说的欢快活泼。心理层面，楚人好淫祀，楚民族人神不分、万物有灵的原始心理图式，正是《南园词》中志怪、传奇之作的深层心理发生机制。《浣溪沙·初见》一首值得关注，序云："弄妆者以熊、狐自喻。"上片云："对镜几回弄晓妆。青蛾淡淡舔晴光。熊头狐尾暗收藏。"词中"弄妆者"果楚之苗裔耶？自喻为"熊"，恰与楚之先祖姓氏"有熊氏"吻合，"狐"则让人恍然记起"涂山氏女"的神话传说，可知此"弄妆者"真乃"楚女"也！这应是词中人物"原始记忆"的下意识流露，作者写下这首新奇的情词时，是否意识到熊狐喻指的深层意蕴，则不得而知。表现层面，美人香草的比兴寄托手法，在《南园词》中被娴熟使用，如《小重山·春愁》、《贺新郎·梅魂兰魄》、《鹧鸪天·观荷》、《水调歌头·春思》、《临江仙·割竹》、《庆清朝·又梦湘妃》等，都是托兴之作，除个别篇子寄托较为明显，其余作品寄托皆妙在疑似有无之间。《南园词》中的边塞、思乡之作的乡愁国爱情感，写实之作的同情悲悯情怀，亦皆得屈赋精神之真髓，而又濡染了明显的时代色彩。

综上可知，《南园词》的创作过程，就是在继承词学传统基础上"破体"写作的过程，这是"晚生"的作者，由"影响焦虑"心理引

---

① （北宋）黄伯思：《校定楚辞序》，见吕祖谦《宋文鉴》卷九二。

发的一种从心所欲地全面"逾矩"的创新实验。《南园词》中的《小
重山·春愁》有句云:"近来词客好心焦。长短句,句句不妖娆。"
其实就是布鲁姆所说的强烈的"影响焦虑"心理的流露①。于是,
《南园词》的作者起而打破传统词学在题材内容、语词意象、体式风
格方面的种种先在限制,既以词为词,又以诗为词,以曲为词,以骚
赋为词,以志怪传奇为词,跨越各种文体间的畛域,拆除各种文体间
的藩篱,践行"当代词是放出来的"创作理念②,并缘此产生出令人
耳目一新的美感效果。"早生"的作者,当一种文体方兴,主要致力
于"成体";但"晚生"的我辈,当"文体通行既久,染指遂多,自
成习套"之时③,要想度越前修,自出新意,唯一的生路恐怕就是
"破体"写作了。"破体"写作的过程,就是建设新体、创生新美的
实践过程。不断地让词体与各种文体建立"互文性"关系④,不断地
让词体与各种文体兼容互渗,不断地通过破体写作建设新体、创生新
美,是《南园词》在当代词坛大获成功的奥秘所在。

　　研讨诗词史的古今发展演变,意欲何为?一是借此真正厘清诗词
史发展演变的完整过程,来龙去脉,知道古典诗词对现当代诗词创作
产生了哪些影响渗透,现当代诗词有着怎样的古典背景和艺术渊源,
从而对古典诗词的现代价值和现当代诗词的艺术成就,做出切合实
际、恰如其分的估价。二是以诗词史发展演变的丰富经验教训,作为
现当代诗词创作的有益借鉴,指导现当代诗词的创新实践。⑤ 二者之
中,创新显得更为重要和紧迫。创新云者,平实地说无非三个层面:
一是形式上的创新,比如放宽韵脚,改用新韵等,但局部逾矩可,总

① 参见〔美〕哈罗德·布鲁姆《影响的焦虑》,徐文博译,江苏教育出版社2006年版。
② 蔡世平:《南园词话》,《南园词》,中国青年出版社2012年版,第13页。
③ 王国维:《人间词话》,《蕙风词话·人间词话》,人民文学出版社1984年版,第218页。
④ 参见〔法〕蒂费纳·萨莫瓦约《互文性研究》,邵炜译,天津人民出版社2003年版。
⑤ 参见杨景龙《中国古典诗学与新诗名家》,人民文学出版社2012年版,第1—17页。

体上则不可能有大的突破，因为形式上完全"破体"，写出的就已经不是旧体诗词了。二是内容上的创新，为读者提供在前人诗词中不曾领略的生活经验、情感经验和思想经验。因时代社会的变化，总会不断出现前人未曾经历见识的新鲜事物，因此，当代旧体诗词在内容上的拓展，尚有可为。三是美感上的创新，追求审美的陌生化效果，摒弃熟俗，为读者提供不曾在前人作品中体验过的生新美感，可以是局部修辞上的，可以是语言风格上的，也可以是文本整体的艺术境界层面上的。美感的创新和内容的创新有所联系，当你捕捉了新鲜的生活经验，你的作品就有可能带来新的美感，但并不是必然带来新的美感。内容的新、语言的新、风格的新，并不能直接等同于美感的新。而不断地创生新美，才是旧体诗词的生死攸关，是旧体诗词这一古老的艺术形式，能够在当代乃至未来持续焕发新的生机和魅力，持久地吸引读者的关键所在，当然也是《南园词》作者和当代旧体诗词创研者们应当直面的根本问题。

第十八章

曲学精神对当代旧体诗词
创作的影响

　　对元曲的美感特质，古今学者多有论及，发表过许多很有价值的看法。但持平而论，元曲"清丽"不及宋词，"雄浑"不及唐诗，其所独擅者在于"本色"，即前人形容的"蛤蜊蒜酪风味"、"豪辣灏烂"、"豪泼"风调等，具体来说，指元曲取材的无边宽泛性、语言的浅白通俗性和风格的大面积诙谐幽默感。唐诗中虽有元白浅俗一派和打油一体，唐宋词中虽有一些俚调俗词，但显然都不占主流地位，构不成主体美感特质，唯有元曲的俚俗本色、诙谐幽默，成为其区隔于唐诗、宋词的本质规定性。元曲为中国文学史提供了一种此前不曾有过的崭新美感风貌，对后世文学创作，尤其是现当代诗歌创作，产生了深刻、独特的影响。关于元曲施与新诗的影响，笔者此前已做过一些讨论①，此处不赘。本章将以聂绀弩、启功、周啸天三位当代旧体诗人为例，集中讨论曲学精神对当代旧体诗词题材、语言、风格等方面的影响问题。在此需要首先说明的是，本章所谓"元曲"，主要指元散曲，剧曲基本上不在指涉范围。

---

　　① 参见《主情、主知与主趣——试论新诗发展史上的唐诗、宋诗和元曲路径》，《文学评论》2004 年第 6 期；《古典诗词曲与现当代新诗》第十九章，河南文艺出版社 2004 年版；《中国古典诗学与新诗名家》第五章，人民文学出版社 2012 年版。

一　对聂绀弩的影响

《散宜生诗》的作者聂绀弩，是现代著名新文学作家。20世纪50年代，聂绀弩先受胡风事件牵连，后被打成右派，发往北大荒劳改。《散宜生诗》中的《北荒草》一辑，咏写北大荒时期的日常劳动生活，诸如《搓草绳》、《锄草》、《刨冻菜》、《挑水》、《削土豆种伤手》、《推磨》、《地里烧开水》、《送饭》、《放牛》、《马号》、《清厕同枚子》、《拾穗同吴晗》、《脱坯同林义》、《夜战》、《割草赠莫言》、《背草赠李泽传王海宸》、《排水赠姚法规》、《伐木赠景颇》、《伐木赠董汉岑》、《伐木赠尊棋》、《伐木赠张先怡》、《麦垛》等，从诗题即可看出，皆是取材落难之后从事的惩罚性体力劳动，贱役苦差，多为古典诗人所未写，该集题材内容方面的开新，莫此为最。其中许多内容，都类同元散曲取材的无边宽泛且向底层社会、俗人俗事的倾斜。

从作品数量看，元散曲比唐诗、宋词少得多，但元散曲题材选取的广泛驳杂，又是唐诗、宋词无法比拟的。社会现实无情地将元代文人逼进平民世界，平民生活与平民情趣便无可回避地映入元曲家的视野。从山川风月到一只破鞋，从高人韵士到艺人工匠，从村中游民到市井妓女，从饮酒作诗到玩赏指甲，甚而憋尿和性交，无不囊括于散曲的题材之中。任二北在《散曲概论》中论词曲内容异同时指出："就散曲以观，上而时会盛衰，政事兴废，下而里巷琐故，帏闼秘闻，其间形形式式，或议或叙，举无不可于此体中发挥之者。……以言人物，则公卿士夫，骚人墨客，固足以写；贩贾走卒，娼女弄人，亦足以写。……大而天日山河，细而米盐枣栗，美而名姝胜境，丑而恶疾畸形，殆无不足以写。……材料所收，固古今上下，文质雅俗，恢恢乎从不知有所限，从不辨孰者为可能，而孰者为不可能；孰者为能容，而孰者为不能容也。其涵盖之广，固诗文之所不及。"① 聂绀弩

---

① 任二北：《散曲概论》，曹明升点校《散曲丛刊》，凤凰出版社2013年版，第1077页。

和他的同时代人面临的生存境况，与元曲家有某种相似之处，所以，其诗作取材仿佛元散曲，也就是顺理成章之事。这种无所不写且多写底层俗事的取材路径，在聂诗中的极端例子无疑属《清厕同枚子》二首：

> 君自召来仆自挑，燕昭台畔雨潇潇。高低深浅两双手，香臭稀稠一把瓢。白雪阳春同掩鼻，苍蝇盛夏共弯腰。澄清天下吾曹事，污秽成坑便肯饶？
>
> 何处肥源未共求，风来同冷汗同流。天涯二老连三月，茅厕千锹遣百愁。手散黄金成粪土，天将大任予曹刘。笑他遗臭桓司马，不解红旗是上游。

把掏大粪这等恶臭不堪之事，写成两首工稳的七律，且调侃为天降大任、澄清天下，洵为古代士大夫文人万难处理之材料，亦是诗歌史上从未有过之奇作。《背草赠李泽传王海宸》中写到"方便"之事："茅芦自走吾方骇，大野无边尔正便。"《球鞋》写到自己的"鸡眼"脚疾："山径羊肠平似砥，掌心鸡眼软如绵。"这都让人想起元人散曲里惯常处理的低俗丑陋的内容。

《散宜生诗》大量使用浅白俚俗的口语，如《地里烧开水》"大伙田间臭汗挥"，《马逸》"赛跑浑如兔与龟"，《放牛》"生来便是放牛娃"，《受表扬》"超额百分之二百"，《夜战》"你一镢头我一锹"，《排水赠姚法规》"零下更低三十度"，《伐木赠景颇》"今夜家中烤火么"，《挽毕高士》"终身恨未打篮球"，《嘲王奇赶车》"你是唐朝薛仁贵"，《怀张惟》"发言一句可听么"，《麦垛》"麦垛千堆又万堆"，《拾野鸭蛋》"数来三十多三个"，《步酬查九寒斋题壁》"忆水南门十字街"，《中秋寄高旅》"香港捎来两罐头"，《永玉家》"四岁女儿闲不住"，《即事用雷父韵》："不为借书死不来"，《雪峰以诗见勖》"新题材更新思想，新语言兼新感情"，《赠周婆》"愿君越老越年轻"，《六鹩》"插它一朵小红薇"，《华清池》"少女玩过又赐死"

等，这类浅俗口语，在纯正的古典诗词中是无法想象的，诗歌史上也只在元散曲里大面积出现过，曲语多是此类撷拾市井民间只如"寻常说话，略带讪语"的浅俗口语①。他写给妻子的诗，从不用《寄内》、《赠内》等旧体诗词现成的雅驯题目，而是用直白粗野的"赠周婆"为题，诗中也以市井俚语直呼妻子为"周婆"。《阿Q》"大权操在老子手，整错杂种敢何词"，《画报社鱼酒之会》"口中淡出鸟来无"，《即事用雷父韵》"苦对半天无鸟事"，《钟三四清归》"红心大干管他妈"等，使用了古代戏曲小说和民间口头语的脏话脏字，而略无顾忌；《记梦》"普天下士骄红日，八五零场拔白旗"，《女乘务员》"主席诗词歌宛转，人民日报诵铿锵"等，则是流行时兴的政治语言。《中秋寄高旅》一首通篇皆用口语：

> 丹丹久盼过中秋，香港捎来两罐头。万里友朋仁义重，一家大小圣贤愁。红烧肉带三分瘦，黄豆芽烹半碗油。此腹今宵方不负，剔牙正喜月当楼。

大搞极"左"运动的饥饿年代，物质严重匮乏，居于京城的干部家庭，过中秋节尚需仰仗远在香港的朋友捎来两个罐头，方可打回牙祭，动次腥荤，人们为最低的物质需求暂得满足而喜不自胜。孩子久盼过节，是为了吃一次肉；大人剔牙之际竟有赏月兴致，也是因为好不容易吃上一顿美食，满足了物质需要，才有了精神心灵层面的审美需求。口语不仅生动再现了特殊年代的节日气氛和细节，而且具有给后人留下一个时代生存真相的"史料"性质的认识价值。

本色派散曲般的诙谐幽默、调侃滑稽，是《散宜生诗》的最大风格特点。试看集中的两首名作：

---

① （明）何良骏：《曲论》，《中国古代戏曲论著集成》四，中国戏剧出版社1982年版，第9页。

百事输人我老牛，惟馀转磨稍风流。春雷隐隐全中国，玉雪霏霏一小楼。把坏心思磨粉碎，到新天地做环游。连朝齐步三千里，不在雷池更外头。（《推磨》）

这头高便那头低，片木能平桶面漪。一担乾坤肩上下，双悬日月臂东西。汲前古镜留人影，行后征鸿爪印泥。任重途修坡又陡，鹧鸪偏向井边啼。（《挑水》）

二诗均写繁重的体力劳动，但都以谐谑调性出之，把悲剧的沉重部分转化为喜感和轻松。集中的赠友诗值得关注，这类诗多达数十首，赠予对象大都是文艺界名家，因非庸常之辈，故皆在劫难逃。其时"一代文人有厄"①，知识界整体性沦陷，都在艰难揣度时日。友朋酬唱赠答之间，互相触发诗思，所谓"偶因尊句一俳谐"是也（《即事用雷父韵》），以之减轻自己和友朋的生存压力。这些诗大要写处境，叙交谊，感今昔，亦调侃，亦幽默，亦打油，亦粗俗，但骨子里是诚挚和沉痛，是对人的价值、人的尊严、人的生命被忽略、被蔑视、被践踏的诗性舒泄和抚慰。这与曲家曲作"抑圣为狂，寓哭于笑，离合悲欢，嬉笑怒骂，无一语不带机趣而行"的做派②，如出一辙。这种情形在七八十年代悼念被历次运动迫害致死的友人的《挽老舍》、《挽雪峰》等诗中，表现得更加明显，它们共同指向一种悖谬舛错的暴虐存在，是作者用散曲格调，对时代罪恶的含笑带泪的另类控诉。

《散宜生诗》的最可称道之处，是在那样的时代背景和生存大环境中，竟无一颂谀之语，逢迎之词，而时见讥刺讽喻。这让我们想起元散曲中为数不少的愤世、刺世、骂世之作，如张鸣善《水仙子·讥时》一类作品。在无法抗拒的沉重压迫之下，隐藏于庄谐杂糅的体调语词背后的，是作者不时露出的峥嵘圭角，是比兴象征、复义重旨的微言大义，是冷然隐然弹拨出的弦外之音。如《搓草绳》颈联"缚

① （清）吴敬梓：《儒林外史》，人民文学出版社1958年版，第11页。
② （清）李渔：《闲情偶寄》，中华书局2014年版，第77页。

得苍龙归北面，管教红日莫西矬"，《闻某诗人他调》尾联"此后哦诗休近水，宵深处处有龙眠"，《颐和园》颔联"吾民易有观音土，太后难无万寿山"，《放牛》之二颔联"一鞭在手矜天下，万众归心吻地皮"，《拾穗同吴晗》之二颈联"鞠躬金殿三呼起，俯首名山百拜朝"，《赠老梅》颈联"天下祸多从口出，号间门偶向人开"，《答迭冬托向人乞兰》颔联"史汉多篇无赖传，乾坤几个有心人"，《题鲁迅全集》颈联"斗牛光焰宵深冷，魑魅影形鼎上孱"等句联，皆有喻指，有些诗句所触时忌，已是不可言说。其中的寓意和影射，白话诗文绝对无法胜任，必用旧体，必参俳谐，方可达成，作者《自序》里说："旧诗适合于表达某种情感，二十余年来，我恰有此种情感，故发而为诗，诗有时自己形成，不用我做。"① 高旅在《序》中也说："旧诗有感情容量度，它种文学形式所能容者能之，不能者亦能之。"② 可知作者的旧诗写作，是内容与形式互相适应、彼此召唤、两相契合的产物。

如前所述，《散宜生诗》作为人生和时代苦难的留影，本甚沉痛。高旅《序》即指出这些诗正如鲁迅所云，是"受伤后躲入森林，舔净血，养好伤"的产物③。胡乔木的《序》也说作者用笔记录了自己和同命运的人们二十多年痛苦的真实历史，作者的难能可贵处，在于将不堪重负的身心摧残惩罚，转换为含笑带泪的幽默调侃，这些诗是作者"以热血和微笑留给我们的一株奇花"④。《丁聪画老头上工图》、《球鞋》、《拾野鸭蛋》、《背草赠李泽传王海宸》、《画报社鱼酒之会》等名作，皆是视苦境作乐事，这至少证明作者和同命运的人，并没有屈服于整人者的淫威，肉体虽承受着牛马般的奴役，但是，他们并没有从精神上被摧毁。这也再次提醒那些看来永远也不思悔改、不会收手的特权整人者，要从精神上摧毁具有主体独立意识的真正的现代知

① 聂绀弩：《散宜生诗》，人民文学出版社 1982 年版，第 9 页。
② 同上书，第 4 页。
③ 同上。
④ 同上书，第 2—3 页。

识分子，是完全不可能的，凶残、骄横、颠顸、愚蠢的整人者，最终将被时间和历史嘲弄，被钉在耻辱柱上。"八娼十丐"之间的"九儒"的狼狈尴尬处境，不可能征服、摧毁元代的关汉卿们；文字冤狱、批斗关押、辱骂殴打、劳改苦役，同样不能征服、摧毁现代的聂绀弩们；无论古今，他们都在逆境、困境乃至绝境中，活出了生命简单本真的快乐，活出了一种别样的人生风采，活出了解脱世俗名缰利锁后的大自由、大快活，活出了一番整人者难以梦见的苦难风流。这也就是作者多次写自己推磨、推车、背草、挑水、打柴，诸般苦力无不"风流"的原因所在。这不正是关汉卿套曲《南吕·一枝花·不伏老》中的"铜豌豆"精神的现代翻版吗？作者尝谓作旧体诗"有很大的娱乐性"，主要就是指借助这一种特殊的艺术形式，可以调侃打油、嘲人自嘲、比兴象征、暗示隐喻、旁敲侧击，甚而指桑骂槐，回击施虐施暴者，可以转化、升华苦难，人在低处，精神在高处，从而鄙视、蔑视那些苦难的制造者，使自己永不丧失生命的欢乐和尊严。

　　《散宜生诗》在艺术上的最大特点和价值，是解构或曰重塑了七律一体的诗歌史风貌。七律一体到作者手中，已不复睹《诗薮》所言此体"庄严、沉着、高华、雄大"诸般面目[1]，而变得亦庄亦谐，夹杂打油，沾惹曲趣，出现大规模的"破体"写作现象。这些诗一经传抄，即被陈迩东、钟静闻等旧诗行家里手称道，诗集一经面世，文坛即为之轰动，好评如潮，正是缘于这种艺术上"别开生面"的陌生化效果。胡乔木谓其在"过去、现在、将来的诗史上独一无二"，舒芜谓之"奇诗"，高旅谓之"变体"，程千帆谓之"滑稽亦自伟"，施蛰存谓之"谐趣"而"沉郁"，罗浮谓之"严肃的打油，沉痛的悠闲"，虞愚谓之"已成铅椠千秋业"，启功赞曰"似此新声世所稀"[2]，其实都是一个意思，大家都意识到：在中国诗歌史上，从

---

①　（明）胡应麟：《诗薮》，上海古籍出版社 1979 年版，第 82 页。
②　诸家评语均见侯井天句解、详注、集评《聂绀弩旧体诗全编注解集评》，山西人民出版社 2009 年版。

来没有人大规模地写作过有类散曲般的格调如此不同的七律,《散宜生诗》的出现,解构、重塑了七律一体的诗歌史风貌,给读者带来了全新的审美愉悦。

二 对启功的影响

聂绀弩原本写新诗、写小说、写杂文出身,不仅是操持白话文的新文学家,而且是提倡普罗大众文艺的左翼作家,后来在特殊的年代转写旧体诗词,钟情于俳谐打油,情有可原。与聂绀弩不同,《启功丛稿·诗词卷》的作者启功,则是典型的学院派诗人,他是书画名家,著名高校的名教授,是高人雅士,按说以他的身份地位和审美趣味,写作旧体诗词,应该是阳春白雪的风雅正声。然而不然,《启功韵语》自序即云:

> 这些"韵语"的内容,绝大部分是论诗、题画、失眠、害病之作,而且常常"杂以嘲戏"。还有应付征求的题词,更可说是"打鸭子上架"之作,都与和尚养马的不韵相距不远。

自谦之中道出了该集内容、风格上的特点。启功论诗推崇白居易、吴伟业,实乃认同元白诗的"以俗为美";推崇韩愈,则在其诗学传承中加入"以丑为美"的因子。即此可知启功诗学渊源所自。而"以俗为美"、"以丑为美",正是本色派元曲的最突出的美感特征,本色派元曲把诗词里、把前代文学传统里的"俗"和"丑"的因子,扩大为一种普遍的文学史现象,发挥到一种趋于极致的状态。启功满族,久居北京,生活在传统雅文化迅速衰落的现代社会,20世纪50年代以后,作为知识分子,曾被划为右派,饱受折辱。满人的民族文化、北方的地域文化、老北京的民俗文化、趋俗的时代风气和个人的经历遭遇,制约导引、渗透浸染,这些因素共同作用的结果,使得本自渊雅的启功诗词,风格上转以俳谐为主,杂糅打油诗、唐宋俗词、本色派散曲之体调。这是启功的有意追求，对此他有清楚的认知，他在《韵语》自序中称自己的诗词是"胡人"的"胡说"，写法上"杂以嘲戏"①；在《絮语》自序中自谓"微露油腔滑调"，"比起从前以俚语入诗词，其俗更加数倍"②。这"更加数倍"之"俗"，正是本色派元曲的境界和风格。

　　如果说聂绀弩主要是用七律一体俳谐，启功诗词的俳谐风趣，则体现在各体各类作品之中，也贯彻在一生的创作实践上。五古如《年来肥而喜睡》、《止酒》，是早年作品，《止酒》中有一段醉酒描写："三十不自立，狂妄近旨酒。量仄气偏豪，叫嚣如虎吼。……席终顾四座，名姓误谁某。踯躅出门去，团圞堕车右。行路讶来扶，不复辨肩肘。明日一弹冠，始知泥在首"，就是用的曲家自污、自嘲笔法。绝句如《北风》，五律如《题拙著〈诗文声律论稿〉答唐立庵先生》，七律如《对酒二首》，是中年以后所作。看一首《题拙著〈诗文声律论稿〉答唐立庵先生》：

　　　　伧父谈诗律，其难定若何。平平平仄仄，差差差多多。待我从头讲，由人顿足喝。欲偕唐立老，一捅马蜂窝。

　　以北人而谈诗词声律，确非易事。这个旧体诗词领域的老大难题，被作者的喜剧性调侃有效地化解了。歌行如《翟荫塘嘱题唐药翁百花卷次黄苗公韵》，则是晚年所作，开头四句即是白话口语，俳谐腔调："我们也有两只手，不会拿锄会斟酒。饮醋万事不经心，笔砚之余无一有。"议论性质的《论词绝句》之十九、二十两首，分别论"伪婉约派"、"伪豪放派"，亦出之以调侃讥刺，前者云："妄将婉约饰虚夸，句句风情字字花。可惜老夫今骨立，已无余肉为君麻。"后者云："豪放装成意外声，欲教石破复天惊。闭门自放牛山屁，地下苏辛恐未

---

① 启功：《启功丛稿·诗词卷》，中华书局1997年版，第19页。
② 同上书，第165—166页。

能。"拎来俚词粗话，为我所用，碍眼与否，在所不避。长调词如《沁园春·美尼尔氏综合症》、《沁园春·自叙》、《贺新郎·烤鸭》、《贺新郎·咏史》等，小令如《踏莎行》三首、《鹧鸪天·乘公共交通车》八首、《鹧鸪天·就医》等，均滑稽而多讽，谐谑而多趣。这些作品，多用口语，不避俗词，自嘲嘲人，叹时讽世，自出手眼，间见新意，一如本色派散曲。嘲人讽世之作如《贺新郎·烤鸭》：

> 白鸭炉中烤。怎能分，哪是腰腹，哪是头脑。如果有人熬白菜，抓起一包便了。再写上谁家几号。偶尔打开详细看，尾巴尖，重复知多少。有的像，牛犄角。　三分气在千般好。也无非，装腔作势，舌能手巧。裹上包装分品种，各式长衣短袄。并未把，旁人吓倒。试向浴池边上看，现原形，爬出才能跑。个个是，炉中宝。

由上片写炉中鸭转到下片写池中人，警醒箴诫之意甚明。上文引过的讥刺伪婉约派、伪豪放派绝句，以及《贺新郎·咏史》、《踏莎行》三首等，也属嘲人讽世之作。嘲人讽世，正是元曲家在作品中常为之事。

启功诗词尤多自嘲之作，如写就医的《沁园春》、《鹧鸪天》、《渔家傲》、《蝶恋花》、《西江月》诸词，写病患的七律《痼疾》，五古《转》、《颈部牵引》等，都是"善谐谑"的曲家路数。看一首《沁园春·美尼尔氏综合症》：

> 夜梦初回，地转天旋，两眼难睁。忽翻肠搅肚，连呕带泻，头沉向下，脚软飘空。耳里蝉嘶，渐如牛吼，最后悬锤撞大钟。真要命，似这般滋味，不易形容。　明朝去找医生。服本海啦明乘晕宁。说脑中血管，老年硬化，发生阻碍，失去平衡。此症称为，美尼尔氏，不是寻常暑气蒸。稍可惜，现药无特效，且待公薨。

美尼尔氏综合症本属重症，如上片所写，患者受此疾患折磨，非常痛苦。但下片就诊过程调性轻松，医生诊治如话家常，絮絮道来，结句则直是拿患者（自家）性命开起玩笑。全词皆用口语俗话，全是叙述描写，最大限度地弱化抒情性，与词法不类，更像是一首曲作。

元曲家具有突出的非崇高倾向，主体形象普遍卑俗化。诗词作品中的作家主体形象，基本上不出儒家"修齐治平"的人生道路之外，外貌端庄儒雅，内心忧国忧民。元散曲中的曲家形象，则从内心到外貌、从语言到行为，都从诗词家救世济世的崇高，丕变为自嘲自谑的卑俗。社会不把人当人的时候。人也不把社会当社会。人无法抗议社会或抗议无效，于是只好转而嘲弄自己，作践自己，以此反弹社会，控诉社会。所以元代曲家多是"以文章为戏玩"的"善滑稽"、"好谐谑"的风趣幽默之人。[1]关汉卿的《南吕·一枝花·不伏老》自赏文人无行："我是个普天下郎君领袖，盖世界浪子班头。"钟嗣成的《南吕·一枝花·自序丑斋》拿自己的丑貌寻开心："清晨倦把青鸾对，恨杀爷娘不争气。有一日黄榜招收丑陋的，准拟夺魁。"皆为前代诗词家所不愿为、不能为。启功在诗词中反复自嘲的做法，承袭的正是本色派曲家衣钵，原其心迹，当无二致。《启功丛稿·诗词卷》中自嘲最著者应属《自撰墓志铭》：

> 中学生，副教授。博不精，专不透。名虽扬，实不够。高不成，低不就。瘫偏左，派曾右。面微圆，皮欠厚。妻已亡，并无后。丧犹新，病照旧。六十六，非不寿。八宝山，渐相凑。计平生，谥曰陋。名与身，一齐臭。

提前总结自己的一生，自嘲自贬自秽，生前身后，完全彻底。考诸文学史，元曲家之前的传统诗词家，完全不可能这样看待和评价自

---

[1]（元）钟嗣成：《录鬼簿》，《中国古典戏曲论著集成》二，中国戏剧出版社1982年版，第131页。

己，只有元曲家能够无所保留地如此放下架子、放低身段。需要指出的是，此作除了元曲精神的濡染，当有几十年间知识分子总是作为改造对象，屡屡被迫认罪自污的长期心理折磨的投影。启功的《鹧鸪天·乘公共交通车》八首，也是广为传诵的自我调侃的俳谐名作，看组词之一、之三：

> 乘客纷纷一字排，巴头探脑费疑猜。东西南北车多少，不靠咱们这站台。　　坐不上，我活该。愿知究竟几时来。有人说得真精确，零点之前总会开。
>
> 这次车来更可愁，窗中人比站前稠。阶梯一露刚伸脚，门扇双关已碰头。　　长叹息，小勾留。他车未卜此车休。明朝誓练飞毛腿，纸马风轮任意游。

浅俗口语，描摹形容，平民阶层的日常生存现状，通过挤公交车这件小事，真实再现。其间的尴尬、无奈、自嘲、调侃，在在皆是底层社会的艰难辛酸况味。总体上看待启功这类自我调侃之作，应该透过俳谐表象，觑破文字底里深蕴的大沉痛、大悲哀。作者借助俳谐，缓解生存压力，减轻生理和心理痛苦，寓托讽世谏人之意，将悲剧性的时代人生之沉重，成功转换为笔底的喜剧性的轻松解脱。可以这样说，启功诗词与聂绀弩诗词，采取的是某种相似的写作策略。

三　对周啸天的影响

比起聂绀弩、启功，周啸天行辈偏晚。他是 20 世纪 50 年代以后成长起来的一代新人，曾经上山下乡，接受贫下中农再教育。其时，工农兵文化在社会上全面普及，传统文士的雅文化遭遇灭顶。所以，在无处不在的民间俗文化氛围中长大的周啸天这代人，人格心理和审美趣味更容易受曲学精神的濡染，而与曲学精神达成认同。周啸天是首次获颁鲁迅文学奖诗歌奖的当代旧体诗人，获奖后引发的争议，即多涉及他的旧体诗词作品的雅俗问题。其诗集《欣托居歌诗》自叙云："某也惭太白之豪情，愧少陵之物与，偷香山之格律，接眉山之兴会。拈管城之旧锥，作浮世之新绘。拓宽取材，趋生命意。有义可陈，于事可据。酌用比兴，略关美刺。毫发其无遗憾，七步得有佳句。句有发端，尤重空际传神；篇无余味，唯是卒章显志。近体谨严，贵乎畅达；歌行恣肆，忌在滑易。诙谐之极，或出庄严之态；阳刚为本，映带妩媚之姿。诗有赠答，不为应景；餐到韭薤，敢堕恶趣。平仄稍严，欲存唱叹之音；韵对从宽，不失萧闲之致。"① 自道诗学趋尚，自评创作特点，可供读者参考。其中值得关注者是"浮世新绘"、"拓宽取材"、"畅达恣肆"、"滑易诙谐"等表述，透露了该集诗词的题材、语言、风格，皆与散曲为近的消息。

《欣托居歌诗》封底，辑录王蒙、刘学锴、余恕诚、方牧的"师友寄语"四则。王蒙认为："难得有此一部奇书，值得一读一吟一粲。他写得新奇时尚，与时俱进；活泼生动，快乐阳光；与众不同，自立门户。这里有一种平常心，写平常事，而平常人平常诗中出现了趣味。读周啸天之诗词，人生快事也。"王蒙的话，指出周啸天诗词取材广泛、不避卑俗、风趣活泼的特点，触及他的作品与端雅为主的传统诗词大相径庭的取材路向与美感风格问题；读之能发人"一粲"，引为"人生快事"，则正与前人论曲的话头相似，比如明人凌濛初即认为曲子具有让人"一听而无不了然快意"的特殊效果②。刘学锴云："你的七古真是越写越纯熟老到了，除了四川人的幽默外，还有个人的风格。读起来不费力，有风趣，不像有的学人写的学问诗，让人头疼，望而生畏、生厌。诗像你这样写法，也算得上是一种惬意的生活享受了。"余恕诚云："今晚在灯下，几乎把这部诗集都读了一遍，真是一种享受。"方牧云："此书作者才学均佳，故诗兴郁勃，诗句清新，新意迭见。而四川人之幽默及'变脸'绝艺，他

---

① 周啸天：《欣托居歌诗》，四川文艺出版社 2006 年版，第 1—2 页。
② （明）凌濛初：《谭曲杂札》，《中国古典戏曲论著集成》四，中国戏剧出版社 1982年版，第 259 页。

人不可学也。"三人不约而同，都突出强调了周啸天诗词与一般学人诗词不同的"幽默风趣"格调，以及由此带来的阅读快适之感。我们认为，正是周啸天诗词浓郁的曲味、曲趣，才让当代创作界和古典诗词研究界的几位名家，产生了相似的阅读感受和共鸣。下面结合周啸天作品，略加分析，以为印证。

该集"自叙"拈出太白、少陵、香山、东坡诸位诗国大佬，取法乎上之义也。追步诸佬，也是所有晚生诗人的梦想。但梦想高远，未必能够实现，确是多数晚生诗人之常态。持平而论，该集作者于太白之豪放，少陵之沉郁，香山之平实，东坡之叙议，时或得之，亦属不易。作者既以"歌诗"名集，集中最有创意者自然属于"歌诗"一体，诸如《中秋引》、《将进茶》、《海啸歌》、《泰国行》、《葡京赌城》、《澳门观舞》、《代悲白头翁》、《悼哥哥》、《挽歌诗》、《成龙歌》、《Y先生歌》、《听王蒙讲座感赋》、《徽州民居》、《太白醉月歘砚歌》、《洗脚歌》、《人妖歌》、《观〈走近张大千〉戏题长句》、《隐私歌》、《何所长歌》、《天谴》、《雨霖铃歌》等皆是。举凡苏门答腊海啸、泰国人妖、澳门赌城、萨达姆被擒、张国荣自杀、顾城戕人自戕、戴安娜遇害、动物生存境遇、知识分子命运、名人生活隐私、底层小吏弄奸等，均为取材时事，古人笔下所无者。这种取材现代生活的无边宽泛，在其他体类诗词中亦复不少，如《鹊踏枝》咏"IC卡"，《永遇乐》咏汽车"驾校"，七绝《短信》、《中秋得短信戏作》咏手机"短信"，《超级女声决赛长沙二首》写电视台当红节目，《报载翁杨订婚偶成二首》写翁帆、杨振宁忘年婚姻的花边新闻等，题材的无边宽泛性与即时新闻性，与文本语言风格的谐趣滑稽，使《欣托居歌诗》的整体美感类同散曲。看一首《Y先生歌》：

自古读书得通人，成都今有Y先生；迻言杂字得甚解，作书瘦硬取风神。少谓躬逢时不忌，拈得好句辄色喜；造化小儿诗弄人，划作右派狗不理。罚为贱役守书城，乃效蠹鱼肆其勤；得成字汇补段注，在劫莫逃秦火焚。祸延慈母那便哭，痴绝红颜惜穷途；好水好山天下有，剩男剩女世间无！一为解匠归去来，几家高举几沉埋；我生竟为刀锯余，忍看大柴化小柴！故园惊蛰寒蛰鸣，迩来新诗绝无闻；不喜大人常闭关，偶娱小我颇为文。早起见鬼龚夫子，龙潭放尿云飞君；时月不见 Y 先生，鄙客之心竟复生。不趋时尚且追星，彼岸还有 Y 先生；一只蟋蟀叫今古，真作假时假亦真。粗茶淡饭杂时蔬，厕上床前几卷书；兴来颜戳李敖厚，得间微挑金庸疏。市场炒作视行情，以不行行行不行；诗客或为门外汉，书家岂是社中人！时人错把比庄子，心中犹有杜意存；先生姓 Y 实不 Y，瓦釜喧喧已雷鸣。

歌中的 Y 先生，即本名余勋坦的著名新诗人流沙河，1957 年因散文组诗《草木篇》划为右派，举国声讨批判，被判劳改苦役 20 余年，"文化大革命"结束后始获平反，旋以句式篇幅、语言风格都类似古典词曲的一组新诗《故园九咏》，获全国新诗奖，而再次闻名诗坛。在漫长的苦难生涯中，流沙河的人格心理也发生了贴近元曲家的转变，幽默风趣，打油滑稽，以之化解人生的沉重苦难辛酸，这成为他能够渡过劫难的有效自疗自救方式。此歌题咏流沙河，抓准了主人公性格的最大特点，通篇出以幽默滑稽之趣笔，时见调侃，不避粗俗，作者性格、作品风格与作品主人公性格及诗文风格，四位一体，完全统一，诚属诗坛不易遇合的趣事奇事。

上举歌行类作品中，作者以类似曲家的纵恣之笔，铺陈排比，描画叙议，有必达之情，无难言之隐。虽多杂嘲戏，而美刺比兴，时有寓焉，或于篇中夹杂提点，或于篇末卒章显志，有为之作，非同泛泛，这与本色派曲家时时在曲作中讽世、刺世、骂世的做法相似。《洗脚歌》、《人妖歌》二首，王蒙推为"绝唱"①。《人妖歌》取材更新，寄意更深，歌云：

---

① 周啸天：《欣托居歌诗》，四川文艺出版社 2006 年版，第 6 页。

　　京剧旦行梅派工，越剧小生范徐红。反串之妙补造化，何须台后辨雌雄。五色灯光人其顾，初见烟雾蒙玉质。回眸启齿略放电，伴舞女郎失颜色。一身宛转二重唱，男声浑厚女声泣。美发一挥何飘柔，踏摇四体皆魅力。人妖本出里巷中，父母养儿为济穷。勾栏一入深如海，绝世无由作顽童！心性先从教化改，形体渐受荷尔蒙。吞声学艺近残酷，不比寻常事委曲。注射自戕违养生，服食尤惜年光促。年光促兮终不悔，惟效昙花放异彩。竞技选美作生涯，舞台得有绚丽在。观光客自天外来，一方经济为翻倍。舍身奉献非凡庸，我诚敬畏讵宽容。漫哂琉璃不坚牢，尔曹百岁总成空！亭亭净植宜远观，尤物从来拒亵玩。海外归为知者道，莫便逢人作奇谈。

　　此歌取材，亘古未有，然犹在其次；可贵者在于写此娱乐时代扭曲人性的变态之事，而不尽猎奇炫异，不甚油滑调侃，不觉亵秽猥琐，歌中有一种理解体贴之同情，闪耀着温暖的人性光辉，这是此歌高出元散曲的地方，此等题材若在元曲家笔下，必以全力嘲戏为能事。即此而论，作者每每仰攀杜诗自证，不为无因。但是作者似乎忽略了杜诗庄重沉郁、不杂浮滑的风格特点，所以说，作者这篇即事纪实长歌，因其中杂有"何须台后辨雌雄"、"回眸启齿略放电"、"形体渐受荷尔蒙"等浮薄语，与杜甫"即事名篇"的新乐府诗，在美感品格上终究不同，而更像是曲中散套的当代变格。另有一篇五言古体《纽扣辞》，亦饶理致趣味：

　　解解系系解，系系解解系。朝系夕必解，夕解朝还系。解是系者解，系自解者系。解则由他解，系还任我系。不系即不解，善解长善系。

　　作者自注云，此作是对清初无名氏《剃头诗》和当代夏衍《整人诗》的模仿，作者模仿的范本，即为诗中打油一体，而散曲的诙谐趣味，正是诗中打油一体的普遍放大。

总体上看，周啸天的诗歌已经散曲化，长篇歌行"阖辟纵横，变幻超忽，疾雷震霆，凄风急雨"的体调特点①，已不甚显明，而更多地体现为近似曲体的畅达平易、活泼风趣。作者未能完全如"自叙"所期许，在手法上追求恣纵、风格上追求幽默之时，免于"滑易"之弊，如《洗脚歌》中"侬今跷脚聊臭美"，《将进茶》中"佳境恰如初吻余"，《观〈走近张大千〉戏题长句》中"先生甚有女人缘"、"先生玩票类发烧"，《听王蒙讲座感赋》中"凿空乱吐葡萄皮"，《Y先生歌》中"划作右派狗不理"、"龙潭放尿云飞君"，《何所长歌》中"何所长，何所长，有何所长当所长"，《澳门观舞》中"伊人颇具丘壑趣"、"两点露处酮体白"等，尤其是《澳门观舞》中仿照小说出版删节禁忌描写之法，自开天窗，删除四句二十余字，真古今诗人未有之俳谐举措也。其他体式中"滑易"之处亦所多见，这不仅仅是作者的个人问题，而是旧体诗词在现当代出现的一个带有普遍性的问题，现代语言、现代生活、现代人的审美心理的全面世俗化，必然带来格调典雅的旧体诗词写作的浅俗化倾向，以"元曲精神"为诗词，降格破体，就成为不可避免之事。而在作者，"滑易"至极，便有后来的"不蒸馒头蒸口气"，一时传为谈资。

上文以三家旧体诗人为例，讨论了曲学精神对当代诗词创作的影响。聂绀弩的七律、周啸天的歌行创作，因为散曲元素的加入，已经改变或部分改变了七律、歌行二体的诗歌史风貌。启功则在五古、七古、五律、七律、绝句、小令、慢词等各种体调里，全面渗入曲风曲趣。即此可见，曲学精神对当代诗词创作的影响渗透，是全方位的。如前所说，导致这种局面出现的原因，一是愈趋低俗的时代风会，二是作者个人的经历遭遇，三是白话新文学的无形影响。更重要的原因，应是晚生的诗人为了适应表现现代社会生活的需要，做出的开拓诗词题材领域、转换诗词语言系统、创生诗词新鲜美感的主观努力。

---

① （明）胡应麟：《诗薮》，上海古籍出版社1979年版，第48页。

这就必然触及当代旧体诗词的"破体"写作问题。"早生"的作者，当一种文体方兴，主要致力于"成体"；但"晚生"的作者，当"文体通行既久，染指遂多，自成习套"之时①，要想度越前贤，自出新意，唯一的生路恐怕就是"破体"写作了。"破体"写作的过程，就是建设新体、创生新美的实践过程。本章谈论的三家"破体"写作，主要是让诗词与本色派散曲建立一种"互文性"关系②。还有一些当代旧体诗词作者，文体观念更为开放，不断尝试让旧体诗词与各种文体之间建立起"互文性"关系，不断地让旧体诗词与各种文体兼容互渗，不断地通过"破体"写作建设新体、创生新美。当然，"破体"写作的终极效果究竟如何，还要通过时间来作总结算，但包括本文谈论的三家在内的"晚生"的"破体"写作者们，所体现出的不为既成规矩所囿的探索创新精神，还是值得我们现在就给予足够的肯定性评价的。

---

① 王国维：《人间词话》，《蕙风词话·人间词话》，人民文学出版社 1984 年版，第 218 页。
② ［法］蒂费纳·萨莫瓦约：《互文性研究》，邵炜译，天津人民出版社 2003 年版。

第十九章

《天山韵语》：潜在视角凸显的西域景观风貌

　　《天山韵语》，星汉著，作家出版社 2005 年 7 月第 1 版，一印 1000 册。该集作品按年代先后编排，起于 1976 年，迄于 2005 年，收各体诗 156 题 159 首，词 34 首，共收诗词 193 首。前有作者女公子王剑歌"序"，后有作者"后记"。星汉，姓王，字浩之，1947 年 5 月生，山东东阿人。12 岁随父母进疆谋生。17 岁参加铁路工作，为学徒工、信号工，历时 13 年。1978 年考入新疆师范大学中文系，毕业后留校任教。现为新疆师范大学人文学院教授，硕士生导师。为中华诗词学会发起人之一，曾任中华诗词学会副会长、新疆诗词学会常务副会长，现任中华诗词学会顾问、新疆诗词学会执行会长、中国散曲研究会理事。著有学术著作和诗集《清代西域诗研究》、《天山东望集》等 20 余种。

一　潜在视角凸显的地域特色

　　《天山韵语》如集名所示，内容全是吟咏天山南北新疆地区的自然风貌、民族风情，兼及历史遗迹、人文景观，是一部地域色彩十分鲜明的当代旧体诗词集。作者少小投边，几十年的岁月里，放足天山南北，几乎走遍整个新疆地区，这从该集作品的标题即可见出，诸如

《游天池》、《丝绸古道偶成》、《赛里木湖所见》、《奎屯路上》、《交河故城》、《吐鲁番过火焰山》、《五家渠路上》、《巴克图路上》、《赛里木湖》、《伊犁河感怀》、《过乌孙山》、《过昭苏草原》、《轮台路上》、《过阿克苏河》、《重游克孜尔千佛洞》、《过阿尔泰山》、《游喀纳斯湖》、《题和田核桃王》、《宿北庭故城》、《过巴音布鲁克草原》等，新疆各地的风景人情无不为作者所摄取。从这个角度看，该集也可以说是一部新疆地区记游纪行诗词集。

作者在表现雪山、冰川、戈壁、沙漠、草原风景的时候，在表现维吾尔、哈萨克、蒙古等少数民族的风俗民情、衣着长相、劳动方式、饮食习惯的时候，其实有两个潜在的参照视角，一是内地，二是江南。作者着力凸显的，正是这种差异。在差异中，显示出新疆地区独特的自然景观和人文风貌。这几乎是一种潜意识活动，但却无疑在最深层次上支配了星汉的全部边塞诗创作。作者笔下的这些自然风景是内地看不到的："一鹰惊去疾如箭，射落残阳一捧红"（《丝绸古道偶成》），"一片板桥残月，几堆鄂博轻幡"（《西江月·喀纳斯河畔》），"沉静两山开碧落，奔忙一水送金雕。穹庐帘启青苍入，花草风来赤白摇"（《沿喀纳斯河》），"怒吞落日地将裂，狂扯飞云天欲倾。万里黄沙聚复散，千年白草死还生"（《过魔鬼城》），"长牵瀚海胡杨路，远借冰峰夕照天"（《庚辰秋重游水磨沟》），"塞外新秋，我又重来，笑倚雪山。正冰峰直上，青天湛湛。瀑流倾下，白浪悬悬。荒草拦腰，闲云遮路，不放游人再溯源。回眸处，瞰松林毡帐，犬吠雕盘"（《沁园春·重登喀纳斯湖观鱼亭》），"敲石马蹄冲寂静，破云鹰翅掠苍凉。清愁都阻穹庐外，一片残阳抹大荒"（《过巴音布鲁克草原》），"未歇红花，未老黄花，已放雪花"（《沁园春·癸未重九初雪晴后赋此》）。这些生活场景是内地看不到的："驴车归处，炊烟渐起，葡萄新熟"（《桂枝香·高昌故城怀古》），"掀帘少妇抬头处，景色都收蒙古包"（《山中雨后》），"坦腹巴郎游泳后，拖泥带水笑骑驴"（《开都河农家小坐书所见》），"试马柳荫扬策，捉羊河岸开刀"（《西江月·喀什巴扎》），"崎岖山路尽，木屋自成群。奶茶新碗溢，羊肉大炉焚"（《白哈巴村小驻》），"系马穹庐外，围炉酒正酣"（《癸未冬游天山水西沟》），"葡萄架下煮砖茶，写字巴郎带看瓜"（《伊犁农家》），"避日行人来饮马，长天风过笑声憨"（《戈壁即事》）。这些声音是内地听不到的："弹唱声中草色青，牧人马背挂颐听。多情阿肯未终曲，俯看湖中云已停"（《巴里坤湖边观阿肯弹唱》），"短笛风低荒草，大杯酒映新秋"（《西江月·喀纳斯湖听潮尔笛》），"知无人到喇嘛睡，时有清风误撞钟"（《昭苏圣佑寺》），"惊人何处泼天雨，却是松涛笑欲癫"（《松下偶眠》），"山骨高撑千仞外，苍鹘一声遥没"（《念奴娇·登铁门关楼》），"鞍桥稳坐牧鞭指，夕照群羊渡水鸣"（《托什干河即目》），"日夕牛羊下，月高儿女歌"（《游乌什柳树泉夜宿》），"草野翻边曲，松涛走戍鼙"（《宿天山绿野山庄》），"黑石高堆舞彩旌，夕阳垂地起边声"（《过乌伦古湖祭鄂博》），"莫道归程多寂寞，穹庐外有马蹄敲"（《天山水西沟夜话》），"石裂有声频入耳"（《己卯夏登冰达坂》），"星坠冰峰裂有声"（《寻他地古道，宿天山大龙沟口》）。这种长相妆扮是内地看不到的："树荫碧染络腮胡，一马轻蹄意态舒"（《吐鲁番书所见》），"碧眼银须飘拂处，胡杨木火烤鱼香"（《尉犁罗布人村寨书所见》），"过街长辫步如舞，饮酒虬髯杯似浇"（《过库车》）。这种风味气息是内地闻不到的："毡帐白烟红日远，奶茶香味阻征程"（《过和布克赛尔草原》），"水去游人流影俏，风来烤肉带歌香"（《自京归后次日登红山》），"牧人归处斜日晚，一缕清风马奶香"（《果子沟》）。这些路遇是内地不可能发生的："相逢哈萨克，闲话夕阳迟"（《快活林》），"晴烟遥指处，毡帐又新家"（《南山遇哈萨克老牧人闲话》），"新货囊装握牧鞭，马缰轻勒跨归鞍。重逢我问新居地，笑指松青云起山"（《巴扎逢哈萨克牧人》）。以上这些描写，都为内地读者提供了不曾寓目的异域风光，不曾领略的风俗民情，强化了作品的地域风格特色，增添了作品的可读性与吸引力。

潜在视角也有浮出的时候，比如《咏沙枣花》二首之二："不羡春风桃李枝，摇香莫道此时迟。离人赠别何须柳，沙枣攀来慰远思。"

中原自古以来有折柳送别之习俗，这里写赠以沙枣花，正见出与内地不同的地域民俗风情。《过魔鬼城》尾联："纵然西去再向西，不羡江南莺燕声。"《石河子北湖观鱼亭二首》之一尾联："景自豪雄心自壮，何须出语比江南。"两处出现"江南"意象，虽云"不羡"、"何须比"，西陲的狂风松涛自异于南国的莺吭燕舌，边塞诗中的盘空硬语自异于南国词中的秀媚软语，但江南横亘于胸，形成览景观物志感的挥之不去的参照视角，亦属显而易见。《石河子北湖观鱼亭二首》之二尾联："又见横秋远征雁，心随健翅欲图南。"终于借远征雁翅，道及荒寒之地居留者的"图南"深层心理。归根结底，可能还是觉得山青水绿、风景如画的"江南好"，作者一不小心之间，透漏了些许企羡江南的隐秘消息。

在上引诗篇中，出现最多的意象是鹰雕、雪山、冰峰、大漠、黄沙、驼铃、马蹄、牧人、牛羊、草原、穹庐、落日、残阳、红柳、胡杨、沙枣等，这些地域性鲜明的意象构成的景物画面，具有不可移易性：如《克孜尔水库》前两联"西指龟兹路，大堤横巨垣。高收千岭峻，远纳五河喧"，所写是西域高原、龟兹古道旁的大型水利工程，这个水库满蓄木扎提河、喀普斯浪河、台勒维丘克河、喀拉苏河、克孜勒河五条河流之水。再如《游克孜尔千佛洞》："胡杨树下暂停征，东望龟兹一日程。碧水长流接天渺，黑雕直起与云平。石门彩画窟风冷，古寺青崖夕照晴。指点南山春草绿，穹庐归骑牧烟轻。"佛家洞窟各地多有，但有胡杨、黑雕、穹庐、牧烟等意象在场，这一处佛窟就有了确定的地域归属。又如《过沙漠公路》："今日有劳方向盘，迷濛划破指和田。远沙风里推千浪，大路空中挂一弦。喇叭鸣时冲碧落，日球坠处溅黄烟。昆仑山下良朋待，夜煮冰川火正燃。"所写的是西域沙漠公路风景，断不可移作他处看觑。再看一首《天山阿尔萨沟小饮》："相逢初歇马，毡帐便传杯。雕翅卷云过，松梢唤雨回。千山收乱水，一涧放轻雷。天外虹霓起，弯腰远作陪。"虽曰"毡帐小饮"，亦复豪气干云，与古典诗词中经常写到的长亭饯别之类"帐饮"的缠绵感伤，大异其趣。要之，该集诗词撷取的是边塞风物，不是内地风物；是西北边塞风物，不是其他边塞地区风物；是新疆天山南北风物，不是西北陕甘宁青边地风物。该集的地域风格，鲜明特色，突出个性，就体现在这里。

该集诗词的豪迈雄奇风格，几乎渗透在摄取的所有题材上面。《沿额尔齐斯河》云："拘束城垣久，今朝可放歌。紫雕盘大漠，红日逐长波。晴雪峰头远，雄风马背多。行行尽诗句，不必费长哦。"此诗正是"得江山之助"的形象写照，雪峰大漠，紫雕红日，马背雄风，所见无非是诗，这俯拾皆是、不费吟哦、自然得来的"诗句"，风格自然豪迈雄奇。在这一片神奇的地域，不仅强大之物豪迈，柔弱之物也同样豪迈：野花"见人来，弹露猛开红蕚"（《贺新郎·乙卯夏登观鱼亭》），马兰"情豪不惯小篱笆，远随奔马向天涯"（《达坂城见马兰花作》），沙枣"犹摇铁马裂云风"（《赤亭》），红柳面对"地号天吼"的大漠狂风，"畏惧何曾有"，在"饱看沧桑"之后，神貌依旧，不失娟娟秀色（《点绛唇·咏红柳》）；不仅男人豪迈，女人也同样豪迈："马蹄荡处大荒开，三两女郎香抹腮"（《阿图什书所见》），"饮马姑娘风落影，英姿随浪到伊犁"（《雅马渡书所见》）；不仅成年人豪迈，小孩子也同样豪迈：因"家居边塞"，而生小"自有雄豪态"（《清平乐·春日将小女剑歌登妖魔山》）。作者感觉自己的诗句挂在鹰翅上："性情瞻马首，诗句挂鹰翎"（《再过荒漠》），挂在胡杨树上："胡杨老去也新芽，似我诗句高挂"（《西江月·雨中游胡杨河》），自己的诗句被金雕衔去："颇奈金雕翻健影，尽衔佳句剩无多"（《阿勒泰桦林公园寻诗》），这样的诗句怎能不雄奇豪迈！当作者酣饮，飞泻的瀑布是酒："我出穹庐抬醉眼，狂流似向酒杯倾"（《白杨沟观瀑》），涌流的大河也是酒："何必穹庐愁酒尽，帘掀即放大河来"（《布尔根河边痛饮》）。古代诗人豪放如太白，亦需当掉裘马换酒，作者只需掀帘放进大河即可，真可谓千秋饮豪、一世之雄也。当作者豪情涌起，任是邻国边界也关不住："黄芦一阵边风起，吹送豪情过界河"（《登哈巴河鸣沙山》）。豪迈雄奇，正是该集的主体风格，重要特色。

二 与古代边塞诗的简单比较

与古代边塞诗相比，因作者生活在边烽尽熄的和平年代，且留居边塞，所以少去了边塞征战场面的描写和征人思妇之情的抒发，多出的是时代生活发展、科学技术进步带来的新鲜经验和体验，如《甲申人日自乌鲁木齐乘机赴伊犁，下望天山》："谈笑乘风逐日西，乱峰借我布雄奇。红霞铺锦巡天路，白雪翻波落照时。点点穹庐云淡淡，盘盘古道树离离。前朝未必无佳作，这等情怀总不知。"乘坐飞机巡天俯瞰高山雪原、穹庐古道，这在古代边塞诗人，是梦里也不曾想过之事，那时他们在马背、驴背、驼背上。该集作者在万米高空的飞机上，观景点不同，视野和境界便有巨大差异。还有《念奴娇·戊寅夏陪马来西亚黄玉奎吟兄登塔勒奇岭》中写到的风景拍摄，《克孜尔水库游艇上作》所写乘快艇游湖，都是古代边塞诗人不曾有过的阅历体验，该集边塞诗的时代色彩借此得到强化。

从诗学承传的角度看，该集是历代边塞诗、西域诗之现代新声。作者是历代边塞诗、西域诗方面的研究专家，在创作过程中自当别有会心，对之多所汲取。《沁园春·重登喀纳斯湖观鱼亭》下片云："区区恩怨如烟，更远拓诗疆随牧鞭。想挥风送韵，江河联句。行杯对日，泰华张宴。两宋苏辛，三唐李杜，振羽谁曾至此间。微吟罢，但凭高酹酒，总觉清寒。"作者对自己"远拓诗疆"颇为自信，以为李杜苏辛所未及。从题材内容上看，作者所写确已突出李杜苏辛之范围；但在美感风格上，作者承继的正是李杜苏辛的衣钵。太白的豪放，子美的沉雄，东坡的超旷，稼轩的猛鸷，共同铸成了作者的诗胆词心。该集边塞诗把当代旧体诗词的阳刚风格推向极致，豪迈、雄奇、壮烈、粗犷乃至生猛，但不打油，不谐谑，作者终不失端人庄士、意气书生的本色。

豪放雄奇之外，作者亦能写淡远意境，如《宿查干郭愣，无寐，踏月赋此》："星斗巡檐月远明，情怀暗向小河倾。雪山淡影风吹树，遥听穹庐犬一声。"或写悠闲情调，如《西江月·伊犁河南岸逢故人》："摘得西坡熟豆，抱来南亩新瓜。伊犁河水煮清茶，人在葫芦架下。 只说一生难见，眼看三落春花。相逢今日莫思家，消尽天涯初夏。"或写透彻理悟，如《西江月·浴乌伦古湖》："目送红霞百里，手推碧浪千层。冰峰吹下晚风轻，思绪尽倾无剩。 我本身心无垢，但来一洗痴情。沙滩回首看经行，已被清波抹净。"或写随遇而安，如《鹊桥仙·天山菊花台路上》："林荫染首，清风爽口，野阔花繁草厚。书生老去眼昏花，直认作前程锦绣。 雪山寒瘦，松溪急骤，不尽白云苍狗。变牛作马又何妨，落得个荒原睡够。"凡此足见作者长才，这些显得"另类"的作品，皆对该集的总体风格构成某种补充、丰富与调剂。

三 怀古与题咏之作

该集中的咏史怀古、登临凭吊之作，也值得特别拈出。《登额敏塔》、《交河故城》、《临江仙·登巴克图瞭望塔望域外》、《桂枝香·高昌故城怀古》、《念奴娇·伊犁河感怀》、《满江红·登格登山》、《苏木拜河西望》、《登惠远钟鼓楼评志锐》、《香妃墓》、《水调歌头·临霍尔果斯河》、《重登格登山》等都属此类作品。这些作品除了盛衰兴亡之感叹，便是这片特殊的地缘所唤起的民族意识和国家意识，通行的说法就是爱国主义思想情感，对大一统的追求，对祖国领土完整的维护，对安边开疆的古代英雄豪杰的追怀赞美，对近代以来失去的领土难以割舍的牵念之情，是这些作品的主要内涵。看一首《临江仙·登巴克图瞭望塔望域外》："雪岭霞消碧落，春原草吐清波。牛羊背上夕阳多。炊烟缭绕处，是我旧山河。 一段人间老话，百年总驻心窝。南来征雁半空磨。随风犹北去，不去又如何。"这种情感耿耿于怀，成了作者难以开释的心结。大一统意识和家国天下意识，是传统士大夫文人的深度潜意识，作者显然也是念兹在兹。《登额敏塔》有句"登塔我来凝望久，蓝天尽处是京师"，仿佛古代文人"心存魏阙"，《赴京途中作》有句"收拾三千里，相携进故宫"，隐约似有"收拾旧山河朝天阙"之意，可能都是潜意识心理在诗中的不自觉流露。还有《谒尤素甫墓》颔联"名声满宫阙，文采动君王"，借对 11 世纪维吾尔族诗人的赞美，折射一种以诗词文采干动天听的人生理想，这正是传统中国社会的千古文人梦。

最后看该集中的题咏诗。这类诗多是七言绝句，多用比兴寄托手法，一个自称"粗豪"、常以"雄豪"的超我面目示人的强者，在这类诗中不时回归本我，展示真实的面目性情，袒露真实的内心世界。虽然使用比兴手法咏物，但借此手法传递出的往往是创作主体惆怅、忧思、困惑、感慨等较为个人化的心理情绪。佳者有《新疆铁陨石》、《吐鲁番过火焰山作》、《边塞清明》、《坎儿井水》、《过沙漠胡杨林》、《经沙漠公路重到民丰》、《昆仑山中拾得五彩石数枚，感赋》、《泛舟布伦托海》《骆驼刺》、《沿布尔津河赋向日葵》等。看这首《骆驼刺》："根穿大漠向天争，每借逆风抒性灵。寂寞千年堪自慰，老来依旧愣头青。"这应是一幅托物寓己的自画像。再看这首《昆仑山中拾得五彩石数枚，感赋》："深埋无语不知年，剖腹昆仑现大观。今日苍天何用补，依然西北伴寒山。"借赋昆仑彩石，发弃材之慨叹；还有《过沙漠胡杨林》："飞沙起处任颠狂，自耐天涯四月凉。就简删繁也如我，苦撑诗骨向苍苍。"则喻示自己那一份时常刷在脸上的西域汉子的标准"酷"相，是"苦撑"出来的。于是便有了《望海潮·谒马赫穆德·喀什噶里墓》下片的心迹展露："我来捧献心香。有诗情未老，意气犹狂。夜夜青灯，年年白饭，几人识得文章。囤货拜行商。纳贿争金印，君试评量。握笔明朝归去，依旧写苍凉。"在"犹狂"的意气中，流露出的是诗书生涯不谐于时的落寞苍凉之感。内心的柔软处既被触及，《解连环·游千泪泉寄楣卿》、《塔什萨依沙漠书楣卿姓名》、《重游千泪泉》等纯粹私人化情感的抒写，也就为情所不免，透过诗作中的伤心往事，可以窥见作为普通人的作者的真实而柔弱的人性悸动。由此联系《雪中五家渠郊外独酌》诗句："天山已惯酒杯浇"，可知借酒助兴或者借酒浇愁，对久居边塞的作者来说，已是惯常，诗句亦豪迈，亦惆怅，亦无奈，亦凄凉，一旦卸下"雄豪粗犷"的超我人格面具，作者内心的真实感觉到底如何，在此已是不言而喻。该集末首《上元乌鲁木齐郊外泥饮，用荆公戏呈贡父韵》云："纵是清光万里同，天涯无意待春风。马鸣荒草河声外，人醉穹庐月影中。寒树能扶青眼客，雪山莫笑白头翁。心随大野长流韵，不向东君怨不公。"虽亦写景，但主要是写心，首尾两联，透漏出作者感慨命运的深度心理。云"无意"，云"不怨"，不过以旷达作排遣而已。作者以此首为诗集殿后压卷，当有深意存焉。

无疑，作为20世纪八九十年代崛起于天山南北的新边塞诗的代表性诗人，该集作者总体上配得起当代岑参之评。但二者的差异，似乎能予人更多的启示。该集作品的体裁择取，以律绝为主，间有词作，无长句大篇、开阖动荡之七言古风，这是与盛唐边塞诗代表诗人岑参的不同之处，岑参边塞诗代表作多为七言歌行，韵位繁密，且变韵频繁，形成急骤跳荡的强烈节奏，加之心理上的强烈好奇性带来的内容上的奇幻色彩，所以给读者留下的阅读记忆就是非同一般的陌生新奇。该集作者多用律体，因律体讲求对仗，势必给人以某种工稳之感，而词体容量有限，即使慢词长调，也不过区区百十余字，不便恣肆蔓衍、铺排展开，且词句长短参差，表现边塞题材就显得过于细碎，力度不足，不能形成如七言歌行那般以长句为主的大面积的力量感，大面积的不懈不歇的打击力和震撼力。作者出塞时年齿尚幼，及至成年写诗，已是久居边塞，虽然驰马高山，有过"胯下群峰震"的独特体验，面对荒原尽处拔地而起、突兀而立的雪峰，吟出过"荒原过尽一山抽"的奇句奇字，但总体而言，外来者的新奇感觉在某种程度上已有所钝化，不能像盛唐边塞诗人如岑参等，以内地之人乍临边塞，初度遭遇一片不曾梦见的异域风物，给其视知觉猝然带来那样一种充满神奇的激动，化为诗篇，仍保有初遇的新鲜刺激。作者自矜的"多年彩笔，长描西域，腕中圆熟"

（《桂枝香·重九日登妖魔山》），这在一般意义上当然是长处，但过于"圆熟"，则必失生新之气。还有边荒旷远地域的神话传说元素、神秘惊悚感觉在诗中的缺位，也使此集边塞题材作品的艺术感染力有所减损。

第二十章

当代中州旧体诗词四家叙论

当代中州旧体诗词作者众多，但创作水平参差不齐，高下之间，判若云泥。这种情形，与全国其他地区大致相同。本章选取中州旧体诗词领域有一定代表性的四家优秀作者，对他们的诗词集加以简要评介，以概见当代中州旧体诗词的艺术水准。

一 张之《慰芹庐韵语》

《慰芹庐韵语》，张之著。此集为自印本，分四辑。"古体诗"一辑，收五七言古诗29首，"近体诗之一"收五七言律17题26首，"近体诗之二"收五七言绝句25题37首，"其他"收赋1篇、文2篇、词13首，后有诗话性质的"杂记八则"。去除他体不计，此集共收诗词105首。前有作者"叙例"，后有作者"附记"。

张之，1927年生，河南省安阳市老城区人。长期从事中小学语文教学工作，兼事文学创作。晚年曾任河南省政协常委、濮阳市政协副主席、濮阳市图书馆馆长等职。著有《红楼梦新补》，山西人民出版社1984年初版，后有河南人民出版社1994年版、海燕出版社2005年版、台北礼记出版社1989年繁体竖排版等多个版本行世。另有《安阳考释》、《慰芹庐文存》等著作数种。

先说古体一辑。这一辑近30首诗，以七古为主，风调总体上摹习太白，而更趋于轻快。如《林虑歌》前半："大垴之旁卧苍狗，仓溪之水春如酒。道元舍骑来相就，跨谷攀崖摘星斗。星斗南起落金灯，西天大道凌天平。天平俯瞰深壑多，漳仓洹淅各纵横。星斗摘来已盈把，道元欣然策骏马。文高当代诗未夸，留与好问咏黄华。黄华峰挂三重瀑，遗山拄杖忘幽独。夺得江淹生花笔，万汇千态腕底逐。芳草披风绿茸茸，碎英向阳黄簇簇。方将翠玉铺河床，便听流水鸣峡谷。"句调节奏仿佛太白歌行，在山水描写刻画中，参以历史人物的相关联想，写来颇为生动流畅。《谪仙歌》一首咏李白："碧空万里银河渡，手把芙蓉朝云雾。峨眉山月送谪仙，随风挂在咸阳树。重重绿树暗秦川，斗鸡蹴鞠回青天。漫道连云开甲宅，玉山自倒酒家眠。梁园星聚秋共被，桃花潭上踏歌美。指点东阿九霄云，挥洒汨罗不尽水。胡马衔草践两京，千村万落荆杞生。华发用世心犹切，苍生何罪肝肠裂。不辞楼船九江口，且借藩王三尺铁。致令西上夜郎道，两岸猿声催人老。老去行吟采石滨，峨眉山月还随身。携月归去朗朗笑，人间何如天上妙。启明星亮日夜照，百读文章千仰眺。"此首几乎每一句都是在直用、活用或化用太白诗歌句子意象，妙在于焉约略见出太白一生的形迹与归宿，性格与风采。而终嫌过于轻快，句句押韵与频频转韵，更助成了整首诗的轻快节奏，太白忧愤深广、缥缈幽邃、奇恣横逸的一面，未尝触着，是尚未能尽传太白之真原。其他摹习太白之处尚多，如《梁甫吟》中句段："言毕招旌旆，下道穿岩峦。虺蛇响宿草，虎豹蹲断原。古木悲鸟号，星星不敢攀。猿猱啼兮雷凭凭，魖魅舞兮日惨惨。"基本上是太白《蜀道难》、《远别离》诗句的改写。还有《送人返乡务农》，句调篇章全仿太白《送刘十六归山》。《林虑放歌留别》一首，是作者十五年下放山乡教书生涯的总结回顾，写于离开林县山区的前夕。一方面赞叹林虑山水之美，另一方面抒发惜别不舍之情。采取屈原辞赋、太白歌诗的游仙方式，真幻互映，对林县山川、历史、人物、故事再做一番巡礼，旨归于对林县人民劈山引水、战天斗地、改造自然的英雄精神的礼赞。作者屡次赞美引漳入林的红旗渠、引淅入林的英雄渠，赞美经常参与的各种生产劳动，赞美焦裕禄，歌颂中国第一颗原子弹爆炸，歌颂白莲教农民起义和太行山民兵抗日等，都与当时大力宣传的主流意识形态相吻合。

但作者毕竟是一个诗人，亦有属于自己的一片精神世界，如感叹诗运不振的《大鹏何不归》，追怀屈子、子建、李杜，对于昔曾"戾长空"的仙鹤，如今池豢庭养、丧志屈身的现象表示不解，对于自谓"开创新纪元，舍我复有谁"的得意"鸟雀"，表示憎恶和蔑视，非泛泛之语，当有所喻指。《诗穷篇》再以屈子、太白、少陵的坎壈身世，印证"诗穷而后工"这一中国诗歌史上屡被提及的命题，从古及今，概莫能外，成了中国诗人诗歌的沉重宿命。《梁父吟》一首属写心之作，一变平易轻俊而为瑰玮怪奇，写自己冠带奉敕，告别妻孥，扈从封禅，本欲成就不世之功业，岂料路遇梁甫山神，前为导引，竟入虎豹虺蛇、魑魅魍魉之险境，而梁甫山神乃以安危为词，劝我回驾，代颁教令。眼见无法达成功业，我乃转思莼鲈，抽身退隐，表示"微臣不堪陪郊坛"。以上三诗，还有四言的《孟轲谏梁》，连用李耳、孔丘、孟轲、杨朱、屈原、陈子昂、曹雪芹等人典事，表达事无可为之意旨。这些作品较有心理和思想深度，显然寓有比兴寄托之意。

古体一辑值得关注的还有七古《红楼梦新补粗成，为长句赋贾宝玉》，此首长歌赋小说主人翁贾宝玉一生行事心迹，而致怀寄慨，寓己意焉。《红楼梦新补》是作者一生心血的凝聚，写于十五年山乡学校下放期间，可能正是因为作者心有所寄，意有所属，沉浸于美丽忧伤的红楼人物故事之中，所以才对境遇和外物浑然不觉，心境平和，且时露欣悦，能够含笑面对林虑山水，友好相处乡村人物，平安度过一段本甚艰难漫长的人生岁月。所谓"试为神瑛作棹讴，一曲粗成人白头"，正见出作者倾全部心力，成就三十回《红楼梦新补》之不易。所以，当后来《红楼梦新补》问世，广受好评的同时，作者因非庙堂人物，学院人士，也招致了一些大人先生的鄙薄，于是便有《百行时有阀》一首的激愤："百行时有阀，古今中外同。或者谋其利，或者行其凶。谋利尚可忍，肆凶人不容。当其得意时，呼吸回狂风。黑云压大地，霹雳摇长空。当者五岳摧，顺者蒿莱生。搅混江河湖，遮蔽日月星。钩爪锯牙所未及，自有犬吠枭号应厥声。"形容各行各业把持垄断者之气焰熏天，附势者众，颇为生动传神。其他行业不说，文艺和学术界之"阀"，有时的确面目狰厉，本属资质平庸之辈，但因缘际会，占据高位，拥有平台，便要垄断一切话语权，一言九鼎，嚣张恣睢，不假辞色，根本不具备鉴别良莠之眼光与公心，极具新意的创作或研究成果，他们可以装作视而不见，等同蔑如，甚或掠取无名者之说，以为己出，而略无赧颜。作者本性情平和之人，在此亦难遏激愤，实有所以使其然者！

下面再看两辑近体诗。这两辑60余首近体律绝，内容上主要是题咏赠答，记游纪行。五律佳者如《洹源冬日》："旧居笼沴气，养病避洹中。积雪青天却，余薇枯草蒙。沙翻锅滚米，藻动柳随风。时序阳虽尽，生机原未穷。"不仅"沙翻"一联写景真切，尾联更能于衰飒中振起诗意，是为难能。七律佳者看一首《自题红楼梦新补初稿扉页》："一从泪尽了辛酸，又续辛酸二百年。壮志翻成昌谷恨，微忱拟结褚生缘。探珠碧海随贫子，揽月青天待谪仙。筦管暂停叉手拜，蘋繁行潦荐前贤。"有辛酸更有欣慰，一生心魂所系之事终得成就，快慰可知，然调性不火不温，风度甚佳。绝句一体佳者较多，如《农家杂咏十二首》、《桃园谷》、《题林虑洹水源》、《柳滩》、《相思》，都可称道。试看《农家杂咏十二首》之二："艳阳天气亮新装，坡北坡南插薯秧。绿遍沙田呼伴去，暮鸦声里早槐香。"之四："刘捆推挑麦进场，场场滚转叱牛忙。珍珠敲背夕阳里，嗅得麦香兼土香。"之六："看瓜扁豆杂葫芦，映眼矮椒翠覆朱。棒子辫成挂檐下，金梭串串织秋图。"之八："诗情画意在谁家，茅屋三椽足自夸。方刻葫芦存岁月，又持并剪摘丝瓜。"既有浓郁的乡土生活气息，又不乏诗人的审美眼光与趣味，这类绝句是该集中阅读感觉最好的作品。

末说第四辑中的词。该集存词最少，仅十三阙，但分量颇重。小令如《浣溪沙》："尚记相携扑蝶来，夕阳无奈下楼台。任他艳羡任他猜。　　秋水轻轻延皓月，清风细细入诗怀。君怜痴傻我怜才。"

风怀旖旎，当行本色。长调《金缕曲·杞人吟》三章，触及现代社会人欲横流、贪得无厌、环境破坏之严峻现实，关涉人类生存的根本问题。其第三章云："我亦失眠苦。每中庭，临风倚槛，远空凝伫。便遇竹稍团圞月，无奈忧心似煮。谁记取疮痍满目。臭氧已薄仍不顾。你瞧他，我只行我素。狂索取，自掘墓。　　　人间早有康庄路。看长虹，横空异彩，贯连今古。道法自然儒爱物，相共皇天后土。问俊秀，何时移步。夜礼苍天同君祝，乞醍醐早灌人皆悟。奔马勒，破牢补。"此首悲悯人类，忧心生存，针砭痼疾，指示出路，仁者大爱情怀溢满字里行间，允推该集压卷之作。

　　该集也不可避免地存在欠缺和遗憾。一是作者委托之编排者，在编排分段、标点句读等方面，出现问题较多，虽云细枝末节，未免有碍观瞻。二是作者无法超越的时代局限性，一些本来很好的作品，到最后却常要习惯性地"卒章显志"，出现理念性的"拔高升华"，致使损害阅读的整体感觉。如《农家杂咏十二首》本甚朴实真切，不料末首来一句"畅谈增产过前川"宣传语，败人意兴。再如《满江红·推水种菜》，难得窥见艰难日子里的生存真面，却在结句拉来孔丘示众，批林批孔的时代痕迹显露无遗。该集诗词主要写于20世纪六七十年代，作者在林县山区农村教书之时，这些作品对时代生活的严酷真相不甚涉笔，时时表现当时媒体公开报道的大事件，题旨多与宣传的主流意识合拍，而鲜见作者的困惑、疑问与思考。也就是说，在那样一个对现代知识分子来说异常艰难的年代，作者可能是碍于时忌，少有生存痛苦之揭示，感悟命运之反思。即此而论，作者应该说是一个乐观主义者，但何以耗费岁月，续写悲剧性的《红楼梦》，抑或心中隐痛借此歌哭寄托乎？还真是一件颇费猜详之事。

二　朱现魁《洹上吟》

　　《洹上吟》（增订本），作家出版社2006年8月第1版，精选朱现魁近二十年间的诗词、联语作品近九百首（副），萃为一编，内容广泛，形式多样，持律谨严，是一部出自今人之手的不可多得的旧体诗词集。通读一过，感觉是编的地域诗歌性质，厚重文化蕴含，最为引人注目。

朱现魁，1939 年生，河南安阳县人。河南大学中文系毕业，长期从事语文教学工作。始学新诗，后为旧体，诗遵平水，词依正韵。先后发表诗词作品 400 余首，著有《洹上吟》、《竹素词》等多种。

"洹水安阳名不虚，三千年前是帝都。"朱现魁的家乡安阳，乃殷邺旧地，号称"中华第一都"，有着深厚悠久的地域文化积淀。这里古迹遍布，名胜林立，有观览不尽的人文胜景；这里山川毓秀，景色如画，有赏之不尽的自然风光；这里地杰人灵，名士辈出，有数不尽的风流人物；这里历史悠久，传说众多，有说不完的动人故事。

形胜之地乃人文之邦，通都大邑乃诗文渊薮，殷邺故都滋育了古老而辉煌的地域文化，也绽放了无数诗歌的妍卉奇葩。甲骨卜辞《四方来雨》，是中国诗歌史上年代最早而又最可靠的作品，堪称产生于"中华第一都"的"中华第一诗"。"文王拘而演周易"，《易经》的卦爻辞中，至少保存了六七十首上古歌谣，显示了我国诗歌萌芽阶段的艺术水准，展示了《诗经》得以产生的艺术渊源。《诗经》"十五国风"中，《邶》、《鄘》、《卫》三风的部分诗歌，就是由安阳这块土地上的先民们唱出来的。而以邺下"三曹"、"七子"为代表的建安文学，是中国文学史上五言诗的黄金时代，"建安风骨"更成为唐宋以下历代诗人追摹难及的典范。

"人事有代谢，往来成古今。"曾经是数百年王都的殷邺故地上留下的数不清的名胜古迹，是流动的时间长河的定格，是过往的历史风云浪潮的凝结。"江山留胜迹，我辈复登临。"六朝隋唐而下。历代的"我辈"们，或者是行经殷邺故地，或者是出任这里的守判宰令，或者是生长于斯的乡贤邑人，他们登临俯仰之际，神游千载，发思古之幽情；行旅过往之时，瞻顾盘桓，感山水之钟秀；蕴蓄丰厚的人文地理景观和风光奇美的自然地理景观，激发了他们的创作灵感，为安阳咏唱出大量动人的诗篇。南北朝的江淹、何逊、庾信，唐代的王勃、张说、王维、李白、高适、岑参、韦应物、刘禹锡、温庭筠、韦庄、宋代的欧阳修、梅挚、韩琦、司马光、苏轼、黄庭坚、岳飞、范成大，金元的王庭筠、元好问、王磐、许有壬，明清的高启、李梦阳、何景明、谢榛、李攀龙、王世贞、杨慎、袁宏道、谭元春、陈维崧、查慎行、赵翼等，真是群星璀璨，蔚成大观，以他们为主体，构成了歌咏安阳的庞大诗人阵容。在此需要强调指出的是，那些大家名家或行旅而过，或为官一任，登临之际的即兴之作，多志一时所见所思；而那些名不甚著的乡邑本土诗人，如林县邑人冯栋、万化、李景云，汤阳邑人王绣，滑县邑人卢以洽、魏庆云等，则是长期生活在这片土地上，他们对这里的历史往往更为了解，对这里的山川往往更为谙熟，由少到老，耳濡目染，往往观察更细，理解更深，感受更多，反复酝酿陶冶，胸中的诗情格外饱满，发为吟咏往往深得山水名胜之三昧。

河南大学中文系出身的《洹上吟》作者，博通文史，不仅有着本土邑人热爱家乡的深厚感情，而且有着明确的文学史和地域诗歌史意识。他的创作，不是那种常见的自发、盲目的无意义写作，而是有着自觉的目标追求的。作为安阳当代旧体诗坛上具有代表性的诗人，他除了广泛研习文学史上的大家名篇以为师承外，更自觉地继承了安阳历代地域诗歌的优良传统。他曾不止一次谈起乡贤诗人沈佺期、韩琦、许有壬、王绣和较长时期在安阳盘桓、生活过的诗人元好问、谢榛等，言辞语气间，流露着追慕先贤流风遗泽的企慕之情。明代后七子之一的谢榛，先后在安阳寄居 20 余年，并终老于斯，写过不少吟咏安阳的诗作。他不仅谙熟谢榛与安阳有关的作品，而且对谢榛的全集细加研读，于此足见他对古代安阳地域诗歌的重视程度。虽未听他明确表述过，不过我猜想，在他心中一定是怀有一种强烈的使命感的，他要创作出追步并超越前人的安阳地域诗歌，以弘扬安阳灿烂悠久的历史文化，描画安阳风光迷人的大好山川，抒发一个当代安阳人的热爱家乡之情，用诗歌创作的方式，报答家乡热土的养育之恩，并在中国当代旧体诗坛上，为安阳诗人、诗歌争得一席之地。他的名字及其诗词作品曾屡见于诸多省市乃至国家级报刊，而且迄今为止，已有近三百首作品入选五十余种全国性诗词选本，如《当代中华诗词集》、《二十世纪名家词选》、《当代诗词举要》等，就是最好的证明。

所以，作者投注巨大的热情和精力，创作了大型组诗《安阳百咏》、组词《安阳好》、《洹河新柳枝》等安阳地域诗词作品，表现出继武前修的鲜明意图。组词《安阳好》二十首，就是仿照北宋名相韩琦的组词《安阳好》而作；《洹河新柳枝》十首，也是对曾官安阳教谕的清人胡煦《洹河新柳枝》的仿写。大型组诗《安阳百咏》，包括"古今名胜杂咏"、"春节风俗杂咏"等七部分，举凡小南海遗址、二帝陵、殷墟、羑里城、西门大夫祠、铜雀台、韩陵片石、万佛沟、文峰塔、瓦岗寨、昼锦堂、岳飞庙等名胜古迹，温子升、韩琦、元好问、谢榛等历史人物，黄华山、珍珠泉等自然风景，蓼花、血糕、粉浆饭、道口烧鸡、内黄大枣等特产小吃，贺岁、回门、腰鼓、旱船、高跷、抬阁等节令风俗，尽收笔底，而这些内容，也正是古代安阳地域诗歌时常涉笔的题材。组诗中的红旗渠、殷墟博物苑、文化宫、火车站、亚细亚商厦、工业品市场、钢铁公司、彩玻公司等，则是当代的新事物，而为古代安阳所无。这些新的题材内容的拓展，扩大了安阳地域诗歌的表现范围，显示出作者超越前修的可贵努力。上举大型组诗、组词，再加上那些为数不少的题咏安阳的单篇作品，共同构成了作者"欲效古今才士为吾邺形胜写照、风物写真"的创作目的。可以毫不夸张地说，在作者之前，没有一个诗人对安阳地域文化作过如此全面深入的反映，因此，作者在安阳地域诗歌创作上取得的成就是空前的。

也许有人会问：局限于安阳一隅的历史文化、自然风物的诗歌创作，到底会有多大的普世价值呢？这种疑惑实际上是对历史与现实，自然与人的关系，对地域文学的性质，缺乏应有的了解所致。观照历史是为了剖析现世，欣赏自然是为了确认自身。安阳的名胜古迹作为历史的遗存，因为有了安阳地域诗歌的反复吟咏，它们的历史文化内涵呈现出叠加增值趋势，因而更加发人深省，引人沉思。安阳的山水风光作为自在存在的自然物，因为有了安阳地域诗歌的审美玩赏，一木一石，一丘一壑，行云流水，秋草春花，都在其天然风姿中注入了诗人的灵性和情愫，而更加诗意盎然，诱人流连，引人入胜。这就是安阳地域诗歌的巨大价值所在。更何况，古今中外的地域文学都产生过杰出的作家和作品，像美国的福克纳在家乡"邮票大"的地方上，写出了获得诺贝尔文学奖的作品；中国古代的边塞诗、田园诗，大多具有地域文学性质；现代诗人徐玉诺表现豫西南农村的诗歌，作家沈从文的湘西小说，当代作家莫言的高密东北乡红高粱系列小说，也都饮誉文坛。所以，对于朱现魁的安阳地域诗歌创作，我们一定要给予足够的关注。

当然，《洹上吟》的取材绝非局限于安阳。作者不仅读万卷书，而且行万里路，足历天下、见闻广阔，而又捷才敏思，灵心善感，凡游踪所至，辄有题咏，所以集子中收有许多纪行诗，像《湖杭道中》、《西湖十咏》、《西京杂咏》、《少林行》、《黄河游览区漫咏》、《齐鲁行》、《蜀游十律》、《大江行》、《庐山纪游》等，描摹勾勒，形象可感，使人披文得貌，如睹真容；作者非常关心时政，国家大事多见诸笔端，像《九帅咏》、《给老战士》、《全国人大、政协会议召开有感》、《香港回归杂咏》、《九八抗洪歌》、《十五大召开喜赋》、《蝶恋花·庆祝中国共产党诞生七十周年》、《念奴娇·纪念毛泽东诞生一百周年》等，均是"主旋律"的演奏，而归旨于美颂。重大题材之外，作者也不卑凡近，不避琐细，"布市"、"酒家"、"秧歌"、"焰火"、"烧香"、"街头小吃"等，也能进入他的视野。诗人皆是性情中人，作者自不例外，《忆父》、《忆母》、《忆昔》、《西行道中过郑州》、《送儿从军二十四韵》、《小孙女节日纪事诗》等抒写亲情之作，端的是血浓于水，字里行间流溢着诗人的真情至性，十分感人；亲情之外，作者同样笃于友情，凡所交接之人，皆有诗词赠之，或道离思，或叙欢聚，或忆旧游，或感遇合，或赞美祝愿，或微言箴规，无不妥帖惬当，发人深思；这类作品又往往和酬唱赠答、谈艺论文之作相交叠，成为《洹上吟》中分量颇重的部分。总之，《洹上吟》的题材内容是非常广泛的，刘熙载《艺概》评东坡词如老杜诗"无意不可人，无事不可言"，就取材之富、措意之广而论，作者《洹上吟》庶几近之。

《洹上吟》的形式艺术也值得称道。作者自谓"诗遵平水，词依正韵"，他的旧体诗词皆句烹字炼，律细韵谐，仅此一点，即可见出朱先生之精于此道，功力深湛。当代人写旧体诗，常见标明"绝句"、"律诗"，悬挂"词牌"、"曲谱"者，按诸实际，则往往不尽吻合；作者以今人而持旧律守古韵，且法度森然，一丝不苟，殊觉难能可贵！《洹上吟》中的作品，有诗有词有联语；诗有五绝七绝，五律七律，五古七古；词有小令如《忆江南》二十余字者，亦有最长词调《莺啼序》二百四十字者；联语有精短之八字联，亦有百余字之长联。众所周知，诗歌史上唯有大家能够兼擅众体，作者诸体皆长，抟运自如，实有大家之气象。收入《洹上吟》的各体作品，七绝最多，约占半数。七绝一体，讲究以少总多，含蕴不尽，最得风人深致，最见诗人才情，文学史上的名家如若不工此体，亦不免为人诟病。此体看似短小简单，实则有许多艺术上的讲究，娴熟掌握殊为不易，"故唐人皆尽一生之业为之"（宋沈括《梦溪笔谈》）。元杨载《诗法家数》云："绝句之法要婉曲回环，删芜就简，句绝而意不绝。多以第三句为主，而第四句发之。有实接，有虚接，承接之间，开与合相关，反与正相依，顺与逆相应，一呼一吸，宫商自谐。大抵起承二句固难，然不过平直叙起为佳，从容承之为是。至如宛转变化，功夫全在第三句，若于此转变得好，则第四句如顺流之舟矣。"这段话对绝句的体制特点分析得很精到，指出了绝句创作的关键所在，从中亦可见出创作难度之大。以之对照作者的诸多七绝，大抵合式中规。说作者是一位富于才情的当代优秀诗人，不亦宜乎！

三　葛景春《梦诗斋吟草》

《梦诗斋吟草》，葛景春著，内蒙古人民出版社 2005 年 12 月第 1

版。该书依诗体分为"五古"、"七古"、"五律"、"七律"、"五绝"、"七绝"六辑，每辑作品依写作时间先后编排。"五古"收诗5首，"七古"收诗18题24首，"五律"收诗23题32首，"七律"收诗45题47首，"五绝"收诗13题18首，"七绝"收诗101题186首，六辑共收各体诗作312首。书前冠有林从龙序、康群序与作者自序各一篇。

葛景春，1944年生，河南开封人。1968年毕业于河南大学外语系，1983年毕业于河北大学中文系，获文学硕士学位。曾任河南省社会科学院文学研究所研究员、郑州大学兼职教授、河北大学博士生导师，兼任中国李白研究会副会长、中国杜甫研究会副会长兼秘书长、中国唐代文学学会理事等职。著有《李白与中国传统文化》、《李白与唐代文化》、《李白传》、《李白诗选》、《唐诗与酒》等二十余种，主编《乐府诗辞典》、《杜甫研究论集》等多种，参编《李白全集校注汇释集评》，发表论文200余篇。著作获国家图书奖、河南省社会科学优秀成果奖。主持国家社科基金项目2项。创作诗词千余首，作品入选数十部当代诗词选集。

这本《梦诗斋吟草》所收，系从作者千余首诗作中选出。作者自谓少年即喜中国古典诗词，壮而弥笃。早期作品，"文化大革命"时"畏于文字之祸"，大部分付之一炬，集中选收作品，大都写于"文化大革命"之后。作者是唐诗研究名家，于李杜诗功夫尤深，故其歌行、绝句深受李白熏陶，大得太白纵逸飘洒之神韵，歌行暂且不表，绝句佳者如五绝《题黄山梦笔峰》："峰如一枝笔，高插白云中。谁是谪仙手，拔来写彩虹。"七绝佳者更多，如《暮游枫桥》："日暮枫桥起晚风，客舟何处枕孤灯。不辞千里寻诗梦，戴月来听夜半钟。"《与日本友人采石矶吊李白衣冠冢》："谪仙诗魄在何方，采石矶头问大江。想是晁卿有诗约，骑鲸东去访扶桑。"《邙山五龙峰晚眺黄河》："九曲黄河云海间，夕阳无限满晴川。请君西北凭栏望，五色彩流来自天。"《山中相访》："一路清溪一路花，相将携杖过青崖。石蛙吹鼓犬迎道，来访云中高士家。"《登武当山金顶》："嵯峨金顶碧连天，欲到峰巅览大千。踏上云层回首望，白云脚下尽青山。"确有太白绝句的自然风韵与潇洒意态。其绝句亦有间学诚斋体者，如《池边观鱼》："莲叶滚珠亮又圆，蜻蜓点水戏荷尖。小鱼不识蜻蜓面，围着荷尖打转圈。"则于自然之外，平添生动活泼之趣。

该集律诗主要学老杜，虽精工不及，但结构严谨，句法灵动，五律如《雨中入蓝田辋川寻王维故居》："入川三十里，人迹渐难逢。涧窄泉声急，山空鸟语重。清风吟密竹，冷雨响疏桐。何处寻遗墅，白云迷旧踪。"七律如《谒汨罗屈子祠》："秋风袅袅洞庭波，屈子怀沙投汨罗。贾傅伤心悲作赋，少陵感慨痛饮歌。大才自古难为用，志士从来多挫磨。莫笑途穷阮公哭，世间行路总蹉跎。"而佳句时出，五言联语如："牧笛吹牛背，鸭鹅戏柳塘"，"窗前一鹭过，江上数帆轻"，"路转青峰出，云飞古寺开"，"江随帆影尽，烟绕碧峦生"，"远岭成层浪，云光散薄阴"，"桥弯虹吸水，城峻柳垂金"，"草狂蛇走树，篆古蠛爬墙"等；七言联语如"柳含嫩叶黄晕绿，水泛浅纹碧透蓝"，"莺啼笼内终非所，鹤唳云中始是家"，"醒吐狂言星堕地，醉怀诗胆气冲天"，"肠至柔时多缱绻，事牵隐处自朦胧"，"龙隐深潭古木卧，鱼悬空影日光浮"，"衢路虽无饥死骨，朱门依旧醉歌笙"，"翼底白云变苍狗，天边赤照染青穹"等。作者是李杜研究专家，于李杜诗法独有会心，故而拟李似李，学杜似杜，前者如《与友人登九华山》："为寻太白踪，共上九华峰。曲径篁间绿，杜鹃阶畔红。江随帆影尽，烟绕碧峦生。禅寺在何处，数声云外钟。"后者如《读杜甫秦州杂诗感怀》："漂泊一穷叟，凄凉作远游。鱼龙秋水冷，鸟鼠暮云愁。一掬思亲泪，满怀去国忧。秦州悲世事，白了少陵头。"均能得其仿佛。

集中最值得关注的是七古一体。今人写作旧体诗，最易者为绝句，几乎信口道来，故而比比皆是，遂使这种最见诗人才情的诗体，几成率意浅薄浮滑之薮聚。其次是律体，首尾一起一收，中间垒砌两联对仗，即可凑成一篇。但对于五古、七古大篇，则非具大才力者不能办，所以为之者少，即勉力为之，佳者亦不多见。在这本不算太厚的选集中，收录了 18 题 24 首七古，可见作者擅长此体。《太白故里行》写与友人同游太白故里，入戴天山访李白不遇，有句云："拨云踏雾攀山巅，奇花仙葩生路边。饥餐琼枝长生果，渴饮玉涧延寿泉"，"汝等有意寻谪仙，可结茅屋待山间。山中月下待三年，或可梦中一相见。说罢老翁飘然去，眼前峰顶起青烟"，《西岳华山歌》写携友人登华山，有句云："口诵六字真言罢，脚下忽然如生风"，"华岳三峰数莲花，削出青天一柱斜。太白曾经此峰过，左挽叔卿右洪崖"，"晚乘鸾车飘然下，暮霭如烟绕膝生"，均颇有太白为人、作诗之缥缈仙气。《峨眉山行》有句云："峨眉仙山邈难匹，缥缈直插云霄里。我欲脚著谢公屐，携杖直攀青云梯"，"忽然身坠云雾中，雾中但闻人语声。四处茫茫皆不见，仿佛飘飘升天行"，则直用、化用太白诗句。《黄山歌》突出一"奇"字："天下奇山皖最多，听我来唱黄山歌。石奇松奇云水奇，奇峰奇瀑连星河。"而"奇"正是太白才华与歌诗的一大特点，《河岳英灵集》评太白歌诗即谓"奇之又奇，自骚人以还，鲜有此体调"。《天柱山行》起势陡健："吾闻潜山有奇峰，天欲坠兮赖尔柱其中"，大有太白歌诗"发唱惊挺"之概。其他如《登襄阳城楼歌》、《泰山歌》、《武威铜天马歌》、《五台山行》、《敦煌行》等七言长歌，均摹习太白，允称佳制。《戏仿杜甫同谷七歌》亦颇得杜甫原作之精神。五古一辑，以《太湖吟》、《访绿天庵怀素故居》二首为佳，前皆平实铺陈，妙于结尾翻出波澜。

　　该集作者是位学者型诗人，故在当代诗家中，颇能自树一帜。在旧体诗词融入当代精神方面，作者也做了不少努力与探索，一是使用当代词汇甚至口语，二是在旧题中翻出新意，三是撷取当代重要政治题材，这种努力方向值得肯定，但落实到具体作品则是有得有失。作为一名唐诗研究专家和一生写作旧体诗的诗人，作者对于旧体诗与新诗各自的特点和彼此关系的认知，也值得称道。他明敏地指出："旧体诗的写作，一个重要的问题是现代词语的入诗问题。如果现代词语不能入诗，则旧体诗词就不能很好地表达现代人的感情，缺乏时代感。如果现代语词过于泛滥，则会影响旧体诗词的效果与韵味。过于古色古香，则如同古诗的仿制品，与现代的思想感情脱节。这是当前写旧体诗词的一个难题。由于旧体诗词是与几千年农业社会相适应的产物，因此，在与自然的关系上相当协调，但与现代化的工业社会则相去甚远。在写山水名胜、风花雪月等自然景物及风土人情等传统的人文风物方面，悲喜哀乐等人类的基本感情方面，它仍有其优势和适应性。但在表现现代化的工业都市文明及现代人的特殊思想感情方面，它就力不从心了。因此，关于写现代人的复杂激烈的情感变化、极具现代意识的思想，现代化的人文景物，它就不如自由体的新诗表达得细腻贴切了。旧体诗与新诗各有擅场，谁也代替不了谁。不能企图让旧体诗词包揽一切，适于旧体诗题材的就写旧体，适于新诗的题材就写新诗。"这种客观持平之论，就不是那些仅仅站在旧体诗词立场上、偏执狭隘、不谙诗歌发展之大势的人能够说出的，值得所有写作旧体诗词的人认真看取。

四 王永宽《春华秋实集》

《春华秋实集》，王永宽著，大象出版社 2009 年 10 月第 1 版。该集收各体诗作 102 题 373 首，收词 59 首，收曲 4 首。共收录诗词曲作 436 首。书前有刘世德、邓绍基二序。

王永宽，1946 年 1 月生，河南正阳人。1969 年毕业于北京师范大学中文系，1981 年毕业于中国社会科学院研究生院，获文学硕士学位。长期在河南省社会科学院文学研究所工作，曾任所长，研究员，享受国务院特殊津贴专家。学术团体兼职有中国戏曲学会理事、河南省文学学会副会长、河南省戏曲学会副会长等。郑州大学文学院、河南大学文学院、信阳师范学院中文系、安阳师范学院中文系兼职教授。长期从事中国古代文学、中国古代文化研究，发表论文 100 余篇，主要著作有《中国戏曲通鉴》、《河图洛书探秘》、《河南文学史·古代卷》、《何瑭集校注》等，出版有新诗集《诗兴悟语》。

《春华秋实集》中的作品，取材广泛，记游、题咏、感事、抒情、议理、怀古、咏史、赠答、唱和等题材类型，均有涉笔。形式上五言、七言、古体、近体、长歌、短章、词曲，一应俱全。总体上看，集中作品是作者读万卷书与行万里路的诗化结晶，作者腹笥丰盈，阅历广博，而又具诗人善感多思之天性，把读书治学的感悟，游赏观览的见闻，转化为诗词歌曲，妙句佳篇。先说读万卷书一类。集中不少作品是读书的产物，作者的专业是中国古代文学研究，主攻方向为明清戏曲小说，所以他的作品很多与此相关。这方面的作品，主要有《戏曲人物谱》20首、《我笑——读中国古代五大小说名著有感》五首等两组诗作。前一组题咏古典戏曲中的20个人物形象，诸如《西厢记》中的张君瑞、崔莺莺、红娘，《牡丹亭》中的春香，《女起解》中的苏三，包公戏中的包公，《窦娥冤》中的窦娥，《汉宫秋》中的昭君，《浣纱记》中的西施，《雷峰塔》中的白娘子等；后一组所"笑"的对象，是明清五大长篇小说中的主要人物宋江、曹操、孙悟空、西门庆、贾宝玉。作者通过人物题咏，概括戏曲小说原著的主要思想内容和故事情节，借助人物的主要事迹和性格特点，表达作者对于经典文本和典型形象的认识与看法。因戏曲与小说是俗文学，所以赋咏其中人物的诗作笔调轻松，风趣幽默，于谐趣中时见新意，如《西厢记·红娘》云："莫把张生称傻角，红娘也是傻姑娘。"《读西游记》云："今日掩卷思，复有疑问生。既然成正果，何处有悟空？名利与恩怨，六欲及七情。参透其中妙，无一不是空。空空复空空，真理在其中。孙猴悟不悟，同是一场空。"作者的现实关怀有时也借助人物题咏表现出来，如《包公戏·包公》云："如今恶霸横行处，百姓犹呼包青天。"这类作品还有两首套曲和一首词，即《套曲·得郭英德教授新赠大著〈明清传奇史〉》、《套曲·得徐子方教授新赠大著〈明杂剧史〉》、《水调歌头·得华玮博士新赠戏曲研究论著二种》，于酬谢之间，或概括明清传奇发展史，或总说明杂剧发展史，或评论获赠著作的成就特色，皆切中肯綮，显出作者在明清戏曲这一领域的深厚研究功力。

行万里路之作，包括游览自然风景之作与游览人文景观之作两类，前者属记游纪行，后者则是登临凭吊，咏史怀古。作者的游踪以家乡中原地区为主，遍及全国，远至国外的东瀛、北美。这类作品集中最多，大型组诗即有《桂林行》八首，《中原文史古迹咏怀》故里篇、陵墓篇、塔寺篇、遗址篇四十首，《游五台山》十首，《游张家界》十首，《游黄山》十首，《鹧鸪天·辉县游》三首，《台北北海岸四景》四首，《日本仙台八景》八首，《多伦多四景》四首，《海参崴四景》十首等，另外还有不少两首一题和单篇作品。记游纪行能切题写景，描摹生动，如《芦笛岩》中二联："金雕瓜果胭脂色，玉琢龙虫琥珀光。水火凝成花世界，山川自有好文章。"《七星岩》中二联："香案蟠桃王母宴，丹炉宝鼎老君备。珍禽异兽云中卧，琪树琼花壁上栽。"大篇如五古《游灵宝亚武山》，赋法形容，铺陈排比，仿佛韩愈《南山诗》；七言歌行《游尼亚加拉大瀑布》描写瀑布景色，惊心动魄，令人叹为观止，此诗之妙不止于此，记游写景之余，翻出如下结尾："瀑布原为水跌落，途遇不平则自鸣。水遇不平犹咆哮，人遇不平亦发声。一人不平声犹小，众人不平声自宏。水之跌落人喜看，人之不平有谁听？"切入艺文，关合人事，顿觉别开新境，超越一般的模山范水之俗笔。作者于记游写景中时出巧思巧语，如《游晋祠》其二中两联"难老泉难老，会仙桥会仙。待凤轩待凤，开源洞开源"，借地名巧合，成回文巧对，中有蕴含，令人过目不忘。登临凭吊、咏史怀古之作更多，溯源人文，追思先贤，致慨沧桑，箴戒现实，皆题中应有之义，不再一一例举。需要指出的是，这类作品虽出自人文景观之游览，但实际上仍是作者读万卷书的感悟思考的延伸，借助具体景点的触发，结撰成诗化的表述。

该集还有一部分作品，是对古代诗人名作的仿写，属于拟作、效体性质。如《秋柳》四首和王士禛同题名篇、《仿白居易放言》十首、《惜花十律》仿鲁迅《惜花四律》、《西江月·半歌新编》五首等皆是。这些作品并不对原作亦步亦趋，而是把原作当成触著感兴理悟之媒介，生发拓展，铸成新辞，生成新意，显示出鲜明的时代性。佳者如《仿白居易放言》之十："宏观世界尽谜团，生命何时是起源。

上帝聪明难识面，神灵伟大却无言。星辰旋转谁推动，宇宙生成怎变迁。屈子问天天不语，风霜雨雪又经年。"表达的理思即非白傅、屈子能够说出。《秋柳》之四："晓风残月有谁怜，望海潮余一缕烟。乐与柳州同唱和，难随展季共缠绵。神弓结偶扶南国，龙女传书仪凤年。犹忆钱家如是妾，芳魂梦断绛云边。"在前三首就秋意秋景触目兴感、思考广阔的社会人生之余，此首集合历史上的柳姓人物典事，萃为一篇，可谓别开生面。《惜花十律》是鲁迅《惜花四律》的拟作，把鲁迅惜花的整体感慨落实到十种名花上，对牡丹、梅花、菊花、莲花、兰花、玫瑰、桂花、水仙、昙花、桃花一一惜过，多见新意。如《惜桃花》云："符旧更新又到门，满园夭灼早迎春。腮边脂粉含樱口，鼻下芙蓉点绛唇。根叶凄凉桃姊妹，炉烟寂寞息夫人。栖霞何处香君扇，重访武陵难问津。"首联以诗歌语典牵系民俗节令切入，二联继以比拟形容的艳词丽句描写，都与桃花吻合，后两联有关桃花的三个人物故事，莫不香艳缠绵而又凄恻悲凉，由桃花及丽人，含蕴"桃花命薄"的人生命运感伤，紧扣题中"惜"字之意。结以武陵人问津桃花源的诗文典故，呼应开头，使得名花丽人的艳情艳事，艳而不俗，雅意高情，撩人思慕，确是一篇佳作。《西江月·半歌新编》也于李密庵原作翻出新意，像"半熟青梅酸涩，半生瓜蛋不甜"、"半瓶子醋平庸，半吊子人难缠"、"半道怎能转折，半篙无法行船。长途百里甚艰难，行到九十仅半"等，就非古人能够道出。《北仙侣·一半儿·听新歌手唱歌》也是一首拟作，遵从北曲《一半儿》定式，为当代流行歌手画像写生，撷取全新的素材，十分生动传神。

议论和说理可说是该集的一大特点，这也是学人之诗的必然归趋与结穴。这一特点在题咏类诗词和五言、七言长歌中表现得尤为明显。如《念奴娇·咏情》、《贺新郎·咏史》、《西江月·象棋杂咏》四首、《西江月·围棋杂咏》八首、《老人节歌》、《牛与犬》、《驴与犬》、《远方有美女》、《生命歌》十首、《人生歌》十首、《气球歌》、《变脸歌》、《豪猪歌》、《忙闲歌》、《难易歌》、《动物杂咏》四十首、

《鱼篓和鱼竿》等，但不是峨冠方巾冷面说理，而是浅俚家常，活泼风趣，有王梵志佛理诗和白居易说理诗之风调。与古人不同处在于：古人勘破存在真谛之后，多不道出天地之密藏，每示以象，立象以尽意。该集作者在勘破一切底蕴之后，则将玄机和盘托出，畅泄天地之壶奥，开愚启蒙，省人警世，无比透彻明白。该集言理之作的诗艺长短得失，大概都体现于此。

附　录

诗歌与读者之间的桥

——序杨景龙主编《20世纪中国诗歌精品分类导读》

谢 冕

　　20世纪对于中国而言是一个重要的世纪，对于中国的文学和诗歌而言，其意义也是非常重大的。这个世纪是中国结束封建暗夜、进入现代文明社会大动荡并产生了大变化的时代。20世纪使中国面临着一个决定自身命运的抉择：中国是就此沉沦，还是自强以求新生？19世纪中叶以来的内忧外患，逼迫着中国做这样的抉择。在这样的背景下，中国的文学和诗歌自觉地承当了神圣的使命。面对这个重大转型的时代，它们也寻求通过变革以适应社会进步的形势。新文学的诞生，旧文学的式微，便是这种大背景下产生的事实。

　　中国新诗在这一百年中，也经历了这历史大转折带来的大变动。这情况便是：大量外国诗歌的翻译和引进并成为中国诗歌的新营养、新诗的诞生和成熟、旧体诗词的改造和被借鉴。朱自清先生在总结新诗最初十年的成就时，曾把这种巨变概括为自由、格律、象征三大诗派的出现。在三大诗派中，前二者是就诗的体式而言，后者则指的是艺术方式。从这种概括中，我们不难看到五四新诗运动初期的繁荣景象。但中国新诗在20世纪的大变革所具有的丰富性和复杂性，却已远远地超过了朱先生当年的概括。

　　中国诗歌在20世纪这一百年中的发展，题材有了空前的扩大，诗歌涉及的生活面大大地拓宽了；表现手法更趋多样化，已非写实、象征等数端所能概括；诗歌风格也呈现出更多、更鲜明的个人特征……。值得特别提出的是人们对于旧体诗词的态度，较之五四当年则有了更为冷静、也更为客观的辨析。在五四时期，人们把旧体诗词列为革命对象，以为惟有将旧的打倒了新的方能建立。那时采取的是非此即彼的态度。其实，旧体诗词的生命力，远远超出了人们的预想。人们显然低估了中国这一悠久诗体的持久魅力。文随世变，这是对的，但一种长久形成的文体，特别是一种成为民族文化瑰宝的、成熟的诗歌形式是不会消失的。诗歌的前进，未必意味着某种诗体的死亡。

更有一点，那就是翻译诗。对诗稍有认识的人，都会说，诗不可译。即指一个民族的诗与该民族的语言文字的紧密相关，一旦从一种语言转换为另一种语言，势必要以丧失很多不可言传的东西为代价。这从另一面证实了另一种说法，即"所有的翻译诗都是本国诗"。所以，把翻译诗当成一种本国人的再创造，不仅是一种新鲜的说法，也符合诗的规律。

20 世纪即将结束。中国诗歌从晚清的诗界革命到五四的新诗革命，由革命诗歌到工农兵诗歌，由新诗潮到后新诗潮，其中还有发生在台湾的现代派运动。整个的 20 世纪的诗歌发展，伴随着动人心弦的艺术探索与论争，或高昂、或激烈、或沉寂、或崛起。在这新旧世纪交会的时刻，回望 20 世纪所发生的一切，把其中有代表性的作品予以展示，并从不同的角度进行必要的阐释，导引读者进入不同诗意的时空，这也许就是杨景龙先生主编这套《20 世纪中国诗歌精品分类导读》系列的初衷。

从总体上讲，诗歌创作是非常个人化的。诗人多半都生活在他自身的幻想与想象中，用他个人喜爱的和习惯的方式说话。尽管诗人构筑的艺术空间是供人共享的，但进入各不相同的艺术境界，却需要有效的导引。从这个意义上看，严肃的"导读"一类的读物，对于所有的读者都是需要的。由一批大学和出版部门的专家，在 20 世纪的总体观照下，对其中有代表性的作品进行分门别类的抉择，并对它进行评价和分析，这个工作既为 20 世纪的中国诗歌进行了饶有新意的归纳和梳理，又在诗歌与读者之间架起了一道理解和沟通的桥梁。这样说来，这一套精品导读系列的出版的意义是重大的。

自 80 年代以来，诗歌导读一类工作受到了普遍的重视，有许多的专书出版，收效亦颇显著。目前这套《20 世纪中国诗歌精品分类导读系列》尤有其特点：可与古典诗词争读者的短章小诗单独立卷，政治抒情诗选目的不落俗套，各卷作品的选择大体允当，不同的风格，不同的流派，或古典、或现代，均能顾及，且其中多系脍炙人口的名篇。一书在手，满眼珠玑，自是让人喜悦。再加上前面说到的，丛书编者对于旧体诗词和翻译诗的重新定位，也使这套书具有了与人不同的新意。它的创造性眼光值得肯定。

更重要的是，这套书从构思和布局上的"全视野"的特点，更是同类书所缺乏的。编者着意于"准确、及时、全面、客观地对 20 世纪诗歌发展进行一次整体的创作检阅和理论评估"，可谓立意高远，夺人耳目。但在涉及具体作品时，丛书的编者们，却能从细微处入手，有周到的评析而不空泛。应该说，编者为自己确定的这些目标是达到了。近年来，诗歌精品的编选以及导读、欣赏一类图书的出版，许多有识之士投入了这些工作，成绩巨大。但是目前我们谈论的这套书，依然以它特有的魅力吸引人们的注意：它以有效的工作增益了已有的成果。

1999 年 7 月 20 日于北京大学

诗意感悟之中的理论启迪

——杨景龙著《古典诗词曲与现当代新诗》序

赵山林

  新诗是五四文学革命中最先显示创作实绩的部门，20 世纪的中国新诗取得了引人注目的成就，有过激情燃烧的岁月，有过震撼人心的辉煌。在回眸历史的时候，人们很自然会提出一个问题：20 世纪的中国新诗，除了特殊历史条件所带来的特定时代色彩之外，其艺术渊源究竟如何？是得益于"横的移植"即对外国诗歌的取资，还是得益于"纵的继承"即对中国古典诗歌的借鉴？有些诗人或论者是肯定前者否定后者的，认为新诗就是要和旧的传统决裂，景龙的意见则不同，他认为"横的移植"和"纵的继承"各是事实的一半，主张实事求是地进行探讨，认为只有这样才能对二十世纪新诗的诗学背景、诗艺渊源得出全面、正确的认识，才能对古典诗歌所具有的现代价值和新诗所取得的艺术成就作出准确的估定，并有益于培养现代人丰富的审美趣味、弘通的历史视野，有益于拓宽古典诗歌的研究领域，有益于今天新诗的健康发展。这一观点，我是深表赞同的。

  中国诗歌的现代转换，离不开汲取西方近现代文化的营养，但这也有待于中国诗歌在其发展过程中对于这种汲取产生的"需要"和"可能"。同时，汲取外来的营养，并不意味着可以排斥自己民族的传统。民族的血脉是割不断的，对于几千年来的诗歌遗产需要进行科学的分析。对于陈旧的、过时的、阻碍历史前进的东西，应当坚决摒弃；对于健康的、优良的、有生命力的传统，无疑应当珍视、继承，并在新的历史条件下发扬光大。20世纪中国新诗的成就，未尝不得益于此。从情感内涵来看，无论自然主题、时间生命主题、爱情主题，还是爱国主题、乡愁主题、社会政治主题，都因存在自古及今的积淀与渗透，而更显深沉博大；从艺术技巧来看，无论语言形式、意象化、比兴象征，还是构思立意、意境氛围、叙事性与戏剧化、用典拟作或曰互文性，也因存在自古及今的积累与传承，而更显丰富多彩。景龙此书，对于以上问题都进行了较为详尽的论述，并选择胡适、余光中、舒婷以及新边塞诗、新生代诗、白话小诗等有代表性的个案，进行了细致的剖析。如余光中，指出他那永不释然的祖国情结主要来自屈原赋，他那天马行空般的纵逸才气主要来自李白诗，而他的雅致琢炼的语言风格主要来自姜夔词，他冶多元传统于一炉才取得了今日的成就。这些分析，我觉得是很有眼光的。阅读本书的读者都会发现，由于景龙本身就具有诗人气质和相当高的理论修养，对于古典诗歌和新诗两个方面都很熟悉（这种熟悉程度，在景龙这样年龄的学者当中是不多见的），有敏锐的观察力，他做起这方面的论述和剖析来，就显得得心应手，经常能够切中肯綮，令人在诗意的感悟中得到理论的启发。

在中国诗歌研究中将古今中外贯通起来的必要性，不仅有本书所剖析的个案可以证明，还可以举出其他许多诗人的创作道路作为例证。

例如穆旦，王佐良先生评论说："他注重创作实践，对于理论家们不甚理会，自己也没有谈过诗学。人们可能有一个初步印象：他过分倾向艾略特和奥登的写法了，特别是奥登——可是在三十年代哪个青年能不喜欢作为欧洲反法西斯文学前卫的奥登呢？只不过奥登有时显得故作姿态，而在穆旦身上人们只见一种高雅、一种纯真，它们是决不允许摆弄任何姿态的。毕竟，他的骨子里有悠长的中国古典文学传统。即使他竭力避开它的影响，它还是通过各种渠道——读物，家庭，朋友等等——渗透了过来。他对于形式的注意就是一种古典的品质，明显地表露于他诗段结构的完整，格律的严谨，语言的精粹。这也就是说，在穆旦身上有几种因素在聚合。"（见李方编《穆旦诗全编·序》，中国文学出版社 1996 年版）

又如"九叶诗派"的诗人王辛笛，邵燕祥先生评论说：辛笛深爱李商隐、李贺、周邦彦、姜夔、李清照以至龚自珍等人的诗词，"他是从这里出发，走出去接触到莎士比亚，华兹华斯，直到艾略特和奥登的。他与完全不具备足够的母语古典的学养，先只是学了外国诗（原文或译文），而后要'回归古典'的作者不同，那些人的终点，在辛笛们（在他之前还有闻一多、徐志摩、戴望舒）则是自己的出发点。就辛笛而言，那古典的影响是浸入骨髓的不是皮毛的。他在吸取各国诗歌包括现代派（甚至百年前的玄学派）的营养时，能够以我为主，表现在诗作的语言和意境上，都不失民族的色彩，亦不失母语的基调。可以说，他的诗，称得上语言艺术，充分表现出他对汉语语言的艺术敏感，比起当时只接受新式教育和外来文学影响的作者的大白话或文艺腔、翻译腔，他的诗更近于典型的'母语写作'"。"辛笛来自旧文化的营垒，又沾丐到欧风美雨，这样的经历，与'五四'那一代如二周、胡适、刘半农、沈尹默是相同的；他又跟他们一样，不泥于古，也不泥于洋，他把'古'与'洋'都消化了，写出来的是中国现代诗。"（《他是一个可遇而不可求的诗人：我读王辛笛》，《文学报》2003 年 12 月 25 日）

许多新诗人的创作实践证明，优秀的民族文化传统具有生生不息的生命力，存在着进行创造性转化的巨大可能性。关键是要我们去努力。立足于中国的大地，流淌着中华民族的血脉，把"古"和"洋"包括民歌民谣的营养都消化了，充分发挥自己的创造才能，就能创作出无愧于时代的中国新诗，这是许多优秀诗人传授给后人的宝贵的艺术经验，也是景龙这本著作所要阐明的主要问题。

2003 年 12 月于华东师范大学

旨显文茂论小诗

——杨景龙新著《短章小诗百首导读》简评

王汝海

　　作为"20 世纪中国诗歌精品分类导读系列"的一种，诗评家杨景龙新著《短章小诗百首导读》已由河南文艺出版社近期出版。它的面世为当代中国诗歌研究和鉴赏注入了鲜活的血液。

　　借用谢冕先生为"分类导读系列"所作序言《诗歌和读者之间的桥》中的比喻，可以说，引导读者进入现当代白话小诗园林之门的一座"大桥"，是一篇洋洋两万言的总论，题作《烈性酒和浓缩铀——20 世纪短章小诗初论（代前言）》。作者在这篇总论中，界定了小诗的选目标准，勾勒出了现当代小诗的发展轨迹，分析了小诗的艺术优势，并从形式和内容两方面将现当代白话小诗与古代绝句小令作了纵向比较，以见出 20 世纪白话小诗思想艺术上的长短优劣，进而预测了 21 世纪中国小诗的发展方向。这是我见到的第一篇系统深入论述 20 世纪中国白话小诗的文章。诚然，这篇总论还只是作者研究中国现当代小诗的初步成果，但就其见解真灼、引证翔实、论析精辟几个方面看，无疑是一篇高质量的专题论文。

　　本书选入 123 位诗人的 157 首小诗佳作，附在诗作后的导读文字，篇篇都是引领读者走入小诗意境的"小桥"。走过这些小桥再去反复诵读、体会那些精品小诗，你会更真切地领略"烈性酒"的醇厚滋味，感知"浓缩铀"的巨大能量。以非马《脚与沙》为例，原诗六句："知道脚/历史感沉重/想留下痕迹//沙/在茫茫大漠上/等它"。导读文字如下：

> 以"脚"与"沙"的关系，喻人类与时间的悲剧性联系。
>
> "知道脚/历史感沉重/想留下痕迹"三行，写人的努力，人的不朽企盼和功业意识。一代又一代人，总是想通过自己的不辍劳作，不懈追求，在历史上"留下痕迹"，在人类文明史上写下耀眼的篇章，这是人类的光荣和梦想。就像跋涉的脚步，要在大地上留下脚印一样。
>
> 然而，"沙/在茫茫大漠上/等它"。以沙对脚印的掩埋，喻时间对人类的梦想和努力的无情抹杀。"沙"指代时间，时间是伟大而又冷酷的造物，它能轻而易举地让人类的一切功勋业绩都化为乌有，让人类的一切不朽之想与永恒之念都烟消云散。一部人类社会的历史，就是一个不断被时间和遗忘遮蔽、掩埋、抹平的过程。真让人徒唤奈何，黯然神伤。
>
> 不过，人类并不因此而放弃事业，放弃努力。就像在茫茫沙漠上的艰辛跋涉，先行者的脚印被无情地掩遮了，后继者又踩出了新的脚印。一代又一代人前仆后继，全力以赴，终在时间的沙漠上辟出了人类文明的绿洲。人类的全部渺小、悲剧性和伟大、崇高性，都体现在这种以自身的有限对时间的无限的抗衡之中。
>
> 当然，解读这首小诗，也可以让那些过分斤斤于功名、不朽欲过强的人清醒。冷冽的小诗，未尝不含有对人类愚迂一面的反讽之意。

读过这篇导读文字，相信即使不大懂诗的人，也会被小诗浓缩的内容深深打动。本书的157篇导读，均为此类旨显文茂的随笔小品，不拘程式，潇洒行文，精到警辟，诗意盎然，仿佛一则则现代版的古典诗话词话。这也是杨景龙诗评的一贯风格，在他以前的多部诗评著作中，均有出色的显示。精美的评点与晶莹的小诗辉映成趣，形成本书相得益彰的格局。

原载《河南新闻出版报》2002 年 8 月 20 日

重估新诗与传统诗歌的关系
——简评杨景龙先生《古典诗词曲与现当代新诗》

刘　敏

　　新诗的生成问题，从 20 世纪至今一直是诗歌界极具争议性的话题之一，绝大部分诗人、诗评家认为，新诗更多地吸收了西方文学的养分，得益于"横的移植，而非纵的继承"（纪弦《现代派信条释义》，《现代诗》第 13 期，1956 年 2 月）。这一观点的主要倡导者有梁实秋，他认为："我一向以为新文学运动的最大成因，便是外国文学的影响；新诗，实际就是中文写的外国诗"（梁实秋《新诗的格调及其他》，《诗刊》1931 年第 1 期）。另外，还有些与这一观点截然相反的声音。而杨景龙先生的见解则比较独特，他认为"横的移植"和"纵的继承"应各占事实的两个方面，尽管中国新诗的发展壮大离不开西方近现代文学和文化的营养，但也不能不承认，几千年来的诗歌传统已经深入诗人们的血脉，这是斩不断、分不开的，因此，不管有意还是无意，传统诗歌的影响还是通过各种渠道渗透进新诗的肌体中来。

　　在对这一问题的研究中，诗评家们普遍承认"横的移植"在新诗发展史上的巨大作用，研究成果非常丰硕，而对于"纵的继承"则重视不够，相对缺乏系统性的研究论著，杨景龙先生的《古典诗词曲与现当代新诗》一书的出版，正好弥补了这一缺憾，填补了这一研究领域中存在的空白。仔细研读下来，笔者发现，该书至少有以下几个方面的特色。

  首先，匠心独具的考察视角。关于现当代新诗是否接受传统诗歌影响的问题，杨景龙先生在书中有这样形象的阐释："文学史是一条流不断的大河，上游之水总要往下游流淌。居于大河上游的那些蕴含积淀着深厚的民族文化心理—情感内容的'母题'和'原型'，作为'背景或大的观念'（韦斯坦因《比较文学与文学理论》，辽宁人民出版社，1987 年版），总要对后世文学进行笼罩性的渗透，致使一些题材形成'一个特殊形式或模型，这个形式或模型在一个时代又一个时代的变化中一直保存下来'（莫德·鲍特金《悲剧诗歌中的原始模型》，《西方现代诗论》，花城出版社 1988 年版）。或显性或隐性地，出现'每一篇文本都是在重新组织或引用已有的言辞'的结果（罗兰·巴特《文本理论》，《互文性研究》，天津人民出版社 2003 年版）。因此说，后来的诗歌接受前代的影响是必然的。"在具体考察这一问题时，作者并没有孤立地谈论古诗或新诗，而是把二者放在一起对读，采取古今比较的视角去解析现象，解读作品，考察角度新颖独到，由此而得出的见解观点自然也就与众不同。全书根据不同的分类标准分为三篇：主题篇、方法篇、典型篇，分别从不同方面来讨论古典诗歌对中国现当代诗歌产生的深远影响。主题篇侧重于古典诗歌在思想观念层面对新诗的渗透；方法篇讨论了古今诗歌在形式手法上的传承；典型篇则选取几组具有代表性的诗人、诗歌流派、诗体的个案加以研究剖析。做到了多层面、多角度地贯通古今，探寻现当代新诗的诗学背景和诗艺渊源，对古典诗歌的现代价值和现当代新诗的艺术成就作出了恰当的评估，打破了诗学领域人为划出的古今分治疆界，在古今诗歌的交叉部位为中国诗学研究拓展出新的学科空间。杨景龙先生的研究思路，确如《文学遗产》所评价的那样："是一个可以拓展学科空间并且大有助于学术创新的研究路向。"

  其次，层次多样的分析阐释。该书从宏观和微观两方面来研究古典诗歌对现当代诗歌的影响，因而比一般的分析更显全面客观。具体说来，主题篇和方法篇从宏观方面着眼，阐述了现当代诗歌在情感内涵和艺术技巧两方面对古典诗歌的承传和演变。主题篇对时间生命主题、爱情主题、社会政治主题、爱国主题、乡愁主题、自然主题等不同题材的古今诗歌进行比较，指出它们之间的共通之处。以爱国主题为例，爱国主义是贯穿古今诗歌史的一个恒久不衰的话题，作者先分别阐述了古代和现当代爱国题材诗歌的整体风貌，后又以古今著名的爱国主义诗人为典型，把屈原和闻一多、郭沫若、余光中放在一起类比，印证了现代新诗人、新诗歌对爱国传统的自觉接续和认同，接着分析进入现当代之后，诗人们对于这一传统题材的重新理解和有意解构，层次脉络非常清晰。在方法篇中，作者举出大量例证来阐释现当代诗歌在艺术技巧方面（语言形式、意象化、比兴象征、构思立意、意境氛围、叙事性与戏剧化、用典拟作与互文性）对古典诗歌的继承和发扬。典型篇则是从微观入手，选择几组极具代表性的诗人（胡适、余光中等）或诗歌派别（新边塞诗、新生代诗等），进行了细致的剖析比较。以舒婷为例，她诗歌的整体感情基调酷似以浪漫感伤为抒情基调的唐宋婉约词，书中指出，其诗作所选取的情感题材的人性内涵，流露出的执着忧伤的凄美情调，结构的曲折层递，语言的柔婉清新，意境的朦胧隐约等，都与唐宋婉约词有着千丝万缕的联系。典型篇从不同方面对现当代诗人诗作与古代诗人诗作进行具体比较分析，不仅有助于厘清诗人的诗学背景和诗艺渊源，同时借助于这些个案的研究，为当代新诗创作和理论批评如何处理"新"与"旧"之间的辩证关系，提供了有益的借鉴和启示。

再次，包罗万象的所引例证。杨景龙先生具有很高的理论修养和丰厚的知识储备，对于古典诗歌和新诗都相当熟悉，在做理论剖析和比较时往往能够切中要点，并能根据不同的论证需要引经据典，使读者在接受理论的过程中也能同时得到诗意的熏陶启发。书中列举的例证众多，古今中外，无所不包。比如：主题篇第二章爱情主题，仅一个章节，所涉及的具体诗作就有几百首之多，从脍炙人口的古典诗歌典籍《诗经》、《离骚》到私语式、个人化色彩非常强烈的现当代新诗（伊蕾《独身女人的卧室》、辛茹《有一朵玫瑰》、小君《我要这样》等），作者都能信手拈来，如数家珍，并就某些具体作品进行富有个性的审美鉴赏。读者在理解诗歌理论的同时，能够结合具体作品的参照分析，很是形象直观，避免了阅读很多理论书籍时难以避免的枯燥乏味、晦涩不明、虚无空泛之感。正如赵山林先生在该书序言中指出的那样："景龙本身就具有诗人气质和相当高的理论修养"，全书文笔潇洒，诗意盎然，如行云流水一气呵成，需阐述时旁征博引，需举例时信手拈来，语言尽量做到浅显明白，并不故作高深，一些专业性的诗歌术语也尽量深入浅出地加以解释，满足了不同层次的读者需求。凡此，皆是作者的"诗人气质和相当高的理论修养"的具体体现。

我们似乎可以这样说，"诗人气质"给了杨景龙先生写作该书莫大的优势，却也使该书注定会存在些许遗憾。正由于作者的"诗人气质"，使他在分析某些诗人诗作时主观色彩略重，这主要体现在对海子的分析评价方面："他的诗太蹈虚，太浮泛，缺乏对生活、情感、景物的真实细致的具体描写。……他的很受欢迎的《面朝大海，春暖花开》，感情浮泛，思想甜俗，毫无新意；他的《亚洲铜》、《抱着白虎走过海洋》等诗，莫名其妙，破碎随意，几无理路可言。……海子和他这一路诗人，没有创造出完整浑成的作品，是评论家替他们重新整合，然后给出意思。但那意思也主要是评论家的，而不是诗人和诗歌本身具有的。"对于海子，这样的评价显然有失公允。正所谓"一千个读者就有一千个哈姆雷特"，同样，对于一首诗的解读，读者会因为各自的人生经历、文学素养等不同而有不同的见解，一首有内涵的好诗，正应该给读者充裕的解读空间，试想如果解读同一首诗时，每个人的见解都是一样的，我们恐怕就很难说这样的一首诗是好诗了。此外，该书着重阐述的是古典诗词曲对新诗的积极影响，对于古典诗歌施与新诗的消极影响并没有涉及，可能是由于体例或篇幅的关系，这或许也算是一个遗憾吧？

尽管书中存在着这样一些有待商榷的地方，但是瑕不掩瑜，杨景龙先生的《古典诗词曲与现当代新诗》的出版，有利于诗人和诗评家重新审视传统诗歌与新诗的关系，对于传统诗歌施与新诗的影响和新诗所取得的成就，给出中肯的评估；更有利于拓展学科空间，打通古今壁垒，使操持新旧不同诗体的诗人消除彼此间的隔阂，为了中国诗歌的再度繁荣携手努力。

原载《中国韵文学刊》2007 年第 2 期

通古今之变

——简评杨景龙教授新著《中国古典诗学与新诗名家》

葛瑞华

　　中国古典诗歌对 20 世纪新诗产生了怎样的影响？20 世纪中国新诗接受古典诗歌影响的状况如何？要想准确公正地评估古典诗歌的现代价值和 20 世纪新诗的艺术成就，就必须回答这些问题。而回答这些问题的前提，就是开展古今诗歌之间的传承关系研究——这显然是中国文学研究领域的一个重要课题。但受制于学科时段的机械划分，加上对古典诗歌与新诗之间所谓"断裂"关系的片面理解，关乎中国诗歌影响史和接受史的古今诗歌传承研究，长期处于相当薄弱的状态。杨景龙先生所致力的相关研究工作，即是为了回答上述问题，力图打通中国古今诗歌发展史，并填补中国诗学领域相关空白的较为系统的探索和尝试。他的研究成果，有力地改变了这一领域的薄弱研究状况。

　　自 20 世纪 80 年代以来，景龙先生对古今诗歌之间的传承关系问题持续关注，用力至勤。相继在《文学评论》、《文学遗产》、《文艺研究》、《光明日报·文学遗产》、《诗探索》、《中国诗学研究》等报刊上，发表了一大批古今诗歌传承研究论文，并被《中国文学年鉴》、《中华诗词年鉴》、《新华文摘》辑录，在专业领域内产生了积极的反响。在复旦大学、浙江大学主办的"中国文学古今演变研究"

国际学术研讨会、安徽师范大学主办的"中国古典诗学的现代转换学术研讨会"、福建师范大学主办的"《文学遗产》国际论坛"、西南大学主办的"华文诗学名家国际论坛"、南京师范大学与中国韵文学会主办的"中国韵文学国际学术研讨会"等专业学术会议上，宣读交流过相关研究成果，得到了与会专家们的普遍肯定。他还以"中国古典诗学与新诗名家"、"中国古典诗学与 20 世纪新诗"为题，成功申报了河南省哲社规划项目和国家社科基金项目。这部由人民文学出版社出版的 40 余万字的新著，就是河南省哲社规划项目的研究成果和国家社科基金项目的阶段性研究成果。

新著的绪论部分，从意象、诗句、文本、诗人、流派、诗体、主题、手法等层面，对中国古典诗学全面影响 20 世纪新诗的状况加以概述，并初步反思文学研究领域学科时段机械划分产生的弊端，指出开展扎实有效的古今诗歌传承研究，所具有的重大现实意义。上编十二章，分别探讨以胡适先生为首的一批新诗名家，在创作实践上和理论上对中国古典诗学的薪火借取。下编则主要从诗学主题、表现方法的角度，梳理古典诗学与新诗名家之间的施受端绪。第二十章的文本解读，为古今诗歌之间的传承关系，提供具体而微的例证。第二十一章讨论古典诗学对 20 世纪新诗人的负面影响，兼及影响焦虑问题。把上下编合而通观，古典诗学在 20 世纪新诗创作、批评领域的影响，与 20 世纪新诗人的诗学背景、诗艺渊源，以及中国诗歌古今传承演变的一些重要的规律性现象，可以从中清晰地见出。古典诗学的现代价值，与 20 世纪新诗人的艺术成就，也可以在古今互为参照的视野中，得到较为准确公正的评估。

这部新著的学术价值，主要体现在如下几个方面：第一，它有利于改变古典诗歌影响新诗的巨大价值被忽略的现状，纠正普遍存在的古典诗歌与新诗无关的模糊认识，树立中国诗歌史和文学史发展演变的整体观。第二，它有利于加强中国古典诗学研究的当代性，使作为诗歌史家的古典诗学研究者，真正担负起指导当代诗歌创作研究的责任。第三，它有利于把古典诗学研究从静止的文献研究状态激活为影响新诗创作的活体研究状态，从而在中国诗学领域拓展出一片边缘交叉的新垦地，培育出一个新的学科生长点，构建起一个新的分支学科。第四，它有利于打破当前旧体诗词和新诗创作、欣赏上存在的互相对立的森严壁垒，加强当代白话新诗和旧体诗词之间的互相学习交流，优势互补，共同促进民族诗歌的再度繁荣。第五，在广泛的意义上，它更有利于培养当代学人和读者丰富的审美趣味、弘通的历史视野和对优秀的民族文化传统进行现代创造性转化的能力。

这部新著的学术价值，还体现在研究思路和方法的创新方面。新著的大部分内容，都是对学科新领域的探索与拓展，没有现成的方法可供使用，景龙先生在综合古今中外多种研究方法的基础上，摸索总结出了一套古今比较、互为参照的系统方法。采用这种行之有效的研究方法，所取得的研究成果，形成的主要观点，具有某种总体创新性质。这部新著的突出特色和建树，即是在研究内容和研究方法的总体创新性质上体现出来的。景龙先生的这种研究思路和方法，确如《文学遗产》所评价的那样："是一个可以拓展学科空间并且大有助于学术创新的研究路向。"

在古今比较、互为参照的视野下，仅就古代而论古代，或就现代而论现代的古今隔离状况被打破，古典诗歌对现当代新诗的影响，和现当代新诗的诗学背景、诗艺渊源，得以清晰地彰显出来。比如该书上编第三章"芬芳哀怨的雨中丁香"所讨论的戴望舒，是20世纪二三十年代中国现代主义诗歌的领军人物，论者多瞩目他的新诗创作与西方象征主义乃至超现实主义诗歌的联系。在强调这些横向联系时，也都会约略言及戴望舒诗歌中来自中国古典诗学的因子。自从杜衡在《望舒草·序》中指说望舒诗"是象征派的形式，古典派的内容"，后来的研究者多循此立说。应该承认，杜衡的说法是准确的，这一说法将戴望舒诗歌与多写异国情调、神秘晦涩的李金发等人的象征诗，进行了有效的区隔。但"象征派的形式"是否纯然来自横向移植？"古典派的内容"所指具体为何？对此，杜衡没有详言。后起的研究者则基本上把戴诗的象征手法，论定为接受西方象征派影响的结果；

至于"古典派的内容",也多归结为较笼统、含混的"美丽感伤的诗情","中国深厚的历史文化背景"等,而未曾就此问题进行细致、具体的探讨。论析望舒诗,到此为止显然是不够的。其实,戴望舒诗歌在内容上主要处理日常感性的题材,这正是古典诗歌一贯的取材路径;写得最多的哀怨感伤的情诗,与晚唐温李诗词和唐宋婉约词为近;他诗中的游子乡愁,和写给妻女的诗中表现出的伦理情感,也为古典诗歌所习见;抗战题材作品,则可视为中国古典诗歌爱国主题在新的时代背景下的嗣响。在艺术表现上,戴望舒诗歌的暗示象征,亦非纯粹来自西方象征派,中国古典诗歌的比兴寄托手法,对望舒诗的浸润更为深刻内在。在语言体式上,望舒诗借取古典诗歌之处更比比皆是。通过著者对戴望舒与中国古典诗学纵向传承关系的梳理,使我们加深了对于这位著名的现代主义诗人的诗学背景和诗艺渊源的认识。

再如本书第六章"汨罗江在蓝墨水的上游"所讨论的余光中,是台湾三大现代诗派之一"蓝星"的代表诗人,早年留学美国,后来一直在台湾、香港高校从事英美文学教学研究工作。余光中与中国古典诗学的联系又是怎样一种情形? 著者指出:在现代和传统之间,在古今诗歌的时间纵轴和中西诗歌的空间横轴交叉构成的纵横坐标上,余光中找到了自己的最佳立足点。他追求受过现代意识洗礼的"古典",和有着深厚古典背景的"现代"。他说"汨罗江在蓝墨水的上游",指出了新诗与以屈原为代表的古典诗歌传统一脉相承的联系。陶醉于传统诗词的他,曾忘情地说:"在古典悠悠的清芬里,我是一只低回的蜻蜓。"他对屈原、李白、杜甫、苏轼念念不忘,写了《漂给屈原》、《寻李白》、《湘逝》、《夜读东坡》等许多题咏诗;他"自信半个姜白石还做得成"。从余光中与古典诗歌传承关系的角度,可以清楚地看到:他那永不释然的祖国情结主要来自屈原赋,他那天马行空般的纵逸才气主要来自李白诗,而他的雅致琢炼的语言风格则主要来自姜夔词。余光中置身现代生活,横接西方,沐欧风美雨;纵承诗骚,浸唐风宋韵。广泛地吸纳熔铸、冶多元传统于一炉的余光中,终于成就了杰出的新诗艺术。如上所引，著者把余光中放在古今中西诗歌史构成的纵横坐标点上进行论析，切中了余光中诗艺之肯綮，可谓深造有得的探本之论。

这部新著对于东西方诗学理论的融会贯通，也多有可观之处。著者把中国古典诗学的拟作、效体，与西方诗学的"互文性"理论对接，以之考察新诗意象、诗句、文本与古典诗歌的关系，就很有创意。著者指出：不少新诗佳句、名篇都是对古典诗词佳句、名篇的模拟。或显性或隐性地，出现许多新诗文本"都是在重新组织或引用已有的言辞"的结果。西方文论把这种由经典文本派生出新的文本的文学现象，称为"互文性"。"互文性"现象在新诗中大量存在。比如卞之琳指认戴望舒的《雨巷》，"读起来好像旧诗名句'丁香空结雨中愁'的现代白话版"。戴望舒《夕阳下》首句："晚云在暮天上散锦"，活用谢朓《晚登三山还望京邑》诗句"余霞散成绮"。闻一多《口供》中有句："鸦背驮着夕阳/黄昏里织满了蝙蝠的翅膀"，活用温庭筠《春日野行》诗句"鸦背夕阳多"和周邦彦《玉楼春》词句"雁背夕阳红欲暮"。卞之琳那首脍炙人口的《断章》："你站在桥上看风景/看风景的人在楼上看你//明月装饰了你的窗子/你装饰了别人的梦。"原是一首长诗删改后留下的几句，诗中意象之间的主客关联转换，一如南宋杨万里《苦热登多稼亭》诗句"偶见行人回头望，亦看老子立亭间"和清代厉鹗《归舟江行望燕子矶》诗句"俯江亭上何人坐，看我扁舟望翠微"。而李瑛的《谒托马斯·曼墓》："细雨刚停，细雨刚停/雨水打湿了墓地的钟声"，也很容易让人想起杜甫《船下夔州郭》诗句"晨钟云外湿"。舒婷《春夜》中的名句："我愿是那顺帆的风/伴你浪迹四方"，与宋代张先《江南柳》词句"愿身能似月亭亭，千里伴君行"，可说是活脱相似。余光中《劫》有句："断无消息/石榴红得要死"，活用李商隐《无题》诗句"断无消息石榴红"，略加改动；他的《碧潭》有句："如果舴艋舟再舴艋些/我的忧伤就灭顶"，则活用李清照《武陵春》词句"只恐双溪舴艋舟，载不动，许多愁"。洛夫说："我曾写过这样的句子：'清晨，我在森林中/听到树中年轮旋转的声音——’，这与杜甫‘七星在北户，河汉声西流’的诗句，具有同样的超现实艺术效果。”洛夫还“做过一些将杜甫、李白、王维、李贺、李商隐等诗句加工改造，旧诗新铸的实验”，例如他曾“把李贺的‘石破天惊逗秋雨’一句，改写为：‘石破/天惊/秋雨吓得骤然凝在半空’”。用中国古典诗学的“拟作”或西方现代诗学的“互文性”理论来看，何其芳的《罗衫》与班婕妤的《怨歌行》、陈江帆的《穷巷》与王维的《渭川田家》、洛夫的《长恨歌》与白居易的《长恨歌》、郑愁予的《错误》与苏轼的《蝶恋花》、高准的《香槟季》与《诗经·关雎》、任洪渊的《那几声钟，那一夜渔火》与张继的《枫桥夜泊》、席慕蓉的《悲喜剧》与温庭筠的《梦江南》、冯青的《最好回苏州去》与周邦彦的《少年游》、舒婷的《船》与《古诗十九首·迢迢牵牛星》之间，均存在着文本模拟的“互文性”关系，前者显系后者的“拟作”。把几组作品放在一起对读，在古今比较的“溯本求源”里，就会看到“前人的文本从后人的文本里从容地走出来”的有趣现象。著者通过这些古今对应的诗句、文本的微观比较解读，更清楚地展示了古典诗学对新诗名家的影响渗透，同时为中国古今诗歌之间的传承演变关系，提供许多具体而微的坚实证据。

景龙先生这部新著的优长之处，不仅在于扎实的文献功夫、新颖的理论见解，富于诗意的行文，也为他的论著平添魅力。著名词曲史家赵山林先生曾说：“景龙本身就具有诗人气质和相当高的理论修养，对于古典诗歌和新诗两个方面都很熟悉，这种熟悉程度，在景龙这样年龄的学者当中是不多见的。他做起这方面的论述和剖析来，就显得得心应手，经常能够切中肯綮，令人在诗意的感悟中得到理论的启发。”这部新著既有“通古今之变”的宏阔理论视野和史家眼光，又有深湛的感悟、细腻的体验和优美的修辞，灵性闪烁，才气飞扬。确如《中国韵文学刊》2007 年第 2 期刊发的《古典诗词曲与现当代新诗》一书的书评所说：景龙先生的论著“文笔潇洒，诗意盎然，如行云流水一气呵成，需阐述时旁征博引，需举例时信手拈来，避免了很多理论书籍难以避免的枯燥乏味、晦涩不明、虚无空泛之感"。《中国宋代文学研究年鉴》在为景龙先生的《蒋捷词校注》一书所刊发的书评中，也认为"《竹山词》之疏解，情采盎然，不啻为二度创作，实乃绝妙美文，堪与蒋捷词作两相辉映，足以见出著者之功力与才情"。高端的文学研究著作颇见辞章之美，真令人叹羡！

　　长期以来，景龙先生淡泊自处，沉潜于中国古今诗学研究和唐宋词籍整理研究之中，理论与文献并重，在两个方面都取得了不菲的成就。2004 年春天，景龙先生推出了国内首部贯通古今诗学的著作《古典诗词曲与现当代新诗》，打通三千年古典诗歌与百年新诗，构建起宏大的理论框架，赢得学术界广泛好评，获得河南省政府第四届文学艺术奖理论大奖。这部《中国古典诗学与新诗名家》，是景龙先生贯通古今诗学的又一部力作，表现出更为开阔弘通的诗歌史视野，和更加成熟深邃的理论思考。古今诗歌传承研究是一片边缘交叉的崭新学术领地，可供拓展的疆域还很辽阔。我们深切希望以本书的出版为新的起点，著者能够继续在这个研究方向上作出自己更大的努力。我们期待着他的下一部高质量的新著问世！

原载《诗探索·理论卷》2014 年第 2 期

代后记

当代旧体诗词应该向新诗学习什么

      这本书稿,是河南省高等学校哲学社会科学创新团队支持计划项目(二〇一三—CXTD—〇二)的阶段成果之一。书稿三辑二十章,加上"前言"和"后记",都是在中国诗歌古今传承的总体视野下展开论述的。笔者秉持中国诗歌史发展演变的整体观,以之审视20世纪中国各体各类诗歌,一方面厘清20世纪各体各类诗歌与中国古典诗学的一脉血缘关系,另一方面凸显20世纪各体各类诗歌的自身特点和长短得失,试图让20世纪各体各类诗歌之间建立起一种良性的互动关系,以利于彼此取长补短,并存共生,合力达成中国当代诗歌的再度繁荣。这是笔者自20世纪80年代以来的一贯思路,这一思路始终贯穿在此前发表的相关论著当中。这里,笔者呼应"代前言"中讨论的20世纪新诗对古典诗学的承传问题,再专门讨论一下现当代旧体诗词如何向新诗学习借鉴的问题。

      首先是眼光、气度与格局。五四文学革命先驱之所以要用白话取代文言、用新诗取代旧诗,主要是出于"言文一致"的考虑,只有"言文一致",用自然舒展、清楚明白的现代汉语为文作诗,才能够发挥语言和文学的最大教育启蒙功用,从而更为有效地提高中国人的文化素质,推动中国从总体上已经落伍的传统文明向先进的现代文明转型。胡适提出:应以创作"国语的文学"作为普及国语的途径,作为教科书,作为国语文法的规范,从而形成"文学的国语",普及

"全国人的公共权利"的"国语教育",进而创造中国的文艺复兴,使中国古老的文明重新焕发生机活力。在五四一代文学革命先驱的努力下,"言文一致"的白话诗文,逐渐成为整个社会交流思想、抒发感情、传播信息和发展教育的主要工具。受到各地自编语体文教科书的形势推动,北京政府教育部顺应历史潮流,于 1920 年初通令各省区,改小学国文为语体文。此后,中学、大学各科教科书、讲义,也采用语体文编撰,文言被淘汰,扫除了科学教育传播和普及的语言障碍,使当时的科学教育大发展大变革如虎添翼,语言文字工具的解放,有力地促进了现代科学教育的蓬勃发展。鲁迅在《无声的中国》的演讲中,指出胡适提倡文学革命,使中国人能用"活着的白话"发出了感动世界的"真的声音",白话与文言的选择,关乎国家民族的生死存亡。革命家廖仲恺在致胡适的信中说:"我辈对于先生鼓吹白话文学,于文章界兴一革命,使思想能借文字之媒介,传于各级社会,以为所造福德,较孔孟大且十倍。"20 世纪 50 年代美国的《展望杂志》,以胡适"替中国发明了一种新语言"为理由,推举他为当今世界百名伟人之一,表述虽不尽准确,但也证明了胡适的文学语言革命对中国社会的巨大贡献,及其所产生的世界性的影响。

讲清楚这一点非常重要。因为从一开始,提倡白话文、白话诗的新文学先驱们,就不是出于到底是让文言还是白话执文坛、诗坛牛耳的狭隘考虑,目光如炬的他们,无暇计较这些枝节问题,这不是他们的目标和目的。他们改造语言、改造文学、改造诗歌,都是为了顺应语言发展变化的现实,以现代白话口语为利器,推动文化教育普及、国民素质提升,以期实现文明和社会转型的宏大文化战略目标。正因为如此,他们主张"文当废骈,诗当废律",因为骈文、律诗已经总体上不适应现代社会传播科学文化知识、表现远比古代丰富复杂的生活经验与思想感情的需要。但他们并没有把古汉语、古典诗歌当作敌人,笔者古今诗学传承的相关论著,已详细讨论过他们全面学习借鉴古汉语、古典诗歌的情形。相比之下,旧体诗词阵营的人士,眼光、气度和格局明显要技术化得多。一是仅出于对传统文化、古典诗词的热爱，而没有把语言、文学、诗歌的发展变化，纳入整个社会、文明转型的宏大背景下加以审视思考。二是斤斤于到底是由新诗还是旧诗占据诗坛盟主地位，这更多是一种基于热爱情绪甚至是出于其他考量的意气之争，往往显得狭隘而偏执。三是因此把新诗当作敌人，极尽挖苦讽刺之能事，只见其短，不见其长，罔顾新诗在创造性地转化古典诗歌传统方面已然取得的不菲成绩，动辄叫喊推倒新诗的诗坛盟主地位，在百年新诗已经创作出许多旧体诗词无法比拟的名作甚至杰作之后，仍然有人轻率地宣布"彻底否定新诗"。四是最根本、最致命的一点，就是旧体诗人鲜有正视语言这一无法总体突破的瓶颈问题者。旧体诗词的音韵、格律、词汇，都已经退出现代社会生活的交流实践，在旧体诗词里，言文已经根本分离，现代生活、思想、感情、心理，已经丰富复杂到远非古汉语词汇所能胜任表达的程度。所以，旧体诗词创作如果完全使用古典语汇和声韵格律，写出来的作品可能就是与时代现实脱节的"仿古"赝品；如果过多使用现代语汇和音韵，则势必"破体"，类似打油诗、顺口溜，最高也不过散曲调侃幽默、机智谐趣的境界。这是一个死结，仿佛如来的手掌，你一旦选择了旧体这一形式，任你有孙行者十万八千里筋斗的本领，也永远不可能翻腾出掌心来。所以大家干脆采取鸵鸟政策，忽略这个致命问题不谈了，就像干脆忽略新诗已然取得的重大成就不谈一样。

其次是价值观念。新诗与中国社会现代化进程同步，为民主、自由、科学、人性讴歌。现代文学界讨论的"现代性"问题，确实是一个触著本质的问题。早期新诗对启蒙的执着，对五四狂飙突进精神的表现，对现代世界进步的思想和艺术观念的承载、传播，对底层社会、平民世界的艰难生存真相的展示，这一切，在现当代旧体诗词中都是相对欠缺的。仅举一个例子，比如对待共和的态度，新诗人基本不会对共和持有怀疑或提出疑义，废除帝制、走向共和，这是人类社会发展进步的潮流所向，大势所趋，每一个头脑和人格心理健全正常的人，都应该认清这一点，这是一个具备现代观念的现代人应该坚守的底线。用传统的话说，这是做人的"大节"和"大处"。可是在旧体诗词界，反对共和的却大有人在，清末民初那些遗老遗少身份特征明显的旧体诗词家不必去说了，大艺术家如吴某，大学者如陈某，都在诗中不止一次地认专制腐朽的清帝国为故国，视共和革命为乱党，表露出对于清廷和帝制的深切眷顾怀念。某著名学者自沉的具体原因，可以再讨论，但其在北伐胜利前这一时间节点上采取的这一决断行动，为旧制度陪殉的意味不言而喻。我们不能总拿一句高大上的"与文化共命"或"为文化续命"来搪塞，一些写作旧体诗词的人在价值观念层面存在致命的欠缺，是一个无法遮掩的事实，这是一个关乎国家、民族乃至人类命运的大是大非问题，我们不必曲为回护，为尊者贤者讳。其实，在文言已经退出现实社会生活之后，继续选择与时代脱节的文言旧体、拒绝使用并敌视与时代同步的白话新体，这本身就是价值观在起着决定作用，而不仅仅是个人的兴趣爱好所致。辛亥革命、五四运动之后，现代性和国民现代化的问题远远没有解决，不仅底层百姓普遍崇拜皇帝、盼望清官，知识阶层中持有这样想法的也大有人在。具体到旧体诗词界，趋时应景，无关痛痒，谀辞阿世，颂声盈耳，几成常态。这都涉及作为创作主体的旧体诗词作者，其主体意识、独立意识、反思意识与批判意识，亦即现代意识是否真正确立这一根本问题。这里有几个典型的例子，比如前时有旧体诗词作者撰文，将辛弃疾词中的"补天情结"与郑文焯词中的"补天情结"相提并论，对郑文焯"杀贼有心，回天无力"的所谓"忠君爱国"大表理解和赞赏，肯定就是价值观层面出了问题，所以才会导致如此舛错的价值判断与审美判断。最近出版的一套民国旧体诗词作法丛书，对于旧体诗词创作研究来说本是好事，惜乎编者在长篇五古题辞中，又一次把矛头对准了首倡文学革命、新诗革命的胡适，认为新诗是"雕龙为虫，画虎类犬"，而且匪夷所思地把当代"老干体"旧诗，也归罪于新文学和新诗革命，显然也是价值观念层面出现了根本问题。更有甚者，进入 21 世纪后仍有旧体诗人公开宣布"彻底否定新诗"，则更是让人莫名其妙，不知其欲将语言、文学、诗歌和时代演进之大趋势置于何地，聆听这种骇人之论，确能让人生出不知今世何世、今夕何夕之感。

　　再次是态度和方法。新诗除了对中国古典诗学进行多角度全方位的学习、借鉴、转化，还横向连接了世界诗歌，对于西方从荷马史诗以降的古典主义、浪漫主义、象征主义、现代主义和后现代主义诗歌，对于东方的印度诗歌、日本诗歌和阿拉伯诗歌，进行了广泛的学习和借鉴，与之建立起一种有效的"互文性"关系。上举外国诗歌林林总总的主义、流派的理论和方法，新诗界都做过程度不同的译介，并在译介的基础上加以摹习仿作，在传习诗法的同时，对世界各国各民族的哲学、历史、文化，进行全面深入的了解和吸收。所以，新诗在使用现代汉语、具有语言上的先天优势的同时，通过对世界诗歌和历史文化的充分吸纳消化，创造了许多古典诗歌所不具备的崭新美感形态，创生了许多新鲜的诗歌艺术和美感经验。比如郭沫若诗歌在纵向继承屈原、李白诗歌的同时，横向借鉴了歌德、惠特曼诗歌艺术精神，所以才有了《女神》的横空出世；闻一多在倡导新格律体的同时，不忘横向借取西方象征主义诗歌的以丑为美，写出了《死水》这样的新诗经典，他的三美之一"绘画的美"，不纯是王维"诗中有画"的翻版，其中正有着济慈、罗瑟蒂的影子；戴望舒在其酷似晚唐诗和婉约词的感伤情绪浓郁的诗作中，也深度借鉴了法国象征派诗歌，所以才有了《雨巷》、《印象》、《寻梦者》、《乐园鸟》等名诗的产生，这些诗不单是古典诗歌美人香草、比兴象征传统的产物；何其芳早期诗歌在追摹温庭筠词的浓艳色彩时，亦借鉴了法国班纳斯派后期诗人诗歌的色彩感觉，所以才能创作出《预言》、《季候病》、《罗衫》、《爱情》、《欢乐》等色调斑斓、仪态妩媚的新诗佳作；洛夫在揣摩唐人王维诗歌和古代禅诗的同时，旁取西方超现实主义和后现代主义的语言生成技巧，成就了他的《金龙禅寺》、《水墨微笑》、《随雨声入山而不见雨》等传世之作。其他像李金发的象征诗、邵洵美的爱情诗、冯至的十四行诗、九叶派诗歌、朦胧诗、新生代诗、文化诗、中年写作诗歌，台湾的现代派、蓝星诗派、创世纪诗派，乃至贺敬之、郭小川的政治抒情诗，刘湛秋的无题抒情诗等，都与外国诗歌有着直接间接的关联，彼此构成"互文性"关系。其间表达的思想情感与审美经验，在现当代旧体诗词中基本无法见到。这种"别求新声于异邦"的做法，值得操持旧体的诗人们特别关注。旧体诗从晚清诗界革命开始，虽也注意吸收使用舶来的新名词新语汇，但主要是嵌入，没有深度融入，没有在整体上创生新美。新诗借鉴西方，是整体性的，是从哲学到美学到诗学的深度融化，所以创生了许多新鲜的美感经验，像上文提到的新诗名家名篇，以及《小河》、《口供》、《圆宝盒》、《十二月十九夜》、《花一样的罪恶》、《邻女》、《诗八首》、《金黄的稻束》、《航》、《律动》、《古罗马大斗技场》、《华南虎》、《悬崖边的树》、《火与婴孩》、《在地球上散步》、《你的名字》、《西螺大桥》、《呼唤》、《石室之死亡》、《漂木》、《角度》、《阡陌》、《山路》、《斯人》、《风景：涉水者》、《一百头雄牛》、《野马群》、《履历》、《结局或开始》、《回答》、《诺日朗》、《敦煌》、《中国，我的钥匙丢了》、《致橡树》、《帕斯捷尔纳克》、《零档案》、《一只黑色陶罐容积无限》、《山民》、《黑色睡裙》、《汉英之间》、《玻璃工厂》等诗，其生新、深度和境界，皆是旧体诗词无法达至的。就是处理传统题材的诗作，比如名家的《采莲曲》、《再别康桥》、《都会的满月》、《诗的复活》、《寻李白》、《乡愁》、《白玉苦瓜》、《莲的联想》、《那一只蟋蟀》、《杜甫草堂》、《与李贺共饮》、《边界望乡》、《爱的辩证》、《错误》、《献给妻子们》、《她永远十八岁》、《那几声钟，那一夜渔火》、《褒姒》、《神女峰》、《太阳和他的反光》等诗，以及非名家的《诗经：诗与世界的初遇》、《端午，写给屈原》、《戏填履历》、《杜甫故里》等诗，其内蕴的复杂繁复、美感的新颖生鲜，恐怕都是相同题材的旧体诗词难以望其项背的。当代旧体诗词在借鉴外国诗歌经验以增强表现力、创生新美方面，应该向新诗大力看齐。

　　在新诗已经拓开全新的艺术天地的时候，当代旧体诗词主要还在仿古上狠下功夫，但相当多的旧体诗词作者，穷其毕生精力，其建树也就仅止"成体"而已，即此已属难能可贵，十分不易。稍有出格的"破体"写作，又往往落入"曲趣"套路里，究其实也很难说有何本质上的全新创获。在太白子美写过诗、美成稼轩填过词之后，使用旧体诗词的形式，确实已经很难实现总体的突破，操持旧体诗词的人，对此应该保有一份清醒的认知，应该具备明确理性的文学史和诗歌史意识，否则极易流于盲目的无意义写作。现当代新诗人可以声言他们的创作总体上突破了旧诗的藩篱，但操持旧体的诗人，恐怕就很难说自己的诗已经超过屈陶李杜，词已经超过柳周苏辛。这是一种客观存在的与语言相关联的体式上的先在限制，总体的突破超越似乎已经没有可能。受这种体式和语言上的制约，现当代旧体诗词欲像新诗那样自由开放地摄取吸纳世界诗歌的经验和技巧，又确实多有不便。所以我们看到的当代旧体诗词作品，也多是摹习古近代一家或众家，在总体步趋中争一字之巧，竞一句之奇，多数情况下，呈示出一种小机智，小趣味，小清新，小结裹，并以此而沾沾自喜，其实不过仿古仿得逼肖，打油打得文雅而已。悠久深厚的传统底蕴早已流失殆尽，这个时代已无长养古典美的适宜气候土壤，自然与人文环境已被严重损毁，人在本质上早已粗俗不堪，作那等看上去很美的古雅诗词，某些时候就会让人觉得是在惺惺作态，是为了某种目的刻意营造出来的仿古式的"伪美"，是一种与生存真相差距过大的"隔"，其情感态度的真诚性未免令人生疑。当然，对于"晚生"的现当代旧体诗人来说，这也属无可奈何之事。它基本不是旧体诗人的诗才问题，现当代真正的旧体诗人，学养和才华都是相当出色的。但是选择使用古汉语的旧体，似乎也只能如此了，这大概就是所谓宿命吧。所以，真正的当代旧体诗词佳作，不可能是什么"百万大军"们写出来的，诗社、诗刊、诗人、诗作的海量涌现，不过是一种附庸风雅的诗词文化现象，对于诗歌史和文学史来说，没有任何实质性的意义。当代旧体诗词，只能成为一小部分旧学根基深厚的才士的"雅玩"，即景即事，酬唱赠答，咏物寄意，因为有现成的形式提供方便，所以表达日常感兴十分便捷，这是迄今无形式依托的新诗无法比拟的优势。但要让语言和体式都存在先天限制的旧体诗词，承担起全面、深入地表现时代生活本质的责任与使命，恐怕就是旧体诗词这一体式力不能及的。

　　当然，任何事情都有两面或多面性，与新诗相比，旧体诗词的优点和长处很多，这都是显而易见、毋庸赘言的常识。新诗与旧体诗词之间，当然不仅仅是旧体诗词学习新诗的单向度关系，二者之间的正常关系，应该是双向的交流互补，共生共荣。在旧体诗人准备正视并学习新诗的优长之处时，新诗人也应该进一步加强对旧体诗人、古典诗词的学习，比如新诗的体式建设、语言锤炼，新诗意境氛围的营构、天人境界的追摹，以及新诗人的旧学旧诗修养等方面，无疑都应该向旧体诗人和古典诗词多所借取，方有进一步提升之可能。

　　在结束这篇较长的"后记"的时候，请允许笔者借此机会，衷心感谢发表本书相关章节的《文学遗产》、《文学评论》、《诗探索》、《河北学刊》、《西华师范大学学报》、《心潮诗词评论》、《殷都学刊》等学术期刊的编辑先生们的青目，感谢刘跃进先生热情推荐书稿，感谢郭晓鸿女士欣然接受书稿，感谢慈明亮先生编校书稿过程中付出的辛勤劳动！同时，笔者热诚欢迎方家同好和读者朋友们对书稿内容大力批评指正！

杨景龙

2017 年 3 月